红楼梦论说及其他

滕云 著

HONGLOUMENG
LUNSHUO JI QITA

天津《红楼梦》与古典文学论丛

赵建忠 ◎ 主编

知识产权出版社
全国百佳图书出版单位
——北京——

图书在版编目（CIP）数据

《红楼梦》论说及其他 / 滕云著. —北京：知识产权出版社，2019.12
（天津《红楼梦》与古典文学论丛/赵建忠主编）
ISBN 978-7-5130-6547-4

Ⅰ.①红… Ⅱ.①滕… Ⅲ.①《红楼梦》研究 Ⅳ.①I207.411

中国版本图书馆CIP数据核字(2019)第228398号

内容简介

本书由研究《红楼梦》等名著的多篇文章组成，其中《抽丝剥茧说脂批》一篇认为，脂批不具备金圣叹等大评点家之批所显示的世界观、历史观、政治观、哲学观、文学观、小说观，尤其是社会现实观的卓识。但脂砚斋也作出了贡献，体现在：脂评本有传承并开来的贡献，是曹雪芹思想的另一种载体；脂评是记录曹雪芹初创《红楼梦》情形和想法的另一种亲笔；脂评提供了有关曹雪芹生平和有关《红楼梦》八十回后情节的若干信息，包括贾家及一些人物的命运变迁。

责任编辑：李 叶　　　　　　　　　　责任印制：刘译文

天津《红楼梦》与古典文学论丛　赵建忠　主编

《红楼梦》论说及其他
滕云　著

出版发行：知识产权出版社有限责任公司		网　　址：http：//www.ipph.cn
电　　话：010-82004826		http：//www.laichushu.com
社　　址：北京市海淀区气象路50号院		邮　　编：100081
责编电话：010-82000860转8745		责编邮箱：laichushu@cnipr.com
发行电话：010-82000860转8101		发行传真：010-82000893
印　　刷：北京嘉恒彩色印刷有限责任公司		经　　销：各大网上书店、新华书店及相关专业书店
开　　本：880mm×1230mm　1/32		印　　张：14.625
版　　次：2019年12月第1版		印　　次：2019年12月第1次印刷
字　　数：394千字		定　　价：78.00元

ISBN 978-7-5130-6547-4

出版权专有　侵权必究
如有印装质量问题，本社负责调换。

津沽红学研究概述

——《天津〈红楼梦〉与古典文学论丛》导言

"津沽红学"系指出生于或籍贯为天津以及长期在津工作的学者作出的学界公认的红学成果。早在新中国成立之初，周汝昌先生就出版了红学代表作《红楼梦新证》，奠定了其全国红学大家的地位。老一辈中取得重要红学成果的还有：出生在天津并且曾经在这座城市学习、生活过的杨宪益先生及其英籍夫人戴乃迭女士共同完成的《红楼梦》英文全译本，得到了红学界和翻译界的广泛肯定，他们的译作在忠实原著的基础上，文学性和创造性都很突出；出生在天津的美籍华人学者余英时的文章《近代红学的发展与红学革命》，由于涉及百年红学发展历程的很多问题，在红学界产生了巨大反响，围绕此文论点中对索隐、考证、批评等红学主要流派的争鸣思想交锋激烈，至今余波未息；长期在南开大学任教的加拿大籍华人学人叶嘉莹先生，写过《从王国维〈红楼梦评论〉之得失谈到〈红楼梦〉之文学成就及贾宝玉之感情心态》的长篇论文，系统地评析了王国维红学的得失，这是一篇很有分量的红学力作；"脂学"是红学的重要分支，毕生致力于中国古代小说文献整理的南开大学朱一玄老教授，红学资料整理方面的成果就包括《红楼梦脂评校录》。

由天津红学家与古典文学教授共同策划完成的《天津〈红楼梦〉与古典文学论丛》（以下简称"论丛"）即将由北京的知识产权出版社郑重推出，这不仅是天津红学及学术圈的大事，也是值得进入天津文化史的事件！出版前夕，出版社审稿人和论丛撰稿人希望我写一篇

i

"导言"性质的文字置于卷首,以便向广大读者介绍这套书的基本内容和特色,作为本论丛主编,于公于私都是义不容辞的。《天津〈红楼梦〉与古典文学论丛》收录的文章以红学为主,兼及明清小说及古典文学,本论丛集中收录了改革开放后天津学人取得的重要学术成果。下面按照出版社编排次序重点介绍本论丛收录的相关红学论述:

宁宗一教授《走进心灵深处的〈红楼梦〉》分为上、中、下三篇,上篇为小说研究总论性质,中篇为经典文本赏析,下篇专谈天才伟构《红楼梦》。其中,《心灵的绝唱:〈红楼梦〉论痕》,开宗明义强调"读者面对小说中人生的乖戾和悖论,承受着由人及己的震动。这种心灵的颤栗和震动,无疑是《红楼梦》所追求的最佳效应"。《追寻心灵文本——解读〈红楼梦〉的一种策略》具体指出"《红楼梦》心灵文本的追寻,使这部旷世杰作的多义性成了它艺术文化内涵的常态,而对《红楼梦》任何单一的解读都成了它艺术内涵的非常态。事实上,对《红楼梦》心灵文本的追寻,极大地调动了读者思考的积极性。每一位读者都有可能根据自己的生活经验和审美体验,思考《红楼梦》文本提出的问题并且得出完全属于自己的结论"。面对《红楼梦》"死活读不下去"的尴尬与困窘,作者仍提出应努力进入心灵世界去解读曹雪芹这部文学经典,为读者构建一条心灵通道。本书结尾篇《为新时代天津〈红楼梦〉研究进言》,系作者在京津冀红学研讨会上所提三点建议,即:第一,珍重、维护和强化《红楼梦》研究共同体,使《红楼梦》研究群体得以健康发展;第二,"红学"永远在进行时,为此,反思旧模式,挑战新模式是必然的前进过程;第三,为了拓展《红楼梦》的研究空间,我们亟需创造性思维。此文最后仍满怀深情地呼唤"曹雪芹以他的心灵智慧创造了他的小说,我们同样需要智慧的心灵去解读《红楼梦》",足见与作者倡导的回归"心灵文本"一脉相承。

陈洪教授《红楼内外看稗田》收《由"林下"进入文本深处——〈红楼梦〉的"互文"解读》篇,该文结合《世说新语·贤媛》《晋书·列女传》记载,尝试对《红楼梦》的深层内涵进行探索。作者通过互文研究的方法，找到孳乳《红楼梦》的文化/文学的渊源。与此相联系，运用"互文"的思路，在《红楼"碍语"说"木石"》篇中对小说成书背景等方面的研究也有新收获。作者指出，"《红楼梦》中的'只念木石''偏说木石'，是和历代文士歌咏的'木石'有着文化血脉的联系，显示出作者在价值取向上的自我放逐，同时又是和当时统治者标榜的主流话语'非木石'构成特殊的互文关系，曲折地流露出作者倔强地'唱反调'情绪"。"碍语"者何？该文认为"木石"系其首选，并引述瑶华对爱新觉罗·永忠《因墨香得观〈红楼梦〉小说吊雪芹三绝句》诗批注"此三章诗极妙。第《红楼梦》非传世小说，余闻之久矣！而终不欲一见，恐其中有碍语也"为证，可备一说。而《〈红楼梦〉中癞僧跛道的文化血脉》一篇，也是把目光向文化传统的深层透视，认为"癞"与"跛"承载了讽世、批判的思想内涵。至于《〈红楼梦〉脂评中"囫囵语"说的理论意义》篇，则是站在中国古代小说批评发展史的角度去论证，按脂砚斋批语云"宝玉之语全作囫囵意……只合如此写方是宝玉"，而在贾宝玉囫囵难解的话语中，最有代表性，与全书主题密切相关的，莫过于"水、泥论"，印证这观点的，正是所收《〈红楼梦〉"水、泥论"探源》。

《畸轩谭红》系赵建忠教授红学论文选，分四个专题。（1）红学新史迹。近年来作者一直致力于红学史方面的探索，并获批2013年度国家项目"红学流派批评史论"，有些思考形成了文章发表，如《红学史模式转型与建构的学术意义》等。（2）红学新观点。如作者提出的《红楼梦》作者问题的"家族累积说"以及《曹雪芹家世研究存在的观点争鸣及当代新进展》《〈红楼梦〉后四十回的不同观点论争及新进展》等，介绍了改革开放以来较重要的红学争鸣。（3）红学新文献。本专题侧重收录了一组与《红楼梦》续书新文献相关文章，如《新发现的程伟元佚诗及相关红学史料考辨》《红学史上首部续书〈后红楼梦〉作者考辨》《〈红楼梦〉续书的最新统计、类型分梳及创作缘起》等。（4）红学新视角。如收入本专题的《"非经典阅读理论"

在〈红楼梦〉续书研究中的尝试》，系作者为《红楼梦学刊》编审张云在中华书局出版的《谁能炼石补苍天：清代红楼梦续书研究》专著的书评。还有《大观园"原型"探索及〈红楼梦〉研究中的两种思路》，是作者对大观园问题研究、思考的产物。《〈红楼梦〉小说艺术的现当代继承问题》一篇，系作者为女作家计文君《谁是继承人：红楼梦小说艺术现当代继承问题研究》写的书评，意在借助于《红楼梦》经典在传播中的呈现特别是对后世作家的影响，以逆向的方式显现《红楼梦》的文学意义和真实内容。另外，为方便读者明了红学发展史的轮廓概貌、脉络流变，书末附了"曹雪芹与《红楼梦》研究史事系年（1630—2018）"。

鲁德才教授《〈红楼梦〉——说书体小说向小说化小说转型》，专门收录有"红学篇"，其中《〈红楼梦〉读法》特别强调，第一回至五回是《红楼梦》总纲，读者尤其应该仔细品味，并具体指出"第一回开篇作者就明确向读者提示小说的创作意旨，不否认和作家的经历有关，可又特别强调将真事隐去，'假语村言（贾雨村言），敷演故事'，别把小说看成是作者的自传"；"第二回，积极入世的贾雨村充当林黛玉教习，不过是为日后由他护送林黛玉至荣国府做引线。而冷子兴向贾雨村演说荣、宁二府，则概括介绍了荣、宁二府的发展历史及主要代表人物的性格特征"；"第三回，由于小说家将宝、黛设置为表兄妹关系……这样，林黛玉进入荣国府同贾宝玉会合，透过林黛玉的视点介绍荣国府"；"第四回，贾雨村借贾政题奏，复职应天府……为小说中的人物提供了社会背景。贾家由盛而衰的历程，也影响了人物发展的轨迹，可能是小说家要表现的一种意旨，但不是主要主题。贾雨村为讨好薛家而徇情枉法的错判，却又把薛宝钗推进贾府，这样，宝、黛、钗拧在一起，展开了木石前盟与金玉良缘的矛盾冲突"；"第五回，小说家虚构贾宝玉神游太虚境，看金陵十二钗正副册，听唱红楼梦曲子预示了贾宝玉与众裙钗的悲剧命运。红楼幻梦仍是小说的主色调，甚或是作家认识世界的主要视点"。此外，同专题文章还包括《传统文化心理与〈红楼梦〉的典型观念》《〈红楼梦〉打破传统写法了吗？》《贾宝玉的理想人格与庄禅精神》等，也颇给人启发。

《〈红楼梦〉论说及其他》系滕云先生所著，除外篇部分收录的评论明清小说《三国演义》《水浒传》《儒林外史》及当时的评点家李卓吾、金圣叹外，内篇全部讨论红学方面内容，如《也谈贾宝玉的鄙弃功名利禄》《曹雪芹典型观初探——〈红楼梦〉人物性格刻画的艺术成就》《〈红楼梦〉人物形象的客观性》《〈红楼梦〉文学语言论》等。值得注意的是，《抽丝剥茧说脂批》一文系统地表述了作者的学术见解，如认为脂批不具备李卓吾、金圣叹、毛氏父子、张竹坡之批所显示的各自的世界观、历史观、政治观、哲学观、文学观、小说观，尤其是社会现实观的大理识。脂砚斋不懂得曹雪芹何以发愤、何所发愤、所发何愤作《红楼梦》……尽管脂砚斋作为评点名家成色不足，但脂砚斋毕竟作出了具有历史性的、属于他的大贡献：第一，脂评本有传承并开来的贡献。请注意笔者说的是脂评本而非脂评的贡献。脂评本是曹雪芹创作《红楼梦》未完成就已经以手抄本形式流传于世的众多抄本之一……第二，由于脂评本原藏带雪芹自评注，或混入小说正文，或被裹入脂批混同脂批，遂使在《红楼梦》文本之外，雪芹思想的另一种载体，记录雪芹初创《红楼梦》时措笔情形和想法的另一种亲笔，获得保存，这也是脂评本贡献于中国文化史的特功……第三，脂批提供了有关雪芹生平的若干信息……第四，脂批提供了有关《红楼梦》八十回后情节的若干信息，包括贾家及一些人物的命运变迁、结局，包括若干关目，以及八十回后全书回数规模的信息。

《〈红楼梦〉与明清小说研究》系李厚基先生遗著，由其早年研究生林骅、郑祺整理完成。"明清小说研究部分"的文章有《〈聊斋志异〉刻画人物性格的几点特色》《浅谈〈聊斋志异〉的艺术心理节奏美》《〈三国演义〉的主题和它的认识作用》《试论〈三国演义〉的结构特色》等；红学部分主要包括《闪闪发光的思想性格 无法摆脱的悲剧命运——谈贾、林等为代表的恋爱婚姻悲剧》《漫话〈红楼梦〉

的作者和读者——红楼艺苑掇琐之一》等。收入丛书中的《景不盈尺 游目无穷——从金钏儿事件看〈红楼梦〉艺术构思》，体现出作者的治学特色。文章透过金钏儿这个"小人物"，进入《红楼梦》的整体宏观艺术构思，诚如作者所论述的"从金钏儿事件来看，真是以小概大，咫尺千里。虽然景不盈尺，但令人游目无穷。一个情节包涵了多少丰富的内容：不仅清晰地写出了这个天真的少女惨遭残害，以此对封建社会提出强烈的抗议；通过这个事件也巡视了许多人物的思想性格，烛照了他们（她们）的灵魂；同时，从一旁有力地推进了全书的主要矛盾线索，用来揭示出恋爱婚姻悲剧的必然的社会原因，反映出这个行将崩溃的封建贵族家庭的真实的生活面貌。自然，还必须从整体来看，曹雪芹所创造的每一个情节、故事，每一个人物，既有独立存在的意义，又互相依存，和其他各个方面有千丝万缕的联系，如果脱离了整个作品，是难以理解它的作用和所居的地位的"，正所谓"景不盈尺 游目无穷"。作者毕业于北京大学，曾受教于中国红楼梦学会首任会长吴组缃教授，收入本丛书的文章就有《吴组缃先生教我们读〈红楼梦〉》。

《〈红楼梦〉与史传文学》系汪道伦先生遗著，宋健同志整理完成。红学部分主要由《人性发展的艺术画卷——试论〈红楼梦〉是怎样一部书》《〈红楼梦〉风格浅论》《无材补天 枉入红尘——〈红楼梦〉思想赘述》《中国传统文化中的情学与〈红楼梦〉》《中国封建伦理文化的解体与〈红楼梦〉女冠男亚的新座次》《〈红楼梦〉彼岸世界中的文化雏形》《〈红楼梦〉的真假两个世界》《〈红楼梦〉中的隐线脉络》《哲理与艺术的交融——〈红楼梦〉哲理内涵探微》《〈红楼梦〉"注彼而写此"的艺术手法管见》《〈红楼梦〉塑造形象中的人物相生法》《以虚出实 以幻出真——谈〈红楼梦〉中的虚幻手法》《〈红楼梦〉平中见奇的艺术》《以儿女常情谱写儿女真情——论林黛玉性格内涵》《〈红楼梦〉对曲艺的融会贯通》《〈红楼梦〉中的枢纽性人物——贾母》《试说"说不得"的贾宝玉》《美丑正反的辩证人物——王熙凤》

《兼并立冠军之美而居殿军——秦可卿排位深思》等研究文章组成，文章侧重于《红楼梦》的艺术理论研讨，作者对古代史论、文论、诗论、画论和小说理论具有极为丰富的知识，且能融会贯通，左右逢源。此外，作者对中国古典小说与史传文学的关系问题也进行了探讨，收入本丛书的文章就包括《从踵事增华到虚实相生——中国古典小说与史传文学艺术渊源发微》《略其形迹 伸其神理——中国小说与史传文学艺术渊源探微》《文其言与文其人——谈经典与小说的渊源关系》《传奇事写奇人——谈经史与小说的渊源关系》《记言与写心——谈经史与小说的渊源关系》等。

孙玉蓉先生著《荣辱毁誉之间——纵谈俞平伯与〈红楼梦〉》，上编重点谈了俞平伯的学术经历及与友朋的交往，下编系俞平伯《红楼梦》研究年谱。作为"新红学"的开创者之一，俞平伯的《红楼梦辨》在红学史上具有不可替代的地位，但晚年对自己曾主张的"自传说"进行了反省，指出"自传之说，明引书文，或失题旨，成绩局于材料，遂或以赝鼎滥竽，斯足惜也"，进而认为，"虚构原不必排斥实在，如所谓'亲睹亲闻'者是。但这些素材已被统一于作者意图之下而化实为虚。故以虚为主，而实从之；以实为宾，而虚运之。此种分寸，必须掌握，若颠倒虚实，喧宾夺主，化灵活为板滞，变微婉以质直，又不几成黑漆断纹琴耶"。他还进一步指出自己早年对高鹗续补的《红楼梦》后四十回肯定得不够。在他生命的最后时刻，念念不忘的是对《红楼梦》后四十回的再研究，感到自己对高鹗保全《红楼梦》的功劳评价得还不够。俞平伯认为《红楼梦》续书的版本很多，唯有高鹗是成功的。不管怎么说，《红楼梦》现在是完整的，如果只有前八十回，它是否能有现在的影响都很难说。他为高鹗辩护说：续书中有败笔，不能求全责备。前八十回就没有败笔了吗？他要重新撰文评论后四十回的价值，给高鹗一个公正恰当评价，然而，晚年的俞平伯已力不从心。

《文学·文献·方法——"红学"路径及其他》，系由南开大学两位青年博士孙勇进、张昊苏合著。他俩的共同导师陈洪教授在"序"中谈及高足时说:"入选丛书的作者多为红学界的耆宿,八十高龄以上者超过半数。这显示了津门红学悠久而深厚的传统……不过,'江山代有才人出',诸多前辈奠定了坚实的基础,发展还要寄希望于后昆……勇进、昊苏的研究,对于方法与路径有较多的关注。二十年前,霍国玲姐弟活跃于京师时,勇进便著长文讨论文献材料使用的学术规则问题。黄一农'e考据'提出后,昊苏也就其价值与限度著文讨论。"具体而言,"勇进篇"主要包括《"索隐"辩证》《索隐派红学史概观》《一种奇特的阐释现象:析索隐派红学之成因》《无法走出的困境——析索隐派红学之阐释理路》《〈红楼梦〉与中国人生悲剧意识》《〈红楼梦〉对中国古代小说叙事艺术的全面继承与创新》《〈红楼梦〉的写实艺术与诗化风格》等;"昊苏篇"主要包括《〈红楼梦〉文本研究的初步反思》《经学·红学·学术范式:百年红学的经学化倾向及其学术史意义》《对胡适〈红楼梦〉研究的反思——兼论当代红学的范式转换》《红学与"e考据"的"二重奏"——读黄一农〈二重奏:红学与清史的对话〉》《〈红楼梦〉书名异称考》《"作践南华庄子"考:兼及〈红楼梦〉涉〈庄〉文本的学术意义》《畸笏叟批语丛考》等。

收入本丛书中的《红楼与中华名物谭》与前九种写作风格迥异,作者罗文华多年来致力于文物收藏和鉴赏,因而从屏风、如意、茶具、钱币这四种《红楼梦》中的重要名物为主题和角度切入就比较得心应手。作者充分挖掘和利用历史文献和实物资源,详征博引,不仅提示和解读了《红楼梦》中一些很有价值的文化问题,而且在更加广阔深厚的中华文化背景下证实了这些名物的重要意义和特殊作用。从解读《红楼梦》的角度看,作者写出了名物在标志人物身份、塑造人物性格、展示人物关系、推动情节发展等方面所发挥的特殊作用。作者还通过很多名物与《红楼梦》文字之间关系的解读,印证了《红楼梦》的写作年代。如名物中的如意,是中国特有的一种象征吉祥的民族传统器物，古代帝王、豪族、文士、僧人等都有执握如意之好，以此求得称心如意与平安祥和。尤其是清代中期，是中国封建文化和传统工艺集大成时期，也是如意发展的鼎盛时期。帝王们的推崇，更使如意的制作水平登峰造极，而最喜欢如意的人则非乾隆皇帝莫属，他不仅刻意搜集民间的精美如意，还令宫中造办处制作如意，而且大量接受地方官员进贡的如意。作者介绍了很多乾隆皇帝喜爱如意的史实，指出"《红楼梦》中，对贾府这个皇亲国戚之家，多有关于如意的描写，尤其是元妃对贾府最高人物贾母的赏赐，首选金、玉如意，这些情节完全符合乾隆皇帝重视如意的历史背景。"证明《红楼梦》写作于乾隆时期，有力地支持了曹雪芹对《红楼梦》的著作权。

这套丛书是对天津地区《红楼梦》与古典小说研究成果的一次集中检阅。丛书中的老、中、青三代学人的十部著作，基本代表了天津该领域学人研究的总体水平，反映出天津《红楼梦》与古典文学小说研究的发展历程及方向。某种意义上讲，这套丛书也折射出天津《红楼梦》与古典文学小说研究史。需要说明的是，上述文字只是作为丛书主编的简单介绍以便导读，作品究竟如何，读者才是最权威的裁判。

赵建忠　己亥仲夏于聚红厅

目 录

内 篇

也谈贾宝玉的鄙弃功名利禄 ………………………………… 3

曹雪芹典型观初探
　　——《红楼梦》人物性格刻画的艺术成就 ………… 18

《红楼梦》人物形象的客观性 …………………………… 43

《红楼梦》的奴仆形象是充分现实主义的典型塑造 …… 67

一树千枝，一源万派
　　——《红楼梦》的叙述描写笔法 …………………… 90

《红楼梦》文学语言论 …………………………………… 128

《红楼梦》艺术技巧摭谈（二题） ……………………… 156

要不要细究《红楼梦》人物的年龄 ……………………… 169

民族舞剧《红楼梦》门外谈 ……………………………… 172

曹雪芹
　　——中华历史名人 …………………………………… 180

抽丝剥茧说脂批 …………………………………………… 257

外 篇

《三国演义》品评十题…………………………………… 343
论毛宗岗对《三国演义》的批评………………………… 389
给人物以显示性格的最好机会
　　——读《水浒传·景阳冈武松打虎》札记………… 398
世相、人情与人物
　　——读《儒林外史》札记…………………………… 404
《水浒传》的两大批评家李卓吾和金圣叹……………… 413
论批评家金圣叹…………………………………………… 418
据说《三国演义》《水浒传》是"坏书"………………… 440

内 篇

也谈贾宝玉的鄙弃功名利禄

张毕来同志的《略论贾宝玉的鄙弃功名利禄》(以下简称《略论》)对贾宝玉思想性格中的一个重要方面提出了自己的见解：贾宝玉并不否定皇权和孔孟程朱的君臣大义，相反，"在日常生活之中不忘颂圣，是宝玉的思想"；贾宝玉也不反对官僚制度，只要官僚们"能够跟他一起过风月诗酒生活"，"他一样乐于与他们交往"；至于贾宝玉的"鄙弃功名利禄"的因由，"原来是这样一个观点：'雅人不干俗事'"。因此，贾宝玉的鄙弃功名利禄"有点进步意义"，"但是，并不构成君臣矛盾"，"只与家庭之间发生矛盾"，"他是贾府这个封建家庭的逆子"。

这样，张毕来同志在《略论》中给我们描绘了这样一个贾宝玉形象：一味追求"花天酒地的浪漫生活"的公子哥儿与"在更高的意义上"颂扬皇权和孔孟程朱君臣大义的封建"歌德派"的集合体。

这难道是伟大的古典小说《红楼梦》所塑造的贾宝玉形象吗？难道长久活在读者心目中的封建阶级叛逆者贾宝玉的形象，竟是人们的一种错觉？

我们反复思考，觉得张毕来同志的见解，未必确当。尤其可议的是文章的立论与论证的方法。列宁说："要真正地认识对象，就必须把握和研究他的一切方面、一切联系和'媒介'。"(转引自《矛盾论》)《略论》的方法却往往与此相反，它的"具体分析"与唯物论辩证法、历史唯物主义的分析方法颇有距离，从而得出了使人诧异的结论。现在，笔者想提出一些商榷意见，以就教于《略论》作者和同志们。

先来看看《略论》是如何论证贾宝玉不反对官僚制度的。文中说，贾宝玉对待经常与他相处的官僚们的态度，就是检验贾宝玉对官僚制度的态度的"客观标准";然后,它就持此"客观标准",按照贾宝玉对待家内、家外的官儿的态度展开"具体分析":贾宝玉虽然骂某些官儿为"禄蠹",但他与另一些官儿们,如北静王水溶等亲密往来,并不骂为"禄蠹"或"国贼",对亲人和亲戚当官并不骂为"禄蠹",对他们的罪恶也不闻不问或闻而不问。于是,得出结论:我们可以断言,贾宝玉并不反对官僚制度。

仔细思考一下,就可以看到,《略论》的分析是直观的、形而上学的,抓住的是表面的、片面的、外部的联系,笼统地把贾宝玉对具体官僚的态度和对官僚制度的态度完全等同起来。我们知道,在对封建官僚的阶级本质的这种抽象意义上,可以说封建官僚是封建官僚制度的人格化,或者说是人格化的封建官僚制度。但在实际生活和文学作品中,某一具体官僚或某一做官的人能否代表官僚制度,却不能一概而论,而且在实际生活和文学作品中某个人与官儿发生这样那样的关系,又是受种种具体的主、客观条件和作品提供的具体情境制约的,是否都代表某个人对官僚制度的看法,也是不能一概而论的。然而《略论》不管这一切,它遵循的是这样的逻辑:因为水溶是官,所以贾宝玉不骂水溶=不反对官僚=不反对官僚制度;贾宝玉与水溶交好=肯定官僚=肯定官僚制度。同样,贾宝玉不骂当官的父祖兄弟戚党为"禄蠹"=认可他们作官僚=认可官僚制度;贾宝玉对贾家官儿倚势作恶不闻不问或闻而不敢管=不反对贾家官儿为非作歹=不反对官僚=不反对官僚制度。

事实上,《略论》的这种论证和结论也与《红楼梦》的实际描写不合。不错,书中是写了贾宝玉与北静王水溶的亲密往还。但细读原书就能看到,贾宝玉并不曾把水溶认作王爵来趋奉,他钦慕水溶的不是其官威官派,相反,是"才貌俱全,风流潇洒,不为官俗国体所缚"(第十四回)。书中也写到贾宝玉出入于一些官僚家庭,但细读原书又可看到,贾宝玉结交的并非官宦本人,而是官僚世家的子弟(如神武将军之子冯紫英)。贾宝玉与他们交际时,并没有一个"官"字横亘心中，只是作为友朋相会。他认的不是"官"，而是"人"。他对"官"与"官俗国体"反感，对不为官俗国体所缚的人亲近，这不正说明了他对官僚制度的共生物（"官"）及官僚制度的派生物（"官俗国体"）的否定吗？怎能因贾宝玉与"水溶"们的交往而论定贾宝玉不反对官僚制度呢？

在《红楼梦》中，贾宝玉对做官的亲人确也没有以"禄蠹"之名骂过。在贾宝玉的时代和典型环境里，没有发生"五四"式的儿子骂老子的"家庭革命"的客观条件，但不骂并不等于赞成。翻遍《红楼梦》，哪里有表现贾宝玉认可、维护贾家官儿之处？相反，却屡屡表现了贾宝玉对自己生活于其中的这个官僚贵族家庭的不满，对为官作宰的长辈（包括父亲贾政）表面敬畏、背后疏远与抗逆，对"惟知淫乐悦己"的"贾珍、贾琏"们的腹诽与反感，对彻头彻尾发散着封建官僚恶臭的贾雨村的强烈憎恶。这一切不都曲折而深刻地表现了贾宝玉对贾家官儿人格、官品的贬薄？《略论》却从贾宝玉与贾家官僚的关系中"论证"出他不反对官僚制度，这于原书是没有任何依据的。

由于《略论》如此这般地用贾宝玉对待家内、外官儿们的态度作为判断他对待官僚制度的"客观标准"，因此同贾宝玉对待官僚制度的态度有关的其他方面、其他联系和"媒介"就被《略论》排除了。大家知道，被贾宝玉骂为"禄蠹"而加以反对的并不一定是官儿。"凡读书上进的人"，他都为其起个"禄蠹"的外号（第十九回）。其中当然有官僚，但也有并非官儿的"须眉浊物"，甚至连薛宝钗、史湘云这样的"清白女子"，如果"学的钓名沽誉"，热衷于"谈谈讲讲些仕途经济的学问"，也被他斥为"入了国贼禄鬼之流"（第三十二回、第三十六回）。贾宝玉不但"素日就懒与士大夫诸男人接谈，又最厌峨冠礼服贺吊往还等事"（第三十六回），就是薛宝钗、史湘云提起那些话头，他也能立刻拉下脸来下逐客令，"姑娘，请别的姊妹屋里坐坐，我这里仔细脏了你知经济学问的"（第三十二回）。而在薛、史不讲"仕途经济"这类"混帐话"的场合，贾宝玉就仍待她们为好姐妹。贾宝玉还声明：若是林黛玉也说过这些"混帐话"，"我早和她生分了"（第三十二回）。可见，贾宝玉之骂"禄蠹"，并不因人而异；他恨"仕途经济的学问"，也是对事不对人。不论是官非官、是男是女、是亲是疏，总之有这种思想、言行的，贾宝玉一律与之格格不入，避之唯恐不速。

贾宝玉对与官僚制度有关的一切（"官""官俗国体""仕途经济的学问"）都无好感，这是《红楼梦》的艺术描写显示的。至于这是否意味着贾宝玉对官僚制度的否定、其局限性何在，评论者都可以依个人的认识作出评价。《略论》在这个问题上之所以使我们不敢苟同，倒不仅仅在于它认为贾宝玉不反对官僚制度，而主要在于它的论证与《红楼梦》的客观描写不合，与唯物辩证的具体分析有违。

《略论》的这种论证方式在它对贾宝玉是否尊崇皇权的分析上表现得更突出，推断出来的结论也更令人诧异。

为了证明贾宝玉是皇权的歌颂者，《略论》选中了贾宝玉所题写的大观园对额和诗。这些对联诗语是为元妃归省而作的，贾宝玉懂得"当入于应制之例""必须颂圣方可"（第十七回）。他的所作确也不失颂圣之体，这表现了他的聪明和文化教养。《略论》却不管贾宝玉只是按题中应有之义作应制诗，它得出的是政治结论，即贾宝玉"站在拥护皇权的立场上说话"。《略论》对林黛玉、薛宝钗诸姊妹或骋才而作，或"勉强随众塞责"所作的应制诗，也是同样评价。它的论证方法是不管应制诗这种体裁的特殊性，不问作诗时的环境背景，不顾作诗人的基本思想的总体与全貌，凡有应制诗均视为作者的内心自白，凡有"颂圣"诗语皆认作作者的政治立场。不仅如此，《略论》还根据贾宝玉与姐妹们日常应景吟咏中偶有所谓"间接颂圣"的字句，就从这个别性的前提作出普遍性的结论，"上纲"为"在日常生活之中不忘颂圣，是宝玉的思想，也是他姊妹们的思想"。《红楼梦》的客观读者，怎能同意《略论》的论证呢？谁能相信巴望候选入官充为赞善才人（第四回）、艳羡"穿黄袍姐姐"元妃（第十八回）的薛宝钗在应制诗中寄寓的内心感情，竟与贾宝玉"那意思一样"？谁能相信林黛玉比于国贼禄鬼之流的史湘云更热衷于"颂圣"？这样的判断未免过于反乎常理、反乎事实了。

比起大观园题诗来，《姽婳词》是更多地倾注了贾宝玉的内心感情的。他"歌成余意尚彷徨"，别人赞好，而自己"一心凄楚"（第七十八回）。《略论》也看中了这首诗，说这诗"最直接地表明贾宝玉歌颂皇权"，再次运用了抓住事物局部现象及其外部联系的论证逻辑。但我们细读原诗，可以看到，此诗既表现了贾宝玉对农民起义的敌对态度，同时也表现了他对天子、朝纲的批评，而且以前者为宾，以后者为主。主题不是落在对起义农民的诅咒上，而是落在对"天子"、恒王、将士的讽刺上，即"恒王好武兼好色"，开篇就是对恒王的嘲讽。"王率天兵思剿灭，一战再战不成功"，能说是对王与"天兵"的褒扬吗？"纷纷将士只保身""天子惊惧愁失守，此时文武皆垂首"，哪有歌颂朝廷的意味？"何事文武立朝纲，不及闺中林四娘"，表面是歌颂林四娘，内里是对天子、文武、朝纲多么深严辛辣的指斥与讥刺！《姽婳词》绝不是一首颂诗，更不是一首"颂圣"诗，而是一首指向君臣朝纲的政治讽刺诗，是一首寄寓着贾宝玉对君臣朝纲的深深失望、流露着他感到此残破之"天"不可补的幻灭之情的挽歌。贾宝玉在诗中表现的对农民起义的敌视态度是反动的，对君、臣、朝纲的讽刺与悲挽也表明他到底还是贵族阶级中的消极成员。贵族阶级中这样一个有着许多叛逆的、异端思想的消极成员，是不可能对皇权唱出热烈的颂歌的，他只能鄙弃功名利禄。只有像《略论》那样不是深入分析《姽婳词》所描写的全部物象，找出其内在的本质的联系，而是停留在对诗中写到的某些现象表面的、片面的观照，才会论证出《姽婳词》是贾宝玉"直接歌颂皇权"之作。

《略论》为了进一步证实贾宝玉是皇权的歌颂者，还运用自己的逻辑，从贾宝玉对"文死谏武死战"的批评中论证出他尊崇封建君臣大义。你看，贾宝玉不但吟诗作对歌颂皇权，而且以封建君臣大义为信奉的思想原则,还不是个地道的保皇派?!但我们细读第三十六回中的这一节,看到事情并不这样简单。在这一节里,贾宝玉像是回护君主至圣至仁之名,归咎文臣武将,阐发他对"文死谏武死战"这种名节观念的新解,表白自己更知君臣大义。但这番高调只是弦上之音,还有弦外之音,那就是揭破了这样的事实:"受命于天"的君主"至圣至仁"的神话是需要世间"知大义"的臣子曲为回护的;历来以一死报君主的忠臣良将实际上是以一死暴露了君主的昏庸;表彰死谏死战的名节观念原来是这样破绽百出、支绌可笑。的确,众多的《红楼梦》读者读到这一节,谁不认为此时此际的贾宝玉是个亦庄亦谐的异端说教者?谁认为贾宝玉是封建教条道貌岸然的宣讲师?然而《略论》惯用直观的、形而上学的思维方式,只取贾宝玉这番曲直反正、怪谲恢奇的言论的表面意义,认作贾宝玉信奉君臣大义的正面宣言,并且置贾宝玉性格的基本特征于不顾,置贾宝玉人生道路的基本内容于不顾,把它所理解的贾宝玉这番议论的表面意义孤立和绝对化,认为贾宝玉"是在更高的意义上肯定君臣大义"。照这么论证,贾宝玉岂不成了一种比儒家正统的名节观念更深刻、更高明的君臣大义新说的发明者?他岂不就是个大大的封建卫道士?是的,《略论》的确认为贾宝玉是一个"在日常生活的一戏一笑之中不忘歌功颂德之意"的狂热的"保皇党"。无奈,这只是《略论》描述中的贾宝玉,却不是《红楼梦》中所写的贾宝玉。

这就是《略论》对贾宝玉鄙弃功名利禄的基本内容的评述,"既未否定君臣大义和皇权,也不反对官僚制度"。注销这两条,贾宝玉鄙弃功名利禄的含义也就很可怜了,只剩下他个人不愿当官以及骂某些官僚为"禄蠹"这一点了。而这一点点可怜的内容,出自什么思想基础呢?《略论》认为,是受这样一种思想支配,即"雅人不干俗事"。

在这个问题上,《略论》的论证方法是以杂感式的文笔引譬连类,以分析"不当官为雅,当官为俗"这种传统说法为经,以分析《红楼梦》中某些人物的类似表现为纬,牵合交织起来,代替对贾宝玉思想性格的论证，结论却安在贾宝玉头上。从方法论上说就是只看到贾宝玉的某些言行与传统的雅俗之论有某种外部联系，就认为本质一致，也就是以现象代替本质，以一般代替个别；将鄙弃功名利禄看作固定不变的范畴，不看其在不同时代不同人身上的发展变化，也就是以静止不变代替运动变化。

在中国封建社会生活里，在士大夫阶层中，是有这么一种传统的说法，"不当官为雅，当官为俗"，但也仅是一种说法而已。那些或真诚或虚伪地鄙弃功名利禄的人物，其思想动机的种种不同，都是与当时社会现实及个人际遇相关，绝非取决于雅俗之论。贾宝玉所以鄙弃功名利禄，不愿当官，其思想基础相当复杂，不是"雅俗"二字所能分剖。总的说来，表现出的贾宝玉具有离儒家之经、叛孔孟之道的思想感情，其中占主导地位的是反封建的、初步的民主主义意识，同时也有释道消极虚无思想的因素。

《略论》中说，贾宝玉不喜读孔孟程朱之书，是从他不愿当官派生出来的，这把二者之间的主从因果关系颠倒了。实际上，贾宝玉的种种"行为偏僻性乖张"，包括他的不愿当官、不事科举，都是他不满现实、遗世独立、背叛纲常名教的反映和结果。封建君主制度、官僚制度、科举制度的政治思想前提、理论支柱、实践原则就是孔孟之道、程朱之学，贾宝玉则从小不接受这种正统的封建主义的政治伦理教育。他极恶读书，一贯违反他父亲贾政要他"把四书一气讲明背熟"的耳提面命。贾宝玉爱读的是另一种书，是那些思想较为解放、含有民主性内容的诗词和《会真记》之类"杂学"。他对孔孟程朱之书，不但感情上嫌恶、抗拒，而且在理智上也予以否定、撇弃。每遇人劝他正经读书，他就"只管批驳诮谤"说那些热衷于"读书上进"的人是禄蠹，又说"只除'明明德'外无书，都是前人自己不能解圣人之书，另出己意混编纂出来的"（第十九回），因此他"除四书外，竟将别的书焚了"（第三十六回）。贾宝玉这些言论行动非同小可。在《红楼梦》产生的时代，最高封建统治者崇儒重道，朱熹注的《四书》

9

是钦定的教科书,"亵渎圣贤"动辄获罪。作者曹雪芹不得不万分留心在意,让他的主人公贾宝玉的"批驳诮谤"绕过《四书》。即使如此,贾宝玉的叛逆思想仍不可掩饰。儒家经典,历来有四经、五经、六经、九经、十二经、十三经之名。《论语》入经部自唐代始,以《孟子》为经自宋代始。贾宝玉竟然认为"除四书外杜撰的太多"(第三回),都是"混编纂出来的",一火焚之。这不明明把《诗》《书》《礼》《乐》《易》《春秋》以至《孝经》等全都贬斥了?贾宝玉对于"论、孟、大、中"这四书,是否就真恭敬呢?没有的话!有一次,他携了一套《会真记》在沁芳闸桥边桃花底下一块石上坐着细细玩赏,不期林黛玉走来问他看什么书,贾宝玉顺口撒谎:不过是《中庸》《大学》。然后这一对叛逆儿女就并肩忘情地看起这"真真是好文章"来(第二十三回)。《会真记》成了他们的"大学""中庸",真正的《大学》《中庸》却被弃如敝屣。这一幕不正说明了贾宝玉对《四书》的真态度、真感情?不正说明了贾宝玉表面尊崇的背后隐藏着实际的大不敬?实际上,贾宝玉的批驳诮谤圣经贤传,并没有放过《四书》,或者毋宁说,正是针对《四书》的。因为不是别的书,而正是《四书》是时尚之学,是科举及第的敲门砖。贾宝玉对孔孟程朱之书是这种态度,他自然不肯按照纲常名教的要求,按照"明明德""修齐治平"的训诫,去事科举、入仕途。

这就显出了贾宝玉鄙弃功名利禄的思想特色。在《红楼梦》之前,清初的《聊斋志异》和《儒林外史》,都塑造了表现对功名利禄观念和官僚制度、科举制度批判的艺术形象。《聊斋志异》对封建官僚机构的腐败和科举弊端作了尖锐的暴露,但其思想基础却不是否定科举仕途。《儒林外史》对科举制度和儒林群丑的讽刺、批判十分有力,塑造了作者理想的鄙弃功名利禄的小说人物王冕、杜少卿等。王冕明确地从制度上否定八股取士,说"这个法却定的不好!将来读书人既有一条荣身之路,把那文行出处都看得轻了"。他是用"真儒"的道德文章的理想来否定八股取士制度,他是一个有"儒者气象"的人物。杜少卿这个人物又不同，他不但蔑视功名富贵，而且还在日常生活中不受封建礼教束缚，纵情诗酒，公开"携着娘子的手"游山、上酒馆，还同"和尚、道士、工匠、花子，都拉着相与，却不肯相与一个正经人"。但是杜少卿到底还是一个圣贤之徒，他代人撰作表彰烈女的碑文，他还干了一桩"天下皆闻"的"礼乐大事"：捐资盖泰伯祠，提倡习学礼乐以助政教。《红楼梦》中的贾宝玉，表面上与杜少卿有些相似处：他们都不愿当官，也不愿与官僚往来；他们的交友之道不以贫富贵贱相限；他们日常行事都不为俗礼所缚；他们任意任情，寄怀诗酒……但是他们毕竟在对待孔孟圣贤、礼乐政教上有着根本的歧异，贾宝玉不仅不愿"委身于经济之道"，而且不肯"留意于孔孟之间"。

《略论》不看贾宝玉思想性格的新质，只执着于贾宝玉思想性格中同传统的名士风流相联系的一面，一再把贾宝玉的不愿当官与"追求风月诗酒的思想"连在一起，把能不能"跟他一起过风月诗酒生活"作为他以官为友或骂官为"禄蠹"的准绳。《红楼梦》是描写了贾宝玉的流连风月诗酒，他与冯紫英等人物的往还格调相当低下，这表现了他的贵族青年公子的劣根性。但是说贾宝玉在生活中追求的就是风月诗酒，贾宝玉交友之义就是过风月诗酒生活，贾宝玉"不当官和同官僚之家往来"的"矛盾"就统一在能不能过风月诗酒生活上，并以此证明贾宝玉"并不是一般地反对官僚"，证明这就是贾宝玉对官僚取舍褒贬的雅俗之论的实践内容——这种论述方法和论点，这种对贾宝玉鄙弃功名利禄的思想基础的理解，在我们看来，未免失之主观片面，与《红楼梦》表现出来的客观事实相左，因而也是缺乏说服力的。我们认为，贾宝玉的思想和生活方式的并非风雅而是庸俗的一面，并不是他鄙弃功名利禄、科举仕途的主导思想或支配思想。他的主导思想是对封建末世政治社会生活的不满，对官僚制度和为官作宰的大小贵族统治者的失望，对孔孟程朱之学的怀疑、否定与叛逆。他对现实失去信心，对纲常名教及其制度化的一切失去信心，对补封建社会之"天"失去信心，因此他才不投身科举仕途，不愿涉足官场，鄙弃功名利禄。同时，他对现实中还未出现的、包含着某种初步的民主主义理想的、合乎自然情理、在人与人关系中尊重个性及平等、自由的社会秩序，有着虽然朦胧却是热烈的向往。加上他所受的释道虚无消极思想的影响，遂酿成了贾宝玉式同现实不协调的叛逆性格。《略论》不顾这一切复杂情况，只以雅俗之论来分析贾宝玉鄙弃功名利禄的思想基础，无乃太拘限贾宝玉，也太拘限《红楼梦》了。

《略论》既否认贾宝玉鄙弃功名利禄有什么重要的、进步的社会内容，又认为贾宝玉鄙弃功名利禄的思想基础与传统的雅俗之论并无二致，这样，它对贾宝玉鄙弃功名利禄的社会意义，当然不会有积极的估价。

然而，《略论》毕竟不能一笔抹煞贾宝玉鄙弃功名利禄的"进步意义"，它立了这样一个三段论式："宝玉这样一个世家子弟，他立志不当官，等于对国家政权不关心，而这个国家是反动的，因此说他这种志趣，这个态度，在我们看来，有进步意义。"还作了这样一个逻辑推论，"一个人立志不当官，虽说'于国于家无望'，但是，并不构成君臣矛盾"；"你不当，自有人当。世家子弟立志不当官，一般只构成父子矛盾，因为这于家世利益有极其紧迫的关系。因此，我们在《红楼梦》里就看见宝玉在这个问题上只与家庭之间发生矛盾"；"他是贾府这个封建家庭的逆子"。

《红楼梦》的客观读者都能看到，贾宝玉是一个对封建末世的社会现实、对封建意识形态、对自己出身的封建阶级怀着无穷忧愤、具有朦胧的民主主义理想的贵族青年。他的鄙弃功名利禄，是他的思想性格的一个重要方面，却不是唯一方面，还有别的同样重要或更为重要的方面。所有这些在典型环境里形成和表现出来的、主要的与非主要的性格侧面的活生生的有机化合，才是贾宝玉的典型性格。我们可以着重论述贾宝玉的性格或一侧面，但不应使之与人物性格的其他侧面分割灭裂开来，也不应与孕育人物性格的时代和社会环境孤立隔绝开来。从这样的观点来看，贾宝玉的不愿当官，固然是"这一个"人物的思想行为，但却不脱离人物思想性格的总体，也不是与社会无关的纯属个人的志趣。"人的本质并不是单个人所固有的抽象物。在其现实性上，它是一切社会关系的总和。"（马克思：《关于费尔巴哈的提纲》）如果我们承认贾宝玉的鄙弃功名利禄属于"这一个"人物的本质方面，而不是人物性格外在的附加物的话，那就得承认贾宝玉的不事科举、不愿当官等是一定的社会关系在人物身上的反映。贾宝玉是作者曹雪芹的自画像的说法，早就被批倒了。阅历过多少贵族官僚的发迹与衰微、经过自己家庭大起大落变故的曹雪芹，对封建官僚、士大夫和追逐功名利禄的读书人，对封建官僚制度和科举制度，该积累了多少感受、观察、思考，这才能概括、创造出贾宝玉这个典型人物。"主要人物是一定的阶级和倾向的代表，因而也是他们时代的一定思想的代表，他们的动机不是从琐碎的个人欲望中，而正是从他们所处的历史潮流中得来的。"（恩格斯：《致斐·拉萨尔》）贾宝玉的思想性格，包括他的鄙弃功名利禄，就具有这样的典型意义。尽管他离经叛道的思想、他朦胧不自觉的初步民主主义意识，还没有使他走到彻底背叛本阶级的地步，然而他的鄙弃功名利禄由于包含着对现存制度（包括官僚制度、科举制度）及其意识形态（孔孟程朱之学）的不满、怀疑、谴责、否定等思想内容，是不能简单地断之为"等于对封建国家政权不关心"的。

那么，贾宝玉的这种态度是否"并不构成君臣矛盾"呢？我们认为，从本质上看，也就是把贾宝玉的这种态度不作为琐碎的个人欲望，而作为一定思想的代表看，从阶级斗争的观点看，是构成了君臣矛盾的，或者更准确地说是构成了同封建国家、封建阶级、封建统治者的矛盾的。

事实上，贾宝玉鄙弃功名利禄，已经达到了鄙弃三纲五常之首的"君为臣纲"的地步。第十六回就记载了一件具体的事：贾元春晋封为凤藻宫尚书，加封贤德妃，宁荣二府上下里外，无不欣然踊跃，独有贾宝玉一个"视有如无，毫不曾介意""心中怅然如有所失"。为什么呢？就为了此时朋友秦钟与智能相恋，气死老父，本人病情也日重一日。贾宝玉关心着秦钟的命运，"虽闻得元春晋封之事，亦未解得愁闷"。贾宝玉与秦钟的关系，并不是都值得称道的。但此时贾宝玉的表现，却具有私情重于皇恩、私友胜于皇亲、宁尽朋友之道不尽人臣之礼这样目无君父的性质。这在本质上不是贵族的观念，而是平民的观念；不是封建的观念，而是民主的观念。这种态度虽然未酿成实际上的君臣冲突，但在思想上不是已构成君臣矛盾了吗？事情还不止这一件。那次贾宝玉与北静王初会，后者赠他一串念珠，明言是"前日圣上亲赐"。贾宝玉以之转赠林黛玉，林黛玉竟掷而不取，说："什么臭男人拿过的，我不要他。"林黛玉或许不知道此物来历（但也可能贾宝玉已告诉她），贾宝玉却是明白的，但他不作辩白，默认那"臭男人"拿过之物不配赠与林黛玉（第十四、十五回）。这种态度，评之为"大逆不道"亦不为过，怎不构成君臣矛盾？内因已经具备，不过没有遇到外因，即现实条件的催化罢了。

即使撇开这类具体而微的事情不谈，单就贾宝玉的鄙弃仕途科举、鄙弃孔孟程朱的纲常伦理而论，它所包含的思想意义和社会意义，对封建国家的上层建筑包括社会制度和意识形态的巩固来说，无疑起的不是积极的、维护的、建设的作用，而是消极的、瓦解的、破坏的作用。贾氏宗祠悬着"先皇"御笔的一块金匾，写的是"星辉辅弼"，两边的一副对联，也是"御笔"，下联是"功名无间及儿孙"。而贾宝玉却不要那个功名，不当那个辅弼之臣。诚然，"你不当，自有人当"。但是，问题不在于这个贾宝玉不愿当官，而在于他的态度包含着对官僚制度、科举制度的否定，对孔孟之道程朱之学的否定，作为一定思想的代表，是削弱、动摇封建统治及其精神支柱的一种因素。特别是在封建末世时期，封建统治已越过它发展的历史高峰而走下坡路，封建社会关系面临着分崩离析的态势，对于封建统治阶级来说，外有农民起义风起云涌的冲击，如果加上统治阶级内部异军突起，加剧离心倾向，那局面也就更加岌岌可危。因此，贾宝玉一类人物的叛逆思想，不是统治阶级所能容忍的，而是要尽力予以消弭扑灭的。《红楼梦》偏为之表彰，难怪乾隆皇帝弘历的堂兄弟弘旿虽久闻《红楼梦》之名"而终不欲一见，恐其中有碍语也"（《古典文学研究资料汇编：红楼梦卷》，第十页）。也就是说，《红楼梦》的内容，包括它所表彰的贾宝玉的叛逆性格，在封建统治者看来，是很碍眼的。不仅构成了同封建统治的矛盾，而且这种矛盾在一定程度上说还是难以调和的。

贾宝玉不愿当官，自然也构成了父子矛盾。然而，对于像贾府这样的世代簪缨之族来说，子弟是否热衷科举立志当官，同封建家庭的矛盾却并非不可调和。贾赦就曾公开在子弟面前表示："咱们这样人家，原不比那起寒酸，定要雪窗萤火，一日蟾宫折桂，方得扬眉吐气。"（第七十五回）就是贾政也未尝不在心里思量：贾氏祖宗们中"虽有深精举业的，也不曾发迹过一个"。事实上，贾门的发达并不依靠科举，因而贾政后来对宝玉"也不强以举业逼他了"（第七十八回）。从这里可以看到，尽管在"读书上进"与否上造成了贾政与贾宝玉的父子矛盾，但矛盾的真正症结还不在单纯的要不要当官上。

贾政贾宝玉父子矛盾的根本症结，在第三十三回"不肖种种大承笞挞"中有生动的反映。这场打，几乎是生死冲突。表面原因是宝玉"在外流荡优伶，表赠私物；在家荒疏学业，淫辱母婢"。然而，贾府中其他真正荒唐无耻的人们正多，所干的丑事远在宝玉之上，贾政置若罔闻，可见行为失检不是宝玉被打的根本原因。贾政对宝玉大动肝火，直接原因是宝玉所"流荡"的优伶属于与贾政不同政治集团的忠顺亲王所有，忠顺王已派人登门问罪，使贾政大为惊恐。但此事原也不难处置，不至于使得贾政"眼都红紫"地亲手要把宝玉"着实打死"。招打的最主要的根由，是这些导火线引爆了贾政平日对宝玉一贯的叛逆思想与行为的积恨，对此花袭人就颇为了然。事后她劝贾宝玉："你但凡听我一句话，也不得到这步地位。"宝玉不听袭人什么话？第十九回有记载：袭人站在卫道立场上对宝玉约法三章，其中就有对

15

宝玉批驳诮谤读书上进的箴规。宝玉当时答应，但不改，并不真听。终于"得到这步地位"，酿成了封建卫道者对离经叛道者的这场暴力镇压。贾政在下狠手死打中间，狂怒地对劝夺的人叫嚷："你们问问他干的勾当可饶不可饶！……明日酿到他弑君杀父，你们才不劝不成！"其实宝玉当然不会走到"弑君杀父"的田地，但是贾政认真地、并非毫无因由地为此警戒着、防范着。卫道者对叛逆者的思想行为，确实认为"不可饶"。贾政自己把这父子冲突提到了吓人的原则高度。

如此看来，《略论》从个人志趣和所谓"生活风格"来论贾宝玉的不愿做官等说贾宝玉鄙弃功名利禄的思想行为只关乎"家世利益"，"只与家庭之间发生矛盾"，贾宝玉只"是贾府这个封建家庭的逆子"，是不确的；这样来理解贾宝玉鄙弃功名利禄的社会意义，是不妥的，缩小和贬低了贾宝玉典型性格和《红楼梦》思想内容的积极的社会意义。

此外，还应指出，从方法论上说，《略论》对贾宝玉鄙弃功名利禄的社会意义的评价，也是与历史唯物主义的态度不符的。《略论》中说，不能要求贾宝玉用今天人民大众的立场观点去否定官僚制度，但它在具体论述中却又正是从"真正把官僚制度和君臣大义等当作封建地主阶级的社会制度和政治原则来反对"这样的现代标准出发，不承认贾宝玉的鄙弃功名利禄是对封建官僚制度等的否定。但在我们看来，用现代标准去否定贾宝玉在其历史条件下对封建官僚制度等的否定，并非历史唯物主义的态度。正因为《略论》从现代标准出发，不作具体的历史的分析，所以它断言贾宝玉"不能反对官僚制度，不能反对皇权，不能否定孔孟程朱的君臣大义"，从而把贾宝玉的鄙弃功名利禄看作历代多有的、类似的思想行为的简单复现。《略论》实际上把鄙弃功名利禄以及所谓不当官之"雅"与当官之"俗"这类传统观念，看作是在历史生活中静止不变、古已有之的，要说变化也只是数量的增减与场所的变更，否定了这些思想观念在具体历史条件下、在具体人物身上，是产生了质变或部分质变的。《略论》根本不去注意贾宝玉的鄙弃功名利禄，也不去注意较之前人（如《儒林外史》中的王冕、杜少卿）的鄙弃功名利禄，有没有部分新质，只从今天的观点去考察贾宝玉的鄙弃功名利禄比之今人的认识少了什么东西，而不从历史的观点去考察贾宝玉的鄙弃功名利禄比之前人的认识多了什么东西。于是，贾宝玉的鄙弃功名利禄所包含的民主性的精华，《略论》就视而不见，没有给予应有的、肯定的历史评价。《略论》还根据封建地主阶级中人都"衣租食税"这一点，不及其余，笼统地断言当官与不当官"本是一丘之貉"，"如果说是'禄蠹'，大家都是'禄蠹'"。这样一来，鄙弃功名利禄也就随之被笼统地一概否定了，因而作为贵族公子的贾宝玉，他的不愿当官等，也就毫无意义，他的骂"禄蠹"，竟是骂自己了：他不也是衣租食税的吗？于是，"禄蠹"与非"禄蠹"之间、鄙弃功名利禄与热衷功名利禄之间，按照《略论》的说法，"阶级本质是一致的"，"我们实在分不清楚"了。概念和事物的质的规定性也就弄混了、取消了。"在分析任何一个社会问题时，马克思主义理论的绝对要求，就是要把问题提到一定的历史范围之内。"（列宁：《论民族自决权》）违背这一历史唯物主义的要求，即使主观上要对历史人物（包括古典文学作品中的人物）作阶级分析，在实践中也肯定要走样的。

曹雪芹典型观初探
——《红楼梦》人物性格刻画的艺术成就

  本文分析的不是曹雪芹的典型理论，曹雪芹没有留下典型理论文字，我们分析的是曹雪芹在《红楼梦》中表现出来的典型观。每一个作家，都用他创造出来的艺术形象显示了他的世界观、文学观。对于一个小说作家来说，他塑造出怎样的艺术典型、他为什么要塑造这样的艺术典型、他怎样塑造这样的艺术典型、他为什么要这样塑造艺术典型，又都包含着并向读者显示着他的美学理想和典型创造的观念。至于他有没有典型理论文字，关系是不大的。文艺典型理论的发展史，归根到底是由创作家用创作实践成果来提示而由理论家归纳写定的。
  《红楼梦》所展示给我们的曹雪芹的典型观包括多方面的内容，本文只就表现性格的完整性与丰富性上作些探索。

一、唯心外壳中包着合理内核的人性观

  任何典型观都以人性观或人性论作基础。历史上有过各种各样的人性论，人性论的发展对文学艺术的创造有着或直接或间接的深刻影响，特别是对于小说、戏剧作家的艺术创造有深刻影响，因为描绘性格是他们的艺术创造活动的主要内容，他们如何塑造性格，在一定意义上受制于他们的人性观。
  曹雪芹有他的人性观。这在《红楼梦》第二回贾雨村关于正邪二气交赋之论中有曲折反映。应当指出，贾雨村所论的，不都是曹雪芹本人的观点。因为贾雨村不是曹雪芹肯定的人物，倒是曹雪芹否定的

人物、批判的对象，曹雪芹不会借这样一个人物之口发表他的正面主张。不但贾雨村之论不都是曹雪芹的观点，它所代表的思想体系的一些主要内容还是曹雪芹反对的。贾雨村所作的一番讲演，包括好几方面的理学大道理。他所说的"致知格物之功、悟道参玄之力"，原是《大学》提出、后经二程朱熹发挥的理学唯心主义认识论。朱熹说，所谓"格物致知"就是"即物穷理"（《大学章句》）。这个"理"是"天下之物""所以然之故,与其所以然之则"（《大学或问》卷一）。但它绝不是事物存在的客观规律，而是封建伦理道德规范。通过"格物致知"，不是要人们去认识客观的事物，而是要人们去"穷天理，明人伦，讲圣言，通世故"（《文集·答陈齐仲》），也就是进行封建伦理道德的修养。贾雨村却要用这种理学功夫去"格""知"贾宝玉等人物的性格，可谓不着边际。这当然不是作者本意。贾雨村所演说的还包含着理学唯心主义的宇宙观。在程朱之学里，认为构成世界的本原是"理"，由"理"生"气"，由"气"生成万物，天地万物的生存变化都不过是"天理流行"，从而把封建伦理道德规范神圣化、把自然界道德化。贾雨村侃侃而谈的，就是这种把自然界和人类历史说成是封建伦理道德观念的衍化和体现的理论。具有强烈的叛逆精神的曹雪芹，显然不会把这种理学教条奉为圭臬予以宣扬。此外，贾雨村还演述了他的人性观，这也是从董仲舒的"性三品"说、二程朱熹的"禀气清浊"的"气质之性"说来的，但又有所不同。贾雨村说，天地间存在的是正邪二气，正气是"清明灵秀"之气，邪气是"残忍乖僻"之气。在应运而来的"治世"里，正气充沛，赋体而生出仁人，在应劫而来的"危世"里，邪气嚣张，赋体而生出恶人。他认为儒家道统人物从孔孟到程朱，都是应运而生、秉有正气、能"修治天下"的"大仁"，而蚩尤、共工、秦始皇、曹操等则属于应劫而生、秉有邪气、专"扰乱天下"的"大恶"，历史就是在"运数""劫数"与正邪二气的作用下循环的。在仁者、恶者之外，由于正邪二气交赋，又生出所谓"上不能成仁人君子，下亦不能为大凶大恶"之"情痴情种""逸士高人""奇优名娼",至于"走卒健仆",则不知是秉何气所生。

总的说来,贾雨村的一番高论,封建理学色彩十分浓重,不可能是曹雪芹让他代表自己发言。但曹雪芹让贾雨村这样郑重其事地这番讲演,写下这一节文字,看来也不仅仅是从塑造贾雨村性格上考虑。贾雨村这番话,是由对贾宝玉一类人物的性格的议论引起的,最后还落到对贾宝玉"一派人物"的解释上,不能不使我们想到,这一节文字在全书结构上以及介绍即将出场的主人公的性格和背景的意义,在一定程度上是作者借他人酒杯浇自家块垒,在作品的开端,就对贾宝玉等书中人物的典型性格提供一种理性的解释、哲学的辩护,尤其是贾雨村之论中的人性论部分。更可注意,其中有封建的说教,有董仲舒、二程朱熹人性论的影子,但也有某种民主的、反封建反理学的因素。董仲舒说"圣人性善,小人性恶,中民可善可恶",程朱说"禀气之清者,为圣为贤""禀气之浊者,为愚为不肖",是从统治者与被统治者的关系去论人性,是从封建政治、封建伦理道德观念出发论人性,是要"存天理灭人欲"以维护封建地主阶级统治。而曹雪芹放在贾雨村口中说出的人性论,则为人欲辩解,要求社会承认正邪二气交赋而生的人物,不能"错以淫魔色鬼看待"。更甚的是,把生在公侯之家、清贫之族、薄祚寒门的这些在社会地位上极其悬殊的人,看作在人格上是平等的,把唐明皇、宋徽宗、许由、陶潜等看作与红拂、薛涛等是"易地则同之人",这简直是有点离经叛道。可见,曹雪芹写下的贾雨村这番话用意颇为复杂,既不单纯是贾雨村言,也不单纯是雪芹自道,而是一种若即若离的小说笔墨。

我们以为,对贾雨村之论作一番爬剔梳理,参酌《红楼梦》中其他人物的言论,并印证《红楼梦》性格塑造的实际,是可以窥见曹雪芹自己的人性观的一些端倪的,它大概包含有这些内容:①大多数的人性既非单纯的邪、恶,也不是单纯的正、善,而是正邪交赋、善恶相兼、搏击冲突的产物。或者用史湘云的说法:"天地间都赋阴阳二气所生，或正或邪，或奇或怪，千变万化，都是阴阳顺逆"；"阴阳两个字还只是一字，阳尽了就成阴，阴尽了就成阳"（第三十一回）。这种人性阴阳顺逆、正邪交赋、对立统一、千变万化的观点，在先验的外壳中包着某种对人性辩证认识的合理内核。②人性系乎世运，不但世道治乱，对大仁大恶或小仁小恶、不仁不恶、亦仁亦恶的人性的出现有很大影响，就是家庭与社会环境的变迁对人性也有很大影响。宁荣二公之灵对警幻、冷子兴对贾雨村论贾府儿孙一代不如一代，安富尊荣者尽多，运筹谋画者无一，就和这个百年望族盛极而衰、"运终数尽"联系起来（第二回、第五回）。这是一种在唯心的外壳中包着某种唯物的合理内核的人性观。③人性是不为贫富贵贱所限的，皇帝公侯、逸士高人、奇优名娼的人性是有相通之处的。这是一种在超阶级的普遍人性的外壳中包着民主性的合理内核的人性观。

如果我们所概括的曹雪芹人性观的这三点内容，还符合曹雪芹思想和《红楼梦》性格描写的实际的话，那么应当说曹雪芹这种人性观，对他的艺术创造、对他塑造人物形象是起了积极作用的，使他注意把握人物性格的完整性、丰富性，使他注意在广阔的社会联系中刻画性格，使他注意对所谓"下等人"的性格的全面展示。下面我们就分别来看看呈现在作品中的情形。

二、正邪交赋、善恶相兼的性格实录

《红楼梦》在性格塑造上的一大特色是它一般来说不表现纯粹的"善人"与纯粹的"恶人"，它的"正面人物"并非一切皆"善"，它的"反面人物"并非一切皆"恶"，用曹雪芹自己以曲折的方式申明的话说就是他不写大仁人或大恶人，他主要写的是"不能成仁人君子亦不能为大凶大恶"的人，是兼有"聪俊灵秀之气"与"乖僻邪谬不近人情之态"的人。他所写的"几个异样女子"，"行止见识"皆出于"堂堂须眉"之上，但也只是"或情或痴，或小才微善，亦无班姑蔡女之德能"。曹雪芹对人物当然是有他的评价、他的倾向的，但他并不故意"讪谤君相，或贬人妻女"，他反对对性格与事迹的"穿凿""不近情理""失其真传"，强调的是"取其事体情理""追踪蹑迹""实录"（第一回、第二回）。

《红楼梦》性格塑造的客观成果，以无比丰富和生动的形式实现了曹雪芹的创作"宣言"。

贾宝玉与林黛玉无疑是寄寓了作者初步民主主义理想的人物，是作者的正面人物、肯定人物。但是，作者又发掘并表现出他们性格中非理想的、非正面的、非肯定的方面，客观地、全面地写出了人物性格正反侧面的多样化的统一。

例如，作者对贾宝玉的人生观，就是兼写其"善"的一面与"非善"的一面的。贾宝玉鄙弃功名利禄，他既不"留意于孔孟之间"，也不"委身于经济之道"。不但不"留意"不"委身"于此，而且对此予以激烈的抨击，每遇人劝他读孔孟之书，"谈谈讲讲些仕途经济的学问"，他就只管"批驳诮谤"，说热衷于"读书上进"的都是"入了国贼禄鬼之流"；他厌恶"禄蠹"，"素日就懒与士大夫诸男人接谈"；他背叛他的阶级、他的父祖为他选定的人生道路，宁受死打也不回头。这样比较彻底的、具有尖锐的社会批判意义的离经叛道的性格，在那个时代、在同阶级的贵族青年中间，不能说是绝无仅有，至少也是极其难得的、可贵的。作者这样写贾宝玉，明显地是赋予了理想色彩的。那么，贾宝玉不事科举，不愿涉足官场，他希望怎样过这一生呢？请看作者对人物鄙弃功名利禄性格的另一面"追踪蹑迹"的"实录"：贾宝玉希望"每日只和姊妹丫头们一处，或读书，或写字，或弹琴下棋、作画吟诗，以至描鸾刺凤、斗草簪花，低吟悄唱、拆字猜枚，无所不至……"，这就是贾宝玉心目中的生之"快乐"（第二十三回）；贾宝玉希望趁姊妹丫头们都在一处便死了，能够得她们哭自己的眼泪流成大河，把自己的尸首漂起来，送到那鸦雀不到的幽僻之处（第三十六回），这样，"一生事业纵然尽付东流亦无足叹息"，这就是贾宝玉意识里的死之"怡然"(第三十四回)。贾宝玉所思慕的生，所向往的死，就是如此。作者对贾宝玉性格的这一侧面，是并不赞同的，说这是"可怜辜负好韶光，于国于家无望"，作者"寄言纨绔与膏粱，莫效此儿形状"(第三回)一句也对自己理想人物性格中这不理想的一面作了客观的真实的描写。在他笔下，贾宝玉的性格，贾宝玉的人生观，就其对封建的功名利禄观念和名教观念的批判锋芒来说，何等积极，何等生气勃勃光彩照人；就其对珠围翠绕的贵族公子悠游岁月的追求来说，却又何等消极，何等苍白平庸。理想与现实、反抗与妥协、高介与庸俗、正义与邪谬……相反的两种气质按照"事体情理"自然而然地相成，就是"这一个"贾宝玉性格的"真传"。

　　同样，作者也客观、全面、真实地描写了贾宝玉爱情观的"善"与"非善"的方面。贾宝玉对林黛玉的爱恋是真挚的、坚贞的。他爱她，不仅由于她的美丽、才华、身份、教养（这些，薛宝钗也都具备），还由于她与现实社会、与封建伦理道德、与一般贵族少女都恪守的庸俗观念不协调的志趣，由于她的独立不羁的人格，由于她既内向又外露的性情，由于她对美与丑的事物那种极其敏锐的、多愁善感的诗的气质。一句话，由于林黛玉所以为林黛玉的一切，他才爱她。他爱她，忍受着两人之间的口角与误会、辛酸与折磨，抗拒着家庭与社会有形无形的强大压力造成的压抑与苦痛（一个金玉姻缘说就常使他们如罩乌云）。这种不仅以感情相向而且以思想相向为基础的爱情，这种以对方的全人格为爱恋对象的爱情，这种不以彼此恋爱过程中的肉体和精神上的安逸、享乐为目的的爱情，无论在内容上还是在形式上，都是超越了爱情封建历史阶段和封建阶级属性的，在当时的现实生活中、在贵族阶级青年男女中，应该说是极其罕见的。毫无疑问，这也寄寓了作者初步民主主义理想。然而，作者并没有沉湎于对贾宝玉的恋爱感情的理想化之中，他极其深刻地表现了贾宝玉恋爱感情封建性的一面。他写贾宝玉心中林黛玉的极限位置："除了老太太、老爷、太太这三个人第四个就是妹妹了"(第二十八回)；他写贾宝玉不敢在贾母王夫人面前明白说出他对林黛玉的爱恋,只能用真痴佯狂的方式表现他的至情(第五十七回)。爱情的力量还未能使贾宝玉冲破封建亲权观念的羁绊,他爱得这样深沉,又爱得这样软弱。作者还写出了贾宝玉在薛宝钗美貌面前的目眩神摇、在袭人柔媚中的耽溺,在一切美丽少女身旁的非非之想。这并非贾宝玉自觉地对林黛玉叛情,贾宝玉在自觉意识上没有不忠于林黛玉之处,这种用情不专实际上是封建主义的一夫多妻制在贾宝玉感情世界里的反映。作者甚至还写出了贾宝玉同秦钟、同蒋玉函关系中那些令人肉麻和作呕的内容,那是贾宝玉身上烙刻着的贵族公子哥儿下流习俗的肮脏印记。反封建与封建、坚强与软弱、纯洁高尚与污浊下流、正当健康与邪恶病态……对立的两种情感因素交织着并且统一于贾宝玉心中,作者对人物内心世界"追踪蹑迹",写下了"这一个"贾宝玉的爱之感情的"实录"。

　　林黛玉也是一个十分复杂的、自身充满着互相矛盾的性格质素的艺术形象。她似乎是为爱情而生活着的,其实,她的性格有着比单纯的爱情深广得多的内容。即以爱情而论,她就与历史上出现过的和以往的文学作品中描写过的许多在婚姻问题上的女性叛逆者不同。例如,她与崔莺莺就不同。她对贾宝玉的感情的发端和表现不是"一见钟情""几不自持""神魂颠倒",而是从两小无猜到青春的友谊到心心相印的爱恋;她恋爱的标准不是或不仅仅是对方的才貌,而是彼此知心、知人,有共同的思想基础;她恋爱的方式不是彼此挑逗,而是经历了比较完整的认识过程——感性与理性的反复;她和恋爱对象的关系不是以男子为中心,而是彼此的平等;她恋爱的目的不是追求肌肤之亲,而是追求生命的结合;她和贾宝玉的接触、交谈和由此而引起的精神生活,有较之情话和缠绵的意绪范围更广阔的内容:对儒家经典与功名利禄的蔑视,对世俗的婚姻原则的否定,对"风刀霜剑严相逼"的现实环境的反抗,对合理的事物和美好的人生的企求……究其实,林黛玉并不仅仅是因为爱情才与现实冲突的,比起崔莺莺之类人物来，林黛玉是一个根柢更深的封建叛逆者。然而，封建的意识却又是那样触目、那样顽强地缠绕着这个封建叛逆者的心灵。我们看到她对贾宝玉爱得那样执着、率真、一往情深，她那样一而再、再而三地试探贾宝玉，要贾宝玉保证他的坚贞。但当贾宝玉向她袒露自己赤诚的心，揭开那层裹着他们相爱的感情的薄纱之时，她却表现出那样的惊惶、恼怒、愤激，那样急切地举起了礼教的盾牌来护持自己，挡住她旦暮召唤的爱的火流，以免过于灼伤了自己的心灵。面对爱的真诚，她往往戴上假的面具；面对爱的至善，她有时报以恶的言词；面对爱的纯美，她心不由己加以丑诋歪曲。林黛玉的爱的内容本身的尖锐矛盾和爱的内容与形式之间的尖锐矛盾，常常使贾宝玉痛苦，也使她自己悲哀。这个孤立无所依傍的少女，向敌对的社会环境挑战，追求和捍卫自己的爱情，表现得那样勇敢刚强，可又那样胆怯脆弱。反对封建礼教规范的青春少女的人性与不能彻底挣脱封建礼教规范的贵族少女的人性的冲突，无时或已。作者追踪着人物思想与感情的足迹，绘出了"这一个"林黛玉的"灵魂"。

  作者就这样把他的两个正面主人公的复杂性格展布在我们面前。那是"善"与"非善"、"善"与"恶"相兼的性格，是民主性与封建性交赋的性格。

  那么，书中的否定人物是否也是善恶相兼的性格呢？是的。先以王熙凤、薛宝钗为例。

  王熙凤是个所谓的"女曹操"，是贾氏门庭里和"金陵十二钗"队列中的一个巾帼"奸雄"。这个封建大家庭里主持家政的少奶奶，赤裸裸地秉有封建阶级代表人物唯权是逐、唯利是图、凶狠、机诈的阶级本性。但是，请问读者，王熙凤给你的印象，是不是一个无恶不备、一善俱无的人物？她是不是只让你感到可怕、可憎，而丝毫也引不起你别的如可赏的乃至可亲的感受？恐怕，尊重作品的客观描写，实事求是地讲，王熙凤并非恶的化身，并非时时、处处、事事使人憎恨、反感。对于一个具有无产阶级观点的读者来说，当王熙凤性格邪恶的一面表现出来，她的所作所为对弱者、对奴仆下人显得是那样伤天害理的时候，当她残忍阴毒、杀人也不眨眼地害死了尤二姐、金哥与长安守备公子的时候，当她滥作威福、残酷地虐待丫头仆妇的时候，当她用精明的手腕、如簧的巧舌、两面三刀的伎俩为封建阶级利益、为她本人追逐权势聚敛财货的目的服务的时候，自然引起了我们的愤恨、憎恶；但当她的所作所为并不直接损害他人，当她表现出亲切的态度照顾贾宝玉诸姊妹、支持他们结社吟诗等的时候，当她机趣横生、在她周围撒下欢声笑语而无害人之念的时候，当她还摸不透贾母王夫人择媳的对象、半真半假地对林黛玉笑说"你既吃了我们家的茶，怎么还不给我们家作媳妇儿"（第二十五回）的时候，一句话，当王熙凤丑恶的阶级本性并不直接作用于生活时，她的才能、机智、诙谐等就并不总是使读者反感，在一定场合和一定意义上还使读者欣赏乃至亲近。这并不妨碍读者对王熙凤丑恶本质的认识。王熙凤到底是生活在现实环境中的人，而不是飘浮在"理世界"里的道德观念。一般地说，人的性格都是表现着生活完整性的活生生的具象，是现实关系反映于人身上的矛盾统一体，而不是某种抽象观念的衍化。作为具体的单个人的性格，与阶级性不能等同，正、反面人物都是如此。所谓否定人物或反面人物，只能说他（她）的基本性格、他（她）的基本行为属于反面的、否定的事物，但他（她）的所作所为不可能不分时间、地点、条件，时时事事处处、彻头彻尾、彻里彻外都是纯纯粹粹属于否定的、反面的东西，这不合乎生活的辩证法，因此作家也不应违反生活的辩证法，把反面人物或否定人物写得太简单。简单化的处理或者失真，或者失诸浮薄浅露，反而不利于对反面人物、否定人物的暴露和批判。曹雪芹尊重生活的辩证法，没有把王熙凤写成一个完全、彻底的恶人。他在刻画这个邪恶性格的时候，也表现了她的某些让读者亲近的方面，其动机和效果都不是美化王熙凤。他塑造的是一个具有极其丰厚生活血肉的、活生生的反面文学典型。

薛宝钗的性格似乎表现得比王熙凤还更复杂。她到底是作者肯定的形象还是作者否定的形象，历来引起《红楼梦》读者的争议。原因是多方面的：一方面在读者，由于不同的立场、观点、方法，得出不同的认识；一方面在形象本身，因为薛宝钗做的恶事远比王熙凤少，而所谓善行却比王熙凤多，薛宝钗的封建阶级丑恶本性表现得也不如王熙凤露骨，薛宝钗做假、恶、丑事时是否出自自觉的动机也不那么容易判断；再一方面在作者，作者极其嫌恶旧的才子佳人书"假拟出男女二人名姓，又必旁出一小人其间拨乱"（第一回）的老套，因此，虽然贾、林、薛有着感情纠葛的三角关系，但作者并不把薛宝钗写为在贾、林之间拨乱的小人。薛宝钗关心贾宝玉，显然出自封建主义的功利目的，后来更有着以未来的宝二奶奶自期的动机，但也有不少时候流露出来的是一个青春少女的私爱感情（当然这种私爱感情与林黛玉之爱有着明显的区别）。她的封建功利主义的思想动机使我们反感，她的少女的感情波澜使我们接近（却也与林黛玉之爱使我们感动莫名不同）。薛宝钗对林黛玉不能没有嫉妒，她们时有唇枪舌剑的交锋（如第三十四回"宝钗借扇机带双敲"），她作践林黛玉的情形也有（如第五十七回，恰恰紧接"慧紫鹃情辞试忙玉"之后），她帮着薛姨妈在开导、劝慰林黛玉的名义下警告、讥弹、嘲弄了林黛玉和贾宝玉的关系与感情，还使"痴颦"不察这母女二人用心之奸毒。但薛宝钗的这种行径也并不是经常采取的。如果认为薛时刻伺机中伤、陷溺林，那她就真成了旧才子佳人书中专司拨乱的小人了。在薛对林的关系中，有远比嫉妒更广的其他生活内容，包括生活上的关心、感情上的体贴、思想上的督导，多出自封建意识，却难说全是私心藏奸。总的说来，薛宝钗的所作所为，有些是可恶可恨的，如她在金钏投井事件中的态度；有些是可鄙可憎的，如她的热衷功名利禄、处世庸俗、为人奸伪；有些是可赏可悯的，如她的聪明、才禀，某些不见机心的大方、朴素以及她的某些少女的感情、风韵。然而，她的性格中那些可赏、可悯的因素，又是发散着浓重封建气息的；她的性格中那些可恶可恨、可鄙可憎的因素，又并非是个天生阴谋家的禀赋，而是封建主义的意识、观念、习俗的自然表露。作者塑造出来的是一个自觉地皈依、奉行、维护封建主义而又不自觉地受了封建主义的毒害与损害的贵族少女。作者笔下的薛宝钗，也属于正邪交赋、善恶相兼的性格。

此外，贾母、贾政、王夫人等的性格，也各有其复杂性。他们都做了不少恶事，但是作者也写出了他们与封建阶级中其他更恶劣的人物的差别，赋予了他们某些正派、良善的外表。

贾琏、贾雨村、薛蟠在《红楼梦》中都是劣迹昭彰的人物，但作者也没有写他们通体皆恶。贾琏偷娶尤二姐，固然是极恶的，但当尤二姐被凤姐害死时，他的所作所为却不能说都是恶的；"呆霸王"薛蟠在母亲、妹妹面前也并不总是无赖子行径；那个后来被平儿骂为"没天理的""饿不死的野杂种"的贾雨村，当他微贱和还不大显达之时，也不是没有一点善行。

也许，贾赦、贾珍、贾蓉的性格，在曹雪芹所创造的《红楼梦》善恶相兼性格的画廊中是一些例外。作者就是描写了他们的恶德败行，而几乎没有让读者看到他们有任何良善之处。封建阶级中有这一类人，特别是在封建末世。作者这样写，是完全应当的。他们的性格也有一定的复杂性，但不属于善恶相兼的复杂性，而主要是恶的性格表现出的复杂性。

三、在广阔的社会联系中刻画性格

塑造正邪交赋、善恶相兼的性格，只是曹雪芹表现性格完整性与丰富性的典型观的一个方面，它的另一个方面就是对性格的善也罢、恶也罢、善恶相兼也罢，总之对性格的总体和它的各个侧面都在广阔的社会联系中予以刻画，这是《红楼梦》在性格塑造上表现出来的又一大特色。前一方面属于曹雪芹对性格理解的观念方面，后一方面主要属于曹雪芹性格描绘的方法方面。这观念与方法的结合成就了《红楼梦》中人物性格表现的完整性与丰富性。

在广阔的社会联系中刻画性格，又可以从两个角度来谈：一是曹雪芹常以复杂的人物关系的网线交织而成特定人物的性格之网，二是曹雪芹每写性格的一个侧面就牵动整个生活之网。

《红楼梦》中人物的性格，特别是主要人物的性格，都是在众多人物关系的网结中组织并显示出来的。此人物与彼人物接触，表现性格的这一些侧面；与第三者接触，开拓性格的另一些侧面，并可烘托皴染性格已表现的侧面；与第四者、第五者接触，展示诸多性格的新的侧面，并可继续烘托、皴染性格已表现的侧面。这样，主人公所能接触到的所有人物关系亦即所接触的一切社会关系，就反映出主人公性格的无穷多侧面，这些性格的无穷多侧面并非彼此孤立而是彼此纠结着构成主人公性格的整体。

我们试以贾宝玉言之。

贾宝玉与贾母、王夫人的接触，主要表现出他作为独承宗桃的荣府家业继承人那如同"命根子"、如同"凤凰"般金贵的地位，表现出他所受到的溺爱、他的亲情、他的任情娇态、他的畏父亲怕读书，以及后来他与林黛玉相爱后在封建尊长面前的软弱等。

他与贾政的接触，主要表现出他对"读书上进"和"科举仕途"的叛逆，为此与家庭和社会产生的矛盾而受到的惩戒，他的终不悔改。此外，还表现了他的诗才、他的尊亲观念等。

他与姐妹们的接触，主要表现出他对年青女儿的亲近、尊重、体贴，他的琴、棋、诗、画的教养，他的还算比较健康、还不那么庸劣、但却是消极无所作为的生活情趣、生活方式等。

他与贾环的接触，表现出他主观上并不重视正庶观念，也不关心家庭中的嫡庶之争；他与贾环、贾兰的接触，还表现出他在兄弟和侄儿面前没有也不摆长上架子。

他与林黛玉的接触，主要表现出他的具有民主性的爱情观、婚姻观，他的某些优美的情操，以及他在恋爱、婚姻上所受到的封建意识的束缚、他的个性的多情与软弱，还有他对围绕着他和林黛玉的关系而引起的诸般社会与人事问题的态度等。

他与薛宝钗的接触，主要表现了他在恋爱婚姻问题上、在对人的道德评价上逸出了封建正统的范围，但也还带着封建意识的深刻烙印；他与薛宝钗的接触以及与史湘云的接触，还表现了他对功名利禄的决绝态度等。

他与王熙凤的接触，主要表现出他是个"富贵闲人"，不但不是"治国平天下"的材料，也不是"齐家"的材料。

他与贾珍、贾琏、薛蟠等的接触，主要表现出他对他们"惟知淫乐悦己"的鄙视。

他与冯紫英等的接触，表现出他热衷于与纨绔子弟的往还。

他与秦钟、蒋玉函、柳湘莲的接触，既表现了他交友之道的某些民主性，又表现了他的庸俗一面。

他与北静王的接触，主要表现了他对"官俗国体"的鄙薄，对"才貌双全，风流潇洒"的钦慕。

他与贾雨村的接触，主要表现他对科举仕途、对"禄蠹"的嫌恶，以及他"素日就懒与士大夫诸男人接谈，又最厌峨冠礼服贺吊往还等事"。

他与一般亲戚外人的接触，表现他对"正经礼数"的娴熟。

他与一般老妈子、丫头、书童、清客的接触，表现他待下人宽和、平等、尊重，也表现他公子哥儿的派头，以及他的才禀、他的俗情等。

他与晴雯等的接触，更多表现了他与丫头关系中民主性的一面。

他与袭人等的接触，更多表现了他与丫头关系中庸俗的一面。

他与刘姥姥、村姑的接触，表现出他对大观园之外的乡村生活的陌生与好奇，对年青女孩儿的痴态。

他与妙玉的接触，表现了他对"槛外人"生活习性的体察、赏鉴。

……

贾宝玉所接触的人物，我们不能尽举；所接触的每个人物与贾宝玉发生了什么样的关系，在他的行动和心理上产生了什么样的感应，显示了他性格的哪些明显方面与微细之处，我们更不能详说。我们不过是要说明这样一个事实：作者确实就是通过贾宝玉与诸色人等的诸般接触来展示贾宝玉性格的整体、各个局部和一切细部的。就贾宝玉性格塑造而言，甚至可以说几乎书中所有人物的存在都与刻画贾宝玉性格有关，都是为刻画贾宝玉性格服务的，写众人就是为了写贾宝玉。但反过来，我们又可以说，写贾宝玉也就写出了众人。因为凡与贾宝玉发生了这样、那样关系的人物，都各在这关系中留下了其性格的痕迹，不但林黛玉、薛宝钗，而且贾母、贾政、王夫人、袭人、晴雯、紫鹃，以至有关的一切人，都在同贾宝玉的关系中得到了直接和间接表现各自性格的条件。如果去掉他们与贾宝玉关系的条件，他们性格中相应的部分就无以表现了。

这就是说，纷纭复杂的人物关系的网线交织成性格之网。对于书中某一个具体人来说，他与所有人物的一切关系就是组织成他的性格整体的经线纬线；对于书中的人物世界来说，他们的相互关系结成了活跃着众多生命的性格系列。无论对于个人与众人，性格的完整性与丰富性都在人物关系的交织中得到了充分体现。

现在我们进而论述曹雪芹写人物性格的每一侧面，特别是主要人物性格的每一主要侧面，都牵动整个生活网的形成。

以贾宝玉鄙弃功名利禄为例。与贾宝玉性格这一侧面直接有关的人物就不少，至少包括贾母、王夫人，她们希望贾宝玉"读书上进"，但又不愿意对这"孽障"逼得太紧，因此她们实际上已成为、也被贾宝玉倚以为"愚顽怕读文章"的护法与靠山。

贾政，他是逼着贾宝玉"把《四书》一气讲明背熟"以便从科举入仕途、显身成名、光宗耀祖的主角，也是贾宝玉在"读书上进"问题上畏惧、逃避、叛逆以至以生命相抗的主要对象。

薛宝钗、史湘云，她们常"见机导劝"贾宝玉"常会会这些为官做宰的人们，谈谈讲讲些仕途经济的学问，也好将来应酬世务"。而贾宝玉则为此与她们"生分"，甚至斥之为"好好的一个清净洁白女儿，也学的沽名钓誉，入了国贼禄鬼之流"。

袭人，她以柔情劝贾宝玉约法三章，主要是叫贾宝玉不要对"读书上进"加以"批驳诮谤"。她侍奉贾宝玉读书最积极。她的柔媚的劝诫曾使贾宝玉心动，但并不改。

水溶，他的"风流潇洒，不为官俗国体所缚"为贾宝玉羡慕，从另一角度说明贾宝玉轻视官俗国体。

林黛玉，她是贾宝玉鄙弃功名利禄的知己。她从来不向贾宝玉说仕途经济的"混帐话"，不曾劝他去立身扬名，并且对"蟾宫折桂"还有所轻嘲微讽。为此，贾宝玉不但爱恋，而且"深敬"林黛玉。

晴雯，与袭人常劝贾宝玉"读书上进"相反，她真诚地同情贾宝玉被逼读书的苦恼，以天真慧黠的诡计，帮助贾宝玉躲过贾政盘考之关。她是贾宝玉超出主奴之义而以友朋之情亲之的一个丫头。

这样，贾宝玉鄙弃功名利禄这一性格侧面的描绘，就直接关系着年龄、性别、身份、地位、教养、气质各不相同的十数人，直接与这十数人的生活和性格交织起来，如同有十数面镜子从各自的角度反映着贾宝玉这一性格侧面，从而使贾宝玉这一性格侧面获得极其丰富的表现形式。

贾宝玉这一性格侧面不但在与十数人的生活和性格的交织中表现，而且还在与种种时代社会生活画面的融汇中得以体现。

例如，它与那个时代封建阶级的家庭教育与学堂教育的情形交汇着。贾宝玉从小就被严父、塾师、社会灌输以"读书上进"的封建教育，然而他却表现出鄙弃功名利禄的性格。作者围绕着贾宝玉的不肯读书上进、蔑视科举仕途，绘出了封建家庭教育的威严与无力和封建学堂教育的腐朽与堕落那一幅暗淡的、讽刺的画面，这样一幅画面又把贾宝玉在读书仕进问题上的叛逆性格映衬得更加鲜明。

贾宝玉这一性格侧面的表现又关涉着那个时代贵族青年中间两种文化的斗争。贾政斥责贾宝玉"不务正，专在这些浓词艳赋上作工夫"（第二十三回），严命贾宝玉背《四书》、习时文，为此不惜下死手狠打。这种在读书问题上父与子的矛盾及封建文化与民主性文化争夺贵族青年的斗争，在当时一般贵族家庭中普遍存在。薛宝钗就说先前她们姊妹兄弟在一处也都是怕看"正经书"，而爱读诗词与《西厢记》之类戏曲，后来被家长打的打、骂的骂、烧的烧，才丢开了（第四十二回）。然而贾宝玉丢不开，他任打任骂而不改。儒家经典与封建教条不能羁系他的思想，具有民主性的文化却占据了他的心田。林黛玉也是。于是，他俩躲过众人，一起在沁芳闸桥边，用《会真记》取代《中庸》《大学》，捧诵着、赏赞着，心驰神往（第二十三回）。

贾宝玉鄙弃功名利禄的性格，还牵涉着、影响着他和他周围的贵族青年男女的友情、爱恋、婚姻等方面的情感生活。对待读书仕进、功名利禄，贾宝玉、林黛玉是否定的态度，薛宝钗、史湘云是肯定的态度，结果是贾与林亲近，而与薛、史生分。

这样，贾宝玉不读书、弃科举、厌功名、恶利禄的性格侧面的表现，就直接牵涉着那个时代贵族阶级中人（特别是青年人）思想、文化、情感生活的诸多方面。所牵涉的这些时代生活画面又使贾宝玉这一性格侧面具有了宽广、深刻的社会内容与个性特色。

此外，贾宝玉这一性格侧面的表现，还与那个时代贵族阶级、贵族青年更为广阔的生活面有着虽然间接却是有机的关联。贾宝玉这一性格侧面在他的性格总体中、在他的生活环境中，都不是孤立的。可以说，《红楼梦》中所写到的几乎全部的人与事、几乎全部的生活场景与氛围，都从正面或从侧面与反面衬托着贾宝玉鄙弃功名利禄的性格，都是贾宝玉这一部分性格滋生、形成、受挫、发展的社会环境、现实土壤。

事实很清楚，人的性格是离不开时代、社会的。除却人的生理性的个性外，凡属社会性的个性，总是由无数看见与看不见的渠道、无数直接与间接的介质，与时代、社会通联着的。大千世界、诸色人等，既是形成特定人物个性的客观现实根源，又是表现特定人物个性的触媒。生活的底蕴难以穷尽，人的性格的底蕴也难以穷尽。因而，作家塑造人物，把握人物性格的完整性、丰富性，也只能是相对的。但是在相对之中，不同的作家表现性格是全面还是片面、是粗疏还是细密、是深刻还是浮浅、是复杂还是简单，却有极大差异。由于曹雪芹是从世运更移、环境播迁的观点去观察人性，他的被先验的、唯心的外壳包裹着的人性观中有着某种辩证的、唯物的因素，又由于他采取对人物的行为性格予以"追踪蹑迹"地"实录"的现实主义创作态度，遂使得他塑造人物的典型化方法表现出在广泛的社会联系中刻画性格的特点，每每以复杂的人物关系交织成主人公性格之网，每每写主人公性格的一个侧面就牵动整个生活之网，因而他在表现性格的完整性与丰富性上获得了卓绝的成就。

四、奴仆下人与次要人物性格也不简单化

本文第一部分曾经论述过，曹雪芹认为人性是不为贫富贵贱所限的，奇优名娼的人性可能与皇帝公侯、逸士高人易地则同，这种民主色彩颇强烈的人性观使他注意对所谓"下等人"性格的全面展示。现在我们就来看那情形。

《红楼梦》实际描写的人物，有五百七十七人之多（据南充师院编《红楼梦教学资料选》统计，包括后四十回），其中绝大多数是奴仆下人。曹雪芹写奴仆下人，不但绝对数量很大，而且艺术质量很精。《红楼梦》写得最为出色的艺术典型系列中就有袭人、晴雯、紫鹃、鸳鸯、司棋、平儿、赵姨娘、尤氏姐妹、焦大等人。这种情况在作家、作品一般思想倾向上的意义，这里不谈，单从性格塑造上说，则反映了曹雪芹典型观的某些特点。

首先，曹雪芹在典型塑造上，将奴仆下人与贵族主子一视同仁、一体重视、一样精心刻画。在《红楼梦》之前，中国与世界文学的典型塑造史的发展上，一般来说，奴仆和下层人物只是作为贵族主人公和"上流社会"生活的附属物而进入文学领域，奴仆和下层人物形象

是作为贵族形象的附庸和配角而出现在作品中,对他们的描写不占大量篇幅,在作品结构中没有较大比重或不居重要地位。在《红楼梦》中,这一切都起了极大变化:它对奴仆下人的描写,对完成作品、反映生活、表现主题的任务来说,不是仅起一种辅助的、衬托的作用,而是起着独立的、重要的作用,是影响书中基本情节发展和矛盾冲突变化的积极因素,成为支持全书宏大结构的主要支柱之一。在曹雪芹笔下,奴仆下人的形象不再是仅仅反映贵族主人公的意志,或者虽有自己的个性而没有自己的命运、只为贵族主人公而生存但没有自己生存目的的存在物,他们从贵族主人公的投影里走了出来,向人们显示出他们是一些有自己的性格与生命的个体。在这一点上说,曹雪芹笔下的晴雯、紫鹃、鸳鸯等形象,同王实甫笔下的红娘形象、汤显祖笔下的春香形象比较起来,已经属于文学发展新的历史阶段上的丫头典型了。曹雪芹在一部以贵族家庭的盛衰悲欢为题材的作品中,给予奴仆生活、奴仆形象如此巨大的关注,使奴仆下人形象获得了独立的社会意义、独立的性格生命,这在客观上反映了曹雪芹典型观具有一种新的特质,标志了文学典型创造史和文学典型观念发展史的重大革新和进步。

其次,我们看到曹雪芹不但重视奴仆下人性恪的刻画,并赋予他们以独立的典型意义,而且曹雪芹还像对待贵族主人公一样,全力以赴地、尽可能完整而丰满地发掘出和展示出奴仆下人性格的内涵。他塑造的奴仆下人形象,和他塑造的贵族人物形象一样,不是单纯的、绝对的善与恶的性格,而是正邪交赋、善恶相兼的性格。例如,晴雯、鸳鸯的性格,就既体现了奴隶的阶级品性的光辉的一面,也体现了身为奴才的平庸的一面,她们性格的每一侧面又都有丰富的内容和多样的表现方式。又如,袭人这一艺术形象所显示的性格内容,也不知要比"封建奴才"这一概念所包含的思想意义丰富多少,我们只能说袭人性格的主要方面、核心方面是封建奴性,但却不能说袭人的所作所为全都是奴才性格的反映。不,她的好些作为是与"奴才性格"

这个概念的内涵相矛盾或至少是不相符的，即以她的奴才性格的表现来说，也是采取了极其生动丰富的个性形式的。再如那个赵姨娘，作者既写她见识卑微下贱、心术不端，然而却又显示出她所处地位的可怜、处境的艰难，她在物质上与精神上所承受的社会的、家庭的以至子女的压力。通过作者的描绘，我们看到，赵姨娘的某些以被扭曲的、恶的形式表现出来的愿望与希冀，其实却是有正当的、正义的成分的。总之，作者笔下的奴仆下人形象，都不是善的观念或恶的观念或某种道德观念的化身，而是具有十分丰富复杂多方面性格内容的、现实的、活生生的"这一个"人。曹雪芹也把在广阔的社会联系中刻画性格的典型化方法贯彻在奴仆下人形象塑造上，在奴仆与奴仆、奴仆与主子的多样化的对立统一关系中刻画奴仆性格。袭人、晴雯、鸳鸯等的性格，就都是这样塑造出来的，也是以众多的人物关系交织成性格之网，也是每写性格的一侧面就要牵动整个生活之网的。

由于笔者已另有专文（《〈红楼梦〉中奴仆形象的塑造在文学史上的意义》，载陕西人民出版社《古典文学论丛》）论述曹雪芹在奴仆形象塑造上所体现出来的典型观和典型化方法，于此不再详说。

迄今为止，我们举例分析到的人物，无论是贵族人物，还是奴仆下人，都还只限于《红楼梦》中的中心人物或较重要的人物，那么，除此之外的次要人物，作者对他们性格的刻画是否还能保持着相对的完整性和丰富性呢？大体说来，回答也应是肯定的。

焦大无疑是书中的次要人物，作者对他的集中描写，也就是第七回中那仅有的一次，然而这个焦大的性格表现得也很不简单。他是贾府老仆，早年在战场上冒死救过贾府太爷的命，凭着这功劳情分，他得到贾府老主子的另眼相待。太爷死了，他老了，也就失了晚辈主子的宠遇，随之就受到势利的管家们的欺侮。他一肚子愤愤不平，一味吃酒骂人。他骂管家"没良心"："你也不想想，焦大太爷跷起一只腿，比你的头还高呢。二十年头里的焦大太爷，眼里有谁！别说你们这一把子杂种王八羔子们！"他骂晚辈主子，赶着贾蓉叫："蓉哥儿，你别在焦大跟前使主子性儿,别说你这样儿的,就是你爹、你爷爷,也不敢和焦大挺腰子呢!不是焦大一个人,你们就做官儿、享荣华、受富贵!……不和我说别的还可,若再说别的,咱们白刀子进去,红刀子出来!"他当众大嚷:"我要往祠堂里哭太爷去!那里承望到如今生下这些畜生来!每日偷狗戏鸡,爬灰的爬灰,养小叔子的养小叔子,我什么不知道!咱们'胳膊折了,往袖子里藏'!"就这么一个场面,就这么几句话,然而这里面包含着焦大性格的多少内容!这个现已年老、曾经很有身份的老仆,爱追忆、夸示自己往昔的"光荣",在这追忆与夸示中,就含着对今日所受冷遇的不平与悲酸,还含着对"九死一生挣下这个家业"的老主子的尊敬、忠诚,与对只知"享荣华、受富贵"的少主子们的鄙视、谴责。他对贾珍、贾蓉们的堕落揭发得那样淋漓尽致,他的态度那样激烈、"撒野不堪"、不顾"王法规矩",其中既有作为一个被压迫的奴仆下人对贵族主子丑恶行径的反感、憎恨和批判的成分,更有作为一个对贾府创业有功的老忠仆为贾府家业被后辈儿孙糟蹋而感到的痛惜与愤激。"白刀子进去,红刀子出来"之说,既是醉人醉语,又是激切之极的谏语,却不是反叛之声。那些"没天日的话",写尽了一个老忠仆那颗为自己、特别是为贾府而伤感、愤懑、不平、痛惜、怀怨、抑郁的粗直的心。

是的,他"实在是贾府的屈原"(鲁迅:《言论自由的界限》)。这个被曹雪芹用简洁的几笔勾画出来的焦大,性格是如此完整、丰满,而且就是这么几笔也牵动了众多人物关系之网与整个生活之网。

比起焦大来,那个贾芸之舅、开香料铺的卜世仁,更是次要的过场人物了。作者对他的描写,文长不过数百字,但却写出了这个小本生意人家的艰窘,心机的屑细、猥琐,心地的本分、世故,心性的悭啬、薄情,以及对外甥的冷淡,作态中又夹着真诚的开导、训诲……好像这个人的一生、这类人的整个人生,都在这几百字的性格描绘中和盘托出了。

由次要人物在书中所处地位所决定,由次要人物所分得的篇幅所限定，作家对他们的性格的刻画，比起主要人物和重要人物来，当然不可能是十分充分、十分详尽的。但是，我们从《红楼梦》中看到了曹雪芹克服客观限制的努力，他笔下的许多次要人物仍然以其完整而丰满的性格获得了艺术的生命，他们置身于《红楼梦》林林总总的人物形象的画廊里，使读者寓目难忘。

自然，《红楼梦》中也不是没有写得简单化的甚至概念化的次要人物，如要统计他们的绝对数量，肯定不少。因为作者毕竟不可能对全书列入的数百人物个个展开描写。哪怕是简短的描写，也不可能分配给每一个书中提及的人物。就是有可能展开描写的人物，也不能绝对保证作者的笔力就无一疏失。存在一些个性不鲜明不丰满，甚至没有多少个性的人物，并不奇怪（假若情况相反，那倒是可怪的了）。这并不能动摇和抹煞这个事实：曹雪芹对性格描绘的完整性与丰富性的追求，不但卓越地、成功地体现在主要人物身上，而且也体现在次要人物身上。曹雪芹是一个描绘人物性格完整性与丰富性的艺术大师，古今罕见的大师。

五、性格塑造的新的历史里程碑

在中国文学发展史上，在曹雪芹之前，不是没有出现过描绘人的性格的大师。关汉卿、王实甫、罗贯中、施耐庵、兰陵笑笑生、吴敬梓等都是著名的描绘性格的巨匠。然而曹雪芹毕竟比他们前进了，他代表了性格塑造和典型观历史发展的新里程。这是因为：

第一，曹雪芹继承、总结、发展了前辈大师累积下来的、塑造典型的现实主义艺术形象的经验和传统，取其长、去其短，坚持严格地从生活出发塑造人物，不写超现实的性格，他的人物性格鲜明地烙上时代生活和人物所处现实环境的印记。曹雪芹又坚持严格地遵循人物思想性格的内在发展逻辑刻画人物，既贯注了作者的思想感情，又不以作者对人物的主观评价来代替对人物性格的真伪、善恶、美丑的客观描写。曹雪芹以其创作成果表明,他既扬弃了罗贯中在《三国演义》人物性格塑造中渗透着的某些超现实的、理想化的因素（如"状诸葛之多智而近妖"），也扬弃了兰陵笑笑生在《金瓶梅》人物性格塑造中表现出来的浓重的自然主义色彩。

第二，曹雪芹对人物性格的观察和表现，有其相当明确的、接近现实的人性观作基础。他相当自觉地追求性格描绘的完整性与丰富性，并且运用相当成熟的现实主义典型化方法，在广阔的社会联系中表现人物性格的复杂的、多样化的内容，以自由而广阔的性格刻画达到了人物形象的真实、完整与丰满。曹雪芹在现实主义性格塑造的自觉性和性格塑造的深度与广度上，是超越了前辈大师的。

第三，在一定意义上说，曹雪芹实际上已经具有了自己的现实主义性格描绘的观念与方法的体系。他不是在人物性格刻画的某一方面和某种程度上贯彻他那现实主义性格描绘的观念与方法，不是在一两个主要人物性格刻画上贯彻他那现实主义性格描绘的观念与方法，不是只在贵族主人公性格刻画上贯彻他那现实主义性格描绘的观念与方法，而是无分人物的善恶贵贱、不论主角配角，在几乎全体人物性格刻画和人物性格刻画的各个方面，都贯彻其旨在表现性格的真实、完整、丰满的观念与方法。这就与《儒林外史》中的人物性格往往割裂、矛盾，现实主义描绘不能贯彻始终不同；与《三国演义》只是在一些主要人物形象上、只是从政治与军事斗争的角度刻画性格不同；与《水浒传》着重从"义气"与"英雄主义"上刻画人物性格，而较少涉及人物性格的其他侧面不同、与《西厢记》人物性格的完整性与丰富性受到具体题材和人物关系的较大局限不同；也与文学史上一般作家、作品多重贵族主人公性格刻画而奴仆下人性格刻画都比较简单的情形不同，这些不同就显出了曹雪芹的特点。实际上，曹雪芹对性格表现的完整性与丰满性的追求，代表了中国古典小说在其发展历程中对性格塑造的新的美学理想，表明了曹雪芹对现实主义文学典型观、对现实主义性格描绘的原则和方法的贡献，标志着中国古典小说登上了它的历史发展的新阶梯。

曹雪芹在《红楼梦》人物描写中客观地呈示出来的他在观念上和方法上对现实主义性格描绘的新发展，不仅在中国文学发展史上有重要意义，而且在包括西方在内的世界文学发展史上也是有重要意义的。从性格描绘的观念和方法发展变化的角度说，从十六世纪（远的不谈）到十九世纪，西方文学走过了曲折的历程。莎士比亚在十六世纪创造了古典现实主义"自由而广阔的性格描写"（普希金：《包利斯·戈都诺夫》序言稿），他的人物具有"形形色色的多方面的性格"，是一些"充满着多情欲、许多恶习的活生生的人"（普希金：《漫谈》）。到了十七世纪，在古典主义作家莫里哀笔下，人物性格的表现发生了变化，他的人物只是"某种情欲、某种恶习的典型"，"在莫里哀写来，悭吝人是吝啬的——仅此而已"（普希金：《漫谈》）。十八世纪，也就是曹雪芹生活和写作的世纪，欧洲启蒙主义作家也还用他们关于抽象的道德、理性、公民义务等的说教，来约制人物性格的刻画。直到十九世纪，作为欧洲文学的一种主潮的浪漫主义文学，也还是着重作家个人理想的宣传，而使人物游离于现实生活之外，人物性格的简单化是很明显的。普希金就这样说过："拜伦总共创造了一个性格……他把自己性格的特征分配给笔下的许多人物；他赋予一个人自己的傲慢，另外的一个人自己的憎恨，第三个人自己的苦闷……"（《致尼古拉耶夫斯基的信》）。只是到了十九世纪中叶以后，批判现实主义文学蔚为大观，"自由而广阔的性格描绘"才又回到文学领域，并且由于时代生活的发展、科学思想的进步（如心理学的发达），对人的性格与社会环境的关系和对人的性格本身的观察和研究吸引了作家们的心力精神，从而使文学对人的性格的描绘达到了新的历史水平，以至于恩格斯有可能根据文学发展的现实提出了创造典型环境中的典型性格的著名命题。以此为背景，回过头去看曹雪芹在《红楼梦》性格塑造中达到的成就，就看到了一种值得深思的文学现象：曹雪芹不以自己的主观感情代替对人物性格的客观描写，他的人物性格的现实主义的复杂性、多面性，无疑与十七世纪欧洲古典主义大师莫里哀、十八世纪欧洲启蒙主义文学诸作家、十九世纪浪漫主义者拜伦及其笔下的人物有着极大的区别，而与莎士比亚"自由而广阔的性格描写"的原则及其笔下"充满着许多情欲、许多恶习的活生生的人"的性格描绘一致；而曹雪芹从生活出发，在广阔的社会联系和历史的具体的现实环境中塑造人物，这又与莎士比亚虽然创造了完整的、丰满的性格，但围绕着人物的环境并不总是现实主义典型的这种情况有所区别，而与十九世纪批判现实主义"把我们自己处境中的我们搬上舞台"❶的原则相通。曹雪芹现实主义的性格描绘的观念和方法，从史的角度去观察，本来应该属于世界现实主义文学发展高峰的十九世纪，然而曹雪芹及其《红楼梦》却出现于十八世纪的中国文坛。

那么，曹雪芹的性格描绘的观念和方法，是否就没有他实际所处时代的局限呢？当然不是。它的历史局限不但是存在的，而且是显而易见的：①作为曹雪芹性格描绘观念基础的人性观，既有某些客观的、现实的内容，然而它的总体、它的表述方式却明显地属于唯心的、先验的人性观的体系。所谓正邪二气赋体之说，所谓应运而生应劫而生之说，所谓性格内容的正邪交赋、善恶相兼之说，无论从自然观与社会观的角度去看，都是先验的、唯心的、抽象的。②曹雪芹的这些观念作用于他的创作，产生了既矛盾又统一的关系。它的那些唯物的、合理的因素，使曹雪芹注意把握人的性格的复杂性、现实性，并且曹雪芹还具有从生活出发，对人世的"离合悲欢、兴衰际遇"予以"追踪蹑迹，不敢稍加穿凿"的现实主义的艺术创造观念，再加上他那在广阔的社会联系中刻画性格的艺术方法也发挥了能动作用，这些就使曹雪芹得以在艺术创作的实践过程中，克服了他的人性观的唯心的、

---

❶ 萧伯纳在《易卜生戏剧的新技巧》一文中说："莎士比亚把我们自己搬上舞台，可是没把我们的处境搬上舞台。例如，我们的叔叔轻易不谋杀我们的父亲，也不能跟我们母亲合法结婚；我们不会遇见女巫；我们的国王并不经常被人刺死而由刺客继承王位，我们立券借钱时候也不会预约割肉还账。易卜生补做了莎士比亚没做的事。易卜生不但把我们搬上舞台，并且把我们自己处境中的我们搬上舞台。剧中人物的遭遇就是我们的遭遇。"

先验的部分的思想局限，取得了创造出活生生的、现实的、完整而丰满的性格的实际成果。然而，他的人性观的唯心的、先验的胎记也仍然在性格刻画中留存下来了。例如，我们在书中就常常看到对贾宝玉性格的这类描写，如"秉性乖张，生情怪谲""天分中生成一段痴情"（第五回），"天生成惯能作小伏低……"（第九回）等。我们还看到，作者放在贾宝玉口中说出的一些最能说明性格的、有关键意义的话语，若细究其实，也是有点问题的，如贾宝玉七八岁时就说"女儿是水作的骨肉，男人是泥作的骨肉。我见了女儿，我便清爽；见了男子，便觉浊臭逼人"（第二回）。试想，一个七八岁的孩子怎能说出这种有着丰富而深刻的社会含义并标示人物一生性格特征的话？其先验的色彩很是明显。又如，贾宝玉"除《四书》外杜撰的太多"（第三回）一语，也是七八岁时说的，这也是于"事体情理"不大切合的。对人物性格的这类先验的描写，不能不说是一种违反现实主义的缺陷。③曹雪芹追求客观、全面地塑造性格，追求性格表现的完整性与丰富性，在广阔的社会联系中刻画性格，这种典型观念和典型化方法是重大的历史的进步，直至今天也没有陈旧、过时，它对我们也仍然显示出全新的生命力和巨大的吸引力，仍然是作家向往与追求的目标和借鉴、效法的范例。然而，时代不同了，文学不同了，我们今天在追求客观全面地塑造完整与丰富的性格这种美学目标时，我们今天来实践在广阔的社会联系中刻画性格的方法时，我们是以自觉的阶级观点和阶级分析方法为指导的，从这个意义上说，曹雪芹的性格描绘的观念与方法已经属于历史了。我们的任务是要在文学先辈创造的光荣历史的基础上去创造文学历史新的光荣。

（一九七九年六月六日）

《红楼梦》人物形象的客观性

一

人们读《红楼梦》，常常有这样的体验：仿佛不是在读虚构的小说，而是在读一些曾经活过或还在活着的人们的心灵与事迹的实录。何其芳同志在《论〈红楼梦〉》中有一段话真切地描述了《红楼梦》的读者与书中人物发生关系的这种情形。

> 我们少年时候，我们还没有读这部巨著的时候，就很可能听到某些年纪较大的人谈论它。他们常常谈论得那样热烈。我们不能不吃惊了，他们对它里面的人物和情节是那样熟悉，而且有时爆发了激烈的争辩，就如同在谈论他们的邻居或亲戚，亦如同为了什么和他们自己有密切关系的事情而争辩一样。

何其芳同志还转述了清代笔记中记载的有些人为《红楼梦》中人物的命运而颠迷、病亡，或者好朋友之间只因对书中人物的理解不同"遂相龃龉，几挥老拳"的故事。何其芳同志引述这些事实，自有其论旨，我们在这里提起这些材料，则为了说明另一个问题，即《红楼梦》人物形象的客观性问题。

是的，在世世代代的读者心中，《红楼梦》里的人物似乎不是作者"编述历历""敷演"出来的文学形象，而是一些有过和有着真实生命的人们，读者就像对已逝和已往的邻居、亲戚、熟人那样，感叹着、争议着人物的性格、命运。大家的观点可能不一致,然而大家都把书中的人物看作客观实在的认识对象。

这种情形颇为令人寻味。包括《红楼梦》在内的一切文学艺术作品,本来是观念形态的东西,是社会生活在作家头脑中的反映,是作家的创造物。然而有时候,文学艺术的创造物竟然与客观现实生活取得某种同一性或统一性,读者把文艺作品中的人物看作生活中实有的、具有客观实在认识价值的对象。这是怎么回事呢?这是怎样产生的呢?一般说,这是艺术描写的真实性在起作用。因为作品写得如实、逼真,就能使读者在意象中与艺术形象目接神交,如对生人。不但《红楼梦》,古往今来,一切优秀的现实主义艺术创造都是凭借着艺术形象的真实性而打动读者,达到艺术形象、实际生活、读者感受这三者之间的互相联结、互相渗透、互相贯通与互相转化。但我们还应再深入探究一下,现实主义形象的真实性在艺术表现上最主要的标志是什么?笔者以为,那就是形象的客观性。只有那些不带作者主观随意性而具有客观生活具体性的形象,才能被称为现实主义的真实形象。现实主义艺术创造区别于非现实主义(如浪漫主义)艺术创造的主要特点,就在形象的客观性上。现实主义艺术形象的真实性,既主要表现为形象的客观性,又依存于形象的客观性。对于现实主义艺术创造来说,失去了形象的客观性,也就失去了形象的真实性。如果说形象的真实性是现实主义艺术的生命的话,那么形象的客观性就是现实主义真实性的生命。因此,形象的客观性应该成为我们深入研究现实主义理论和创作的一个课题。

《红楼梦》是我们研究这个课题的一本至为博大渊深的教材。《红楼梦》在人物形象的物质可感性、客观可信性上所达到的卓越成就,是文学史上罕见的,是举世公认的。正是通过形象的客观性这个媒介,万万千千的读者情不自禁地同《红楼梦》中的人物发生这样那样的精神交感以至言行交通的关系,在阅读、研究和日常生活中自觉不自觉地进入《红楼梦》的艺术世界,在读者的感受中实现了观念形态的这部作品与物质形态的社会生活的统一。

二

《红楼梦》的作者曹雪芹不可能提出形象的客观性这个概念，但是在他的创作思想、美学原则中形象的客观性却占据着重要的地位。他通过《红楼梦》的叙述语言和人物对话，明确地、执着地表示了对形象客观性的追求。

首先，曹雪芹十分强调作品的写实性。开卷第一回即明白告诉读者，他这书虽已"将真事隐去"，然而所记却是"亲自经历"和"半世亲睹亲闻"，其中"离合悲欢，兴衰际遇，则又追踪蹑迹，不敢稍加穿凿"，"不过实录其事"。可见，此书在一定程度上以作者家世、作者亲历亲闻的人与事作素材与模特儿。鲁迅也曾指出《红楼梦》"叙述皆存本真，闻见悉所经历"。无论如何，从《红楼梦》作者自言"将真事隐去"与"不过实录其事"这两句似矛盾而实统一的话中，我们分明看到曹雪芹以忠实于客观事实为创作标志。与"实录其事"相对立，曹雪芹对"假拟妄称"的"创作"极为鄙夷。曹雪芹不但在原则上、作品整体上坚持写实性，而且在作品局部上以至在细枝末节上也坚持和推崇写实性。我们都记得第七十九回里林黛玉对贾宝玉《芙蓉女儿诔》中"红绡帐里，公子多情；黄土垅中，女儿薄命"一联的评论。林黛玉说："'红绡帐里'未免熟滥些。放着现成的真事，为什么不用？""咱们如今都系霞影纱糊的窗槅，何不说'茜纱窗下，公子多情'呢？"这一改叫贾宝玉击节称赏，他说："可知天下古今现成的好景妙事尽多，只是愚人蠢子说不出，想不出罢了。"曹雪芹从小说整体到艺术细节上这种鲜明的写实主义的态度，对《红楼梦》人物形象刻画客观性特色的形成，当然有极大关系。

其次，曹雪芹在力主"实录其事"的同时，也不反对创作虚构，然而认为虚构在创作者必须"意趣真"（第四十八回），在艺术表现上必须符合对象的"事体情理"（第一回），在艺术效果上必须达到"有口里说不出来的意思，想去却是逼真的；有似乎无理的，想去竟是有理有情的"（第四十八回）。创作的"意趣真"和效果的"逼真"，都是建立在对对象"事体情理"的深入体验和忠实表现上的。曹雪芹对那种"胡牵乱扯""自相矛盾大不近情理"的"假拟"（第一回），对那些"诌掉了下巴的话""编的连影儿也没有"（第五十四回）的书极为反感。曹雪芹那"意趣真"、"事体情理真"、效果"逼真"的创作思想用现代语言来表达，就是要求所写的"不必是曾有的实事，但必须是会有的实情"（《什么是讽刺？》，《鲁迅全集》第六卷第二百五十八页）。换句话说，就是创作者的虚构必须从客观物象出发，又以客观物象为依归，从而使创作的虚构与客观的实在取得某种同一性、统一性、一致性。

曹雪芹的创作思想里还有一条，那就是坚持写人物，而不是写自己；以客观的人与事为表现对象，而不以作者主观态度为表现对象；不让作者自己的投影荫蔽了人物本相，而是使作者自己隐蔽在人物的光影中。他厌恶"历来野史或讪谤君相，或贬人妻女"，也反对"才子佳人等书""不过作者要写出自己的那两首情诗艳赋来"，这两种情形都造成"徒为哄人之目而反失其真传"（第一回）的结果。确实，在作品中突出了作者本人的意图与面目，也就失去了人物的心理与面目；突出了主观，就失去了客观。曹雪芹的创作态度相反，他不是重主观，而是重客观；不是传自己，而是传人物；他的创作目标是写人物之"真传"，"将儿女之真情发泄"（第一回）。他出色地达到了这个目标。

最后，我们还应该注意到曹雪芹崇尚"天然图画"的艺术思想。第十七回，贾宝玉拈出"天之自然而有，非人力之所成"的"天然"二字，来贬大观园中的稻香村，说这个处所没有"自然之理""自然之气""分明见得人力穿凿扭捏而成"，并非"天然图画"。这虽然只是贾宝玉对园林艺术发表的议论，却具有阐发作者信守的美学原则的意义，与上面已经列举的曹雪芹写实主义艺术思想的各要点是一脉相通的。曹雪芹正是应着"自然之气"、顺着"自然之理"，摒弃任何"人力穿凿扭捏"之态，在《红楼梦》中描绘出了时代、人生、万千人类的"天然图画"，活动于其中的人物形象真如"天之自然而有，非人力之所成"。

要求作品的基础是对生活的"实录"，反对假拟妄称；要求创作虚构合乎"事体情理"，"意趣真"而艺术表现"逼真"，反对不近情理的编造；要求写出人物的"真情""真传"，反对按作者的主观意愿役使人物改变人物的本来面貌；要求作品应像客观自在的"天然图画"，反对人工穿凿扭捏而成——这是相当完备的写实主义的创作思想。在中国古典小说发展史上，不乏现实主义的作家、现实主义的杰作，然而包括《水浒传》作者施耐庵、《三国演义》作者罗贯中等在内，谁也没有像曹雪芹那样，向自己提出如此鲜明的写实主义原则，如此自觉地以形象的写实性、客观性为美学目标。即从这个意义上说，曹雪芹在中国古典小说发展史和现实主义发展史上的地位已是出类拔萃的。作为这样一位相当自觉的现实主义巨匠呕心沥血之作，《红楼梦》遂成为在艺术描写中体现写实性、客观性原则，极大地丰富了古典小说写实主义艺术经验与技巧的典范作品。鲁迅最推崇《红楼梦》人物形象的写实性，并从中国小说史的高度评定了它的地位："《红楼梦》的价值，可是在中国底小说中实在是不可多得的。其要点在敢于如实描写，并无讳饰……其中所叙的人物，都是真的人物。"这是确凿不移之论。

三

谈到曹雪芹创造具有充分的客观性、真实性的艺术形象的经验，不能不想起《红楼梦》第五十四回写的那篇贾母的"掰谎记"。贾母批评才子佳人书的那番话，就其伦理道德内容说，是贾母的观点，而她所讲的文艺创作的道理,则带出了作者本人的观点:一些才子佳人书中作者的致命伤之一是缺乏真切的生活体验,他们"何尝知道那世宦读书家的道理",只能假拟妄称,"编得连影儿也没有"。这里包含着艺术创作的至理。

我们已经知道,曹雪芹本人在小说创作中是极其重视"亲睹亲闻"并强调"实录其事"的。如果我们细读《红楼梦》,就会懂得曹雪芹所谓"亲睹亲闻"的"实录",并非对景写生,更不是映格描红,而是十分复杂的艺术创造过程,需要有艺术创作的经验和技巧。即以第十八回贾妃归省一节为例。太监们如何动作,贾母们如何候迎,仪仗怎样前导,版舆怎样到来……都写得一丝不乱,形容毕肖,真给人以实录之感。如果说这样的场面只要作者历史知识丰富,熟谙典章制度,不必定要亲历其事也还可以写得出的话,那么像下面贾妃与祖母、父母、兄弟姐妹相见的场面,那就非"亲历亲闻"者写不出,而且就是曾身历其境的人也未必写得出。先看贾妃如何见祖母、母亲:

茶已三献,贾妃……至贾母正室,欲行家礼,贾母等俱跪止不迭。贾妃满眼垂泪,方彼此上前厮见,一手挽贾母,一手挽王夫人,三个人满心里皆有许多话,只是俱说不出,只管呜咽对泣。……半日,贾妃方忍悲强笑,安慰贾母、王夫人道:"当日既送我到那不得见人的去处,好容易今日回家娘儿们一会,不说说笑笑,反倒哭起来。一会子我去了,又不知多早晚才来!"说到这句,不禁又哽咽起来。

再看贾妃如何见父亲:

贾妃……隔帘含泪谓其父曰:"田舍之家,虽齑盐布帛,终能聚天伦之乐;今虽富贵已极,骨肉各方,然终无意趣。"

贾政启复了一番正大堂皇的颂圣言辞，然而眼中却也是"含泪"。接着是贾妃接见幼弟宝玉：

因问："宝玉为何不进见？"贾母乃启："无谕，外男不敢擅入。"元妃命快引进来。小太监出去引宝玉进来，先行国礼毕，元妃命他进前，携手拦于怀内，又抚其头颈笑道："比先竟长了好些……"一语未终，泪如雨下。

看啊，这"烈火烹油、鲜花着锦之盛"的省亲场面，竟充盈着那样一派悲凉辛酸的气氛，写得同一般写衣锦荣归的俗套大异其趣，真是出人意表，可又何其真实，何其客观！当贾妃与祖母、父母、兄弟以国礼相见时，拘于国体仪制，彼此如傀儡偶人，亲子之情异化为君臣之礼；当国礼已毕，娘儿们相见，姊弟相见，彼此才亲情发露，异化的人方始复归；至于父女相见，依然"隔帘"相望，话语间官样文章与家务私情参半，人的异化与复归一时并存。这难道不是生活最真实、最客观乃至最"原始"形态的复写吗？而富丽豪华的气象与悲抑忧伤氛围的掺和，荣耀的意绪与哀戚的情怀的混合，特别是贾元春那贵妃的行止与怨女心理的对立统一，则是多么精练、典型，又多么朴素、本色地将生活与人心的表里都再现出来啊！这是"实录"，是像生活本身那样既单纯又复杂、既明朗又含蓄的"天然图画"。诚如脂砚斋所评，"非经历过，如何写得出"如此"追魂摄魄""传神摹影"的文字。但话又说回来，即使曾身历其境，如果作者取浮光掠影、冷眼旁观的态度，或者他是热衷富贵利禄之徒，充其量也就是能如实写出那奢华景象、端严仪注、门庭光耀、笑语声喧之类生活的表面文章，绝写不出那人性人情的异化与复归，写不出那"圣眷方隆"的贵妃对"送我到那不得见人的去处"的幽怨、对普普通通的天伦之乐的可怜渴望等生活的内面与背面文章。只有既写出了生活的表面，也写出生活的内面、背面，并使之有机统一起来的文章，才配称为生活的实录，才是具有完整充分的生活客观性的艺术形象。可见，曹雪芹的"亲睹亲闻"说，不仅指对生活的见闻，还包括对生活的体验，而且是对生活由表及里的真切体验。曹雪芹珍惜自己"半世亲睹亲闻"对他实录生活的意义，说明这种对描写对象日积月累的入乎其内的观察体验，就是他所以能写出自然、真实、客观的艺术形象的基本途径、基本经验。鲁迅有一句评别人作品的话，可以移来概括曹雪芹创造真实客观的人物形象的这一艺术经验，说的是"亲炙者久，描写当能近实"（《中国小说史略》，《鲁迅全集》第八卷第二百四十八页）。

这种因为对描写对象极其熟悉，体察极久极深，因而描写得真实的情形，在《红楼梦》中几乎触目皆是。除了上述元妃省亲之例外，我们再来分析一下金钏之死事件中对王夫人的描写（第三十回、第三十二回）。在这里，曹雪芹简直不是在创造人物，而是像在对他所熟知的活人的一举一动、一言一行的写照实录。有的评论者竟认为有必要对曹雪芹笔下的王夫人来一番诛心之论，"驱散"作者罩在王夫人形象上的"烟雾"，论证王夫人原是凶狠毒辣、自觉逼死金钏的凶手，欺世盗名的巧伪人。这样持论，也许自有其道理吧，无如那是深文周纳之法，与艺术分析距离太远，对曹雪芹塑造人物形象的客观性原则未免薄有撑拒排斥。其实，曹雪芹在王夫人形象塑造上何尝散布了什么"迷人眼睛"的烟雾，他不过是不肯将生活的血肉皮骨分割灭裂，明码标价摆在读者面前。他所做的是将生活的丰富性、复杂性、客观性完整地、囫囵个地还原出来的工作。他写王夫人骂金钏："好好的爷们，都叫你们教坏了！"作者并没有对读者耳提面命：注意，这是王夫人在歪曲事实，颠倒是非。他大概相信读者自能判断，所以他只是如实地写出了王夫人的出身与教养使她认定的那种事实观与是非观。作者对这样的人物亲炙久惯，他知道王夫人们一定会这样说、这样认识问题的。相反，如果作者笔下的王夫人不这样骂金钏，不这样认识问题，那倒是失了真了。王夫人撵金钏，那理由在我们看来是无理的、不义的，作者的同情也是在金钏方面，而不是在王夫人方面。

然而，他对王夫人这类人物知之甚深，揣摩透了，他知道在王夫人这个贵族妇女的认识中，她撵金钏是理所当然的，所以他写王夫人采取行动毫不犹豫，没有任何心亏理输之态。这也是很真实、很客观的。王夫人撵金钏导致金钏之死。作者通过表现金钏死得冤屈、死得刚烈，不言而喻地谴责了王夫人，又写王夫人得知金钏之死后流泪、心神不安、不自觉地流露出负罪感、背人教训宝玉等，明讽、暗喻王夫人对金钏之死不能辞其咎。但是作者对王夫人的罪责是写得符合客观实际、很有分寸的。在作者笔下，王夫人撵逐金钏之时，并没有逼金钏走上死路的自觉。她只是要惩罚丫头，撵出去，使之不能"教坏"贾宝玉。至于这样的惩罚对丫头的死活有何关系，根本不在她考虑之中。她也未必料到丫头这一被撵就定然活不成，因为她根本不会劳神去体会，也体会不到丫头的难堪处境，根本想也想不到丫头会有那样刚硬的骨气，所以她知道金钏死讯后对宝钗哭说："你可知道一桩奇事？金钏儿忽然投井死了。"这话固然有在外人面前开脱自己干系的成分，但也并非有意装傻，倒是真实地反映了金钏之死出她意料，是她所不理解的"奇事"。下面她说的"谁知道她这么气性大，就投井死了"，话语的逻辑重点也是在"谁知"上，言外含有自己失于预察、良心有亏之意，所以才有接下去"岂不是我的罪过"之说，重点并不在贬责金钏"气性大"上。薛宝钗才是有意对金钏栽诬，对此作者在描写中是作了区分的，这也是客观的。作者迭连写王夫人垂泪，则真实地显示出金钏之死对王夫人精神上的打击与威压。如果我们认定这是王夫人在装假作态，她流的是"鳄鱼的眼泪"或"猫哭老鼠"之泪，就太穿凿了，不是作者本意，也不是人物的本来面目。作者写王夫人加厚发送金钏，那意思主要是表现王夫人以此赎买自己良心的安宁，并在自赎之余对死去的心腹大丫头尽其所谓的主仆之情。作者并未暗示王夫人此举是在施恩邀誉，以显扬自己的"宽仁慈厚"。在笔者看来，作者绝对没有给王夫人罩上烟雾，相反，他几乎像是录像一般，写出了生活中的王夫人。他"只取其事体情理"，准确、深刻地写出他亲炙熟稔的这个人物的所作所为的客观面貌、真实心理,既不涂以黑墨,也不施加粉饰。在曹雪芹笔下,凶狠毒辣地害死奴仆下人,并挥洒"鳄鱼的眼泪"以欺世盗名的贵族主子,别有人在,如王熙凤之于尤二姐,但那不是王夫人的作为,王夫人的问题自有其分量;对奴仆下人的屈死冷酷得无动于衷,并从而横加诬蔑,以致追加迫害的贵族主子,也别有人在,如薛宝钗之于金钏、王熙凤之于鲍二媳妇等,那也不是王夫人的作为,王夫人的问题自当另议。曹雪芹对贵族主子的诸色人等,都"亲炙者久""半世亲睹亲闻",正是这亲炙久、闻见熟、体察深,使他不会按一个模子去写,也不会胡编乱造,而是按其事体情理,追踪蹑迹,不加穿凿地写出各人的真面目。

四

如果说曹雪芹强调"亲睹亲闻""实录其事"是他创造真实、客观的艺术形象的一条基本经验的话,那么这说的是对描写对象入乎其内、深入体察的经验,还必须有将他入乎其内体察到的描写对象出乎其外地表现出来的艺术技巧,才能完成真实、客观的艺术形象。也就是说,亲炙久、闻见熟、体察深之外,还需"表现真"。在《红楼梦》中,曹雪芹为了达到"表现真"而采取的艺术手法,主要是白描。所谓白描,就是将作者对人物听其言、观其行、察其颜色,入乎其内把握到的人物心理、性格,出乎其外地描画出来,不加形容,不带陪衬,不作解释,直接对人物的言、行、颜色写照,让读者面对这单纯朴素的画面去体味人物性格、心理的内容。由于用白描手法刻画出来的人物形象没有附带作者的主观评介,只是由人物自身来显示自己,又由于读者从人物的言、行、颜色来认识人物心理、性格,是同人们在生活中体察他人的认识过程相一致的,因而在读者的感觉上,用白描法塑造的人物形象最具有生活客观性与可信性。

用白描手法刻画人物,在《红楼梦》中有极其丰富的表现。其内容复杂,形式多变,概括起来,包括描写人物言语、动作、肖像(神态等)三方面。其作用也有所不同,大体说来也是三方面:显示人物性格、人物心理、人物关系。下面的例子可见一斑。

(1)以动作的白描显示人物性格。

第二十八回写贾宝玉走到凤姐院门前,只见凤姐站着,蹬着门槛子,拿耳挖子剔牙,看着十来个小厮们挪花盆……无须加以解释,这种动作、这般姿态、这副形容本身,就表现了凤姐这个掌家政的贵族少妇庸而俗的性格。

第三十三回贾政发狠死打宝玉,王夫人哭着以打死宝玉则绝了自己终身依靠为劝。"贾政听了此话,不觉长叹一声,向椅子上坐了,泪如雨下……"作者只是白描,对贾政为何如此不加解释,而所描画出的贾政这动作本身,已体现出贾政之打子并非出自生性凶狠无情,而是包含着对儿子不能克承家业的无可奈何的痛苦,从而使父子间这场性格冲突的思想、社会内涵更深化也更显豁了。

(2)以对话白描显示性格。

第四十七回贾母拒绝邢夫人要求,不答允将鸳鸯给贾赦,说了一番话陈述道理:"鸳鸯那孩子还心细些,我的事情她还想着一点子","我凡百的脾气性格儿她还知道些","还投主子们的缘法","这会子她去了,你们弄个什么人来我使?","我如今反倒自己操心去不成?"作为封建大家庭的成员都该尊奉的"老祖宗",贾母所说不能放鸳鸯的理由充足正当,也很真实真诚。然而读者在这番话里,却明白听到了贾母的心声:她根本不是为鸳鸯作护法神,她不过是护自己,护自己的舒适、享乐。

第六十九回贾母听了凤姐与秋桐合伙栽陷尤二姐的谗言,立即贬责尤二姐:"人太生娇俏了,可知心就嫉妒了。凤丫头倒好意待她,她倒这样争风吃醋的,可知是个贼骨头。"贾母这一句话就把她自己偏听偏信、自以为精明而实昏聩的性格暴露出来了。

写人物话语,有多种作用。这里的作用,是性格白描。

(3) 以动作加言语的白描显示性格。

第六十七回袭人走到沁芳桥畔，遇见老祝妈在葡萄架下干活，老祝妈请袭人摘个葡萄尝尝。袭人正色道："这那里使得。不但没熟吃不得，就是熟了，上头还没有供鲜，咱们倒先吃了。你是府里使老了的，难道连这个规矩都不懂了。"袭人那严守奴才规矩，并以此督察同类的性格特色，已在白描中。

第十七回从贾宝玉题"曲径通幽处"开始，连写了贾政对宝玉之题联额发出七笑、二冷笑、三点头、二摇头、六断喝，处处讥、讽、斥、责宝玉，极少正面肯定宝玉。然而贾政这些参差错落、颠倒反正的表情、话语，却掩不住对儿子的"歪才情"的欢喜、得意，同时也让读者看到了贾政那矫饰、虚矜之态，和他在儿子与幕客面前极力维持父亲的尊严、东翁的情操，掩盖自己学问与才情贫窘平庸的企图。

(4) 以动作、对话的白描显示人物心理活动。

第二十回林黛玉为贾宝玉与薛宝钗接近而生宝玉的气，宝玉用"亲不间疏，先不僭后"的道理对黛玉解释，并问黛玉"难道你就知你的心，不知我的心不成？"林黛玉听了，低头一语不发，半日，说道："你只怨人行动嗔怪了你，你再不知道你自己怄人难受。就拿今日天气比，分明今儿冷的这样，你怎么倒反把个青肷披风脱了呢？"

林黛玉低头半日之后，说出来的话明显分成两截，接不上榫，但正是在这举止、言语的断续中，我们看到了黛玉内心活动的跳跃，听到了她心理变化的节奏。黛玉听了宝玉的解释，她的心病一时去掉了，然而这个矜持的少女并不明言她已原谅宝玉与宝钗的接近，她反而后语不搭前言地怪起宝玉不该天冷减衣来，但这已是表示关怀与温情的嗔怪了，所以原先紧张苦恼的宝玉一听就笑了，而黛玉也随即高兴地和湘云说笑起来，乌云已散，心境又是一片明光了。作者只是画出人物举止与言语的白描，没加说明，而人物心理变化的内容与过程已历历如绘。

第八回"比通灵金莺微露意"是另一例。薛宝钗手托通灵玉"细细地赏鉴",看了正面看反面,"宝钗看毕,又重新翻过正面来细看,口里念道:'莫失莫忘,仙寿恒昌。'念了两遍,乃回头向莺儿笑道:'你不去倒茶,也在这里发呆作什么?'莺儿也嘻嘻地笑道:'我听这两句话,倒像和姑娘项圈上的两句话是一对儿。'……宝钗不待说完,便嗔他不去倒茶,一面又问宝玉从那里来。"

宝钗看通灵玉,仔细之至;念玉上八字,斟酌之至;笑嗔莺儿不去倒茶,突兀之至;拦阻莺儿说完金项圈故事,蹊跷之至;半日方问宝玉从哪里来,无理之至。这一连串动作话语的含义如此闪闪烁烁,作者不作任何注解,只是笔笔白描,却曲曲传出宝钗这个从母亲口中早听过金玉良缘之说的少女,对宝玉之灵玉与自己之金锁既关心又羞怯、既知觉又掩饰、既兴奋又怔忡、若即若离若明若暗的微妙心理。

(5)以动作、心理和对话的白描显示人物性格与人物关系。

第五十七回紫鹃一句林妹妹要回苏州家去的顽话,把贾宝玉吓傻了。袭人满面急怒来质问紫鹃,并告诉林黛玉,宝玉人"已死了大半个!连李妈妈都说不中用了"。"黛玉一听此言,李妈妈乃是经过的老妪,说不中用了,可知必不中用。'哇'地一声,将腹中之药一概呛出,抖肠搜肺、炽胃扇肝的痛声大嗽了几阵,一时面红发乱,目肿筋浮,喘得抬不起头来。紫鹃忙上来捶背。黛玉伏枕喘息了半晌,推紫鹃道:'你不用捶,你竟拿绳子来勒死我是正经。'"

宝玉有性命之虞的消息给黛玉多么剧烈、深重的打击,作者没有向我们解说,他只是用最简洁有力的线条刻画出黛玉的生理反应和精神反应,而这白描的画面再清楚不过地显示出黛玉与宝玉已是存殁与共、生死相依的关系了。

动作、心理、话语的白描甚至还可以显示出更复杂的人物性格和人物关系。第三十四回,贾宝玉被父亲死打之后正在将养,"因心下记挂着黛玉,满心里要打发人去,只是怕袭人,便设一法,先使袭人往宝钗那里去借书"。"袭人去了,宝玉便命晴雯来,吩咐道:'你到林姑娘那里看看她做什么呢。她要问我,只说我好了。'"

记挂黛玉,要打发人去,为什么怕袭人呢?为什么要把袭人支到宝钗那里呢?为什么支开袭人后派晴雯去黛玉处呢?这些,作者都不给我们明说,他只是这样白描出来。然而宝玉与黛玉的关系、宝玉与宝钗的关系、宝玉与袭人的关系、宝玉与晴雯的关系、袭人与黛玉的关系、袭人与宝钗的关系、晴雯与黛玉的关系,以及这些有关人物相应的性格,都在不言中隐现着了。

　　《红楼梦》人物形象刻画的白描手法的内容、形式、作用,自然不限于上举的几组例子,但从这些例子可以看到,这种艺术手法对曹雪芹创造真实、客观的艺术形象,对他实践形象客观性的创作原则,对他实现创造"天然图画"的美学目标,是十分适切得用的。他大量地、创造性地运用和发展了这种艺术描绘手法,而白描手法也确实对《红楼梦》总的写实主义艺术成就做出了贡献。

五

　　《红楼梦》在艺术描写中体现形象客观性原则的艺术手法不止一种,其中有一种很特别,那就是作者采取很独特的叙述方式,或准确,或故意不那么准确以至似是而非地提出对人物行为、心理、性格的评介、解释。这种叙述笔法不但与白描手法旨趣大异,也与一般小说叙述语言大不相同,也许是别书所无,或极少见的。耐人寻味的是,在《红楼梦》中,这种本来与形象客观性原则相反的叙述笔法,却与客观性原则相成,这就需要我们加以探究。

　　一般地说,在中国古典小说中,由作者通过叙述语言对人物的行为、心理、性格作出解释和评介的这种艺术手法,是用得不多的,但也有,主要是在重要人物出场时用。就《水浒传》和《三国演义》而言,有些人物第一次出场时,常有一段小传、一幅肖像、一节基本性格概述以评介人物。多数情况下,或者由人物自报家门(如张飞、关羽的出场),或者由其他人物为之介绍(如宋江出场由茶博士介绍,李逵出场由戴宗介绍，诸葛亮出场由司马徽、徐庶介绍），也有以作者叙述语言作出评介的（如晁盖、西门庆出场，刘备、曹操出场），还有些重要人物出场是没有这类"小序"而直接进入情节的。除此之外，作品叙事行文的几乎全部篇幅，都是用情节和人物行动来表现性格，通过作品叙述语言予以解说的时候就很少了。

在这个问题上，外国小说的艺术传统与我们不同。外国小说作家是普遍运用作者的叙述语言来对人物作评介和解释的，不但在人物初出场时，而且在情节发展过程中随时对人物的行为、心理、性格作出分析、说明。这是他们塑造人物形象的一种重要的艺术手段。

毫无疑问，《红楼梦》继承的是用行动来表现性格的中国古典小说的艺术传统。但我们也应看到，《红楼梦》给我国古典小说艺术传统带来了新内容。其中一点就是在《红楼梦》的叙述描写方式中，分析性、评介性的因素、手法都增加了。它除了采用人物内心独白来解释人物行动的心理依据外，还创造了心理分析的手法。例如，第二十九回"痴情女情重愈斟情"中，对贾宝玉与林黛玉感情纠葛的大段分析；第三十四回"情中情因情感妹妹"中，对林黛玉接受贾宝玉赠帕后喜、悲、笑、惧、愧的心理分析等。用对话来评介人物性格、行为、动机的手法，也更被重视了，而且创造了新的形式，如第六十五回兴儿所作的对凤姐的长篇分析评介，第四十三回茗烟对宝玉祭金钏的解释说明等。至于对作者评述语言的运用，也比《水浒传》《三国演义》丰富得多，下文可见。这些都表现出曹雪芹对我国古典小说现实主义艺术传统、经验、技巧的发展，也表现出曹雪芹在自己的艺术实践天地里创造了和外国小说技巧有某种一致性的叙述描写方法。

现在我们要说明的是，曹雪芹在《红楼梦》中通过作者叙述语言评说人物行动、心理、性格的笔法，具有一种既不同于我国小说评介人物的传统笔法，也不同于一般外国小说评介人物的叙述笔法的特色。我们知道，无论中国还是外国的现实主义古典小说，第三人称叙述者对人物的行为性格作出评介，一般都是实实在在地代表叙述者（不出场的第三人称叙述者常常即作者）的真实认识，并且是符合人物行为性格的实际内容的。例如，《水浒传》用作者叙述语言评介说晁盖"平生仗义疏财，专爱结识天下好汉"，叙述者心目中的晁盖、书中实际表现的晁盖确实就是如此；《三国演义》用作者叙述语言评论说"赵云是谨细之人，不肯造次"，"鲁肃是个宽仁长者"，叙述者心目中和作品实际体现的赵云、鲁肃也确实就是这样子；巴尔扎克的《高老头》以作者叙述语言介绍说"疼爱女儿的感情在高里奥心中发展到荒谬的程度"，这真实地概括了叙述者对高老头的认识和作品对高老头的描绘。总之，无论在中国还是外国的古典现实主义小说作品中，用作者叙述语言对人物的解说，一般都反映了叙述者对人物的真实观念，与作品对人物的实际描绘是一致的。然而在《红楼梦》中，叙述者对人物的评介与人物的实际表现之间有着更为复杂的情形，作品叙述语言对人物所作的说明不一定总代表叙述者（作者）对人物的真实认识，也不一定总符合书中具体描写的人物行为性格的实际内容。下面让我们举一些例子。

（1）《红楼梦》叙述者的说明与人物的实际之间，有一致的时候。

第二十二回贾母为宝钗做生日，问宝钗爱听何戏爱吃何物，叙述者便以注释宝钗性格的方式叙述道："宝钗深知贾母年老人，喜热闹戏文，爱甜烂之食，便总依贾母往日素喜者说了出来。贾母更加欢悦。"

这句具有揭示性的叙述，画龙点睛一般地点出了宝钗懂世故、会逢迎，随时留意博取贾母欢心的做人态度、性格特色。这样的叙述语言既确切又显豁，对刻画人物起积极作用。

（2）《红楼梦》叙述者的说明，有时几乎与人物的直接语言合为一体，而全然不代表叙述者的观点。

第四十四回，贾琏偷情被凤姐撞破，后者撒泼，前者发威，丑剧混斗一场。第二天贾母出面回护凤姐，数说贾琏。接着插进叙述者语言："贾琏一肚子的委屈，不敢分辩，只认不是。"

这句叙述语言，根本不代表第三人称叙述者即作者的观点。作者对贾琏的丑行没有半点同情，在具体描绘中对之严加诃诋，怎会真认为贾琏受什么"委屈"。然而作者在叙述语言中不出面谴责，反顺着贾琏的心思径路，解释贾琏的内心反应。于是，作者叙述语言成了人物直接语言的表现形式，第三人称的叙述与人物心理合为一体，作者的主观态度完全隐到了读者的感觉圈以外，而让贾琏这个无赖子自以为荒唐有理的无赖心理自行展布出来。人物形象本来是作者塑造的，这种叙述语言却消除了塑造感、人工感，而加强了自然感、客观感。

（3）《红楼梦》叙述者的说明，有时是书中人物语言的转述，不一定反映人物的真实情况和叙述者的观点。

第五回就有一段比较钗、黛人品的叙述语言：

……如今忽然来了一个薛宝钗，年岁虽大不多，然品格端方，容貌丰美，人多谓黛玉所不及。而且宝钗行为豁达，随分从时，不比黛玉孤高自许，目无下尘，故比黛玉大得下人之心。便是那些小丫头们，亦多喜与宝钗去顽。因此黛玉心中便有些悒郁不忿之意，宝钗却浑然不觉。

这段话中问题不少。"人多谓"如何如何，可见是转述书中其他人物的评价。何人所评，不能指实。所评确否，叙述者（作者）不作分辨，似乎认可下来。"人多谓"以下的意思，就纯属叙述者的评说了，那么这些评价是否是叙述者对钗、黛二人的真态度？是否符合钗、黛二人行为、性格的实际？不一定。宝钗容貌丰美不假，可是书中其他地方也说黛玉"秉绝代姿容，具希世俊美"（第二十六回），可见"人多谓"黛玉容貌不及宝钗不确了。褒美宝钗品格的那许多美质，也不可谓无根，但是从全书其他地方看，她也确有相反的丑处。她有时并不那么"端方""豁达""浑然"，倒是心机甚重、城府甚深，对得罪了她的人也是要指桑骂槐、睚眦必报的；而"随分从时""得下人心"也会变成专事迎合人、笼络人，或变成拿丫头作筏发泄怨怒、作践下人。至于说黛玉"孤高自许,目无下尘"等,也不能说全错,从黛玉的全部表现看,她的性情是孤标傲世的,其中确有孤僻、狭隘之病。然而,主要的确是高洁、抗世的积极内容。黛玉对下人的态度确有贵族性的一面,但可贵的是有时是颇得下人之心的,不但紫鹃,连小厮、仆妇们都祝愿她得与宝玉结为夫妇(第六十六回兴儿之说、第五十七回婆子们之说)……可见,叙述者对钗、黛二人品格的评价,又不确了,是与作品的实际描写有出入的。从字面上看,有时作者的叙述语言是右钗左黛的,然而从全书的基本倾向看,从对钗、黛的全部实际描写看,作者的基本态度是左钗右黛的。作品的某些叙述语言,实际上并不代表叙述者(作者)的观点,那么作者为什么采用那些似是而非、扑朔迷离的叙述语言呢?我以为,那是为了保持像生活本身那样的人物性格的客观复杂性、保持对人物性格的认识的客观复杂性,避免形象塑造的过分率直、刻露。作者不但在对人物行动的形象描绘上,而且在评介人物的叙述语言上,也力求体现形象客观性原则。

(4)《红楼梦》叙述者的说明,有时简直是叙述者违心地帮同人物掩饰其真相,然而因虚得实、"欲盖弥彰",使真相更显露了。

第二十八回,宝玉、黛玉正在相互较证他们自身的感情关系、他们与宝钗的关系:

正说着,只见宝钗从那边来了,二人便走开了。宝钗分明看见,只装看不见,低着头过去了……薛宝钗因往日母亲对王夫人等曾提过"金锁是个和尚给的,等日后有玉的方可结为婚姻"等语,所以总远着宝玉。昨儿见元春所赐出的东西,独她与宝玉一样,心里越发没意思起来。幸亏宝玉被一个林黛玉缠绵住了,心心念念只记挂着黛玉,并不理论这事。

这段叙述语言,如果我们认真地把它看作是作者的分析,就未免要说作者似英雄欺人。因为在书中的其他地方，叙述者（作者）明明描述了不少宝钗总近着宝玉的情节，可他在这里偏说宝钗总远着宝玉；在书中其他地方，叙述者（作者）明明描述了不少宝钗对金玉姻缘说极敏感的场面，可他在这里偏说宝钗对此"没意思起来"；在书中其他地方，叙述者（作者）明明描述了不少宝钗对宝玉、黛玉亲昵关系介介于怀，以致嫉妒不悦之情溢于颜面、形诸词色的事实，然而在这里他偏说宝钗对宝玉被黛玉缠绵住有"幸亏"之感。即以眼前实景而论，宝、黛密谈，宝钗装看不见低头过去，这在心理上明明是"近"宝玉，叙述者偏说她"远"宝玉；低头而过，难堪之状如画，偏说宝钗为宝、黛缠绵庆幸；元春赐物，确有寓意，早存金玉姻缘心事的宝钗触处知机，叙述者偏说她"没意思起来"，真是英雄欺人。

　　难道叙述者（作者）真想欺瞒读者吗？否。我们细读作品，就知道叙述者（作者）这段评说，不是实写，而是虚写，目的并非让读者相信其实，倒是不怕读者识破其虚。作者立定主意不实话实说，却要虚话实说，这是为什么呢？我以为，这是作者依他的艺术创造的需要，有意"迁就"人物。说得更明白点，其实这段叙述语言，与其说是作者的评述，毋宁说是采取作者评述形式的人物心理白描。薛宝钗是一个在思想上自觉皈依封建礼教道德观念的贵族少女，又是一个个性深沉稳重的贵族少女，她唯恐自己有非礼之念、越轨之行，她极力压抑自己"非份"的欲望，她甚至不敢正视自己内心的人性的要求，宁愿以自己对宝玉没有任何欲望这种虚构来欺骗自己，以取得内心生活的稳定与平衡。她实际上做不到，她的实际行为与理性的禁束时有冲突，然而她还是坚持禁束自己。作者的这段叙述语言，就是"迁就"了宝钗的心理状态，把宝钗借以自持的心理因素当作她的实际行为。这种"迁就"，于读者无损，读者反正是能从大量的实际描写中看清真相的；这种"迁就"，却于塑造人物有益，使薛宝钗形象更有深度，更具有生活的客观性，也更具有耐人寻味的艺术表现力。

　　关于《红楼梦》评述人物的叙述语言，暂例举至此。这种叙述语言奇妙独创、丰富多彩，对体现艺术形象客观性所起的特殊作用，于此可作管窥。但是，多少年来，也不是没有读者为这种特殊的叙述语言所迷惑。例如，所谓钗、黛优劣论之争，所谓作者究竟是左钗右黛还是右钗左黛之争，症结之一，我认为，就是有些读者、论者太把作品叙述语言对钗、黛的评说凿实理解了。这不是作者之过。作者评述人物的叙述语言，由于艺术创造的需要，虽然有时写得似是而非、扑朔迷离，但他在作品的大量直接描写中所显示出来的人物性格，却是十分鲜明的，因而作者对人物的基本态度，也是十分鲜明的。我们读者、研究者理解、评价人物形象，应不拘执于作者叙述语言的字面意思，坚持从形象的具体性和整体性出发，深入分析，总会得出较为符合实际、符合作者原意的认识。

六

恩格斯说："我认为倾向应当是不要特别地说出，而要让它自己从场面和情节中流露出来。"（《给明娜·考茨基的信》）恩格斯这句名言，精辟地概括了一切杰出的现实主义作家的艺术经验和他们的美学追求。我们读《红楼梦》时，心底总不由得浮起恩格斯这句名言。曹雪芹是世界文学史上将作家的思想倾向性与艺术描写的客观性结合得最完美的现实主义大师之一，《红楼梦》是世界文学宝库中寓倾向性于客观性的完美杰作之一。

就人物形象塑造而言，《红楼梦》寓倾向性于客观性的艺术创作经验与技巧的要点如下：

第一，从生活出发，从人物的客观实际出发，对肯定人物，肯定中有否定，不理想化，如贾宝玉、林黛玉，既写他们性格的民主性、美质，也写他们性格的贵族性、缺陷；对否定人物，否定中有肯定，不增溢其恶，如王熙凤、贾雨村，既彰显他们的劣迹，也不掩盖他们亦有善行；对一般人物，芸芸众生，或写他们小善小恶，或写他们无善无恶。作者态度完全渗入客观形象之中。鲁迅最推崇《红楼梦》的，正是它对人物敢于如实描写，"和从前的小说叙好人完全是好，坏人完全是坏，大不相同"（《中国小说的历史的变迁》，《鲁迅全集》第八卷第三百五十页）。这里实际存在着一个前提，即坚持唯物主义的人性观和现实主义的典型观的问题，也就是按人的本来面目来认识人、描写人的认识问题与艺术原则问题。

第二，《红楼梦》作者刻画人物，一般是不说出自己的倾向，大多数情况下是用白描笔法来勾出"天然图画"，用若干种对照关系来显示倾向性。下面分三个方面进行分析。

（1）人物互为镜子。

一是写彼人物意在映照此人物。有正本第六十九回的批语说得有道理："写凤姐写不尽，却从上下左右写。写秋桐极淫邪，正写凤姐极淫邪。写平儿极义气，正写凤姐极不义气。写使女欺压二姐，正写凤姐欺压二姐。写下人感戴二姐，正写下人不感戴凤姐。"既客观，倾向也鲜明。

二是写同一场合中相关的此人物以映照彼人物，彼人物亦映照此人物。第三十六回黛玉与湘云来到绛芸轩，黛玉先隔窗看见宝钗坐在睡着的宝玉身旁做针线，她"连忙把身子一藏，手捂着嘴不敢笑出来，招手儿叫湘云"。湘云过来一看，"也要笑时，忽然想起宝钗素日待她厚道，便忙掩住口。知道林黛玉不让人，怕他言语之中取笑，便拉过他来道：'走吧……'林黛玉心下明白，冷笑了两声，只得随他走了"。在这里，黛玉是湘云的镜子，湘云也是黛玉的镜子，互相照出了彼此的不同性格，个人的美点或疵点。

（2）人物自身之言与自身之行互为镜子，此时此地之言行与彼时彼地之言行互为镜子。

第六十八回和第六十九回，凤姐嫌尤二姐、害尤二姐，口中何等贤良，行为何等残忍。这"明是一盆火"与"暗是一把刀"、"外作贤良"与"内藏奸狡"的对照，既客观又鲜明地把凤姐的性格活活画出，针砭入骨。

第五十七回里，正是紫鹃试玉闹得沸反盈天、风波未平之时，薛姨妈和宝钗来"慰"黛玉。薛姨妈刚在怡红院说过宝、黛"一处长了这么大，比别的姊妹更不同""这会子热剌剌的"；然而此时她在潇湘馆却特特发挥"千里姻缘一线牵"的妙理云："或是年年在一处的，以为是定了的亲事，若月下老人不用红线拴的，再不能到一处。比如你姐妹两个的婚姻，此刻也不知在眼前，也不知在山南海北呢。"紫鹃试玉为何？正为试宝玉对黛玉之心。薛姨妈既知宝、黛青梅竹马，此刻正热剌剌，却来对黛玉讲没有月老拴线终成虚话。两相对照，薛姨妈到底是"慰痴颦"还是"警"痴颦、"弹"痴颦，读者自能判断。平日表现得端方持重之至的宝钗，在这紫鹃试玉余绪犹存之时，也竟来挤眉弄眼对黛玉说她那个宝贝哥哥薛大傻子已相准了黛玉，要娶黛玉，这到底是"慰痴颦"还是"捉弄"痴颦，读者也能判断。接着薛姨妈似真似假地笑着说要把黛玉定与宝玉，招得"痴颦"红了脸笑，紫鹃与婆子们高兴地催姨太太为这无父无母、依人篱下的孤女做媒。薛姨妈则若应若不应地说："我一出这主意，老太太必喜欢的。"她既知月老拴线的威力，又知自己具有月老资格，然而终第八十回书，读者却不见薛姨妈出她这主意。她到底是"慈姨母"还是恶姨母，读者心里也能明白。

（3）人物的言行与人们的常识公理互为镜子。

第四十一回刘姥姥随贾母与宝玉姊妹们到拢翠庵，妙玉用成窑杯向贾母奉茶，贾母把自己吃剩的茶与刘姥姥吃了，回头道婆收茶具时妙玉命将那成窑杯撂到外头去，嫌刘姥姥吃过脏了。宝玉建议送给刘姥姥，妙玉道："这也罢了。幸而那杯子是我没吃过的，若我吃过的，我就砸碎了也不能给他。你要给他，我也不管，我只交给你，快拿了去吧。"宝玉笑道："自然如此，你那里和他说话授受去，越发连你也脏了。只交与我就是了。"宝玉又说："等我们出去了，我叫几个小幺儿来河里打几桶水来洗地如何？"妙玉笑道："这更好了。只是你嘱咐他们抬了水，只搁在山门外头墙根下，别进门来。"宝玉道："这是自然的。"通篇没有一字说妙玉的洁癖如何荒唐，然而妙玉的行为实在大谬于人所明了的常识公理，以常识公理对照妙玉的行为，其乖僻、悖谬、可笑、可恶自不待言。

镜子的作用，是无分对象，不溢美也不隐患，于无言中照出人的容颜，作者的这些描写手段，就仿佛给人物设各式镜子。不必作者置词，人物之妍自在镜中。这是寓倾向性于客观性。

第三，《红楼梦》作者有时是特别说出倾向性的，但却不是为了脱离客观性，正是为了更艺术地体现形象的客观性。

一是作者通过作品叙述语言表明倾向性。正如我们在本文第五节已论到的，这种评述不一定切合人物实际，然而在特定情境下这种评述与人物不符的情形反而更深刻、更有力地体现了作品艺术描写的真实性的力量，因而更本质地（虽然是曲折地）体现了寓倾向性于客观性的原则。

二是利用人物的互评以表明倾向性。一般情况下人物的互评是揭示了人物真实面貌的，如第四十九回"凤姐儿冷眼戏敠岫烟心性为人，竟不像邢夫人及他的父母一样，却是温厚可疼的人"。这观察和评价是客观的，真实的。这种例子甚多，诚如脂砚斋批语所谓"妙在此书从不肯自下评注，云此人系何等人，只借书中人闲评一二语"。但有时人物的互评虽似公允，其实却是一种偏见，然而作者照录下来，让读者按事实自去辨析分证。第二十七回"滴翠亭杨妃戏彩蝶"中，宝钗贬红玉有"心机""是个头等刁钻古怪东西"。而她本人使"金蝉脱壳"法，把红玉的猜疑引到黛玉身上去，开脱了自己，这又恰恰说明宝钗自己才真有"心机"，绝非次等"刁钻古怪"角色。红玉轻易听信宝钗之言，中了宝钗之计，还对宝钗有好感，可见"心机"平平，也没有"刁钻古怪"到哪里去，大不如宝钗。红玉说自己与坠儿的私话若是"宝姑娘听见，还倒罢了"，要是"林姑娘"听见就了不得。宝钗却在眼前算计了她，还使她蒙在鼓里。宝钗愈受红玉信任、褒扬，在读者感受中就愈受贬责。这种描写多么真实、客观，倾向性又多么鲜明。

三是用人物自评来显示倾向性，如第四十五回"金兰契互剖金兰语"，黛玉句句自贬，语语深赞宝钗，说"你素日待人，固然是极好的，然我最是个多心的人，只当你心里藏奸……往日竟是我错了……"书中其他地方写到别人责黛玉多心，这里黛玉亦以此自责，似乎确凿无疑。然而读者从黛玉一连串真诚的自贬自责中，却看到黛玉最是坦诚，在这里她不是多心，倒是太轻信人、太宽厚、太率直、太无城府、太缺乏心机了，以致她识不破宝钗所说的"咱们也算同病相怜""只愁我人人跟前失于应候"等语是多么虚伪。黛玉真心期望宝钗与自己有金兰之契，她对宝钗倾诉着一番诚恳真挚的话语。然而这"金兰语"却是单方面的，宝钗并没有真地对黛玉自剖心胸。由此，读者也就联想到在书中其他场合，别人（包括宝玉）所说而黛玉亦自认的"多心"，其实是这个"无依无靠"，"又不是他们这里正经主子"的贵族少女在险恶的世途上独行的一种自卫意识。读者是不能以此责备黛玉的。所以，人物自评不一定反映作品的倾向性。作品的真正倾向性不寄寓于这种人物自评，而寄寓在对人物行为、人物性格、人物关系的大量客观的具体描写中。

总的说来，在《红楼梦》中，倾向性寓于客观性有多种多样的表现形式，这些无限多样的表现形式说明，在《红楼梦》的倾向性与客观性的统一里蕴藏着无比广大深厚的生活，蕴藏着作者极其丰富的艺术经验和极其多彩的艺术技巧。正由于作品寓倾向性于客观性中，它首先就取得了读者的信任，打开了通向读者心灵之路。又由于它的倾向性寓于客观性总是以生动独创的形式表现出来，它就获得了艺术魅力的一个不竭的源泉，吸引着读者各以自己的见解、能力去探寻、去挹取，得到阅读、欣赏、研究的无穷兴味与满足。

（一九七九年十二月十二日）

《红楼梦》的奴仆形象是充分现实主义的典型塑造

　　《红楼梦》中奴仆生活的描写，不仅以它内容的广泛、丰富、深刻、完整在世界文学奴仆描写中开创了一片新天地，而且它所体现出来的文学思想和文学技巧，作为《红楼梦》整个文学创作成就的有机组成部分，在中国和世界文学发展史上也有突出的、不容忽视的重要地位。

　　十八世纪以前，世界文学的大中型作品（小型作品除外）只是在描写贵族和所谓"上流社会"生活的时候，才涉及对奴仆和奴仆生活的描写。奴仆是作为贵族主人公的附属物而进入文学领域，奴仆形象作为贵族形象的附庸和配角出现在作品中。奴仆形象本身的社会意义缺乏独立性，在作品艺术结构中不占主导地位，也很少塑造出性格完整、丰满的奴仆典型。

　　《红楼梦》也是一部描写贵族"上流社会"的作品，它的奴仆形象在总体上说也是贵族形象的配角，对奴仆生活的描写也不占作品结构的中心位置。但是，《红楼梦》中的奴仆描写，却显著地具有这样的一些特点：对奴仆生活的描写占据大量篇幅，在作品结构中有很大比重，所展示的那个空前完整的奴仆世界具有无可置疑的、独立的社会批判意义，塑造了数以百计个性鲜明而且有其独立的个人生活、个人命运的奴仆形象，其中达到典型高度的奴仆形象不下十数人；描写奴仆生活、塑造奴仆形象的艺术方法是充分现实主义的，即是在奴仆与主子的多样化的对立统一关系中、在奴仆之间的多样化的对立统一关系中，总之是在全部社会关系的总和中来表现的，既有细节的真实，又有典型环境中的典型性格。这种典型化方法，本质上不是十八世纪的，而是十九世纪的。《红楼梦》在艺术上对世界文学的重要贡献就在这里，它创造了同十九世纪批判现实主义的典型化方法本质一致的艺术方法。这一切都使《红楼梦》的奴仆形象塑造迥出群表，在十八世纪和十八世纪以前的文学作品中，居于无可比并的卓特地位，其思想艺术成就放到一百多年后的十九世纪所产生的批判现实主义诸大家的杰作中去比较，也是毫不逊色的。

关于《红楼梦》所展示的那个奴仆世界所具有的独立的社会批判意义，在这里只想强调说明，《红楼梦》对奴仆生活的描写，对《红楼梦》实现其描绘整个封建社会晚期社会生活这样宏伟的创作目标和完成其巨大的社会批判的主题，不是可有可无的，而是不可取代的。它不是仅起辅助的、衬托的作用，而是起着独立的、重要的作用。这不仅因为它构成了《红楼梦》所表现的我国封建社会晚期社会关系重要的一方面内容，还因为奴仆们的生活和斗争、奴仆与主子之间的对立统一关系，是影响书中情节发展和矛盾冲突变化的一种积极因素，并且成为全书宏大结构的主要支柱之一。假如没有这些描写，或者削弱这些描写，那就不仅是对《红楼梦》思想艺术价值的严重损害，简直就会使《红楼梦》变质！那样一来，我们就会失去世界文学从未提供过的那样一卷东方家庭奴隶制的艺术画图，《红楼梦》也就会沦为同十八世纪以前那些以贵族"上流社会"为描写对象、以奴仆形象为贵族主人公附庸的作品一列的地位。曹雪芹在一部以贵族家庭的盛衰悲欢为题材的作品中，给予奴仆生活以如此巨大的关注，并使奴仆生活在《红楼梦》的艺术结构中占据如此重要的位置，客观地反映了文学观念和文学主人公观念的一个重大进展：在贵族主人公的旁边，奴仆从贵族主人公的投影里走了出来，向人们展示出他是一个有自己生命的个体，而不再是仅仅反映贵族主人公的意志，没有自己独立命运的存在物了（《西厢记》中的红娘、《牡丹亭》中的春香，十八世纪以前欧洲文学中的奴仆就都是一些虽有个性而没有自己的独立命运、只为主人而生存而没有自己生存目的的存在物）。同时，由于文学"发现"了奴仆世界,因而那种就贵族而写贵族,或者单纯为贵族而写奴仆的古典的文学观念和写作方法开始变得陈旧,表现贵族生活的同时也要表现奴仆生活,既写贵族又写奴仆,二者相辅相成的近代文学观念和写作方法开始露头了。在《红楼梦》之后,随着时代生活的发展变化,在世界文学发展的范围内,文学主人公的阶级成分还发生了从贵族阶级过渡到穷人和受轻视的阶级的历史性变化,十九世纪英国、法国、俄国、北欧国家的文学作品中都有这种情形,但那已经是在《红楼梦》产生的一百多年后了。

我们的本意并非要以《红楼梦》来与十八世纪以前和以后的欧洲文学较论短长,但是为了说明奴仆描写在世界文学中发展的情形以及《红楼梦》的贡献,我们还是要将《红楼梦》与欧洲文学作些比较观察。这个事实是不能抹煞的:一部《红楼梦》就塑造了数以百计的具有个性特点的奴仆形象,令人难忘的以数十计,够得上是典型形象的也以十数,这在十八世纪以前和以后的世界文学中都是极其罕见的,甚至是仅见的。当然,这样比较不能说明全部问题。拿中国文学来说,自《红楼梦》以后,全部近代文学史没有一个作家、一部作品能及得上曹雪芹和《红楼梦》的成就,而不仅在奴仆形象塑造上达不到《红楼梦》的成就。这可能有许多原因,暂且不谈。拿西方文学来说,十九世纪以后,资产阶级家庭代替了贵族阶级家庭,虽说奴仆作为一个社会阶层仍然存在着,但在社会生活、社会关系中的重要性比封建时代是减弱了,况且近代西方家庭生活方式同东方的家庭奴隶制的情形有很大不同。因此,十八世纪以后的西方文学,在描写奴仆生活和塑造奴仆形象方面,没有一部作品能全面超越《红楼梦》,这是因为客观历史条件使作家创造形象的注意力转向其他社会人群。并不是说十八世纪以后的欧洲作家们的艺术创造才能就全都较曹雪芹低下,不是那个问题。例如,托尔斯泰那几部史诗型的长篇小说,虽然大量描写贵族家庭生活,但对奴仆生活就较少注意,也没有创造出多么突出的奴仆典型(《复活》中的喀秋莎是较突出的,她原是贵族家庭的侍女，但后来沦为妓女，并不始终是本来意义上的奴仆形象）。巴尔扎克也是如此。冈察洛夫在《奥勃洛莫夫》中创造了仆人察哈尔的形象，这个察哈尔写得生动传神，他狡猾、偷懒、贪杯、爱揩主人的油，但仍对主人忠心耿耿，是一个具有"血统的天生天赋的忠心"的贵族老仆典型。然而，这个十九世纪文学中颇为有名的奴仆形象，其思想与艺术价值很难说是超越了前代的。实在说，十九世纪文学所创造的奴仆形象，是没有达到《红楼梦》所已经达到的水平的。但是，很显然，我们不能仅以对奴仆形象的创造的评价来代替对一代文学的全面评价。我们只可以说，《红楼梦》中奴仆形象的创造，确实是世界文学奴仆形象创造的一座高峰。

现在我们姑且不在塑造奴仆形象的多寡优劣上将《红楼梦》与欧洲文学比较，因为这样对比还是较表面的。我们就《红楼梦》塑造奴仆形象所体现的典型化方法，来与十八世纪以前的中国和欧洲文学以及十八世纪以后的欧洲文学的典型化方法作一比较研究。从中我们至少可以得出三点：①《红楼梦》创造奴仆形象，是严格从生活出发的，人物性格鲜明地烙上时代生活和人物所处现实环境的印记；②《红楼梦》创造奴仆形象，是遵循人物思想性格的内在发展逻辑的，不是以作家对人物的主观评价来代替对人物的客观描写；③《红楼梦》创造奴仆形象，运用自由而广阔的性格刻画达到了性格的完整和丰满，人物不是美德、恶习或其他抽象情欲的化身。这三点总起来说明《红楼梦》创造奴仆形象的典型化方法是充分现实主义的，突出地表现了《红楼梦》在典型化方法上对世界文学的卓越贡献。

我们可以用紫鹃形象与红娘形象的比较，来说明《红楼梦》塑造奴仆形象是从生活出发的。

紫鹃对林黛玉的生活、命运和爱情的关怀、帮助，类似红娘对崔莺莺的关怀和帮助。在个性上，紫鹃的纯洁、善良、贴心、细心、温柔、热烈、泼辣、敢为，只为他人打算、不计自身利害等，都近似红娘。贾宝玉是曾经开玩笑地把紫娟比作红娘（第二十六回，宝玉指紫鹃说："好丫头！'若共你多情小姐同鸳帐，怎舍得你叠被铺床。'"），但是，实际上，曹雪芹所创造的紫鹃与红娘之间在思想性格的内涵上、在行为的社会意义上，有着深刻的区别。旧红学家们对于紫鹃"一生心神注于黛玉"（季新：《红楼梦新评》）津津乐道，是从奴才道德去解释的，这是不符合曹雪芹原意的。第五十七回"慧紫鹃情辞试莽玉"中，紫鹃就对宝玉表白过，"你知道我并不是林家的人"，她是贾母指与黛玉使唤的，是贾府的丫鬟，这与红娘"自幼服侍"崔莺莺，是崔府的家奴不同。黛玉如离开贾府回南方老家，紫鹃是可以不随去的，因而紫鹃在黛玉跟前的地位，与红娘在莺莺跟前的地位，也是不尽相同的。紫鹃不完全是作为黛玉的丫头去帮助黛玉的。紫鹃对黛玉"无父母，无兄弟"，无财无势，孤身一人寄人篱下，对黛玉既不能自己表达婚姻愿望，又没有一个替她说话的人这种境况，怀着真挚的同情。紫鹃对黛玉说："我倒是一片真心为姑娘。替你愁了这几年了。"（第五十七回）这种感情恐怕不是一个丫头对主子的忠心所能范围的，也许说是一个年轻的女奴对一个"不是正经主子"的少女的不幸命运的关切更准确。这就与红娘之对莺莺不一样，虽然红娘对莺莺的帮助，也不仅仅出自奴婢事主的忠心，也有超出主奴关系的热心助人的成分，但到底与紫鹃不同。紫鹃不仅为黛玉的婚事担心，而且为黛玉的孤栖身世发愁，并且前者是从后者派生出来的，这与红娘的单纯为莺莺婚事谋划奔走，在内容的广狭上是大不同的。即以紫鹃对黛玉与宝玉爱情的促进来说，也与红娘的促进莺莺与张生不同。紫鹃劝黛玉选定宝玉，理由在于"最难得的是从小儿一处长大，脾气性情都彼此知道的了"，"万两黄金容易得，知心一个也难求"，宝玉就是个知心人（第五十七回），而红娘看到的则是张君瑞一纸文书使"半万贼兵，卷浮云，片时扫净"之才，以及"衣冠济楚庞儿俊"之貌（《西厢记杂剧》第二本第二折）。紫鹃为黛玉设想的标准是"知心"，而且是具体落到像贾宝玉这样一个具有朦胧民主主义意识的贵族青年身上；红娘为莺莺设想的标准是"才貌"，具体对象是才子类型的张生，其间含义的差别是极大的。紫鹃"试莽玉"实际上包括前后两番试探。前试是当宝玉伸手摸摸紫鹃穿得单薄，劝她留神着凉，紫鹃便说："从此咱们只可说话，别动手动脚的。一年大二年小的，叫人看着不尊重……姑娘常常吩咐我们，不叫和你说笑。你近来瞧他远着你还恐远不及呢。"这表面上是保持男女之间的礼防，实际上是试验宝玉是否理解黛玉欲近还远之意，是否真的从此与黛玉跟前的丫头疏远。后试就是用黛玉明年回苏州的设词探测宝玉对黛玉之心到底如何。这前后二试，紫鹃都讲了正经道理，使我们联想到《西厢记》第一本第二折张君瑞向红娘试探通莺莺情款时，红娘所说的那一番孔孟之道男女大防的大道理。虽说这是由于此时红娘还未了解张生为人，以为是一般轻薄之徒，故严词相拒，但到底因为红娘头脑中有那些"男女授受不亲"的意识（但她实际并不信守），她才能持以为拒通情款的理由。红娘是颇有一点酸调酸词的。《西厢记》第二本第三折，红娘同意张生"今日得成婚姻，岂不为前生分定"之说，她自己的说法是"姻缘非人力所为，天意尔"！第二本第一折，红娘还这样劝张生："先生当以功名为念，休堕了志气者！""你将那偷香手，准备着折桂枝，休教那淫词儿污了龙蛇字……休为这翠纺锦帐一佳人，误了你'玉堂金马三学士'。"我们看紫鹃的心中口头，可有这一类酸腐的意辞？没有。此外，紫鹃的劝黛玉，是要唤起黛玉对宝玉的关系的自觉，"不过叫你心里留神"，"拿主意要紧"（第五十七回），不是越俎代庖，不是简单的牵引撮合，这与红娘一心一意以"做一个缝了口的撮合山"为己任也不同。至于紫鹃对黛玉说"并没叫你去为非作歹"（第五十七回），比起红娘屡为莺莺、张生之幽会设谋出力来，似乎是拘谨守礼的。其实，紫鹃和黛玉一样，对于男女间的关系，重思想感情的交流，并不单纯着意于肌肤之亲，这在爱情观念上与红娘莺莺时代追求的男女私情不同。总而言之，紫鹃与红娘，是她们各自时代的产儿。她们的思想性格，她们做什么怎么做，都受制于所处的现实环境。在《红楼梦》时代，既然现实生活给曹雪芹提供了塑造贾宝玉、林黛玉这样具有某种民主主义意识、有别于张生莺莺的新一代贵族青年典型的客观条件，也就提供了塑造紫鹃这样有别于红娘的奴婢典型的客观条件。曹雪芹是鄙弃"千部共出一套"的"才子佳人等书"那种"假拟"的做法的，他崇尚写实，对实际生活"追踪蹑迹，不敢稍加穿凿"，而"取其事体情理"（第一回）。而不是模拟《西厢记》，写出红娘式婢女的翻版（这些翻版在中国古典文学中为数不少），他立足于现实，从生活出发，创造了一个与红娘绝不重复、具有崭新的典型意义的紫鹃形象。这样的典型化方法，不仅是对公式化和形式主义的创作方法的否定，而且是对古典现实主义典型化方法的发展。

　　曹雪芹在塑造紫鹃形象时，显然是倾注了自己的理想和感情的。曹雪芹在塑造其他奴仆形象时，也是倾注了自己或肯定或否定的理想和感情的。但是，与他的西方文学同行运用古典主义或浪漫主义方法塑造人物时惯做的不同，曹雪芹不把自己的爱憎感情强加于人物，他的人物是按照现实环境所决定的内在性格逻辑来思想和行动的。例如，曹雪芹无疑对司棋与潘又安的爱情的合理性寄予肯定的评价。他笔下的司棋与潘又安的关系，没有任何猥亵的成分。潘又安写给司棋的情书，尽管粗直不文，凤姐一见之下借以讥笑王善保家的，但曹雪芹代潘又安拟写的这书信本身，没有什么可笑之处，倒是情真意切地表现了潘又安对司棋的感情。但曹雪芹并不因自己肯定潘又安对司棋的感情，就赋予潘又安所做不到的行动。当这一对青年奴仆的爱情关系有可能暴露而招祸时，曹雪芹笔下的潘又安惧"罪"逃走了。司棋听了，气个倒仰，心里恨道："纵是闹了出来，也该死在一处。他自为是男人，先就走了，可见是个没情意的。"（第七十二回）潘又安撇下情人逃走，正是在那东方的家庭奴隶制统治的现实环境里，处于同样境地中的小厮们的典型作为。曹雪芹对司棋爱情悲剧所寄寓的同情更为充分。他把司棋写得比潘又安感情坚贞，性格刚强。她向鸳鸯哭诉，尽管是哀苦求情，却没有后悔之意，也不躲闪遮掩，而是诚实磊落。

抄检大观园时，她的私情当众暴露了，大祸临头，而她只是"低头不语，也并无畏惧惭愧之意"（第七十四回）。被撵逐之际，她固然也向主子迎春哭求，但见迎春不应，她就只有怨恨"姑娘好狠心"！可见，作者同情她的悲剧，肯定她的刚强。但作者毕竟又按照现实环境的制约与人物内在性格逻辑的作用，描写了司棋的软弱。当她与潘又安的幽会被鸳鸯碰见，又闻得潘又安私逃，她连怕带气，"次日便觉心内不快，百般支持不住，一头睡倒，恹恹的成了大病"（第七十二回）。这是何等真实可信、合情合理的描写！作者是否因为同情司棋的悲剧，就同情和肯定她的一切呢？不。第六十一回描写了司棋做的一件事，就并不那么令人同情。司棋让厨役柳家的给她炖一碗鸡蛋，柳家的不情愿侍候，司棋就大发脾气，喝命小丫头子动手，"凡箱柜所有的菜蔬，只管丢出来喂狗，大家赚不成"！"司棋连说带骂，闹了一回，方被众人劝去。"随后柳家的为赔罪送来一碗鸡蛋，"司棋全泼了地下了"。这一幕活现出司棋平日对小丫头、仆妇还有一副"副小姐"的骄横之态，这与她在爱情悲剧中扮演的那个令人同情甚至感佩的角色大不一样了，但那高傲刚坚的心性还是一样的。这就是作者不以自己的好恶来修饰人物，而是从实际生活和人物性格逻辑出发塑造出来的司棋形象。

袭人形象的塑造是另一个例子。这是一个深受封建礼教浸淫的丫头，作者对她基本上是持否定态度的，主要是否定袭人性格的核心方面，即封建主义的思想。但作者没有故意丑化她，没有以自己对人物的否定评价来代替从生活实际和人物性格实际出发对人物作客观的描写。贾政毒打宝玉后，袭人走来宝玉身边，含泪问他怎么就打到这步田地。待到褪下宝玉衣服，见到青紫伤痕，"袭人咬着牙说道：'我的娘，怎么下这般的狠手！你但凡听我一句话，也不得到这步地位。幸而没动筋骨，倘或打出个残疾来，可叫人怎么样呢！'"（第三十四回）那第一句话，不仅含着对宝玉的痛惜，还含着对贾政的某种怨怼；第二句话，则是责备宝玉了；第三句话，在心疼宝玉中带着自悲自怜。

内篇：《红楼梦》的奴仆形象是充分现实主义的典型塑造

这三句话十分精确地把此情此景中袭人的复杂心理和她的思想性格传达出来了。处于宝玉候补小妾地位的袭人，当然痛怜宝玉并且自怜，以致对贾政下手之狠怀着某种抱怨。但仅仅如此，还不是袭人。只有在这样痛惜、自怜、怨怼之中，仍然要责备宝玉不听话，而且责备得这样带感情，这才是袭人。袭人怨贾政下手狠，却不是反对贾政教训宝玉。她事后对王夫人说："论理，我们二爷也须得老爷教训两顿。若老爷再不管，将来不知做出什么事来呢。"（第三十四回）所以，她痛惜宝玉之伤，却还责备宝玉。那句责备宝玉的话，其实是很可恶的。她埋怨宝玉不听她的话。不听她的什么话？显然就是第十九回"情切切良宵花解语"中她劝宝玉改掉诮谤读书上进、毁僧谤道、任情恣性、不喜务正种种"毛病儿"的那些话。现在她以宝玉挨打留下的伤痕血水，来证明她劝诫宝玉的那些话的正确。实际上，贾政之打是对宝玉不改"毛病儿"的暴力镇压，而袭人探伤时之劝则是对贾政之打的一种配合。贾政触及宝玉皮肉之后，袭人（还有宝钗）来触及宝玉的灵魂。贾政的武器是大棒、是威凌，袭人（以及宝钗）的武器是封建主义的道理，外裹以信奉封建主义之理的女儿之泪与柔情。作者并没有美化袭人的劝诫、眼泪与柔情，因为他通过对宝玉到底没有悔改的叛逆性格的肯定，来否定了袭人代表贵族当权者意志提出的劝诫。但作者也没有丑化袭人的劝诫、眼泪与柔情，没有明白说出袭人之劝诫内含着封建主义的攻心战术的深意。作者不把自己的爱憎评价故意强调出来，附加在形象上，也不故意向读者指示人物的好处在哪里、坏处在哪里。他只是真实地写出了人物在规定情境中所当说所当行的一切，而把对人物所说之话、所行之事的理解评价的权利留给读者。

正因为这样，读者对袭人的评价、对袭人的言行的理解，就因各人的观点不同和认识能力的不同，而或一致或分歧以至对立。例如，对袭人与搜检大观园、与撵还晴雯等人事件的关系如何，读者意见就是很不一致的。一种意见说袭人是个告密者，是她向王夫人进谗言，才引起了搜园、逐晴。又说袭人是个伪善者，因为她企图在宝玉面前

75

洗白自己。另一种意见则认为影射袭人的指责不成立，袭人并不是处心积虑地去告密，也不是居心叵测的假冒伪善。这就是由于读者立足点、着眼点不同，认识不同，对书中的客观描写产生了不同理解。

那么，能不能说曹雪芹在刻画袭人形象时，是客观主义的、无倾向的呢？不能。曹雪芹是有倾向的，但他的倾向是在客观描述中包含着的。即如搜园、撵晴事件与袭人的关系，作者就是以或隐或显的描写表现的。在第三十四回，袭人就向王夫人密告，建议将宝玉搬出大观园，以防宝玉在年轻女儿们的围绕中容易出错，因为宝玉"偏好在我们队里闹"，而"偏偏那些人肯亲近他"。王夫人为此感激袭人不尽，当面嘱咐袭人要注意宝玉的"名声体面"，说："我就把他交给你了，好歹留心。"实际上就是向袭人布置纠察宝玉"声名品行"的任务，随后就非正式地把袭人提上了宝玉"跟前人"，即姨娘的地位。以后，袭人是如何执行那"风纪警察"任务的，书中没有明写。触发搜园与撵晴的直接动因，除绣香囊事件与凤姐的主意、王善保家的告密外，是否有袭人在起作用，作者既没有明写，我们也不必指实，但发动搜园时王夫人的态度言行，的确能让人与第三十四回袭人的密告联系起来。王夫人不是反复说："好好的宝玉，倘或被这蹄子勾引坏了，那还了得吗？"这就是那次王夫人与袭人密商的余响。如人饮水，冷暖自知，宝玉见王夫人"所责之事皆平日之语，一字不爽"，不禁起疑，不知怡红院中情形是怎样透过去的。他当面问袭人："谁这样犯舌？""咱们私自顽话怎么也知道了？又没外人走风的，这可奇怪。""怎么人人的不是太太都知道，单不挑出你和麝月秋纹来？"宝玉三问三人，意在袭人，这是明显的，因为三人中数袭人与王夫人有密切接触。对宝玉问话之意，袭人也明白。她"心内一动，低头半日，无可回答"，只好顾左右而言他（第七十七回）。事后宝玉作芙蓉诔，把晴雯比作"鹰鸷""茝兰"等名花，说"鸠鸩恶其高""薋葹妒其臭""遭蛊虿之谗"，说"诼谣謑诟，出自屏帏；荆棘蓬榛，蔓延户牖"（第七十八回），申讨的目标，都很集中。这一切都明确地表现了作者对袭人的贬责，但作者的确没有对袭人的行为做表面的、简单的丑化，倒是表现袭人的所作所为出自其真诚的信念。在曹雪芹笔下，袭人行为的动机固然有对个人私利的权衡，但确乎也是出于对宝玉"一生声名品行"的考虑，二者又是能够在封建主义的大道理上得到解释的。她的行事，并不是背着一切人，而是王夫人们赞许和要求的，在王夫人们面前，是所谓堂堂正正的。这样，我们看到，曹雪芹把他对袭人封建主义意识的否定与对袭人思想行为的客观描写统一起来了。

《红楼梦》这种不以作者的主观态度代替客观描写的典型化方法，在今天看来，仿佛是理所当然、不足为奇的。但是，如果我们从文学发展的历史的角度去看，就会认识它的难能可贵。如本文第一节所述，在《红楼梦》以前，在文学中奴仆形象还仅是贵族主人公形象的附庸，奴仆形象之所以在文学作品中出现，就是从属于表现贵族主人公的需要，当然谈不到从奴仆的生活和思想性格内在逻辑出发作全面客观的描写。即使不专指奴仆形象塑造，就塑造人物的一般的典型化方法而言，我们看十七、十八世纪盛行于欧洲的古典主义文学、启蒙主义文学，也还是以作者们关于抽象的道德、理性、公民义务等的说教来约制人物性格的刻画的。直到十九世纪，欧洲浪漫主义文学也还是注重作者个人理想的宣传，而使人物游离于现实生活之外。只有当批判现实主义文学思潮高涨起来以后，从生活现实和人物思想性格的内在发展逻辑出发去对人物作客观的描写，才成为塑造典型的一条重要的艺术原则，这是在十九世纪中叶才出现的事情。然而，我们在《红楼梦》中已看到这种艺术典型化原则的相当鲜明的体现。

最后，我们来看看《红楼梦》塑造奴仆形象时注意自由而广阔的性格刻画的情形。

《红楼梦》塑造奴仆形象，不采取只突出人物性格的某一侧面的浮雕式的写法，而采取从生活与性格的各个侧面刻画人物的圆雕式的写法。

我们是从作者对袭人的封建主义意识的主观评价及其客观描写

之间的统一这个角度去分析袭人的，没有涉及袭人性格的其他方面。其实，作者是并没有把袭人作为一个封建奴才的化身来写的。袭人的艺术形象所显示的性格内容，比"封建奴才"这一概念所包含的思想意义要丰富得多。"从奴隶生活中寻出'美'来，赞叹、抚摩、陶醉"（鲁迅：《漫与》），乃至用行动来维护奴隶生活秩序的奴隶是奴才。袭人是这样一个奴才：她陶醉于奴隶生活，自觉地效忠主子并监督别的奴隶，表现出很深的封建主义的奴性。但这只是袭人性格的主要方面、核心方面、基本方面，却不是袭人性格的全部内容。曹雪芹在表现袭人对奴隶生活的陶醉与维护的同时，还表现了袭人对自己与别人的"奴才命"的感伤，对鸳鸯反抗贾赦强娶的支持；对贾赦"这个大老爷太好色了"的批评，虽然同时声明"这话论理不该我们说"（第四十六回）；对那些被主子责罚的丫头仆妇的回护（第八回、第十九回对李嬷嬷，第三十一回对晴雯等）；对金钏之死的同情……这些都是与"奴才性格"这个概念的内涵相矛盾或至少是不相符的。即以奴才性格来说，在袭人身上的表现也是多方面的，她"心地纯良，肯尽职任"，有些痴处，"服侍贾母时，心中眼中只有一个贾母；如今服侍了宝玉，心中眼中又只有一个宝玉"（第三回）。仿佛奴性天成，然而她又受了封建主义的极深熏陶，能说一番封建大道理，而且自觉地付诸行动，所谓"沉重知大礼"（第七十八回），显见又并非先天生成的奴性；她忠实地按照王夫人的希望充当宝玉"名声体面"的监护人，但又是宝玉的极其细腻柔媚的奴婢；她监督宝玉房中和周围的丫头仆妇，自己处置或向主子报告奴婢们的越轨行为，而平常无事又对其他奴仆表现出和气与担待；她素怀"争荣夸耀之心"（第三十一回），"刚硬要强"（第三十六回），但又不显小气，而表现出"行事大方"（第七十八回）；她"从小儿不言不语"，像是个"没嘴的葫芦"（第七十八回），而在大关节上是那样深谋远虑、工于心计……袭人性格以其全部内涵和全部外延出现在书中，出现在我们眼前。这是自由而广阔的性格描写。

鸳鸯，也是一个表现出性格的深的内涵与广的外延的艺术形象。她是贾母跟前最得宠的一个大丫头。"投主子们的缘法"、心细、和顺、温柔可靠，贾母的"凡百的脾气性格儿"她都知道，使贾母一时半刻都离不开她。她行事大方，但也有时恃宠而骄，指挥起其他奴婢来像半个主子，在主子面前有高于一般丫头的地位，是奴婢中唯一能与凤姐玩笑嘲戏的丫头。她替贾母管家，小一辈的主子包括贾琏、凤姐都有求于她。她聪明、知礼，她那份带点俗气的聪明使她善于陪侍主子们做不那么高雅但也不完全是粗鄙不文的玩乐。她感念贾母宠遇之恩，对贾母不仅尽职而且有种忠诚的感情。这就是我们在生活常态中所见到的鸳鸯。

但是曹雪芹对鸳鸯的描写远不止于此。如果曹雪芹的笔墨止于此，那么鸳鸯不过就是一个聪明、得宠、正派本分的"好"丫头。不，曹雪芹展开了鸳鸯性格别的方面，动人的、有光彩的方面。在第七十一、七十二回中，鸳鸯对司棋的同情和回护就表现了鸳鸯性格中美好动人的一面。"鸳鸯女无意遇鸳鸯"，她对司棋答允不告诉一个人，这不简单，因为在封建时期家庭奴隶制的社会环境里，男仆女奴的私期密约一旦被贵族主子发现，奴隶们就会死无葬身之所。鸳鸯不告发，就保存了司棋二人的性命，而她本人也就担着干系。这看出了鸳鸯的善良。但如果鸳鸯就此撂开不管，也就只是一般的洁身自好与善良而已。鸳鸯没有撂开不管，当她听说潘又安逃亡，司棋病倒的时候，"自己反过意不去"，特意去望候司棋，"立身发誓"地对司棋说："我告诉一个人，立刻现死现报。你只管放心养病，别白糟蹋了小命儿。"她为司棋的痛苦而心酸泪下。她又说："我又不是管事之人，何苦我坏你的声名，我白去献勤。"这就不是一般的心地良善而已，而是和主子严分了界限的，作为一个奴婢对另一个奴婢的痛苦的阶级同情心。在那个贵族主子荒淫无耻，而奴仆们自择婚偶即成死罪的大观园里，在贵族统治者的专制淫威下，鸳鸯对司棋的回护是多么可贵，这种奴婢间相互体谅的感情是多么动人，这是在冷酷的现实环境里温暖着奴婢们心头的一星火花。我们记得，贾宝玉也曾有过一次类似"无意遇鸳鸯"的遭遇，他也曾经释放了幽会的茗烟和万儿，他也说："你别怕，我是不告诉人的。"（第十九回）但那是在一个多少有些可笑的场合里，一个有点民主主义意识的贵族主子对心腹小厮的宽厚，与在一个悲剧的情境下鸳鸯对司棋的深厚同情在性质上是不同的。

鸳鸯抗婚（第四十六回）是鸳鸯心灵之美的又一次升华，对揭示鸳鸯性格中与驯良的奴性尖锐对立的反抗性有极重要的意义。首先，她是一个奴隶家生女儿，她这样起而反抗，原是极其艰难的，因为贵族主子镇压的魔掌不但可以落在她头上，还可以落在她的父母头上。平儿和袭人就对鸳鸯指出了这点："可惜你是这里的家生女儿，不如我们两个人是单在这里。"鸳鸯自己也是意识到这点的，她无限愤慨地说："家生女儿怎么样？'牛不吃水强按头？'我不愿意，难道杀我的老子娘不成！"她是强不可为而为之。以一个家生女儿敢于直接对抗大老爷贾赦，这表明了逼迫之极，实际上也表明了几代奴隶的世世怨仇。这是把鸳鸯这个日常如此忠诚事主的奴婢内心潜藏着的不驯的一面挖掘出来了。其次，鸳鸯反抗的刚烈程度也值得注意。贾赦明明白白地威胁她，她若不服从，就只有两条出路：或者死了，或者终身不嫁人，否则这一辈子跳不出他的手心去。这不仅仅是威胁之辞，更是由阶级对立织成的现实的悲剧网罗，确实是鸳鸯所冲不破的。但是鸳鸯在屈服于贾赦的淫威与死或不嫁人这两种出路中，坚定地选取后者。她说，"我是横了心的"，"我这一辈子横竖不嫁人就完了"。她甚至当着贾母之面表示，如果贾母和贾赦站在一起逼她，她这个从小尽情尽意服侍贾母的奴婢，也要连贾母一起反抗，"就是老太太逼着我，我一刀抹死了，也不能从命"！一个青春少女，无论一辈子不嫁人也好，一刀子抹死也好，这种选择是多么巨大的牺牲！这种决心后面是多么刻骨的仇恨！她以自己的终身幸福甚至以生命为代价进行这场反抗，这是多么刚强不屈的性格！最后，我们还应看到，鸳鸯不仅从行动上反抗了贵族主子残忍无道的威逼，而且从思想上反抗了贵族主子卑劣无耻的人生观的诱引。鸳鸯素日是志大心高的,贾赦们却从自己卑污的灵魂出发来揣度鸳鸯的志大心高。贾赦说若鸳鸯嫁了他,就"有多少好处";邢夫人劝鸳鸯:"你这一进去了,进门就开了脸,就封你姨娘,又体面,又尊重……如今这一来,你可遂了素日志大心高的愿了";凤姐也说:"别说是鸳鸯,凭她是谁,哪一个不想巴高望上,不想出头的。"他们指望一说必妥,但是鸳鸯明白地表示了她对贵族主子们的诱劝的鄙视:"别说大老爷要我做小老婆,就是太太这会子死了,他三媒六聘的娶我去做大老婆,我也不能去!"鸳鸯誓死不为禽兽主子所辱,这才是这个女奴的志大心高。这使鸳鸯的反抗行为散发着奴隶阶级品性的光辉。

鸳鸯性格有这样光辉的一面,也有那样平庸的一面,既对立,又统一。作者老老实实地按照人物的本来面貌,真实地表现了那光辉中的平庸。譬如写鸳鸯替司棋瞒下幽会情事那一节,将鸳鸯对司棋的悲苦的真挚同情写得很动人,但同时,作者又严守分寸,按照人物性格的真实逻辑,写出鸳鸯的行动也仅限于对司棋的可悯处境的同情,并没有超越这限度,把鸳鸯对司棋的同情写成对司棋的支持和赞助。作者倒是明确地描写了鸳鸯知道司棋是在幽会时最初的内心反应:"羞的面红耳赤又怕起来",又对司棋啐了一口道,"要死,要死"。离开司棋后,她"脸上犹红,心内突突的……因想这事非常,若说出来,奸盗相连,关系人命,还保不住带累了旁人。横竖与自己无干,且藏在心里不说与一人知道"。她对司棋的私情,并不理解,也不赞同,相反还认为是不道德、不正当、不光彩的行为,她只是怕关系人命连累旁人,才决定把所见藏之于心。可以说这是鸳鸯的善良,但还说不上有多么高尚。等到她知道潘又安逃亡司棋病倒,这才心中不忍,把"与自己无干"的事主动揽了起来,将自己的深切关怀与同情抚慰给予了孤苦无援的司棋,并义形于色地说自己绝不去坏从小耳鬓厮磨的奴隶伙伴的声名,绝不去向主子们献殷勤。这就不仅是善良的行为,而且是高尚的行为了。但就在此时,鸳鸯对司棋的慰抚中,仍然带着平庸的劝诫,"从此养好了,可要安分守己,再不许胡行乱作了"。作者既没有故意美化人物的高尚品格,也没有故意丑化人物的平庸思想,他只是真实地写出了人物在典型环境里按其性格内在逻辑必然要表现出来的一切方面以及这些方面之间的联系。对鸳鸯抗婚那一节的描写也是如此。鸳鸯的反抗何等激烈,她不驯的精神何其崇高,但同时,作者也表现了她反抗和她精神的限度。她跪在贾母跟前哭诉的行动,既表明了她反抗的刚强,实际上也反映了她的软弱。她还是寄希望于贾母,当她说"就是老太太逼着我,我一刀抹死了,也不能从命"时,她是有死的决心的,但同时这也是一种求生的斗争手段,她希望用这种类似"死谏"的行动争取贾母对她的保护,争取在贾母的羽翼下获得自身的安全。她不是同时表示,她要"服侍老太太归了西"才去寻死或当姑子吗?这就是鸳鸯反抗的限度。她对贾赦那样的主子深恶痛绝,她对贾母这样的主子怀着幻想。我们不能以此责备鸳鸯,她只能如此。她的反抗既坚强又软弱,她的精神既崇高又平庸,这才是真实的鸳鸯。这是作者用自由而广阔的性格刻画塑造出来的现实主义艺术典型。

为了说明曹雪芹塑造奴仆形象的这种写法不是在一二奴婢身上偶尔为之,而是在奴仆形象塑造中普遍运用的典型化方法,我们再来看一看作者如何塑造晴雯。

晴雯是大观园中不驯的女奴的另一个典型,是大观园中著名的一颗"爆炭"。她的性格是袭人的鲜明对比。袭人服侍宝玉,表现得顺从、柔媚、事事争先靠前,对其他主子也是一味奉迎邀宠;晴雯服侍宝玉,则表现得悖逆、恬淡、处处偷安居后,对主子们从来不去曲意巴结,而且一贯看不上袭人那份当奴才的积极性。袭人对于宝玉的叛逆思想行为,或箴或劝,终日无不用心,俨然王夫人们安插在宝玉身边的耳目和监护人。而晴雯则或毫不介意,或推波助澜,并讥讽袭人"越发道学了",以致被王夫人视为"勾引"宝玉的"妖精"。从封建的奴才道德来要求,晴雯根本是不合格的。晴雯的表现不是由于什么本性疏懒,其实是她对奴婢职责的消极应付;晴雯的表现也不是抽象的任性,实际上是一个被压迫阶级的女儿对封建奴才道德不自觉的抵制。

晴雯"爆炭"性格的一个触目特点是她的性情爽利、口角锋芒。她的伶牙俐齿与平儿、侍书们不同。她的伶俐口齿不是为贵族主子服务的,而且还时常非议她所看不惯的那些封建的不合理事物,所以王夫人们对她的"能说惯道"那么厌恶反感。晴雯的口角锋芒也并不只是先天的禀赋,而是在阶级压迫的残酷险恶的环境中磨炼出来的机智。第七十四回,当王夫人由于平日对晴雯的坏印象,又加上王善保家的挑唆,传晴雯来当场查考验证时,晴雯听了王夫人头一阵责问,心里便知遭人暗算了,因此她对王夫人问她"宝玉可好"就不以实话回答,只说:"我不大到宝玉房里去,又不常和宝玉在一处,好歹我不能知。"堵住了王夫人要问出她与宝玉亲昵关系的嘴。王夫人只好转口责备晴雯不尽职。晴雯马上做出灵活反应,回答了一番话:这段话,第一说明自己原是跟老太太的,拨她去宝玉外间不过是看屋子;第二说明自己当初原向老太太说我笨,不能服侍,是老太太吩咐"又不叫你管他的事,要伶俐的作什么";第三说明自己不过才去了十天半月,宝玉闷了,才大家玩会儿就散了;第四说明宝玉的饮食起居由老嬷嬷、袭人们管着,自己还要做老太太屋里的针线,所以宝玉的事竟不曾留心;最后她以攻为守地说:"太太既怪,从此后我留心就是了。"这一番话当然是掩饰之词,但说来不亢不卑、虚虚实实、堂堂正正、无懈可击,使王夫人一点也抓不到晴雯与宝玉关系的把柄,所谓"勾引"宝玉云云,也就落了空,于是王夫人只好暂时放过了晴雯。这一情节充分表明晴雯的灵心慧舌不仅是生理上的特点,而且有着社会性的内容,是一个被压迫的奴隶对付贵族主子的迫害的机警和智慧。

晴雯手艺的灵巧在大观园里也是出名的,然而晴雯表现出来的手巧也不仅仅是技术性的艺能,同样打上了晴雯"爆炭"性格的烙印。晴雯补裘是《红楼梦》中有名的章节(第五十二回),成了日后许多诗词戏曲的题材。劳动人民欣赏的是晴雯劳动者的技艺和晴雯急人之难的热心热肠,剥削阶级中人欣赏的却是这个奴婢的可渔之色、可用之艺,但这是戴着有色眼镜看晴雯的结果,着眼于晴雯色艺是对晴雯的歪曲。书中描写的却是晴雯的病补雀金裘,既没有奴相,也没有媚骨,因为这原不是她的分内之事,也没人给她指派,她自己更不想从中图个什么好处。她强支病体补裘的动机,与其说出于一个奴婢对主子效忠出力之心,不如说更近于姐妹般的心肠,给焦急无奈的宝玉一只援手。这只要同"俏平儿软语救贾琏"(第二十一回)比较一下就很清楚,那才是真正的奴才为主补过。晴雯自己是从来不把她的心思和技能作为向主子邀宠的手段的。袭人就曾抱怨晴雯:"我烦你做个什么,把你懒的横针不拈,竖线不动。一般也不是我的私活烦你,横竖都是他的,你就都不肯做。"(第六十二回)这不是很明白吗?当袭人把晴雯作为奴婢而正式派活时,虽然也是为宝玉做针线,但晴雯那补裘的巧手就"都不肯做",这正符合晴雯一贯的不驯性格,她从来不想做一个巴巴结结的奴才。

　　曹雪芹在"金陵十二钗又副册"中为晴雯写下这样的题词:"霁月难逢,彩云易散。心比天高,身为下贱。风流灵巧招人怨。寿夭多因诽谤生……"(第五回)这是对晴雯性格和命运的总括。就品格而言,晴雯的确人副其名,如霁月如彩云般美丽高洁,但这个连她的风流灵巧都体现着不驯精神和反抗意义的女奴自然招致了贵族统治者的怨恨,她的命运正与她的名称相反,阶级压迫的乌云浊雾始终笼罩着她,正当青春年岁就被封建统治者用诽谤和诬蔑做成的罪案扼杀了。

　　晴雯的含冤而死是她的反抗性格的最后高峰。晴雯是被王夫人在她病得四五日水米不曾沾牙、恹恹弱息的情形下强拉下炕来,由人架着赶出大观园,折磨至死的。撵逐的理由是莫须有的"勾引"宝玉的罪名。欲加之罪,何患无辞,这一次晴雯不再如上次那样做无用的答辩,她也不哀告,更不求饶。直到临死之时,我们才听到她对宝玉表达她的控诉和抗议:"有冤无处诉""我太不服""我死也不甘心的"(第七十七回)。在这里她有一个意味深长的行动:王夫人们不是诬蔑她与宝玉有私情吗？她索性在临终的病床上挣扎着齐根咬下指甲，脱下身上穿的旧袄，送与宝玉。这实际上是对王夫人们诽谤的回击，对王夫人们迫害的蔑视。在这个临终的反抗行动中，她留下的不是私情的标记，实际上她是把封建压迫的一件物证和一个清白而含冤死去的女奴对压迫者的恨和仇留给这个不公平的世界。这个至死不恕仇敌、反抗精神如此彻底的女奴形象，是深深感动读者的。

晴雯的性格就其反抗性一面说，就有如许丰富的内容，但这还不是曹雪芹笔下的晴雯性格的全部内容。曹雪芹描写了晴雯性格中另一些并不动人甚至还令人反感的方面。晴雯常常讥诮袭人，这讥诮中有对袭人的奴性、假道学以及袭人与宝玉那"鬼鬼祟祟"不正常关系鄙视的一面，也有自己含酸吃醋庸俗的一面。有一次，袭人当晴雯之面，公然称自己与宝玉为"我们"，把晴雯撇开，晴雯听了"不觉又添了酸意"，讥诮袭人一番。晴雯有时候也有恃宠而骄的恶习。第三十一回，宝玉发了公子哥儿的"雅"兴，仿效古人所谓"千金难买一笑"的腐朽作风，递过扇子来叫晴雯随意撕。"晴雯果然接过来，嗤的一声撕了两半，接着又听嗤嗤几声。宝玉在旁笑着说：'响的好，再撕响些！'"回手把麝月的扇子也夺过来，递与晴雯。"晴雯接了，也撕了几半子。二人都大笑。"这种恃宠而骄，一方面迎合主子，一方面暴殄天物，也说明贵族主子们的腐朽思想和生活方式熏染毒害了这个女奴的灵魂。最令人反感的是晴雯有时对比她地位低下的小丫头、仆奴相当凶狠。第五十二回，她这样对待那个一时糊涂偷了镯子的坠儿，"晴雯便冷不防欠身一把将他的手抓住，向枕边取了一丈青，向他手上乱戳"，口内恶骂，"坠儿疼的乱哭乱喊"，随后晴雯就自作主张，命宋嬷嬷，"快叫他家的人来领他出去"；坠儿母亲进来，心里不服，说："姑娘们怎么了，你侄女儿不好，你们教导他，怎么撵出去？"这话合情合理。但是晴雯不管，她冷酷地拿主子宝玉来压坠儿母亲，说："你这话只等宝玉来问他，与我们无干。"她此时得势，就这样作践处于同样奴婢地位的仆妇与小丫头。这写得很真实，符合晴雯性格。

坠儿毕竟有错，晴雯疾恶如仇。晴雯又沾染了贵族主子的某些习性，东方的家庭奴隶制中奴仆的等级观念，使她能欺压下等奴婢，以为是天经地义。当她的"爆炭"个性不是用到反抗主子方面而是用到对待奴婢方面时，就可能出现这种恶咒毒打的情形。曹雪芹以他的艺术描写告诉我们：人的性格有如此丰富复杂多方面的内容，而性格的这些丰富复杂多方面的内容在不同的场合又有如此丰富复杂多方面的表现。曹雪芹忠于客观现实，对人物进行了自由而广阔的性格刻画。

从生活出发，在一定时代所提供的历史条件下和人物所处的具体现实环境中塑造人物，按照人物思想性格的内在发展逻辑来塑造人物，而不以作家对人物的主观评价来代替对人物的客观描写，以自由而广阔的性格描绘达到人物形象的完整和丰满，这就是曹雪芹塑造奴仆形象（以及其他人物形象）所运用的典型化方法。这种典型化方法是充分现实主义的，是与我们今天所理解的现实主义的典型化方法塑造典型环境中的典型人物相一致的。

《红楼梦》在人物塑造（包括奴仆形象塑造）上所达到的现实主义典型化方法的高度，使人惊奇。我们知道，塑造典型环境中的典型性格，在欧洲是到十九世纪的批判现实主义才成熟起来的。在此之前，文学史上杰出的作家们所运用的典型化方法，在某些方面达到了很高的现实主义水平，但整体说来还不是充分现实主义的。十九世纪初，普希金曾经比较过莎士比亚与拜伦、莎士比亚与莫里哀的方法："拜伦总共创造了一个性格……他把自己性格的特征分配给笔下的许多人物，他赋予一个人自己的傲慢，另外的一个人自己的憎恨，第三个人自己的苦闷……"（《致尼古拉耶夫斯基的信》，一八二五年）这与莎士比亚不同。莎士比亚所有的是"自由而广阔的性格描写"（《鲍利斯·戈都诺夫》序言稿，一八三〇年）。莎士比亚的典型化方法不但与浪漫主义者拜伦不同，也与古典主义者莫里哀不同。"莎士比亚所创造的人物，不像莫里哀的人物那样，是某种情欲、某种恶习的典型，却是充满着许多情欲、许多恶习的活生生的人，各种情况在观众面前

内篇：《红楼梦》的奴仆形象是充分现实主义的典型塑造

发展了他们形形色色的多方面的性格。在莫里哀写来，悭吝人是吝啬的，仅此而已；在莎士比亚写来，夏洛克（《威尼斯商人》中人物）是吝啬,机灵的,仇念深重的,喜欢孩子的,机智横溢的……"（《漫谈》）在这里，普希金站在莎士比亚的角度上，代表的是古典现实主义的观点。到了十九世纪末二十世纪初，萧伯纳就代表批判现实主义的观点来分析莎士比亚了。萧伯纳把莎士比亚与批判现实主义戏剧家易卜生对比，"莎士比亚把我们自己搬上舞台，可是没把我们的处境搬上舞台。例如，我们的叔叔轻易不谋杀我们的父亲，也不能跟我们母亲合法结婚（《哈姆雷特》情节）；我们不会遇见女巫（《麦克佩斯》情节）；我们的国王并不经常被人刺死而由刺客继承王位（《麦克佩斯》情节）；我们立券借钱时候也不会预约割肉还账（《威尼斯商人》情节）。易卜生补做了莎士比亚没做的事：易卜生不但把我们搬上舞台，并且把我们自己处境中的我们搬上舞台。剧中人物的遭遇就是我们的遭遇"（《易卜生戏剧的新技巧》）。萧伯纳表达了十九世纪批判现实主义者对文学典型化方法的要求："把我们自己处境中的我们搬上舞台。"这是十九世纪批判现实主义典型论区别于古典现实主义典型论的最大特点，是批判现实主义根本的美学原则之一。恩格斯即据此提出了概括十九世纪批判现实主义典型论基本特征的著名命题：创造典型环境中的典型人物。这就是从十六世纪到十九世纪欧洲文学中现实主义典型化方法发展的基本线索。

我们按此线索去分析《红楼梦》，可以看到曹雪芹所运用的典型化方法在世界文学发展史上的地位如何。曹雪芹在人物塑造中，不以自己的主观感情代替客观描写，无疑与浪漫主义者拜伦"把自己性格的特征分配给笔下的许多人物"的做法有根本区别。曹雪芹在人物塑造中，做自由而广阔的性格描绘，无疑与古典主义者莫里哀笔下的人物是"某种情欲、某种恶习的典型"不同，而与莎士比亚笔下的人物是"充满着许多情欲、许多恶习的活生生的人"一致。曹雪芹从生活出发，在历史的具体的现实环境中塑造人物，这又与莎士比亚虽然创造了丰富的现实的典型性格，但围绕着人物的环境并不总是现实主义的典型的这种情况有所区别，而与十九世纪批判现实主义"把我们自己处境中的我们搬上舞台"的原则相通。曹雪芹的现实主义艺术创造的成就，他的充分现实主义的典型化方法的性质，都应该属于世界现实主义文学发展高峰的十九世纪，然而曹雪芹却是生活在十八世纪的中国，这不是令人惊奇吗？我们由此不应考虑在世界文学发展中该给曹雪芹以怎样的位置吗？

我们还应该注意到，甚至直到十九世纪，欧洲文学的现实主义已发展到那样成熟的世纪，也还极少有人将充分的现实主义的典型化方法用于奴仆形象的塑造，还存在着传统的"上等人"的形象塑造达到现实主义的高度，而奴仆形象塑造的现实主义程度却较低下这种矛盾现象。而生当十八世纪的曹雪芹，竟能一视同仁地将充分的现实主义的典型化方法既用之于贵族形象塑造，也用之于奴仆形象塑造，这种情况不也值得我们深思吗？

在我们看来，曹雪芹对世界文学发展的特殊贡献，他在世界文学发展中的突出地位，应该是无可置疑的。

曹雪芹的艺术创造，包括他的奴仆形象的塑造，是否有无历史的、阶级的局限呢？当然有。例如，他在奴仆形象塑造中，一方面真实地描写了奴仆生活的痛苦，深切地同情奴仆们的不幸，并发出了不平之鸣；另一方面又多少违背生活真实，对贾府主子待奴仆的"恩多威少"，对贾府奴仆物质生活上的优裕和某些奴仆在主子跟前的"体面"地位，做了过分的渲染，从而在某种程度上减弱了当时普遍存在于社会中并且反映到《大清律》上的主子迫害奴仆的残酷性和主奴对立的尖锐性。这就不是充分现实主义的。又如，曹雪芹在奴仆形象塑造中，一方面用尊重的、赞赏的笔触描写了不少奴仆的智慧、聪明、纯洁、高尚和其他美好品质，把他们写得比多数贵族男女在精神上更崇高；另一方面又多少违背生活真实，把贵族主子的恶行归咎于奴仆，仍不脱传统文学中恶奴欺主或刁奴惑主的旧套。这也与充分现实主义的描写有距离。再如,曹雪芹在奴仆形象塑造中,一方面在相当程度上否定了奴才道德,肯定了奴仆们对封建压迫的反抗,并且对反抗的奴仆的精神和悲剧做了动人的描写;另一方面对平儿、袭人、焦大和其他奴仆的忠心事主,又流露出某种欣赏与褒扬,显示出作者并未完全摆脱贵族阶级的偏见。如此等等,都说明曹雪芹在思想上、在艺术上存在着他所处的历史时代和所处的阶级地位的局限。但是,这一切对曹雪芹的整个艺术创造而言,对他的整个奴仆形象塑造而言,是次要的,是白璧微瑕的。也许,正因为有这些思想艺术的局限的存在,才让我们记起《红楼梦》是十八世纪的艺术创造物,才让我们用明晰的、历史的眼光去认识《红楼梦》奴仆形象的卓越创造,在历史的比较中去观照它在中国文学和世界文学发展史上放射着的特异光芒。

(一九七九年三月十五日)

一树千枝，一源万派
——《红楼梦》的叙述描写笔法

一、从长篇小说的美学特性说起

《红楼梦》是我国古典小说艺术发展的最高峰，是我国古典小说艺术技巧的最大库藏。在这篇文章里，我们想结合长篇小说这种文学体裁的美学特性，来探讨《红楼梦》长篇小说艺术技巧的一个方面，即它概括表现广阔复杂的社会生活的那种艺术技巧。这对我们今天社会主义文学创作，特别是长篇小说创作，无疑是有借鉴意义的。

当《红楼梦》作为一座举世无双的艺术丰碑矗在读者面前的时候，中国艺术文学已经走过了两千年的历史里程，中国小说文学则经过唐的繁荣、宋元明的兴盛而进入了清代长足发展的新阶段，文学生活中出现了小说，特别是长篇小说，把越来越多的广大文学读者吸引到自己身边的历史变化。"开谈不说《红楼梦》，读尽诗书是枉然"（得舆：《京都竹枝词》）正是这种新变化的写照。与此同时，在世界的西方，也正经历着小说文学取代古代史诗与戏剧而雄踞文坛的历史过程。到了十九世纪三四十年代，也就是《红楼梦》问世一百年后，伟大的俄国革命民主主义批评家别林斯基，开始注意了长篇小说（包括中篇小说）的勃兴并日渐主宰文学生活这种历史现象。按照别林斯基夸张的说法，"今天，整个我们的文学都变成了长篇小说和中篇小说……长篇小说打倒了一切，吞没了一切……"别林斯基分析了长篇小说之所以能取代古代史诗和戏剧的地位的原因，提出了这样一些重要的思想，如"如果有时代思想的话，那就一定有时代形式"，长篇小说是"新世界的叙事诗"，"长篇小说更适合诗情地表现生活"，"长篇小说的形式和条件，用来诗情地表现一个从其对社会生活的关系中所看到的人，是更方便的"，"它的容量，它的界限，是广阔无边的"（别林斯基：《论俄国中篇小说和果戈里君的中篇小说》《对于因果戈里长诗〈死魂灵〉而引起的解释的解释》）。

别林斯基的这些意见，包含着对长篇小说这种文学体裁在文学生活中取得很大比重的唯物主义解释，也包含着对长篇小说这种文学体裁的美学特性的精辟议论。的确，人类历史进入近代以后，社会生活较之古代开拓了无数新的领域，内涵也更加复杂了，人对世界的认识与实践的能力和人的精神生活也更加提高、扩大和深化了。长篇小说这种文学体裁就是为适应人们对反映广阔复杂的近代和现代生活的需要而产生和发展的，从而形成了长篇小说区别于诗歌、戏剧，以及短篇小说等文学样式特有的美学属性。它能够更充分、更直接地在社会关系的全部复杂性中描写人的生活、性格、命运，能够更自由、更广阔、更完整地反映生活。

长篇小说的这种美学特性，是不分国界的。中国古典长篇小说的发展，走过了与欧洲小说文学不同的道路。但是，从十四五世纪产生的《三国演义》《水浒传》，到十六七世纪产生的《西游记》《金瓶梅》，到十八世纪产生的《儒林外史》《红楼梦》，这些古典长篇小说作品都塑造了众多的生活在现实社会关系中的人物，以宏伟的规模描绘了时代生活的巨幅画卷，这说明我国古典长篇小说同样具有长于表现广阔而复杂的社会生活的美学性能。特别是《红楼梦》，更以其茫无涯际的生活容量和无物不备的百科全书品格，令二百年来的读者叹为观止。人们对伟大的长篇小说艺术家曹雪芹再现巨大的社会生活的艺术才能惊诧莫名。人类社会生活较之自然界浩渺无边的海洋和林林总总的丛薮更难把握、更难测度，而曹雪芹凭他的一支笔一卷纸，把生活的全貌和底蕴把握住并再现出来了，他一个人就把万万千千的人在巨细错综的历史条件下创造的十八世纪上半叶中国社会生活的全景收纳在《红楼梦》一书中。我们不能不说《红楼梦》是把长篇小说的美学特性发挥到极致的有数的世界名著之一。

《红楼梦》按其本事，不过是一个贵族家庭的兴衰际遇、离合悲欢故事，但它的艺术描写的笔触却远远超越宁荣二府而及于全社会。关于《红楼梦》表现生活的宏阔，自来就有定评。人们说它"包罗万象，无所不有""如百川汇海，人间万事莫不具备"（《春秋》《小说杂评》），"世态人情尽盘旋于其间"（《红楼梦》第二回脂批，有正本）。是的，《红楼梦》所反映的社会生活面之广、所描绘的社会人众之多，在小说史上是罕见的。有人统计过，《红楼梦》（包括高鹗所续的后四十回）写到男子二百三十五人，女子二百一十三人（另一说是男子二百三十三人、女子一百八十九人，分别见姜祺《红楼梦诗》、诸联《红楼评梦》）。这些人物的社会身份，有皇帝后妃、公侯官吏、宫人太监、太太小姐、公子士人、丫鬟仆妇、艺人清客、医卜星相、道士僧尼、市民商户、工匠农妇、酒鬼博徒……囊括士农工商，三教九流。笔锋所及，自宫闱阀阅至闾闫蓬荜，自社会生活至意识形态，举凡社会政治制度（官僚、科举、司法、婚姻、蓄奴等制度）、经济生活，以至思想、文化、宗教、道德、历史、传统、风俗、人情……莫不穷形尽相，跃然纸上。《红楼梦》展示的不是生活舞台的一角，而是社会生活的整体，它是我国十八世纪前期客观存在着的社会现实和社会形态的完整再现。

这里就显出了《红楼梦》与众不同的思想艺术特色。在中国和世界文学中，以家庭的变故、爱情的悲喜为题材的小说多极了，其中一些杰作也能够通过家庭故事、爱情故事反映时代，提出具有广泛意义的社会问题。但按其表现的生活面来说，大多也还是在题材所提供的有限范围之内。只有少数伟大的作品，才能通过特定的题材描绘出全社会——描绘的不仅是某些生活故事，而是生活本身。《红楼梦》就属于这种出类拔萃的作品。

《红楼梦》如何能通过一出家庭盛衰的戏剧舒卷自如地展示了我国十八世纪社会生活的广阔场面，其中定然有着复杂的艺术辩证法和艺术创造的秘密。我们这里着重探讨的是《红楼梦》那种"一树千枝，一源万派"（《红楼梦》第十九回脂批）的叙述与描写笔法的意义和作用。

脂砚斋评语有云："《石头记》立誓一笔不写一家文字。"（甲戌本《红楼梦》第八回脂批）是的，整部《红楼梦》从总的情节线索到具体的细节，从人物对话到景物描写以及叙事行文的一切方面，绝无一笔写到底而略不旁骛的文字。它一支笔作千百支用。如同现实生活中的情形那样，在《红楼梦》的艺术描写中，人物、事件带着其内在的复杂性和外部条件的作用，纷至沓来：或齐头并进，或错综发生，或络绎不绝，或似断似连，各以直接的和间接的方式交互影响着、牵掣着、推动着；万万千千的现象和偶然性如行云流水，漫延满幅，而时代的面貌、事物的本质和必然性就寓藏于、显现于其中。社会之树千枝分蘖、亭亭如盖；生活之源万派分流、浑浑涵涵。《红楼梦》对之"追踪蹑迹，不敢稍加穿凿"（庚辰本《红楼梦》第一回）。它运用现实主义的典型化方法，采取"一树千枝，一源万派"的叙述与描写笔法，创造了比实际生活本身集中、典型而又具备生活全部实在的具体性、生动性、整体性的"第二生活"。

这种以生活的辩证法为根据，符合长篇小说美学特性和读者对长篇小说的审美要求的"一树千枝，一源万派"的笔法，在《红楼梦》的情节结构、性格刻画、叙事行文上均有极其丰富多样的表现，我们下面将分别做些探讨。

二、"一树千枝，一源万派"的情节结构

《红楼梦》的结构同《水浒传》有着明显的区别。《水浒传》基本上是连环列传体结构，数回集中写一人物为一环节，在行动上和人物

93

关系上又与另一环节相扣相续,一个个人物的英雄故事由聚义梁山这一基本情节有机串联起来,构成农民起义全过程的宏大艺术画卷。《红楼梦》也有《水浒传》式结构的痕迹。例如,开篇先写甄士隐,带出贾雨村,贾雨村出而使甄士隐隐去;贾雨村带出林黛玉,林黛玉出而将贾雨村卸却。但是,就主要情节结构而言,《红楼梦》与《水浒传》的连环结构不同。

《红楼梦》也与《三国演义》的多线结构不同。《三国演义》"陈叙百年,赅括万事"(高儒:《百川书志》),人物众多,头绪纷繁,艺术描写的笔触在漫长的时间与广阔的空间里纵横捭阖、变换转移。它的群峰并峙的多线结构的形式,是同这部历史小说所反映的汉末到晋兴这动荡的历史时代和群雄割据三国鼎立的历史局面相对应的。《红楼梦》的结构方式不同,它描绘的那样宏大、那样繁复的时代生活的艺术长卷,却不是依靠连环结构,也不是依凭多线结构达到的。

《红楼梦》以单线结构表达它那庞大的内容,这令人惊奇,却是事实。它的基本情节就是以贾宝玉、林黛玉、薛宝钗的恋爱与婚姻悲剧为中心的贾府这个贵族家庭的盛衰,故事发生的地点基本上就在荣国府与大观园。此外,没有什么地位与之相当的、并行的、交叉的情节发展线索。从这个意义上说它的结构是单纯的。但这是什么样的单纯啊,它像一个巨大的晶体,吸收了社会太阳的全部辐射线,同时也无保留地使之透发出来。《红楼梦》以无数有形与无形的渠道,如同脉络与神经,联结着大观园与社会机体。在大观园内发生的一切,都是社会政治、经济、思想、文化……总之是一切物质形态与精神形态的社会因素综合作用的结果,同时又是这些社会因素的综合反映。大观园中发生的一切,是社会之树的一枝、生活之源的一派,同时这大观园的一枝一派又与社会之树、生活之源及其余的千万枝派有着千丝万缕的联系。不但如此,大观园中发生的一切,在自己的范围内又是千枝万派的。《红楼梦》的单线结构所表现的并非是从生活中提摄出来的一个纯粹的家庭故事,所完成的并非一部单纯的家庭小说。《红楼梦》与那些主干独出、主线裸露、清水寡汤的长篇小说绝不可同日而语。

让我们具体地看一看《红楼梦》那"一树千枝,一源万派"式结构的秘密。

先看"一树"之主干与"一源"之主脉的情形。

我们知道,《红楼梦》是曹雪芹未写完的作品。根据现存的八十回书和据以考证八十回后大概面目的材料,可以看出《红楼梦》是以贾府盛衰为基本情节线索,而又以贾宝玉、林黛玉、薛宝钗的爱情与婚姻悲剧为全书结构的中心部分。这主干、主线在书中的叙述却不是一笔直下的,它常常旁逸侧出、峰回路转、山断云连。就说贾、林、薛的关系吧,第八十回书中直接涉及贾宝玉、林黛玉的爱情与贾、林、薛纠葛的,大约不过三十七个回次。其中,多数章回在表现这方面内容时只是略略点逗,展开正面描绘的则只有十五六个回次,就是在这些笔墨较集中的章回里也没有一回书是单纯止于描述他们的关系的,总是与生活中的其他事情交织着进行。这同生活的逻辑是一致的。人们在实际生活里总是处于社会环境之中。在他们周围,各种各样的社会因素、人物与事件,每日每时在滋生着、运动着、变化着,生生不息,以一定的形式介入和影响着人们的个人生活、思想、性格、命运,而他们的思想性格、生活命运又反映着社会环境并对社会环境起反作用。生活是一个整体,恋爱婚姻是生活的一方面、一部分,它同生活整体发生着复杂的社会联系,不是孤立自在的。曹雪芹是一个具有博大的社会思想和深邃的社会眼光的作家,是一个具有"追踪蹑迹"、广阔完整地反映生活的美学理想的长篇小说艺术家。他撇开"胡牵乱扯忽离忽遇,满纸才人淑女子建文君红娘小玉",而保持"并不曾将儿女之真情发泄一二"(庚辰本《红楼梦》第一回)的作风。他的《红楼梦》既以贾、林、薛恋爱婚姻悲剧为中心故事,而又笔墨汪洋恣肆,描绘种种世态人情。也许,正因为《红楼梦》不拘于谈情说爱,而放笔描写人生,所以贾、林、薛的恋爱与婚姻悲剧才反而更加突出,才更加打动二百年来《红楼梦》读者的心吧。是的,曹雪芹以大量篇幅描写了表面上与贾、林、薛悲剧似乎无关的社会生活，正是以凡庸的作者望尘莫及的笔力，异常忠实、深刻地把这一悲剧还置于那个历史时代的深处，让我们感受到了封建末世像行将死灭的百足之虫，它那还未僵硬的百足犹自抓攫着、摧残着青春、爱情、合理的人生、美好的理想，不但要将封建主义的叛逆者扼杀，也要给封建主义的卫道者带来死亡——"落了片白茫茫大地真干净"。如果《红楼梦》不把那个自身在腐朽、溃烂、垂死并向周围散播着死亡气息，毁灭一切有生事物的历史时代表现出来，只单纯描写几个贵族青年男女的恋爱婚姻悲剧，那么这悲剧的感人力量不知要减弱多少。贾、林、薛的爱情婚姻悲剧是十八世纪中国社会的产物，它只能发生在这个时代。在此之前，譬如说，在崔莺莺时代，那就只能产生《会真记》《西厢记》那样的爱情悲剧。在此之后，譬如说，在子君时代，那就只能产生《伤逝》或其他"五四"青年的爱情悲剧。贾宝玉、林黛玉不同于张君瑞、崔莺莺，也不同于涓生、子君，他们不是古代世界的典型，也还不完全是近代社会的典型，而是新旧交替期的典型。宝、黛的爱情深深刻画着十八世纪这个中国历史从古代向近代转变途中，开始发生人性觉醒的封建贵族青年男女感情世界的典型特点。他们爱情的生长既是时代的赐予，又是与时代相抵触、与贵族阶级的利益相矛盾的，并且他们的爱情的毁灭又是为时代所决定、受制于贵族阶级和封建社会的趋向崩溃而新社会还远未到来的历史过程的。这是《红楼梦》的作者用形象向我们提示的生活真理。《红楼梦》在它的艺术结构中体现了这一深邃的生活真理。这样的构思和表现，是对十八世纪以前文学史上一切爱情题材作品空前的、划时代的突破，显示了《红楼梦》那种"一树千枝，一源万派"地表现生活的结构方式的胜利。把对"儿女之真情"的充分披露与对十八世纪我国社会生活的广泛描绘统一起来。

现在，我们再看《红楼梦》"一树千枝，一源万派"的结构中"千枝"与"万派"的情形。

从结构的意义上说，基本情节（即以贾、林、薛悲剧为中心的贾府盛衰）以外的情节，都属于"千枝""万派"的内容。曹雪芹把浩瀚的时代生活场景组织到《红楼梦》中去的技巧，在这里呈现了。下面仅举二例。

例如，《红楼梦》结合着基本情节的发展，对封建社会晚期社会基本矛盾做出了描写，这正是用枝枝分蘖、叶叶相交的结构方式达到的。贾府是个钟鸣鼎食的贵族之家，贵族男女们虽然衣租食税，但生活环境与稼穑村乡本来几乎是搭不上界的。由于题材关系，《红楼梦》里自然不能充分展开对农村生活和土地占有与剥削关系的正面描写。然而《红楼梦》自有它接触农民阶级与地主阶级矛盾冲突的渠道。这部封建末世社会生活的百科全书式小说的作者曹雪芹，用"一树千枝，一源万派"的结构笔法接通了这些渠道，尽管他并没有自觉到这是表现当代社会的基本矛盾。开卷第一回就写到甄士隐移家田庄的情形："偏值近年水旱不收，鼠盗蜂起，无非抢田夺地，民不安生，因此官兵剿捕，难以安身。"在情节进行中，这几句是顺笔便墨，似乎提过也就作罢了，似乎与本书主要情节挂不起钩来，它在《红楼梦》的艺术天空里，像是夏日黄昏偶然横过天际的一下闪电。但，且慢，我们把书读下去吧！经过长长的静谧之后，我们听到了雷声，闻到了远方雨骤风狂的气息，并且大粒的雨珠已经落在我们眼前。先是在第五十三回里，当贾珍正监督着准备除夕祭宗祠之时，"只见小厮手里拿着个禀帖并一篇账目，回说：'黑山村的乌庄头来了。'"乌进孝是来缴租的，他带来了"年成实在不好"的信息，但仍然收缴来数目大得可惊的货币地租与实物地租，而贾珍还懊恼地责备"今年你这老货又来打擂台来了""真真是又教别过年了"；然后是第七十五回，中秋前夕贾母的饭桌上都开不出份额之外的细米饭了，鸳鸯道："如今都是'可着头做帽子'了，要一点儿富余也不能的。"王夫人说："这一二年旱涝不定，田里的米都不能按数交的。这几样细米更艰难了，所以都可着吃的多少……"最后来到第七十八回，贾政与幕友们闲谈之余，叙及林四娘故事，并命贾宝玉作《姽婳词》，笔墨闲闲之间，叙出了武装造反的农民同封建朝廷的浴血斗争，同第一回甄士隐田庄一带农民与官军的对抗比较起来，这第七十八回里写到的起义农民与朝廷的对抗在规模上大多了，力量对比上也起了很大变化，而那个最后未能摆脱对本阶级挽悼情怀的贾宝玉则"一心凄楚"。使封建社会天地变色的时代风雨就这样一阵阵、时断时续地洒落到大观园，封建社会两大对立阶级激烈搏斗的雷电就这样自远而近地震撼了贾府贵族男女的生活和命运，其作用力及于贾母们的饭桌，以至贾宝玉的灵魂。这与贾府转入衰败、与封建末世趋于败落，是处于同一个历史过程中的。曹雪芹终于使似乎不相关涉的涓滴之水纳入了基本情节的河床，使横斜的疏枝在基本情节的树干上生机盎然地抽芽发叶。由于题材关系，而不能展开正面描写的农村阶级斗争的风云，通过"一树连千枝，一源通万派"的结构法，自然地融汇进《红楼梦》艺术结构的总体中了。

又如，《红楼梦》对封建官僚机构的腐败和封建司法制度的黑暗的揭露，也是用"一树千枝，一源万派"的结构法使之与基本情节结为一体的。作者表面上声言这部书是记述"家庭闺阁琐事"，"毫不干涉时世"的，但实际上他却做出精心的艺术安排，将封建社会政治生活这一重要方面组织进情节中来。第四回贾雨村乱判葫芦案一节，就是这样出现的。从开篇至此一回，贾宝玉、林黛玉及许多重要人物均已进入情节。按结构要求，薛宝钗也应进入情节，以便展开全书中心故事。若是凡庸的作者，为求主线突出，也许会"闲言少叙，书归正传"，用几笔过渡的文字就将薛家从金陵搬到贾府。伟大的长篇小说艺术家曹雪芹却不是这样，他既要让薛宝钗一家进入贾府，偏又要横生枝节，按生活的逻辑和长篇小说结构的美学要求，写薛蟠倚财仗势，打死人命，在应天府案下审理，足足写了一大回书。在这里，作者一支笔做千百支用，写出了"护官符"，写出了"四大家族"的俗谚口碑，写出了"金陵一霸"的薛家和"呆霸王"薛蟠，写出了拐卖人口的社会现象，也写出了徇情枉法的封建官僚贾雨村，笔酣墨饱地将封建官场的黑暗、社会的弊端做了一番暴露，这才将薛宝钗等人送进了贾府，而且在曹雪芹笔下，"葫芦案"非此一桩。第四十八回通过平儿说闲话之口，补出"那没天理的"贾雨村为了奉承贾赦，"设了个法子"讹石呆子"拖欠官银"，"弄得人坑家败业"，就是顺笔点出的又一起"葫芦案"。不但此也，曹雪芹得空便画两笔"葫芦"。第七回正写着周瑞家的给众人送宫花，笔锋只一荡，让周瑞家的走在路上顶头遇到女儿为女婿冷子兴与人打官司"来讨情分"，作者写道："周瑞家的仗着主子的势利，把这些事也不放在心上，晚间只求求凤姐儿便完了。"话语如此轻巧，却又明明隐现了一出"葫芦"冤案。作者毫不费力，顺手就给封建司法制度和凤姐描上了黑黑的一笔。然后是第十五回，作者之笔一路写秦可卿出丧情事，至铁槛寺后略略一宕，由水月庵老尼净虚的一番话作引，将王熙凤包揽词讼和又一个封建官僚长安节度使云光的徇情枉法漫漫一写，至第十六回又补一笔，说明百里以外一场官司已由凤姐运筹尼庵了结，凤姐坐享了三千两赃银，却将一对青年生命葬送，"自此凤姐胆识愈壮，以后有了这样的事，便恣意的作为起来，也不消多记"。然而作者忍不住还是要记，夹在主要情节线索的进行中记。第六十八、六十九回，贾琏在贾珍、贾蓉帮同作局下偷娶尤二姐，凤姐为惩治贾琏兄弟叔侄，出一口恶气，就买通张华假告状，又串通都察院作弊，上下其手，内外勾连，玩弄法律于股掌之上，操纵司法机关于闺闱之间。这些文字既是用严于斧钺之笔载明凤姐的种种劣迹，亦是以透出纸面之力暴露封建官僚、司法制度的般般罪恶。于是，"家庭闺阁琐事"的记叙由于这种"一树千枝，一源万派"的社会联系和与之相适应的艺术结构，自然而然地与"指奸责佞贬恶诛邪"之笔墨交织起来，成为浑然一体的艺术图卷。

透露农村阶级斗争紧张尖锐的情形与暴露封建官僚、司法制度的罪恶，对于这部所谓"大旨谈情"的书来说，在结构的意义上算是树干的一二枝杈和河干的一二支派吧（在思想意义上当然不是），此外还有千百支派枝杈。如果没有这些枝杈支派,《红楼梦》就真会成为纯粹记述"闺友闺情"的"适趣闲文"了,就不会具有那么广大深远的社会政治意义了。正是由于有诸如此类不可缕指的生机勃勃的枝杈和迂回奔泻的支派的存在,才造就了《红楼梦》艺术世界里生活与人物广大的多面性、多样性。这就是《红楼梦》组织情节、结构故事的艺术特色。它的主要笔触是写荣国府、大观园。但以放眼全社会的目光来写荣国府、大观园,它以贾府人物、事迹为艺术之树的主干,而又描绘这大树在时代的雨露风云中的疏枝横斜、阴阳各面。它的情节之主流在一个大家贵族盛衰悲欢的河床里穿行,而又表现了这水流在广大的生活原野上的支派纵逸、洄旋逆折。《红楼梦》在艺术结构上实现了长篇小说的美学理想,找到了同生活的"一树千枝,一源万派"的机制相适应的一种结构形式。

三、"一树千枝,一源万派"的人物描绘

"一树千枝,一源万派"的笔法,在人物刻画上表现为自由而广阔的性格描写。

首先,这种笔法使作者得以把数百人物引进情节中来。作者笔似游龙,倒海翻江,将生活的水域无限南北、不分上下全都搅动个遍。不但将围绕着基本情节活动的众多人物的面貌展现了,而且展现了大量偶尔介入基本情节或由基本情节连类所及而在基本情节之外活动的人们。后一类人物自然并非主角要角,却不是无意义:不贯穿全书,却不能从书中剔挖出去;在情节主体之外,却又关系着情节主体;数量极多,却令人难以忘怀。他们的存在、他们的作用,不是主要人物能代替的。他们随着情节的展开,仿佛顺脚跟踵走进书页,却给《红楼梦》带来了惊人的浩瀚和惊人的精细的生活画面,他们和主要人物一起构成了完整的艺术世界,创造了十八世纪中国社会生活的典型环境(本身又是这典型环境中的典型人物),体现了长篇小说广阔而复

杂的社会生活的美学特性。举例来说，我们在第十三回秦可卿丧事场面中，看到了对大明宫掌宫内相戴权的描写。一般读者不会考虑为何做此安排，只会觉得这是生活中必有之事。但我们若从创作着想，就得承认，这个戴权的出现简直是神来之笔。凡庸的作者能想到在此场合该有太监出场吗？曹雪芹就有这样的艺术构思。

可巧这日正是首七第四日，早有大明宫掌官内相戴权，先备了祭礼遣人来，次后坐了大轿，打伞鸣锣，亲来上祭。贾珍忙接着……心中打算定了主意，因而趁便就说要与贾蓉捐个前程的话。戴权会意，因笑道："想是为丧礼上风光些。"贾珍忙笑道："老内相所见不差。"戴权道："事倒凑巧，正有个美缺……"

三言两语将惯于卖官鬻爵的权监神情刻画入骨。戴权原不是为卖官来的，他是上祭来的。但作为贾府的"老相与"，他来上祭与来卖官完全是妙合自然地统一着的。作者写到他，就为的是捐纳情事，却丝毫不见人工捏合痕迹。这个仿佛偶然介入情节的太监出现了，又消失了，然而他的形象烙在读者心上，同时清代捐纳之风、宦官之势也烙在读者脑海里了。《红楼梦》还写到另两个太监，就是第七十二回里提及的向贾琏、凤姐勒索钱款的夏太监、周太监，也是作者有意为之而以无意出之的。太监进入《红楼梦》人物画廊、封建末世的又一种社会相也就呈现在我们眼前，同时我们也从中看到了影响贾府命运的大大小小社会联系和社会因素中的又一种。说过太监，就再说说尼姑吧。《红楼梦》人物册页中有此一类角色，而且各具典型。有伙同凤姐包揽词讼的老尼净虚，有渴望跳出尼庵"牢坑"过正常世俗生活的少尼智能，有自署"槛外人"而骨子里是个贵族少女的妙玉，也许还有那个现今"绣户侯门女"而将要以"独卧青灯古佛旁"为归宿的惜春。作者写这些人物，不仅是"毁僧谤道"而已，他实际上是通过对"光明普照"的佛门里面黑暗生活的揭示，通过对慈悲法相背后作恶老尼那狰狞面目的揭露，通过对所谓"皈依"佛门的少女们那痛苦的命运和被扭曲的灵魂的描写，显示了封建末世那罪恶的、毁灭生机的、弥塞天地的颓风渗透的程度……而这些又是各以波谲云诡的变化和千丝万缕的联系，被作者用"一树千枝，一源万派"的笔法写到《红楼梦》故事中的。作者又用同样笔法，从炙手可热的荣府掌家人凤姐身边扯出一条线，写了钻营请托的贾府"后廊"人物贾芸，又牵五挂四地写了醉金刚倪二、香料铺掌柜卜世仁和他的娘子，将市民社会的一角和大观园连接了起来。诸如此类，不可枚举。曹雪芹那支笔仿佛要穷究大千世界，写尽芸芸众生，将天地间所有的诸色人等、万般世相，都展现在我们眼前。

"一树千枝，一源万派"的笔法，不但使作者写出了一眼望不到头的人物形象的长长序列，而且写出了单个人物形象那难以计数的一个个侧面。我们既看到了贾宝玉种种卓特的品质，同时也看到了这个贵族青年公子的种种毛病。甚至在同一回书里，作者刚写了贾宝玉对林黛玉赌咒罚誓表白心底至情，接着就写贾宝玉对薛宝钗"肌肤丰泽"的艳羡（第二十八回）；刚写了贾宝玉待丫鬟如姐妹，接着就写贾宝玉因一杯茶而大发公子脾气撵乳母丫鬟（第八回）。同样，对于林黛玉，作者既写了她的孤标傲世的情怀，也写了她对刘姥姥的恶谑（第四十二回）；既写了她高洁的爱情和她保卫自己爱情的痛苦，也不隐讳她那感情世界的狭隘和"小性儿"。对于薛宝钗这个人物，作者描绘了她的道学面目，她的自私、世故、虚伪、机诈、阴险、城府森严，也显示了她实在的才智，她对封建教条并非做作而是真诚遵奉的端严信仰，她对同道者（如史湘云、袭人）的宽厚为怀，她在一定场合里的恭谨豁达，以及她那时有流露的、作为青春少女的微妙心绪。这是真正自由而广阔的性格刻画。对贾、林、薛的刻画如此，对书中一切有言行、有事迹的人物的刻画又何尝不是如此。就看第十八回，作者写归省的元春，那样雍容尊贵，十足贵妃派头，却又流露出"虽富贵已极，骨肉各方，终无意趣"的幽怨，怀抱着对"当日送我到那不得见人的去处"的无可解释的悲憾。她一时"满眼垂泪",一时"忍悲强笑";而贾母、王夫人和身为皇妃的孙女、女儿相见,也是"只管呜咽对泣";连贾政这个道学官僚,对元妃讲那番颂圣言辞时,也并无应有的庄严虔敬态度,却是在那里"含泪"而言。通过作者自由而广阔的性格描绘,人物性格最隐蔽、最不易暴露的侧面,人物内心世界最深微曲折的角落,展现在我们面前了。第二十七回里对探春性格的描写,同样使人深思。在这里,甜蜜蜜地央求宝玉代买"轻巧顽意儿"的女孩儿探春,和沉下脸来怨责当姨娘的生母的贵族小姐探春,二位一体地站在我们面前。我们看到,天真与世故,同时在探春身上显现。这就是曹雪芹刻画性格的艺术。他持以观照人物性格的,不是一面光学的镜子,而是心理学的镜子、美学的镜子、人生的镜子。在《红楼梦》中,几乎没有一个有言行事迹的人物是只写他性格的单一侧面的。就连贾雨村,也不只写他"狡猾""贪酷",还表现他"才干优长";就连那个香料铺店主卜世仁,也不只写他的悭吝薄情,还在他的冷言淡语中表现了他教训外甥的真心。曹雪芹把每个人物看作一株生命之树、一汪生命之泉,"一树千枝,一源万派"地写出了他们多面的完整的性格。

曹雪芹又把"一树千枝,一源万派"的笔法运用到人物关系的展示上,而《红楼梦》性格描写技巧的一大特色,就是在人物关系的展示中刻画性格。在《红楼梦》中,几乎找不到撇开人物关系孤立地刻画人物性格、人物心理的例子。八十回书,没有一回是单为一个人物立传的,没有一个情节是单为一个人物设置的。人物的出场就连着相应的关系,人物的活动也连着相应的关系。人物之间随时随地相互联系、相互制约、相互映衬、相互激射、相互矛盾、相互依存。人物就生活在相互关系中,性格就在相互关系中呈现。此人物同彼人物发生这样那样的关系,遂显示这样那样的性格侧面;此人物与又一彼人物发生这样那样的关系,性格遂进一步深化或展示新的侧面。可以说,在《红楼梦》中,写人物性格,就是写人物关系,或者说,写人物关系，就是写人物性格。即使在场面中只有一个人物的时候，也是如此。"埋香冢飞燕泣残红"（第二十七回），只有林黛玉一人在那里哭诉她的《葬花词》。就在前一夜，她也是独自一人，"倚着床栏杆，两手抱着膝，眼睛含着泪，好似木雕泥塑的一般，直坐到二更多天方才睡了"。有谁知道她这一夜对人生做过什么样的思量？如今她在那里葬花，一行数落着，哭得好不伤感。"花谢花飞花满天，红消香断有谁怜"，这里有多少现实人生的感受刺激。"一年三百六十日，风刀霜剑严相逼"，这里又有多少现实关系的叠印投影。当然，其中也包括着头一晚发生的那一幕：她被关在怡红院外，独立墙角花阴之下，耳中却听见院内传来宝玉与宝钗阵阵笑语之声，由不得产生了对自己和宝玉的关系、对自己孤栖的身世、对自己不测的前途命运的悲伤。是的，就是在净场一人时，性格的显示也是离不开人物关系的。至于两人或多人同处的场合，性格的显示就更是依存于规定情景下的人物关系了。"意绵绵静日玉生香"（第十九回），就是两人在场时的情形。在那一股幽香的氤氲里，交汇着宝玉、黛玉青春的情思，一声一息那样甜蜜、柔美、清新。宝玉不禁将黛玉的衣袖拉住，要瞧笼着是何香物。

  黛玉冷笑道："难道我也有什么'罗汉''真人'给我些香不成？便是得了奇香，也没有亲哥哥、亲兄弟，弄了花儿、朵儿、霜儿、雪儿替我炮制。我有的是那些俗香罢了。"宝玉笑道："凡我说一句，你就拉上这么些……"

  在情脉脉意绵绵的青春交响曲中，响起了不和谐音。这不和谐音代表着那此刻虽身不在场而实际介入了他们之间关系的薛宝钗的影响。黛玉越是在热恋的丽日晴空里就越感到那片看不见的阴云的郁闷沉重。薛宝钗那金项圈和冷香丸，薛宝钗在贾母、王夫人信奉的"金玉姻缘"之说中的优越地位，就是威胁着林黛玉个人幸福、时刻笼罩在她心头的阴云。这个心机灵慧、一往情深而不忘现实威胁的少女，只能依靠自己的力量和宝玉对她的坚贞来保卫他们的幸福。她在和宝玉两心相向中"拉上这么些"影射，牵扯着宝钗的话头，正是她不忘现实威胁和要测验宝玉坚贞的自然流露。而宝玉的答话，则表明他也明白宝钗对黛玉的刺激，然而他还没有感受到黛玉已感受到了的那种危机感，于是他想用玩笑的态度转移黛玉的注意力，想用不正视矛盾的办法使矛盾暂时获得缓和。这就是不在场的宝钗给两情相悦的宝、黛的影响，宝、黛之所以有这样的反应，之所以表现了各自的性格、心理，完全是相应的人物关系起作用的结果。试想，如果没有贾、林、薛的特殊关系，还有黛玉那些"挂上"冷香丸、金项圈的话语吗？没有了。因而这一场面就不会有如此这般揭示性格的作用了。"绣鸳鸯梦兆绛芸轩"（第三十六回）是另一个例子，是多人场合相应的人物关系对性格的显示所起作用的例子。宝玉正午睡，袭人坐在身旁，给宝玉赶苍蝇，绣鸳鸯戏莲花样的兜肚。宝钗走来，和袭人闲话一阵，袭人有事走开了，宝钗"不留心"，"刚刚的也坐在袭人方才坐的所在"，拿起针来代为刺绣。不想黛玉与湘云来找袭人说话。黛玉来到窗外。

只见宝玉穿着银红纱衫子，随便睡着在床上，宝钗坐在身旁做针线，旁边放着蝇帚子。

林黛玉见了这个景儿，连忙把身子一藏，手握着嘴不敢笑出来，招手儿叫湘云。湘云……忙也来一看，也要笑时，忽然想起宝钗素日待他甚厚，便忙掩住口。知道林黛玉不让人，怕他言语之中取笑，便忙拉过他来道："走吧……"林黛玉心下明白，冷笑了两声，只得随他走了。

这里宝钗只刚做了两三个花瓣，忽见宝玉在梦中喊骂，说："和尚道士的话如何信得？什么是金玉姻缘，我偏说是木石姻缘。"薛宝钗听了这话，不觉怔了……

我们像看电影一般，看见宝、黛、钗、湘进入镜头，看到了在这些镜头组合中出现着宝黛、钗黛、钗玉、湘钗、湘黛五重关系，而透过这些各以其特殊性联结着的人物关系，我们见到的正是各个人物特色鲜明的思想性格。你说这是写人物关系吗？是的。你说这是写人物性格吗？是的。两者统一起来了。试想，如果睡在床上的不是宝玉，而是湘云；或者，坐在宝玉身旁的不是宝钗，而是袭人；或者，看到这光景的不是黛玉，而是湘云或袭人，那么，那场面还有如此这般地揭示人物性格的意义吗？没有了。可见，在一定场景中人物性格的显示，是以特定的人物关系为前提和条件的。人物关系变了，场景对于显示性格所具有的意义和作用也就变了。还可再举一例，秦可卿丧事中，处处写贾珍的哀恸欲绝，"哭的泪人一般"，"恨不能代秦氏之死"；处处写贾珍"无心茶饭"，"扶拐杖扎挣着"为丧事奔忙，而一笔不写贾蓉的悲伤，简直将他排除在外。这些场面是何等严冷地暴露了贾珍父子公媳关系的丑恶和贾珍灵魂的卑污啊。是的，这些描写之所以具有揭示贾珍性格的作用，正因为它是建立在贾珍与死者、与贾蓉的特定关系上的，否则贾珍的眼泪、他的悲恸欲绝所具有的性格内容也就不存在了。《红楼梦》的作者就是这样，极其善于设置无数包含着特定人物关系的场面，以揭示人物性格。这种在人物关系的展示中表现性格的艺术技巧，在全书中发挥得极其娴熟、灵活、自如，因人而异，因事而异，变化万端。其结果是人物性格特别是主要人物性格的显示非常丰满，层次非常丰富，广度深度有机统一，毫不板滞，极富于生活实感。此外，由于《红楼梦》自始至终运用在人物关系中写性格的技巧，能够很简便地一事绾住他事、一笔写出数人，也帮助本书达到了以有限的篇幅写出数以百计的、具有生动鲜明性格的人物这样惊人的艺术成就，特别是一些次要人物，不需要独辟章节，往往只是在人物关系中略一逗露性格光芒，就留下了永久的艺术生命。例如，那个在荣国府下人"家反宅乱"的情势和邢夫人与凤姐的矛盾关系中出现的傻大姐，就是那样。

以生活的无限丰富性、复杂性、完整性为基础和根据，一支笔写出百数人物的生活和命运，写出个别人物性格的无限多的侧面，写出在无数参差错落的人物关系交汇点上浮现出来的人物个性的无穷色彩，这就是《红楼梦》"一树千枝，一源万派"的笔法在人物性格描写上的应用，也就是《红楼梦》自由而广阔的性格刻画的艺术特色。

四、"一树千枝，一源万派"的叙事行文

对《红楼梦》情节结构和性格描绘那"一树千枝，一源万派"的特点，从形式因素来说，是由作品叙事行文的相应特点造成的。《红楼梦》问世后早期的批评家们就已注意到此书叙事方式的特色。脂砚斋（尽管其思想不大高明，其评点颇多八股批法）就指出，"《石头记》立誓一笔不写一家文字"，其行文多"一击两鸣法"，"妙在全是指东击西打草惊蛇之笔"，常常"顺笔便墨，间三带四"，"或有一语透至一回者，或有反衬上回者，错综穿插，从不一气直起直泻至终为了"，"小说中一笔作两三笔者有之，一事启两事者有之，未有如此恒河沙数之笔也"。（分别见《红楼梦》第八、五、三、七、三十七等回脂批）与曹雪芹同时代而十分心折于《红楼梦》艺术成就的戚蓼生，在他的《石头记序》中，这样叙述《红楼梦》笔墨的特色："吾闻绛树两歌，一声在喉，一声在鼻，黄华二牍，左腕能楷，右腕能草，神乎技矣！吾未之见也。今则两歌而不分乎喉鼻，二牍而无区乎左右，一声也而两歌，一手也而二牍。此万万所不能有之事，不可得之奇，而竟得之《石头记》一书。"戚蓼生的说法也是颇能曲曲道出《红楼梦》叙事行文奥妙的。真的，绛树黄华之技已属神工，更何况曹雪芹一声两歌而不分喉鼻，一笔二牍而无须两手。他那支出神入化之笔轻重疾徐交替，浓淡燥湿纷呈，偏正曲直并作，勾拂点染兼施，同一幅画面除画面之景外还显示着景中之景、景外之景，同一个场面"横看成岭侧成峰，远近高低各不同"。我们看他笔下写着这个人物，岂知他又衬托

107

出另一人物；我们看他全神贯注写着这件事，岂料他还映带出前一事之果或隐伏着后一事之因。《红楼梦》每下一笔，必前后连络，左右关锁，里外牵掣，虚实相生，四面八方"扶持遮饰俱有照应"。这是《红楼梦》叙事行文的特点。用脂砚斋的说法就叫"一树千枝，一源万派"。这正是长篇小说美学特性所要求的叙事方式：所收纳的生活容量大，所包含的情节头绪多。

现在，我们举几组例子，分别看看这千枝万派的叙事行文笔法的若干情形。

（一）一击两鸣，一声二歌

第七回里作者这样描写周瑞家的初次见到香菱：

……只见香菱笑嘻嘻的走来。周瑞家的便拉了她的手，细细的看了一会，因向金钏笑道："倒好个模样儿！竟有些像咱们东府里蓉大奶奶的品格儿。"金钏儿笑道："我也是这么说呢。"

脂砚斋批云："一击两鸣法，二人之美可并知矣。"按秦可卿的"品格儿"，第五回有一句实写是"生得婀娜纤巧"，又借宝玉梦中所见虚写为"其鲜艳妩媚有似乎宝钗，风流婀娜则又如黛玉"。周瑞家的称赞香菱"好个模样儿"有些像秦氏，的确是一笔写了两人。这是写人物外貌用一箭双雕、一击两鸣法的一例。写人物内心世界，有时也用一石二鸟、一击两鸣法，如第七十九回这样介绍夏金桂：

那夏小姐今年方十七岁，生得亦颇有姿色，亦颇识得几个字。若论心中的丘壑经纬，颇步熙凤之后尘。

王熙凤"心中的丘壑经纬"怎样，读者在前七十几回书里久已领略，夏金桂一出场作者就用凤姐这镜子给她照影，读者也就可想知金桂为人。而下文所写金桂"颇步熙凤后尘"的那些丑恶行径,则又变成了映照凤姐的一面镜子。于是,一击两鸣,一笔绾住了二人。为什么写着香菱的容貌,偏连着秦可卿?为什么写着夏金桂的心地,要挂上王熙凤?因为生活本来是一个整体,一树千枝而枝枝挂连,人们对生活的观察、感受也是连类吸引归纳综合的,更因为这种"一击两鸣,一声二歌"的写法关系着长篇小说美学。对于一部人多事繁的长篇小说来说,所写的一个个人物、一段段事迹,不应如大年夜放烟火,一阵一阵过,中间全没贯串,而应该穿插勾连、回环呼应、通体活生。这就需要长篇小说作者用情节事件、矛盾冲突将个个人物、节节生活贯通交织起来,还需要在情节以外用对话和叙述性语言将个个人物节节生活纽结绾系起来。"一击两鸣,一声二歌"的笔法,所起的就是后一种作用。作者全局在胸,具千手眼,在叙事行文中纵横挥洒勾拂点染,使四方八面的人物、事迹交汇聚首,从而在读者的审美意识中引起了对书中所叙人物与事件活生生的整体感。

一声二歌,香菱之美与秦可卿之美共鸣;一笔二牍,夏金桂之丑与凤姐之丑并见。如果说这两个例子还比较简单的话,另有更复杂而神妙之例在这里:第三十回"龄官划蔷痴及局外",这一大段文字,句句写的是龄官,同时也句句写的是宝玉,孰主孰宾,简直难以区分。在同一场面里,用同一笔触而写出了两台戏:既写出了独自划蔷的龄官的痴心,也写出了旁观龄官划蔷的痴心的宝玉自己的痴心。宝玉与龄官,明明是两色人物,两般痴情,而在这特定场合里,竟能达到写宝玉就是写龄官,写龄官也就是写宝玉的效果,真是一声而二歌且不分喉音鼻音,一笔而二牍并无须左手右手。这种小说笔墨,可谓神妙直到秋毫颠了。

(二)手写此处,目注彼处

"一击两鸣,一声二歌"的叙事行文技巧,是一笔将二人并写,稍加变化,便成为"手写此处目注彼处"的笔法。第七十四回"惑奸逸抄检大观园"中,王夫人要访察宝玉身边的"蹄子"谁可能把宝玉"勾引坏了",王善保家的当即进谗:"一个宝玉屋里的晴雯,那丫头仗着她生的模样儿比别人标致些,又生了一张巧嘴,天天打扮的像个西施的样子,在人跟前能说惯道,掐尖要强……"王夫人遂问凤姐:"上次我们跟了老太太进园逛去,有一个水蛇腰、削肩膀、眉眼又有些像你林妹妹的,正在那里骂小丫头。我的心里很看不上那轻狂样子。这个头想必就是他了。"又说:"我一生最嫌这样的人。"

王夫人说着晴雯,却挂上黛玉,不禁使我们略一沉吟。我们回味书中的事实,知道王夫人对黛玉从来淡淡,宝、黛的亲密形迹表面化以后,王夫人对黛玉就愈加冷淡了。如今,她由着王善保家的那夹枪带棒的言语——附带说,兴儿也曾把黛玉叫作"多病西施",见第六十五回——竟公开把她"最嫌"的丫鬟晴雯和外甥女黛玉联系起来。作者这样写,由不得我们要寻绎其中意味。我们不必就此指实王夫人对黛玉的反感已达何等程度,但起码不能表明王夫人对黛玉的钟爱。在这里,作者手之所写是王夫人对晴雯的嫌恶,目之所注则是王夫人对黛玉的态度——这同黛玉的悲剧有关。这种写法婉转含蓄,却不是含混模糊的。作者不止一处使用这种手挥目送的笔法。第七回对焦大的描写也是一例。焦大醉后大骂主子们:"每日家偷狗戏鸡,爬灰的爬灰,养小叔子的养小叔子,我什么不知道?"而"众小厮听他说出这些没天日的话来,唬的魂飞魄散",那"凤姐和贾蓉等也遥遥的闻得,便都装作没听见"。这是何等剔肉见骨之笔啊!作者手之所写是焦大的醉骂,目之所注是贾珍、凤姐们的丑行;手之所写是众小厮吓得魂飞魄散,目之所注是凤姐、贾蓉的在场;手之所写是凤姐、贾蓉装作没听见,目之所注是他们的胆战心虚。生活的确是"一树千枝,一源万派"的。攀一枝条,旁枝摇动;池边击水,彼岸扬波。曹雪芹将生活的常理化为叙事行文的艺术技巧,短篇小说不大能用得上这种技巧,因为短篇小说的美学特性、它的形式和内容的容量不大能提供那样可以让读者领会手挥目送笔法妙处的背景。而长篇小说于此则应该出色当行。这种"手写此处目注彼处"的笔法，大大地扩展了所写下来的人物外貌、心理和场景的表现内容，可收一言而明百意、一瞥而见万景之效。

（三）空谷传音，不写之写

在《红楼梦》的叙事行文中，同是用一笔绾住二三人的写法而变化多端。上面我们已经看到，作者有时是将有关的人一笔并写而无分宾主，有时是手写此人而目注彼人，下面我们则可看到，作者有时在他的叙述性语言中以虚中见实、实中带虚、虚实相生之法一笔写出若干人。第三十四回里有这样一段文字，宝玉被贾政毒打后正在养伤：

> 因心下记挂着黛玉，满心里要打发人去，只是怕袭人，便设一法，先使袭人往宝钗那里去借书。
>
> 袭人去了，宝玉便命晴雯来吩咐道："你到林姑娘那里看看他做什么呢……"

多么平实而又巧妙的叙述性语言！作者只交代宝玉的所作所为，并不明写贾宝玉之所以作、所以为，而宝玉的知人之明、用人之智，宝玉对自己身边的这个封建主义的"风纪警察"袭人的警惕，宝玉对心地光明的晴雯的信赖，都在不写之写中显露了出来。作者只交代了宝玉在与黛玉交往中对袭人的回避，并不明写其因由，而袭人日常对宝黛亲密关系的防闲戒备，袭人之远黛玉而近宝钗，都在不写之写中传达了出来。同样，作者只交代了宝玉在与黛玉交往中不回避晴雯，并不明写其缘故，而晴雯日常对宝黛亲密关系的胸无芥蒂，晴雯之近黛玉而远宝钗，都在不写之写中透露了出来。空谷传声，余音不尽，作者几句叙述性语言蕴含多少人事！

不妨再举一例。第六十九回尤二姐被迫自尽，贾琏找凤姐要银子治办棺椁丧礼，凤姐推托支应并借故走开了：

恨的贾琏没话可说，只得开了尤氏箱柜，去拿自己的体己。及开了箱柜，一滴无存，只有些折簪子烂花并几件半新不旧的绸绢衣裳……不禁又伤心哭了起来。

凤姐逼死尤二姐的阴险狠毒手腕，作者在前文写了很多，却没有明写过尤二姐死后凤姐如何去掠取存放于尤氏箱柜里的贾琏的体己私钱。如今借贾琏之手打开已空的箱柜，凤姐那食贪财黑的面容心地就在虚空的箱柜里映现出来了。在这不写之写的一笔里，绾住了凤姐、贾琏、尤二姐三人。

空谷之所以能传声，不写之写之所以能有比实写明写更耐人寻味的效果，乃是因为作者以他细致入微的观察力捕捉住了事物的矛盾关系和人物的表情方式的特殊性，把握住了人与人、人与物之间有时并不外现而实际存在的联系。长篇小说艺术家曹雪芹的这种叙事行文，颇令人如对绘画逸品。烟雨霏霏，水雾蒙蒙，画家只画树梢微露而令观众识枝干在，只表现湖面略窥而使观者知大泽存。曹雪芹有时就是只写生活之树的一枝而暗示他枝，只写生活之源的一派而隐现别派的。

（四）一笔不作一家文字

《红楼梦》那千枝万派的叙事行文笔法真是恣肆极了，也圆转极了。杜甫作诗是"语不惊人死不休"，曹雪芹作小说则是一笔不能兼写数家文字而誓不休。请看下例。第三十二回，宝玉同黛玉各以自己的方式倾诉肺腑之言。黛玉拭着那激切的悲伤的泪，站立不住走开了。宝玉衷肠滚热，话未说完，犹自出神兀立。恰好袭人来给他送扇，宝玉神未归舍，一把拉住袭人，当作黛玉，继续吐露心曲。袭人听了吓得魂销魄散，宝玉一时醒过来羞得抽身跑了：

这里袭人见他去了，自思方才之言，一定是因黛玉而起，如此看来，将来难免不才之事，令人可惊可畏。想到此间，也不觉怔怔的滴下泪来，心下暗度如何处置方免此丑祸。

本来，这一节是宝、黛二家文字，黛玉离开后则是宝玉一家文字，写宝玉之一心浸入情海，也可以用黛玉走后他的内心独白或其他方式处理，而作者则用宝玉怔忡间错将袭人作情人的方式表现。客观效果证明，这种方式最出色、最传神、最富于生活情味。一家文字变成了二家文字，自然无迹地将袭人夹写出来，写出她对男女关系的庸俗见识，写出她对主子以卫道为忠顺的奴才性格，伏下后面第三十四回她向王夫人中伤、诋毁宝黛关系之根。《红楼梦》就是这样，一笔不作一家文字而必作二家、三家文字，行文是活的、圆的、流线形的，过接之间丝毫不见生硬转折、不显圭角锋芒。这种一笔作二三家文字的笔法，不仅恣肆至极、圆转至极，而且省俭至极，因为不必"话分两头"就写了两头之事与人，甚至三四头之事与人，如第二十二回写正月节间，贾政设了酒果、玩物，请贾母赏灯取乐。这本应是描写贾政承欢光景的文字，而作者并没有将笔锋独指贾政，而是一笔写了五六人：

往常间只有宝玉长谈阔论，今日贾政在这里，便惟唯唯而已。馀者湘云虽系闺阁弱女，却素喜谈论，今日贾政在席，也自缄口禁言。黛玉本性懒与人共，原不肯多话。宝钗原不妄言轻动，便此时亦是坦然自若。故此一席虽是家常取乐，反见拘束不乐。贾母亦知因贾政一人在此所致，酒过三巡，便撵贾政去歇息。贾政亦知贾母之意……

贾政一人在场，各人反应各样，同是沉默，宝、湘、黛、钗个个不同，贾母的反应又另是一式，而且都关合着各人个性、身份。于是，贾政一家文字变成五六家文字。短篇小说特别是人物单少的短篇小说不必也不能这样写，长篇小说特别是人物众多的长篇小说却可以也应

113

该这样写，曹雪芹就是这样给我们示范的。这种一笔不作一家文字的叙事行文，放得开、收得拢，灵活而集中、开阔又俭约。这与那些一笔写一人、笔笔板滞的长篇小说比较起来，技巧之高下相去何其远。

（五）顺笔便墨，间三带四

当我们在探索《红楼梦》的艺术描写技巧包括各种叙事行文笔法技巧的时候，杜勃罗留波夫赞美作家冈察洛夫的话就总浮上我们心头："冈察洛夫才能的最强有力的一面，就在于他善于把握对象的完整性……他有一种令人震惊的能力——他能够在任何一个特定的瞬间，摄住那正在飞驰过去的生活现象，把握它的全部完整性与新鲜性……"（杜勃罗留波夫：《什么是奥勃洛莫夫性格？》）我们也应该这样赞叹曹雪芹的才能，曹雪芹也像冈察洛夫以及一切卓越的小说艺术家那样，"看起来，他好像能够摄住生活的本身，使它永远固定下来，把它最难以捉摸的瞬间放在我们的面前，让我们永远看着它……"（杜勃罗留波夫《什么是奥勃洛莫夫性格？》）下面就是两个小小的例子。

第六回"刘姥姥一进荣国府"，凤姐散散漫漫地与刘姥姥应酬着，刘姥姥正要忍耻开口打秋风：

刚说到这里，只听二门上小厮们回说："东府里的小大爷进来了。"凤姐忙止刘姥姥"不必说了"，一面便问："你蓉大爷在那里呢？"只听一路靴子脚响，进来了一个十七八岁的少年……

横风一阵，吹断凤姐与刘姥姥这一头，凤姐完全换了一副精神面目，与贾蓉喜眉笑眼地说逗。贾蓉刚起身离去，凤姐忽又叫住："叫蓉哥回来。"等贾蓉返身站立：

那凤姐只管慢慢的吃茶，出了半日的神，又笑道："罢了，你且去吧。晚饭后你来再说罢。这会子有人，我也没精神了。"

底下才又接回刘姥姥这一头。这阵横风,将刘姥姥吹到了一边,成了凤姐与侄儿贾蓉间那种轻佻的嘲戏与含义暧昧的对话的旁观者、旁听者,于是这一阵斜里刮来的风也吹开了凤姐以及贾府生活的另一幅帷幕,让我们隐约见到了凤姐与贾蓉那并不光彩的关系的一角。生活中此人此事为他人他事打断岔开的情形屡见不鲜,这些平凡已极的生活现象往往刚刚触到我们的意识,就立刻从我们身边消逝了,几乎不留一点痕迹。谁有心记住它们!然而曹雪芹有这个心,他把那在他面前闪过去的偶然的形象提高到典型的地位,从而形成了《红楼梦》中一种富于表现力的"间三带四"的叙事行文笔法。

第六十回"玫瑰露引来茯苓霜"也是一个例子。柳家的送她嫂子玫瑰露,她嫂子回赠茯苓霜,话语间带出下面的话:

这是你哥哥昨儿在门上该班儿,谁知这五日一班,竟偏冷淡,一个外财没发。只有昨儿有粤东的官儿来拜,送了上头两小篓子茯苓霜。馀外给了门上人一篓作门礼,你哥哥分了这些……

一般的长篇小说作者与论者,或许以为这种闲言碎语是不入文章的吧,曹雪芹却采入作品中。他顺笔便墨,补出了从未写及的荣府门房生活之一景,也是侯门公府日常生活的一幅小景。这样的情景,就应该用顺笔便墨间三带四的笔法写出来。曹雪芹用这种把生活现象的完整性表现出来的叙事行文笔法,满足了读者对长篇小说作品的审美要求。

此外,第七回借周瑞家的送宫花,接二连三写出一连串人与事;第三十一至三十二回,借湘云送戒指,牵五挂四写出一连串事和人,都是顺笔便墨、间三带四的写法。不过文字很长,而且更多地属于情节结构手法和性格描绘手法的范围,不在这论叙事行文笔法的一节里分析了。

（六）云龙雾豹，东鳞西爪

脂本《红楼梦》第二回有一段显系评语作正文的文字，说该书行文"不肯一笔直下，有若放闸之水，燃信之爆，使其精华一泄而无余"。这确是此书叙事笔法的一般特点。事物的完整性在《红楼梦》中是作为过程而展开和呈现的，这符合实际生活中人们对事、对人认识的规律，这也是长篇小说叙事方式的特长。出于对艺术效果的讲求，作者有时对某些事物的描绘叙述更是有意拉开间架，时断时续，有隐有现，东逗一鳞西露一爪，合起来则可想见其全体。这里我们将这种写法在组织情节和描绘性格上的作用撇开不谈，只从一般叙事方式上举二例。

就说对"通灵宝玉"的描写，在第一回"甄士隐梦幻识通灵"中，读者随着甄士隐的目光看去只见："原来是块鲜明美玉，上面字迹分明，镌着'通灵宝玉'四字，后面还有几行小字。正欲细看时，那僧便强从手中夺了去"，未见全璧。接着在第二回，从冷子兴口中说出是："一块五彩晶莹的玉来，上面还有许多字迹"，究竟是何字迹，仍未写出。到第三回，黛玉与宝玉初会，也只见"一根五色丝绦，系着一块美玉"，未曾细看。直至第八回"比通灵金莺微露意"中，才由特殊关心此玉的宝钗眼中，看出此玉的大小、色泽、形制、正反两面所镌字迹。此玉全体呈现，宝钗微妙的心意也初露了。此例说明了《红楼梦》在状物上三五错落地着笔的情形，但也可看出它终究不是单纯状物之笔，而是同人物及情节结合着的。

较此例更为复杂的是对凤姐挪支公款月钱放高利贷的描写。那真是云龙雾豹，时现鳞爪而不见首尾。最早的一笔相当模糊，那是在第三回里，黛玉初入荣府，在贾母们接客的应酬声中，听见王夫人问凤姐月钱放定了不曾。对此黛玉自然不留心，读者也不在意，作者于此插入此话似无意义，几可疑为词费。然后到第七回，周瑞家的见到水月庵的小姑子智能儿，随口说"十五的月例香供银子可曾得了没有"。

在场的惜春问各庙月例银都是谁管。周瑞家的答说是余信。"惜春听了,笑道:'这就是了。他师父一来,余信的女人就赶上来,和他师父咕唧了半日,想是就为这事了。'"话头即止于此。细心的读者会感到中藏蹊跷。然而下无续文,亦几可疑为芜枝荒蔓。然后到第十六回,凤姐正与远归的贾琏说得热闹,听得外间平儿与人搭话。贾琏走后,平儿走到凤姐身边悄悄地说:"旺儿嫂子越发连个成算也没有了。""奶奶的那利钱银子,迟不送来,早不送来,这会子二爷在家,他且送这个来了。幸亏我在堂屋里撞见……"较为明确的信息透露出来了,读者于此得知,凤姐由旺儿经手放高利贷,但还不知道本钱与凤姐经管的公中钱款有关。文笔却又截住了,横云断山。待伏线重现,却已到了第二十七回。凤姐叫红玉去关照平儿一项银钱交割的事,凤姐的指示,平儿的回话,都不明不白,深微曲折,令读者于闪烁其词中想见凤姐又在银钱上做手脚,却又就此按下不表。到了第三十六回,才又将线索提动。王夫人与凤姐正商议月钱增减的事,忽然询问凤姐,月钱"可都按数给他们?""凤姐见问的奇怪,忙道:'怎么不按数给!'王夫人道:'前儿我恍惚听见有人抱怨……'"凤姐作了解释后说:"如今在我手里每月连日子都不错给他们呢。先时在外头关,那个月不打饥荒,何曾顺顺溜溜的得过一遭儿呢。"离开王夫人后,凤姐使出打驴惊马的手段,对着执事的众仆妇,恶狠狠地咒骂向王夫人抱怨月钱发放的人。读者从凤姐在王夫人面前的巧词辩饰和在王夫人背后的恶言咒骂声中,隐约听出了凤姐放高利贷和她挪用公款月钱之间的关系。事隔三回,在第三十九回里,终于真相大白,袭人与平儿闲话中问起:"这个月的月钱,连老太太和太太还没放呢,是为什么?"平儿见问,忙悄悄说道:"横竖再迟几天就放了。""这个月的月钱,我们奶奶早已支了,放给人使了。等别处的利钱收了来,凑齐了才放呢。因为是你,我才告诉你,你可不许告诉一个人去。这几年拿着这一项银子……利钱,一年不到,上千的银子呢。""袭人笑道:'拿着我们的钱,你们主子奴才赚利钱,哄的我们呆呆的等着。'"

但此后翻过二十多回书,不再见此等文字。直到第七十二回,耀眼的火星又从仿佛冷却的灰烬中爆出,贾琏就与鸳鸯借当之事对凤姐说:"你们也太狠了。你们这会子别说一千两的当头,就是现银子要三五千,只怕也难不倒。我不和你们借就罢了。这会子烦你说一句话,还要个利钱,真真了不得。"凤姐立刻翻脸:"我有三千五万,不是赚的你的。如今里里外外上上下下背着我嚼说我的不少,就差你来说了,可知没家亲引不出外鬼来……"凤姐对走进来的来旺儿媳妇负气地吩咐:"说给你男人,外头所有的账,一概赶今年年底下收了进来,少一个钱我也不依的。我的名声不好,再放一年,都要生吃了我呢。""如今倒落了一个放账破落户的名儿。"这是《红楼梦》八十回书中揭示凤姐挪支公款放高利贷以饱私囊的最后一笔。《红楼梦》对凤姐的挪支公款放高利贷的揭示,既不写情节,亦不写过程,隔几回书、十几回书、几十回书才点它一笔,每次只露出一鳞一角、一爪一尾,然而读者却见到了这云龙雾豹在书中辗转折腾的姿影。

这种云龙雾豹、东鳞西爪的写法,是不是故弄玄虚?不是。生活是那样千头万绪,千枝万派。生活里有些事情就是若断若连地进行着,并在若隐若现中被人认识。曹雪芹不过是将生活的常理化入长篇小说中去罢了。然而这是多么难能可贵的创造啊。对于艺术家,生活从来是不吝赐与的。"江山如有待,花柳更无私",生活敞开胸怀,将艺术创造的真谛明示与人。然而许多人视而不见、充耳不闻,在生活的情理之外去寻找艺术创造的秘法,所得到的只是艺术的苍白与贫窘。只有那些像曹雪芹那样,于生活有情、于艺术有识的作家,才能将日常生活的事理捕捉住,化而为艺术创造的"秘法"金针。

(七)零笔淡墨,闲中着色

是的,生活的许多事理本来是平凡的,但是当艺术家在他的创造中将生活的事理发现、发掘出来,化为艺术的原理、技巧,造成艺术作品的时候,就是光彩照人的了。我们可以看到,《红楼梦》的卷帙包裹有多少从生活的矿藏里挖掘出来精心琢磨而成的艺术瑰宝。更可惊奇的是,我们又看到《红楼梦》中那些艺术描写的良金美玉,并不是脱离生活的矿床而陈列在玻璃柜中、紫檀架上的,它们和大量的木石土泥共生着,《红楼梦》本身就像一座品位极高的原生矿体。这部长篇作品不仅呈现出生活的诗,而且采入了生活的散文。生活本来就是这个样子:有庄严的时刻,惊心动魄的景象,大欢喜大悲恸的事件,同时也有普普通通的人事,平平庸庸的光景,琐琐碎碎的话语,入耳无根,过眼即忘。这种生活的散文,因为激不起人生的波澜,也就引不起作家缀写的兴味。作家心神所注的是意义重大的情节、含意深长的冲突,不为琐事费词。一般说,作家这样做当然是对的,曹雪芹也是这样做的。但是曹雪芹并不一概排斥日常生活琐事,相反,他不时将看似琐碎的人事、看似平淡的光景写入《红楼梦》中。由于根本不同于自然主义的精心安排,使作品呈现出真正现实主义长篇小说艺术的风采。我们还是看看具体的例证吧。第二十九回,贾母请人在清虚观打醮,天热,贾珍要找贾蓉吩咐事情。贾蓉却不在跟前,而是躲在阴凉处:

贾珍道:"你瞧瞧他,我这里也还没敢说热,他倒乘凉去了!"喝命家人啐他。那小厮们都知道贾珍素日的性子,违拗不得,有个小厮便上来向贾蓉脸上啐了一口。贾珍又道:"问着他!"那小厮便问贾蓉道:"爷还不怕热,哥儿怎么先乘凉去了?"贾蓉托着手,一声不敢说。

多么琐屑的情景,而且与主题、情节都无大关系。平常的作者不会采以入文的,而曹雪芹写了。是的,这一笔不重要,但长篇小说的美学特性却要求有这一笔。它使我们看到了贾珍父子日常关系的情形,也看到了那个时代父与子之间关系的日常情形。曹雪芹使琐屑的情景变成了真切的情景。类似的描写,润泽了书中表现的生活和在生活中的人。第四十二回中就又有这样的一笔描绘,宝玉和姐妹们在一处说笑，众人笑得前仰后合，忘形失态。笑声渐止时写道：

> 宝玉和黛玉使个眼色儿。黛玉会意，便走至里间将镜袱揭起，照了一照，只见两鬓略松了些，忙开了李纨的妆奁，拿出抿子来，对镜抿了两抿，仍旧收拾好了，方出……

这一笔与主题何关？与情节何干？都说不上。但是长篇小说的美学特性容许这一笔，读者赞赏这一笔，它多么细腻地传达出两个相爱的年轻人心底那相知之深、相契之微，荡漾着那样清淳无比的生活情味。这样的零笔淡墨岂是大笔重彩所能取代的？再看看第二十五回"魇魔法叔嫂逢五鬼"中的一景。宝玉凤姐跳神见鬼，登时大观园内沸反盈天：

> 别人慌张自不必讲，独有薛蟠更比诸人忙到十分去：又恐薛姨妈被人挤倒，又恐薛宝钗被人瞧见，又恐香菱被人臊皮——知道贾珍等是在女人身上做工夫的，因此忙的不堪。忽一眼瞥见了林黛玉风流婉转，已酥倒在那里……

忙中取闲，闲中着色，曹雪芹不仅使琐屑的情景变成了真切的情景，而且将生活的散文升华为生活的诗，而又仍然保留着生活的散文那朴拙无华的外观。他用生动的形象向我们宣说了长篇小说的美学。读者，请问你是愿意读《红楼梦》这样枝繁叶茂的长篇小说，还是愿意读那些秃枝光干的长篇小说呢？

以上，我们研究了《红楼梦》叙事行文笔法的若干情形。我们不禁感到，社会生活与在社会生活中的人的内心世界是多么辽阔深邃的领域，生活的原野是多么需要艺术家用心、用笔去开拓、耕耘，而人类的艺术创造力又是多么难以界限啊。曹雪芹十年辛苦，用生命著书，他磨砺出来的那支笔堪与齐天大圣的定海神针媲美，从心所欲，随物赋形，变化万千。生活"一树千枝，一源万派"，他的那支笔亦化作百支千支，从而给了我们一部生活的容量无限的《红楼梦》，也给了我们一种艺术的容量无限的研究课题。

五、还回到长篇小说美学上来

　　我们花了不少篇幅，对《红楼梦》叙述与描写笔法的特色做了一番巡礼。我们看到，《红楼梦》是有自己叙述描写笔法的体系的。这些笔法总的都体现着"一树千枝，一源万派"地反映生活的美学要求，无论是情节结构的笔法、性格刻画的笔法、叙事行文的笔法均如此。这种叙述描写笔法的体系，建筑起《红楼梦》这座长篇小说艺术的辉煌巨厦。

　　如同《红楼梦》是一定社会生活在曹雪芹头脑中反映的产物一样，"一树千枝，一源万派"的叙述描写笔法也是社会生活在长篇小说艺术家曹雪芹头脑中反映的产物。世间万事万物不是永远彼此孤立和永远不变化的。相反，世间万事万物之间（其中主要是人与人之间）存在着活生生的、无限多样的联系和变化。生活的表与里、点与面、现象与本质等，互相排斥和对立，同时又因一定的条件而互相联结、互相贯通、互相渗透、互相依赖，因一定的条件而互相转化，这种过程无穷无尽、无时或已，遂构成了生活的丰富性、多样性、多面性、完整性。曹雪芹不可能自觉地掌握这样的宇宙观，但是他有对于生活的丰富性和完整性的真切感受，而且他在艺术上追求"追踪蹑迹"地反映生活。他于是将实际生活中人与人、人与物之间互相对立、联结、渗透、转化的关系摄取到长篇小说的内容及其表现形式上来，形成了"一树千枝，一源万派"的情节结构笔法、性格描绘笔法、叙事行文笔法的体系。

　　正因为"一树千枝，一源万派"的叙述描写笔法是实际生活中客观事物极其复杂的联系与变化的反映，因而就不仅仅是曹雪芹的独得之秘。就拿中国古典长篇小说来说，《三国演义》《水浒传》等现实主义巨著，尽管结构形式与《红楼梦》不同，但在情节发展上、在人物关系的展示和人物性格的刻画上、在叙事行文上也是各自表现了"一树千枝，一源万派"的情形的。几乎可以说，没有一部成功的现实主义的长篇小说的叙述描写笔法是"一树一枝，一源一派"的。在这方面，《红楼梦》的特殊贡献是将长篇小说美学特性所要求的千枝万派的叙述描写笔法发展得更自由、更丰富、更精确、更完整，以致让我们强烈地感到，被《红楼梦》所突出地发展了的这种"一树千枝，一源万派"的叙述描写笔法，实在不应该仅仅被看作一种具体的笔法技巧，而应该被视为现实主义长篇小说叙述描写笔法的原则。因为只有"一树千枝，一源万派"地叙述和描写生活，才切合生活中人与人、人与社会环境之间那种千头万绪、千丝万缕的既相排斥、又相联结的实际情形，也只有千枝万派地叙述和描写生活，才符合表现一个从其对社会生活的关系中所看到的人，概括广阔复杂的社会生活，不是描写生活的片断而是描绘生活的整体这样的长篇小说美学原理。

由对《红楼梦》千枝万派的叙述描写笔法的考察和对长篇小说美学特性的理解，我们想到几个与长篇小说美学有关的问题：一是长篇小说广阔的生活描写与叙述的枝蔓问题，二是长篇小说与长篇故事叙述方式的联系与区别问题，三是史诗型的长篇小说与内容和作风单纯的长篇小说的关系问题。这也是一些同探讨长篇小说的艺术标准有关的问题。

我们肯定《红楼梦》"一树千枝，一源万派"的叙述描写笔法体系是源于生活的，是符合长篇小说美学原理的，丝毫也不意味着支持枝枝蔓蔓、有闻必录的自然主义的描写。不，对于任何艺术作品来说，枝蔓、芜杂、琐屑的描写都不是成功之道，而是失败之笔；描写的集中、凝练、典型化，则是进步的美学观念的普遍要求。但是，我们也应注意到，"集中"或"枝蔓"的概念所包含的美学内容，在不同艺术品种和体裁的艺术作品中是不同的。譬如说，短篇小说在情节结构、人物关系和性格、叙事行文上所要求的集中、单纯，与长篇小说所要求的就不同；读者对于长篇小说的审美要求也与对短篇小说的审美要求不同。短篇小说的情节结构和人物描写如果像长篇小说那样芽权参差、偏正欹侧，短篇小说的叙事行文如果像长篇小说那样枝叶离披、盘纡曲折，就可能也应该被评为枝蔓芜杂。反过来说，那些在短篇小说中容纳不了的所谓"节外生枝"的情节、人物、情景，以至与大局无紧要关联的日常生活小景，那些在短篇小说中用不上也不能用的牵五挂四的叙事行文，如果是为艺术典型化服务的话，在长篇小说中就不但不能被认为是枝蔓芜杂，而且应该被认为是必要的，是作者掌握了长篇小说审美特性的表现。当然，长篇小说的内容与形式也有削冗去杂的问题，过去现在将来都有这问题，特别是在21世纪六七十年代，不少长篇小说写得很冗长，部头越来越大，本来反映的生活面并不广，人物关系和人物性格也并不复杂，却动辄写上下卷几部曲。写法是置艺术典型化原则于不顾，大量掺水分，使有限的生活面无限膨胀，意义相同的情节和细节大事铺排、重叠、堆砌；没有多少性格内容的对话连篇累牍；人物少得可怜的动作却安排左一个铺垫右一个烘托；叙事行文的笔法极简单而又极啰嗦。更有一些作品其实只是中篇小说或短篇小说的胎骨而硬撑成长篇小说的局面。这些就不仅仅是需要删刈枝叶的问题了。除此之外，由于一些长篇小说作者对生活、素材的理解的浅薄偏颇，对人物性格把握得不准确，以及艺术技巧的不逮，也造成了作品的繁冗、芜杂、散漫。但是这些毛病和问题，同我们所讲的按照生活规律和长篇小说美学原理而"一树千枝，一源万派"地反映生活，是两回事情。千枝万派地描写生活，其出发点、途径、归宿都是提高典型概括的程度，而不是相反。

　　"一树千枝，一源万派"的叙述描写笔法不但与枝蔓繁冗的描写是两回事，而且与一味追求故事情节的曲折复杂也不是一回事。当然，千枝万派的叙述方式是便于构成曲折复杂的故事情节的。《红楼梦》的艺术描写千曲万曲，不肯下一直笔，致使书中包含着多少令人难忘的大大小小的生活故事啊。但我们却要认清,"一树千枝,一源万派"的叙述描写,首先是为了概括广阔复杂的社会生活;另一方面,并非所有包含着生动曲折故事情节的长篇小说,都达到了对生活"一树千枝,一源万派"的反映。故事情节的曲折复杂,与反映生活的广狭深浅之间,并不能画等号。在小说文学史上,在现实的文学生活中,不乏故事性强而反映的生活面既浅且狭的长篇小说作品。有些作者就把长篇小说认作长篇故事来写,他们在编述故事上下功夫而不在概括生活、塑造典型上下功夫。作者的艺术构思仿佛局促于深沟狭谷之间,题材之水就在一道逼窄的河床里流走,故事情节不可谓不曲折,但生活的视野被限制住了,读者从中望见的只是生活的一线之天。这就不是一源万派,而是一源一派了。不是说长篇故事的叙述方式就一定不好,其审美价值就一定比长篇小说低下。不好的故事也能塑造出生动的人物,包含着深刻的生活内容。但是,故事是故事,小说是小说,这是审美特性不同的两种文学体裁。一般而言,故事所着重形容的是主人公所经历、所从事的某种事业、事情的过程,是以事为中心,按事件的发展来写人,至于长篇小说,则是以人、以在一定社会关系中活动的人为中心,它所要写的不仅是主人公所做的事本身,还要着重刻画主人公做事的方式和主人公的性格,广阔地描绘围绕着主人公的时代生活的典型环境。长篇故事的叙述方式,往往是做纵的推进,不做面的展开,就像河谷地带,狭而长、蜿蜒而去;而长篇小说的叙述方式,不但要有纵深面的推进,还要作横断面的展开,有如河网地区,广且远,沃野迭连。长篇故事与长篇小说美学特性的不同,带来了它们在叙述描写笔法上"一树一枝(或数枝),一源一派(或数派)"与"一树千枝,一源万派"的区别(当然这区别是相对的,而不是绝对的)。不了解这一点,将长篇小说认作长篇故事写,固然可以编述历历、娓娓动人,成为一篇成功的故事,却不一定能成为一部成功的长篇小说,因为它没有顾及长篇小说美学特性的要求,没有注意千枝万派地反映广阔复杂的社会生活。

那么，在长篇小说的领域里，对于不同题材、不同风格的作品，是否就不加区别地一律要求无限巨大的生活容量、无限广阔的生活概括呢？不。长篇小说也有不同的类型，有史诗型的长篇小说，也有内容和作风比较单纯的长篇小说。英国批评家福克斯在他的著作《小说与人民》中指出："小说愈专门化，题材越狭小，就离史诗愈远。塞万提斯把想象、幻想、幽默、诗意结合在一起，然而后来却出现了纯粹想象和有诗意的小说，纯粹幽默和幻想的小说。"这个小说在题材和风格上"专门化"问题的出现也很自然，那是社会分工的影响在长篇小说发展上的反映。我们看到，有以某一项工程建设或工业生产为题材的长篇小说，有以某一战争行动为题材的长篇小说，有反映农村生活的长篇小说，有反映家庭、恋爱生活的长篇小说等。历史和现实的重大发展进程与其侧面及插曲，社会分工的各个领域里诸色人等的生活和命运，都可以挖掘出长篇小说的题材。但是我们看到，那些被人们普遍认为名著的长篇小说，都是不为"专门化"的题材所局限的。塞万提斯的《堂·吉诃德》通过对一个可笑的骑士的幻想和遭遇的描写，反映了十六世纪的西班牙社会；曹雪芹的《红楼梦》，通过对一个贵族家庭的盛衰和贵族青年男女的悲欢的描写，反映了十八世纪的中国社会；托尔斯泰的《战争与和平》，通过对一八一二年战争的描写，反映了十九世纪的俄国社会；巴尔扎克庞大的《人间喜剧》，通过对贵族阶级的没落和资产阶级的得势的描写，给我们提供了十九世纪法国社会的现实主义的艺术编年史。这些伟大的作品，由于其描写的笔墨"一树千枝，一源万派"地超越了具体题材的范围，或概括了重大历史事件的过程，或概括了一定历史时期社会生活的诸方面，从而区别于内容与形式"专门化"的长篇小说，成为史诗型的长篇小说。我国现代长篇小说的创作，也有史诗型与非史诗型之别。反映农业合作化运动的长篇小说不是一部，而人们公认柳青的《创业史》（第一部）是史诗型的作品；反映民主革命时期农村阶级斗争的长篇小说也不是一部，人们则公认梁斌的《红旗谱》具有史诗性。罗广斌、杨益言的《红岩》是描写革命者的狱中斗争的，题材专门，时间、空间有限，但是作者的笔触并不胶着于监狱，而是千枝万派地与时代、与社会沟通，写出来的就不是一般的狱中斗争故事，而是一代革命者无产阶级革命气节的史诗。此外，我们还有不少长篇历史小说，其中一些题材本身就具有巨大的内涵和外延，然而人们也并不一概将它们列入史诗作品的范围，却把史诗规模的赞誉给予了姚雪垠的《李自成》。可见，史诗型的长篇小说与非史诗型的长篇小说的界限，不在题材本身是否专门来区分，而在能否通过具体的题材"一树千枝，一源万派"地概括了历史、时代来区分。从美学的高度讲，长篇小说应该具有史诗性，即使专门化题材的长篇小说也应具有某种史诗性，也就是说，长篇小说作家们无论是写史诗题材或专门题材，其艺术描写的笔触都应该千枝万派地伸向历史和现实生活的广处深处，创造出和生活无边的诗意、时代缤纷的色彩、历史宏大的气魄相适应的长篇巨著来。从长篇小说艺术的发展上讲，也只有在广阔的规模上描绘生活，才能体现长篇小说这种文学体裁的特长，从而在文学艺术教育人民、推动历史的共同事业中做出更大的贡献，并在这过程中求得长篇小说艺术自身更高的发展。

一百多年前，当别林斯基为他称之为"新世界底史诗"的长篇小说在文学生活中的"支配权的秘密"作出阐释的时候，曾经预言："长篇小说在今天还是有力量的，也许，将长期或永久地保持从许多艺术体裁中获得的，或者更确切点说，征服来的可敬的地位。"今天，我们当然无意独尊长篇小说，而贬黜其他艺术品种和体裁的价值。春兰秋菊，各呈其美，各擅胜场，在艺术品种和体裁上也应该是百花齐放的。马克思主义经典作家告诉我们，在古典文学遗产中"有着没有成为过去而是属于未来的东西"（列宁：《列·尼·托尔斯泰》）。《红楼梦》长篇小说艺术，包括"一树千枝，一源万派"的叙述描写方式，就是这样的东西，二百年后的今天仍然是足资借鉴的范例。为了继承和发展这份长篇小说艺术遗产，我们所要下的功夫当然不止于师法笔墨技巧，还是要首先师法马克思列宁主义、毛泽东思想，师法马克思主义美学特别是长篇小说美学，师法社会、生活。试问，如果我们的作家不是"长期地无条件地全心全意地到工农兵群众中去，到火热的斗争中去，到唯一的最广大最丰富的源泉中去，观察、体验、研究、分析一切人，一切阶级，一切群众，一切生动的生活形式和斗争形式"（毛泽东：《在延安文艺座谈会上的讲话》），我们怎能自由而广阔地、"一树千枝，一源万派"地表现我们今天的生活？另一方面，如果我们有了对一切人、一切生活形式和斗争形式的生活积累，但是不懂得、不具有相应的叙述描写技巧，也是做不到自由而广阔地表现生活的。有思想、有生活、有技巧，才有成功的创作。比较一下，我们都读过这样的长篇小说，它所表现的生活显得既干巴巴又水乎乎且狭窄窄，使我们难以动情；我们又读过这样的长篇小说，它使我们浮想联翩，引领着我们走进生活中去，走进时代中去，走进历史中去，走进建设新世界的斗争中去，那里生活的激流翻滚，时代的风云啸聚，历史的长天浩渺，创造新世界的斗争激励人心……我们的审美感情倾向哪一类长篇小说呢？长篇小说作家们定然听到了读者无声的回答。

（一九七八年）

《红楼梦》文学语言论

一

　　人们通常把文学称为语言的艺术,把卓有成就的文学家称为语言大师,这无疑是正确的。然而,应当承认,真正能总汇一代文学语言、丰富民族语言的宝库、在民族语言发展史上留下令名的文学家与文学作品,毕竟不是很多。还应当承认,尽管人们惯于援引高尔基的说法"文学的第一要素是语言",但在文学研究、批评文章和文学史专著中,这个"文学的第一要素"却往往只能排到附于作家作品研究骥尾的地位。真的,我们对作家、作品的文学语言的研究,与文学语言在作家、作品艺术生命中所占有的特殊重要地位颇不相称。

　　对曹雪芹和《红楼梦》的文学语言的研究,就是一个突出的例子。请看几个统计数字。《红楼梦研究参考资料选辑》第三辑(人民文学出版社一九七六年版)附一九一九年五月至一九四九年十月《红楼梦》研究论文索引,收三十年间报刊文章篇目五百零三篇,其中专谈《红楼梦》文学语言的有十篇,六篇只是短文零札,论文仅有四篇。该书第四辑附一九四九年十月至一九五四年十月研究论文索引,收篇目一百五十篇,关于《红楼梦》文学语言的专论竟无一篇。《红楼梦问题讨论集》(作家出版社一九五五年版)收一九五四年九月至一九五五年五月报刊文章二百二十八篇(外国作者的一篇除外),谈《红楼梦》文学语言的专论仅一篇。一九五五年至一九七六年的报刊论文,研究《红楼梦》语言的专论也很少。《红楼梦研究集刊》(上海古籍出版社出版)和《红楼梦学刊》(百花文艺出版社出版)第一辑分别附有索引,共收一九七七年一月至一九七九年五月论文篇目一百七十三篇,论《红楼梦》语言的一篇也没有。《红楼梦研究集刊》第一辑载有一九四五至一九七八年日本《红楼梦》论文篇目索引,其中论《红楼梦》语言的文章也不多。

笔者认为,这些统计数字所显示的事实是可惊可思的。曹雪芹属于人类文化史上为数极少的、堪称一代民族语言宗匠的作家,《红楼梦》是文学语言的总汇。如同一切真正伟大的文学家一样,曹雪芹对民族、对人类的不朽贡献,除了以其作品所提供的独特、卓越的思想和独创、深刻的文学典型为标志外,就是以其作品丰富、发展了民族文学语言为标志的。然而,我们对《红楼梦》文学语言成就的研究,竟薄弱到如此程度。可以毫不夸张地说,在《红楼梦》研究史上,这是人们涉足最少的一个区域。

二

研究《红楼梦》的文学语言,不能不首先发问:《红楼梦》语言的基本体式是什么?答案似乎是现成的,《红楼梦》是以北方口语为基础的白话小说。这样解答基本上正确,但太粗糙。

早在一九二〇年就已有研究者指出:"《红楼梦》所用的文字,是纯粹的北京土话。"(佩之:《〈红楼梦〉新评》,见《红楼梦研究参考资料选辑》第三辑)这样的看法,几十年来,在红学界似未遭过非议。俞平伯同志一九五四年撰文,也说"《红楼梦》里的对话几乎全部是北京话"(《红楼梦研究参考资料选辑》第二辑)。后来有些研究者发表了新的见解。吴世昌同志认为,《红楼梦》里人物对话不纯粹是北京方言,也有吴语。他并举了六十例以说明(见《论〈石头记〉的旧稿问题》,《红楼梦研究集刊》第一辑)。不过,他认为,即便如此,吴语词汇在全书比例上是微不足道的,书中人物对话主要是北京方言不假。戴不凡同志撰文,也列举了《红楼梦》中吴语词汇的例子,他的判断则是《红楼梦》是"京白苏白夹杂""纯粹京语和道地吴语并存"的作品（《揭开〈红楼梦〉作者之谜》,《北方论丛》一九七九年第一期）。接着，又有些同志撰文，反驳了戴不凡之说。这几篇文章的论旨，是通过《红楼梦》吴语词汇问题论辩《红楼梦》作者究竟是不是曹雪芹一人。这我们且不管，我们只从《红楼梦》文学语言角度来吸收研究者们的新解。综合这些新的研究成果，可以看出，说《红楼梦》用语纯粹是北京方言，是不精确的。《红楼梦》既不是纯粹京语作品，也不是"京白苏白夹杂"的作品，它的语言文字是以北京话为基础，而又不限于京白的"官话"——十八世纪通行于社会的民族共同语。

那么，《红楼梦》的语言是否通体白话呢？不是。现在我们具体地作一点辨析。

《红楼梦》语言体式，大概有如下四类。

一类是纯粹的口语体。这在人物对话中随处可见，不必举例。叙述语言纯粹口语体的也很多，如"封肃喜的屁滚尿流，巴不得去奉承"（第二回）；"从脑后飕的一声，早见一方砚瓦飞来"（第九回）；"凤姐因见他素日不大拿班作势的"（第二十三回）；"把个尤氏揉搓成了一个面团儿，衣服上全是眼泪鼻涕"（第六十八回）等。

一类是接近口语而稍有文言成分的白话体。请看尤二姐与贾琏对话——尤二姐："我虽标致，却无品行，看来到底是不标致的好。""我生是你的人，死是你的鬼。如今既做了夫妻，我终身靠你，岂敢瞒藏一字。"贾琏："你且放心，我不是那拈酸吃醋之辈。前事我已尽知，你也不必惊慌。"（第六十五回）口语中夹带着一些文言句法、字法成分，这样的语体在《红楼梦》人物对话中不少，在叙述语言中更多，随便拈举二例，如"林黛玉听了这话，如轰雷掣电，细细思之，竟比自己肺腑中掏出来的还觉恳切"（第三十二回）；"话说宝玉见晴雯将雀金裘补完，已使得力尽神危，忙命小丫头子来替他捶着"（第五十三回）。这样"白中带文"的语体，几乎就是《红楼梦》叙述语言的基本体式。

一类是平浅通俗的文言体。《红楼梦》中采用这种文体，一般都有特殊需要，如"大观园试才题对额"中，贾政、贾宝玉、众清客的对话，有时就采用文言。这样的谈吐，与当时的情景、人与事、气氛一致，很好地烘托出那种生活情调和在场的人物：清客们掉文以帮衬凑泊，贾政掉文而显其凡庸，贾宝玉掉文却真切地表现了他的教养、才能、性情的一方面。第四回贾雨村与门子对话，口语中夹着几句文言，就像仿宋体字的书页里嵌着的黑体字一般，格外触目地显示了贾雨村的狡猾、伪善、假作正经。第二回贾雨村与冷子兴对话，也夹进一大段之乎者也的文言，其作用又不同，那主要是作者借这番话为即将出场的贾宝玉等主人公不寻常的性格提供一种哲学的解释，所以特将用文言以表明这番话"说得这样重大"。此外，书中写贾政的日常话语、贾政与北静王对话、贾政与忠顺府长史官对话、张太医等一些人物的对话、元妃省亲时贾政等与元妃的对话等，也每用文言，这都是因为描写特定人物、特定场合的需要。叙述语言中也有文言体。第十八回"荣国府归省庆元宵"、第五十三回"宁国府除夕祭宗祠"，叙事语言时有文言，即是为了与所叙述场面的庄严与肃穆气氛相适应，文体的简肃成为作者突出特定氛围的一种语言艺术手段。第三十二回叙述林黛玉又喜又惊又悲又叹心情的语言，也是文言体，用这种语带感情而又典重的文体，表现林黛玉此时此际那样激切又深沉的心理状态，是很适合的。另外，也应指出，书中叙述语言有时采用文言体，也并不全都别有用意，如第五十九回写宝钗晨起，"一日清晓，宝钗春困已醒，搴帷下榻，微觉轻寒，启户视之，见苑中土润苔青"。这就不过是取其文字简练又有韵味而已。

《红楼梦》语言体式中还有一类，即书中为数不少的那些诗、词、曲、赋、诔、偈、诏令、奏启、戏文、禅语、简札、联额、灯谜、酒令，都是古典散文和韵文，它们在刻画人物、表现生活、渲染氛围上的作用这里不谈，只从文学语言角度看，显然也是影响该书语言构成和语言体式的一种重要因素。

《红楼梦》的语言体式大致就是这几种类型。它们有区别,又是统一的。就人物描写、情节发展说,不同的语言体式统一在作品艺术整体上;就文学语言本身说,不同的语言体式统一在口语和接近口语的白话上。《红楼梦》的人物对话中或叙述语言中,白话与文言的结合都十分圆转自然。试举二例:一是第二十二回元宵节间贾母领儿孙们猜灯谜取乐,贾政也来随侍母亲。众人见贾政在场,都很拘束,贾母就要撵贾政回去歇息。贾政也知道贾母的意思,赔笑说:"今日原听见老太太这里大设春灯雅谜,故也备了彩礼酒席特来入会。何疼孙儿孙女之心,便不略赐以儿子半点。"贾母笑道:"你在这里,他们都不敢说笑,没的倒叫我闷。"贾政的话,半白半文,恰好传达出说话者本是个古板方正的官儿,却又要来老母亲跟前承欢的心情心声,语调文白夹杂似不自然而极自然。贾母接话则纯是口语,直截了当,也切合人物身份。两人对话语言的不同色彩既历历分明,又调配得十分和谐。第十四至第十五回北静王与贾政、贾珍、贾宝玉对话,文言与白话结合;第十八回贾妃与贾母、贾政、王夫人、众姊妹对话,文言与白话转换等,都是这种情形。二是第六十五至第六十六回,兴儿对尤二姐介绍凤姐及宝玉诸姊妹,说的是一口极其漂亮的北京话,精彩传神的俗语、生动形象的口语累累如串珠,但其中也间有若干文言字句成分,如"谁不背前背后称扬奶奶圣德怜下""谁知是外清而内浊"等,却又自然流利,正是广泛接触社会下层又久在贵族男女主子跟前侍候的伶俐小厮的声口。第二十八回薛蟠行酒令唱曲子,一派粗鄙不堪的言词中冒出一句极文极韵的"洞房花烛朝慵起",虽似突兀而实不突兀,切合说话者既是"呆霸王",又是大家子弟的口吻。

那么,《红楼梦》文学语言这样的体式,在中国古典小说语言体式发展史上,处于什么地位呢?

中国古典小说的语言体式,是按着两条路径发展的,一是文言,二是白话。尽管到清代还产生了像《聊斋志异》这样优秀的文言小说作品,但是,从文学语言发展史角度说,文言是落后的,白话则是进步的。自从宋话本出世以后，小说文学语言的白话化已经是不可逆转的历史趋势了。这个发展的过程是曲折复杂的。宋话本受着唐代变文和传奇的影响，文字体裁上常常是散文与韵文夹杂、文言与白话并陈。优秀作品的白话部分，运用口语已相当成熟。可是同时的长篇讲史作品，白话化的程度却远逊于短篇话本小说，其语言的基本体式是典雅和通俗的文言，口语的运用总的说来比较幼稚。《三国演义》由宋代的讲史演进而来，它的语言文字在成书过程中有不少变化，但其基本面貌仍是半文半白的浅近文言。《水浒传》是小说史上第一部白话长篇小说，人物对话和作者叙述语言除有少量通俗文言外，是充分口语化、白话化的，表现力极强，达到了很高的成就。它也有变文、话本体裁的某些痕迹，如每回以诗词开始，中间插进不少诗、词与骈文，叙述往往采用说话人口气等。在这一点上，《西游记》《金瓶梅》都有共同之处。《西游记》的语言，基本上是白话，但不及《水浒传》纯粹。主人公孙悟空的言语，有时忽文忽白，却不是艺术上的必需，而是疏于讲究。《金瓶梅》是文人创作的第一部长篇白话小说，其运用口语的纯粹与成熟程度较之从口头创作而来的《水浒传》却不逊色，甚至还要更进一步。《儒林外史》由于题材关系，文言语法和词汇比《金瓶梅》多，但也是纯熟的白话小说。这就是《红楼梦》之前我国古典小说语言体式发展的大概情形。《红楼梦》比上述作品都晚出，如果仅从口语化的彻底性这一点上同《水浒传》《金瓶梅》等比较，那么《红楼梦》似乎并未前进多少。但这样片面孤立的比较是不科学的，为什么呢？

第一，尽管《红楼梦》基本白话而间有文言的文体与《水浒传》无大区别，但这种文白相兼的体式在《红楼梦》中却是更富文学意味的。《水浒传》中人物对话的文言或半文半白语言，其实是一种"官腔"，一般是在描写官场人物的话语时采用的。宋江、吴用等与官方人物打交道有时也打这种"官腔"。这种"官腔"比较板滞，套语多，缺乏语言个性。《红楼梦》中人物对话的文言或文言成分却要生动、灵活得多,性格化程度高得多。《水浒传》里官场人物说话中的文言成分与口语部分的结合比较生硬,自朝廷高官至地方知县官,时时有在官腔中夹着极土俗口语的情形。高太尉原是帮闲破落户出身,他的言语且不讲,就是正经官僚太尉,口中也有"不争你将了御香等物去,明日事露,须连累下官"这样的话语(第五十九回)。不但此也,尚在藩邸的端王,后来又登基当了皇帝的徽宗,口中称孤道寡之时,也有"姐夫直如此挂心"的市语(第二回),以及"爱卿近前,一处坐地"的俗讲(第八十一回)。这样文白不调的语言,在《红楼梦》中是找不到的。《红楼梦》是当文则文、当白则白,文白相间则语势和谐而有意味。

第二,《红楼梦》与《水浒传》等几部小说名著比较,口语和白话都极纯熟,同是活生生的极有生活情致的语言,这是一致的;《红楼梦》更胜一筹的是,它的语言虽以北京话为基础,但在保持生活本色中做了更多的提炼加工,因而显得更有全民性。《水浒传》等其他几部作品,虽然也在生活语言的基础上作了提炼加工,但所保留的方言土语的成分较多,特别是人物对话,因而显得语言在一定程度上囿于乡土性、地方性。例如,《水浒传》写到的人物种种色色,写到的地方南北东西,然而不论朝廷显贵抑或乡野细民,不论关西大汉或中州小女子,口中所说的倒仿佛是同一路乡谈。莫非这是宋元两代的普通话?未必。有些词汇可能如此,但《水浒传》语言的"泥土味",大概是由水浒故事最初流行的地域及说话人、编著者决定的。《金瓶梅》语言有很浓的山东土白风味,人物对话甚至保留着某种生活语言的原始性,《金瓶梅》的自然主义的格调也包括了语言。《红楼梦》的语言,则是来自生活但做了更多的文学加工,它不为语言的地方性所限。

第三,同语言的全民性与地域性问题相近的,是语言色彩的丰富性与单纯性问题。《水浒传》等几部前于《红楼梦》的古典长篇小说名著,都以各自的文学语言描绘了广阔的社会生活。然而,也许是由题材的特点所决定,这几部小说的文学语言明显地表现出一定的职业性或行业性,如《水浒传》突出的是豪杰语言、《西游记》是神魔语言、《金瓶梅》是市井语言、《儒林外史》是儒林语言。与此相适应,它们的语言的基本格调也是突出的,如《水浒传》的语言粗豪、浓烈,《西游记》的滑稽、神幻,《金瓶梅》的恣肆、猥琐,《儒林外史》的老辣、幽默。因此,这几部小说的语言色彩都在丰富中见出单纯。《红楼梦》不同。尽管从题材说,它主要描写的是贵族之家的日常生活,然而它的语言色彩何等丰厚富赡,没有哪一社会阶层的行话、习惯语能拘限它,它却包括了几乎一切社会阶层诸色人等的共同语与特殊语;没有哪一种语言格调能拘限它,它却把粗豪、浓烈、滑稽、神幻、恣肆、猥琐、老辣、幽默……诸语言格调囊括无遗。

第四,《红楼梦》产生之时,以宋元话本出现为标志的白话小说史已历五六世纪。如前所说,自《水浒传》至《儒林外史》,在语言文字体裁上话本小说之迹未泯,《红楼梦》却开了新生面。首先,它不再采取散韵夹杂的形式,每回开始都用诗词的传统格式废弃了。文中每于重要人物出场、人物肖像与心理刻画、景物风光佳胜处、战争打斗与紧张热闹场面等必插入诗、词、曲、赋与骈文的传统格式,也基本废弃了(只在第五回、第十一回各用过一次)。为此作者还在第十七、十八回中作了说明:"本欲作一篇灯月赋、省亲赋,以志今日之事,但又恐入了别书的俗套。按此时之景,即作一赋一赞也不能形容得尽其妙;即不作赋赞,其豪华富丽,观者诸公亦可想而知矣。所以倒是省了这工夫纸墨,且说正经为是。"这理由是很正当的。那种"有诗为证"或以骈四骊六的赋赞代替直接叙述描写的格式,在讲唱文学和说话艺术中适应了听众的需要,因而流传发展并被后代沿袭下来。但到了曹雪芹的时代,小说文学描写的手段已发展得更丰富更成熟,小说主要不是供听闻而是供阅览了,散韵夹杂的语文体裁已经落后,诗词赋赞成了多余的、僵化的俗套,既浪费作者的纸墨,又浪费读者的工夫,所以曹雪芹坚决舍弃了它。在中国小说史上,曹雪芹是从实践和理论上彻底破除散韵夹杂传统的第一人。

第五，曹雪芹还是在小说语言体式上动摇以致取消说话人地位的第一人。从宋元话本以来，小说都是以说话人的口气展开故事的。即使像《金瓶梅》这样，与话本创作无关的文人作品，也还通篇保留着由说话人叙述描写的形式：每回以"话说"开头，以"且听下回分解"作结；行文中常插入"说话的，如今只爱说这情色二字做甚？""看官听说，世上惟有人心最歹"之类显示说话人存在的语言。在《红楼梦》中，除了还有"话说""下回分解"的字样外，说话人不存在了。第一回开端有一句交代："列位看官，你道此书何来？说起根由虽近荒唐，细按则深有趣味，待在下将此来历注明"，似乎是说话人口吻，其实却不是说话人，而是近代和现代小说（包括外国小说）中的叙述者。正是这位"在下"在他的"注明"中已明白指出此书并非话本，而是"空空道人抄自石兄"写在"大块石上字迹分明，编述历历"的一段"半世亲睹亲闻""亲自经历"的故事。作品的叙述者不是说话人，而是"石兄"。曹雪芹打破了历来话本、拟话本和前人编撰创作的小说系由说话人讲述的格局，创造了另一种小说叙述方式，开了近代和现代小说叙述方式的先河，这无疑也是对我国古典小说语言体式的新发展。

总之，在中国白话小说史上，《红楼梦》的语言体式是古典式的总结，是近代式的开端。

三

《红楼梦》对传统的小说语言体式卓有成就的综合、改造、更新，固然是它对古典小说文学语言发展的重大贡献，但却不是唯一贡献，还有其他方面的重大贡献。譬如，它在对人民口头语言的吸收、加工、提高上，在把生活语言改造成为精粹的文学语言上，所获得的成就也是巨大的、超越前代的。

曹雪芹对语言的锤炼是自觉的，他有理论主张，有明确的追求。这些主张与追求，部分地散见于《红楼梦》中。我们从中可以看到：①曹雪芹在创作中十分重视吸收朴素、自然、率真的人民口头语言。第一回作者就说明他是"用假语村言敷衍出一段故事"。第四十回刘姥姥说酒令，自己声明"我们庄家人，不过是现成的本色，众位别笑"。贾母和众人都赞同："还说你的本色。"第二十七回凤姐在称赞红玉的言语"齐全""简断"的同时，批评言词的做作，"别像他们扭扭捏捏蚊子似的""必把一句话拉长了，作两三截儿，咬文嚼字，拿着腔儿，哼哼唧唧"。②曹雪芹在创作中又十分重视生活语言的文学加工，并且总结了自己加工语言的基本经验。第四十三回薛宝钗评论凤姐与林黛玉的言语："世上的话，到了凤丫头嘴里也就尽了。幸而凤丫头不认得字，不大通，不过一概是市俗取笑。惟有颦儿这促狭嘴，她用'春秋'的法子，将市俗的粗话，撮其要，删其繁，再加润色比方出来，一句是一句。"宝钗说凤姐言语是"市俗的粗话"，意在同黛玉言语作格调上的比较，我们不应理解为凤姐言语是未经作者作文学加工的。凤姐言语也是作者将生活中大量的"市俗粗话""撮其要，删其繁，再加润色比方出来"的，这和其他人物的言语无别，都经过相同的提炼加工过程。"撮其要，删其繁，再加润色比方出来"就是曹雪芹本人在小说创作中吸取并改造加工原始生活语言的基本经验。③曹雪芹对应该把语言加工成什么样子，也有具体的要求。除上面引文已涉及外，还要求锤字坚而难易，如"若说再找两个字换这两个，竟再找不出两个字来"（第四十八回）；"用字用句皆入神化"，"体贴"所表现的事物，"画出来"（第七十八回）；"形容得尽"（第四十八回）；"语言清楚，谈吐有致"（第十五回）；"布置、叙事、词藻无不尽美"（第七十八回）；"这两句话，文虽浅近，其意则深"（第二回）；"虽是淡淡的，回想却有滋味"（第四十三回）；使人"念在嘴里倒象有几千斤重的一个橄榄"（第四十八回）；"别开生面，另立排场""另出己见，自放手眼"（第七十八回）；"词句新奇为上"（第四十八回）；"若意趣真了，连词句不用修饰，自是好的"（第四十八回）；"宁使文不足悲有余，万不可尚文藻而反失悲切""词达意尽为止"（第七十八回）；"大家雅俗共赏才好"（第五十回）等。另外，还有一些重要的意见，特别是关于人物语言艺术方面的其他意见，我们留在下文引述。

在中国古典小说史上，也许没有第二人像曹雪芹这样，在一部小说作品中，直接间接地提出了作家对锤炼文学语言这些丰富而深刻的见解。即从总结我国古典小说文学语言理论遗产的角度，曹雪芹的这些见解就很值得重视。但是曹雪芹到底不是文学语言理论家，而是小说家，《红楼梦》也不是文学语言论著，而是小说，因此，《红楼梦》的文学描写本身所客观地呈示出来的曹雪芹在锤炼语言方面的成就，要比曹雪芹在书中以议论的方式表达出来的生动、具体、细致、丰富得多。下面我们就从一般描写语言、俗语运用、人物对话几方面，去考察曹雪芹锤炼语言的深湛功力。

先看曹雪芹描写事物怎样臻于神境、化境。这又分别有物象描写、人物神情描写、人物动态描写、活动场面描写等极其多样的情形。

曹雪芹描写物象，具有传神的肖物写生手段。简单的例子如第七十回写天上的风筝："那风筝飘飘飖飖，只管往后退了去。"请注意这并非拟人化写法，这是将风筝在高空上升的自然状态与仰观风筝的人的心理感受结合在一起的写法，借人的主观印象写客观物态，就更加生动传神，使我们联想到高明的写意画家与印象派画家的画风。不说风筝愈升愈高，而说"只管往后退了去"，这就有语言锤炼的功夫。这是一类例子。另一类例子是第二十一回写黛玉与湘云的睡态："那黛玉严严密密裹着一幅杏子红绫被，安稳合目而睡。那史湘云却一把青发拖于枕畔，被只齐胸，一弯雪白的膀子撂于被外，又带着两个金镯子。"这是工笔写法，不但真切如画，难得的是在无言无动的睡眠姿态中活现出两个少女的不同体性。这样的描写语言似信笔所至，其实却是匠心独运。再一类例子如对潇湘馆外景的描写，第十七回、二十三回、二十六回、三十五回、四十回、四十五回等，都写了潇湘馆之景特别是竹景，而随着情节的发展、随着人与景的关系的种种不同情形而变更种种不同角度。有时看似单纯写景，其实并未忘景外之人；有时是比较简单的情景交融，有时则是情中之景、有情的见景之人、景中的有情之人浑为一体交相映射。前于曹雪芹几十年的王夫之在他的诗论中说过："情景虽有在心在物之分，而景生情，情生景，哀乐之融，荣悴之迎，互藏其宅。"（《姜斋诗话》卷一）曹雪芹以他的小说语言艺术，创造了同诗歌语言艺术所能达到的同等精妙的写景境界，并且发挥了诗歌语言做不到的小说语言的特长。小说主要是写人的，《红楼梦》中写物、写景都结合着写人。这是《红楼梦》中形式各异的物景描写笔墨的共同结穴处，也是曹雪芹锤炼物象描写语言的主要着眼处。

《红楼梦》中的人物描写语言同样是化工之笔，且看它如何描写人物动作神情。第二十八回描绘了凤姐的一幅肖像，"只见凤姐站着，蹬着门槛子，拿耳挖子剔牙，看着十来个小厮们挪花盆呢"；又描绘了黛玉的一幅肖像，"只见林黛玉蹬着门槛子，嘴里咬着手帕子笑呢"。两人都蹬着门槛，一个是"拿耳挖子剔牙"，看小厮们挪花盆，一个是"嘴里咬着手帕子"，讥笑宝玉在宝钗的美貌前发怔忘情的呆相。那边是俗气而闲适的贵族少奶奶监督下人干活的神态，这边是文气而含酸的贵族少女睥睨情人与情敌的神态。相似的两幅肖像，却把截然不同的两个人物的身份、性格、微妙的心理状态曲曲传出了，真是同工而异曲。这样寥寥数笔就绘出传神的人物肖像与心理素描的技巧，没有深湛的语言功力是办不到的。这种例子在书中比比皆是，初进荣国府的刘姥姥在角门前掸衣服、教板儿、蹭上来赔笑问话的形象（第六回）；邢夫人"吓得连忙死紧攥住"绣春囊、傻大姐吓得"黄了脸""呆呆而去"的形象（第七十三回）；宝玉想留金麒麟又怕人理论，"因此手里揣着，却拿眼睛瞟人"的形象（第二十九回）等，不胜枚举。

也许，用文学语言来描绘静止或相对静止的人与物，还比较容易些，要描绘活动形态的人与物，就困难些了。和曹雪芹同时的德国美学家莱辛，在他的美学著作《拉奥孔》中分析了诗（文学）与绘画的界限，说绘画是用颜色和线条为媒介的空间艺术，长于描绘静止的物体或一瞬间的动作姿态，而诗（文学）是用语言为媒介的时间艺术，长于叙述运动的物体和连续的动作。从艺术分类原理说，这是有道理的。但在具体的艺术创作中，情形就复杂得多。譬如，文学要表现发生在同一时间里又并列于同一空间中的众多动作，就极其困难。因为在这种情况下，文学要克服自己的局限而一举完成时间艺术与空间艺术的双重任务。正是在《红楼梦》中我们看到了这样的"奇迹"。例如，第四十回写刘姥姥出洋相时众人的笑态："史湘云撑不住，一口饭都喷了出来。林黛玉笑岔了气，伏着桌子嗳哟。宝玉早滚到贾母怀里。贾母笑的搂着宝玉叫'心肝'。王夫人笑的用手指着凤姐儿，只说不出话来。薛姨妈也撑不住，口里茶喷了探春一裙子。探春手里的饭碗都合在迎春身上。惜春离了坐位，拉着她奶妈，叫揉一揉肠子。地下的无一个不弯腰屈背，也有躲出去蹲着笑的，也有忍着笑上来替她姊妹换衣裳的……"作者一笔写尽了同一时间内同一场合中不同身份、不同个性的多少人的多少种笑的姿态动作。他化动为静、以静写动，将诗与画、时间艺术与空间艺术合为一体，只怕现代的电影艺术也未必能达到这种在同一刹那间让观众既看到全景镜头又看到一个个特写镜头的效果。戚蓼生在《石头记序》中盛赞此书"一声也而两歌，一手也而二牍"是"神乎技矣"！曹雪芹以其语言功力突破了艺术分类的界限，也是"神乎技矣"。

　　上面这个例子，既是人物动态描写，也是活动场面描写。关于《红楼梦》中的活动场面描写，还应该再说几句，因为这也是曹雪芹艺术描写语言的一方面。第十八回接引省亲的元妃到来时的一番仪注排场，第五十三回宁国府祭宗祠的排场，都是著例。《红楼梦》擅长写大场面，写来"真如山阴道上令人应接不暇，尚有许多忙中闲、闲中忙、小波澜，一丝不漏，一笔不苟"（庚辰本十八回批语），发挥了描写活动场面的语言艺术的极致。第九回"顽童闹学堂"是气氛全然不同的另一种场面,因此描写语言的格调也不同,前者端凝典重,后者粗俗活泼。作者笔下的这闹学场面,各种身份、各种性情、各种姿态、各种声口、各种关系、各种背景的众多人物,同时跃然纸上,就像活动映画一般展开在读者跟前,使你目迷五色,又看得历落分明。这样生气勃勃的生活场面的描绘,较之前面省亲、祭祠的典制文字,更需要大手笔,更见出了作者的语言功力。

关于《红楼梦》中的描写语言,暂论至此。总括说来,《红楼梦》中的物象描写、人物神情描写、人物动态描写、活动场面描写,其细微之处与廓大之处,都写得极逼真,极富于生活情味与文学意味,的确达到了出神入化的境地。真实,传尽生活中事物的形貌与神髓,是《红楼梦》艺术描写语言总的特点。其次是朴素,像生活自身一样本色。黛玉葬花,二百年来都被认为韵事。然而你看《红楼梦》第二十三回的描写只不过是"宝玉一回头,却是林黛玉来了,肩上担着花锄,上挂着纱囊,手内拿着花帚",再加上和宝玉几句对话,写来何等朴素;第二十七回的描写也只是"只听山坡那边有呜咽之声,一行数落着,哭的好不伤感",以致宝玉以为是个受了委屈的丫头,文字何等本色。《红楼梦》多的是温柔乡里旖旎的情事,富贵场中奢华的景象,然而作者描写旖旎情富丽事的语言文字,却是最朴素本色不过的。宋人诗话上说,"老觉腰金重,慵便玉枕凉"之句似写富贵而其实不是富贵语,不如"笙歌归院落,灯火下楼台"之句。《红楼梦》写绮丽富贵情事而绝不故意妆点形容,一任生活的本色自然流泻笔底,这样的语言风格是更高的。《红楼梦》的描写语言除真实、朴素外,是简洁,像生活本身那样明白单纯又意蕴无尽。第四十一回写贾母吃茶与刘姥姥吃茶,作者只写贾母问"是什么水""吃了半盏",又只写刘姥姥"一口吃尽",说"再熬浓些更好了",此外不着一字,却已把老封君与老农妇不同的身份和当时情景都带出来了。又如第四十二回写王太医来给贾母看病,作者一路写王太医进院后"不敢走甬路,只走旁阶",进屋后"不敢抬头""屈一膝坐下""欠身低头退出"这一连串动作,不加多余的说明,而贾府"老祖宗"的极高社会地位就已在这一个六品御医极其恭敬的动作中反映出来了。随后王太医到外书房和贾珍们说话、给大姐儿看病,神态就不再是在贾母跟前的样子。中国传统的戏剧表演艺术,有"景在人身上"之说——舞台上几乎没有背景,背景、环境的变化存在于演员的表演中并且让观众真切地感受到。王太医的举止就把人物身份、人物关系、人物所处环境都带出来了。这样的描写最简洁、最有情致。再如第三十五回写玉钏、莺儿到宝玉房中,玉钏向一张杌子上坐了,莺儿不敢坐下;袭人忙端个脚踏来,莺儿仍不敢坐。什么原因?作者并不注明。但细心的读者是明了的,因为玉钏是王夫人房中大丫头,她到宝玉房中坐杌子,礼当如此;莺儿是宝钗的丫头,她到宝玉房中不敢坐杌子与脚踏,亦是礼当如此,也反映了宝钗要求丫鬟规矩之严。这是何等简洁又何等有味的描写。

真实、朴素、简洁——不是或不仅是一般语法修辞学意义上的真实、朴素、简洁,而是极高的审美的、美学意义上的真实、朴素、简洁,这就是《红楼梦》艺术描写语言的基本特色。这也是古往今来多少文学大师——语言大师毕生致力追求的境界。《红楼梦》是世界文学史上把文学描写语言的真实之美、朴素之美、简洁之美表现得最完整、最纯粹、最充分的杰作之一。我们真不知道曹雪芹为铸就这样的艺术描写语言付出了多么艰巨的劳动。

四

现在,我们来看曹雪芹将生活中的方言词、俗语词、社会习惯语、熟语等予以文学化所达到的成就。

我们在《红楼梦》中看到,作者将大量的非文学词汇"驯化"为文学词汇,又输入了不包括在已有的书面文学语言之内的新的语汇,从而丰富了我们的文学语言。

作者"驯化"的非文学词汇有：①方言词汇。例如，"别外道了才是"（第三回），"没的打嘴现世"（第六回），"说话不防头""溜湫着眼儿"（第七回），"只会打旋磨儿"（第九回），"不许累指她"（第十回），"别人也不敢龇牙儿的"（第十六回），"怎么这样积粘起来"（第四十六回）……这些方言土语词汇，本来不是民族共同语，作者把它们放在一定的语言环境里，显示出它们特殊的表现力，使读者了解和欣赏，从而进入了文学语言的总汇之中。②俗语词汇，如"年轻媳妇子也难卖头卖脚的"（第六回），"趁势帮着打太平拳"（第九回），"在那里垫了踹窝来了"（第二十四回），"（贾琏）望着平儿杀鸡抹脖使眼色儿"（第二十一回），"（宝琴、岫烟、李纹、李绮）倒像一把子四根水葱儿"（第四十九回），"偏你（宝玉）就蝎蝎螫螫，老婆汉像的"（第五十一回），"（凤姐）吃了蜜蜂儿屎似的，今儿又轻狂起来"（第五十四回）……这些本来是非文学词汇的俗语，经作者提炼，成为文学语言中新添加的、具有特殊艺术感染力的一部分。③口头会话中常有语法结构不完整的省略语、俚语，本来是非文学语言，《红楼梦》作者则使之"驯化"为文学语言，使读者从中感受到特别的审美意味。第二十二回凤姐和贾母的对话，凤姐凑趣笑道："……巴巴的找出这霉烂的二十两银子来作东西……这个够酒的，够戏的！"贾母亦笑道："……你婆婆也不敢强嘴，你和我梆梆的。"又如第五十九回春燕说："我又没烧胡了洗脸水，有什么不是！"第六十五回尤三姐对贾珍、贾琏说："我有本事先把你两个的牛黄狗宝掏了出来"；兴儿对尤二姐说凤姐："凡丫头们二爷多看一眼，他有本事当着爷打个烂羊头。"这些都是口头会话中的省略语、俚语直接融入文学语言的例子。

《红楼梦》中有好些语汇，新鲜之至，不但不见于已有的书面文学语言，而且也不见于口头文学语言，甚至也不见于日常生活中的非文学词汇，而是作者根据生活和人物性格的逻辑创造出来的。如宝玉口中的"神仙姐姐"（第五回），清客们口中称宝玉是"菩萨哥儿"（第

143

八回),柳湘莲口中的"剩忘八"(第六十六回),以及宝玉所说的"女儿是水作的骨肉,男人是泥作的骨肉"(第二回),赵嬷嬷说的"拿着皇帝家的银子往皇帝身上使""买虚热闹"(第十六回),再就是第四回中那四句"俗谚口碑":"贾不假,白玉为堂金作马。阿房宫,三百里,住不下金陵一个史。东海缺少白玉床,龙王来请金陵王。丰年好大雪,真珠如土金如铁。"以至第五回金陵十二钗册子上的一些判词,如"势败休云贵,家亡莫论亲",《红楼梦曲》中的一些曲词,如"机关算尽太聪明,反送了卿卿性命"等。正如庚辰本第十九回批"禄蠹"一语云:"二字从古未见,新奇之至",这些新奇而意味隽永的词语,确实是曹雪芹自铸新词,是前不见"经传"又不见俗谚的,自《红楼梦》行世,则成了人所共知的"故典"和新谚了。这是曹雪芹对民族文学语言的一大贡献。

　　下面我们看曹雪芹是如何利用、改造成语、谚语、熟语、行业语、阶级同行语、隐语、粗俗语的。最突出的有两点:一是利用这些词语而赋予深广的社会含义,也就是说,加强、提高这些词语的思想性;二是利用这些词语为塑造典型环境与典型人物服务,即发挥、提高这些词语的文学性。

　　"百足之虫,死而不僵""蟾宫折桂""千金买笑""投鼠忌器"等成语,历来有语义上的完整性和使用上的传统性。在《红楼梦》中,它们在语义学上的意义并未变化,而在文学上所表达的意义却变化了。当冷子兴说荣国府是"百足之虫,死而不僵"(第二回)时,他是"说着别人家的闲话,正好下酒"的神气;当探春说这同一句成语(第七十四回)时,却是声泪俱下,为贵族之家的势将"一败涂地"而自作悲歌、挽歌了。书中两番使用这一成语,又有共同处,都是用来说明封建家庭、封建阶级与封建社会的末路穷途,这正是与表达《红楼梦》思想主题有关的含义,而与这成语在语源学上的本义及其常用义都大不一样了。当一贯支持贾宝玉鄙弃功名利禄的林黛玉,以嘲讽的语气对入学的宝玉说"好,这一去可是要'蟾宫折桂'

了"（第九回）；当具有民主主义思想意识而又未能彻底摆脱贵族公子习俗的贾宝玉，任丫头晴雯撕扇子玩时说："古人云，'千金难买一笑'……"（第三十一回）；当贾府处于上下矛盾错综、统治秩序紊乱之时，宝玉、平儿等为玫瑰露事件瞒赃，"不肯为打老鼠伤了玉瓶"（第六十一回）——作者也都赋予所引用的成语以崭新的思想意义。

利用谚语、熟语、歇后语等又何尝不是这样。第六回刘姥姥对凤姐说："'瘦死的骆驼比马还大'……你老拔根寒毛，比我们的腰还粗呢。"这俗语用来表示的不是一般的意义，而是贫富悬殊的社会现象。第五十七回紫鹃对黛玉说："岂不闻俗语说的：'万两黄金容易得，知心一个也难求。'"结合宝、黛关系看，引用这俗语也已不是其本义，而是表达一种崭新的婚姻观。第十三回秦氏临终托梦与凤姐所说的"月满则亏，水满则溢""登高必跌重""树倒猢狲散""盛筵必散"等谚语；第五十三回贾珍说贾府景况是"黄柏木作磬槌——外头体面里头苦"；第七十五回贾母的饭桌上已添不出细米饭，鸳鸯说"如今都是'可着头作帽子'了"，贾母答"这正是'巧媳妇做不出没米的粥来'"；第七十七回王夫人找不出一支人参，说"卖油的娘子水梳头"，过去不知给人多少，现在自己用反倒各处求人了。运用这些俗谚也不是其本身平常的意义，而是寄寓着贵族阶级一派末世之音。

《红楼梦》就这样，引用成语、俗语而注入了崭新的、不平常的思想性与社会内容。

另一方面，《红楼梦》中的俗语等，具有高于修辞格的意义，成为塑造性格的手段。

先举一个例子，以说明在不同的文学作品里，引用同一俗语，而文学意义有高下之别。《金瓶梅》第五十一回："当家人是个恶水缸儿，好的也放在你心里，歹的也放在你心里。"《红楼梦》第六十八回凤姐赚尤二姐入大观园，说："……那起下人小人之言，未免见我素日持家太严，背地加减些言语，自是常情。妹妹想，自古说的，'当家人恶水缸'……"《金瓶梅》主要是在修辞意义上引用"当家人恶水缸"

这一俗语的,《红楼梦》引用这一俗语,却是从性格刻画着眼,凤姐用这一俗语洗刷自己,辟"谣",打消尤二姐的顾虑。她用得多么机巧,既显示自己的无垢,又显得自己豁达大度……这里就有了人物的性格。

一般说来,《红楼梦》在人物对话中融入俗语、熟语,都是注意了性格化的,这是不容易的。因为成语、谚语、社会习惯语等,不是由说话者在说话时临时编创的,而是以现成的语言形式和固定的语义被引用在言语中的。同一俗语不同的说话者均可使用。怎样在固定的语言形式中突出说话者的个性?这就需要克服俗语的共性与说话者的个性的矛盾,需要有高度熟练灵活地掌握和驾驭语言的功力。《红楼梦》中不同的人物运用俗语有不同的用法,有说话者身份、性格、教养、心理以及具体情景的特征。林黛玉口中的俗语,多属比较文雅的一类,如"睹物思人"(第四十四回)、"死生有命,富贵在天""剖腹藏珠"(第四十五回)、"虎狼屯于阶陛,尚谈因果"(第七十三回)等,就是一些口头俗语,也无粗俗意味,如"冬寒十冷,谁带什么香呢"(第十九回)、"这会子犯不上跐着人借光儿问我"(第二十二回)。黛玉口中这些文言的、白话的俗语,在规定情境里都切合和表现了她的性格。而同是贵族女子的凤姐,口中的俗语就与黛玉的大有区别。在《红楼梦》贵族人物中,凤姐是使用俗语最多而又粗鄙的一个。这与她当家管理俗情俗务,接触下人机会多,自身是个大俗人,贪财好势,心机深细又泼辣,口齿伶俐,没有文化等都有关系。"我比不得他们扯蓬拉牵的图银子"(第十五回),"拿着皮肉倒往那不相干的外人身上贴"(第十六回),"我是耗子尾上长疮——多少脓血儿"(第六十八回),"你的嘴里难道有茄子塞着?""癞狗扶不上墙的种子"(第六十八回),"野牛肏的,胡朝那里跑!"(第二十九回)等,就是凤姐说的俗语。除凤姐外,难以想象还有别的贵族人物能说这样的俗语。凤姐口中另有一些俗语,如她在贾母王夫人诸姊妹前说笑,带出的俗语,就不那么粗鄙,却也不离宝钗指出的"市俗取笑"范围。薛宝钗呢,她是与林黛玉身份、教养接近的贵族小姐,然而当她心里想着使用"'金蝉脱壳'的法子"时（第二十七回），当她去探视病中的黛玉而说出"古人说'食谷者生'，你素日吃的竟不能添养精神气血，也不是好事"这种吓人语，"咱们也算'同病相怜'。你也是个明白人，何必作'司马牛之叹'"这种欺人语时（第四十五回），你就能感到宝钗口中的俗语虽与黛玉的同属文雅一类，却表现出与黛玉迥异的性情。《红楼梦》中男性贵族所说的俗语又另是一样，且又都显示各人性格。老色鬼贾赦夺鸳鸯不得，恨恨地说"自古嫦娥爱少年"（第四十六回）。贾琏滥淫的心理性格用"妻不如妾，妾不如偷"一句俗语画出（第四十四回）。一心钻营门路的贾芸无耻地要认比自己小的宝玉为干爹，用"摇车里的爷爷，拄拐的孙孙"的俗语为自己辩解（第二十四回）。宝玉也说他需要的俗语：他用"亲不间疏，先不僭后"来解释自己、鼓舞黛玉，坚持他们那叛逆的爱情（第二十回）；用"物不平则鸣"来支持被作践的丫头芳官，表现了他的民主意识（第五十八回）。《红楼梦》中丫头和奴仆下人所用的俗语更丰富，而且也都有各人的性格感情色彩。焦大所说的"每日家偷狗戏鸡，爬灰的爬灰，养小叔子的养小叔子"是一串隐语，却十分明白地揭露了贾府男女贵族的道德沦丧，又表现了这个老忠仆的复杂心情（第七回）。兴儿也有出名的一串俗语"嘴甜心苦，两面三刀，上头一脸笑，脚下使绊子，明是一盆火，暗是一把刀"（第六十五回），既把凤姐性格的一个主要方面形容尽致，又活现出伶俐小厮兴儿自己的神情声态。

在《红楼梦》中还有这样的情形：有时候，在同一场合里，同一句俗语，或同一种行业语、阶级同行语，却表现了不同人物的不同个性。第二十九回同一句"不是冤家不聚头"的俗语，贾母有她的用法、她的心情，宝玉、黛玉则又有他们自己全然不同的体会。第二十八回，贾宝玉、冯紫英、蒋玉函、薛蟠、云儿都说女儿悲愁喜乐四句韵语，唱相应的曲子，各人韵语和曲词中都有相近的行业语、阶级同行语，而显示了各人不同的身份、性格、教养、习尚、神态，灵妙自然之至。

清人诸联《红楼评梦》有云："以家常之说话，抒各种之情性。""所引俗语，一经运用，罔不入妙，胸中自有炉锤。"对于曹雪芹所作的八十回书来说，的确是这样的。作者胸中是有炉锤。这位卓越的语言巨匠，将白话和文言的俗语作为毛坯或半成品，另行锻炼，加工成了一种极其精粹的文学语言。

《红楼梦》在使方言、俗语、社会习惯语等文学化方面所达到的成就，实在是中国小说史上的一座"珠穆朗玛峰"。在它以前，《水浒传》《金瓶梅》等，都是运用俗语的里程碑式的作品。《水浒传》的俗语运用，也许是时代较久远的关系，我们读来还时有生涩之感。《金瓶梅》采用方言俗语，自然是极自然了，但又嫌过俗过滥，不少地方缺乏必要的艺术加工和提炼。《红楼梦》中虽然也有一些生僻的方言土语未能进入文学语言范围，但总的说来它在使俗语文学化、提高俗语的文学性上，却达到了比《水浒传》《金瓶梅》更高的水平。

五

探讨了《红楼梦》的语言体式、描写语言、俗语之后，现在应该探讨人物语言问题。在小说作品里，人物语言包括对话、独白、内心独白以及其他形式——人物的日记、书信、抒情言志的诗词等，其中最基本的是对话。我们研究《红楼梦》的人物语言，主要就是研究人物对话。

按照通常的情况，研究一部小说人物对话的艺术，就只限定在对话的性格化问题。而对话的性格化，又被归结为能使读者"闻其言如见其人"。阅读《红楼梦》，使我们体会到，杰出大师笔下的人物对话艺术，并不那么简单。

《红楼梦》中有些人物对话，不只是为了刻画性格，或主要不是为了刻画性格，因而对话本身也没有性格化问题或性格化问题不突出，如第二回冷子兴与贾雨村演说荣国府是全书结构上的需要，这些对话的主要意义不是为了塑造两个对话者的性格。第七回周瑞家的与金钏同香菱之间关于香菱容貌、身世的对话,对香菱性格的刻画是有关系的,同时也写出了丫头仆妇日常话语的生活情味,但对刻画周瑞家的和金钏的性格就没有什么特定作用,因此也不能单独用语言性格化与否去评价这些对话。第十六回赵嬷嬷对凤姐"说起当年太祖皇帝仿舜巡的故事",也不是为了刻画性格,而是为了交代背景、传达思想。总之,在小说作品中,人物对话除了作为性格刻画的手段外,还作为结构手段、叙述描写手段,交代背景、点逗主题、烘托生活情味和渲染氛围的手段等。我们在研究《红楼梦》和其他小说杰作的人物对话艺术时,不应局限于对话的性格化问题,视界、研究的方面应当开阔些。

从性格化角度说,《红楼梦》中的人物对话,已达到了小说语言艺术的极高境界。下面我们分三方面说明。

第一,《红楼梦》写出了百人百声口。

《红楼梦》第一回中,作者表明,他反对"千部共出一套"的佳人才子等书中"大不近情理"的人物对话描写:"环婢开口,即者也之乎非文即理",实际上也就是反对对话的千人一腔。曹雪芹自己写人物对话,也像他写书中的其他内容一样,坚持一个原则:"只取其事体情理"。书中写了几百人物,不能说个个言语都性格化,却也真堪称百人百声口。北静王与贾雨村,言语迥异。贾赦、贾政,话风不同。贾母、邢夫人、王夫人、薛姨妈,说话各人各样。珍、琏、宝玉,元、迎、探、惜、黛、钗、湘,凤姐、尤氏、李纨,同属兄弟姐妹妯娌而言语各肖其本人。俱为世家浪荡子弟,薛蟠、柳湘莲、冯紫英言谈区以别之。都是侍婢大丫鬟,晴、袭、平、紫、鸳、麝、茜、钏、司棋、香菱……说话各有神情态度。赖、李、赵嬷嬷,口气不容淆混。旺儿、李贵、茗烟、兴儿,言语不能置换。张道士与王道士,戴权与夏太监,王太医、张先生、胡庸医,各有各的口吻。倪二与卜世仁,众清客与刘姥姥,妙玉、净虚、马道婆,各有各的声口。《红楼梦》中的人物,自王公贵族至三教九流,无论身份、教养、血缘、关系、职业、地位的同或异、近与远，都人各有其言，言各有其性。哪怕人物同说一种职业语、阶级同行语，也是各有面目。我们究竟不知道曹雪芹准备了多少幅笔墨，为数以百计的人物代言。我们也究竟不知道曹雪芹对百人百声口何以能如此体贴入微又描摹得分毫不爽。即或只有一二次说话机会的人物的言语，一经曹雪芹写出，就能深深烙印到读者脑海中去。譬如"中山狼，无情兽"孙绍祖，几乎未登场面，作者不过借迎春的哭诉转述了孙绍祖的几句话，如骂迎春是"醋汁子老婆拧出来的"，又对迎春说"论理，我和你父亲是一辈，如今强压我的头，晚了一辈"等（第八十回），就这几句，已可使读者想见孙绍祖其人。

　　作者将族类流品或同或异的成百人物的言语揣摩精熟、描摹入神，这是注意人物语言个性之功。与此同时，作者又注意人物语言的时代性，十八世纪中国人那些带着时代特征的说话方式，在《红楼梦》人物对话中十分微妙地传达出来了。譬如，第四十四回贾母叫贾琏向凤姐赔不是，贾琏自己本也愿意就此下台阶，但话从他嘴里出来却是"老太太的话我不敢不依，只是越发纵了她了"。这种说话方式不仅是贾琏个人的，也是那个时代一切不得不向老婆认错，又要维持男性尊严的贵族老爷们共同采取的，是那个男尊女卑社会里为人丈夫者特有的一种表情达意方式、说话方式。又如同一回书中，凤姐拿平儿煞性子，事后贾母叫凤姐安慰平儿，本来受委屈的平儿反倒走来给凤姐磕头，说"奶奶的千秋，我惹了奶奶生气，是我该死"。这种说话方式也不仅是平儿个人的，而是那个时代一切受了委屈而又"懂礼"的丫头都习惯于如此说的，是那个主尊奴卑社会"下人"们特有的一种表情达意方式、说话方式。这样的人物语言，在说话者言语的个性中有着时代风气的共性。这种情形是十分具体而微的，却于细微处见精神，见出作者锤炼人物语言的功力。

　　在《红楼梦》的艺术世界里，诸色人等百人百声口，声声口口各别，声口各别的诸色人等又统一和共处于同一时代社会，于是《红楼梦》成为十八世纪中国社会语言的百科全书。在中国和世界文学史上，像《红楼梦》这样几乎囊括整个社会一切人众的语言，以至一部作品成为一个时代的语言总汇，这如果不是绝无仅有的话，也肯定是非常罕见的。

第二，《红楼梦》写出了一人百声口。

鲁迅在《花边文学·看书琐记》中写道："高尔基很惊服巴尔扎克小说里写对话的巧妙，以为并不描写人物的模样，却能使读者看了对话，便好象目睹了说话的那些人。"鲁迅接着指出："《水浒》和《红楼梦》的有些地方，是能使读者由说话看出人来的。"高尔基和鲁迅重视"由说话看出人来"，这是把伟大的小说家描写人物对话艺术技巧的精华，扼要提撮出来了。

的确，《红楼梦》中有些人物的有些对话，如凤姐的一些对话，"不用说出她的名字，只要把她的那些话念出来，我们就知道准是她"（何其芳：《论〈红楼梦〉》）。其他一些人物的一些对话，也能有这样的效果。不过，我们不应将"由说话看出人来"这一点理解得过于狭隘、机械。因为一部长篇小说，即使像《红楼梦》这样典范性的长篇小说，也不可能每个人物的每句话都能让读者掩卷乍听之下就知道准是他（她）。相反，多数情况下是做不到这样的。这是不是《红楼梦》人物对话性格化的弱点？不是。道理很简单：在实际生活中，哪怕是说话最有个人特色的人，也不可能在任何情况下说话都是一副固定不变的调式（包括特殊的语法、词汇、语气、语式等），从而使人光听话不见面即可辨认无误；如果说话者声调失真，则至熟的人也会听不出对方是谁。在文学作品中，人物对话已失去声音而变为文字，更不可能让读者单凭人物的一句或若干句对话本身，就认出准是他（她）。我们不能做这样的要求。

《红楼梦》作者绝不追求人物对话表面上的"个性化"。《红楼梦》根本不是依靠什么"特性语调"来实现人物对话个性化的。同一个人物，在不同场合，其说话的方式、语言的色彩，千变万化。第五十六回，薛宝钗笑对平儿说："你张开嘴，我瞧瞧你的牙齿舌头是什么作的。

从早起来到这会子,你说了这些话,一套一个样子。"不仅平儿说话"一套一个样子",其他人物(包括笑平儿的宝钗自己)说话也都是"一套一个样子"。贾宝玉在北静王跟前说话,与在贾政跟前说话绝不相类。他对贾母、王夫人说话,同样表现出娇儿憨态,而说话方式也不相同。他与亲姐妹元、探说话,与表姐妹黛、钗、湘说话,与丫头晴、袭、麝、芳官等说话,与各种关系的人在各种情境下说话,都"一套一个样子",又在"一套一个样子"的谈吐中或重现,或拓现出宝玉性格的主要方面与各侧面及其局部、细部。说话"一套一个样子",这才是生活的真实,也才是艺术真实,符合运用多种多样的对话刻画人物性格正反侧面、表现性格的完整丰满的艺术要求。凤姐的对话同样如此。你看她在贾母面前,独能打破一片敛声屏气恭肃严整的语言环境,"说话梆梆的",在"放诞无礼"中寓婉转献媚、曲意逢迎、承欢凑趣、殷勤周到。她在长辈和平辈姐妹面前说话有无穷活泼机趣却又和顺得体。她对奴仆下人说话时有笑语迎人以表恩宠,时有恶声相向以示威凌。她审兴儿时的话语似老吏断狱而仍是主仆身份。她赚尤二姐时的腔调则外贤惠与内奸诈一时并陈。她刚在前庭说笑如春风吹四座,霎时间在后院骂丫头似阎王镇闺闱。她害死人命时说话或不动声色杀机不露,或面目狰狞咬牙切齿。许多时候她杀伐决断词锋峻利,为女儿的病请教刘姥姥时她口气又那样愚信虔诚,这又和她初接见刘姥姥时言谈的做作、当众捉弄刘姥姥时言语的促狭形成多么鲜明的对比。是的,人物语言的个性化并不意味着单一化。言为心声,凡是能表达人物在各种具体情境下内心性格的语言,就是性格化的语言。心声多样,语言也不能只是一种句式、一种口气、一种色调、一种规格、一种套套。《红楼梦》写出了百人百声口,又写出了一人百声口,重要的或比较重要的人物都是一人百声口,这是人物对话性格化的极高水准。

第三,关于《红楼梦》人物对话,还有许多技巧性的问题,本文不能展开谈,只举两个例子,这两个例子对于长篇小说人物对话技巧是相当重要的。较之短篇小说和中篇小说，长篇小说这种文学体裁的特点之一是人物多、场面多，而且众多人物常常在同一场合出现。因此，长篇小说人物对话技巧就要解决一个问题，即如何表现群口交作的场面。《三国演义》中有一回书，叫"诸葛亮舌战群儒"，写孔明一个人与"江东英俊"文武二十余人辩论。孔明针对每个论敌的身份、论点逐一反驳，或正面剖析，或侧面讥刺，当防则防，当攻即攻，不但辩才无碍，而且义正词严，神完气足，连续将东吴能言善辩之士七人驳得无可对答，那是写得精彩纷呈的。但是，这节书写法上有一个弱点：它是用两人对话的方式写的，写孔明与一人对话，接写与另一人对话，共与七个人斗了七场口。两人论辩时，不像是二十余人在场的场合，因为无人插话，也不写他人的反应。这就只能是两人对话的组接，不是众人交口的情形。《红楼梦》中众人会议、聚谈的写法则不同。它不是两人对话的拼接与扩大化，而是真正的群口交作。不管事关己不关己，在场各人都起反应，而且各以自己的方式、自己的身份、自己的性格起反应，如第三十回"宝钗借扇机带双敲"，不只是宝、黛、钗三个当事人交口，而且在场的凤姐也交口，她交口既有自己的言语特色，又关系着宝、黛、钗三人心病；在场的其他人"总未解得他四个人的言语"的神情也交代了。第四十六回"鸳鸯女誓绝鸳鸯偶"，在场的鸳鸯，她的嫂子、袭人、平儿都有自己的言语，各人言语又都"牵三挂四"地纠结着。第七十四回"惑奸谗抄检大观园"中就有一连串群口交作场面。到探春房中时，探春一人独当来抄者众口，那情形与"诸葛亮舌战群儒"有些仿佛，所不同的是这一场面的主角探春一出口，来抄者凤姐、王善保家的、周瑞家的、平儿，被抄者的侍书等丫鬟，都各有言语各起反应；自始至终，都不是一对一、直流式的反应，而是多人错综、交流式的整体反应。很明显，《红楼梦》的长篇小说人物对话技巧，较之《三国演义》已有长足发展。

  由于长篇小说场面纷杂人物众多的特点，还给人物对话技巧带来又一个需要解决的问题，即在类似的场合中身份相近、话风相近的人物，其言语如何区别、如何以言语表现各自个性的问题。《红楼梦》为此提供了丰富的经验。比较一下第八回黛玉抵制李嬷嬷的话与第二十回凤姐抵制李嬷嬷的话。第八回，贾宝玉在薛姨妈处吃酒，与钗、黛姐妹说说笑笑，心甜意洽之时李嬷嬷偏来扫兴，一再拦阻。于是，林黛玉冷笑道："你这妈妈，也太小心了。往常老太太又给他酒吃，如今在姨妈这里多吃一口，料也不妨事。必定姨妈这里是外人，不当在这里的也未可知。"李嬷嬷听了又急又笑，说："真真这林姐儿，说出一句话来，比刀子还尖。"第二十回，李嬷嬷在那里排揎袭人，又骂又哭，宝、黛、钗都排解不开，凤姐赶来，拉了李嬷嬷笑道："'好妈妈，别生气，大节下，老太太才喜欢了一日，你是个老人家，别人高声，你还要管他们呢；难道你反不知道规矩，在这里嚷起来，叫老太太生气不成！你只说谁不好，我替你打他。我家里烧的滚热的野鸡，快来跟我吃酒去。'一面说，一面拉着走，又叫：'丰儿，替你李奶奶拿着拐棍子，擦眼泪的手帕子。'"那李嬷嬷脚不沾地，唠叨着跟了凤姐走了。同样是排抵李嬷嬷，在黛玉是为了李嬷嬷扫宝玉和自己的兴，显出了贵族少女的性情；在凤姐是为了在无关紧要的小事上息事宁人，表现出当家少妇的本分。同样是机巧地用家族长者尊者（老太太和薛姨妈）来镇吓李，黛玉语气直，凤姐曲。同样是责贬李嬷嬷，黛玉连说带埋怨，凤姐则以抬举、奉承的言辞出之。同样是"比刀子还尖"的话，黛玉是冷言冷语，一味尖刻；凤姐却似热心热肠，尖中有圆、寓尖于圆。场合相类，对象同一，训话者身份相近，又都极会说话，然而言语个性对比如此鲜明。《红楼梦》中人物言语同同异异的情形极多。贾琏与贾蓉对尤氏姐妹说话，在某些场合似同而异。凤姐借秋桐发脱尤二姐，夏金桂借宝蟾摆布香菱，凤姐金桂的话语，秋桐宝蟾的话语，似同而实异。第五十八回晴雯斥责芳官干娘不该跑到宝玉房中来，与第七十三回平儿斥责侄儿媳妇不该进到姑娘房中来；第七十四回探春叫侍书和王善保家的对嘴，与第五十八回袭人叫麝月与芳官干娘对嘴，都是言语同中有异，似同实异，类似的情形，类似的言语中有说话人不同的性格。作者不怕人物言语重复，因为他笔下数以百计的人物的言语绝不重复，他有本事在近似重复的语言环境中写出人物言语的千差万别来。此外，读者还会注意到，《红楼梦》中伶牙俐齿的人物甚多，无论贵族主子与丫鬟中都有不少"言谈爽利""口角锋芒"的人。连贾母称为"不言不语，我只说他是没嘴的葫芦"的袭人，也何尝不是个"言谈去得"的角儿。然而，这么些口齿一个赛似一个的人物集中在一部书里，却是各人有各人的"牙齿舌头"。这样的人物对话技巧实在难能可贵，这样的语言功力不能不令人惊叹。

　　清人裕瑞《枣窗闲笔》中依前人传说，谓曹雪芹"善谈吐，风雅游戏，触境生春，闻其奇谈娓娓然，令人终日不倦，是以其书绝妙尽致"。这传说如果近真，那也只是说明了曹雪芹写作《红楼梦》达到文学语言极高造诣的主观条件之一。此外，更根本、更重要的当是曹雪芹极其深湛的文学修养，极其丰厚的社会生活体验，极其卓特的文学天才，以及极其艰辛的语言铸炼过程——"披阅十载，增删五次""字字看来皆是血，十年辛苦不寻常"。于是，他才建筑了《红楼梦》这座举世无二的长篇小说文学语言的辉煌圣殿。而我们今天面对着这座文学语言的圣殿，虽然已在其下瞻顾徘徊了一些时日，还发生着未必有能力升堂入室的感慨。

（一九八〇年六月七日）

《红楼梦》艺术技巧摭谈（二题）

一、重点与非重点

《红楼梦》第六回"刘姥姥一进荣国府"，周瑞家的给刘姥姥引见凤姐之前，这样介绍她的主子：

我的姥姥，告诉不得你呢。这位凤姑娘年纪虽小，行事却比世人都大呢。如今出挑的美人一样的模样儿，少说些有一万个心眼子。再要赌口齿，十个会说话的男人也说她不过。回来你见了就信了。就只一件，待下人未免太严了些儿。

周瑞家的这段话，有褒有贬，显然褒是重点，是以崇拜得意的口气说的；贬非重点，是以遗憾的口气顺嘴带说的。

这番话的重点与非重点不能倒置，否则说话人的性格就走样了，就不是向刘姥姥介绍凤姐的周瑞家的，而是向尤二姐介绍凤姐的兴儿了。

但是非重点不等于可有可无。去掉抱怨凤姐对下人太严这一句，那也不是周瑞家的语言，因为这句话带着她这个管事仆妇的身份地位、性格心理的特征。平日多有感受，此时脱口说出来了。同是在凤姐跟前的奴婢下人，平儿就只会人前人后维护主子，不会背地向人露出她对主子的埋怨。

说话要恰如其分，话语中的重点与非重点不能颠倒，也不能偏废。这样的人物语言才真正是人物声口，才能确凿不移地传达出说话人的性格。《红楼梦》作者笔下的人物对话，常常如此。

这只是一方面。周瑞家的话既然是介绍凤姐，就还有另一方面的作用，即刻画凤姐。作为塑造凤姐形象的一种笔墨来看，周瑞家的这番话中的重点与非重点，却并不等同于凤姐性格的重点与非重点，因为它经过了周瑞家的折光。作者在另外许多场合，对凤姐性格进行形象描绘时，显示出周瑞家的轻轻一句带出的"待下人未免太严了些儿"，并非凤姐性格的轻点。例如，第七回凤姐主张打发"没王法的东西"焦大，第十四回凤姐罚迟到的下人二十板子，第四十四回凤姐毒打丫头等，都表现出"待下人太严些儿"这一句，对凤姐来说具有重重的分量，饱含着受虐待摧残的下人的冤屈、辛酸与血泪。周瑞家的口中的非重点，实际上是刻画凤姐性格的一个重点。

尽管作者本意是要借周瑞家的之口点出凤姐性格的这一劣质，但是他断不肯强使周瑞家的着重而言，因为那是不符合周瑞家的身份性格的。他只让周瑞家的随口说出，点到而已。他另外安排了别人（如兴儿）用符合其本人处境和性格的方式去渲染、强调，另外安排了凤姐自己自然而然地现身说法。

这是人物对话内容里的重点与非重点对人物（包括说话人与所指之人）形象塑造的辩证关系。其微妙之处包含着人物性格描写的客观性与作者对人物评价的倾向性的辩证统一。这是写人物对话的艺术，也是写人物性格的艺术。

人物行动描写中的重点与非重点也有同样的辩证法。

例如，第八回中写宝玉在薛姨妈处吃酒，宝玉被李嬷嬷扫了兴头，酒也有了，告辞时小丫头来给宝玉戴斗笠，才往宝玉头上一合，宝玉便说："罢，罢！好蠢东西！你也轻些儿，难道没见别人戴过的？让我自己戴罢。"结果是黛玉亲自给他穿戴妥当。要走了，跟他们的奶妈还没来，薛姨妈让他们略等等。宝玉不耐这个烦，生气说道："我们倒去等她们……"回到怡红院后，宝玉又摔茶杯，骂丫头，要撵乳母。这一连串的言语动作，在宝玉的整个行动描写中，是非重点。

他一贯倒是顾惜下人，尤其是善待丫头的，那是宝玉整个行动描写的一个重点。对于宝玉性格的塑造而言，他的行动的重点与非重点不能倒置，否则就不是宝玉其人了。但不能把他那行动的非重点抹煞不写。责骂丫头仆妇，在宝玉行动中虽属非重点，却具必然性，正是醉公子发少爷脾气之态。无论宝玉如何有"民主意识"，他终究是个贵族公子，何况又在薄醉中，在气头上。去掉这些描写，不但现场情景的逼真性减弱，而且宝玉性格的客观性也要减弱。在这个意义上，宝玉行动的这一非重点，又很有分量，很厚重。写出这非重点来，自有其不能被重点描绘所取代的重要价值。

又如第四十四回凤姐泼醋，同贾琏闹，抓着鲍二家的厮打，又打平儿。描画凤姐这一行动的重点，显然在前二者，打平儿则是非重点。凤姐打平儿，没有道理。但写凤姐打平儿，却极有艺术上的道理。凤姐性本贪暴，容不得别人冒犯分毫，除自己外任人不信，更一向不把下人当人，此刻酒也吃多了，又气得发昏，种种情势把平儿裹了进去。作者写平儿陪着挨打，就反衬了上述情势和凤姐性格。写凤姐打平儿，对于形容凤姐泼醋、刻画凤姐性格，是陪笔，却是不可少之笔。少了它，凤姐其人及其行动的艺术光彩，就显得单调、单薄，要减色。那么，把打平儿作为凤姐泼醋行动的重点来处理，行不行？不行。那样，行动本身、人物关系、人物性格就会顿然改变，受到歪曲。所以，凤姐这一行动描写的重点与非重点，也是既不能颠倒，亦不能偏废的。而对于平儿形象的塑造来说，写她这一陪着挨打，则展现出她与凤姐关系的新侧面，并就这一侧面，为平儿性格绘出新的几笔：她对凤姐的逆来顺受，敢怨贾琏而不敢怨凤姐；先是委屈得不得了，而当贾母打发人来安慰，就自觉面上有了光辉；又造成一个机缘，使宝玉为她理妆，表达对她的薄命的同情。这些对揭示平儿性格内涵和外延，都不是不重要的。可见，此一人物（凤姐）行动（泼醋）描写中的非重点，对于彼一人物（平儿）来说，不一定是非重点，有时倒可能是重点。

要之，人物行动描写中的重点与非重点关系的辩证处理，是构成人物性格丰富性、多面性、层次性、完整性的一种要素。

人物关系描写中也有个重点与非重点的艺术安排问题。在上述凤姐泼醋的情节里，写了凤姐与贾琏关系、与丫头关系；写了贾琏与鲍二老婆关系；写了贾母与贾琏、与凤姐关系；写了宝玉与平儿、与贾琏凤姐关系等。重点是凤姐与贾琏关系、与丫头关系，因为它是这一情节的核心。认定这一重点去写，才是这一场戏。转移了重点，就不是这一场戏而是另一场戏了。但在这一场戏里，不能只顾重点，孤立突出重点，而不写重点人物关系之外的其他人物关系，否则不是《红楼梦》的笔墨，而是别的书的笔墨了。《红楼梦》写人物有一个特点：它真是在全部社会关系的总和里写人。它的人物的性格，是在诸般人物关系中写出来的。写人物性格，就是写人物关系；写人物关系，就是写人物性格。全书没有一个情节，是单为某一个人物而设的。它总是一笔作数笔用，一笔写多人。凤姐泼醋一节，就并不仅仅为凤姐、贾琏作传，同时也为多人作传。你再看第三十三回宝玉挨打一节，这一节所描写的人物关系的重点，是贾政与宝玉关系，同时又写了贾政与贾母、王夫人、赵姨娘、忠顺王府的关系，也写了宝玉与贾母、王夫人、贾环（及赵姨娘）、琪官、钗黛凤姐袭人等的关系，甚至还写了贾珠与李纨关系、薛蟠与琪官及宝玉关系……这诸多人物关系中，重点与非重点关系如果不明确，这一情节的典型意义就要失掉。但如果轻视以至取消对非重点人物关系的描写，那就会破坏了客观生活本身的有机性、联系性、统一性、完整性。

《红楼梦》以完整地再现生活（不是再现生活的一角，而是再现生活的整体）著称，它在社会关系总和中写人，通过写单个人写出人群、社会。它成功的秘密之一，就是妥善解决了人物关系描写中重点与非重点的辩证配置，在写重点人物关系的同时，牵连兼顾多种多样的非重点人物关系。

情节发展的描写也有重点与非重点的辩证法。第三十四回写袭人、宝钗、黛玉等诸人探视宝玉，对于宝玉挨打的情节来说，这是余波，不是重点。但是，它是接着而来的或相隔很远才到来的重点的先声。从这里生发出好些重要的情节：袭人向王夫人进谏进谗；黛玉在宝玉教人送来的帕子上题诗；宝钗与薛蟠反目。影响都很深远。譬如，袭人进见王夫人这一线索，甚至直贯到第七十四回抄捡大观园以后。前人评点作品，好用"草蛇灰线，伏脉千里"之语，这种评语一般是从笔法、技巧、修辞意义上讲的，讲得狭窄了。其实，生活本身就是"草蛇灰线，伏脉千里"的。生活中有些事情发生之因，正如长河之源，也许只是涓滴之水，或者是地下的潜流，虽涓细、虽隐伏，却不可以割断。江流千里，也不能一泻直下，还会有汇合、分岔、停蓄、曲折。生活的肌理如是，长篇小说的情节脉络亦应如是。情节作为生活的艺术表现形态，在它的发展过程中，相应地也有明河飞越，或暗河潜通，有巨浸也有小溪，有浪花也有漪涟；在情节的某一段落、某一场合，也会大故与细事、主干与枝叶、重点与非重点交叉融汇纷然杂陈。只有明没有暗，只有连没有断，只有顿没有渐，只有主没有从，只有花没有叶，那样的写法就支解割裂了生活。我们读《红楼梦》，每每惊叹于它的情节发展真是"一树千枝，一源万派"，看似平缓而实则横斜纵逸，屈伸自如，蜿蜒曲折，变化万千，深得巧夺天工，再现生活神髓之妙。这种艺术效果，从写作技巧说，就与它辩证地处理了情节发展的重点与非重点关系有关。

重点与非重点的关系，在《红楼梦》总的艺术构思上也有体现。作者自云此书"大旨谈情""毫不干涉时世"，又说"将真事隐去"，"用假语村言敷演出一段故事来"，"借'通灵'之说撰此《石头记》一书"。至今，红学界对这书到底是政治小说、社会小说还是家庭小说、爱情小说，主线到底是言政、言情还是借情言政或其他，还在争议。各所持论也都有点自己的理由，彼此莫能相下。这倒说明了一个客观事实：由于《红楼梦》这部长篇小说巨著艺术构思的宏大，笔力的深厚，它整个的思想艺术内容里包含着那么多的重点与非重点，重点与非重点又像生活本身那样生动、丰富，以极其多样化的形式和方式自由转换，不断有机地化合化分，使得我们实在很难用一两句社会学的、文艺学的术语，用若干政治的、文艺的概念的组合，来概括、限定它的内容与主题。如果它的主题、主线真能一言以蔽之，那它就不是二百年来传世不息、读者百读不厌、研究者探索不尽的《红楼梦》了。

如此看来，《红楼梦》人物对话、人物行动（包括心理）、人物关系、情节发展、思想主题、艺术构思……从大处到小处，从整体到细部，凡所落笔，都有重点与非重点的同时存在与随时变化。戚蓼生序《红楼梦》中说：

> 吾闻绛树两歌，一声在喉，一声在鼻；黄华二牍，左腕能楷，右腕能草。神手技矣，吾未之见也。今则两歌而不分乎喉鼻，二牍而无区乎左右，一声也而两歌，一手也而二牍，此万万所不能有之事，不可得之奇，而竟得之《石头记》一书，嘻！异矣。

其实，《红楼梦》的艺术笔墨，不仅一手二牍，而是十牍百牍；不仅一声二歌，而是十歌百歌。所以，它以八十回的篇幅笼括、隐现了无边的生活。

这是艺术手法、艺术技巧吗？是的。但又不仅仅是手法技巧，它体现着《红楼梦》这部艺术作品的审美特性，体现着长篇小说这种特殊文学体裁的美学特性。

一般说来，长篇小说以人物众多、头绪纷繁、生活面广阔、艺术结构庞大为特征，这是与中篇小说不同的。长篇小说的这种美学特性，就决定了它的艺术构思、艺术描写手法和技巧与中短篇小说有所区别。本文所谈的《红楼梦》的艺术构思、艺术描写重点与非重点并存、交错、变化的技巧，部分适用于中短篇小说创作，但归根结底属于长篇小说审美特性的要求。可惜的是，《红楼梦》如此典型地显示出来的长篇小说审美特性,以及从兹派生出来的那些具体的艺术手法、技巧,我们认识、总结并向创作家们介绍、推荐得远远不够。同样遗憾的是,我们当前的一些长篇小说作者的创作,也缺乏自觉地体现长篇小说审美特性并运用、发展相应的艺术手法、技巧。一些长篇作品着重写故事,而不着重写生活、写人、写人生;情节或者也能吸引人,但生活容量单薄;人物语言明白如话,也平淡如水;人物行动、心理单浅平涂,缺乏层次、多面性;人物关系单线发展,不能真正在社会关系的总和中展开对人物性格的刻画;思想倾向鲜明而单调,主题突出而无余蕴……从总的艺术构思到具体的艺术描写,缺乏重点与轻点的化合化分,缺少复调、和声、变奏、交响。较高明的,写一笔能有一笔的作用,差点的甚至写十笔也只有一笔的价值。《红楼梦》那种"一声两歌,一手二牍"的笔墨,那种"一树千枝,一源万派"的笔墨,不说迹熄绝响,也真是久违了。长篇小说这种文学体裁的美学特性被忽视,而"长"的形式特征却得到了发展,普及于四方……话又说回来,本文论旨,重点在谈论《红楼梦》的艺术笔墨,涉及当今长篇小说创作的有关问题,则是非重点。但也应说明,仿《红楼梦》之例,重点与非重点并不绝对对立,是可以并存、可以转化的。

二、错里错,真外真

《红楼梦》一书,文字并不深奥,但真读懂,大不易。荦荦大端者不必说,就是一些具体艺术描写,其真正含义也是只有研索,才能有得,只要研索,就会有得。《红楼梦》有些笔墨,粗读似懂,草草看去,似乎不足深究,略一寻绎,就觉得并不那么简单,再过细一想,就要不敢自是起来。举一个例子说明。

第三十三回宝玉遭乃父毒打,引出了这和薛蟠有无干系的问题。宝玉挨打,源于贾政勘定宝玉的两项罪名:一是"在外流荡优伶,表赠私物",指的是宝玉与琪官的交往;二是"在家荒疏学业,淫辱母婢"，指的是宝玉与金钏的调笑。后一项，是贾环向父亲告的状。这很简单明了。前一项，是忠顺王府长史官对贾政说的，但忠顺府长史官何从知道那些琐事细节。这与薛蟠有关无关？就很扑朔迷离。回过头去看，第二十八回宝玉与琪官交换纪念物，原是私相授受，只有薛蟠撞见，他人不知。这就怨不得第三十三回里焙茗对袭人说："那琪官的事，多半是薛大爷素日吃醋，没法儿出气，不知在外头挑唆了谁来，在老爷跟前下的火。"袭人觉得"对景"，"心中也就信了八九分"。等到宝钗来探视宝玉（第三十四回），问起挨打情由，袭人便把焙茗的话说了出来。体贴人情的宝玉怕宝钗沉心，忙拦住袭人："薛大哥哥从来不这样的，你们别混猜度。"这是面子情上的话，并不说明宝玉真的不疑心薛蟠。宝钗心里也是透亮的，"素知薛蟠情性，心中已有一半疑是薛蟠调唆了人来告宝玉的，谁知又听袭人说出来，越发信了"。但话到嘴边留三分的宝钗，当着宝玉、袭人，却这样说："就是我哥哥说话不防头，一时说出宝玉兄弟来，也不是有心调唆……"她这么一说，袭人感觉自己说话造次了，十分羞愧；宝玉也明白宝钗的话"一半是堂皇正大，一半是去自己疑心"。这些情势、这些笔墨，给了读者的是这样的印象：薛蟠扮演的角色颇不光彩。

但接下去，问题来了，作品以叙述者的口气否定了薛蟠使坏的判断："究竟袭人是听焙茗说的，那焙茗也是私人窥度，并未据实，竟认准是他说的。那薛蟠都因素日有这个名声，其实这一次却不是他干的，被人生生的一口咬死是他，有口难分。"话说得这样明确，毫不犹豫，却又不足以抵消上面叙写的情势，因为它没有消除读者的这个疑窦：为什么本来是除当事人宝玉、琪官外，只有薛蟠知道的秘事，得以传到忠顺王府去。对这一点，叙述人偏不作出解释。

一方面焙茗、袭人、宝钗怀疑薛蟠，言之凿凿，合乎情理，但也确乎只是推断之词。一方面叙述者开脱薛蟠，却又不提供实据。两种说法，都有可信处，也都有不圆满处。隐在两种说法背后的，又都是作者。到底作者是要薛蟠与宝玉挨打有干系还是无干系？哪一种说法是错的?

　　问题还在继续。作品既以叙述者口气为薛蟠辩诬,却又一仍其旧地写薛姨妈、宝钗对薛蟠的疑惑和怨责。既反复写薛姨妈、宝钗对薛蟠的怀疑,又再次以叙述人口气说"薛蟠本是心直口快的人,一生见不得这样藏头露尾的事"。既反复写叙述人的申明,却又在描述薛蟠急得乱跳、赌身发誓的分辩中,带出薛蟠对宝玉的酸意与不忿,从而授怀疑者以柄,不是化开而是固结了人们对薛蟠的存疑。

　　疑点去不掉,也证实不了。在薛蟠之于宝玉挨打有无干系上,作品到底也没有写出青红皂白来。也许,人们对薛蟠的怀疑错了,然而其中也确实有薛蟠的错(他素日行为与此时言论明明有错处),这是错里错。人们所怀疑薛蟠的,即或不真,然而导致人们怀疑的缘由,却不可谓不真,这是真外真。

　　作品为什么要写得这样曲折隐约呢?为什么不水落石出,明白干脆地坐实薛蟠做了或是没做陷溺宝玉的事呢?

　　这才是生活。生活不是小葱与豆腐的拌和,它不那么的简单。生活中有些事情就在疑与确之间、真与错之间,有时就是错里有错、真外有真的。种种具体而微、错综复杂的因素支配着人们的行为和意识,作用于人与人之间的关系,简直让人撕掳不开,一时也难以较证清楚。宝钗说得好,"事情也过去了,不必较证","消消停停就有个青红皂白了"。

　　这就是生活。《红楼梦》写出这类错里错、真外真的人与事,不是故弄玄虚,正是再现生活,而且再现既精奥微妙又自然朴素的生活之神髓。

　　这样写,才是艺术。艺术描写的任务,不在于任何事情都非写出青红皂白、较证原委不可。如果写出青红皂白对形象塑造有利,那就写。如果相反,就不写。有时雾里看花,效果不好;有时雾里看花,效果更佳。上面所引情节,就属于后者。把薛蟠陷溺宝玉的事坐实了,人物性格反倒可能写歪了,至少也要变得单简薄陋了。呆霸王薛蟠什么事做不出来？打死人也不当回事，何况出火泄愤治治宝玉呢！那是他可能做的。但坐实他这么做了，不过是恶作剧罢了，对塑造薛蟠性格意思不大。现在不给他坐实，但也不给他卸却，文章就有意思多了，性格塑造也显着丰厚多了。不坐实，可以收坐实的积极效果而无坐实之弊。不坐实，读者也不会认为薛蟠就做不出那样的事。不坐实，也意味着可能薛蟠真的没做，这并不违反他的性格，倒是隐现着他"原不理论这些防嫌小事""毫无防范的那种心性"。品质恶劣的人，也不是行事都藏头露尾的，也不是时时都有意作恶的。这样写，就包含着人物性格的更多内容。此外，这样写对展示人物关系也更有好处。由于这种猜疑，薛蟠素日交友处世之劣迹可知；宝玉的大度、细心和为人着想的世故如见；焙茗、袭人为主子挨打而不忿薛蟠的情绪画出；薛姨妈、宝钗明里怨责薛蟠，暗里心疼宝玉的心理活现。这不是比写明此事的青红皂白内涵更丰富、笔致更灵动、意味更深长吗？

这样真中有错、错中有真、错里错、真外真的事情，书中绝非孤例。紧接着上面引述的情节，就又生发出一桩。

这一桩不是宝钗疑惑薛蟠，而是倒过来，薛蟠疑惑宝钗。事是这样引起的：宝钗怨责薛蟠说话不防头，使宝玉挨打。薛蟠难以驳正，就要用话去堵，说："好妹妹，你不用和我闹，我早知道你的心了。从先妈和我说，你这金，要拣玉的才可正配，你留了心，见宝玉有那劳什骨子，你自然如今行动护着他。"在读者听来，这话是很"对景"的，但作品偏不指明，反说这是薛蟠对妹妹的"冒撞"。妙在他说"冒撞"，而不说他"诬赖"。妙在只写薛蟠这话"把这个宝钗气怔了"，而不写他这位素以说话得体著称的贤妹有一言之辩。作品确是用叙述者口吻给宝钗解释了"宝钗满心委屈气忿，待要怎样，又怕他母亲不安"。妙在写得这解释太像虚晃一枪。如果薛蟠之言真是无根之谈，纯属要赖，你去辩白，母亲何来不安？再看薛姨妈，作品写她听了薛蟠的话，只是"气的乱战"，只是安抚宝钗，没有一句驳斥之词，这也妙得很。隔了一夜（已是第三十五回了），母女相见，仍然一句驳正的话也没有。薛蟠出来，则只是对妹妹作揖，用自己"吃了酒"，"撞客着了"，"不知胡说了什么"来打诨搪塞，却没有正面认错的话。妙在宝钗却即时"由不得又好笑了"，口中说的话完全离谱，实际上是打岔收场。薛姨妈倒是提起了昨日话头，但却不作较证，只说薛蟠"发昏了"。薛蟠则一边笑说"丢下这个别提了"，可随即就说要给妹妹炸一炸那个金项圈——那个昨日引起哭闹的、作为"金玉姻缘"说证物的金项圈。而宝钗呢，口说"黄澄澄的又炸它作什么"，却一点点生气之色都无，只有含娇作态了。

冲突基于薛蟠当宝钗之面把金玉姻缘之说揭明了，又点破了由于有金玉之论而宝钗"行动护着"宝玉的隐情。作为一个待字闺中的封建淑女，宝钗受不了了。读者请回想第八回"比通灵金莺微露意"，那时的莺儿听了通灵宝玉上镌的两句吉谶，说："倒像和姑娘的项圈上的两句话是一对儿。"少小无猜的宝玉也这么说。宝钗不好意思，就嗔莺儿。这是娇嗔，并不真生气，或许还有一些些甜蜜演漾于心。年纪尚小，青春的情怀还只是一缕游丝，而且也只是微微透露，无伤大雅，自己也不当作什么严重的大事。而现在，宝钗已长成青春少女，金玉之配成了现实问题，她那个家里家外说话不防头的哥哥竟当面用嘲弄的口气说出来，而且连上宝钗对宝玉挨打的轻怜密惜，多么使人难堪！一旦传扬出去，那还得了！所以宝钗气哭了，薛姨妈也气得乱战。气是气，薛蟠道出的却也是真情，并非诬枉，所以驳不出一句话。那薛蟠虽是呆霸王，究竟是大家公子，并非全无头脑的白痴，他很快回过味来，转夭就向妹妹作揖道歉，答应"丢下这个别提了"，实际上是答应把点破了的真情又遮藏起来，宝钗自然"由不得又好笑了"。冲突消散了，即使薛蟠紧接着就提炸炸金项圈，宝钗也已体会到是好意，并非作弄，于是大家由默契而进于和谐。

这些自然是我们的分析，作者并不这样明写。要真这样明写，就没意思了。他只用白描手法，对当时处于本来的生活状态里的人物的言行态度及其变化，作出形象的描绘。他不怕读者不明了书中这段生活的底蕴,而外加分析去点醒读者,或在行文措辞中有意给读者点透事情的真相。相反,作者唯恐表露过直,从而失去生活本来状态之神理,所以他写得细微之至、客观之至。薛蟠的话,原道出了真情,但作品并不坐实其真,却写宝钗的"委屈"气愤、薛姨妈的生气。须知宝钗自有其委屈的心思,薛姨妈自有其生气之缘由。写薛蟠的"冒撞"与赔不是,仿佛薛蟠说错了一般(薛蟠也确实有其错处)。但作品又丝毫不坐实薛蟠之错,倒是写宝钗母女无言驳正,写薛蟠只赔不是而不真认错。薛蟠与薛姨妈、宝钗,都各有其错里错,也各有其真外真。作品不坐实他们的错与真,而胜于坐实其错与真。人物性格、人物关系的丰富内涵,难以指明言说的生活精蕴,都在真真错错中曲曲传出了。

诸如此类的事例,在《红楼梦》中数不胜数。袭人见王夫人,曾进谗与否,就又是一件;绣春囊是否凤姐所有,也是一件;秦氏房中摆设、贾珍哭媳寓意为何;宝钗扑蝶、降芸轩刺绣何所指;"金兰契互剖金兰语"是否真情互见;妙玉是否"槛外人";黛玉小性之真与非真……都是例证,都有客观描写与实际含义的错与真的互相倚伏、互相渗透、互相激射、互相依存的情形,甚至作品中的时、空描写,如朝代、人物年纪、大观园的规模形制等,也都如镜花水月,难以指实,却又都得真外之真,而硬要指实,则转致失真。

这使我们想到第五回里"太虚幻境"之额和"假作真时真亦假,无为有处有还无"的对联。这联额当作曹雪芹的世界观来看,当然含着消极虚无意味。但若当作曹雪芹的艺术观来看,却可另作解释。艺术世界应是现实世界的真实反映,但要反映得既实又虚、既幻又真。艺术描写的真与假、有与无,是辩证的关系。这既包括艺术内容,也包括艺术技巧。不要把本文所论的《红楼梦》中错里错、真外真的描写,仅仅视为艺术技巧与含蓄蕴藉的艺术风格。它当然是这样的艺术技巧和艺术风格,但它还是一种将生活上升为艺术、艺术地再现生活的艺术观念、美学观念。现在我们的一般作者,把生活与艺术的关系看得太简单了。首先是把生活看得简单了，不留心生活中的人与事、人与人的关系，人的心理、性格、语言、动作、表情有极其细微曲折、千变万化的表现形态。其次也把艺术反映生活看得太简单了，写得太直太露，或者过于做作，或者过于凿实，所运用的技巧亦无多。这样，就只能写出生活的大概的外廓，而传达不出生活的纷繁复沓变化不穷的状态及其更内在的肌理、神髓。让我们都更多地学习、借鉴像《红楼梦》这样的艺术精品，看它们是如何达到对生活的审美把握的，以启示、砥砺我们的创作。

（一九八一年一月十五日）

要不要细究《红楼梦》人物的年龄

《红楼梦》作者曹雪芹,"披阅十载,增删五次",殚精竭虑,方成此不世之伟著。但他终究没有写完,不免有可供后人挑剔的疏漏。例如,书中人物的年龄,有些就是不可细究的。

第三回黛玉初见迎、探、惜,作者这样描写三位小姐:"第一个肌肤微丰,合中身材,腮凝新荔,鼻腻鹅脂,温柔沉默,观之可亲。第二个削肩细腰,长挑身材,鸭蛋脸面,俊眼修眉,顾盼神飞,文彩精华,见之忘俗。第三个身材未足,形容尚小。其钗环裙袄,三人皆是一样的妆饰。"乍看,似乎迎、探已是青年姑娘,但是如果我们从书中其他地方的描写与叙述细作推算,此时迎春、探春不会超过六七岁,惜春还只是个小娃娃。她们远不到及笄之年,是不应戴钗环的。

第三十回宝玉冲口对黛玉说出:"你死了,我做和尚。"黛玉一听这话,登时生气了。宝玉也意识到自己这话不该说出口,他红涨着脸不敢出声。这时屋里没有别人,他两个各怀无限心事,自感自泣,相对相怜。看那欲吐还吞、相恼相依的情景,正是初恋而又不得挑明其意的少男少女的作为。曹雪芹把宝、黛此时此刻的微妙心理表达得如此出神入化,以致我们根本想不到细加推考这两位主人公的实际年龄,一个只是十三岁,一个只是十二岁,再早熟也不能如此。

从考证的眼光来看,这些地方人物的年龄偏小了,与他们的容止、心理不合。那么,把他们的年龄写大一些如何?不能加大。黛玉进贾府时,宝、黛只能是六七岁的小孩,否则贾母就不能把他们安排在一间屋里,在碧纱厨里外一处就寝。依此下推,到宝、黛发生你死我当和尚之说时，他们只能是十二三岁。

在特定的情境里，人物年龄对艺术描写真实性的影响是不同的。有时候，如描写迎、探、惜的身材和衣饰的时候，年龄虚一点、含糊一点关系不大；有时候，如写宝、黛一处睡觉，则含糊不得。

在《红楼梦》里，年龄可以含糊的描写迁就了含糊不得的描写。当然，若写得都很精确，岂不更好？但曹雪芹不能，《红楼梦》不能。这并不完全是曹雪芹的疏虞，这里有真事与假事的关系在。

曹雪芹说，他作《红楼梦》，是根据自己"半世亲睹亲闻"的人物与事迹，而将真事隐去，用"假语村言"写出来的。大概宝玉们的模特儿确是作者的先人与故人，作者对他们的行状心中略存梗概，但写作时许多细节需凭作者想象、虚构，有时就有真事与假事未能消融的情形。这在人物年龄上也反映出来了。

一般地说，作品中其人与其事不能消融，人物年龄与行事不合，必然产生败笔。然而《红楼梦》并不显得是败笔。究其缘由是，作者写出了人物总的性格的真实，大量细节也都是真实的。个别细节不真实，都不是关键的地方、重要的地方、显眼的地方，没有超出破坏真实感的限度。更值得注意的是，有些细节的不真实，是作者的艺术描写达到"得意忘形"地步的结果，并且因而使读者阅读欣赏时也达到了"得意忘形"的地步，正所谓"得鱼忘筌""羚羊挂角，无迹可求"。关于宝、黛较证"你死了我当和尚"的描写之类，就是这样。作者和读者都忘记了人物的年龄。

这种得其神似、脱略形似的情形，在艺术创造上是允许的。此时细究年龄，反显得穿凿、煞风景了。离形得神的描写，其美学品格，比之谨貌失神的描写，不知高出多少。

不言而喻，我们这样说，并非为作家的疏忽和作品细节的失真辩解，这是毋庸置辩的。请看高鹗所续的《红楼梦》后四十回，也有误写人物年龄的问题，俞平伯在《红楼梦辨》里，早就指出高鹗续书中的巧姐，年纪忽大忽小，暴长暴缩，长得奇，缩得更奇，长得快，缩得更快。这种驴唇不对马嘴，荒谬到不可思议的描写，有什么理由可讲？谁能够为他辩解呢？

　　高鹗在人物年龄处理上所出的错，与曹雪芹有不同的性质。由于《红楼梦》创作背景和创作过程的特殊性，曹雪芹有时无意，有时不得不把人物年龄写大了或写小了。但这位卓越的巨匠，却能克服他所撷取的生活素材与他的艺术构思之间某些难以协调的矛盾。他有如此笔力，手挥五弦，目送飞鸿，使读者沉浸于人物的实际关系、人物的具体行为与人物的性格之中，而无暇顾及也不想顾及人物年龄是否合理。他于手挥目送间使读者忘却实际上的真，而获得审美上的真。这里面，就包含着某种可供思索的美学道理。

（一九八二年十一月）

民族舞剧《红楼梦》门外谈

依我国古代美学家的看法，舞蹈是品级很高的一种抒情艺术。汉代《毛诗序》云："诗者，志之所之也，在心为志，发言为诗。情动于中而形于言，言之不足故嗟叹之，嗟叹之不足故永歌之，永歌之不足，不知手之舞之，足之蹈之也。"你看，这位《毛诗序》的作者，不就认为舞蹈较之诗歌是更为淋漓尽致的抒情手段吗？他的这种见解，是有点道理的，起码是从实践出发的。在先民的生活中，舞蹈确曾占有优于诗歌或至少不亚于诗歌的地位。时至今日，我们多民族大家庭中的许多兄弟民族，也仍然以舞蹈为最重要的表情达意手段，他们的生活充满"歌之不足，不知手之舞之，足之蹈之"的情景。

这位古代美学家看到诗歌与舞蹈这两种不同的艺术门类，在抒情上、在美感活动上是能彼此沟通、相互转化的，这也是有见地的。这种理论创见同样是实践的总结。在古代人民生活中，诗歌与舞蹈的沟通、结合早已存在了。上古之世，歌、诗与舞常常三位一体。《诗经》中的作品，大都被之声歌，伴以舞容。《楚辞》中的《九歌》等篇章，与楚地民间迎神乐舞有着明显的共生或派生关系。

诗歌与舞蹈的沟通、结合不成问题，诗歌是文学样式之一种。那么，其他文学样式能够与舞蹈沟通、结合吗？小说，特别是长篇小说，能够与舞蹈沟通、结合吗？这可是一个难题。我国长篇小说的产生比舞蹈、戏剧、诗歌、散文晚得多，但至今也有六七百年历史了。但笔者不知道古代艺术家们是否曾经有过将《三国演义》《水浒传》《西厢记》《金瓶梅》《儒林外史》《红楼梦》改编为舞蹈的尝试。这是什么原因造成的呢？难道是由于长篇小说与舞蹈之间没有任何审美属性的共同点或贯通点，因而先天地决定了长篇小说（哪怕其中的某些段落）根本就不能改编为舞蹈吗？显然不是，从理论上说，文学形象转化为舞蹈形象是可能的。那么是由于实践上的原因？也许因为历史进入中古期、近代期以后，舞蹈在汉民族（以及清代的满民族）生活中的地位衰退了，因而那些属于汉民族文学的长篇小说（《红楼梦》的作者是旗人）得不到改编为舞蹈的机运。这，只有请舞蹈史家去研究了。

可能有读者质问：你不开门见山讲舞蹈《红楼梦》，先拉扯上一大篇别的干什么？请别急，扯这一篇，与舞剧《红楼梦》是颇有关系的。舞剧《红楼梦》是长篇小说与舞蹈结合的新生儿，很不简单！我们的艺术家向六七百年来在实践上、理论上都未曾解决的舞蹈与长篇小说结合的难题发起了冲击，他们这条路要能走通了，在艺术实践上、在艺术理论上的意义很不小！如果我们对舞蹈与文学关系的历史一无所知，我们能正确估量艺术家们的实验价值吗？我们能明了把长篇小说《红楼梦》改编为舞剧的艺术家们，那种筚路蓝缕的艺术创造精神，有多么可佩和可贵吗？

说真的，作为《红楼梦》的爱好者和研究者，当笔者看过舞剧《红楼梦》之后，心里是不大满意的。《红楼梦》太丰富、太深刻了，改编为舞剧，其体其量其质似乎太不成比例了。但作为一个文艺理论工作者，当笔者不是孤立地评价舞剧《红楼梦》现在到达的成就，而是把眼光放开去，把《红楼梦》的改编放到文学与舞蹈关系的历史长河中、放到文学与舞蹈关系的理论范畴里去估价，我就觉察到孤立地、就事论事地评论舞剧《红楼梦》太片面化、太表面化。改编者在走着一条上接古代却又并无前驱的路，在实践中向理论家提出了值得探索的理论课题。改编的得与失都具有超出改编本身的意义。

笔者觉得，艺术家们毅然决然地迈着矫健有力的舞步，向我国长篇小说的极峰——《红楼梦》攀登，尽管目前离登顶还远，但选择改编《红楼梦》来探索我国民族舞剧继续前进之路，不但是有胆而且是有识之举。为什么呢？

第一，我国舞剧的民族化，固然有许多艺术形式因素要考虑，但首要的，恐怕还是要着眼于内容，下大功夫去解决更深地挖掘与表现民族生活、民族历史与文化传统、民族精神、民族心理、民族性格等艺术内容方面的问题，只有从这里才能找到民族舞剧永生的灵魂。长篇小说《红楼梦》是我们民族文学艺术的瑰宝，它本身就是我们民族生活、民族文化的百科全书，是我们民族精神、民族心理的一面镜子，是数以百计的个性鲜明的民族性格的艺术画廊。自它出世二百年来，又反过来对我们民族生活、民族文化、民族精神、民族心理、民族性格产生了巨大的影响。编导者选取小说《红楼梦》为母体，去创造一出新的民族舞剧，就好比遵循优生学的原理，去孕育未来的婴儿。那新生之婴，必然是壮硕的。也就是说，由于伟大母亲所赐，舞剧《红楼梦》的题材、主题、人物，不可能不是民族的，它一落生，就带来一颗民族的灵魂。这样，编导者从立意改编《红楼梦》之时起，就已站在了创造民族舞剧的坦途上（不言而喻，我这么说，并非认为只有改编民族文学艺术遗产才是发展民族舞剧的唯一坦途）。

第二，选择《红楼梦》来改编舞剧，从美学、从艺术分类学观点看，也是选对了的。在中国古典长篇小说中，《红楼梦》独具抒情性的特色和诗一般的格调，可以说是一部散文体的长诗。它的故事、情节、场面，浸润着浓郁的诗情。它的主人公贾宝玉、林黛玉的性格和命运，就是一曲使人兴感无尽的歌，一曲年轻的生命与纯洁的爱情的恋歌与悲歌。《红楼梦》不但有特别强烈的抒情性，它还有特别丰富的戏剧性。它不同于那种虽有矛盾冲突而缺少戏剧性的长篇小说，它的书页里，无比广阔、纷繁、生动的人生活剧，一出出、一幕幕、一场场在读者眼前展开。明明暗暗、大大小小、难以计数的戏剧关节，遍布于故事情节、人物关系、人物对话和叙事行文间。舞剧这种艺术样式、艺术体裁，它最基本的美学特性里面不就包括抒情性与戏剧性吗？编导选取这样一部既具备深刻的抒情因素又具备深刻的戏剧因素的长篇小说《红楼梦》来改编舞剧，难道不是有胆又有识之举？

把《红楼梦》改编为舞剧，需要胆，需要识，还需要才——能将长篇小说形式转化为舞剧形式、将文学形象转化为舞剧形象的艺术创造力和艺术表现力。小说《红楼梦》强烈的抒情性和丰富的戏剧性，使它在审美特性上与舞剧的要求有了贯通点，但毕竟一个是以语言文字为媒介的想象的艺术，一个是以舞蹈者的形体动作为媒介的视觉的艺术，二者表达生活的手段和可能性，二者作用于人的审美感受的性质和途径，都有极大差异。小说长于叙述和再现，它可以描摹十八世纪中国社会的全景，包括政治、经济、精神、文化、宗教、法律、道德以至日常生活的一切方面，可以塑造几百个各有其生活遭际、面目神情的人物形象，对于读者具有极大的认识作用和美感作用。舞剧不能这样，它做不到这样，它长于表现和抒情，不长于叙述和再现。舞剧对于观赏者也具有极大的美感作用和认识作用，然而它的认识作用是直观的不是思想的，是附着于舞蹈造型中的不是凝定在书页文字上的，是简练概括的不是具体而微的。

因此，舞剧的改编不能简单地移植姐妹艺术，不能简单地把小说《红楼梦》"搬"上舞剧舞台，对于小说原著的情节，舞剧只能略存梗概，甚至连梗概也不应求全。对于小说原著的人物，舞剧只能把握其性格、气质上的主要之点，求其神似，不应求性格的多面性和层次上的形似，这是一方面。另一方面，舞剧改编者必须根据舞剧自身的艺术规律，大胆突破小说原著的情节结构。第一是"舍"，舍弃许多舞剧无法容纳、无法表现的小说情节；第二是"改"，将一些应当保留的小说情节加以改造，使之发挥舞蹈之长；第三是"创"，根据舞剧艺术表现力的需要，创造小说原著所无而又符合规定情景的新情节。

从这几方面去看，舞剧《红楼梦》已取得一定成就。

舞剧《红楼梦》以贾宝玉、林黛玉的爱情及其悲剧作为基本情节，这本来也是小说原著的核心情节。但小说原著在这一核心情节周围，布置了许许多多的情节，借以再现十八世纪中国社会的全景，更主要的是使核心情节所包含的社会意义得以深化。现在，由于舞剧这种艺术样式的美学性质所限，改编者把宝、黛爱情以外的大量情节线索舍弃了。这样，原著的思想意义不能不有所减损。但笔者认为，这属于"合理亏损"，是应当允许的。否则，如果一定要求在改编中原著的巨大社会内涵不能走样，不允许任何减损，那么实际上取消了改编的可能性了。

改编者也把原著的基本情节集中、改造以至生发创新了。现在舞剧的结构是一个序幕，一个尾声，中间有六场。序幕为"进府"，林黛玉幼年丧母来外祖家寄居，薛姨妈也携宝钗来贾府投亲，序幕表现的就是林、薛进府与贾府接亲的场面，这是把原著有关内容集中了、提炼了。许多人物一时登场，群舞，场面堂皇富丽，这个序幕的设计是忠于原著的改编而又有舞剧特点的。

第一场"夜读"，借宝、黛同读《西厢记》，揭示他们的心心相印和感情基础。原著本有此情节，但表现宝、黛之间的爱恋，实不限于读《西厢记》，内涵要深广得多。舞剧将读《西厢记》的情节放大，从舞剧的要求来考虑也不是不可以，但在表现上终嫌不够深刻。

第二场"受笞"，将原著宝玉挨打的情节改变得相当厉害了。在小说中，贾政怒笞宝玉，是全书第一个高潮，这是父子之间唯一一次激烈的正面冲突。它的发生有表面的、直接的原因，更本质的却是卫道与叛逆两种思想观念、两种人生道路的对立，还有微妙的政治背景。这一切都化而为真正的性格冲突。当贾政下死手打宝玉的时候，他是声泪俱下的，而且不仅是父子二人的性格冲突，林黛玉、薛宝钗、贾母、王夫人、贾环、王熙凤、袭人、晴雯……都各本其性格，汇入这场搅动贾府也搅动所有当事人肝肠的多主体的复杂性格冲突中。这一切写得极其精彩，达到了语言艺术的极致。用舞剧形式改编这一场就难了，很难体现这样复杂的内容。编导者采取了一些哑剧手法，想对情节做一些交代，但由于没有找到更适当的舞蹈语言，就既没有交代清楚，人物性格也出不来，舞台形象显得零碎，不免有浮浅之感。

第三场"葬花"，是很能发挥舞蹈之长的一场。编导者驰骋想象，做了不囿于原著的编排。黛玉葬花是小说《红楼梦》中最有情致的有名段落之一，与其说作者着眼于画意，不如说他着眼于诗情。这段文字里景物描写实际上是很简略的，对黛玉动作的描述也不多，主要是通过如歌如诉的《葬花词》，刻画黛玉诗一般的神韵和在与环境的抗逆中追求幸福的悲凉情怀。改编者力求把黛玉丰富的内心形象化为可视的舞蹈形象，舞台以黛玉的独舞为中心，衬以百花仙子的群舞，也可以说是诗魂与花魂的对舞。也有叙事成分，如将宝玉受笞后赠帕与黛玉的场面合理地移到葬花场面中来，然而整场是以抒情为主，这样的改编构思是符合舞剧的审美要求的。但笔者觉得百花仙子的群舞处理得太满、太实，有点"挤"着了黛玉。

第四场"设谋"、第五场"成婚"，叙事性又重起来，哑剧表演的成分又多一些了。编导者的构思似乎受戏剧性、情节性的局限多了点，较少考虑舞蹈动作主要应服从情感表现方面的规律，因而这两场显得平了。

第六场"焚稿"的编导、表演是成功的。尽管只有黛玉在台上舞蹈，但演员表演的确是舞剧中的一场，而不是一个独立的独舞作品，因为它不但有抒情，而且有戏剧性。潇湘馆内，是凄凉的、病重的黛玉；穿过萧疏的翠竹传到病榻上的，是宝玉与宝钗成婚的乐声。痴情与绝情在人物心中交织，悲剧的氛围笼罩着舞台空间。黛玉挣扎着起身，将她为宝玉而写的诗稿和诗帕，投入炉火，一次一次又一次，动作幅度不大而极有感情深度，节奏并不强烈而心理层次分明。仿佛她在回顾自己短暂的一生，回顾她和宝玉两小无猜的情谊和青春的爱恋，到头来只是一场幻梦、一场悲剧，质本洁来还洁去。她要告别这没有爱，只有风刀霜剑严相逼的人生了。那诗稿和诗帕里凝着她的爱、她的追求，凝着她青春的生命，现在她要焚去了。她一次一次又一次将诗投入炉火，她振臂、她弯腰、她俯仰、她回旋，似行似跪，柔弱而又决绝。她为一段天地间的至情举行着火的葬礼。没有叙事，没有情节，而叙事、情节自在抒情动作中。没有哑剧式的表演，深刻的戏剧因素却融在舞蹈里面。这是真正的舞蹈语言,是有形的诗、无声的戏,能够像言语一样向观众准确地传达人物内心世界的信息,而又具有言语传达不出的另一种审美的韵味。

"焚稿"是舞剧《红楼梦》的高潮,也是结束,它有动人的效果。编导者让黛玉蹒跚地走向茫茫雪地,饮恨而死,这样改变小说原有描写,倒不大必要。先不论垂危的病人能否这样行动,主要是这样做并不能深化倒可能浅化了黛玉之死的悲剧意味,而且又与"尾声"表现的宝玉迎着风雪离家出走衔接太紧,容易使观众误会为同一场景。"尾声"中宝玉幻想与黛玉相会,看似有余味,其实恰恰减削了宝黛悲剧的余味。表现宝玉对黛玉绵绵不绝的思念,不是要冲淡而是要加浓悲剧结局才好。

笔者有一个感觉,不知对否,就是笔者以为现有的舞剧《红楼梦》还只是未来真正成熟的舞剧《红楼梦》的雏形。改编《红楼梦》为舞剧,在胆、识、才之外,还需要有时间,只有在不断实践、不断改进的过程中,改编者的胆、识、才才能转化为真正的艺术成果。曹雪芹写《红楼梦》,披阅十载,增删五次,"字字看来皆是血,十年辛苦不寻常"。大天才写书尚且如此,我们改编《红楼梦》,岂能一蹴即就?认定方向,用心琢磨,假以时日,一定会在舞台上立起一部无愧于古人(曹雪芹)、无负于今人(观众)的民族舞剧。

从演出说明看,我们的艺术家们是有事业心的,他们并不幻想侥幸的成功,他们深知创造的艰难,他们决心在困难中探索、在困难中前进!这也是很可感佩的。舞剧《红楼梦》的进一步完善,必须把文章做在进一步探索、把握舞剧的艺术表现规律上。愿改编者更大胆地跳出原著,跳出文学,融入舞蹈,避舞蹈之短、扬舞蹈之长。如何使舞剧的叙事性、情节性从属于、统一于抒情性,是应当更多考虑的。舞剧的戏剧冲突、人物性格只应依靠舞蹈者的形体动作去体现,而不是借助于舞蹈以外的手段去表现,这一点也不是无关紧要的。笔者相信,在艺术创造的世界里,一定存在着能够使文学语言通向舞蹈语言、使文学形象通向舞蹈形象的金桥。这需要我们千方百计去寻找、去发现。找到了它，我们所从事的就不再是捉襟见肘的"改编"，而是自由的艺术创造了。找到了它，也就找到了真正的舞剧形式的《红楼梦》。

（一九八四年一月）

曹雪芹
——中华历史名人

我国十八世纪小说名著《红楼梦》的作者、伟大文学家曹霑,字芹圃,别号雪芹,清代康熙五十四年(一七一五)生于南京,乾隆二十八年(一七六四)病逝于北京,享年四十九岁。

他是汉姓旗人,祖籍东北辽宁辽阳,祖上曾任明朝沈阳地方官员,被清兵俘虏,隶属满洲正白旗包衣(旗主家奴),世代不改。因为跟随旗主作战有功,被授以官爵。入关进京后,先是在内务府任职,为顺治皇帝、康熙皇帝的侍卫近臣,后被派往南京、苏州、扬州任江宁织造和两淮巡盐御史。他的曾祖父、祖父、父亲、叔父世代连任江宁织造达六十余年,他的曾祖母做过康熙童年的保姆,他的祖父任江宁织造时曾四次为康熙南巡接驾。这是一个赫赫扬扬的八旗世家。随着雍正皇帝继位,曹家开始走下坡路。雍正五年(一七二七)年底,曹府被革职、抄家,家产、奴仆充公,转年全家被从南京遣返北京。这时候曹雪芹是个十三四岁的少年。

曹家败落回到北京,从百年望族一变而为北京贫民。年轻的曹雪芹具有反封建的叛逆思想,不愿参加科举,曾到皇家子弟学校做过职员以维持生计。因为生活十分困顿,中年以后他搬到西郊,住在西山脚下的山村里。

艰难困苦的遭际没有销蚀曹雪芹的意志,反而磨砺了他一身抗世傲骨。家族从富贵荣华到穷困没落的变故,使他深深体味到时代风云与世情变幻的真谛,更加坚定了他对现实的批判态度。特别难能可贵的是,现实的黑暗、家庭的败落、个人的穷厄,不曾遮断他心目中的希望之光，他仍然怀着如火热情，向往真善美的人生，一种属于历史未来的理想精神在他心中郁郁勃勃地生长。他把这一切都融进《红楼梦》的创作中。这部小说他从青年时代就开始构思并执笔撰写。他没有稿纸，就用旧皇历的纸背书写；他没有书斋，就在黄叶村中土坯屋里写作。他举家食粥，他寒夜围毡，而手不停笔。他五易其稿，大大小小的修改不计其数。他把后半生的全部心血都浇灌到《红楼梦》艺术世界的创造之中，终于在贫病交加逝世前，基本完成了这部巨著。

曹雪芹生前没有能雕版印行这部小说，但在他写作过程中小说的稿本就陆续以手抄本形式流行了。《红楼梦》的印刷本是在他死后二十多年才出版的。二百多年来，不但风行海内，而且流传世界。

曹雪芹被草草埋葬在北京西山，巍巍西山就是这位文学巨人的不朽墓碑。

一、寻找作者

（一）横空出世

十八世纪中叶，清朝乾隆年间，中国文坛史上一部辉煌的小说巨著悄然横空出世，从此在人类文学艺术的灿烂天宇高悬了一颗光耀千秋的星斗——它当时叫《石头记》，后来通称《红楼梦》。

《红楼梦》写的是一个贵族大家庭的盛衰和一群贵族少男少女的情爱与离合悲欢的故事。在这个故事周围，作者用百科全书式的规模，展示了那个时代的历史、文化、社会、生活和形形色色的中国人，作者创造出来的是一部举世无匹的十八世纪中国的史诗。

这部小说在乾隆十九年（一七五四）以前就以手抄本形式问世了，当时取名《石头记》，小说正文之外附有和作者关系较亲近的"脂砚斋"的批注。根据脂砚斋批注，人们得知作者生前还没有最后写定他的作品。作者写成的稿本是一百一十回，但当时读者看到的抄本只有八十回。八十回以后的稿本没有传抄出来,其中一些片断曾被作者少数亲友见到过,后来连这些片断也散失了。

八十回抄本里故事还没有终结,但也不胫而走。各种各样的八十回手抄本流传了几十年,其中有的抄本因小说中有一套"红楼梦曲",就把书名改为《红楼梦》。到乾隆五十六年(一七九一)由程伟元、高鹗根据八十回抄本整理并续写了八十回以后的故事,用木雕活字排印出来,成为一百二十回刊本,书名定为《红楼梦》。第二年他们又做了改订,第二次排印。尽管他们对前八十回各种抄本的改订有失真的地方,特别是续写的后四十回与原作者的构思并不符合,文字又远比不上原作。但由于有前八十回的影响,又符合一般人要看到故事结局的心理,所以这一百二十回本的《红楼梦》也获得了广大读者的认可,红楼梦故事也从此定型下来,并且因排印本之便,《红楼梦》的风行就更广泛了。当时北京的士大夫人家,几乎家家案头必有一部《红楼梦》。在读书人中间,谈《红楼梦》成风,没有读过这书的,甚至被视为耻辱,以致社会上流行这样的口碑"开谈不说《红楼梦》,读尽诗书是枉然"。《红楼梦》也传入宫廷。而普通老百姓,识字不识字的,对《红楼梦》故事和人物也都耳熟能详。

在人类文学艺术史上有许多传世之作,它们留传后世有两种情形:一种是作品因其固有的文化价值,在后世仍然有人研读,但社会影响力比当初减弱了;另一种是作品除自身价值不朽外,还在世世代代的流传中始终保持着广泛的社会影响。后者比起前者更难能可贵,《红楼梦》就属于后一种作品。它诞生一百多年后,清代人的笔记中还记载着关于《红楼梦》不寻常的社会生命力的种种轶事传闻。譬如有一则记载说:两个秀才朋友,见面总爱谈《红楼梦》,一言不合,几挥老拳。还有些笔记,说读《红楼梦》还有出人命的。譬如有个常州书生,连看七遍《红楼梦》,大概是借他人酒杯浇自己块垒吧,看得茶不思饭不想,为书中人的命运长叹悲啼,以致心血耗尽而死。还有个杭州商人的女儿,读《红楼梦》入迷,把书中人的悲剧和自己的悲剧合而为一，本来身体弱，加上多愁善感，也就像林黛玉那样情感郁积于心，怏怏成了肺病。病重的时候，商人夫妇心疼女儿，当面把《红楼梦》烧了，卧床不起的女儿大哭："为什么烧我宝玉黛玉！"重病少女失去精神支柱，也就气绝身亡。这当然是不会正确处理小说与生活的关系的结果，但也可见《红楼梦》入人心之深。这些故事的主角，或是士人，或是市民，故事可笑或可悲，虽然传闻夸张，却也传达出了这部小说的社会效应百年不衰。

正由于《红楼梦》的思想艺术成就不同凡响，它的社会影响既广且深，清末就有人把这部小说自问世之时起人们对它的大量考证和评论，称为"红学"。这"红学"之名起初是带玩笑的说法，后来真的成了一门正经学问。围绕一部小说形成一种专门学术，这在中国文学史以至世界文学史上都是绝无仅有的。

《红楼梦》在我国文学史上的崇高地位是举世公认的。正如鲁迅所说：《红楼梦》是空前的、"异军突起"之作，"驾一切人情小说而远上之"，是中国小说史上之"一绝"，"自有《红楼梦》出来以后，传统的思想和写法都打破了"，是"三百年中创作之冠冕"。

年轻的朋友，您一定急于发问了——《红楼梦》的作者是谁？

这个问题很平常，但回答这个问题可真不容易。多少红学家为此费尽了精力与才能，还远远没有得出满意的结论。为什么？根本原因是《红楼梦》的作者，是个在历史时空里迷失的天才。

（二）天才迷失

为什么说《红楼梦》作者是位迷失的天才？这有三层含义：第一，谁是这部伟大小说的作者？第二，这位作者是什么样的人？第三，他是怎样创作这部作品的？这些问题，两百多年来始终扑朔迷离，一层比一层难解。由于可信的史料缺乏，虽然红学家们做了大量的研究考证工作，但有些方面至今还在隐约朦胧之间。

两百多年前，当《石头记》以手抄本流传的时候，作者并没有署上自己的名字。在小说第一回的开头，作者讲了一个神话故事，在故事中对本书的著作者做了一个含混的交代。说的是女娲炼石补天，剩下一块石头，丢弃在大荒山下。一天，远方来了一个和尚、一个道士，叫茫茫大士和渺渺真人。这两个仙人坐在这块石头旁边，谈论着人间富贵繁华的事，打动了石头的凡心，石头就请求仙师带他到人间游历一番。两个仙人答应了，施展法术把石头变成一颗扇坠般大小的美玉，带到人间去了。也不知是过了几十年还是几世几劫，有个空空道人经过大荒山下，看见一块大石头，上面写满文字。道人仔细一看，原来就是当初被茫茫大士、渺渺真人带到人间的那块石头，石头上记的就是石兄投胎人间后所经历的离合悲欢、世态炎凉的一段故事，所以就叫《石头记》。空空道人把它抄录了，使它在人间流传，把书名改为《情僧录》。后来有个叫孔梅溪的，又把书名题为《风月宝鉴》。最后，由曹雪芹在悼红轩中"披阅十载，增删五次，纂成目录，分出章回，则题曰《金陵十二钗》"。

这段神话式的叙述，点出了与《石头记》的写作有关的几个人：石兄，是故事实录者；空空道人或情僧，是故事抄录者，并改了书名；孔梅溪，把书名又改了；曹雪芹，用十年时间，对原来的故事删掉一些，增写了一些，大的增删共有五次，写成章回小说的形式，又改题了书名。

小说开头的这段文字，除了作为全书的楔子之外，看意思是为了把作者烘托、透露出来。但写得太曲折隐晦了，使人猜不透他是要署名还是要隐名。虚虚实实之中，真正的作者是谁反而成了疑案。

但也还是可以让人捉摸出点味道的。这几个可以分享著作权的人中，石兄很恍惚缥缈，如果他是个实有的人而不是神话人物的话，那么，与其说他是作者，不如说他的虚中有实、实中有虚的经历，正是真实的作者用来创作小说的素材。提到的那个空空道人，就更加玄虚了，而且也只说他是故事的抄录者和改书名者，与小说作者差着一截。孔梅溪则只不过有改书名的提议。曹雪芹与他们不一样，说他"披阅十载,增删五次",这"十载""五次"都是成数、约数,说明他为《石头记》付出了十年或十年以上的心血,构思并写出了五遍或五遍以上的稿子,最后完成了这部小说。尽管交代得闪烁其词,但石兄、空空道人、孔梅溪们分明是虚、是陪衬,曹雪芹显然是实,曹雪芹才是小说的真正作者。很可能写出那几个名字,只是障眼法,其实他们都是曹雪芹的分身。

今天的青少年朋友也许要问:"多别扭啊,为什么作家不大大方方地署上自己的名字呢?"这就是时代不同、历史背景不同了。在清代康熙、雍正、乾隆各朝,文字狱很厉害,小说作家没有什么社会地位,"文章只博稗官衔",署上名字也不见得有多么光彩。再说,小说的内容虽然不标明哪朝哪代,但当时人一眼就会看出是本朝人写本朝的事。作者一定担心小说是否会惹来文字之祸,也就不公开署名。但他又"敝帚自珍",就列上几个人的名字,如同披上隐身衣,真真假假,影影绰绰,把真作者自己夹在里面。

可这一闪烁其词,作者本人的大名还真可能就此迷失了。当程伟元把《石头记》雕版印行时,与作者存世之日相去不过二十多年,但他已不清楚作者是谁。他在《红楼梦序》中是这样说的:"《红楼梦》小说本名《石头记》,作者相传不一,究未知出自何人,惟书内记曹雪芹先生删改数过。"你看,《红楼梦》排印本的第一位出版家,就对弄清作者主名持怀疑态度。

幸好,《石头记》手抄本流行的时候,在小说正文的字旁行间和书眉上,就已经附有署名脂砚斋等人写的批语,这些批语多次写明是曹雪芹撰写这部书。看脂砚斋们批语的口气,可以肯定他们是《石头记》作者的亲人和亲近的友人,是作者写作《石头记》的见证人。他们说作者是曹雪芹,当然无可怀疑。

曹雪芹还有几位好友,他们在曹雪芹生前死后写的诗文里,也都写明曹雪芹是《石头记》即《红楼梦》的作者。

但曹雪芹是《红楼梦》唯一的作者吗?还有没有人分享《红楼

梦》的著作权呢？对此，早期红学家、旧红学家、新红学家中，都有人提出疑议。直到当代，还有红学家提出"红楼梦作者质疑"，认为石兄才是《石头记》原稿作者，曹雪芹是在石兄旧稿上加工改写的。看来红楼梦楔子中作者的隐身法、分身术，对当代学者也还起着作用呢。也有的红学家认为，"石兄"就是"脂砚斋"，《石头记》前二十多回中有些回可能出于脂砚斋的初稿，而二十多回以后，就全部是曹雪芹的创作了云云。

尽管有红学家提出对曹雪芹是否《石头记》唯一作者的疑议，但曹雪芹是小说完成者这一点，持疑议者也并不否认。对他们的疑议，许多红学家都提出了有力的反证和驳辩。本文第十节，谈《红楼梦》创作过程的几个阶段，也可表明曹雪芹并非他人几种原始稿本的加工合成者，而是他一人在不同阶段写有几种稿本。总之，创作《石头记》或《红楼梦》的光荣归于曹雪芹，已无可动摇地成为红学界的共识。

透过历史的雾障，让迷失的天才在曹雪芹身上定位，可以说是近几十年来红学研究一个最基本的成就。但是，历史的雾障毕竟是历史遗留下来的，要完全穿透它，让迷失的天才在曹雪芹身上"复位"，说明曹雪芹这个人、这个天才作家的生平、遭际、思想、性格、艺术才能与艺术个性同《红楼梦》这部伟大作品之间的关系，比之确定曹雪芹是《红楼梦》的作者更困难。

曹雪芹生活在两百年前历史苍茫处。让我们设法缩短点视距，向他走得近些吧。

二、八旗世家

（一）南来北往

曹雪芹的远祖是宋朝开国元戎之一，曹彬。北宋初年，曹彬统兵平定四川，灭南唐统一江南，又攻取山西、河北，为宋王朝的建立立下殊功。他生前是统率全国兵马的枢密使，死后追封为济阳郡王。《宋史》上除了记载他的武功之外，还记载着他许多律己严、治下严但又待人仁厚的动人事迹。譬如有一次，他的一个下属犯了罪，但定罪一年之后，曹彬才下令惩治罪人。别人不明白曹彬为什么延期执刑，曹彬说："我听说这个人才结的婚，如果我当时就惩治他，他的父母一定以为是新娶的媳妇不吉利，给丈夫带来了罪过，那样，公婆就会日日夜夜打骂媳妇，那媳妇就活不下去了。所以我要把那罪人缓办，但也不能废弃了法律，故一年后再执刑。"

曹雪芹很可能读过《宋史》上他远祖的传记，《红楼梦》第七十九回就用了"宋太祖灭南唐""卧榻之侧，岂容人酣睡"的典故。而我们从曹雪芹笔下的贾宝玉对那些年轻纯洁的女性的同情、关怀、体贴上，是否也可窥见与作者远祖那不乏人情味的性格之间，那若有若无的精神照应呢？

《宋史·曹彬传》中还有一个细节：曹彬周岁生日，他的父母把许多器物玩具摆到婴孩面前，看婴孩拿什么。结果，小曹彬左手抓起干戈（打仗的兵器），右手捧起俎豆（祭祀的礼器），又拿起一枚印玺，其他东西他连一眼也不看。父母亲戚十分高兴，认为这是孩子将来要成为大将军的征兆。有意思的是，《红楼梦》第二回，曹雪芹也描写了贾宝玉周岁生日"抓周"的情景：宝玉别的玩物一样不抓，伸手只把些脂粉钗环抓来，使他的父亲贾政大不高兴，认为这孩子将来不过是酒色之徒。宝玉不但周岁时只抓钗环不抓官印，到他长到十来岁依然这样。那次他得到一只闺中玩物金麒麟，不小心丢了，被湘云捡到，取笑他："幸而是这个，明儿倘或把印也丢了，难道也就罢了不成？"宝玉笑答："倒是丢了印平常，若丢了这个，我就该死了。"（第三十二回）

真的，那宝玉绝对不是个领兵打仗的材料，他是另一种类型的人。但我们可不可以从这一细节生联想，曹雪芹的确认同他的远祖曹彬，并对《宋史·曹彬传》有深刻印象呢？

曹彬是河北真定府灵寿人，他的后代"支派繁盛，各省都有"（《红楼梦》第二回中语）分布。其中一支，在明朝初年移居到东北辽阳，在那里繁衍生息。直到明代末年，出了个曹世选，是明朝沈阳地方的一名官员。辽阳曹姓一族传到曹世选，已经是第九代了。他就是曹雪芹的直系始祖。

这就是说，曹雪芹的先世从关内、从南方来，定居东北辽阳，辽阳是他的祖籍地。曹雪芹的始祖、高祖，在明末清初又随清兵入了关，住到北京。后来，曹雪芹的高祖、曾祖、祖父、父亲和叔父，又被清朝皇帝派到南京、苏州、扬州做官，曹雪芹生于南京（也有说他生在北京，或生在苏州的）。他在这座六朝故都，在秦淮烟水、钟山灵气间，度过了童年和少年时代，其间可能随长辈住过苏州、扬州。

曹雪芹的父祖几辈在江南做官六十年后败落，又迁回北京。这座北方的古都，它的皇城根，它的西山麓，是雪芹从青年到晚年的居留地。在这期间，雪芹可能因故曾回过南京，寻觅过"秦淮旧梦"与故居"废馆颓楼"。雪芹的好友有两句诗，披露雪芹在北京的生活和思绪，"燕市哭歌悲遇合，秦淮风月忆繁华"。家族命运与本人生涯的大起大落，使雪芹酝酿并创作出了《红楼梦》。伟大作家终于在贫病交加中逝去，长眠于西山。

就这样，曹雪芹的祖籍、生地、死地从北到南从南到北。他的足迹、他的心魂，在祖国广大的幅员里和历史的时空中南来北往。他的《红楼梦》，他在《红楼梦》中的笔触，也南来北往。《红楼梦》既写到贾府在东北的庄田，写到庄头蹚过四五尺深的雪，走了一个多月送来的鹿、獐、熊掌、鲟鱼等白山黑水间的风物；也写到"红尘中一等富贵风流之地"的姑苏、金陵，以及江南的物产与园林胜景。既写出纯熟的北京口语，也写出地道的"南省"方言，正如《红楼梦》第三十九回脂砚斋批语指出的，《红楼梦》所写"皆东西南北互相兼用"。真的，在一定意义上说，探讨曹雪芹的籍贯既很重要又不甚重要，因为雪芹不属于北地、不属于南省，他属于中国，他是中国的儿子。《红楼梦》不是北方或南方某一地域文化的产物,是中华文化精华的产儿。

(二)汉姓旗人

曹雪芹是汉族人,不是满族人,但他是汉姓满洲旗人。他的祖上很早就归入满洲旗籍,曹家汉俗与满俗、汉文化与满文化相兼。和籍贯一样,曹雪芹的心灵也不为某一族别文化所限,他是中华文化的承祧者。

正当雪芹始祖(曹世选)做着明朝沈阳地方官员的时候,满族的部落首领努尔哈赤(后来的清太祖)崛起,势力遍及黑龙江流域和山海关以北广大地区。明天启元年(一六二一),努尔哈赤率满洲旗兵攻占沈阳,曹世选被俘虏,成了满洲八旗之一正白旗旗主的奴隶,满语叫"包衣"。包衣即满洲家奴身份是不能改变的,从此曹家世代成为"正白旗包衣人",雪芹当然也有包衣身份。

"八旗"是满族的一种社会组织形式,兼有军事、行政和生产职能。每一旗是一个大的编制单位,有自己的旗帜,以旗子的颜色来区分,共有黄、白、红、蓝、镶黄、镶白、镶红、镶蓝八旗,叫"八旗满洲"。后来又把归附的蒙古人和汉人编为"八旗蒙古""八旗汉军"。这样,清代八旗制度就包括了满洲八旗、蒙古八旗、汉军八旗。满清入关,建立大清帝国,八旗制度成为满族统治者统治全国的工具,直到清朝灭亡才瓦解。

曹家作为包衣所隶属的正白旗,是满洲八旗中归属皇帝、太子、太后的"上三旗"之一,是八旗中实力强劲的一支大军,为满族统治者打天下屡建首功。曹雪芹的祖辈跟随着这支劲旅,跟随位高权重的主子们在关内外征战。雪芹高祖曹振彦、曾祖曹玺都任过军职,有军功。他们随显赫的旗主入关后,虽然对主子们是包衣奴才,对外可就成为"从龙勋旧"(即随皇帝打天下有功的旧部)了。

祖辈早年随马上得天下的清初统治者效命沙场,并因勋劳而受擢拔的家史,雪芹显然熟悉。后来他写作《红楼梦》,有意无意地就提到贾府是"武荫之属"(第七十五回),宁荣二府的祖宗是从战场上死人堆里得命出来的,"九死一生挣下这个家业"(第七回)。类似的描写,都曲折隐约地传出那正白旗包衣曹家先世铁甲驰驱的遥远回声。

(三)"天恩祖德"

曹雪芹的始祖、高祖辈"从龙"入关,被分派入宫廷中管理皇家事务的衙门——内务府当差,也就是从正白旗旗主的家奴转为皇室的家奴,由此形成了曹家与皇室的特殊关系。先是高祖曹振彦于顺治七年(一六五〇)出任山西吉州(今临汾)知州,过两年任大同府知府,顺治十三年(一六五六)又升任两浙盐运使,掌管浙江盐务,从此又开始了后几十年曹家在江南作为皇家财赋与物库管理人的历史。

曾祖曹玺也在内务府当差。他因为随摄政王多尔衮征山西有功,被顺治帝选拔为内廷二等侍卫,掌管皇帝的仪仗,是皇帝的亲近侍从,后来升任内务府工部郎中。这时顺治帝的第三个儿子玄烨出生,曹玺的夫人孙氏被选入宫中做玄烨的保姆,这就极大地影响了曹家的命运。

原来,按清朝皇室规矩,皇子出生,就交由保姆管带,很少能够与母后接触,皇子与保姆的关系比与母后的关系还要亲近得多。玄烨幼年,情况还要特别,他的父亲顺治帝怕他传染天花,就叫保姆带玄烨出宫,住在紫禁城外,因此玄烨几乎见不到父母的面,完全是由保姆带大的。保姆不止一个,孙氏是其中之一。玄烨七岁登基,即康熙皇帝,他对保姆孙氏感情很深。四十年后,康熙帝南巡中在南京曹府见到六十八岁的孙氏,还高兴地对臣下们说:"这是我家的老人啊!"康熙在位六十一年,对曹家宠逾常格,关怀照应可谓无微不至。

曹玺是康熙的乳公(嬷嬷爷)。他在康熙二年(一六六三)就被委为江南织造,承办皇室内用的缎、纱、绸、绫、纺丝、布匹、绒线等的织造事宜,还负有向皇帝呈报江南吏治、民情、晴雨、丰歉情形之责。曹玺担任这一职务长达二十二年,皇帝亲切地称他:"此朕尚衣老臣也。"他的官阶加到正一品,是封建社会官僚阶层的最高头衔,死后被列入江南名宦祠受到供奉。

祖父曹寅也因自己母亲做皇帝保姆而被选入宫陪幼年皇帝康熙读书。曹寅长到十几岁,被选为皇帝侍卫。曹寅与康熙的关系,是君臣,又是乳兄弟;是主奴,又是童伴,很不一般。因此,当曹玺在江南织造任上病故,康熙就委任曹寅为内务府郎中,兼正白旗佐领,后又提拔他继承父职,出任苏州织造江宁织造,兼任两淮巡盐监察御史,并授给他通政使司通政使衔。曹寅在江南任职,曾四次为南巡的康熙帝接驾,皇帝也四次选定曹寅的织造署为行官。曹寅任江宁织造的年头和他父亲差不多,共二十一年。他病故前,康熙帝曾命专差送药,限九日赶到,但终于没有赶上。

曹寅只有一个儿子,叫曹颙。曹寅死后,康熙帝命曹颙继承父职,任江宁织造,但两年后就病死了。曹颙一死,康熙帝考虑曹寅没有后代,特命曹寅的侄子曹𬱖做曹寅孀妻的继子,袭江宁织造之缺。

曹颙就是雪芹的父亲,曹𬱖是雪芹的叔父和养父。也有研究者认为,曹𬱖即雪芹之父。不管怎么说,雪芹也是曹家三代江南织造之子孙。曹家与皇室的特殊关系,特别是在康熙一朝,是人尽皆知的。

父祖辈对清廷一派颂圣之声,"不肖"子孙曹雪芹相反,是封建传统的叛逆者。但他在《红楼梦》中也写到贾府所受到的"古时从来未有的""当今的隆恩"(第十六回),写到"吾家自国朝定鼎以来,功名奕世,富贵传流,虽历百年……"(第五回),写到他对贾府子弟仰赖"天恩祖德"(第一回)所持的嘲讽态度,字里行间透露着作者本人家世的消息。

(四)王亲贵戚

曹家是个"呼吸通帝座"的八旗豪门世家,有不少显贵的亲戚。《红楼梦》第四回写到列有金陵"本地名宦之家"名单的"护官符",其中贾、史、王、薛四家还编成了"俗谚口碑",并说明"这四家皆连络有亲,一损皆损,一荣俱荣,扶持遮饰皆有照应的",而且"世交亲友在都在外者，本亦不少"。曹雪芹不会直接把自己的家族写在里面，但曹家显然也属于类似的高门巨族。

曹家同诸多亲戚的关系中，与姻亲李士祯、李煦父子一家的关系最深切。李士祯是曹寅的岳父，他历任河南按察使、福建布政使、浙江布政使、江西巡抚、广东巡抚，是个封疆大吏。李士祯的妻子李煦之母文氏，也就是曹寅的岳母，也和曹寅本人的母亲孙氏一样，当过幼年康熙的保姆，而且这两家都有秀女选入宫内。李煦即曹寅妻兄，也就是雪芹舅祖，与曹寅、曹颙父子另有特殊关系。李煦做过宁波知府，后来接曹寅任苏州织造。他们一个在南京，一个在苏州，相傍着同做织造官，直到二十一年后曹寅死去，才终止了他们的合作。在这期间，康熙还派他们二人轮流兼任两淮盐务监察御史，共事十年。他们可以说除亲戚关系外还是终身同事，还不仅是一般的合作共事，他们奉康熙圣旨，互相代对方填补职务上巨大的财务亏空。当时除南京、苏州设造署外，杭州还有织进署。杭州织造孙文成既是曹寅亲戚，又原是曹寅部下，而且是由曹寅推荐的。康熙的谕旨明白地说，"三处织造，视同一体，须要和气。"一时间，江南地区的织造、盐务、东南财赋，都在这"连络有亲"的三家掌握之中。曹寅死后，江南织造由曹颙、曹頫先后继任，李煦作为舅父则还在他的苏州织造任上，对这两个新进的外甥，尽扶持维护以及代补亏空之责，而且选曹頫过继给曹寅遗孀（即李煦姊妹），就是李煦向康熙推荐并蒙恩准的。曹、李二家正是"扶持遮饰皆有照应"。李煦任苏州织造三十年，最后被雍正帝抄家流放，不久以后曹頫也被抄家。曹、李二家也正是"一荣俱荣，一损皆损"。

《红楼梦》中宝玉的大姊被选为皇贵妃，这当然是雪芹写小说的创造。在生活中，雪芹倒也真有两个做王妃的姑姑。一个姑父是镶红旗平郡王、镶蓝旗和正白旗都统纳尔苏，真正的"金枝玉叶"；另一个姑父也是个王子。曹家的这两门王亲，都是由皇帝指婚的。

曹家在京都和外省的显赫亲戚中还有云贵总督甘文焜，兵部尚书、户部尚书、正蓝旗都统傅鼐等。

曹家亲戚中，也有些特别人物，如有个老表亲，是世家公子，但不拘形迹，到酒家饮酒，遇到轿夫小贩之流，都叫来一起吃喝，说："王公大人不也是和你们一样的人吗？我为什么要去分三六九等？"所以他被看成叛逆。

雪芹对父祖辈的或同时同辈的这些亲戚，有的接触过，有的只是听说过。他们的生活、性格、行为，给他创作《红楼梦》提供了素材。他塑造的宝玉形象，的确有生活的根据，但也融进了雪芹的个性与理想。宝玉不喜欢与亲朋中的"峨冠博带"官派十足、满口仕途经济的"为官作宰"者交往，他唯一愿意接触的，只是北静王水溶这样的"不为官俗国体所缚"的贵人。雪芹本人也是个不屑于和官宦显贵周旋的叛逆者。他小时候锦衣玉食，长成后因家庭败落，一贫如洗，却持身耿介，并不希求富贵显达的亲戚接济，直到在贫病中死去。

三、祖父曹寅

（一）"一个稿子"

雪芹父祖辈中，对他影响最大的是祖父曹寅。

《红楼梦》第二十九回，贾母带着家人到清虚观烧香。观里的"老神仙"张道士见到宝玉，高兴地对贾母说："我看见哥儿的这个形容身段、言谈举动，怎么就同当日国公爷一个稿子！"贾母一听就流下泪来，说："正是呢，我养了这些儿子孙子，也没有一个像他爷爷的，就只这玉儿像他爷爷。"

不管雪芹这么写有没有把自己包括在内，我们根据有关材料，却可以推断曹雪芹在个人的某些气质、教养、文化底蕴上，与祖父曹寅一脉相承。起码，曹雪芹创造出来的贾宝玉的形象身上，有作者祖父曹寅经由雪芹传递的某些"基因"。

譬如，《红楼梦》第三回，宝玉第一次出场，也是他和黛玉第一次见面，黛玉打量这个宝哥哥的长相神情，"面若中秋之月，色如春晓之花，鬓若刀裁，眉如墨画，脸若桃瓣，睛若秋波，虽怒时而似笑，即瞋视而有情"。林黛玉一见，便大吃一惊，心下想道："好生奇怪，倒像在那里见过一般，何等眼熟到如此！"

读过曹寅史料的，对贾宝玉的这幅肖像，也像"眼熟"。原来，照曹寅友朋的描绘，生长在"江南佳丽地"的曹寅，"幼而歧嶷颖异"，被称为"神童"。青少年时的曹寅，更是"风度翩跹"，"形容身段，言谈举动"，"如临风玉树，谈若粲花"，"温润伉爽，道气迎人"。曹寅、贾宝玉两相对照，两幅肖像岂不是像出自"一个稿子"。

曹寅"束发即以诗词经艺惊动长者"，而少年贾宝玉在《红楼梦》第十七、十八回"大观园试才题对额"中，也以作诗词题联额的才情大大"震"了父亲贾政以及一帮饱学清客，赢得了众人的赞扬。曹寅"比冠而书法精工"，而少年贾宝玉所写的斗方字幅也被众人抢要。曹寅读书"无所不窥"，少年贾宝玉则"杂学旁收"。曹寅精于弹琴，棋艺高超，少年贾宝玉也兴趣广泛，如此等等。

令人寻味的是，这些也恰恰是清代乾隆时人和乾隆以后传说中的曹雪芹的影像。

当然，曹雪芹创造贾宝玉形象，根本不是要影写谁。但曹雪芹把祖父曹寅的某些天性禀赋，以及自己的某些天性禀赋，揉进贾宝玉形象中，却不是不可能。曹雪芹与祖父曹寅、曹雪芹与他笔下的贾宝玉，三者之间不可能真的同是"一个稿子"，但有相关性则是无疑的。

（二）"温润伉爽"

曹寅待人处世"温润伉爽"，这是当时人的评价。温是温和，润是滋润，伉即亢直，爽即爽朗。温和、滋润、亢直、爽朗，这就是曹寅的性格。

曹寅不是行政官员，不是地方父母官，而是织造官员、盐务官员。

但如果要摆威风，也是满有资格的，因为他有财——掌管朝廷巨额盐务收入，又有势——是皇帝近臣，但是曹寅不怎么摆官架子。他出门办事，骑马上街，当然也少不了前呼后拥的随从，这是官制所关。但曹寅骑在马上，总是手捧一本书，边走边读。从人问："老先生怎么这样好学呵！一路也不抬头，总看书。"他回答："你们说得不对，你们不知道吗，老百姓在路上遇见官员走过，是要起立致敬的，我不是地方长官，百姓对我敬礼，我心里不安，就拿本书挡着视线，我走我的路，百姓做他的事，我心里才安稳点。"这就是曹寅的为官与为人。

作为织造、盐务官员，他要监造工程，管理织造业的机户和盐商以及工人，史料上说他"轸匠恤民"（关怀怜悯体谅工匠和商人），说他"御下宽简，鞭扑不施"（对下宽厚，不采取棍棒政策），为"穷匠小民"说话，为机户盐商请免税额，因此在他生前苏州和南京的机户、扬州的盐商就都为他立了功德祠。

他对同僚和下属官员，也是仁厚的。史料上说他"爱才恤士"，"荐达能吏，扶植善良"，在他力所能及的地方，"沉下僚者蒙迁擢，罹文网者获矜全"（举荐、提拔有才能的下属，使有些官员免于陷入文字之狱）。他对上也算刚直敢说话的，如他和江宁知府陈鹏年素来没有什么交情，但当陈鹏年被上司构陷，曹寅却仗义执言，对南巡到南京的康熙帝当阶叩头直到额头出血，请免陈鹏年罪，因此曹寅很为当时士大夫阶层推重。

曹雪芹塑造的贾宝玉形象，也有温润伉爽的性格。宝玉对姐妹的温柔、对兄弟的友爱、对贫寒亲友的顾惜、对贾府门下清客相公的亲切、对丫鬟优伶的尊重、对奴仆下人的随和，都可以说是温润伉爽的。其实，这也是曹雪芹本人的性格，特别是雪芹后半生，历尽坎坷，颠连困苦，但他在和世家子弟相交中，与平民百姓同处时，共贫士废寺吟诗，偕酒友市井狂歌，真情自心中出，豪气向纸上落，虽然"天恩祖德"已不复存在，那为人处世的秉性却仍有其祖温润伉爽遗风。

（三）文采风流

也许，祖父的文化性格较之他的人品个性对曹雪芹的影响更深。

曹寅幼年时曾被选入宫，陪少年天子康熙读书，与皇帝一起领受过皇帝师父们悉心传授的经典文化的正规教育。因此，他的经学、史学与诗古文词的根基很深。

曹寅是个书法家。他有首诗《病起弄笔戏书》说："不恨不如王右军，但恨羲之不见我。"自比于晋代大书法家王羲之，可见他对自己书法的自负。

他是个著名的藏书家，家中有古本书万卷以上，其中不少宋、元珍秘善本书。

他是个卓有成就、贡献很大的唐诗研究家、古籍整理家和出版家。他曾将家藏宋、元珍本十五种校刊行世；又受皇帝之命，主持浩大的文化工程，刊刻《全唐诗》以及校勘大型辞书《佩文韵府》。

曹寅本人也是清代有影响的一位诗人，在当时诗坛上享有盛誉。

他还是个戏曲作家，作有剧本《北红拂记》和《续琵琶记》，而且他精通音律，懂得舞台艺术。他家有戏班，他写出了剧本，就指导家中的戏班排演。拿今天的话说，他是编剧，又兼作曲和导演。

当时著名满洲词人纳兰容若对曹寅有这么一个评价，说他"兼文学政事之长"。的确，曹寅能当官，又确有大文人、大名士气质。他几十年所处的江南，不仅是经济富庶之地，也是人文荟萃之区。以曹寅的学识、才具、气性，加上他的身份、地位、名望、财力，足可以把诸多文化名流吸引在他周围，把他推上江南风雅主持的位置。他在文化界、知识界交游广泛，据有的研究者统计，曹寅所交往的名士不下二百人。他的织造府署内外，满汉名流，南北名士，雅集高会不断，诗酒唱和留下许多韵事。有一次，著名杂剧《长生殿》作者洪昇到南京去见曹寅，曹寅将其待为上宾，邀集江南江北名士，命优人搬演《长生殿》，让洪昇居上座。曹寅面前放着《长生殿》剧本，演员边演，曹寅边对照剧本评赏，逐字逐句与洪昇一起推敲合不合音律，连着三天三夜才演完推敲完，一时传为文坛佳话。

曹雪芹有这么一位"风流过王谢，文章擅天下"的祖父，他一定会带着亲情的追慕与文学的感受读遍祖父遗文的。他在《红楼梦》第五十四回，直接提到祖父的遗作《续琵琶记》。在小说中，贾母正与家人赏戏，指着湘云对众人说："他爷爷有一班小戏，偏有一个弹琴的凑了来，即如《西厢记》的《听琴》，《玉簪记》的《琴挑》，《续琵琶记》的《胡笳十八拍》，竟成了真的了。"雪芹在自己创作的小说里，不露形迹地留下了祖父剧作的名字，透出了雪芹对祖父的深刻印象与感情，也让我们窥见雪芹的文学生命里种有祖父曹寅的文化基因。

四、江南年少

（一）落生南京

曹雪芹的祖籍、旗籍、祖宗以及其对曹雪芹的影响，这些家世背景，我们在前面交代过了。从此部分起，要开始向青少年朋友介绍曹雪芹本人。

曹雪芹本名霑，字芹圃。但看来这孩子长大后，不喜欢这名字的颂圣和举仕意味，自己另取别号叫雪芹，用来代替本名。苏轼的《东坡八首》诗有"泥芹有宿根"，"雪芽何时动"；苏辙诗《新春》有"园父初挑雪底芹"。芹根入土，经冬覆雪，新春从泥中出，自雪下生。生命在泥土中，在冰雪下，在春天里。这是个深沉、高洁、生机勃勃、诗意盎然的名号。名如其人，其中有取名者的个性和人格理想的寄寓。

雪芹何年何月何日何时出生，至今未能考得。研究者有几种假定或推断：①约生于雍正二年（一七二四）；②生于康熙五十四年（一七一五）；③生于康熙五十年（一七一一）十一月初。这些假定或推断都各有理由，但理由又都不充分，难以成为证据，因而都不能定论。

笔者倾向于第二种假定和推断。从《红楼梦》中作者描写的情感色泽，脂砚斋评语的提示，结合文学创作与作者关系的一般规律分析，雪芹应该生于康熙晚年，而不是雍正初年，这样他能赶上曹家"烈火烹油，鲜花着锦之盛"的时代。如果他生于雍正初，那么曹家败落时他太幼小，就不可能对"秦淮旧梦"有那样强烈的感受，难以在他的情感天地里酿成世界颠覆、人生颠覆、红楼如梦的浩茫悲歌。

和对曹雪芹生年的假定与推断相联系，对雪芹是谁之子也属于假定或推断。研究者迄今有三种见解：①他是曹颙之子，康熙五十年十一月生于北京，生下几个月，康熙五十一年六月他的祖父曹寅就去世了；康熙五十四年正月，他长到四岁，父亲曹颙也去世。但这种见解同曹颙死时，李煦的奏折说曹颙病故，其孀母无依，需要过继侄子曹頫为曹寅承继宗祧之语，以及曹頫奏折中说曹颙无嗣之语均不合，所以难以成立。②他是曹颙的遗腹子，康熙五十四年春夏间生于南京。这是根据曹頫于康熙五十四年三月初七的奏折中有"奴才之嫂马氏，因现怀妊孕，已及七月，恐长途劳顿，未得北上奔丧"之语推断的。③他是曹頫之子，生于雍正二年，这是根据曹雪芹死后他的友人敦诚挽诗的编年和诗中"四十年华付杳冥"之语逆推的，其时曹颙已亡故多年，只能定为曹頫之子。但这种推论的思路和方法颇多支绌，难足凭信。按笔者的认识，还是第二种见解较合理可取。

归总起来说，雪芹是曹颙的遗腹子，父亲曹颙于康熙五十三年冬从南京到北京公干，于年底或转年正月于京中病故，父亲死时母亲腹中已有四五个月的胎儿。他于康熙五十四年（一七一五）春夏间在南京江宁织造府内落生。

（二）楝树荫下

江宁织造府是曹家老宅。曾祖父曹玺任江南织造时，亲手在院中种了一株楝树，在树旁盖了一座亭子取名楝亭，作为他的两个儿子在这里读书的书斋。到祖父曹寅继任江宁织造，楝树已枝繁叶茂。曹寅追慕先人，以楝亭作为自己的别号。他常常在楝亭接待宾客，遍请南北名士为楝亭绘图题咏，至今留存的《楝亭图咏》有四卷。曹寅身后，他的子、侄曹颙、曹頫，承袭江宁织造之职。数十年间，曹家先辈后人在楝树楝亭下生息繁衍，最终也在楝树楝亭下败落离散。楝树楝亭既是曹家先世遗泽，也是曹府岁月的象征。

雪芹在楝树荫下出生，他出生的时候，生父已辞世半年多，祖父长逝四年了。叔父也是养父，刚刚接替迭连亡故的父兄，担任亏空巨大的江宁织造，已开始迎来曹家的多事之秋。几十年来一直关怀眷顾曹家的康熙皇帝也已到晚年，在曹寅、曹颙父子相继病亡之时，康熙一再颁示"旷典奇恩"，对这包衣老臣一家着意保全，因此曹家中人头上罩着的，还是皇恩浩荡，还不是浓重的乌云。楝树依然年年盛夏绿荫如盖。雪芹在这片绿荫下从童年进入少年，直到他出生十三年后的暮冬，寒云低垂楝树凋零的某一天，即位五年的雍正皇帝下了谕旨，曹頫获罪抄家，旋即被遣离南京返北京。雪芹在楝树下生活了十四个年头，基本上仍是在锦衣玉食、富贵温柔的氛围中。

楝树给了这个少年许多精神滋养。楝亭这个当年祖父读书的地方，现在成了少年读祖父藏书的地方。祖父藏书十多万卷，经史子集、佛典道书、诗词剧曲、小说传奇、古画书法、古董珍玩，应有尽有，琳琅满目。这是喜欢杂学旁收的少年驾轻舟而航学海之处。

这也是少年从家中人口碑中"阅读"无字"家乘"（家史）之处。当然不会有专人专场给他痛说家史，但祖母李氏健在，在他出生时还只五十多岁。还有母亲马氏，还有许多长辈，还有老家人。他们和她们，不知多少回在闲话中、说笑里，在童稚的雪芹耳边，讲述过家族的往事传闻。

还有文字为证呢，这个聪慧的少年，这个情感丰富细腻、文思活泼的少年，在耽读祖父诗文遗作《楝亭诗抄》《荔轩集》等时，他会生出对文采风流的祖父、对老宅的多少遐想,而且旧时花木亭榭俱在,它们都是见证。难道那棵树驳裂的树皮、那栋亭剥落的墙壁,就不会无言地向雪芹诉说什么吗?

楝树、楝亭,给一个少年的是什么呢?是一种文化和一种文化的蕴意?是一种历史和一种历史的灵示?那一片春夏的浓荫中、秋冬的落叶下,人们会寻觅到诞育日后伟大作家的摇篮吗?

(三)绮罗丛中

雪芹家上溯几代,子息不繁。高祖、曾祖、祖父三世,都只生两个儿子。当祖父得了头生子曹颙的时候,起了个小名叫"连生",意思是祝愿连着生下去。后来倒是又生了一个小儿子,但不久就夭殇了,从此再也没有生过别的儿子。祖父很伤感,写诗说:"零丁摧亚子,孤弱例寒门。"为了延续香火,祖父早早就给大儿曹颙成婚,可是直到曹寅病故,也盼不来个孙儿,而且祖父亡故三四年后,他唯一的儿子曹颙也病亡了。还算侥幸(不仅是曹家之幸,而且是中国文学之幸),留下个遗腹子,就是曹雪芹。

祖父和生父死后,叔父曹頫奉康熙皇帝之命把侄儿出继过来,以"养赡孤寡"。孤就是孤儿雪芹,寡就是雪芹的祖母李氏和母亲马氏,所谓"两世孀妇"。

雪芹是祖父遗下的唯一的嫡生承重孙,因此极受祖母疼爱,也和《红楼梦》中贾母对孙儿宝玉差不多,"爱如珍宝""命根一样"。因为祖母溺爱,家下人对他就像捧"凤凰"似的。

雪芹没有亲兄弟,但叔伯兄弟是有的。他有两个亲姑姑,大姑被纳为平郡王妃,出嫁前对他也极疼爱。他还有叔伯姐妹,以及许多表姐妹。

因为是两世单传,"独根孤种",雪芹也就从小在内眷围绕中,在绮罗丛里长大。亲戚们来往,女亲们年长的钟爱他,年轻的也不回避而且亲近这个聪敏文雅的小男孩。这孩子对年轻的和同辈的贵族闺秀们接触得多，对年轻的丫鬟们接触得多，他熟悉和理解她们，亲近和尊重她们。她们中间美丽、聪明、有才识的女孩不少。她们的地位有高贵的主子和卑下的奴婢之分，但她们作为女孩子，那心灵的纯洁是没有主奴之别的。她们中的许多人，小姐也罢，丫鬟也罢，各有各的悲剧命运。她们是雪芹童年的友伴，他和她们在一片童稚的光明自在天地里共有欢乐和温馨。《红楼梦》第二十三回这样写宝玉和姐妹丫头们的日常生活："每日只和姊妹丫头们一处，或读书，或写字，或弹琴下棋，作画吟诗，以至描鸾刺凤，斗草簪花，低吟悄唱，拆字猜枚，无所不至，倒也十分快乐。"而她们每个人的悲哀与愁苦，特别是曹家败落后他和她们共有的悲惨境遇，更使雪芹难以忘怀。多少年以后，雪芹写《红楼梦》，与其说他是为自己而写，毋宁说是为她们而写，为"记述当日闺友闺情"而写，为"万艳同悲"而写。"风尘怀闺秀"正是雪芹写作《红楼梦》的一个契机，所以《红楼梦》在创作过程中又曾名《金陵十二钗》。当然，《红楼梦》的实际内容和意义是远远超过"家庭闺阁琐事"的。

虽说雪芹在绮罗丛中长大，并因此而对他的秉性的养成有很大影响，但雪芹并不是像今天人们所说的那种"小皇帝"，那种女性化的"奶油少年"。

作为百年望族的这个少年公子，受过那个时代贵族少年所应受到和所能受到的最严格、最全面的教育。

他在家中由业师教授学业，也在塾中上学。不管他当时愿意不愿意，他必须接受最正规的和最正统的儒家文化教育，以及其他经典文化、古典文化的教育。他要读《论语》《孟子》《大学》《中庸》这"四书"，读《诗》《书》《易》《礼》《春秋》这"五经"，要学八股文。《红楼梦》第九回描写贾府家塾很不堪，但那是小说的描写，包含着雪芹成年后反顾的批判意识，实际上雪芹家学未必如此。童年的课业毕竟为未来的作家打下了坚实的文化基础。

读"正经书"之外，习字也是课业。大字小楷，他一天要写多少张。

  他还要练习射箭,八旗子弟是都要练习骑马射箭的。曹府里有射堂,那是习射的场地。祖父生前,在诗中就有这样的吩咐:"执射吾家事,儿童慎挽强。"可见,习射也是给雪芹规定的功课。《红楼梦》中多处写到箭道、射圃,写到贾宝玉等习射的情形(第七十五回)。宝玉的侄儿小小的贾兰也拿张小弓在大观园山坡上下奔跑射鹿玩(第二十六回)。少年雪芹也是这个样子。

  他还要学绘画。曹府家藏古代名画和当代名流字画无数。《红楼梦》第五回写到秦可卿房间里挂着唐伯虎的《海棠春睡图》。我们读有关资料,正巧见到有人为雪芹祖父所藏唐寅(伯虎)《美人图》题词:"睡起云鬟欹未整,懵腾懒下庭除。摘来纤玉嗅香初。红襟一抹,衫色学莺梳。梦去如醒醒似梦,丹青巧样难图……"这张画令人自然想到秦可卿房中之画,可见雪芹对祖父藏画是极熟的,笔之所至,就挪用到《红楼梦》中了。《红楼梦》还写到惜春画画以及宝钗等对绘画、画笔、颜料的谈说,这些都反映着雪芹幼时学画情形。雪芹晚年曾卖自己作的画换酒钱,说明他童年就在绘画上有基础。

  他也会下棋。下棋又叫"手谈"。日常无事,雪芹会和姊妹兄弟乃至奴仆下人手谈。《红楼梦》第十七回,宝玉为大观园题联额,有"宝鼎茶闲烟尚绿,幽窗棋罢指犹凉"之联,恐怕也是眼前实景。

  他也喜欢听戏。曹府有自己的戏班子,曹府的阔亲戚们也都是"有戏的人家"。家宴时常有演戏助兴,也外请一些名角来家演戏。《红楼梦》中有不少描写戏曲演出的场面,写到宝玉与优伶的交往,以及他对优伶的尊重。可见,雪芹幼时也是颇为迷戏的。

  他也参与堂、表兄弟们以及亲戚世家子弟们的游乐。曹府中以及曹府外的纨绔子弟们的日常"功课",不外乎"今日会酒,明日观花,甚至聚赌嫖娼"(《红楼梦》第四回)。雪芹与他笔下的宝玉,是比较清纯的公子哥儿,他未必都参加那些斗鸡走马的活动,但有的就是他经过的,那些不堪的也是他见过、听过的。他也学到了一些精致的淘气或粗俗的淘气，未必不感染某些纨绔习气。

雪芹这个贵族少年公子，在富贵温柔乡中度过了童年。

（四）富贵红尘

南京是六朝古都。由于长辈拘束得紧，也由于雪芹温润的秉性，他很少有机会遍行南京的三街六市。但，他也不是足不出府的闺中儿郎。

曹家在南京的房产共有十三处，最主要的是位于城东北的江宁织造府。康熙南巡时，这里是行宫，建有宫殿、园林，有绿静榭、听瀑轩、判春室、镜中亭、塔影楼、彩虹桥、钓鱼台等胜景。从这些园林建筑的名目，就可以想见它的宏丽。曹家另一处主要住房，在城西北的小仓山麓乌龙潭畔，曹家败落后被没收，变为抄曹頫家、继曹頫任江南织造的隋赫德的私园——随园。曹家另十一处房舍在哪里已不可确考，不出石头城南北东西就是了。如果雪芹认识自己家的这十几处房舍，到那里走走，那么六朝烟水、秦淮风月都全在他眼中、在他脚下。

起码他会去过江宁织造局，那是机户、匠人们从事生产的地方，分三处，共有织机近六百张，每年出产织物万数千匹。康熙南巡，曾特意去看过。你从《红楼梦》第十五回写宝玉对村姑纺线的好奇，就可以推想少年雪芹不会对他们家管理的织造工场不感兴趣；你从《红楼梦》第四十回中贾母向众人讲解蝉翼纱等织物，就可以推想少年雪芹不可能对织造工场的生产和产品一无所见、一无所知。织造工场在当年南京，可说是六朝遗踪之外的一处本地风光。据史料记载，当年有个浙江士人，每到南京，喜欢在秦淮河边的茶社一边啜茗，一边耳听那织造工场隔水传来的轧轧机杼声，不但不认为煞风景反而怡然自得。那机杼声要是雪芹听到，定能唤起更切近也更悠远的感觉——这是他的"本家风味"，是几辈先人的事业与生命所系之处。

南京周围的苏州、扬州等地，也"最是红尘中一二等富贵风流之地"，《红楼梦》开卷就是这么写的。从小说中可以看到，苏州给少年雪芹的印象，仅次于南京。金陵十二钗有苏州二钗——黛玉、妙玉都是苏州姑娘。黛玉实际上居十二钗之首。她在贾府寄人篱下，无限怀思姑苏故乡。小说中写到阊门外十里街，写到薛蟠带来的苏州土物，写到大观园里从苏州买来的十二个女伶，还有苏州驾娘；第四十一回写到妙玉沏茶用的是玄墓山上梅花雪——这玄墓山探梅在明清是颇为出名的姑苏胜景……这些描写都透露出作者对姑苏的熟悉和感情。

这感情实际上是童年印象的眷恋。雪芹祖父做过三年苏州织造，苏州人为他建有功德祠，雪芹舅祖任苏州织造三十年。曹李二家，不仅是亲戚，而且是荣辱与共的宦途同命者。几十年间三代人结下的关系，于公于私都最深厚不过。雪芹幼时极可能随祖母李氏等长辈，到苏州走亲戚、游玩，也许去过不止一次，也可能有长住的事，并且极可能结识了几个异样出色的表姐妹，包括《红楼梦》中黛玉的原型。《红楼梦》第二十九回揭示宝玉心理："凡远亲近友之家所见的那些闺英阁秀，皆未有稍及林黛玉者。"这未必不关联着雪芹幼时在苏州见表姐妹时的心理。后来李煦被抄家，这些表姐妹中的几个可能到南京曹家寄居。《红楼梦》第三回写苏州盐政林如海之女黛玉到金陵外祖母家寄居，第一次见到已入少年的宝玉时，"吃一大惊，心下想道：'好生奇怪，倒像在哪里见过一般，何等眼熟到如此！'"这可能就是少年雪芹幼时到苏州舅祖家，见过表姐妹，又在南京再见时的感觉。这童年的眷恋就孕育出了《红楼梦》第一女主角、"世外仙姝寂寞林"的林黛玉，以及"欲洁何曾洁"的妙玉。

舅祖好种竹，苏州织造署里翠竹交荫。康熙南巡到苏州，以织造府为行宫，对那翠竹有深刻印象，特为御题"修竹清风"匾额。舅祖又在苏州郊外建别墅，种竹成林，自己起了个别号就叫"竹村"。雪芹幼时到舅祖家，那以青青修竹为特色的园林，那些穿行在袅袅修竹间的红衫翠袖的女孩子，以及舅祖家的生活情形，一定使他难以忘怀，所以他在《红楼梦》中，把林黛玉安排在"凤尾森森，龙吟细细"的潇湘馆，林黛玉因此而被称为"潇湘妃子"。苏州舅祖家与雪芹及

《红楼梦》的关系还不止这些,第三十八回特写明藕香榭的桥是竹桥,桌子是竹案,又让贾母说她小时家里也有这么个处处是竹的亭子,叫枕霞阁,因此有红学家认为,《红楼梦》中四大家族的史家、史太君、史湘云,都可能取素材于苏州舅祖家。

苏州给童时雪芹印象很深的还有一点,就是舅祖家和苏州城戏曲文化的浸淫。那里是昆曲之乡,出剧作家、出演员、出观众。市井百姓爱看戏,官绅人家养戏班,雅俗共赏。当时苏州有艺人行会,有梨园总局,归苏州织造府管辖。苏州织造府的事务之一,是为皇家培训选送优伶,织造、供应宫廷戏班的戏衣。舅祖兼管这些事,家中的戏班自然较一般官绅人家的出色。他们可能趁祖父来公干或做客时,在家里演过祖父创作的《北红拂记》《续琵琶记》。舅祖的儿子用今天的话说是个超级戏迷,他花大钱请名师教戏,自己粉墨登场。他玩物丧志,挪用公款达几万两银为自己和戏班置备超豪华戏装,造成巨额亏空。

雪芹也从小爱听戏,他在苏州感受着昆曲大本营戏曲活动的盛况,耳闻目睹自己家以外其他官宦人家蓄戏以及纨绔子弟玩戏的形形色色。舅祖之子迷戏成癖以至作恶,是有典型性的。日后雪芹作《红楼梦》,多处写到贾府家庭戏班日常排练和节庆演出的情形,写到贾府派贾蔷"下姑苏请聘教习,采买女孩子,置办乐器行头",写到龄官等学戏的女孩子们各式各样的心性,写到原是世家子弟的柳湘莲下海演戏,写到一班纨绔子弟流荡优伶的劣迹,以及宝玉与优伶的密切交际……都显示着作家对这方面生活的熟悉。

自幼习染的戏曲文化,不仅扩大了少年雪芹的社会生活视野,给日后的作家提供了创作素材,更大的影响在于戏曲所代表的大众文化,日后成为曹雪芹另一种文化选择的契机,他运用另一种大众文化形式——通俗小说,以表达他对历史与现实人生的深切感受。这实在是这个在富贵红尘中长大的江南贵族少年,自己也未曾意识到的。

扬州与曹家的关系也很深。雪芹高祖、祖父都在扬州做过盐务官。祖父在扬州完成了文化史上的一大功业,主持刻印了《全唐诗》。不管雪芹是否到过扬州,这香风十里的扬州城,却显然强烈而持久地牵动了雪芹的文化情感与家族情感,以致他后来创作《红楼梦》,让苏州姑娘林黛玉随父在苏、扬两地生活,让黛玉父母都"仙逝"扬州城,让宝玉向黛玉打听"扬州有何遗迹故事,土俗民风",还提到"咱们贾府正在姑苏扬州一带,监造海舫,修理海塘,预备接驾"(第十六回)等。

五、异样公子

(一)肖与不肖

　　生长于江南巨族之家的雪芹,不是一个平平常常的年轻公子,他是贵族少年中一个异样的孩子。

　　雪芹生平史料十分缺乏,关于他成年以后的情形还有些模糊资料,至于他的童年和少年时代则完全是一片空白,因此我们要借助《红楼梦》,从小说对宝玉等人的正面与侧面、肯定性与反讽性描写,从言内之旨与言外之旨,去分辨、发掘其中可能蕴藏着的关于作者少年时代的某些传记因素。当然,《红楼梦》并不是作者的自叙传,而是文学创作,其基本框架是艺术虚构;贾宝玉是一个艺术形象,是典型创造,不是作者自画像。但其中的某些描写,我们证以已知的曹雪芹史料,仔细体会,是可以感觉到有作者本人感情的投影与定格,有作者本人生活的折射与凝注的。

　　譬如,宝玉对待科举的态度、对待"四书"的态度,就与已知的雪芹传记资料接近。宝玉把那些热衷于读书做官的人叫作"禄蠹"(第十九回),脂砚斋对此有批语:"二字从古未见,新奇之至。"显然,这不是人物的创造发明,而是作者的创造发明。

　　一般说来,小说作品中主要正面人物的背后都站着作者,主要正面人物的言行带有更多的作者的投影。拿现有的唯一由作者写下的自传材料，即《红楼梦》楔子的"作者自云"，参证作者友人、同时或稍后人写下的有关雪芹传记资料，综合推论，完全可以判定宝玉对"读书上进"孔孟之道、科举功名的否定态度，就是雪芹的态度，极可能有少年雪芹影子在内。

宝玉是被父亲、被士大夫社会看作"不肖子"的。在贵族家长眼中，一个贵族子弟最大的"不肖"就是"潦倒不通世务，愚顽怕读文章"（第三回），不走"学而优则仕"的"正路"。当时社会风气，包括士大夫阶层中许多人的看法，把科举制艺（八股文）叫作"正学"，把经史学问叫作"杂学"，而诗古文辞只被称为"杂作"，至于小说戏曲就更等而下之了，所以父亲规定宝玉："什么诗经古文一概不用虚应故事，只是先把四书一气讲明背熟是最要紧的。"（第九回）"四书"就是朱熹注的《论语》《孟子》《大学》《中庸》，是科举考试的基本教科书。宝玉聪慧过人，其他书都爱读，就是讨厌读作为考取科举功名敲门砖的"四书"、八股文等所谓"正经学问"。宝玉勉强能背的是"学""庸""论"，至于"孟"则大半夹生（第七十三回）。这样，他的"荒疏学业"就时常招致父亲的严斥责打。父亲除了要他死读"四书"、八股之外，家里来了官场人物，或者父亲外出做官场应酬，总要宝玉跟着，让他从中学得"仕途经济的学问"，训练他习惯于"应酬世务"。这里所谓"经济"，不是今天所指的财政经济、经济活动之类，而是"经邦济世"的简称；所谓"世务"，也不是指一般的人世事务，而是指封建政治功利主义。偏偏宝玉最反感那些蛀食国家俸禄的"禄蠹"，最恨那些危害国计民生的"国贼""禄鬼"，连带着也"懒与士大夫诸男人接谈，又最厌峨冠礼服贺吊往还等事"（第三十六回）。父亲所期望的是儿子所绝望的。那时封建家长又有绝对权威，所以这父子之间极少流露亲情，父亲见宝玉，总是正颜厉色，不是考问他"四书"，就是要他陪官场人物应对，而宝玉一见父亲，就像老鼠见猫。宝玉在姐妹丛中说说笑笑，灵机百出，在父亲身边，就霜打一样，呆若木鸡，因此在父亲亲戚们眼中，这个孩子"不务正""乖僻邪谬"，是个"不能守祖父之根基,从师友之规劝"(第二回)的不肖子弟。

其实,宝玉对"正经学问"也不是不懂,只是他不愿照着学照着做就是了。有时候,宝玉对官样文章的反应,比父辈们还灵。"大观园试才题对额"(第十七回)中,他就纠正了父亲和清客们拟的匾题,说是"当入于应制之例","必须颂圣方可",在意思上可不能出差错。这就不是"不肖",而是很"肖"了。但这种歌功颂德的灵气,他不过一时兴之所至,偶一流露而已,并不是他的本性本色。

这是《红楼梦》中对宝玉的描写,作者雪芹幼年情形,不会在具体事例和细节上处处与宝玉一样,但形象总体上显然有叠影。雪芹从小受叔父曹頫教养,曹頫就是雪芹养父。史料说曹頫为人忠厚慈孝,他教养雪芹,想必是尽心尽责的。在那个时代,贵族人物尽为父之道,主要就是教养子侄"读书上进",以便将来进入封建官场,因此曹頫对雪芹的督责一定是严格和严厉的,和贾政督责宝玉的情形差不到哪里去。而雪芹在《红楼梦》楔子的"作者自云"中说了,自己当日"背父兄教养之恩,负师长规训之德","一事无成","半生潦倒"。

他并不"因我之不肖自护己短",话是故意说得带劝诫世人意味,却也透露出自己幼年时对"正经学问"、"科举仕途"的否定态度,与宝玉并无二致。他也是被世人认为"不务正""乖僻邪谬"的。

如果说雪芹童年是个"异样孩子",那么这是第一条。他自幼就是封建正统的小小叛逆者,这是他日后成为一个反封建的伟大作家的"童子功"。

(二)郁结缠绵

宝玉拒绝"留意于孔孟之间,委身于经济之道"(第五回),而且"牛心左性"(第三十二回)、"任情恣性"(第十九回)、"呆痴不改"(第十七回),当然是与当时的现实环境极不协调的,因此他时时受到家庭与社会的责难压抑,也就表现为"顽劣憨痴"(第二回)。

好在父母嫡出的儿子就他一个,他的堂兄比他大得多,他庶出的弟弟又不大叫人喜欢，而他则"聪明灵慧"，又"形容出众"，受宠的就只有他了。因为祖母溺爱，他从小在内闱娇养。于是，他在外头受到压抑的"任情恣性"，在姐妹群中就充分释放出来，他的"乖僻邪谬"也就有了另种表现：在大观园里，他"天不拘来地不羁"（第二十五回），父亲出差公干，他就书（"正经"书）也不念，字也不练了。整日缠着祖母、母亲，特别是围着姐妹们以及丫鬟们，今日佳节，明天生日，家宴上庙烧香，内堂看戏听曲，结社吟诗，赏花斗草，参禅猜谜，弄粉调脂……"嘴里一时甜言蜜语，一时有天无日，一时又疯疯傻傻"（第三回）。外面的"顽劣浮躁"，变为内面的"聪敏文雅，温厚和平"（第二回）；外面的"不受庸人驱制"（第二回）、"秉性乖张，生情怪谲"（第五回），化作内面的"天生成惯能作小服低，赔身下气，性情体贴，话语缠绵"（第九回）。

宝玉的这种个性，不仅是单纯的个人气性，而且是有社会意义的。在崇尚"存天理灭人欲"的程朱理学的时代，宝玉的"任意任情"，客观上有个性解放意味。而他"料定原来天生人为万物之灵，凡山川日月之精秀，只钟于女儿，须眉男子不过是些渣滓浊沫而已"（第二十回），这种"乖僻邪谬"的想法，则又有批判封建科举制度、官僚制度，批判以男性为中心的封建统治，呼吁同情和尊重妇女的民主性内涵。作者这样表现主人公，反映了曹雪芹的进步思想。雪芹本人年幼时就是富贵孤儿，他的生活环境与宝玉近似，使这个活泼聪慧敏感而多思的孩子既外向又内倾。他性格中的"乖僻邪谬"，实际上是封建氛围弥漫下自由天性的压抑与释离。外有社会、时代樊篱，内有"情思萦逗,缠绵固结"（第二十四回）。少年雪芹身上表现出来的、具反封建民主色彩的气质个性，也是他日后能成为《红楼梦》作者的个人条件之一。

（三）艺文种子

曹雪芹确实是一位对社会、对人性有深刻理解的作家，他对艺术家的特殊气质也有深刻理解——其实也是自我理解。在《红楼梦》第二回里,他借贾雨村之口对"正邪交赋"人物的分析,在唯心的语言外观中有唯物的合理内核。确实,"情痴情种""逸士高人""奇优名倡"都是具有艺术家潜质的人。少年宝玉与少年雪芹就是这样的人,用古人习惯的说法,他们从小是"艺文种子"。

宝玉天性敏感,易动情。仆妇背后议论取笑他,"千真万真的有些呆气","时常没人在跟前,就自哭自笑的;看见燕子,就和燕子说话;河里看见了鱼,就和鱼说话;见了星星月亮,不是长吁短叹,就是咕咕哝哝的"(第三十五回)。宝玉类似的行为太多了,那次他出城,路上有座水仙庵,供的是洛神。宝玉进了庵,并不拜神,却只管鉴赏神像。虽然是泥塑的,却真有"翩若惊鸿,婉若游龙"之态,"荷出绿波,日映朝霞"之姿。宝玉看着,不觉滴下泪来(第四十三回)。宝玉本来不信真有洛神,但在洛神之美面前,他却动情以至流泪了。这场面如果仆妇们看见,不知又怎样取笑宝玉之呆呢。仆妇们自然不知道,在常人身上,这种呆气有没有不打紧,艺术家可就必得有时要冒些呆气才好。

一般人的呆气也就是发呆犯傻罢了,可艺术家的呆气却与灵气并不相背,或者说艺术家之呆与灵是相辅相成的。换个平常人,谁会被泥塑的美神感动得下泪!宝玉却能,这就是他的呆性,也是他的灵性。又如,贾政有次得知有个丫鬟叫"袭人",很不高兴,说:"是谁这样刁钻,起这样的名字?"(第二十三回)原来不是别人,正是宝玉起的名字。这丫鬟姓花,本名珍珠,宝玉嫌太俗太滥,想到有句古诗,道是"花气袭人知昼暖",宝玉就着这丫鬟的姓,替她改名为"花袭人",又清雅,又别致,又有典故,又切合这丫鬟对主子知冷知热尽心尽责的性情。贾政自然会认为这样起名"刁钻",因为从来没有人这样给丫鬟起名的。唯其如此,就更见出了宝玉非同常人的灵心慧性。

其实,这正是作者的灵心慧性,他对人物有切身体会,也许他本人少年时就是这样好表现自己的灵心慧性的。

由宝玉给丫鬟改名"袭人",贾政就说宝玉"不务正,专在这些浓词艳赋上作工夫"（第二十三回）。倒也是的，宝玉对诗词曲赋确实特别有会心。一次宝玉把《会真记》（唐代元稹所作传奇小说《莺莺传》的异名，元代王实甫据小说改作为杂剧《西厢记》，宝玉所看的实际上是《西厢记》）推荐给林黛玉，说："真真这是好文章！你要看了，连饭也不想吃呢！"两人就一起读。黛玉也是个有诗人气质的，两个越看越爱，只觉得词藻警人，余香满口。看完书，并不说话，只默默出神（第二十三回）。美的人物、美的事物、美的文学艺术，就是这样深深打动这少女、这少年的。雪芹写他们写得这样传神，就像他少年时也曾经是这样。

人说宝玉"极恶读书"，实际上他恶的只是和他格格不入的"四书"、八股文之类，恶的是读死书、死读书。宝玉要读的是活的书，他活读书。他爱读诗词传奇杂剧之类文艺作品，特别是其中的精品，读得非常投入。他也爱读其他有用的杂书。他并不是整天和姐妹丫鬟厮混的，他是个读书种子。上学堂以前，三四岁时他就由长姊教授，识得几千字，读了一些书（第十八回）。上学后，功课之余，他作大量的课外阅读，"每日家杂学旁收"（第八回）。雪芹幼时，读书也是爱"杂学旁收"的，家中有现成的书库，那是祖父遗留下来的。《红楼梦》第四十二回借宝钗之口说："祖父手里也爱藏书"，"姊妹弟兄都在一处，都怕看正经书。弟兄们也有爱诗的，也有爱词的，诸如这《西厢》，《琵琶》以及《元人百种》，无所不有。"正是雪芹年幼时的情形。他可能就把自己儿时的某些经历、体验，写到宝玉身上了。

小小年纪的宝玉曾多处表现出知识面之广。大观园题对额，父亲和清客们谁都不认得蘅芜院栽种的是什么奇花异草，宝玉却以他从读《楚辞》《文选》得来的知识，侃侃而谈，显示着他多识草木之名（第十七回）。他的"杂学旁收"都学到外国收到番邦去了。有一次，他也是给丫鬟改名，和上回用古诗给袭人起名不同，这次他用番语来给芳官改名。他引史证今，起了个番名叫"耶律雄奴"，接着又从"海西福朗思牙"（今译西班牙）出产金星玻璃宝石得到启发，以金星玻璃的西班牙语译音"温都里纳"作芳官的另一个番名（第六十三回）。宝玉的旁采博取，他思维的活泼不肯安分，于此也可略见一斑。

贾府清客们曾对贾政赞宝玉，说："二世兄天分高，才情远，不似我们读腐了书的。"（第十七回）这话说对了。宝玉有他的一份"呆痴"，有他的一份灵慧，天分高，才情远，又读活了书，活读了"正学""杂学"的许多书。少年曹雪芹是不是也和宝玉相仿？很可能。那么，这颗艺文种子，落在厚土上，他日长成大树，结出硕果《红楼梦》，就不是偶然的了。

（四）未来作者

宝玉的艺术禀赋，他的艺术创造才能，早早就有所表现，如他与姊妹们诗词唱和，他为大观园题联额、作《姽婳词》等。这些都是宝玉应父亲之命，践姊妹之约的被动创作。真能说明宝玉属于艺术家气质类型的，是他的主动创作。第二十二回，他因为得不到姊妹丫鬟们的理解，好心反被唐突，感到人与人之间太难沟通，心中十分抑郁，随手拿起《庄子》翻看解闷，读到一段，忽然触动灵机，就顺着庄子文句的口气，提笔续了一段，又仿照禅宗僧人参禅的方式，写了一首佛偈，填了一支散曲《寄生草》，抒发郁闷。按照我国古典诗学的说法，"诗者，志之所之也。在心为志，发言为诗。情动于中而形于言，言之不足故嗟叹之"（《毛诗序》）。也就是说，诗歌创作是一种抒发内心情感的活动，是使内心情感诗化、艺术化的活动。按照外国古典诗学的说法，也认为诗歌创作是一种情感宣泄活动。宝玉续庄子、写佛偈、填散曲，正是"情动于中而形于言"，正是运用诗文满足情感宣泄，正是典型的创作行为。

第七十八回宝玉为晴雯的屈死，作《芙蓉女儿诔》寄托自己的怨愤和悼念，也是真正的主动创作行为。这些时候，宝玉并不是为写诗而写诗，他发愤抒情，将自我实现于诗文创作中，诗文创作成为他这时候的一种生命行为。这就是艺术创作的精义，也是一切诗人、作家、艺术家区别于平常人之处。平常人的情感发泄有许多方式，但他想不到也不会运用艺术创作的方式。艺术家的情感发泄也有许多方式，但他首先想到的、他最善于运用的是艺术创作的方式。少年贾宝玉的确表现出了他的情感活动方式属于艺术家心理类型。

我们不妨推想，在心理类型上，少年曹雪芹与贾宝玉，不是异质异类的，而是同质同类的，都有艺术家心性。

《红楼梦》的创作本身，就提供了作这种推想的依据。从小说前八十回看，所写的是贾家未败落前的生活，也就是说，前八十回的生活素材主要取自曹家未败落前的生活情景。那时雪芹与宝玉年龄差不多，处于童年和少年时期。他金冠绣服，行动有娇婢佟童相随。日后他写《红楼梦》，写富贵奢华的景象，如数家珍，写诗礼簪缨、钟鸣鼎食之家的日常生活，得心应手，因为这些都是他童年和少年时期经历的。但《红楼梦》还写了"诗礼簪缨"的贵族生活的另一面，即骄奢淫逸、尔虞我诈、贪赃枉法，乃至草菅人命……还写了"钟鸣鼎食"的贵族生活以外的另一种生活：穷亲戚们的仰人鼻息，奴仆下人的生死悲欢，市井细民的艰难竭蹶……这些，就未必是一个少年公子所能熟习经见的。试想，一个黄口稚齿的贵族公子，何从得知"护官符""葫芦案"以及官场上的种种黑暗情形？何从得知凤姐这样的年轻贵妇会"弄权铁槛寺"，操纵官府，乃至挪用全家上下人等的"月例钱"去放高利贷中饱私囊？何从得知赵姨娘这样的姨太太，会勾结马道婆，企图害死家中的私敌？何从得知同族的穷亲戚的日子是怎么过的？何从得知贾府营造大观园过程中，主事人等做了多少手脚获得好处……然而《红楼梦》把这些都写得极其真切、深切，就好像作者曾一一经过、曾一一参与一样。

之所以如此，可有两种解释：一是雪芹小时候是个"不通世务"的公子哥儿，这些是他后来家道中落，接触社会各色人等，获得了更多的社会生活知识和人生经验，才补充、充实到《红楼梦》中去的；二是雪芹小时候不只是个"不通世务"的公子哥儿，他在观察生活、感受生活方面也是个"异样孩子",能极其敏感和充分地摄取生活印象,并且具有颇为活跃的体察并扩大扩深生活印象的想象力。

这两种可能性中,第一种不必说,曹雪芹写《红楼梦》显然不但调动了他少年时期的生活储存,还补充了他后来的生活,这是一定的。第二种可能性也有事实证明。《红楼梦》第七十八回,宝玉当着老学士们作《姽婳词》,他形容女将军林四娘在战场上奋力搏斗的情形,写道:"眼前不见尘沙起,将军俏影红灯里。叱咤时闻口舌香,霜戈雪矛娇难举。"众人拍手称赞:"当日敢是宝公也在座,见其娇且闻其香否?不然,何体贴如此?"宝玉答:"闺阁习武,任其勇悍,怎似男人,不问而已知娇怯之形了。"是的,这就是宝玉"体贴"生活,"体贴"人物的能力。女将军的征战生活,宝玉当然没有经历过,但他对年轻女性是熟知的,他有大观园里绮罗丛中接触年轻女性的生活体验。他以对女孩子们的心性、姿态、智能、体能的熟知,去想象、揣度、"体贴"战场上的林四娘,因此他能把女将军林四娘既英勇又娇柔的战阵形象出神入化地描画出来。雪芹少年时,对闺阁友情之外的贵族生活的阴暗面、对贵族生活以外的平民生活,虽然没有直接的参与和体验,但总会听到接触一些的,正所谓"没吃过猪肉,也看见过猪跑"(第十六回)。少年雪芹对他并非直接参与的上流社会的暗角以及下层社会的生活情形,完全可以像宝玉对他并未经历过的女将军生活一样,通过以直接经验与间接经验为基础的想象、揣度、"体贴",获得一种就像身处其中似的、感同身受的把握。

少年雪芹凭着他易感和想象力活跃的天性,在日常生活中不知不觉间积累起了对贵族生活及更广大的社会生活的直接的与间接的体验,并且不自觉地发挥着、发展着自己对生活的体察力、感受力、想象力——自己也意识不到,生活正把他引上未来作者之路。

六、大厦倾覆

（一）巨额亏空

雪芹在江宁织造府、在富贵温柔乡里度过了童年与少年的悠游岁月。但他的少年时代是被迫提前结束的，在十三四岁上，曹家家运突然从鼎盛折向败落。

曹家赫赫扬扬，历经百年，成为东南一隅有名的豪门巨族，一靠皇帝的恩典，有政治后台，二靠掌管江南雄厚财赋，有钱财支撑。

曾祖、祖父、父亲、叔父三世四任江南织造达六十年。曾祖做过两浙盐法道、祖父轮任两淮巡盐御史十年，依仗的是皇帝特别是康熙皇帝的特殊眷顾，他们是康熙皇帝的乳公、乳兄弟、乳子侄。同时，他们确也尽忠皇事，多历练，有吏才，是皇帝得力的近臣。

他们掌管着朝廷在东南脂膏之地的巨大财赋。两淮巡盐御史虽说巡视两淮，实际上统辖江南、江西、湖广、河南四省三十六府的盐业生产、盐业供应、盐业转运以及盐业赋税。据历史文献资料，称"两淮盐课甲天下""两淮岁课当天下租庸之半，损益盈虚动关国计"。曹寅的奏折就说："盐政虽系税差，但上关国计，下济民生。"有位与曹寅唱和的诗人，描写扬州盐臣使院之所见："吴楚七千里，首尾百万户。舳舻转东南，国用十之五。"既然两淮盐课占全国赋税之半，那么说它扼朝廷财政命脉也不为过，因此曹寅及妻兄李煦，绝对是经济大员。

康熙帝委派曹寅、李煦轮值两淮巡盐御史，一方面是通过他们直接掌握国家财赋要地，另一方面也是让他们能够用盐课收入填补江宁、苏州两织造府的巨大财务亏空。这倒不完全是皇帝对近臣的照应，而是因为他深知两织造府历年积欠的巨额公款，与接待自己南巡有关。

康熙曾六次南巡，其中四次都由曹寅、李煦负责接待。实际上，因为曹寅在南京任江宁织造，又在扬州兼巡盐御史，皇帝每次南巡，他都得接三回驾：先在扬州接驾把皇帝送到苏州，又得返回南京准备接驾，南京接驾毕还得随驾再到扬州送皇帝北返。这样，四次南巡，接驾就有十二回。每次接驾都是劳民伤财的大工程，要修理河道海塘，修建豪华行宫，供备器物，演戏摆宴，各处游玩，进贡大量古董宝物，圣驾所到之处要修建御书碑亭……那庞大的开支都由江宁、苏州织造府和盐院供给，接驾排场的糜费难以想象。皇帝经过的地方，地上铺着望不到头的红地毯（"千丈氍毹起暮烟，猩红溅向至尊前"），上头张着遮天蔽日的锦绣帐幕，房屋都用华贵彩缎装修起来（"五色云霞空外悬，可怜锦绣欲瞒天""尽把空门裹越缣"），所修建的行宫简直是用比河沙还多的金钱堆起来的（"三汊河干筑帝家，金钱滥用比泥沙"）。那惊天动地的排场与花费，曹雪芹没有赶上亲见，但他童年时一定听到家人传述，日后就在《红楼梦》中留下了明显带有贬意的记录：赵嬷嬷对"小几岁年纪""没造化赶上""大世面"的凤姐说，"嗳哟哟，那可是千载希逢的！咱们贾府……只预备接驾一次，把银子都花得淌海水似的！""还有如今现在江南的甄家，嗳哟哟，好势派！独他家接驾四次……别讲银子成了土泥，凭世上所有的，没有不是堆山塞海的，'罪过''可惜'四个字竟顾不得了。""也不过是拿着皇帝的银子往皇帝身上使罢了！谁家有那些钱买这个虚热闹去？"（第十六回）曹雪芹还特地在七回书里，络绎描写贾府迎接贾妃省亲前后经过，其中写贾府兴建省亲别墅大观园和写省亲场面，就整用了两回书，使南巡接驾的大世面来了一次小型化的再现。接待贾妃的花费，单单贾琏到姑苏采买十二个学戏女孩，请教习，采办行头，就花了三万两银，总额之巨可想而知。事后贾蓉说："再二年，再省一回亲，只怕就净穷了。"（第五十三回）有意味的是，康熙南巡，也是每隔二年一次。这就是脂砚斋批语指出的："借省亲事写南巡，出脱心中多少忆昔感今。"

"拿着皇帝的银子往皇帝身上使"，这对皇帝不打紧，对江宁织造曹寅、苏州织造李煦，可就成了填不上的巨额亏空。这是两织造府财务亏空的最大根源。还有日常向皇帝请安贡物的花费，包括大量无价古董、古代名画书法和地方名产，所值银钱也是难以计数的。

诸皇子、太监们，也都盯上了织造、盐政这块大肥肉，用各种名义来勒索银钱。据史料记载，仅康熙八皇子一人，在三年中就从两织造索取八九万两银之多，其他皇子、太监们就不必说了。这种情形，曹雪芹在《红楼梦》里也有记录，如第七十二回中所写的夏太监、周太监，以借钱的名义来贾府索要银两，都是张口几千两几百两的，这还是少的，贾琏说"这一起外祟何日是了"。

织造府还要主动向王公大佬们、上司、同僚各处打点。一年里支出的向各衙门送的"寿礼""灯节""代笔"等种种"规礼""杂费"，就要二三十万两。

织造府人员在俸银之外，也要有"养廉"之资。按规定，织造官员的官俸十分有限，每年仅支俸银一百零五两，纸张文具办公费一百零八两。这个数目只是官样文章罢了，织造官员实际收入要比官俸高出不知多少倍。贾府内眷赏桂花吃一顿螃蟹，花费二十多两银子。刘姥姥惊叹："阿弥陀佛！这一顿的钱，够我们庄家人过一年的了。"（第三十九回）可见，要维持贾府奢华糜费的生活，一年没有若干万两银钱的进账，如何打发得过去。

这样，上上下下四面八方的开销，织造衙署、盐政衙署年年亏空年年补欠，年年补欠年年亏空，累积下来就是惊人的数额。亏空可不是小事，李煦的奏折也说："罪莫大于亏欠钱粮。"曹寅去世前几个月上奏折，表明自己因"两淮事务重大，日夜悚惧，恐成病废，急欲将钱粮清楚，脱离此地"。病危时，他更是"以所该代商完欠及织造钱粮，槌胸抱恨"，以致"气绝经时，目犹未瞑"。也就是说，曹寅、李煦都知道积欠巨额库银是身家性命交关的事。

康熙皇帝是个明白人，知道亏欠公款背后的隐情，也清楚亏空与南巡的关系，所以始终对曹寅、李煦曲意矜全。康熙一死，雍正上台，曹、李二家失去皇帝靠山，境遇陡变。两织造的巨大亏空，终于成为这两家致祸的主因，酿成雍正元年李煦被抄家，雍正五年曹頫被抄家，两家从此一败涂地。

（二）朝局风云

曹家的败落，主要是经济原因，但也有政治原因，与雍正朝局有关。雍正是康熙帝的第四子。康熙晚年，诸皇子争位，你死我活。雍正上台后需要巩固政权，必然对和他争帝位的诸兄弟及其党羽严加惩处，于是死敌皇八子、皇九子先后被杀，党羽则被撤职、抄家、监禁、流放，这是政争的方面。另外，雍正治政之道与康熙不同，康熙为政以宽，雍正则为政以严。整顿朝纲吏治，也是雍正巩固政权的基本方针。这两方面将曹、李二家都牵涉上了。

李煦与皇八子有过交往，又亏空巨额公款，雍正元年又发生了李煦奏请挖参以填补亏空的事，触犯了朝廷禁止私挖人参的律例，当即被革职查办，抄家，逮捕，没收房产，家属家仆变卖和赏赐功臣为奴，惩治是十分严厉的。在查办过程中，又查出李煦几年前曾给皇八子送过五个苏州女子，这就被定为"大逆极恶"的"奸党"，本来要处斩，后改为孤身流放。雍正五年，七十三岁的李煦被解送东北苦寒边鄙之地服刑。他从前的幕客对李煦流放生活有这样的描写："牛车出关，霜风白草，黑龙之江，弥望几千里，两年来仅与佣工二人相依为命，敝衣破帽，恒终日不得……"两年后李煦死于流所。

雍正元年曹雪芹九岁，雍正五年十三岁。这个敏感的少年，正如《红楼梦》中那个乍听到秦可卿病死，激得一口血吐出来的宝玉一样，他对舅祖家的祸变，特别是对表姐妹们入官宦家为奴的惨况，心中所受震动之深是可以想见的。

但他也无暇为舅祖家悲伤了，因为他自己的家庭也陷在灾难之中。

曹家与李家那么亲密，李家被定为"逆党"，亏欠钱粮极多，曹家不可能不受怀疑。雍正二年，即李煦抄家次年，曹頫也被雍正帝交给怡亲王看管，皇帝并警告曹頫："不要乱跑门路，瞎费心思力量买祸受！"口气之凌厉，与康熙时的庇护大相径庭。雍正四年，曹頫送交的织物粗糙，连续被皇帝斥责、追赔，并罚官俸一年。雍正五年，曹頫又因贡物不合雍正心意，皇帝"深为不悦"，降旨诫谕。过了几天，皇帝穿的一件石青龙袍落色，查出是江宁织造所送，曹頫又被认为对皇帝"不敬谨"，罚俸一年。曹頫接二连三出毛病，皇帝接二连三挑差错，曹家过去所受"圣眷"已化为圣上的满心厌恶。这时候，雍正的亲信两淮巡盐御史噶尔泰，看准了皇帝对曹頫的态度，上密折告一状，说："访得曹頫年少无才，遇事畏缩，人亦平常。"雍正在奏折上御批"原不成器""岂止平常而已"。浓浓的乌云，已经罩在曹頫头上了。

这年年底，曹頫运送"龙衣"进京，经过山东，山东巡抚又奏一本，说曹頫等"多索夫马、程仪、骡马等项银两"，"骚扰驿道"。这又撞在雍正"屡降谕旨，不准钦差官员人役骚扰驿道"的网口里了。于是"龙颜"大怒，命令在北京就地拘禁并"严审"曹頫等，随即撤了曹頫江宁织造职务，但雍正目光所注的是曹頫的亏欠公款，所以就下了这样的"圣旨"："江宁织造曹頫，行为不端，织造款项，亏空甚多，有违朕恩，甚属可恶！"要江南总督范时绎"将曹頫家中财物，固封看守，并将重要家人，立即严拿"；并要范时绎防止在北京拘禁的曹頫"暗派家人到江南送信转移家财"，下令"倘有差遣之人到彼处，着范时绎严拿审问不得忽息！"

这就是康熙皇帝去世，雍正皇帝上台以后那几年时间里的情形：李煦触祸，曹頫岌岌可危。本来，织造府进呈的御用衣料不合格，确是失职，但并非罪不容赦；差人送"龙衣"路上，"苛索繁费，苦累驿站"，确是劣迹，但也不过是寻常罪案。如果曹家像康熙朝那样"圣眷"好，就没什么大不了的；如果雍正像康熙那样对臣下较为宽弛，那么薄施惩戒也就罢了。但朝局、时势不同了，以那些不大的事为导火线，引出雍正皇帝对曹家重大经济问题的严厉追究，曹家于是走上末路。

（三）抄家遣散

雍正五年（一七二七）岁末，南京的江宁织造府里，大概是比往年冬底寒冷多了。不是大雪封门，而是江南总督派了如狼似虎的衙役人等，把守了曹府大小各门。十三岁的少年雪芹，从来没有见过如此阵势。官差们登堂入室，连平时家中男仆们都不能走近的内闱闺阁，也都由差官们进进出出。叔父曹頫拘禁北京，祖母、母亲、婶婶们，以及管家们，一个个被差官们当堂审问。家中一切箱笼橱柜全被打开检查，然后贴上封条。家中账簿文书，逐一被翻检。所有财产都被登记造册，不许挪动。男丁女眷、老幼仆妇都限在指定的屋舍起居，谁都不许走出大门。主要的管事家人还被官府逮捕带走，刑讯监禁。外面的亲戚友朋，知道抄家消息的，都远远避开了。有来探望的，也都不准进入曹府。合府上下，凄凄惶惶。除夕元旦，满城鞭炮香烛，而曹府冷冷清清，凄惨愁戚，就甭提过年了。

据历史文献记载，雍正初年官绅人家被抄家的事不少。但并不因获罪被祸的人多，大家就见惯不惊了。不，祸到头上，那是很恐怖的。就在上一年，接李煦之后任苏州织造的胡凤翚获罪抄家，全家都上吊了。还有个学政叫俞鸿图的被抄，妻子自尽，幼小的儿子受过度惊吓也死了，真正的家破人亡。雪芹与曹府中人受惊怖的情形，也是可以想见的。

江南总督派人来抄一次家还不算完，过不几天，新任江宁织造隋赫德又带人来重抄一次家。两次抄家所得结果是相同的。在呈皇帝的奏折中，开列的曹家财产状况是这样：曹家在南京有房屋包括家人住房共十三处，计四百八十三间；地八处，共十九顷零六十七亩；家人大小男女计一百十四口；桌椅床凳旧衣及零星物件；当票百余张；还有外面欠曹頫银钱连本带利共计三万二千余两。这样的家财，对于一个曾经烜赫之极的百年望族来说，是很出乎人们意料的。雍正帝知道后，也觉得可怜，文献上说"上闻之恻然"。

这有两种可能，一是曹府抄家，上距曹寅之死已有十六年。这期间，曹颙继曹寅之后亡故，曹頫当家已是曹家多事之时，父兄遗下的巨大亏空，始终压得过于年轻的曹頫透不过气来（曹頫继织造任时仅十七岁），加上"天恩"他顾，曹家自然每况愈下，以致抄家没籍时连"桌椅床机旧衣零星等件"也算作家产了。这种情况，曹雪芹在《红楼梦》中也作了曲折反映。第五十三回以后就不断提到入不敷出，辰吃卯粮，要兴利除弊、裁减佣人以节省用度，甚至做细米饭也要"可着头做帽子"按人头做，临时多个人就没有吃的（第七十五回），"若不趁早儿料理省俭之计，再过几年就都赔尽了"（第五十五回）。

另一种可能，是曹寅父子担任江宁织造，确实相对清廉。曹寅死后，遗存产业只有北京住房二所；鲜鱼口空房一所；通州典地六百亩；张家湾当铺一所，本银七千两；江南含山县田二百余亩；芜湖县田一百余亩；扬州旧房一所，此外没有买卖积蓄。家中人说，曹寅生前，"费用很高，不能顾家"。他所亏欠公款，看来并没有太出格地中饱私囊。到曹頫被抄，家产更为萧条。这就是曹家轮值特大肥缺两淮巡盐御史十年的结局。而接曹寅任巡盐御史、有"清官"之名的李陈常，只不过一年，就成了巨富，买好田四五千亩，市房数十处，又有三处当铺。比较之下，曹寅父子确实算廉吏了。雍正想不到是这样，所以"恻然"。

虽说"恻然"，却是不手软的。雍正命将曹頫所有田产、房屋、人口，赏赐新任江宁织造隋赫德。尽管籍没，可曹頫及家属的境遇，毕竟比李煦好多了，给他们留下少许房屋，以便生活。曹頫及家属都没有流放，而令他们迁回北京，让隋赫德将在京房屋人口，酌量拨给曹家一些，给曹家留下了一条活路。

雍正六年（一七二八）秋，曹家被遣返北京。他们在南京小西门外秦淮河边下船，祖母、母亲、婶娘携雪芹等，一行人束身北去，没有仆从。一百多口男女家仆留在南京,任人发落,或为奴仆,或被发卖,曾经有过如烈火烹油鲜花着锦之盛的江南曹家,就此遣散了。十四岁的少年雪芹,蹲在舱里,站在船头,迎着秋风,不知道前头是什么样的命运。

七、悲歌燕市

(一)皇城脚下

雪芹一家遭离南京,心情十分黯然。但返抵北京,有一个时期境况还不算十分黯淡。

家是败了,但离了南京祖居之地,进的是北京祖居之地。曹家在北京原有住房二所,住有族人,还有空房一所。这些房屋,其中一座是高祖辈随正白旗旗主多尔衮入关进京后分得的,颇具园林之胜。曹家被抄,北京房产也都充公了,到曹家遣归,当局批准将在京房屋人口酌量拨给,所以曹家北归后是住进祖屋的,不过不会是那所祖上遗下的大宅子。他们是罪人家属,生活自然也根本不能与南京时相比。叔父曹頫依然被拘禁,一年多以后才从监狱放出来。

曹頫被抄没,倒也没有株连九族。雪芹叔祖曹宜依然是内务府官员;祖姑父汉军镶黄旗副都统、兵部右侍郎傅鼐;姑父平郡王讷尔苏获罪被流放、圈禁,但另有罪名,与曹頫被抄无关;祖父的门生故旧,有的还做着大官。设法在有限的程度上照应曹家的人,也还是可能有的。

曹家作为戴罪人家的日子,过了几年后有所缓和。主要是大环境即雍正朝局已趋稳定。到了雍正九年,流放的傅鼐已得起复并重新受到朝廷重用;纳尔苏之子福彭(雪芹表兄)也袭了平郡王爵位,还加了官,进入朝政中枢。叔祖曹宜也加官晋爵,任护军参领兼佐领加一级。雍正当政十三年上病死,乾隆皇帝即位,普施恩惠,曹家也因此沾光。先是以曹宜功劳追封其祖父曹振彦（即雪芹高祖）为资政大夫，然后下旨"将历年亏空之案，其情罪有一线可宽者，悉予豁免"，大多数前朝侵吞挪移款项的罪官宽免追赔。曹𫖯等骚扰驿站案应赔银两也获宽免，曹𫖯也重新起用为内务府员外郎。傅鼐则被任为兵部尚书兼刑部尚书、内务府总管大臣、正蓝旗都统。福彭协办总理事务，为正白旗满洲都统，傅、福均成为曹家顶头上司。曹家不再是罪臣，又上升到小康局面了。这就是《红楼梦》第七十四回提到的："这样大族人家，若从外头杀来，一时是杀不死的。这是古人曾说的：'百足之虫，死而不僵。'"

但是好景不长，乾隆三年，傅鼐因"种种营私"革职病死。有研究者推测，转年曹家也因为什么事情而彻底破落。到乾隆十三年，福彭死去，曹家的几门重要亲戚也就都衰落了。

在乾隆初年曹家稍稍振起的时节，家里曾送雪芹入内务府主办的官学读过几年书，目的是要他参加科举，但雪芹仍然无意功名。二十多岁的雪芹就闲在家里，家里只好求有权势亲戚的帮助，为雪芹取得个"贡生"的资格，这就是雪芹一世"功名"。对此雪芹也没有决然拒绝，因为他觉得不能剥夺长辈们想取得的这点安慰。基于同样的原因，后来他在右翼宗学时结识的友人敦诚科场不利，他也曾劝慰过，这是敦诚诗中记着的"三年下第曾怜我"（《挽曹雪芹》）。

从雍正六年自南京回北京，到乾隆四、五年，曹家经过几年罪臣生活、几年小康生活，最后又从小康生活跌落下来。生活境况急遽变化，居所也在皇城内外搬迁。确切的记载没有，估计他们住祖屋的时间也不长久，也可能是穷而变卖，他们又从祖居搬出。传说他们住过什刹后海南岸，住过西城旧刑部街，住过外城广渠门内卧佛寺，或广安门内千佛寺，或西城卧佛寺。甚至还有传说住过某王府的马厩……传说并不都可靠，但雪芹家穷途末路，居无定所，时好时坏，或租赁，或向亲戚友朋求告借居、寄居。总之，为觅栖身之地而在京城四处流迁，是极可能的。

就在这样的艰难竭蹶中,雪芹早早结束了少年,度过青年,迈向中年。

(二)家中囚徒

雪芹一家在京城东搬西迁,而青年雪芹却当过一段家中囚徒。那原因不是别的,是雪芹仍然"不务正",不愿"读书上进",不愿做举业。他在家里,整天不是读"闲书",就是吟诗作画,"正经学问"不做,荒疏"学业"。而在外头,他"流荡优伶"的情形比幼年时更甚,常与市井艺人以及闲散人等来往。因此,他曾被叔父严厉处置过,不准他外出,把他圈禁在家,房间里什么诗古文辞一概不许读,只放一套"四书""五经"以及时文八股选本之类,强制性地要他转向科举"正途",家中这圈禁就是三年。

叔父这么做,也是用心良苦。家运多舛,官途不利,还是戴罪之身,于扑跌潦落中,叔父对侄儿的管教是更严厉的。一来为家业重振着想,寄希望于侄儿"打翻身仗";二来也是为了继承祖业,把侄儿教养成人,为官作宰,也对得起把抚孤重任托付给他的父亲。因此,叔父对侄儿的不思"上进""不成器",是十分烦恼的。他也会像雪芹日后写作的《红楼梦》中,贾政对宝玉"在家荒疏学业,在外流荡优伶"那样,"气得目瞪口歪""面如金纸""眼都红紫",顾不得过继的母亲、嫂子是否愿意雪芹受罚,为了"教训儿子""光宗耀祖",就把侄儿圈禁起来。

那时候又正好受一桩时事刺激。正当曹家彻底败落的乾隆四年,著名的桐城派文人方苞,奉皇帝之命选出一套八股时文范本,皇帝亲自写序,标名《钦定四书文》,降旨将此书颁行各官学。雪芹偏偏不买账,冥顽不灵,对"四书"冷嘲热讽,弃如敝屣。这样怎不叫叔父着急生气?叔父甚至会像贾政那样,"无限上纲"地把话说给母亲、嫂子听:"你们问问他干的勾当可饶不可饶!素日皆是你们这些人把他酿坏了,到这步田地还来解劝,明日酿到他弑君杀父,你们才不劝不成！"结果是祖母、母亲也同意叔父的办法，将雪芹囚于家中，要他死读"论""孟""学""庸"。

生性好动、爱热闹的雪芹，一旦被拘在屋子里，那个憋气郁闷不用说得。本来，他从少年时起，自己就过着双重生活——外在生活与内心生活。现在把他圈禁起来，外在生活压抑了，内心生活就更活跃了。

他想得最多的是他们家眼下的破败以及从前的鼎盛。他更怀念的是他幼时那么熟悉、亲近的姊妹们以及朝夕与共的丫鬟们。现在已不是昔时了。亲姊妹堂姊妹中，大姊早被作为秀女选送入宫，其他姊妹也大都出嫁了，各自过着或平常或悲苦的生活。他最挂心的还是苏州舅祖家的表姊妹们，舅祖出了事，家属下人都入官了。表姊妹们如果也入官为奴，或发卖出去，那命运是多么悲惨！她们有什么罪呢？那么聪慧、娇柔、天仙一样的女孩子，却落得陷落泥污的下场，不仅悲惨，而且太不公道，尤其是那位苏州表妹，灵心慧舌，多愁善感，飘逸天然，和雪芹最要好、最知心。十三四岁的少年也有爱的，那是童真、圣洁如新月的初爱，雪芹和苏州的那位表妹共有过这份水晶似的绵密又疏宕的挚情，但酷烈的命运却把他们抛向一南一北。如果是生在平常人家，平平常常度过一生倒也罢了，偏她是官宦之家的娇女，偏她是被逐罪臣的弱息，难道她真的要入官宦家为奴吗？难道她真的会被发卖吗？一想到她，一想到那些惨遭命运簸弄的金陵女孩、姑苏女孩，雪芹的心就堵满了难平的悲愤。

但他能为她们做什么呢？什么也不能！他自己现在也是一事无成，因为"不肖"还被囚在家里。但他一定要为她们做些什么。他唯一能做的，也就是把她们写出来，为她们向世人申说，让世人知道和记住，曾经有过这样一群情真意痴、行止见识在男儿之上的异样女子，曾经有过那样令人赞怜的闺友闺情，曾经有过那样无情的尘世风霜严相逼，把她们掩卷了去……

叔父将雪芹圈禁的日子，没有造成一个准备当"禄蠹"的侄儿，却让侄儿酝酿、构思并写出了他名垂百代的小说《红楼梦》——作者自己题名为《金陵十二钗》的一种原始稿本。

（三）虎门晨夕

雪芹毕竟不是小孩子了，他二十多岁了，叔父的圈禁没能把侄儿"规引入正"，他要走自己的路。写出一部郁结于心的大著作，是他的精神支柱。而现实生活中，他还要谋生。

雪芹在蹭蹬蹉跎中送别了青年时代。过了而立之年的雪芹，经人介绍，找到了一份谋生的差事——到朝廷为皇族宗室子弟开设的官学去当职员，做文书之类的工作。

八旗宗室按左右两翼分设宗学，雪芹任职的是右翼宗学。那时，右翼宗学的地址是西城西单牌楼以北的石虎胡同，是一所古老的大宅。学中子弟六十人，有总管、清书教习和汉书教习若干，职员和杂役若干，雪芹在这里当差的年份，在乾隆九年到十九年之间的某一段。

他在这里结识了两个交往颇深的友人，都是宗学的学生，一个叫敦敏，一个叫敦诚，是两兄弟。他们的年纪比雪芹小二十岁左右，雪芹与他们是忘年友。后来雪芹离开右翼宗学，迁居西郊，他们仍城里城外往来。雪芹病故，是敦氏兄弟帮助料理后事的。多亏了这两个人在诗文中记载着与雪芹的交往，才使我们对雪芹的生活与为人、对他中年时代以至亡故，有了一些尽管片断却是弥足珍贵的第一手资料。

二敦是努尔哈赤的第十二子英亲王阿济格的五世孙。阿济格因夺位之谋，被顺治皇帝逮捕、削爵、幽禁、抄家，最后"赐"自尽。他的妻小家人，籍没为奴。雍正朝后裔得以从"庶人"恢复宗室地位，但接着又受党祸牵累，所以到了敦敏、敦诚这一辈，就完全是破落的飘零子弟了，名为宗室，实同平民。

二敦与雪芹同有家世之痛，同有牢骚不平，同处于潦落抑塞之中，共同感受着"世味薄于纱，境遇冷如鼋"（敦诚诗句）的人生况味。两兄弟的个人爱好和性格也和雪芹相近，耽迷于诗，负磊落怀抱，而且二人都特别敬佩雪芹的才华与为人。因此,尽管他们一个是包衣身份,两个是闲散宗室,一个是宗学职员,两个是宗学学生,年龄差距又大,却以气味相投而交情甚笃。

宗学学生是要在校住宿的,宗学职员日间不说,有时夜间也要轮值在校照料,因此他们相聚畅谈的机会很多。多数时候是二敦与雪芹,二敦的同学也常常参加进来。大家都愿意与雪芹聚谈,因为雪芹是个谈锋甚健、热情豪放、气度爽朗、博闻多识、极有吸引力的人。有他在座,总是满室生春。

若干年后,敦诚在《寄怀曹雪芹》中回忆当日情景:"当时虎门数晨夕,西窗剪烛风雨昏。接䍦倒著容君傲,高谈雄辩虱手扪。"所谓"虎门"指的就是宗学,取的是《周官》"立学于虎门之外以教国子弟"之义。"西窗剪烛"典出李商隐《夜雨寄北》"何当共剪西窗烛,却话巴山夜雨时",说的是友人间接谈竟夜,风雨绵绵,友情更密,谈兴更浓,蜡烛不知换过多少支,剪过多少次了。"接䍦"指头巾,晋代名士山简与友人出游,酒醉而归,半扒半骑在马上,白接䍦却歪戴着,路人与儿童见了,又好笑又敬爱。"虱手扪"也是晋人故事:王猛去见大将军桓温,一边谈话,一边揭起衣服捉虱,表现着一种率真、放旷的风度。敦诚这样描写,一方面表现了他们与雪芹的友情,另一方面对我们更重要的是,勾画了雪芹高谈雄辩、睥睨世人的气概。

敦敏也有诗记雪芹在人群中洒脱不羁情景,这诗有个长题目,本身就是记事:《芹圃曹君霑别来已一载余矣。偶过明君琳养石轩,隔院闻高谈声,疑是曹君,急就相访,惊喜意外,因呼酒话旧事,感成长句》,诗中有句:"可知野鹤在鸡群,隔院惊呼意倍殷。雅识我惭褚太傅,高谈君是孟参军。"明琳也是雪芹的一个友人,是和敦敏、敦诚一样的宗室子弟。雪芹在明琳处做客,高声大嗓,意兴风发,隔着一个院子就让人听到了。那才气横溢的高谈宏论,使他就像一只卓拔绝尘的野鹤站在鸡群中。敦敏也为自己未见其人仅凭其声就辨认出久别的老朋友雪芹原来在这而惊喜和得意，觉得自己也有点像晋朝的褚太傅，不认识孟嘉，却凭其不凡的气度，一眼就把他从人群中辨认出来一样。孟嘉是桓温的参军，在当时士大夫中以谈吐脱俗潇洒逸群著称。这就是敦氏兄弟用诗的语言为雪芹绘的一幅传神的肖像。

在场的养石轩主人明琳，虽然没有直接在诗文中为雪芹写真，却把自己的印象传给了外甥裕瑞。后来裕瑞在《枣斋闲笔》中根据舅父明琳他们的印象，写下了一则文字："雪芹……闻前辈姻戚有与之交好者，其人身胖头广而色黑，善谈吐，风雅游戏，触境生春。闻其奇谈，娓娓然，令人终日不倦。"

雪芹与友人们谈什么呢？具体内容没有资料留下来，但敦诚写过一篇《闲慵子传》，"或良友以酒食相招，既乐与其人谈，又朵颐其铺啜"，"谈不及岩廊，不为月旦，亦不说鬼"。敦诚又在《鹪鹩庵杂志》中说："居闲之乐，无逾于友；友集之乐，是在于谈；谈言之乐，又在奇谐雄辩，逸趣横生。词文书史，供我挥霍，是谓谈之上乘；衔杯话旧，击钵分笺，兴致亦豪，雅言间出，是谓谈之中乘；议论不尽知之政令，臧否无足数之人物，是谓谈之下乘。至于叹羡没交涉之荣辱，分诉极无味之是非，斯又最下一乘也。"

敦诚交友虽然不只雪芹，但豪谈者恐怕没有超过雪芹的。从这些记述中，我们可以看到，雪芹在宗学中、宗学外，与敦敏、敦诚等友人的交游中，不议论"岩廊"即明政得失，不评价权贵显宦是非，不计较个人一时荣辱。对于二敦、雪芹这样的破落宗室与世家子弟来说，"莫谈国事"（他们自己的家世升沉荣辱，也是和国事密切关联着的）是可以理解的，这既是为了避祸，也表现着他们的脱俗。他们所谈的，主要是词文书史，旧雨新知，互相诵读自己的诗文新作并讲评彼此唱和之作。他们的谈话，奇僻诙谐，析理辩玄，挥洒豪雄，逸趣雅言流溢于满座之间。

在这种畅怀倾谈的场合，倾杯倒盏之际，雪芹也应朋友们之请，讲他为《红楼梦》所写的章节。他开玩笑地对友人们说："若有人欲

快睹我书不难,惟日以南酒烧鸭享我,我即为之作书。"(裕瑞《枣斋闲笔》)

艰难的时世,坎坷的身世,潦倒半生的际遇,没有挫折雪芹的心志,没有毁堕雪芹的精神。他行走在皇城根下,像个平平凡凡的小人物,也像个顶天立地的巨人。

(四)燕市酒人

雪芹与友人倾谈,不评论朝政、不臧否权贵、不计较荣辱,并非他不知不识,乃是由于现实环境所限。他把抑塞情怀留给自己,只以傲态狂形示人。

清代嘉庆、道光年间行世的善因楼刊本《批评新大奇书〈红楼梦〉》,有一条批语:"曹雪芹为楝亭曹寅之子,世家,通文墨,不得志,遂放浪形骸,杂优伶中,时演剧以为乐,如杨升庵所为者。"周汝昌在所著《红楼梦新证》和《曹雪芹小传》中都用了这个材料,并加以解释。看来这条批语虽是传闻,却也不是捕风捉影、无根之谈。我们知道,贾宝玉与世家子弟下海演戏的柳湘莲,与名旦角蒋玉涵,与贾府戏班中的女伶,如芳官、龄官等,都有密切接触,并且尊重他们,这是《红楼梦》写明的。雪芹借贾雨村之口,把"奇优名倡"与历代逸士高人、诗画名家,乃至帝王,如陈后主、唐明皇、宋徽宗列为同类,这也是《红楼梦》开卷即载明的。如果说雪芹幼年时"杂优伶中"是一种爱好,一种对伶人的理解与尊重的话,那么他在青年、中年时代的"杂优伶中,时演剧以为乐",就不是单纯的爱好,也不只是对伶人的尊重,而是一种傲世态度、一种抗世行为了。

清人杨懋建的《京尘杂录》中,提到几个怀才不遇的士人,放浪形骸躬为优戏的故事。一个是明代的才子杨升庵,他被贬到云南的时候,醉后胡粉敷面插花满头,让他的门生以及他招致的妓女,把他抬起来游街招摇过市。明代苏州才子唐寅(《红楼梦》中提到他),大雪中游虎丘,模仿乞丐唱莲花落。清代乾隆间才子黄仲则居京师,落落寡合，不登权贵的门，却愿意混到艺人们中间去吃他们的饭。他又和艺人一起扮装演戏，粉墨淋漓，登场歌哭，谑浪笑傲，旁若无人。这是"才子失意，遂至逾闲荡检"的事例。

"傲世也因同气味。"（《红楼梦》第三十八回）雪芹"杂优伶中"演戏为乐的行为，与杨升庵、唐寅、黄仲则有相似处，都表现着一种支离傲骨，是一种带社会性的个人行为。而雪芹行为中的社会内涵，却比他们更深广。

雪芹还是个酒徒。一个深秋的早晨，风雨淋淋，朝寒直透衣襟，敦诚到哥哥敦敏的槐园去，在那里遇见了雪芹。时候太早，主人敦敏还未出来，而雪芹"酒渴如狂"，忍也忍不住。敦诚就和雪芹到附近一个酒店沽酒，因为敦诚也没有带钱，就把佩刀解下来交给卖酒老板，权当酒钱质典在那里。雪芹饮得很尽兴，两人你一句我一句，都想起醉八仙之一唐诗人贺知章不惜掷所佩金龟来换酒、晋人阮孚摘下所佩金貂沽酒狂饮的故事。敦诚说，我和你都是和战国齐人能饮一石酒的淳于髡一样的酒徒，今日秋寒相逢，得各饮一石才可以暖暖肚肠呢！我这佩刀，既没有人好赠，也用不着卖它买牛来耕田，我又不必拿它出征边疆杀敌，还不如换了酒一斗接一斗喝个够，让肝肺烧得像生出棱角长出针芒一样呢！雪芹听后大笑，连称痛快痛快！

友人们都知道雪芹能饮酒，恐怕这是从小养成的。《红楼梦》中就有影子，黛玉就深知宝玉"是好吃酒看戏的"（第二十九回）。有次宝玉在薛姨妈处吃酒，千哄万哄才只让他吃了几杯（第八回），那时饮酒，心酣意洽，宝玉是这样，雪芹必定也这样。成年以后，迭经忧患，雪芹豪饮就未必都心酣意洽了，有时是慷慨悲歌，有时竟是愁绪满怀。没有钱，则"卖画钱来付酒家"（敦敏：《赠芹圃》）。饭都吃不上，却还要赊酒——"举家食粥酒常赊"（敦诚：《赠曹芹圃》）。他的饮又是有性格的，"司业青钱留客醉，步兵白眼向人斜"（敦诚：《赠曹雪芹》），"步兵"即晋代"竹林七贤"之一诗人阮籍，酣饮以避世，他听说步兵厨役善于酿酒，贮存的酒有三百斛之多，就请求做步兵校尉，以便鲸吸海饮，所以时人称他"阮步兵"。他对守俗礼的人总是对以白眼，对旷达之士才对以青眼，因此礼法之士都很恨他。雪芹之饮，也是有魏晋名士之风，有"抗世违世情"（鲁迅诗语）意味的。

更可注意的是，雪芹杯中常映出往昔岁月。当他"呼酒话旧事"，说到"秦淮旧梦人犹在"，他就容易不胜酒力，就容易白眼向人，正所谓"燕市悲歌酒易醺"（敦敏：《芹圃曹君霑别来已一载余矣……》），正所谓"燕市哭歌悲遇合，秦淮风月忆繁华。新愁旧恨知多少，一醉酕醄白眼斜"（敦敏：《赠芹圃》）。这"燕市悲歌"或"燕市哭歌"，典出《史记·荆轲传》。战国时卫国的侠士荆轲，流亡于燕国，抑郁不得志，他嗜饮，每日与高渐离饮于燕市，他们痛饮一番之后，高渐离敲击一种叫作"筑"的乐器，荆轲和着节拍而歌于市中。两人一时相对大笑，一时相对而泣，旁若无人。司马迁说"荆轲虽游于酒人乎，然其为人沈深好书"，就是说荆轲虽然耽于酒，但他是很清醒的，他的耽于酒不是他的肤浅，正是他的深沉。敦敏的诗写雪芹"燕市悲歌"，既是用典，也是纪实，杯中有岁月的梦，酒里有醒着的精神。雪芹"燕市哭歌酒易醺"，因为在他的旷达后面，有着难以排遣的抑郁。一方面他"扬州旧梦久已觉"（敦诚：《寄怀曹雪芹》）；另一方面他这个经历过秦淮旧梦的人还在，斩不断对秦淮风月、金陵姐妹、瞬息繁华的追思、忧思、反思。雪芹的"嗜酒"，有"借于酒""寓于酒"的更深长的意味。

清人杨钟羲《雪桥诗话》中说，曹寅早年与其他五位名士，同以性情高介，诗酒自豪，为都中士人所知，有"燕人六酒人"之名。

雪芹也是燕市一酒人，也与友朋中的酒人交游。正如太史公慧眼所识，"荆轲虽游于酒人乎，然其为人沈深好书"，雪芹也是这样，他因沉深而嗜酒，因嗜酒而沉深。他也"好书"，不只好读书，而且好写书——写那部叫作《金陵十二钗》或《石头记》《红楼梦》的巨著。

八、穷愁著书

（一）乞食京华

　　雪芹在右翼宗学当差，充其量也就仅能维持低水平的温饱，实际上他家常常衣食难继。清人赵惠夫《能静居笔记》说雪芹"素放浪，至衣食不给"。清人潘德舆《金壶浪墨》中，也记有《红楼梦》作者"落魄无衣食，寄食亲友家"的传闻。

　　衣食不给，总得活下去。初时只能去当铺典当借贷。雪芹家经过抄没，珍玩古董美服华冠家具器物大都入官了，但《红楼梦》中刘姥姥说了，"瘦死的骆驼比马大"（第六回），拔根毛就比世代赤贫的民家腰身粗，百年旧族败落下来，总还有可供典当之物的，这也是"百足之虫死而不僵"，因此从年轻时起雪芹就常跑当铺了。成年之后，能典当的旧物大概也已典尽，不过，冬典夏衣、夏当冬装，当铺还是要跑的。

　　《红楼梦》第五十七回，雪芹特笔写了典当之事。那天宝钗看见岫烟穿得单薄，就问她，天气还很冷，怎么倒全换了夹衣？岫烟只好回答，因为缺钱，就把棉衣服"当了几吊钱盘缠"。

　　但只靠典当哪里能维持生活呢？雪芹也得别寻生计。他可能在街市上替人写字，卖过画；他可能去给人教过家馆；他也可能想去做小买卖，别的买卖不会做，他是嗜酒懂酒的，就去开小酒馆。敦诚《寄怀曹雪芹》诗中有一句："扬州旧梦久已觉，且著临邛犊鼻裈。""临邛犊鼻裈"是汉代大词赋家司马相如的典故，说的是成都富家女卓文君钦慕司马相如的才学人品，和他私奔，到临邛去开酒馆为生，文君当垆，相如穿牛鼻裙洗涤酒器。敦诚用这个典故，从全诗口气看，并不是说明雪芹也有司马相如与卓文君那种艳闻逸事，而是暗示雪芹开过村野小酒铺，当过身着牛鼻裙卖酒的角色。这时候，雪芹已经穷得在北京城内站不住脚了，搬到了离"成都"不远的"临邛"，即北京西郊海淀一带居住谋生。

在京郊教馆也罢，开乡野小酒铺也罢，生活是依然十分支绌的，最困难的时候，雪芹不得不到亲戚友朋处"寄食"或求得接济。这是雪芹中年以后最辛酸的一段人生经历。

也就是在敦诚这首诗里，透露出了雪芹乞食京华的消息。他写的是"劝君莫弹食客铗，劝君莫叩富儿门。残杯冷炙有德色，不如著书黄叶村"。这里用了两个典故。"食客弹铗"是《战国策》中冯谖做孟尝君食客的故事。孟尝君是齐国著名的大贵族公子，好招纳天下宾客。冯谖到他家做食客时，孟尝君不认可他的才能，对他很冷淡。冯谖感到很失意，失落了尊严，就故意靠着门柱，弹着佩剑作歌"长铗归来兮，食无鱼；长铗归来兮，出无车；长铗归来兮，无以为家"（意思是长剑啊，咱们回去吧，在这里吃饭没有鱼肉，出门没有车坐，住下来了却没有自己的家屋）。"残杯冷炙"之典出于杜甫《奉赠常左丞丈二十二韵》，诗中叙说了自己在长安，为谋衣食，奔走于权门，受尽白眼的悲辛，"骑驴三十载，旅食京华春。朝扣富儿门，暮随肥马尘。残杯与冷炙，到处潜悲辛"。

敦诚用这两个典故寄怀雪芹，其意义有两种可能：一是敦诚用的是典故的本义，那就意味着雪芹曾像冯谖、杜甫那样，奔走权贵之门，以求做幕宾或荐举官职；二是敦诚用的是典故的近似义和引申义，也就是说雪芹曾登权贵或富儿之门，去寄食或求得接济。从雪芹为人一身傲骨看，他不会折腰事权贵，因此第一种情形的可能性很小。第二种情形虽然不是雪芹所愿，但生活所迫，他投亲靠友，向亲戚特别是至亲请求依栖、接济一时，却不无可能。这方面《红楼梦》中确实留下了一些痕迹。

譬如第六回"刘姥姥进荣国府"，就是打秋风去的。秋尽冬初，刘姥姥和女儿、女婿家还没有钱办寒衣，就打算到贾府得些好处。一连串的描写，把求人告贷者的忍耻心理与卑恭神情刻画入骨，而且在叙事行文中潜抑着不得已而为的悲辛。作者如果没有亲身体验，断写不出。深知作者的脂砚斋，也连连写下批语，说："开口告人难""颓颜如见""可怜可叹""老妪有忍耻之心……且为求亲靠友下一棒喝！"你想，雪芹笔下一个积世老婆子求人还这样忍耻、这样难以开口，要是雪芹自己也去向权势者、富家儿乞食，那需要忍受多么痛苦的内心折磨！蒙古王府本、戚蓼生序本《石头记》，这一回的回前题诗有句"借贷亲疏触眼酸"。还有些脂本这一回回前标题诗则是"朝扣富儿门，富儿犹未足。虽无千金酬，嗟彼胜骨肉"。这回书结束的联语也说"受恩深处胜亲朋"。"胜骨肉""胜亲朋"之语和小说内容并没有什么关系，似乎只是作者的感慨，大概雪芹真有过求本家骨肉比求一般"富儿"更难堪的经验。联想到第七十五回突兀插入与情节不相干的一句话"多少世宦大家出身的，若提起钱势二字，连骨肉都认不得了"！这些地方都包蕴着雪芹乞食京华的惨伤。

回过头去看敦诚的诗，那"劝君莫弹食客铗"四句，就令人生出疑问了。雪芹本人对寄食生涯的感受，原比敦诚深切得多，何需敦诚来"劝"呢？也许这四句诗的意思，本来就是雪芹把自己的感慨告诉敦诚的吧，敦诚采以入诗，寄怀雪芹，这四句如加引号恐怕更切当吧。

（二）扬州梦觉

乞食京华，生活中处处碰壁，处处潜悲辛，一段时间里，雪芹甚至产生过逃禅以求解脱的念头。

善因楼刻本《批评新大奇书〈红楼梦〉》卷首有云："相传是书为某公府某人作也"，"某人登贤书，数年，家籍没，后遂逃禅"。所谓"家籍没"，如果是指雍正五六年抄家，那么应当在"某人登贤书"（按即雪芹取"贡生"）之前。如果不是，那就可能是指乾隆四五年，曹家或许再遭一次抄家。至于说雪芹逃禅，不知何所据。不过，《红楼梦》中倒也有使人注目的描写。开卷第一回就写甄士隐悟"世上万般，'好'便是'了'，'了'便是'好'"的禅机，立地出家。有全书提纲挈领意味的第五回，在"金陵十二钗正册"的判词中有："勘破三春景不长,缁衣顿改昔年妆,可怜绣户侯门女,独卧青灯古佛旁。"这是惜春的判词,但似乎又并不限于特指惜春,还有种象征意味。特别是"红楼梦曲"末首有一句:"看破的遁入空门,痴迷的枉送了性命。"第二十二回宝玉们听戏,《鲁智深大闹五台山》一出中有支《寄生草》,其词有:"慢揾英雄泪,相离处士家。谢慈悲,剃度在莲台下。……赤条条来去无牵挂。"宝玉听罢,顿悟禅机,说"我是'赤条条来去无牵挂'",并作了表示禅悟的一偈一曲。第六十三回,妙玉"因不合时宜,权势不容"而出家。第六十六回,柳湘莲掣剑"将万根烦恼丝一挥而尽",遁入空门。第七十七回,芳官、藕官、蕊官三个女伶"苦海回头,立志出家"。而宝玉本人,在雪芹写完的八十回后稿本的最后结局是"悬崖撒手"(见第二十五回脂批)。

　　这些自然是雪芹思想局限的反映,但是否也反映出他本人在生活中曾有过逃禅之念。尤可注意的是,雪芹晚年过从密切的一个友人张宜泉,有一首诗《题芹溪居士》,题下小序说:"姓曹名霑,字梦阮,号芹溪居士。""居士"之名,有三种含义:一是指有才德而隐居不仕的人,也叫"处士";二是指在家修行的佛徒;三是有些自持清高的人也自称居士。雪芹自号"芹溪居士",属于哪一种呢?都沾点边。无论如何,某种向佛意味是有的。

　　尽管如此,尝遍生活辛酸的雪芹,即使有过逃禅的念头,也并没有真的遁入空门。他对现实人生太执着,他对自己那极其入世的《红楼梦》的写作太执着。实际上,生活的磨难非但没有使雪芹逃向禅佛,反而使他从"扬州旧梦"或"秦淮旧梦"中渐渐觉悟过来。

　　从友人们的诗词看,在雪芹中年以后搬出城外隐于西郊的时期,有年把时间与友人失去了联系。研究者们猜测,雪芹回过南京一趟。回南京做什么,说是做两江总督的幕客,但这只是一种猜测,并无实据。

　　不过,不管出于什么角度的猜想,说雪芹曾有机会回到他十分怀念的江南,也是有些迹象的。乾隆二十五年秋,敦敏在明琳的养石轩意外地遇见雪芹,为此他写了一首诗,诗题中就说"芹圃曹君霑,别来已一载余矣",在这里相逢,"惊喜意外,因呼酒话旧事,感成长句"。诗中说:"忽漫相逢频把袂,年来聚散感浮云。"

雪芹与敦氏兄弟交游甚密,而"别来已一载余",显然雪芹这一年多并没有在京西居住。"年来聚散感浮云"的语气和"呼酒话旧"的语气,都不是同居京城的意思。而诗中突兀写出"秦淮旧梦"云云,很像是雪芹回南所见,北返后雪芹向友人叙述南行印象仍然十分激动,以至喝着喝着酒就醉了。也就是说,在乾隆二十四、二十五年间,雪芹似乎有过南京之行。

雪芹居西郊结识的一个好友张宜泉,平时是经常互访的,却也写《怀曹芹溪》诗,说"似历三秋阔,同君一别时。怀人空有梦,见面尚无期,"也是异地怀念的语气。

乾隆二十六年敦诚作《赠曹雪芹》诗,有句:"衡门僻巷愁今雨,废馆颓楼梦旧家。"连带上年敦敏诗"秦淮旧梦人犹在",兄弟二人一再点逗雪芹的秦淮旧梦,显见雪芹这期间获得过旧家已成"废馆颓楼"的印象,更激起他对旧家的追寻和觉醒。

耐人寻味的是,《红楼梦》第二回中贾雨村有段叙述:"去岁我到金陵地界,因欲游览六朝遗迹,那日进了石头城,从他老宅门前经过。大门前虽冷落无人,隔着围墙一望,里面厅殿楼阁,也还都峥嵘轩峻,就是后一带花园子里,树木山石,也还都有蓊蔚洇润之气,哪里像个衰败之家!"这幅宁荣二府冷清中仍带蓊蔚的景象,与第三回林黛玉初到宁荣府,以及第六回刘姥姥一进荣国府所看到的那繁荣贵盛气象,迥不相同。不能不使人联想到,如果雪芹真的重履南京祖居地,现时已是别人主持的江宁织造府,已是隋赫德从曹府得到而改建的随园——主人已换成袁枚,雪芹当然也只能以过客的身份"隔着围墙一望"。而他所见到的情景,定和贾雨村看到的差不多。因此,敦诚诗所谓"废馆颓楼梦旧家"只不过是情感语,曹府的旧家实际并未真的废颓。

要是雪芹真有这次南行,那么他肯定会多方寻访家中旧人。他们是在雍正六年曹家籍没中被入官、发卖的,近三十年的风尘岁月,死生不明,辗转星散。但雪芹找到他们中的一二,也是可能的。他或她到底是曹家本支旁派,抑或亲戚故交,或者丫鬟奴仆,都不可知,但也都可能。至于有的研究者猜测定是个女的,说她是雪芹当年闺友,或者侍候过雪芹的丫鬟,还说此女子并且成为雪芹续弦之妻,随雪芹一起北返,这种猜测并没有实据。

总之,乾隆二十四五年间,即雪芹四十五六岁时,他曾离开西山栖身之地南行一年多。这次远行强烈地触动了雪芹追昔思今的感情,并有力地促使雪芹再次修改、完成《红楼梦》的构思和写作。

(三)悼红轩里

《红楼梦》之于雪芹,简直不是他的作品,而是他的生命本身,是他生命的一部分。他写《红楼梦》,是创作行为,也是雪芹自身的生命行为,是他实现自身生命价值的一种方式与形式。特别是到晚年,创作《红楼梦》,实际上就是他生命存在的主要方式与形式。有研究者报道过,一位没有什么文化,依靠祖上口碑相传而"熟悉"雪芹晚年生活的老人说,"曹雪芹活着就是为了《红楼梦》"。这是说对了的。

《红楼梦》第一回明明白白地写着:曹雪芹在悼红轩中披阅、增删《金陵十二钗》,即《红楼梦》的原始稿本,用了十年时间,大的改写有五次。而原始稿本又有多种,即《石头记》《情僧录》《风月宝鉴》。既然"披阅、增删"用去十年,那么那些原始稿本的构思、写作时间,没有十年以外也会有十年之内的若干年。十年可能只是个约数,假定后来改十年,最初写十年,假定雪芹享寿四十九年,那么雪芹大约在二十多岁上就开始酝酿、构思、陆续进行《红楼梦》的撰作了。后十年更是完成《红楼梦》最重要的关键时期,愈接近雪芹生命的尽头就愈重要、愈关键,因为那就是雪芹生前的定稿。

雪芹死后五年,宗室永忠从敦诚叔父墨香那里读到了《红楼梦》,对雪芹无限倾慕,写了三首绝句吊雪芹,第一首是"传神文笔足千秋，不是情人不泪流。可恨同时不相识，几回掩卷哭曹侯。"最可注意的是第三首："都来眼底复心头，辛苦才人着意搜。混沌一时七窍凿，争教天不赋穷愁！"这诗上两句讲的是雪芹撷取生活素材进行写作的情形，永忠大概是从墨香听到的，而墨香则是从敦诚听来的。诗的下两句讲的是雪芹按照自己的创作构思，把混沌一片的生活素材画上耳目口鼻，完成一幅鲜明生动的典型肖像。他为现实生活画龙点睛，把生活的底蕴点透了，怎不让老天爷"惩罚"他泄露"天机"呢，"穷愁"就是老天爷对他的惩罚。可另一方面人们也会悟到，正因为作者经历了大半生坎坷，才有这部艺术作品的问世吧。古人不早就说过，"文穷而后工"。永忠短短四句诗，把雪芹的创作生涯概括了出来。

"都来眼底复心头，辛苦才人着意搜。"雪芹的生活记忆力、形象记忆力、情感记忆力是惊人的。让我们举两个小例子看。《红楼梦》第八回有个细节，宝玉要去梨香院，路上遇到几个管事的家人从账房走出来，这几个人一见宝玉赶忙上来请安，笑着对他说："前儿在一处看见二爷写的斗方儿，字法越发好了，多早晚赏我们几张贴贴。"宝玉笑问："在哪里看见了？"众人说："好几处都有，都称赞得了不得，还和我们觅呢！"宝玉被恭维得很得意。脂砚斋在此处写了一条批语："余亦受过此骗，今阅至此赧然一笑。此时有三十年前向余作此语之人在侧，观其形已皓首驼腰矣。"这就是雪芹写书时，在记忆里"辛苦才人着意搜"，往事"都来眼底复心头"的结果。三十年前自己身经的小事或听说的小事，都能从脑海中搜撷来做素材，这正是基于深厚的生活贮存的形象再生力。再一个例子，第二十五回，宝玉被蜡烛烫了，马道婆进荣国府请安，说这是"一时飞灾"，还向贾母说："祖宗老菩萨那里知道，那经典佛法上说的利害，大凡那王公卿相人家的子弟，只一生长下来，暗里便有许多促狭鬼跟着他，得空便拧他一下，或掐他一下，或吃饭时打下他的饭碗来，或走着推他一跤……"贾母一听就信了，立即请马道婆用道法化解。脂砚斋在马道婆的话旁加夹批："一段无伦无理信口开河的混话，却句句都是耳闻目睹者，并非杜撰而有,作者与余实实经过。"类似这样,作者从直接生活体验和记忆中撷取素材,写到书中作为艺术细节的例子,在《红楼梦》里不少,我们在脂砚斋评语中可以看到。

当然,《红楼梦》的写作并不只依靠作者的直接生活经验和形象与情感记忆力,更重要的还是靠作者的生活概括力和形象创造力,即典型创造能力。譬如,贾宝玉这一形象,他身上确有许多地方有作者雪芹的投影,但宝玉决非雪芹化身,更不是雪芹自画像。又如林黛玉,她的生活原型,也许是雪芹苏州舅祖家一位表妹,与雪芹青梅竹马,少小无猜,耳鬓厮磨。雪芹年龄稍长后,对她更存有一段青春情愫,特别是舅祖家、雪芹家抄没之后,更不知她"孤标傲世偕谁隐"(《红楼梦》第三十八回林黛玉作《问菊》诗中语),流落何方,有何等悲惨的遭遇,这正是雪芹从青少年时代起三十年来梦魂萦绕不能释怀,每当撰写《红楼梦》拿起笔就"都来眼底复心头"的。即使这样,林黛玉形象与雪芹的某位表妹原型之间,仍然不能视为一体,而是经过雪芹重新创造的。对于这一点,连十分注意用生活素材来印证《红楼梦》艺术描写的脂砚斋也区分得很清楚,"按此书中写一宝玉,其宝玉之为人,是我辈于书中见而知有此人,实未曾亲睹者。又写宝玉之发言,每每令人不解,宝玉之生性,件件令人可笑,不独于世上亲见这样的人不曾,即阅古今所有之小说传奇中,亦未见这样的文字。于颦儿按即林黛玉处更甚"(第十九回批语)。

的确,雪芹创作时,固然"着意搜寻"记忆中的生活,但更重要的是重新创造生活。他的"辛苦"不只用于调动记忆力、再现力,而且用于调动想象力、创造力,这是更为复杂的脑力劳动,更为高级的思维活动。

雪芹自己说他在"悼红轩"里写作,那么,他的悼红轩在何处?

"悼红轩"不止一处,它也不指雪芹的哪一处住所。"悼红轩"多么华赡新雅的室名,其实雪芹创作时早已穷困潦落,连自己的家屋都没有,更谈不上什么书房了。他和他的家人,在京城内外,在西郊,到处流迁。出城之后,有人说他居海甸,居健锐营,居白家疃,居僧寺……无论是临时住所,是依人篱下蹐处一隅,是厕身王府马厩,是在西郊流浪与定居,他都把《红楼梦》稿子带在身边,他所曾依栖的每一处地方,都是"悼红轩"。

他的悼红轩不是崇屋华居,而是陋室空堂,"家徒四壁,一几一机一秃笔外无他物",甚至连稿纸也买不起——"寄食亲友家,每晚挑灯作此书,苦无纸,以日历纸背写书"(清人潘德舆:《金壶浪墨》)。

雪芹的"悼红轩"窳陋得令人酸鼻,却又庄严得令人崇仰。一颗受难的、不屈的、天才的心灵在那里搏动,一管秃笔蘸着心血,在如豆的灯影里,在发黄的日历纸背,写就《红楼梦》不朽的华章。于是,雪芹栖身过的那些陋屋,那些已经隐没在历史尘埃里的陋屋,在人们心目中、想象里,就成了光芒万丈的艺术圣殿。

九、西山暮霞

(一)茅屋草窗

雪芹浪迹京城一二十年,富儿家的残杯冷炙他受够了,看人白眼寄人篱下的生活他过够了,他决定离开这里,离开喧嚣的市尘,到乡野去,到纯朴的农人中间去。大约乾隆二十二年前后,他搬到西郊海甸一带,最后隐居于西山脚下某个村落,直到去世。

京华不再能羁系他了。这是他的自我放逐,也是他的自我解脱。西山留下了他写在《红楼梦》稿本上的最后手迹,留下了一代文豪最后的遗踪。

这里的自然景色是十分幽美的,但雪芹的生活是更加简朴困顿了。他的村居背靠连绵起伏、既深邃又敞朗的西山。他站在并不十分雄峻但十分明媚的玉泉山、香山、翠微山、妙峰山诸峰之上,在晴明的日子里,可以俯视远眺他度过了青年、中年岁月的京华。林间山偎,历代修筑的梵宫佛寺错错落落。雪芹村居前有一条小径，曲折入山。雪芹是爱石的，因而也爱山。他时常扶杖出户，秉笔室中，独对群峰，四时山色，入雪芹望眼。明秀的春山、森郁的夏山、斑斓的秋山、素洁的冬山，终年与雪芹相拥。雪芹村居不远有一湾溪湖，春水绿，夏水碧、秋水清、冬水凝，涤荡雪芹心志。

雪芹在北京城中的老朋友敦敏、敦诚兄弟，一年总要来这里探访雪芹几次。雪芹在西郊结识的好友张宜泉，更是时不时到这里来，或和雪芹沽酒吟诗，或一起漫步于山林僧寺之间。张宜泉住在西郊，是村学穷教书先生，因此他对山居的穷陋已经可以为常，并不感到雪芹居处多么异样触目；而二敦兄弟，可就在诗中留下他们对雪芹村屋的残败、生计的困顿的印象："衡门僻巷""薜萝门巷""环堵蓬蒿""满径蓬蒿老不华"——偏僻的村头，一处茅草土屋，杂木搭起的院门，树枝编成的窗户，土墙爬着瓜藤花蔓，屋檐屋顶乱草纷披，屋前屋后刺蓬丛生，门前小路都成野径了，长满老得不开花的积年荆棘和杂草。而土屋里的人呢，"举家食粥酒常赊"。薄粥难果腹，不到饭时又饥肠辘辘了。有时连粥也吃不上，那就只好"日望西山餐暮霞"（敦诚：《寄怀曹雪芹》《赠曹雪芹》）。

这种境况，雪芹自己在《红楼梦》楔子里就明白写出："虽今日之茅椽蓬牖，瓦灶绳床，其风晨月夕，阶柳庭花，亦未有妨我之襟怀笔墨者。"虽然住茅屋，对草窗，使砖瓦砌的灶，睡麻绳结的床，但并不妨碍我的襟怀；我院里也有晨风也有夜月，我屋前也有垂柳也有红花，它们都助我文思，伴我握笔写作。

这就是雪芹最后一处"悼红轩"，就是雪芹写完《红楼梦》稿本最后一字的黄叶村。

（二）无愧无悔

雪芹晚年贫居西山的日子里，祖母大概不在了，母亲、叔父是否还在，不得而知。根据雪芹友人诗词以及其他人的传说，似乎雪芹早已从大家庭分出,他只和荆妻弱子生活在一起。

《红楼梦》第一回的"好了歌"是这样唱的,"陋室空堂,当年笏满床","金满箱,银满箱,转眼乞丐人皆谤。"

第五回红楼梦曲最后一支的曲词:"为官的,家业凋零;富贵的,金银散尽","好一似食尽鸟投林,落了片白茫茫大地真干净"。

第十三回秦可卿有句预言:"一日倘或乐极生悲,若应了那句'树倒猢狲散'的俗语,岂不虚称了一世的诗书旧族了!"

第十九回贾宝玉有一句忏语:"临了剩我一个孤鬼儿。"这一回里有一条脂批:"补明宝玉自幼何等娇贵。以此一句留与下部后数十回'寒冬噎酸齑,雪夜围破毡'等处对看,可为后生过分之戒。叹叹!"

曾经是那样显赫的江南大吏,几百万两盐课总管,转眼家业凋零,金银散尽,这已是雪芹少年时遭遇过的了。富贵公子,转眼乞丐,受人谤毁,这也已是雪芹寄食京华时的往事。树倒猢狲散,食尽鸟投林,大地茫茫,山林寂寂,剩下雪芹一个与妻小孤鬼儿似地隐居山村,寒冬以酸菜为食,雪夜围破毡难眠——这正是雪芹眼下情形。

他愧不愧、悔不悔呢?他本来可以像一般士子一样,科举登仕,当个"禄蠹",但他没有。他在《红楼梦》楔子里说,"今风尘碌碌,一事无成","半生潦倒",愧是愧的,对父祖、妻子。他对自己一生行止,对自己抗世违世情的叛逆性格,却坚定地秉持着。《红楼梦》第三十四回,宝玉被父亲责打,一条裤子都是血渍,死去活来。黛玉来看望他,心中有万句言语,只抽噎说了半句:"你从此可都改了罢!"宝玉听了长叹一声说:"你放心,别说这样话,我便为这些人死了,也是情愿的!"很清楚,宝玉他无愧亦无悔。雪芹自己,在《红楼梦》楔子中虚说一句"愧则有余",接着可就说"悔又无益",随后又坚定地表示"虽今日之茅椽蓬牖,瓦灶绳床……亦未有妨我之襟怀笔墨者"。事实上,他在"举家食粥""雪夜围毡"的艰困中,仍然命笔不辍,终于在去世前基本上完成了这部从一个贵族家庭的盛衰观照历史,为封建贵族的不肖子女以及一群异样女儿们作传,不使他们与自己一并泯灭的小说巨著。雪芹正是以这部他以全部心血浇灌的书表明"我即使为这些人死了，也是情愿的"，他何曾愧、何曾悔！

　　他无愧无悔，反把"老天爷"教他"赋穷愁"——家运与个人命运从贵盛到寒微，变成了创作的内驱力。一百多年后，另一位文豪鲁迅说过："有谁从小康人家而坠入困顿的么，我以为在这途路中，大概可以看见世人的真面目。"（《呐喊·自序》）鲁迅本人就走过这样的途路。雪芹则不仅是从小康人家而坠入困顿，他是从豪门巨族人家而坠入困顿的，这一过程更使他看清了世人的真面目。从个人生活说，这是他的不幸；从一个文学家的创作生活说，这却是他不幸中的大幸。鲁迅在评论《儿女英雄传》作者文康的身世与他的创作的关系时，更直接与曹雪芹的情况相比。文康祖父是镶红旗人，官拜陕甘总督、四川总督、武英殿大学士兼军机大臣。"家本贵盛，而诸子不肖，遂中落且至困惫。文康晚年块处一室，笔墨仅存，因著此书以自遣。升降盛衰，俱所亲历，'故于世运之变迁，人情之反复，三致意焉。'荣华已落，怆然在怀，命笔留辞，其情况盖与曹雪芹颇类。"（《中国小说史略》）鲁迅是重视作者家庭际遇对创作的影响的，尤其是生活遭际对创作心理的影响。创作主体的心理状况之所以特别值得注意，是因为从生活到作品必须以创作心理为中介。创作心理既是生活素材的集纳器，又是艺术提炼的加工器。家庭变故和生活遭际对创作心理的影响作用，在自传成分鲜明的创作中更明显。从思想倾向来说，文康与曹雪芹相反，文康向统治者表忠心，曹雪芹则不讳言自己的叛逆。但是这两个作家的家世、身世，以及他们"荣华已落，怆然在怀"地"命笔留辞"的创作心理，确有类似之处，只不过他们所"怀"的思想不同就是了。曹雪芹从贵盛之家跌落的过程，成为帮助这位孤标傲世、有风骨的作家更深切地把握生活的底蕴、观照世运的变迁、洞察人情的反复的内驱力，而这些正是成功创作一部杰作的必要条件。

（三）傲画狂诗

"傲骨如君世已奇，嶙峋更见此支离。醉余奋扫如椽笔，写出胸中魂磊时。"这是敦敏的诗《题芹圃画石》。

雪芹爱石。他在《红楼梦》开卷就写了一个以"石兄"为主角的神话。这块石头是开天辟地之际，女娲炼来补天的三万六千五百零一块石头中用剩的那"零一块"。这块零余之石，就成为《红楼梦》主角、畸零人贾宝玉的化身。这块石头被仙人幻化为一枚晶莹玲珑的美石，但那只是它随贾宝玉落生于花柳繁华地、富贵温柔乡的一种外在形相，它的本相却是大荒山、无稽崖、青埂峰下高十二丈、方二十四丈，庞庞大大，有棱有角的一块顽石——屹立并自由来往于洪荒宇宙的一种人类生命灵性的象征。在某种意义上说，这石头正是雪芹生命个性的象征。

雪芹爱的是这样的石，这样的石性与人性，因此他把《红楼梦》叫作《石头记》——人类一种不羁的生命灵性的记录。《红楼梦》或《石头记》是石头和石性之歌，是石头一样的人与石性一样的人性之歌。

雪芹不但能写小说，还能写诗能画画。他的诗、画也有石头样的品格。敦敏题诗的这幅画画的就是一块嶙峋的石头。敦敏深知雪芹其人及其寄寓，所以他的题画诗既状写雪芹画的石头，也状写雪芹本人的傲骨嶙峋，醉余奋扫如椽之笔，尽写心中块垒。

雪芹曾在燕市慷慨悲歌，他在西山，赊钱买酒，豪情不改。他宁肯以西山的晚霞为餐，也仍然像晋代的阮籍那样以白眼傲视人世。

不是没有权势者想用锦衣美食厚俸来招致雪芹，让他充当侍候，他们的诗人、画师，但是雪芹拒绝了。张宜泉诗《题芹溪居士》就透露了消息，说雪芹"工诗善画""爱将笔墨逞风流，庐结西郊别样幽。门外山川供绘画，堂前花鸟入吟讴。羹调未羡青莲宠，苑召难忘立本羞。借问古来谁得似，野心应被白云留"。"青莲"即李白，他曾被唐玄宗征召，玄宗给了他很高的礼遇，"御手调羹以饭之"（皇帝亲自为他料理汤饭），但实际上不过把他当作一名陪皇帝游宴、作些诗词为皇帝凑热闹的御用文人。一贯傲视王侯的李白心情是很抑郁的，后来终于遭到谗毁而离开了京城。"立本羞"指的是唐代著名画家、宫廷画师阎立本，有一次唐太宗与侍臣在御花园泛舟，池中的水禽彩色斑斓，太宗一时兴起，立即宣召阎立本来画。阎立本急忙赶到，汗也没空擦，头也不敢抬，伏在池边，手挥画笔，按太宗的旨意画水禽。他回家后告诫儿子："我身为主爵郎中，却像个奴仆一样被召来召去画画，真是极大的羞辱！你要牢牢记住绝不再学这种侍候人的技艺！"张宜泉诗中说雪芹不羡慕李白受唐玄宗调羹之宠，忘不掉阎立本受唐太宗驱使的羞辱。可见，雪芹确有过被权势者召为幕友清客侍弄笔墨的"机遇"，而雪芹决然拒绝了。他宁愿像白云野鹤，栖隐山林，再苦再穷，也是自由之身。雪芹这种个性，正是他在《红楼梦》第二回中借贾雨村之口说的"断不能为走卒健仆，甘遭庸人驱制驾驭"的傲世者。张宜泉十分钦佩，说雪芹的傲骨古来难得有人可比。

雪芹不肯以诗画邀权势者赏饭，他自己却自得于独对山峦，将夕烟晨岚描绘在画纸上，或者在自己茅舍堂前，看山花开开落落，观山鸟飞去飞回，吟成自在的诗篇。他也乐于和友朋流连于废寺、留宿于僧舍，在诗中寄寓人生的感慨——这正是张宜泉《和曹雪芹西郊信步憩废寺原韵》中"君诗曾未等闲吟，破刹今游寄兴深"的写照。或者朋友来访，他就当时把自己的画拿去卖了，到酒家痛饮一场——敦敏《赠芹圃》诗就是这么写的："寻诗人去留僧舍，卖画钱来付酒家。"

他困顿，而他潇洒似顽仙；他贫穷，而他笑傲王侯。他是个自由的歌者。

朋友们十分倾倒于他的诗才。敦敏说他"诗才忆曹植"（《小诗代柬寄曹雪芹》），把他和这位同姓的先辈大诗人相比。敦诚也说雪芹的诗风近于"慨当以慷"、刚健清新、梗概多气的以曹操父子为中心的"邺下才人""建安七子"。朋友们特别钦佩他的诗胆，他们说"知君诗胆昔如铁，堪与刀颖交寒光"（敦诚：《佩刀质酒歌》），可见雪芹不作无病呻吟文字,他的诗如铁似刀,锋芒坚刚锐利;他们说"爱君诗笔有奇气,直追昌谷破篱樊"(敦诚:《寄怀曹雪芹》),可见雪芹诗狂傲如晋代名诗人阮籍,奇幻似唐代"诗鬼"李贺,而又不蹈袭他们;他们说"君诗曾未等闲吟,破刹今游寄兴深",可见雪芹写诗每作必不等闲,而寄兴遥深。

雪芹的诗和画,都已经亡佚,我们不可得见了,只从友人们的诗文中留下了他题敦诚剧作《琵琶行》的两句诗:"白傅诗灵应喜甚,定教蛮素鬼排场",还有他作的一首诗的题目:《西郊信步憩废寺》。但从雪芹友人的记述中,却逗引着我们对雪芹狂放的诗魂与不羁的画格的无尽想象。

(四)哀旌一片

鲁迅《中国小说史略》中说:"雪芹至中年,乃至贫居西郊,啜饘粥,但犹傲兀,时复纵酒赋诗,而作《石头记》盖亦此际。"鲁迅与雪芹似有神交,他的判断是能"契于作者本怀"的。

雪芹食粥也罢,傲兀也罢,纵酒赋诗也罢,他心心念念的是完成《红楼梦》的写作。他已经过了"不惑"之年,接近"知天命"之年。人已是世事洞明,才已是炉火纯青。

没有人来访谈的日子里,雪芹就完全沉浸在对自己并不漫长的一生那漫长的跌宕生涯的思索里,思索个人与家庭、家庭与社会、社会与历史、历史与人生。他的思考并没有结论,因为生活是难以得出结论的,而艺术是不需结论的。但是他那没有结论的思考,却触及和揭示了个人、家庭、社会、历史、人生的关联及其真谛。

天时入秋了,也是人生的秋天了罢。"念念心随归雁远,寥寥坐听晚砧痴。"(第三十八回)长空映出排成"人"字的雁阵,雪芹目送它们没向南方的天际,那南方的一角云天下面,就是雪芹和他的家族的祖居地南京、苏州、扬州,就是秦淮旧梦萦绕之处。雪芹痴痴地坐着,周围寂寂无人,天已向暮,溪塘传来勤劳的山村妇女闷闷的捣衣声。

雪芹回到了茅屋里。"半床落叶蛩声病，万里寒云雁阵迟。"（第三十八回）白天外出，秋风吹落的黄叶，铺了他半床。他扫去落叶，躺到床上去。灶下的蟋蟀幽幽地鸣叫起来，与山野的秋虫吟唱响成一片，勾出人生绵绵的秋思，生出对世间美好事物被葬送的忧思。良久，一阵雁啼又传入耳膜，哦，不知是哪群匆匆赶路的雁儿，错过了宿头，或者是连夜蹼行。茫茫夜色中生命并没有寂灭，万里寒云下洒落那"人"字形的一群灵禽向往南方的温暖、追逐明朝的光明的叫声，在寒冷的夜气中显得分外响亮。

雪芹躺不住了，他觉得这正是他的《红楼梦》所要表现的。要是现在能向知心的友朋讲述自己的感受，讲述自己刚刚萌生的新的构思与修改方案，那多好。可此时哪有人来啊。劳碌了一天的妻子也拥着幼小的儿子睡去了。惯于和人高谈雄辩的雪芹意兴难禁，他想：我又何必找别的什么人对话呢，为何不和宝玉、黛玉们交谈？"休言举世无谈者，解语何妨话片时。"（第三十八回）雪芹起身，披上破毡，坐到桌子前，点亮油灯，摊开了《红楼梦》稿本。深秋的夜很长，深秋的夜也很短，雪芹写完了他的新构思，已是黎明前最黑暗的时刻。

就这样，雪芹晚年，日夕出入于《红楼梦》的艺术世界，他呕心沥血地撰写和修改，直到死神把他的笔夺下。

"能解者方有辛酸之泪，哭成此书。壬午除夕，书未成，芹为泪尽而逝。余尝哭芹，泪亦待尽……"脂砚斋后来在《红楼梦》第一回书眉上批道。

雪芹逝于乾隆二十八年岁尾，干支纪历是癸未年，公历是一七六三年年底或一七六四年年初，享年四十九岁。

有的学者认为雪芹逝于乾隆二十七年壬午除夕，那是对上述那条脂批的理解不同。学者们也因敦诚悼雪芹诗中有"四十萧然太瘦生""四十年华付杳冥"之句，而张宜泉悼诗小序却又有"年未五旬而卒"之句，从而对雪芹享年有不同结论，以此逆推，也对雪芹生年有不同观点。其实，敦诚所谓"四十年华"只是伤雪芹早逝，惋叹其未得寿永的诗语、伤心语,翻成俗语白话,也就是"你才不过四十啊,怎么就匆匆走了呢"之意,并非实是年龄之数。张宜泉的"年未五旬而卒",倒是近于诔辞的纪实写法。

雪芹死于唯一的儿子夭殇之痛。这一年从春到秋,北京城里城外天花流行,对幼儿危害极大。那时候,出天花是无药可医的凶症。当时一位诗人蒋士铨写有一首时事诗《痘殇叹》,说:"三四月交十月间,九门出儿万七千。郊关痘殇莫计数,十家襁褓一二全!"敦诚也留有文字记录:"燕中痘疹流疫,小儿殄此者几半城,棺盛帛裹,肩者负者,奔走道左无虚日。"敦家一门遭痘灾而亡殇的就有五口。张宜泉家兄弟两支中小孩也是四口剩一(周汝昌:《曹雪芹小传》)。雪芹的爱子就是在这场灾难中被夺去了幼小的生命的。

丧子之痛对雪芹的打击太大了。长年薄粥度日,酸菜噎喉,加上创作《红楼梦》的心力消耗,使本来黑胖广额的雪芹变得"太瘦生",未老先衰,以致前几年与友人张宜泉登山访古也已经是"扶杖过烟林"。突然间爱子夭亡,就使雪芹支撑不住,也病倒了,身边只有同样病弱的妻子照拂,也没有钱请医买药,延挨两三个月已经不起。远在北京城里的朋友也得不到消息,无从帮助。雪芹死后,敦诚写悼诗就说:"一病无医竟负君。"雪芹死于穷,死于病,死于心血耗尽。

敦诚、敦敏和张宜泉等,帮忙料理了雪芹后事。一个寒风凛冽的早晨,雪芹未亡人、敦诚等二三知友,以及一些乡亲近邻,把雪芹埋葬在他为之劳碌过、歌哭过的山野,埋葬在他数月前夭殇的爱子丘墓旁。寥落荒天回响着雪芹寡妻悲恸断肠的哭声,她的泪水洒落在亡夫亡儿的坟土里。故交乡邻也都潸然泪下。他们走下冈阜,回过头去,只有一片纸幡悬在宿草寒烟中那新垒的坟头。

敦诚、张宜泉陪雪芹孀妇回到那空荡荡的茅屋里,抚着雪芹遗下的诗、画、《红楼梦》稿本,抚着雪芹弹过的琴、佩过的剑,心头涌起无限哀思。"开箧犹存冰雪文","怀人不见泪成行","《北风图》冷魂难返,《白雪歌》残梦正长。琴裹坏囊声漠漠,剑横破匣影铿铿"

（张宜泉：《伤芹溪居士》）。他们离开雪芹遗宅已是午后了，四望雪芹生前在这里艰难地生活过、发愤读书创作过的山村，再一次向故人顶礼告别，"多情再问藏修地，翠叠空山晚照凉"。

一代天才降生于十八世纪中华大地，度过短促的、艰难竭蹶的一生，又回到地母怀中去。

十、历史丰碑

（一）冰雪遗文

雪芹身后备极萧条。他没有留下儿女，只余一个寡妻，故交又都零落。他是由无财无势的旧友襄助，才得草草安葬的。有人揣测雪芹是从西山葬入曹家在北京东坝的祖墓的，但以雪芹殁时凄凉景况，恐怕没有自西山起灵远赴东郊这种可能。

雪芹未亡人的年纪怕也在四五十岁了，雪芹死了，她更孤苦无依，想来也不会太久于人世。而雪芹一二知交如敦诚，在《挽曹雪芹》诗中就说"他年瘦马西州路，宿草寒烟对落曛"（斯人已逝，昔时遗踪处处使人悲伤，我不敢再来走这"西州路"了，就剩下您在宿草寒烟中独对夕阳啦）。可以想象，雪芹未亡人在日，还会每年清明、重九在雪芹坟头培些新土，孀妻一旦亡逝，就再也没有人照料雪芹的坟墓了，只有年复一年地坍塌下去，没于荒草。雪芹死后不几年，敦敏与一些友人在东郊集饮，写了一首《河干集饮题壁兼吊雪芹》，其中有"逝水不留诗客杳，登楼空忆酒徒非""凭吊无端频怅望，寒林萧寺暮鸦飞"。诗客雪芹已随逝水一去不复返了，满座的朋友中却已没有了昨日的燕市酒徒雪芹。我们到哪里去凭吊你呢？你的荒坟隐在寒林萧寺间，只有暮鸦在啼叫。既然敦敏们对雪芹已"凭吊无端"而只有频频怅望遥天，可见雪芹的孤坟早已荒没了。二百年过去，二十世纪六十年代初，为了准备曹雪芹逝世二百周年祭，北京市曾组织了对雪芹墓的踏勘寻访，结果却是踪迹皆无。这也是不奇怪的。

雪芹的遗属和友人，当年无力为雪芹营建大墓巨碑，草草垒起的坟垅早已旷废，真使雪芹"托体同山阿"了，那巍巍西山即是雪芹墓碑。这是雪芹之幸，还是不幸呢？不管怎样，雪芹生前却已经用一部《红楼梦》为自己营建了一座"非人工的纪念碑"，一座用不朽的文字构筑的历史丰碑，它永远矗立在世世代代读者眼前。

雪芹写这部书，"披阅十载，增删五次"，"字字看来皆是血，十年辛苦不寻常"（第一回）。这冰雪遗文，远胜于汉白玉雕就的王侯墓阙。

此书稿本，曾有《风月宝鉴》阶段，这是一个家庭道德伦理小说的稿本。它的故事，主要是贵族男女的荒淫无耻；它的主题，是道德劝诫；它的构思，可能是对明代小说多涉风月笔墨的反模仿。雪芹力纠明末颓废之风，要给世人一面真正的"风月宝鉴"。现在《红楼梦》第七回焦大揭发的贾府"每日家偷狗戏鸡……"；第十二回的"王熙凤毒设相思局"；第十三回贾珍与秦可卿的暧昧；第四十四回贾琏与仆妇鲍二家的的奸情；第六十回、六十五回贾珍、贾琏、贾蓉父子兄弟的丑行；第六十六回柳湘莲说的你们东府里除了两个石头狮子干净，只怕连猫儿狗儿都不干净；贾府内外一班纨绔子弟如薛蟠之流的斗鸡走马，问柳评花，聚赌嫖娼……都应属于当初《风月宝鉴》稿本中的内容。

此书稿本，又曾有《金陵十二钗》阶段。它把《风月宝鉴》的一些情节加以削减、淡化，人物以贵族青年男女与年轻丫鬟们为主体，内容突出"家庭闺阁琐事"和"闺友闺情"，表彰"行止见识"皆出于"堂堂须眉"之上的若干"异样女子"，写她们的"情"（纯情、真情），她们的"痴"（痴心、执着），她们的"小才"（才识艺能），她们的"微善"（正直、善良），写她们的悲惨命运和作者的"风尘怀闺秀"。这是一部贵族情感心理小说的稿本。它在构思上是对明代小说中"才子佳人书"的反模仿，完全打破那"千部一套"的旧模式，而以作者"我半世亲睹亲闻的这几个女子"的离合悲欢"一段陈迹故事"为本,摒除"假拟妄称",只"追踪蹑迹"、"实录其事"、"令世人换新眼目"(第一回)。这些内容绝大部分保留在《红楼梦》定稿里。

此书稿本,又曾有过《情僧录》阶段。《风月宝鉴》也罢,《金陵十二钗》也罢,虽有男性叙述主人公在内,但毕竟以写"她们"和"他们"为主。《情僧录》稿本阶段则从男性叙述主人公角度,以写"我"之亲见、亲闻、亲历以及亲思、亲悟为主。叙述主体是一个贵族公子,所谓"历尽风月波澜,尝遍情缘滋味",后来遁入空门。他的情感历程是"因空见色,由色生情,传情入色,自色悟空",所以把自己的名字也改为"情僧"(第一回)。过去有些红学家研究《红楼梦》的"色空"观念,落脚点在"空"上。但实际上,在雪芹稿本中,"色"与"空"都不如"情"主要。比起"色空"来,"情"在书中是一个中心美学范畴,而"色空"只是认识范畴。"空"是一种佛家境界,"色"是一种俗人境界,而"情"则是既超凡超圣又入凡入圣的境界。雪芹以"情"与"僧"连属,这本身就是离经叛道的。《情僧录》不仅是"情僧"对自己经历情缘变幻的实录,而且还是"情僧"对自己所经历的一番情缘幻变的忏悔录——这是贵族忏悔录型小说的稿本。这里所谓"忏悔"不是简单的否定或悔过,而是有否定也有肯定的反思与升华。《情僧录》稿本阶段,此书叙述角度从《风月宝鉴》《金陵十二钗》的客观叙述转为主观叙述。后来在《红楼梦》定稿时,《情僧录》阶段的主观叙述色彩淡化了,但意思、精神是仍然保留的,仍有以"情"为首,使"色""空""情"三位一体这种关系的痕迹。

此书又有《石头记》稿本阶段。在这一阶段,雪芹的增删又有对此前几个阶段的超越。他回到了《风月宝鉴》《金陵十二钗》的客观叙述角度,但是扩大了客观叙述的视野,不再只着眼于风月与儿女之情,而着眼于"浮生着甚苦奔忙,盛席华筵终散场",写的是在"人世间""历尽离合悲欢炎凉世态的一段故事"(第一回)。既突出"浮生""世态",显然已脱出伦理小说型、情爱小说型、忏悔录小说型,而趋向社会小说型。这就是《红楼梦》定稿第一回正话反说的"虽有些指奸责佞贬恶诛邪之语,亦非伤时骂世之旨","毫不干涉时世"——一本有暴露、有批判、干涉时世的书。

此书稿本的最后阶段,就是雪芹去世前写定的《红楼梦》稿本阶段。这是雪芹人生经历、思想性格、艺术探索的总结阶段和完成阶段。正所谓"结束铅华归少作,摒除丝竹入中年",年轻时对情爱、家庭、社会、现实、人生的体验、观察、思索,已经以表面摄取进到刻骨铭心,从浮泛躁急进到深邃沉着,从现象扫描探入本质,从感觉、直觉进到理性、理智,从感悟层次进到哲理层次,从社会层次进到历史层次,从人生层次进到文化层次。《红楼梦》稿本阶段,在吸收、扬弃的基础上,发展了《风月宝鉴》《金陵十二钗》《情僧录》《石头记》诸阶段的创作探索成果,写成了一个历史文化小说型的稿本。

这就是曹雪芹"披阅十载,增删五次"的过程。需要说明的是,我们只是把《红楼梦》这部小说的几种异名,用来作为雪芹创作、修改历程的阶段性的代号。实际上,一部小说的书名与内容之间,只有相对的对应关系,没有绝对的对应关系。雪芹生前传出的抄本,就是一律叫《石头记》的,直到乾隆四十九年即雪芹死后二十来年,才有名《红楼梦》的版本出现。在乾隆五十六年程伟元、高鹗等付刻的刻本出来之前,《石头记》与《红楼梦》的书名曾并行于世。之后,《红楼梦》的名称就取代《石头记》而定型化了,所以我们以此书的五种异名作为成书历程的代称,并不表明这几个异名出现的时序性,而只代指雪芹构思变化的阶段性。

至于说到作家创作构思的大小变化过程,以及稿本的大小增删、大小修改过程,事实上只能是反反复复穿穿插插地进行的,不是整整齐齐地整体修改、整体推进,每次都重起炉灶,都伤筋动骨或脱胎换骨的。也就是说,把雪芹创作、修改过程分出若干阶段,也是相对的,不是绝对的。实际情形只能是既有相对的阶段性,又有绝对的连续性。

不管怎么说，《红楼梦》的宏大结构，包含着家庭道德伦理型小说、青春情爱型小说、贵族主人公忏悔录型小说、社会世态写实型小说、历史文化史诗型小说这几个有机构成方面。这也是雪芹在漫长的创作过程中思路推进的基本脉络。经过一个个台阶，《红楼梦》终于升上了小说艺术的巅顶。世人所看到的雪芹的"冰雪遗文"，就是这样一座屹立于小说艺术巅顶的壮丽殿堂。

（二）高山仰止

如果《红楼梦》早期、中期、晚期的诸种稿本都能留存于世，那么足可以构成一个稿本库了。

万分可惜的是，雪芹生前那么穷愁落拓，那么坎坷播迁，他死时又那么寂寞萧条，他死后既没有子嗣，亲戚故交也都风流云散，他那些用陈年日历纸背书写的稿本，他那些用他所能得到的一切大小零整杂纸书写的稿本，哪里还能保存下片纸只字呢！就连雪芹生前和死后一段时间，由脂砚斋参与誊抄、对清的较整齐的稿本，有些也在亲友争相传阅过程中迷失了。更为可惜的是，八十回以后的三十回，雪芹生前已经写出来了的，也已经迷失，连抄本也没有留下来。这后三十回直接写到贾府被朝廷抄没，写到贾宝玉被拘禁于狱神庙，沦为沿街击柝的更夫，写到史湘云沦为乞丐等。这些情节、这些内容，当时就被友人们认为"有碍语"，怕触犯时忌，陷入文网，招来文字狱之灾，而藏匿起来，不敢公之于世。于是，《红楼梦》就像古希腊雕塑"维纳斯"埋在地下，挖掘出来已断了胳膊一样，成了人类文学艺术史上又一个既辉煌又残缺的艺术品。雪芹所构思所表现的这出"落了片白茫茫大地真干净"的大悲剧，终于沉埋于历史的地下，后人无缘得见，成为千古之憾。

但是这座巨大的用文字来雕塑的东方"维纳斯"，当时也已轰动世人。作者贫病而死，而他的书的抄本在庙会书摊和市井书坊里，一部就卖到数十两银子。按《红楼梦》中刘姥姥的说法，当时二十两银子就够农家过一年的,那么数十两银子的书价,就够一般人家过一二年的。这样昂费的书仍然"不胫而走",可见当时《红楼梦》风行和"抢手"的程度。

于是,颇具文化经营眼光和文化建设眼光的程伟元、高鹗,在乾隆五十六、五十七年,就接连用活字排印,大量发行这部书。雪芹死后二百二十年来,《红楼梦》的手抄本、木刻活字排印本、石印本、铅字排印本、影印本,不知出过多少版本了。其中又有各种各样的附评家评点的版本,附注家注释的版本,白文版本。此外,还有从汉语译为国内兄弟民族文字的版本,从汉语译为各国文字的版本。

程伟元、高鹗还开辟了《红楼梦》续书的风气。在中国文学史上,本来就存在续书这种文化现象。例如,唐代元稹的传奇小说《莺莺传》,在后世就有用戏曲形式写成的续书《西厢记》,古典小说经典作品《水浒传》《西游记》等,也都有续书。但没有任何一部作品,能比得上《红楼梦》续书之多,自乾隆年间高鹗续后四十回之后,清代人作的续书多如过江之鲫,如《后红楼梦》《续红楼梦》《红楼梦补》《红楼复梦》《红楼园梦》《补红楼梦》竞相出现,二百多年来各种续书不下三十种,直到当代,也还有《红楼梦新补》《红楼梦新续》问世。大概在世界文学史上,《红楼梦》续书之多,也堪称世界之最了。

至于根据《红楼梦》改编的京剧和其他戏剧剧本,曲艺说唱,电影、电视,题咏《红楼梦》的诗词,根据《红楼梦》创作的舞剧、美术作品,记载着与《红楼梦》及其作者有关的事迹、资料的笔记杂著(无论可信与否)。近代以来考证、研究、评论《红楼梦》及其作者的专著、专论等,更是难以数计。

总之,《红楼梦》本身以及围绕这部作品的一切图书文籍,完全可以建立一座洋洋大观的"红楼梦图书馆"了。一部小说可以建立一座图书馆,在世界文学史上恐怕也是绝无仅有吧。

《红楼梦》在十八世纪的中国诞生,是横空出世,无可比并的;它在十八世纪的世界出现,也是横空出世,无可比并的。

十八世纪的世界西方，有法国启蒙运动四员主将孟德斯鸠、伏尔泰、狄德罗、卢梭的文学；有德国狂飙运动伟大诗人歌德、席勒的文学；有英国笛福、斯威夫特、菲尔丁等反映资本主义原始积累时期的时代精神和揭露贵族阶级的文学。

十八世纪的世界东方，中国没有欧洲式的启蒙运动，但是出现了一批反儒学道统、反理学的思想家，他们的著作表现了东方式的启蒙思潮。曹雪芹以自己的小说作品《红楼梦》，加入了十八世纪中国启蒙思想家的阵营。

狄德罗是法国百科全书派的代表，但他的文学并不是文学的百科全书，不是百科全书式的文学。曹雪芹的《红楼梦》却是真正百科全书式的文学。卢梭有著名的《忏悔录》，曹雪芹的《红楼梦》仅从忏悔录型小说这一侧面，所挖掘的也更深、所表现的也更广。歌德的《少年维特的烦恼》与曹雪芹的《红楼梦》，一个是德国狂飙突进时代的代表作，一个是向更加庞大的古老中国社会传统、思想传统、文学传统猛烈冲击的旗帜。笛福的《鲁滨孙漂流记》、斯威夫特的《格列佛游记》、菲尔丁的《汤姆·琼斯》，都是十八世纪英国文学的杰作。曹雪芹的《红楼梦》则以深沉隽永的艺术灵光辉耀东半球。就单个作品而言，《红楼梦》不逊于十八世纪世界文学的任何作品。把十八世纪世界文学看作一个整体、看作连绵起伏的山脉，那么《红楼梦》是雄踞于东方的那座迎日峰上的。在世界现实主义文学发展史上，《红楼梦》最早为世界迎来新的太阳。

世界现实主义叙事艺术的划时代发展与成熟，是十九世纪的事情。《红楼梦》在十八世纪出现，实在是超前了。世界文学中近代现实主义的巅峰状态，过去一直是以十九世纪中叶以后的法国巴尔扎克、俄国托尔斯泰为标志的。其实，十九世纪欧洲批判现实主义的基本特征，在十八世纪中叶，在曹雪芹的《红楼梦》里已完全展开并充分成熟了。《红楼梦》是提前了一百年结出的一个硕果。它不但是中国文学的，而且是世界文学的一大奇书。曹雪芹是领先一百年出生的巨匠，他不但是中国文学的而且是世界文学的一大奇人。

　　十八世纪的中国和世界为什么会出现这样的奇书这样的奇人，在某种意义上还是待解之谜。人们盼望研究者们，特别是寄望于年轻的朋友们，他日破解这谜，并向世界解说。

抽丝剥茧说脂批

一、脂批：怎一个乱字了得

俞平伯在其所辑《脂砚斋红楼梦辑评》中讲了一句大实话："人人谈讲脂砚斋，他是何人，我们就不知道。"他所说的"人人"，指的是红学家们。为什么人人谈讲他？因为现今还存世或已知的《红楼梦》最早期的抄本，就叫《脂砚斋重评〈石头记〉》。是否有更早的白文抄本和评本？并不确知，纵有也早已佚亡。于是近世发现的几种脂评抄本就成了唯一的《红楼梦》老祖宗本、"真本"。红学家们对脂砚斋，不但人人谈讲，而且感恩地谈，敬畏地讲，却又众说纷纭，莫衷一是。谁也谈不准脂砚斋是何人，这还罢了，竟然谁也讲不清何谓脂评，指不定脂本上的哪条批语算还是不算脂评。戴不凡在《脂批考之一》中作了一个如此表述的脂批数量统计："全部脂批总数当在二三千条以上吧？"你看，既说"全部""总数"，实际却给出个约数，而且居然留出"千条以上"的误差空间！这还并不算"数"，而说是"应当"之数。这一"统计"的发布词最后是以统计发布者自我设疑的语气了结的。

这固然是研究者的尴尬，究其实却是脂批身份证缺失捉弄人。至今存世的脂评系统的古抄本，据俞平伯指证，"都出于后来过录"，"残缺讹乱"，"无论正文评注每每错得一塌胡涂"，"批注常常与正文相混，纠缠难辨"，或"批语误入正文"，或"正文误作批语"，而且"愈早的本子混糅得愈利（厉）害"。至于可认定为评注的文句，有朱笔有墨笔，少数有署名、记年月，大部分则"光头秃脑"，身份不明；有开首总批、眉批、夹批、正文下双行批、回末总批，却在传抄过录过程中被抄手弄得七颠八倒者有之，丢胳膊失腿者有之，错接乱安者有之，讹谬不可卒读者有之；甚至整回以至数十回的批语遗落或部分遗落，或舍弃不抄者有之。俞平伯辑评本引言中实话实说："这些批注抄得都很随便而且混杂""这些批注每错得一团糟"。客观事实明摆着，辑录不可能完备是肯定的，校读不可能精审也是肯定的。

关于正文中可能夹带小说原稿中原有作者自作批注，脂砚斋有时似亦有所辨识，如第三回正文中贾母问黛玉常服何药，黛玉回答听说三岁时有癞头和尚来家，"疯疯颠颠，说了这些不经之谈"。于此甲戌本有夹批："是作书者自注"；有正本批语为："是做书者自注。"可见有的脂评早期抄本，批者当年能辨认正文与作者自注相混的若干痕迹。今天我们也能在俞平伯辑评本中觅得一些作者自批语在抄本过录时误入正文、正文误作批语的情形。以第十七、十八回的正文与批语为例。正文"说不尽这太平气象，富贵风流"下，甲辰本有批语："此石头记自叙：想当初在大荒山中，青埂峰下，那等凄凉寂寞，若非癞僧跛道二人携来到此，又安能见这世面。本欲作一篇灯赋省亲颂以记今日之盛，但恐入了小说家俗套。按此时之景，即一赞一赋也不能形容得尽其妙。即不作赋颂，而其豪华富丽，观者诸公亦可想而知也。所以倒是省了些笔墨。"甲辰本的这段批语，庚辰本、己卯本、有正本都作为正文，文字略有差异。我们若排除先入之见，顺着小说正文阅读，能感到它带有作者随手札记而插写入原稿正文中的痕迹。它既是作者自注，却又面对"观者诸公"说话，显出它其实是作者的自批，并非正文。甲辰本把它作批语对待，符合其本来面目，只是不知道它原是芹批，却笼统当作脂批。庚辰本、己卯本、有正本把它混入正文，说明它们据以过录的底本，应是最初源自雪芹原稿的白文抄本或脂评抄本。此批接下去隔五行，在正文"明现着'蓼汀花溆'四字"下，又出现一处批语与正文相渗情形：在甲辰本上是批语"按此四字并'有凤来仪'等匾,皆系上回贾政偶一试宝玉之才情耳,今日认真用之;况贾府世代诗书,来往文墨之士正自不乏,岂无一二名手题咏,竟用一小儿语塘塞,真似暴发之家所为,岂《石头记》所表之宁荣府哉。据此是自相矛盾了,须将作者原委说明,方为了了。"而在庚辰本、己卯本、有正本上,这段批语都作为正文,略有文字差异。从甲辰本可见作者有时边撰作边自注之迹。从庚辰诸本窜入正文看,也渊源有自。另,又如第三回写黛玉拜见外祖母,正文有云:"此即冷子兴所云之史氏太君,贾赦贾政之母也。"甲戌本有夹批:"书中人目太繁,故明注一笔,便观者省眼。"这也应是脂砚斋明白这一句乃作者原注而混入正文的又一例。这些都可见正文与批语夹缠之迹及缘由。其结果,是芹批被隐没,或被研究者笼统认作脂批混入正文,脂斋们从而不劳而获。

　　脂砚斋何姓何名,是男是女,是老是少,人们一概不知。然而"人人谈讲脂砚斋",凭什么?凭于史可稽的曹雪芹生平事迹资料、《红楼梦》创作情形资料几乎无有,而脂评保存着人们可追索曹雪芹生平,《红楼梦》创作情形的若干信息。有些脂批就据此高自位置、自显自炫:谁最知晓曹雪芹底细?余。有些脂批则隐约暗示:谁能破译《红楼梦》密码?余。红学家们因而对这个面目模糊、深浅莫测的脂砚斋,发挥各自的驳证、驳论、推测、臆想:说脂砚斋是曹雪芹叔叔;是雪芹嫡堂弟兄;是《红楼梦》中人物史湘云;是雪芹本人化身……红学家们又根据自己的编剧构想、导演构思,还把自己当成星探,派定脂砚斋扮演《红楼梦》主创团队里的主角。周汝昌派定脂砚斋饰演《红楼梦》小说"合作"者、"整订"者、题名者和定名者、"并列作者"。《红楼梦新证》悬编剧情:乾隆二十四年秋迄明年秋,"雪芹曾游幕南京","嘱脂砚代为整订"《石头记》稿。又悬定"当日脂砚斋和曹雪芹两人最后决定正式定名仍用《石头记》"为书名。吴恩裕没有让脂砚斋演"红"一号角色,却也位阶不低,不乏霸气地让脂砚斋饰"红"二号,《曹雪芹丛考》中就是这样派角的:"姑且不管脂砚斋是谁,横竖有这么一个人就是了：他是曹雪芹的一个叔父，他批注了《石头记》，不论是'己卯冬月定本'还是'庚辰秋月定本'的《石头记》，都是由他誊清原稿，批注'定本'才出手的。""横竖""不管"可又"管"定了：脂就是芹之叔，脂"批注"了"本"才能"定"。吴氏自己悬编的剧情，悬画出舞台上当年雪芹、畸笏、脂砚写书编稿的走台路线图："他们一个住在白家疃，一个住在海淀或香山，一个住在北京的西南外城的内外，彼此相距都可谓很远。他们周转《石头记》原稿或誊清稿本以便续写或续加批语。"吴乃昌《红楼梦探源外编》甚至悬拟脂砚斋是《石头记》的初创者："《石头记》前二十多回中有些回可能原出于脂砚的初稿"；此吴氏口风比霸气不弱地认定："省亲故事的作者非脂砚斋莫属，雪芹至多只是作了些文字加工！"

一周二吴对脂砚斋角色名分的揣测判决也并不是他们的首创，始作俑者是脂砚斋或同脂砚斋一样谁也不知其名头的畸笏叟。甲戌本第一回"满纸荒唐言，一把辛酸泪"上有两条眉批："能解者方有辛酸之泪哭成此书。壬午除夕，书未成芹为泪尽而逝。余常哭芹泪亦待尽……""今而后唯愿造化主再出一芹一脂，是书何幸，余二人亦大快遂心于九泉矣。甲午八月泪笔。"两批不具名，在《红楼梦新证》中周汝昌说："这明明是脂砚的话，他指明'一芹一脂'，又说'余二人'，这个余二人，也就是一芹一脂，芹已死，脂在悼亡伤逝而已（俞平伯：《曹雪芹的卒年》）。如果我们相信周汝昌的话，那么倡言"一芹一脂"说就是脂砚斋自吹自擂。别有一些红学家认为，此批语出自另一主要脂批者畸笏叟。庚辰本第二十二回有口吻绝类畸笏的批语："凤姐点戏脂砚执笔事，今知者寥寥矣，不悲乎！"而靖本此回另有后出而同为畸笏口吻的批语："前批知者聊聊，不数年，芹溪、脂砚、杏斋诸子皆相继别去，今丁亥夏只剩朽物一枚，宁不痛杀！"乾隆三十二年丁亥，上距雪芹逝世的乾隆二十七或二十八年四、五年，在此期间脂砚殁去。到了芹逝十一、十二年后和脂砚殁数年后的乾隆三十九年甲午，"朽物"（畸笏）"泪笔"作批语，祈祷"造化主再出一芹一脂"，以使"余二人大快遂心于九泉"……若"造化主"果真再出芹、脂，则芹、脂还阳，怎会其大快遂心仍在泉下？到底是还阳大快还是在泉下遂心？岂非莫名其妙得紧？而作此批者明明还活在世上执笔写批语，怎么竟又想从阳世落阴间与脂大快遂心？此叟居然痛哭共痛快同一瞬，泪水与墨水齐舞飞。难不成畸还要拉扯着还阳了的脂，一起赴阴间大快遂心？况且祈祷造化主再出一芹一脂意欲何为？是畸认为早已问世的《石头记》不够真善美，愿芹、脂还阳自我否定推倒重写或新写？何以"是书乃幸"？总而言之，这条口号"一芹一脂"说的批语，文义不通，主名不明，立意可疑，如果不是批语文字有错讹，其可信性是不大、不高的，拿它作为脂芹并列共享《红楼梦》著作权、定名权，甚至脂的亲族辈分和创红业绩在芹之上的证据，极不靠谱。至于这两条批语提供了考证曹雪芹卒年，连带着脂砚斋离世大致年限的重要参考，属另外的问题，于此不论。

　　周汝昌曾力主脂砚即湘云说。他认为多年后"湘云历经坎坷终于与宝玉成婚"。对脂砚即湘云说的驳辩不算复杂。先从事实看，只要我们拿脂批的内容、口吻、评点对象与史湘云的身份、性格比照，即可知此说之谬。例如，第三十一回"因麒麟伏白首双星"，有脂批："后数十回若兰在射圃所佩之麒麟，正此麒麟也。提纲伏于此回中，所谓草蛇灰线在千里之外。"此事有关宝玉湘云白首结缡，如果脂砚真是湘云，作为宝玉的续弦夫人，能把自己婚姻情事作为评点之资吗？第一回甄士隐解注《好了歌》，于"金满箱，银满箱，转眼乞丐人皆谤"处有夹批："甄玉贾玉一干人。"湘云能这样批点自己和后夫沦为乞丐且人皆谤么？第十六回脂批说："凤姐恶迹多端"，"阿凤心机胆量，真与雨村是一对乱世之奸雄"，阔大豪逸、谈不上夙蕴心机的湘云，会对表嫂凤姐累积如此深刻观察，作如此诛心之批么？例不多举，如果脂斋真是湘云，那么那些针对"亲人"、熟人之脂批，不但怪哉，而且莫不令人生滑乎其稽之感。这是从事实讲脂砚即湘云说与实际对不上榫。再从道理讲，脂砚斋是批书人，史湘云是书中人，哪有一个特定的书中人物站到书外来，与作者、与读者对话，以全知视角批己、批人、批书、批作者的道理？红学家能耐够大，大变活人，把书中写得活灵活现的纸上人史湘云，变为书外对书执笔挥洒，指点一切的大活人、书评家。

至于脂砚即雪芹说，从胡适以下，都有红学家主张。此说大错小不错，外错里不错。怎么讲？那就是《红楼梦》抄本早期传播中，人们你抄我录，在私人和坊间流传，确有小量小说正文之句，被误认作脂批，又有不少雪芹创作小说过程中，在原稿随手写下，作为自我提示的札记或自注，或者作为创作体会，自得自赏并以示人的自评，还有向读者提供的释义性注解，都被传抄者一并录在抄本上，这种正文并附作者评注的抄本，被脂砚斋们作为底本，加上各自的评点（所谓脂砚斋重评石头记的"重评"，应指脂斋在原附作者自评的抄本上再评），再后来的脂本传抄本的过录者，已不辨或不识也不重视作者原自评与脂斋重评之别。这样一来，带着小说正文与芹评相出也相入的脂本，被后来的传抄本、刻本、排印本或习焉不察，或难以辨识而沿袭后世，红学家们则或循泛脂评化的思路，后果是：一则芹批汩没入脂批，从此芹批不彰；一则脂批夺入芹批，从而抬高脂批身份。也有红学家循泛芹批化的思路，以为脂批也就是芹批，后果是：误认脂斋为雪芹。所谓脂即芹之说，内涵、外延错大了，里边小部分不错，因为脂批中确有部分芹批。

脂批乱，乱莫大于与芹批相混，文字的错乱还在其次。本文下一节，我们就尝试做一点去脂评化的工作，证芹批之存，还芹批之真，显脂评本来面目。

二、让雪芹给脂砚作颜面识别

上文我们见识了脂批的乱象，文乱人亦乱。文之乱指脂批文本自身文字的讹乱，也指正文与批语的错乱。人之乱指脂斋身份认同的混乱，更指脂与芹、脂批与芹批的淆乱。这里还需补充几句：统称脂批的批语实际不是脂斋一人所为，其中包括脂斋少量署名而多量不具名之批，包括畸笏具名和不具名之批，包括松斋、梅溪署名和可能不署名之批，还包括脂斋所说的不点名的"诸公之批"。脂斋说"诸公之批自是诸公眼界，脂斋之批亦有脂斋取乐处"（见第二回眉批），可见"诸公"与脂斋的评点可能"眼界"不同，"取乐处"有别。脂斋所谓"诸公"，恐怕不止畸笏、松斋、梅溪数人，还可能有其他与脂斋同处共聚谈说《红楼梦》的友朋，还可能有彼此并不谋面而有批红的文字之交者。我们可以想象当年在私人间和坊间流传的有评《石头记》抄本，不会仅只脂批本，也可能有其他人的批本。相识或不相识的批者，也可能有意、无意、直接、间接接触各种传抄本、各自批本，从而彼此有批红文字交。这就存在着"诸公之批"与脂批的对待。脂斋也可能在自有的自批本上辑录、转录他人批本的批语。这些情形可看下例，第三回凤姐出场，有眉批："试问诸公，从来小说中可有写形追像至此者？"这显然就是脂斋与其他批者隔空对话口吻。第十六回凤姐对出远差归来的贾琏撒娇诉说她一人理家的烦难，此处有眉批："此等文字作者尽力写来，欲诸公认识阿凤，好看后文，勿为泛泛看过。"这也就是脂斋提醒其他批者留意之笔。同回秦钟临死只剩一口气，却记挂家中无人掌管家务、父亲留积几千银子的处置、智能尚无下落该如何，因而求告阎王派来的鬼判宽限拘捉自己。这里有双行批语，一半为"扯淡之极，令人发一大笑"！另一半为"余谓诸公莫笑，且请再思"。这后半的批者显然更有识见，懂得雪芹写下这段文字，并非点缀文情的逗趣闲笔，而另有讽人（秦钟）、讽世蕴意。这就是诸公之批与脂批各有眼界各有取乐处的情形。第二十回李嬷嬷对袭人吵闹，黛玉认可袭人，此处有脂批："袭卿能使颦卿一赞，愈见彼之为人矣。观者诸公以为如何？"这正是脂斋与其他在场、不在场的批书人商讨的口气。还有另一种情况，第二回冷子兴与贾雨村演说荣国府后离开酒家，雨村忽听得后面有人招呼，雨村回头看去，这一回书也就结束,此处己卯本有批语:"语言太烦令人不耐。古人云惜墨如金,看此视墨如土矣,虽演至千万回亦可也。"这条批语十分突兀怪异,不知批者是嫌整回书"语言太烦",还是嫌这回书已该结束却又别生枝节笔墨宕开去,而令他"不耐",抑或是嫌《红楼梦》开卷至此"语言太烦",不但不惜墨如金,简直是"视墨如土",这样的演述,一部书的篇幅抻拉到千回万回也没用。批者的这种口气,显示他是极其不耐烦、极其看不上、极其嫌弃《红楼梦》笔墨的。这太奇怪了,在全部脂批中,这样贬斥不屑雪芹笔墨的,大概是绝无仅有的。批者当然不会是脂斋,但他是什么人?真是"诸公之批"之一吗?为何掺杂进脂批并存留脂本里?尽管这算是特例,但常例如上的情形多有。总而言之,脂本大量评语中,除署名者外,哪一条是"诸公之批"?眼界庸者归谁,俊者属谁?后人已无从辨识,而笼统称之为脂批。脂批良莠不齐,质地参差,高下不在同一等级,这正是客观存在的又一种脂评乱象。

但这些脂评文本之表与文本之里的乱象还不算多么紧要,更重要的是脂批芹批不分、难分,脂评裹带芹评、吞没芹评,折损了芹,膨化了脂,这种脂评化是后世脂评被权威化的根源之一。

据乾嘉之世的笔记著作如潘德舆《金壶浪墨》所载佚闻,雪芹著书时"若无纸,以日历纸背写书"。此说倘确,则雪芹手写小说正文与他手书备忘性札记、自感怀之评,释义性之注,在日历纸背上不可能区分得整齐清楚。举家食粥,守着瓦灶绳床的作者,未必有钱购买或自印大量稿纸,雇人将原稿誊抄为清稿,很可能就以写在日历纸背面的原稿,供急欲一睹为快的友朋阅读传抄。友人们的这种早期抄本,把原稿上的正文与作者自批注混在一起抄录再自然不过。后来传世的各种脂评本,正文上有眉批,中有双行夹批、双行批,回前回后有总批,有墨笔批有朱笔批,尽管字有错讹、位有乱置,却是有线有栏,有行有格,其底本肯定已是多少次过录的抄本。唯有正文与芹批相混尚留有雪芹原稿本的痕迹。

正是脂批裹没芹批，芹批被脂批讹夺这一点，是研究者应当做的一项重要工作：去脂评化，还芹评本来。笔者以为，甄别脂批、芹批，一要辨文旨，二要辨文义，三要辨文气，四要辨文情，五要辨文采。

辨文旨就是指要辨别该条批语的意旨。怎么辨别？用《红楼梦》总的宗旨和局部章节的具体宗旨，去和该条批语的意旨对照；用我们从《红楼梦》中了解到和理解到的曹雪芹的文艺思想、社会思想、人文思想、情感取向去和该条批语的意旨对照。该条批语如果与之相契、相符，那么很可能就是芹批，如果相逆、相违，那就不是芹批，而只是脂批。如甲戌本第一回前有所谓"凡例"，第一句就标明是"红楼梦旨义"。首先交代书名，说"是书题名极多，一曰《红楼梦》，是总其全部之名也。又曰《风月宝鉴》，是戒妄动风月之情。又曰《石头记》，是自譬石头所记之事也"。"然此书又名曰《金陵十二钗》。"交代了书名，再交代内容意旨，说"此书只着意于闺中，故叙闺中之事切，略涉于外事者则简"；强调"此书不敢干涉朝廷"，"实不敢以写儿女之笔墨唐突朝廷之上"。这样的"凡例"，应当是作者自订自注之笔，非批书者所能批，也不是批者口气。书名关乎旨义，明确表示《红楼梦》是"总其全部之名"，其他书名则是偏指局部、特出局部之名。然后进一步交代此书旨义，从"此开卷第一回也，作者自云"以下，到"阅者切记之"，共四百来字（包括排印本的标点符号），再加上一首七言诗"浮生着甚苦奔忙……字字看来皆是血，十年辛苦不寻常"，直到"列位看官，你道此书何来"的说书人口气式开讲故事之前的文句，都是标明了"作者自云"的作者自注手笔，不是批书人写的批语。俞平伯《脂砚斋红楼梦辑评》把它作为脂批辑入，正保存了脂评系统本子过录的是带作者自注自评的底本之形迹。这些芹批，与《红楼梦》全书旨义及相关正文表述，是完全切合的，与脂批所能够批的判然有别。

也有不大好辨别的。第一回开讲故事由来："原来女娲氏炼石补天之时，于大荒山无稽崖"炼成高十二丈，方二十四丈，共三万六千五百零一块石头，用后剩作的一块弃在青埂峰下。在正文女娲炼石补天之时处甲戌本有夹批："补天济世，勿认真用常言。"在正文高十二丈方二十四丈处有夹批："总应十二钗""照应副十二钗"。在正文三万六千五百块处有夹批："含周天之数。"在正文青埂峰下处有眉批："自谓落堕情根，故无补天之用。"这些批语是脂批呢还是芹批？我们结合《红楼梦》作意，结合曹雪芹时或以超现实的笔法作现实主义书写的文风，结合文献记载的曹雪芹为人"奇谐雄辩，逸趣横生"、"奇谈"令人大快的性格综合考虑，这些释义性、音释性而又极新奇极富传奇意趣的批语，应当就是雪芹的自注自批。雪芹生前友人说他"诗胆如铁"，果然诚然，不但写诗如是，写小说也如是。他创作《红楼梦》，不采用寻常叙事策略，起首就摆出了一个人们意想不到的叙事迷阵，翻新古老的女娲神话，叙写现实人间世的崭新寓言。他不写补天，他知道谁也补不了现实世界已崩坏缺漏的天。他写的是周天彻地的人世间男男女女离合悲欢的命运。他提示读者，"补天济世，勿认真用常言"。《红楼梦》呈现的是一个人们经惯的世间，又是人们并不习见的世界。它是现实，也是寓言。"认真用常言"，用常态思维去读，会读不透。同是第一回，僧道二仙劝石头不必仰慕红尘，人间总与美中不足好事多磨连属，瞬间乐极生悲人非物换，到头一梦万境归空。此处有夹批："四句乃一部之总纲。"这是脂批还是芹批？从《红楼梦》全书的情感基调看，此书寄托着与作者对现实人生的悲感共生着的对理想人生的乐感。"乐极生悲""万境归空"表达的是悲感，没有乐感，所以这四句并非"一部之总纲"，批语却肯定这就是《红楼梦》总纲。这样的批语，不应是芹批，只能是脂批。但且慢，雪芹提示我们"勿认真用常言"，"乐极生悲""万境归空"确是常言，但我们应当认真呢还是勿认真信用这种常言？笔者认为应遵从雪芹之劝诫，勿认真用常言，勿为常规思维所拘限。我们若用心研读《红楼梦》，会体会到雪芹叙事笔法的特点之一是常用"反逆隐曲之笔"，有的正笔反写、正意反表，有时反笔正写、反意正表。"四句乃一部之总纲"这条批语的确像是脂批,因为脂批总的来说表达的就是这样的观念。但实际上,这条批语很可能就是芹批,是反逆隐曲之批,因为《红楼梦》的全部书写都反证了"到头来万境归空"的悲观、悲感并非"一部之总纲",并非《红楼梦》的主旨。曾经在红学研究者中引起过莫大争议的所谓《红楼梦》的色空观念,也与读不透曹雪芹反逆隐曲之笔相关。

辨文义与辨文旨近似,但文旨大,文义所指说则可大可小。第四回有一条总批:"请君着眼护官符,把笔悲伤说世途。作者泪痕同我泪,燕山仍旧窦公无。"这是脂批还是芹批?需要从语义、文义仔细辨识。若从第三句"作者泪痕同我泪"看,因为从语义解,有"作者泪痕",还有"我泪",那么"我"应是批者,不是作者。但也不一定,无论诗还是小说的叙述者,可以用第一人称,也可以用第三人称,还可以第一人称与第三人称互文对举而指同一主体,"作者泪"与"我泪"可化宾为主、化主为宾而混一。护官符上写的是本地大族名宦贾、史、王、薛四大家族的俗谚口碑,这四家连络有亲,相互扶持遮饰,一损皆损一荣俱荣。各省地方官都抄了本地权豪的单子存照,万一触犯了这样的人家,"不但官爵,只怕连性命还保不成",所以绰号"护官符"。依我们看,护官符这样的名色物事,是曹雪芹以小说笔墨作史、入史的一大创造发明。批语的第一句提醒读者"着眼护官符",表明批者明白小说指向社会暴露、社会批判的这一笔的分量。有如此识力的批者,与其说是评点家脂斋,不如说是小说家雪芹靠谱。再说批语第二句"把笔悲伤说世途",就更是作者自诉了。评点家只能"把书"捧书,只有作者才"把笔"执笔。但作者为何悲伤?为谁悲伤?反感仕途的曹雪芹,会为受护官符制约的做官者悲伤吗?当然不会。倒是总想劝诫贾宝玉走出闺阁走向仕途的脂斋,会因护官符所限,同情当官不易,为之悲伤。从这个角度看这条批语的作批者是脂砚也有可能。但我们换一个角度,从雪芹痛恨现实黑暗、官场黑暗,同情平民百姓的角度看,包括从雪芹的家族就是在官场黑暗中败落,雪芹本人因而沦落社会底层的角度看,则"把笔悲伤说世途"者,最可能就是雪芹,不是脂斋。况且我们不应忘记,雪芹擅用反逆隐曲之笔,他在小说开卷即公开声明:"作者本意原为记述当日闺友闺情,并非怨世骂时之书;虽一时有涉于世态,然亦不得不叙者,但非其本旨耳。"这当然是经历过家族被抄之后的作者,痛不定常思痛,为避文网而演的障眼法,是反笔正写。他揭示护官符现象,明明是愤怒揭露,辛辣鞭挞,明明是怨世骂时,可也真个满怀悲愤、悲伤,不止于把笔悲伤说官途,更把笔悲伤说世途。我们辨语义、文义,可明这条总批是芹批,非脂批。

从文义来辨芹批与脂批之别,在第一回里就有三条事例。第一条,正文绛珠神瑛一段甲戌本有眉批:"以顽石草木为偶,实历尽风月波澜,尝遍情缘滋味,至无可如何,始结此木石因果,以泄胸中悒郁。古人云'一花一石如有意,不语不笑能留人',此之谓耶?"此批胡扯乱拽不着边际。宝、黛之前世或今世,哪有什么历尽风月尝遍情缘,那不就成风尘男女了么?此批之表述与实质均既俗既陋,绝非雪芹手笔,只能是脂斋所为。其实曹雪芹编撰木石之盟,外壳是神话,内里却是基于自然生态的人间寓言。在自然界,木石永恒相生相栖,相依相守,雪芹认为人世间亦应如是,所以作者以根于生命朴素自然状态的木石盟予宝玉黛玉,而以虽高贵却人工打造的金玉缘予宝钗宝玉。批语扯上风月,拽上陈言滥调,都与芹意无干。第二条,贾雨村中秋自吟一联:"玉在椟中求善价,钗于奁内待时飞。"甲戌本有夹批:"表过黛玉则紧接上宝钗。前用二玉合传,今用二宝合传,自是书中正眼。"正文写的明明是贾雨村借此联语自得意、自待估之"传",批语却穿凿"玉""钗"而杜撰宝钗黛玉"合传",匪夷所思。我们相信宝钗为人是要"待时飞"的,但批者派定黛玉"求善价",却是对黛玉人品没来由的诬蔑毁谤。这样拙劣乃至恶劣的批语,恐怕连脂斋也不屑为,必是脂批群里"诸公"之一所为。第三例,正文叙甄士隐解注《好了歌》,于"如何两鬓又成霜"处有夹批:"黛玉晴雯一干人。"我们知道，晴雯在第七十七回就被迫害夭亡了，据有关八十回后情事的线索，黛玉也是风刀霜剑严相逼而早逝的，说她们两鬓成霜不是胡扯吗？这样的批语，必定也是哪位神智发昏的脂评"诸公"所为。在雪芹笔下，《好了歌》文白义深，寄寓着雪芹对书中人事及世事世情的无限感慨、讽刺；批者不识，却自以为是、强作解人，或穿凿附会、刻舟求剑，乱点、限死书中各别具体人与事，或言不及义、消损雪芹本意。另外还有几条注《好了歌》的批语逗露八十回后情节线索，另具价值，或许是脂斋所为。此外再举一条事例：第二回正文中贾宝玉说"女儿是水作的骨肉。男人是泥作的骨肉。我见了女儿，我便清爽；见了男子，便觉浊臭逼人"。甲戌本有夹批云："真千古奇文奇情。"此批者明显认识不到作者为宝玉创撰这句个性话语，包含着社会民主性的、社会批判性的人观、人性观，表达了作者和主人公对未受或少受社会污染的年轻女性，身心清洁如水的关爱和尊重；表达对许多成年男性特别是为官作宰者，深陷社会污泥浊水，臭气熏天的憎嫌。批语只会用"奇文奇情"的俗陋之评将作者的深意掩遮了去，显然这是脂批，不是芹批。

再说辨文气。文气是辨芹批与脂批之别的又一标识。所谓文气即批语所透发的文字内容与文字形式的气息。如第二回开始总批有三段文字："此回亦非正文本旨，只在冷子兴一人，即俗谓冷中出热，无中生有也。其演说荣府一篇者，盖因族大人多，若从作者笔下一一叙出，尽一二回不能得明，则成何文字，故借冷子兴一人略出其半，使阅者心中已有一荣府隐隐在心……""未写荣府正人，先写外戚，是由远及近，由小至大也。若使先叙出荣府，然后一一次及外戚，又一一至朋友，至奴仆，其死板拮据之笔，岂作十二钗人手中之物也……""通灵宝玉于士隐梦中出，今又于冷子兴口中一出，阅者已洞然矣，然后于黛玉宝钗二人目中极精细一描……盖不肯一笔直下，有若放闸之水，燃信之爆，使其精华一泄而无余也……观其后文，可知此一回文则是虚敲旁击之文，笔则是反逆隐曲之笔。"这三段批语，第一段点出冷子兴是为让读者先有荣府概观而设的叙述人角色,是作者在全书开卷之初,从叙事结构着眼,打出的引领棋局的第一粒棋子。第二段批语进一步申说全书开端的结构性意义。第三段批语交代全书的叙事笔墨的个性特色:多取虚敲旁击的文气,反逆隐曲的笔法。这三条批语,透发出来的是作者自评自注的气息,一种既是作者记述创作心得的札记,也是作者向读者交代提示的语气,完全不同于脂砚斋等评点家所作批注的语气。它不是脂批,正是芹批。

批语的文情也能辨别脂、芹。文情指批语的情感指向、情绪、情调。第十二回有正本有回后总批:"儒家正心,道者炼心,释辈戒心。可见此心无有不到无不能入者,独畏其入于邪而不反,故用心炼戒以缚之。请看贾瑞一起念及至于死,专诚不二,虽经两次警教,毫无翻悔,可谓痴子可谓愚情……作者以此作一新样情种,以助解者生笑,以为痴者设一棒喝耳。"批语对儒家道者释辈三教(分别称"家""者""辈",极显字法功力)既见其作用人心之同源,又见作用之别("正""炼""戒"亦极显字法功力),遣词犀利严老;对贾瑞以"专诚不二"似赞而实讽刺,判其痴、愚,并赠以"新样情种"之谥,以调侃、惩戒其可恶、可鄙、可悲、可怜、可笑的下场。具如此识见,文情的批语,无疑为大作家雪芹手笔,非区区脂斋辈所能言。第十七、十八回庚辰本有开始总批:"此回宜分二回方妥。"此批历来被红学家认作脂批,并就此衍生出脂斋乃作者亲长、合作者云云,为脂斋造神、树权威。其实审此批文情,它更可能是作者属稿初期,稿未定,作者随手在稿纸上留下的自我提醒有待斟酌、改定的札记、自注。

文采作为作者个性化才能的文字表现,也是辨芹批、脂批之别,内化而外显的指标。第三回有正本回前总批云:"我为你持戒,我为你吃斋,我为你百行百计不舒怀,我为你泪眼愁眉不解。无人处,自疑猜,生怕那慧性灵心偷改。""宝玉通灵可爱,天生有眼堪穿,万年幸一遇仙缘,从此春光美满。随时喜怒哀乐,远却离合悲欢。地久天长香影连，可意方舒心眼。""宝玉衔来是补天之余，落地已久，得地气收藏，因人而现。其性质内阳外阴，其形体光白温润，天生有眼可穿，故曰宝玉。将欲得者皆宝爱玉之意也。""天天循环秋复春，生生死死旧重新。君家著笔描风月，宝玉謦謦解爱人。"正文回前的这四段总批，分别用曲、词、文、诗四体，写批者对这回书以及全书的感情，所蕴含的情意极深，所呈现的文情极高。这第三回里宝玉、黛玉初会，作者将从第三回展开他一生寄情的一本大书，展示他一生寄怀的一对主人公。作者是小说家也是诗家，他当然熟习《文选序》说的诗缘情而绮靡，赋体物而浏亮。他当然熟习《诗序》说的诗有赋、比、兴、风、雅、颂六义。小说这种文体就功能言是"赋"（铺陈、叙事），但是《红楼梦》这部小说特具诗性、诗情、诗气，它文而诗，而比（比喻比寓），而兴（起兴寄托）；它赋而缘情且绮靡（文采），体人体物写实而清新浏亮；它有风（风俗、规讽）、有雅（高雅、雅正）、有颂（希望、理想）。就这第三回而言，作者既以正文为人物赋，而回前所批的韵语则为缘情的人物诗——主要不在对主人公的叙述、叙事，而在对主人公的感发、抒发。第一段是以曲词体式写的批语，就是宝、黛一体，既宝亦黛宝黛相互映射的心理性格写照，而不是单为黛玉而写。黛玉其性格诚然对宝玉、为宝玉"愁眉难解"，而宝玉又何尝不是为黛玉的现在、未来愁眉难解？这一回里宝玉出场时正文有西江月词二阕作为"定场词"，第一句就说宝玉"无故寻愁觅恨"。宝玉为人处世当然不是事事真寻愁，处处真觅恨，但他对围绕着黛玉的"风刀霜剑严相逼"的境况却真愁真恨；对他与黛玉之间的情感与命运的不确定性真愁真恨。他爱怜黛玉，甘愿为她"持戒""吃斋"，生怕黛玉"慧性灵心"被环境摧折而"百行百计不舒怀"。黛玉对宝玉同样如此，"无人处，自疑猜，生怕那慧性灵玉"被人逼改。回前总批这样深长迂曲的意蕴，这样既即既离的描述，这样华采隐秀的表达，非雪芹手笔而谁能。总批第二段西江月词，是作者希望的梦，是他为自己塑造的一对理想新人写的恋曲，作者唯愿他们"从此春光美满"

"地久天长香影连"。总批第四段的七言绝句,也是作者为他梦想的秋后还有春、死后还有生的这对主人公所唱的春之歌。总批第三段是散文体式,作者向读者提示,这"宝玉"虽然是神话虚构,却是一种"得地气收藏,因人而现"的、人的创造物。宝玉"形体光白温润""性质内阳外阴"、既喻玉、喻人,更喻这部"风尘怀闺秀"的《红楼梦》光白温润,人们不应仅见其"外阴",更应识其"内阳"。

这就是第三回前,作者用意深长,以曲词文诗四体写作的总批。实际上,它还应当属于《红楼梦》全书总批。它是确凿无疑的芹批,绝非脂批。笔者认为,从文旨、文义、文情、文采判断,它就是芹批,不可混为脂批,不许芹为脂讹夺。

第五十七回有正本的总批共两段,也甚有意味。第一段云:"写宝玉黛玉呼吸相关,不在字里行间,全从无字句处,运鬼斧神工之笔,摄魄追魂,令我哭一回叹一回,浑身都是呆气。"这段批语关乎《红楼梦》刻画人物(主要是宝、黛)的一种特别的艺术手段:写"囫囵语"。我们将在本文最后一节中详论雪芹的"'囫囵语'说",此处先不谈。需要指出的是,这段批语从文义看,作者在正文中所写与"我"的感受,主体似为二人,因而此批也有脂批可能。但我们从文气、文情、文采综合看,第一人称的"我"与作者实为一体,这条总批应当就是作者自作、自赏、自批的创作谈和鉴赏谈式批语。总批的第二段,文为"写宝钗岫烟相叙一段,真有英雄失路之悲,真有知己相逢之乐。时方午夜,灯影幢幢,读书至此,掩卷出户,见月依稀,寒风微起,默立阶除良久"。批书前半是对书中宝钗、岫烟相叙的评说,我们可不在此究诘,让我们甚为感铭亟欲诠释的是此批语的后半。从文气、文情、文采综合判断,批语后半表示的其实不是批者读书有得、会心陶醉的情状,而是作家雪芹著书,入机出神,自觉心灵笔畅,写人物而人我相契,写事物而物我两忘,写时若痴若呆,写后神思不离不散的形景。批语所说的"读书至此",实应为"著书至此"。已经是黄叶村中的午夜时分,作者写完一段暂且搁笔,掩卷出户,孤灯其昏映身后，寒月其明照阶前，微风起，长须动，人默立，神逸出。此刻的曹雪芹像不像他前辈诗人黄仲则所咏？——"独立市桥人不识，一星如月看多时。"我们且不管黄仲则在市桥望月，且不管曹雪芹独立村居阶除何所思，我们只该想想，批语描写的此际情景，体现的是评点家读书有得，自愉自悦的境况呢，还是创作家著书，灵感袭来灵笔把定后陶然忘机的境界？我们还该想想，这些神采奕奕，文采叠叠的批语，是芹笔还是脂笔？作为芹笔的对比，这里且举第七十八回正文的回前批看看："文有宾主不可误，此文以芙蓉诔为主，以姽婳词为宾，以宝玉古歌为主，以贾环贾兰诗绝为宾。文有宾中宾不可误，以清客作序为宾，以宝玉出游作诗为宾中宾，由虚入实，可歌可咏。"这种批语，意思俗不可耐、陋不可言且不说，其文字的冬烘气、八股味直能熏人跌跟头。这可能是芹批吗？铁定是脂批。

《红楼梦》有风月宝鉴其物，那是来给人物正照以辨美丑别善恶的；《红楼梦》批语中雪芹留有手笔，那不是风月宝鉴，而是文字宝鉴，是来给古往今来其他批者作鉴照的，辨妍媸别高下。在文旨、文义、文气、文情、文采各面，单向照照，复合照照，可以披沙沥金，去脂评化，留下芹批精光。

三、脂砚斋乃红楼槛外人

红学家们对史无确证的脂砚斋其人，对怎一个乱字了得的脂评，各各作出自己的推测、推想、推演、推考。有时是以猜测、想象、演绎充作考据，猜测与想象交织。有时是逻辑演绎与非逻辑演绎叠加，主观先入为主的推论与预设期待的推论自印证。交织、叠加、自印证从而推见甚至推定脂斋、脂评怎么神或近神，如何权威或准权威，以至把脂砚斋抬举到一芹一脂或脂居芹上之位。

笔者也试着推一推测一测，看看脂斋、脂评是何等情形。不凭玄思迁想妙构，但凭脂批本文和《红楼梦》本文比照所示。

甲戌本第二回有一条眉批，明标着是脂斋亲笔告白："余批重出。余阅此书偶有所得，即笔录之，非从首至尾阅过，复从首加批者，故有复处。且诸公之批自是诸公眼界，脂斋之批亦有脂斋取乐处。后每一阅亦必有一语半言重加批评于侧，故又有于前后照应之说等批。"

脂斋亲自署名的此批显示：①脂批乃批者读书"偶有所得"随笔所录，未必都是沉思耽索之批甚明；②脂批非批者从头到尾阅过全书然后加批，并不考虑体系性、条理性、综合性、总体性甚明；③脂评本无所谓首评本、重评本、三四阅评本甚明；④脂斋加批的本子乃其自有自藏抄本，可随时随机读、批甚明；⑤脂斋所批之本非有的红学家所称乃作者曹雪芹原稿甚明；⑥脂评本非有的红学家所称乃作者曹雪芹边创作边交脂斋加批甚明；⑦《红楼梦》及脂评本非有的红学家所称乃芹、脂合作，创、批合作甚明；⑧脂评非脂斋一人之批甚明；⑨脂评非铁板一块，见解一致甚明；⑩脂斋非有的红学家所称乃雪芹专委、专任、专职、专责加批甚明；⑪脂评非有的红学家所称乃雪芹"御"认定"御"许可甚明；⑫脂斋所批非其独得之秘、非其专擅爆料甚明；⑬脂斋并未自承所批独占权威地步甚明；⑭脂斋承认诸公之批自是诸公眼界，一众批者大家平等甚明；⑮脂斋承认自己所批亦有取乐处，目的自娱且娱人甚明。

看来当日脂斋并不预料，亦未期待后世红学界居然把自己推上红学、曹学、脂学神坛，居然为自己编纂了种种神说。

但世间人与事，不管主体立身正不正，影子歪了的情形也是常有的。历史云烟遮隔，曹雪芹身世和《红楼梦》创作"真事隐"，可信的原始资料阙如，热爱《红楼梦》的大众，尤其是红学研究者们，求知欲甚殷，人们恨不能获一管以窥秘境。这窥秘之管，人们认定是一条条影影绰绰似真似隐启人疑窦惹人附会的脂批。红学家们探脂不疲不是没有来由没有道理的。下面我们就举常引红学家们聚议的一些脂批，换种思维试为索解。笔者先不归类，只顺回目而下。

第二回写贾雨村郊游，在智通寺前看见门联写着："身后有余忘缩手，眼前无路想回头"；脂评甲戌本有批语："先为宁荣诸人当头一喝，却是为余一喝。"批语不具名，但"余"应即脂斋。参勘批语所表述，"宁荣诸人"与"余"对举，无异于表明"余"不在"宁荣诸人"之列：脂斋我不是贾府族人。但他应当也像正文中贾雨村所说，是"翻过筋斗来的"人家之当事人或后人。同一回中贾雨村叙述他在金陵所见宁荣老宅形景，在"后一带花园子里"句下，甲戌本有夹批："'后'字何不直用'西'字，恐先生堕泪，故不敢用'西'字。"据周汝昌等红学家考证，曹雪芹之祖曹寅宅第有西花园。曹寅殁于康熙五十一年，雪芹生于雍正二年，上距乃祖逝去十来年；雪芹作小说时又已在乃祖谢世三十年后，揆情度理，即或雪芹所写的是纪实的自叙传，也不至于产生因思祖感伤，不敢把"后花园"实写为"西花园"的问题。批语中说若实写"西花园"，恐致堕泪的"先生"，也不可能是此时还存世与否已无考的雪芹生父。要之，批语指说作者不敢写"西花园"而改写成"后花园"的因由并不成立，只能是批者妄测，他并不真是知情者，此批语显示不出，更证明不了批者脂砚斋本人与书中贾府，书外曹府有什么亲戚、长辈、族人关系。

　　同在第二回，在正文"只剩了次子贾敬袭了官，如今一味好道，只爱烧丹炼汞"下，甲戌本有夹批："亦是大族末世常有之事，叹之。"显然批者为之感叹的并不专对贾家，他是从贾家末世好道烧丹，而为他所身历的或知闻的大族末世叹息。批者脂斋并不是专站在本家立场，为贾府叹之的贾族人。

　　第三回王夫人向黛玉讲"我有一个孽根祸胎"，甲戌本有夹批："四字是血泪盈面，不得已无奈何而下四学，是作者痛哭。"批语显示的批者情感倾向，似与作者甚近，实则甚远。王夫人口中所出那四个字，是对宝玉爱极疼极之语，也是作者反逆隐曲之文，作者何曾认为宝玉是孽根祸胎。从《红楼梦》全书我们可以知道，作者心中真正的孽根祸胎，是盛世外表下"内囊尽上来了"的时世，是已无可补的"天"。而贾宝玉却是作者在现实中找不到而在心中想见的新人。正因为现世无有，所以只能在作者企望中、幻想中自天而降。虽然不能补天，但这块为现实所弃的顽石，却是至可宝贵的"通灵"宝玉，在本质上而不是在他身上表现出来的全部社会化个性上，寄寓了作者理想的如玉真人（宝玉"爱红"的毛病之类，属典型人物个性，而非本质）。这条脂批批者谬充作者知己，却不识作者深为自己笔下创造出了这个傲骨世所奇的人物而骄傲，反而强扭作者陪批者，为批者真认为的"孽根祸胎"的出世而"痛哭"，"血泪盈面"。可见脂斋实属红楼槛外人，与雪芹相左的外道人。

同回正文描述宝玉出场时的容貌："面若中秋之月，色如春晓之花"；甲戌本有眉批："少年色嫩不坚劳，以及非夭即贫之语，余犹在心，今阅至此放声一哭。"有正本亦有此批，唯"坚劳"作"坚牢"，字义有别，然词意均指命相不坚、命途不牢或不耐其劳。这条批语下半甚使红学家们浮想联翩，以为此即脂斋乃红楼梦、大观园、贾府"槛内人"，甚至脂斋即宝玉之据。其实批者"余犹在心"的"少年色嫩不坚牢""非夭即贫"这两句，不过是相术式的套语俗语。批者因书中写宝玉幼时容貌而想到他"犹记在心"的相术套语，并触机自伤身世，"放声一哭"，与宝玉毫不相干。宝玉少时根本不可能从家人、亲戚、下人口中听到对自己的这种咒语。因此批语而推断批者脂斋与贾府甚至与曹府有至亲干系，这种附会实在不可理喻。

第五回正文叙王熙凤判词"势败休云贵，家亡莫论亲"，甲戌本有批语："非经历过者，此二句则云纸上谈兵，过来人那得不哭。"这条脂批也是被认作批者与作者、与曹家有休戚与共关系的依据。其实批语自身并无深意，不过是一般世情语。批者认为作者是"过来人"，按批者理念，非过来人写不出，写出来也只是"纸上谈兵"，过来人则伤痛自知。批者说出这层意思，并无大错。雪芹父祖辈确曾经历势败家亡之祸，雪芹本人也身历由贵到贱、戚族莫论亲的惨局。但当年知悉曹家祸败的，应当是道路以闻，绝非曹家戚族才清楚。雍乾之世高门巨族抄家籍没之事正多。脂斋写出这条批语，只说明他也许也是

"过来人",或"过来人"的亲朋、后人。在怀旧之情、经历之痛上自以为与作者有交集,那是他自己一厢情愿。"过来人那得不哭"说明不了脂斋与雪芹是亲是疏,有无干系。

第六回写王夫人交待阿凤如何接待刘姥姥:"今儿既来了,瞧瞧我们,是他的好意思,也不可简慢了他。"甲戌本有夹批:"穷亲戚来看是好意思,余又自《石头记》中见了,叹叹。"又有眉批:"王夫人数语,令余几哭出。"这当然不是作者的口气,而是批者脂斋的口气。显然雪芹之写,触发了脂斋对自家旧日生涯之忆。但我们该认清,脂斋之自家,与贾家、曹家根本画不上等号。雪芹笔下,王夫人有为贵不仁的时候,如她日后逼死晴雯;但也有并非为富不仁的时候,如此时对刘姥姥。这是作者对王夫人多面性格并非单面、平面而是圆形的刻画。王夫人的这几句话语,有其个性、专属性。雪芹之写在人物塑造的同时,又是对世态人情的表达,王夫人这样的吩咐,符合富贵人家主妇接待穷亲戚客客气气的一般礼数、规矩,具有典型性、普泛性,并不专属王夫人。脂斋为"余又自《石头记》中见了"而叹、哭,那是读书触机而生的共鸣、交感,说明脂斋自家有阔过穷过的经历,并不说明脂斋与王夫人或与刘姥姥有否亲缘,与贾府、曹府甚至与曹雪芹或刘姥姥之婿王狗儿有否瓜葛。

第八回写宝玉遇到几个清客相公和管事头目,奉承求他赏字,甲戌本有眉批:"余亦受过此骗,今阅至此赧然一笑。此时有三十年前向余作此语之人在侧,观其形已皓首驼腰矣,乃使彼亦细听此数语,彼则潸然泣下,余亦为之败兴。"此批粗看之,颇容易以为雪芹乃比着批者脂斋韦实录旧事细节,亦即以脂斋为宝玉模特儿,则脂斋与雪芹亲族关系非同一般。细读之,分明可见脂斋或亦曾是个少爷,有过与宝玉相似的受清客、仆人哄骗奉承的经历。但这次脂斋作此批倒也老实,并未乔装宝玉,也不拉扯上作者,批语就是讲自己少年事,而且搬出三十年前的当事人现作证,槛外人非槛内人无可混淆。

第八回还有一条脂批,批者又毫端带泪,正文叙贾母给秦钟一个荷包并一个金魁星，甲戌本有眉批："作者今尚记金魁星之事乎？抚今追昔，肠断心摧。"本来富贵人家长辈赠送别人家学童金魁星，十分平常，批者却大惊小怪，一记几十年。莫非批者曾是秦钟一类生在寒儒薄宦之家的少年，把轻易得不到的小金器向家学中其他学童显摆，使小伙伴们或羡或嗤？几十年后他读《红楼梦》此处，逗起自己童年之忆，自以为可与作者引为同调。其实贾母只是随手给初次见面的小孙儿学伴送个小玩物作为表礼，作者只是随笔写此寻常末事，批者脂斋却就"肠断心摧"起来。不说作者曹雪芹，只说书中人物贾宝玉，何至于把得个孩童吉祥玩物记半辈子，作者还要当回事记到小说中？脂斋作此批语，只能说明他与曹雪芹分属曹府门槛内外之人。

第十三回叙写秦氏托梦凤姐，说"若应了那句'树倒猢狲散'的俗语……"庚辰本有眉批："树倒猢狲散之语余犹在耳，屈指三十五年矣，哀哉伤哉，宁不痛杀。"此批与上举第八回之批，都是批者对自身三十年前的旧事重提，都是批者的自说自话、自忆自伤，都与贾府或曹府不相干。但有红学家对这条批语却别有会心，认为"树倒猢狲散"雪芹祖父曹寅讲过，而批者脂斋铭记三十多年，且哀伤如此，足见批者将脂斋就是雪芹长辈，足见《红楼梦》就是作者家世自叙传。然而这只是研究者凭想象和愿望将结论预设的主观推理。小说中秦氏明明讲"树倒猢狲散"是"俗语"，不是什么人具话语权的专属语。据研究者考证，"树倒猢狲散"语出佛典，后来因常用而成俗语。曹寅确实曾对座中客人讲过这话，但不能认为这话就指代曹寅。任何人都可以在相似、相近情况下讲用这句俗语。脂批说他三十五年前听过这话，现在又从秦氏遗言中听到，丝毫没有明示或暗示脂斋在背诵西堂故事。或许批语中有的年份记忆挑动了红学家思维兴奋点？从乾隆甲戌本的纪年（姑且定此本为甲戌年抄本，实际并不是），上推三十几年，乃康熙五十几年，正是曹寅存殁相交之时。但这只能说明批者或许曾生活在，或听说过那个年代，却指证不了脂斋与曹府有没有或有什么关系。

第十三回中还有几条脂批，也是被有的红学家认作可举证脂批与作者关系的"蛛丝马迹"。之一，还是秦氏托梦凤姐的话，"但将来败落之时……"有夹批："语语见道，字字伤心，读此一段几不知此身为何物矣。松斋。"之二，也是秦氏遗赠阿凤的话，"三春去后诸芳尽，各自须寻各自门。"有眉批："不必看完，见此二句即欲堕泪。梅溪。"还有夹批："此句令批书人哭死。"之三，叙凤姐理头绪的五件事有眉批："读五件事未完，余不禁失声大哭；三十年前作书人在何处耶？"之四，五件事叙毕，甲戌本有眉批："旧族后辈受此五病者颇多，余家更甚。三十年前事见书于三十年后，令余悲恸，血泪盈腮。"这几条批语，有松斋、梅溪具名各一条，其余无署名。我们且不管松斋、梅溪是谁，他们的批语被收在脂评本里，而且指事、寄情、口吻相类，也就可归入脂评"群"。它们所指的事同是为高门巨族的破败做自救预案；它们所寄之情都是家庭大厦从将倾到已倾的悲哀；它们同有自忆、自悼与无可奈何口吻。还有一点也是相近、相同的，就是它们都对作者曹雪芹在《红楼梦》中写下这些旧族后人，从三十年前的前世到三十年后的余生的转折，写下旧族之魂行将消散、消亡，充满他们这些旧家后人的感激和感伤。批语中"旧族后辈受此五病者颇多，余家更甚"，指明了"余家"只是"颇多旧族后辈"之家中的一家，丝毫没有明示或暗示"余家"即贾家。批语中"三十年前作书人在何处耶"不是问语而是感叹语、感激语，翻成白话就是三十年前作者您在哪里？怎么三十年后您在书中写得这么真切啊，就像您就显身当场那样！十八世纪的脂斋与松斋、梅溪们，不像今天的我们，懂得批书人或读者，对作书人在书中所写的具有典型个性与普遍性的人、事的发生感同身受的呼应与共鸣，甚至产生"难道作者您当时就在我们中间吗"的喟叹，都是正常的阅读心理、接受美学现象。倒是有的红学家，太想把批书者与作书者凑到一起拉回历史现场了。

第十三回甲戌本有一条回后总批："'秦可卿淫丧天香楼'，作者用史笔也。老朽因有'魂托凤姐''贾家后事'二件，嫡是安富尊荣坐享人能想得到处？其事虽未漏，其言其意则令人悲切感服，姑赦之。因命芹溪删去。"据周汝昌"靖本传闻录"，靖本第十三回之前批语的文字有所不同，云："此回可卿（托）梦阿凤，作者大有深意……其言其意，令人悲切感服，姑赦之，因命芹溪删去遗簪、更衣诸文……"甲戌本的批语老气横秋又霸气十足，靖本的批语不甚显"老""霸"二气，但主旨一样，而多了删文的具体情节。巴不得把脂斋从亲情辈分到《红楼梦》著作权抬到雪芹之上的红学家，对甲戌本的这条脂批敬畏莫名。但这是不济事的，这属于一条最不老实、最不诚实、最不靠谱的脂批，骄妄、自以为是到可哂地步。第十三回之后总评有另一条脂批："通回将可卿如何死故隐去，是大发慈悲心也，叹叹。壬午春。"一前一后两批，一不具名，一署年月，是否同一人所批无所谓，表达的意思是一样的，均显示批者极不了解、极不理解雪芹。如果这回书凿凿写秦氏死因，写她为何死、如何死，明写淫丧，明写公公贾珍与儿媳秦氏的丑事，那就恰恰不是真正的雪芹笔墨。或许雪芹初稿《风月宝鉴》中，秦氏之死可能有更多的风月笔意，或许与《金瓶梅》有某些相类，那么，经雪芹对初稿、原稿披阅十载、增删五次之后，风月情事之写必大大削改。现在我们细读《红楼梦》第十三回，能感到笔墨有许多云烟模糊处，有许多龙蛇见爪不见首处，有许多似乎不合情理的"漏笔"，有许多似乎削改而未弥合圆满的痕迹。但更细心的读者会因此而体味出这正是雪芹有意为之的"反逆隐曲"之笔，是不写之写，正是炉火纯青的雪芹笔致。他要保有和强化情节的暴露性、批判性，却绝不蹈袭《金瓶梅》的写法，更不齿于采用世俗流行的风月故事写法，他厌恶、反感于污人耳目视听之写。这是他在《红楼梦》其他章回中借人物之口多次申明的。他将贾珍在秦氏之丧操办丧事过程中不伦丑态揭露得淋漓尽致、入木三分，但他只用点逗法，只用正意反写、反笔正写法。他对秦氏的暗事不明写，与发不发慈悲心无关，而与他塑造秦氏这一形象的基本意图、多重意图、整体意图相关。作者笔下的秦氏不是概念化的符号、观念化的表征，而是那个社会现实、那个生活环境中产生并生存过，既美而聪慧温良，又"丑"并受害极深的活人。作为少妇，作为金钗之一，她有水做的骨肉，却既被动又主动地遭泥垢掩埋。作者让秦氏结束其悲剧的一生（从幼小沦落养生堂的孤儿到青春夭亡的孤鬼）之时托梦凤姐，既是写人心、人性之多侧面、多质地，也显示作者作为亲历者和阅世者，对普世尊荣人家退步须趁早的规劝，也算是补天。作者在作实录中有自己的寄怀、有自己的无奈，却没有批者那份悲切。批者对秦氏的遗言"感服"无地，欲为此"赦"秦氏丑行，这是批者站在其卫道立场的谬说，绝非作者所思所感。雪芹的态度很明确，在金陵十二钗册子里秦氏悬梁自缢画页上明书判词："造衅开端实在宁"，清楚指出宁府的贾敬、贾珍、贾蓉几辈男主子，就是淫乱的祸首，而秦氏乃被祸者。作者对那个腐朽社会为非作福的贵族男女迟到的忏悔，不但毫不"感服"、毫无赦免之意，而且认为他们不配有更好的命运。两条脂批与作者意旨大相径庭，谬以千里。脂斋及脂批诸公与作者雪芹的关系，在思想上非亲（不亲近，更不亲密），在感情上非故（不是相知的故旧），在对社会现实的认知上相逆，在文学审美的感受上冰火相异。总之在论世上、在知人上、在为文上，批者与作者均无交集，更不互融。就这样，批者还腆颜大话，虚张声势，说什么"老朽""命芹溪删去"这删去那。而有的红学家居然相信脂斋们有了不得的资格，让雪芹俯首听其命，相信曹雪芹居然就遵命"删去天香楼一节"（甲戌本此回眉批）。红学家唯脂斋马首是瞻，不知道曹雪芹傲骨嶙峋，不可能也不会听命于谁，他只按自己的意图，听命于自己的社会良知、艺术良知，听任自己的笔墨，写自己的人物，交代这一幕世相人情。

第十四回凤姐吩咐宁府总管未来的媳妇"再不要说你们这府里原是这样的话"，此处有夹批："此话听熟了，一叹"；又在凤姐给秦氏哭灵，有人端来大圈椅，凤姐坐了大哭处，有夹批："谁家行事，宁不堕泪。"这两条脂批，本来十分无谓，也被研究者解为脂斋口吻如此，动情如此，必为贾府亲族中人、必在现场之证。但这种理解实难成立,同样的话头、同样的行事,哪家的主妇不可说不可做?研究者因脂批之叹、之泪认脂斋为贾家人,哪有什么证明力?

第十六回甲戌本开始总批云:"借省亲事写南巡,出脱心中多少忆昔感今。"对此批可有几层诠解:①批者由此认为《红楼梦》是作者家世自叙传。在我们看来,这种观点虽然不正确,但显示批者对曹家往事确有所闻知。②元春归省乃作者虚构,不是曹家往事实录,谈不上是自叙传,但确实折射影写隐约点出了雪芹父祖辈在江南四次接圣驾的史事。正文中赵嬷嬷明白透露了消息:"独他家接驾四次","别讲银子成了土泥","罪过可惜四个字竟顾不得了"。③雪芹对此的情感态度,远比脂批说的"出脱心中多少忆昔感今"复杂、深刻得多。出脱个人忆昔感今还在其次,要害更在对奢靡专制非人性的皇权制度发露了微词暗讽,乃至在"颂圣"的题目下,明写贾母、元春上下众人泪流满脸的哀伤,这正是雪芹无声的非议。雪芹写小说而用史笔,写小说而化用那页"盛世"之下的痛史,不是小事,不是或不只是文学艺术的事。对于曾受康熙帝无上荣宠,却在雍正、乾隆朝被籍没,沦为阶下囚的曹家后人雪芹来说,如此写元妃省亲、如此写康乾二帝南巡,是极其大胆的反逆隐曲之笔,这就是要招惹当朝政治的"碍语",是要再次被祸的。脂斋这条批语,不但太轻描淡写,更对作者的巨创深痛太不了解、太无切身体会。脂斋就是个对水深火热中的曹家一知半解,站在干岸上批书的外路人。

第十六回贾琏针对薛蟠收香菱为房里人,说:"那薛大傻子真沾辱了他。"庚辰本有批语:"垂涎如见,试问兄宁有不沾平儿乎。脂研。"甲戌本、有正本亦收此批,而无"脂研"署名。可见脂评本中批语,有的明署脂研,也有不署名或署名被过录者删却的情形。从这条批语看,有红学家曾主张脂斋就是宝玉,就是雪芹叔辈,这种主张颇不可信,如此轻蔑议论老叔,称之为"兄",不像是老侄对老叔态度。

第十七、十八回庚辰本开始总批有云:"此回宜分二回方妥。"有的红学家认为,此脂批表明脂斋有指点、指示、指导作者雪芹的资格。

但这是误会，不识脂批中有被裹没的芹批，这应当就是芹批被混为脂批的一例。这应是雪芹创作过程中在原稿写下提醒自己思考、敲定如何分回为妥的一条札记式或备忘式的自注，与脂斋无关。

同回叙正在大观园中玩耍的宝玉听说其父进园，吓得一溜烟躲出园去，庚辰本有夹批："不肖子弟来看形容。余初见之不觉怒焉，盖谓作者形容余幼年往事。因思彼亦自写其照，何独余哉！信笔书之，供请大众同发一笑。"这是一条调侃却实诚的脂批，批语指说的是三个"不肖"少年：宝玉、雪芹、脂斋，都贪玩、都不勤学、都畏父严教。批语诙谐地表示，读到书中的这一节，初以为作者写宝玉的可笑是奚落脂斋我的幼年糗事，再一想作者何尝不也是借宝玉写自家，再请观者想想自己的少年时光，都会同发会心一笑的吧。这条批语给了我们别样的启发：书中写他（宝玉）却写出你我（雪芹、脂斋），批语同指你我他（宝玉、雪芹、脂斋）又分清你我他。脂斋无意中在这条批语里澄清了后世有的红学家对宝玉与脂斋、脂斋与雪芹的混淆，是别有意义的。

同回正文写宝玉"三四岁时已得贾妃手引口传"，庚辰本于此有夹批："批书人领至此教，故批至此竟放声大哭。俺先姊仙逝太早，不然余何得为废人耶？"书中下文接写贾妃将宝玉"携手拦于怀内"，庚辰本有夹批："作书人将批书人哭坏了。"批者脂斋自称"俺"，又称"余"，年纪该老大不小了，此人读书至会心处动辄"大哭"甚至"哭坏"，这也许是真情实情，也许是作态作秀，且不管他。但批语的这点意思是可以看明白的，显示批者是借他人酒杯浇自个儿块垒，区分了书中人物宝玉与批者之别，书中人物元春与批者"俺先姊"之别。脂批常有因夹带私人感情入批语，从而容易导致书中表述一方与阅读接受一方，主体关系混同的情形。我们若持客观的研读态度，是可以判别的。但如果像有的红学家那样，怀着预设结论期待，循先入为主的研究思维，则容易误读批语，以为批语可作为雪芹写宝玉以脂斋为模特儿，或脂斋与雪芹有亲属关系的依据。

同回叙述贾府小戏班演戏，龄官非本角戏不演，庚辰本有一条长批，其中说："余历梨园子弟广矣"，"亦曾与惯养梨园诸世家兄弟谈议及此"，"今阅《石头记》至原非本角之戏执意不作二语，便见其恃能压众，乔酸姣妒，淋漓满纸矣。""与余三十年前目睹身亲之人现形于纸上，使言《石头记》之为书，情之至极，言之至恰，然非领略过乃事，迷陷过乃情即观此，茫然嚼蜡，亦不知其神妙也。"这条脂批，可说是脂斋身份的自白：他三十年前曾广历梨园子弟，并与惯养戏班的许多世家兄弟厮混，那么，他自己也许就是蓄有戏班的世家子弟，或者就是像《红楼梦》中管理贾府小戏班的贾蔷一类人；他领略过"优伶不可养"的种种情形及伶人习气，"迷陷过乃情"，更能体会《红楼梦》相关描写的神妙。然而，批语也显示批者脂斋不理解甚至误解了雪芹写龄官坚持演本角戏的作意，批者认为龄官甚至连贾妃点戏之旨都不遵，非要演本角戏，就属于伶人陋习；而雪芹则相反，认为龄官的坚持，拿今天的话说，符合遵从艺术创作规律，所以在雪芹笔下，贾妃对龄官不但不斥责反而嘉许。脂批与雪芹作意相左的事例再三、再四发生，事实明摆着：批者经常与作者行相违，性相远，并不在一条道上跑车，脂斋并不是什么与雪芹"亲密合作"者、亲族，他是旁人、外人。

第二十回正文"当日吃茶，茜雪出去"一段庚辰本有眉批："茜雪至'狱神庙'方呈正文。袭人正文标目曰'花袭人有始有终'。余只见有一次誊清时，与'狱神庙慰宝玉'等五六稿，被借阅者迷失，叹叹。丁亥夏畸笏叟。"此批存留八十回后残稿线索，笔者后文再论，于此只记与批者相关的二事：一是"誊清"稿本，二是"破失"稿本。"誊清"者或指原稿抄本，或指传抄的某一抄本。有的红学家以为誊清的是原稿本或原稿抄本，脂斋则被认作雪芹委以把关原稿誊清重任之人。笔者不这样看，认为应指脂斋为自己陆续抄录或请人抄录的抄本，校阅誊清。抄录与誊清是阶段性的，每抄完一回书或若干回书校阅誊清一次，并不是全书抄完一次誊清。批语就是这样说的："有一次誊清时"，五六回书被人借阅迷失了。所以脂斋并不是什么雪芹原稿抄本总校"官"，所谓雪芹加委也是没影儿的事。抄稿为借阅者迷失之外，还有另一种迷失，第二十二回诸人制灯谜，在惜春所制灯谜处庚辰本有夹批："此后破失，俟再补。"此处庚辰本还有一条批语："此惜春为尼之谶也。公府千金至缁衣乞食，宁不悲乎。"二十回和二十二回这两条与迷失相关的批语表明，所迷失的都是写贾家破败后诸人悲惨命运，从而构成"碍语"（违碍当朝政治的高压线的语言文字）的残稿。看来对于这些未完成稿是否应公之于世，作者雪芹是顾忌犹豫的，因而两条批语都说这些稿失落。但"迷失"与"破失"词义不同，第二十回之批明说"被借阅者迷失"，这确是脂批，因为批者脂斋不知道迷失的真正内情，才说成是被借阅者迷失。第二十二回之批则说"此后破失，俟再补"，却可能是作者自批注。表明是作者自己有意"破失"即撤掉，作者还在考虑改写，以规避文字狱风险，破失处"俟再补"。这是两条批语，一为脂批、一为芹批。芹批清楚惜春灯谜是作者撤下待补，所以说是"破失"；脂批不知道那五六回稿子的去向，所以说成被借阅者"迷失"。其实也可能是作者收回另置，看看外面风头紧不紧再说。不料随着作者猝然早逝，所有未完成之稿，包括八十回后的遗稿，竟就全部佚失了。后世读者何止"叹叹"而已！从两次文稿之失和两条批语之别看，脂斋与雪芹有否交往无法确定且不说，纵有交往也不会深、不会近，毕竟从所有迹象看，脂斋不是雪芹自家人，不是雪芹创作《红楼梦》的真正知情人。

　　第二十一回里黛玉在宝玉所续庄子文后，提笔写了一首绝句讽劝宝玉，庚辰本有长眉批，主体并非评红，而是脂斋（或畸笏）写的一段甚胡扯、甚无聊的随笔闲文，为此脂斋（或畸笏）写了自注云："壬午九月因索书甚迫，姑志于此，非批《石头记》也。"批者既然能将这段狗屁闲文姑且写在脂评本上，则此抄本显然为批者自有，因为友人急于索借，仓促间就先记在此抄本纸页上了。这种情状表明，并不如有的红学家对这条批语的解读那样：①批者所指的向他"索书甚迫"的人，不可能是曹雪芹，所索之书也不可能是雪芹原稿，因为均无任何证据。上书只可能是批者自有的带批的《石头记》抄本，索书的只可能是向批者借阅的读友；②更不可能是红学家设想的，批者手头持有的是雪芹委托批者加批的原稿本，因为不但没有任何证据，也不符情理。在中国小说评点史上，有无创、评一体的情形？或许也算有，如金圣叹批《水浒传》，就有连评带创成分，但他是以评为主，评中有对原文的改篡增删。也有以创为主，自创自评的情形，曹雪芹写《红楼梦》，就是创中带批，但芹批毕竟是小说原创者所加的自注式批语，着眼点、口气都与评点家不同。有没有作家委托、雇请或商请评家在原稿上加批的事例？古代恐无有，也无人揭示过。倒是有评家自身名气不甚大，为了自己评本推销的商业利益考虑，托名大名家加批的情形，如托名李卓吾评点的《三国演义》刻本。但像有的红学家设想的，曹雪芹边创作《红楼梦》，边委托脂斋加批，形成创与评的流水作业，构成曹雪芹、脂砚斋合作的《红楼梦》生产线，这只能是匪夷所思，是将现代化制造业的生产链、生产模式，"迁想妙得"强加给《红楼梦》创作的天方夜谭。况且，脂砚斋藉藉无名才识平平，曹雪芹有必要请他充门面、作招牌吗？有使用价值、广告价值吗？③红学家以为脂斋与雪芹有叔侄关系，就算是吧，但"叔"辈脂斋就有豹子胆量敢作鼠窃行径，在"侄"辈小说原稿上涂鸦吗？"侄"辈雪芹就能容许、就能甘心"叔"辈将不相干的垃圾文字，胡乱写在自己心血之作的原稿上吗？所以，脂斋的这条长眉批本身无价值，倒是对辨识红学家心智之是与非有价值。

  第二十二回贾母为宝钗过生日叫凤姐置酒戏，凤姐投贾母所好专点热闹谑笑戏文，庚辰本有眉批："凤姐点戏，脂砚执笔事，今知者寥寥矣，不悲乎。"这又是一条引红学家解读纷纭的脂批。实在说，这条批语的文义，本来就不分明。最直观的解读是：点戏者凤姐不识字，是由凤姐口说脂砚执笔点某戏文。但有的红学家辩驳：凤姐并不是文盲，她识得少许字，点戏是够用的，况且她身边有随侍的男童彩明是识字的,不必定由身份不明的脂砚代点,因此认为这条批语不可信。也有红学家指出,旧时演堂会戏,主人和宾客只需在戏单上指点就可以,不需拿笔捧墨勾点,这条批语不靠谱。更有坚持信从这条批语的红学家矫正批语的句读,读为:小说中凤姐办戏、点戏这节文字,乃脂斋执笔所作,脂斋也是此书作者,起码是雪芹合作者,而不仅仅是身处堂会现场代凤姐执笔点戏的一个贾家人。细察红学家们的热议,笔者却有另一冷解:这条批语根本不是脂斋之笔,而是畸笏所写。在脂批"诸公"中,畸笏最佩服、最推崇脂斋,所谓"一芹一脂"说就是畸笏始作俑。畸笏写这条批语,着眼不在凤姐点戏如何,他关心的是此时知道脂斋为凤姐置戏、点戏之类情事作批的友人,已经寥寥无几了。后来畸笏又作一批,说"前批知者寥寥,今丁亥夏只剩朽物一枚,宁不痛乎"。靖本也录这条批语,文字有同有异:"前批知者聊聊。不数年,芹溪、脂砚、杏斋诸子,皆相继别去。今丁亥夏只剩朽物一枚,宁不痛杀!"畸笏此批明显是拉雪芹为大旗,为以脂斋为首的脂批小圈子自树自炫,因为我们检视所有脂批,没有一条能真正确证雪芹与脂斋们有密切关系。丁亥指乾隆三十二年,雪芹逝于乾隆二十七壬午或二十八年癸未,脂斋应卒于雪芹逝后至丁亥的四、五年间。第二十二回畸笏前后两条批语,着意的是带出他对脂斋的悼忆,以畸笏一贯高抬脂斋,甚至以身作法为脂、芹重生向造化主祈祷看,他把凤姐点戏一节文字的著作权归诸脂斋并不奇怪。但这是不可凭信的,正如他倡言的一脂一芹说之荒诞。

  第二十三回正文"忽见丫鬟来说老爷叫宝玉",庚辰本有夹批:"多大力量写此句,余亦惊骇,况宝玉乎。回想十二三时亦曾有是病来,想时不再至,不禁泪下。"批者借书中之写唤回自己童时记忆,他不是为宝玉而是为自己幼年一再下泪,批语明白显示:宝玉是书中人、当事者,一个畏父如虎的孩童;批者则是书外人,读书共鸣者,一个老来怀旧的批书人。有的红学家想把二人混一,这是失据的,不可信。

第二十六回宝玉倚床看书等贾芸，甲戌本有夹批："这是等芸哥看，故作款式。若果真看书，在隔纱窗子说话时已放下了。玉兄见此批必云：老货，他处处不放松我，可恨可恨！回思将余比作钗颦等乃一知己，余何幸也。一笑。"宝玉若称脂斋"老货"，明显是少爷戏称相熟的相公清客下人口吻，或者是像书中写的丫鬟们背后称奶妈们的口吻，不可能是有的红学家指脂斋、宝玉为叔侄关系的口吻。批者当笑话讲地表示，自己若能与钗、黛们一样，被"玉兄"认作知己，则何幸。可见脂斋确有与"玉兄"攀知己的妄思症，也证明脂斋确实不是宝玉更不是作者曹雪芹的知己。

第二十八回宝玉与黛玉释嫌罢，满心松快向母亲王夫人说笑："太太倒不胡涂，都是叫金刚菩萨支使胡涂了"，此处有夹批："是语甚对余幼时所闻之语合符，哀哉伤哉。"批者脂斋一次次借鸡下蛋、借镜自照、借批自怜，甚无谓甚可叹，恰恰说明他是外路人，不是贾府，更不是曹府自家人。

同回在冯紫英家喝酒，宝玉说"我先喝一大海"，庚辰本有眉批："大海喝酒，西堂产九台灵芝之日也，批书至此宁不悲乎，壬午重阳日。"曹寅府苑西堂产芝，是家族传说的故事，雪芹并没有亲历，但肯定闻知。雪芹于此处写宝玉大海喝酒，没有任何家族故事特指性，任何人在何时、何地都可以大海饮酒，哪个作家也都可以写人物大海饮酒。批者为宝玉大海喝酒大放悲情，实在没有来由，要不就是他故意对曹家套近乎，向读者自炫知情，抬高脂评身价，否则真是曹家人就不必如此矫情。类似的情形还有的是。第三十八回宝黛们做菊花诗，宝玉见黛玉不喝黄酒，叫人烫一壶合欢花浸的酒来，庚辰本有批语："伤哉，作者犹记矮顈舫前以合欢花酿酒乎？屈指二十年矣。"二十年前曹寅已逝，这已经不算西堂故事，但脂斋偏又拈曹家旧事作批语，即使酿合欢花酒真是曹家旧事那又如何？不是富人家、平民家都可酿桂花酒或别的花酒吗？假若曹家真酿过合欢花酒，会是几十年就酿一次吗？用得着一记二十年？况且，作者也只是随笔一写酒名而已，皇帝不急太监急，主人公不"伤"，批书人倒大叫"伤哉"，这是什么事！脂斋也太上赶着扮个"曹家人"作秀了。再看第四十一回，妙玉请宝黛们喝茶，靖本有眉批："尚记丁巳春日谢园送茶乎？展眼二十年矣。丁丑仲春，畸笏。"这位老叟又来登场了。丁巳是乾隆二年，雪芹十四五岁；丁丑是乾隆二十二年，雪芹三十四五岁。年龄更长的畸笏记二十年前往事，口气是感慨良多。但是雪芹在第四十一回写拢翠庵妙玉送茶，笔致与二十年前的什么谢园送茶毫不搭界。批者畸笏自诩是或曾是多年前栖居曹府之人，一次又一次翻炒陈年旧事，而且全是酒茶杯盏芝麻绿豆之类细事末事，连作者自生活采撷的素材也谈不上，这样的评点，对作品文义、作品艺术全无关涉，全无发明，属于非小说评点或小说外评点，对曹氏家世也并无证明力，更不具史料性质，然而却被有的红学家引为考据之资。

第四十八回薛蟠对柳湘莲欲行不轨，遭湘莲痛打后难见人，要躲离家，薛姨妈怕他在外无倚仗受欺负吃亏，庚辰本有批语："作书者曾吃此亏，批书者亦曾吃此亏，故特于此注明，使后人深思默戒。脂砚斋。"有的红学家据此认为脂斋连雪芹难以启齿的吃亏经历都清楚，显然是雪芹至亲，因而脂斋说《红楼梦》是雪芹自叙传甚可信。但这是研究者对这条脂批解差了，脂斋说"作书者曾吃此亏"，这是以肯定语气说的想当然之词汇。脂斋一贯认为作者没有亲历的事一定写不真切，写得真切的一定是作者所亲历。既然雪芹把薛蟠吃亏的事情写得那么真切，那么雪芹想必有过曾吃此亏的经历。脂斋的这种理念、这种逻辑，在脂批中多有表现。因此脂斋说"作书者曾吃此亏"是句虚话。靠臆断雪芹经历作批语的脂斋，能是雪芹的真知情者、至亲吗？我们能相信脂斋的"自叙传说"吗？

第七十五回庚辰本开始总批云："乾隆二十一年五月初七日对清。缺中秋诗俟雪芹。"这也是一条让格外推崇脂砚斋的红学家如获至宝的脂批，激发了对脂斋乃雪芹合作者，《石头记》属稿总监兼总校对身份的热烈想象。但客观看平实看，"对清"说和"俟雪芹"说的解读都有多种可能性。先说"对清":①如有的红学家所愿的解读,指雪芹请脂斋审校原稿的抄本,予以对清。但脂斋受雪芹所委对清并无确证。②脂斋自己抄录或请人抄录此书,已于某日对清。脂斋自录自对也无明证,但无法证否。③对清的是七十五回前的全部抄本,也可能是七十五回前若干回的抄本,不可能是指八十回全抄本的对清,因为批语写在七十五回之前。这就意味着《石头记》总校对的高帽,脂斋戴不上。再说"缺中秋诗俟雪芹":荣府赏中秋,宝玉、贾兰、贾环各作诗一首,也都获赏了,但各诗本身并未明写,如今我们读红楼梦八十回校本,三诗无文,只是删节号,所以脂批说"缺中秋诗俟雪芹"。有的红学家就认为脂斋不但是此书总校对,还是总监事。殊不知此批恰恰表明脂斋不明雪芹作意。代撰三儿中秋诗,在雪芹不过是举手之劳,但雪芹一定认为没必要。因为书中写的是合家庆中秋击鼓传花游戏,家人或说一个笑话或作一首应景诗。这个中秋贾府本来就处于由盛而衰态势中,气氛清冷甚至凄清,三儿真作诗也点染不了什么热闹,也无必要在此场合试三几才性。由此我们可以推想:雪芹不明写三儿之诗作,并不是真缺遗。脂批说成"缺中秋诗"还要"俟雪芹"补作,仿佛脂斋有资格、有职责提醒雪芹似的。殊不知如果脂斋真与雪芹亲近,完全可以向雪芹当面"指示"(他不是"叔辈"吗)或请示(如果他连亲人也不是),何必隔时、隔空写什么批语去提醒。这就意味着《石头记》总监的高帽,脂斋也戴不上。有的红学家对脂斋再青睐有加,充其量也就是给脂斋戴顶纸糊的桂冠罢了。

  好啦,上文我们已对三十多条似乎涉及脂斋与雪芹及曹家关系的批语,作了笔者的释义。《红楼梦》中高卧拢翠庵而依栖大观园的妙玉,以高蹈的姿态自署"槛外人",可她那双美目却总望向花柳繁华的红尘。《红楼梦》外的须眉浊物(究其实不像女性人物)脂砚斋,起了个似男(因为"斋")似女(因为"脂砚")的红粉名号去批评《红楼梦》,也指点,也赏鉴,也顾影自怜,也枉顾左右而言他。他对《红楼梦》本文的评点,含金量如何,我们下一部分着重说。他对《红楼梦》背景的指点，含金量如何，我们在本节已说过若干。他爱怀旧，怀的是自家之旧。一怀旧就伤心、悲叹、哀怜、流泪，不像个男的。但也不好说，不是有俗话说"男儿有泪不轻弹，只缘未到伤心处么"。看他眼进了《红楼梦》，心进了大观园、进了贾府，动不动触境生情、"泪流盈面"，莫非这就是到了他的伤心地？莫非他真是红楼梦中人了？真是大观园中人了？真是贾府、曹府中人了？真像回老家了？从本节对他三十多条批语的解读可知：非也。脂斋不像妙玉那样扮清高，自称滚滚红尘之外的槛外人。脂斋的批语表明，他恨不得世人皆知他是过来人，皆当他是局中人，皆当他是槛内人。然而我们知道，向贾雨村"演说荣国府"，把宁荣二府说得底儿掉的冷子兴，不过是荣府管家周瑞的女婿。周瑞家住荣府后门外后街，冷子兴本人之家并不离荣府这么近，然而他这个都中古董行的贸易商，只凭了岳父母是荣府管家，就能对贾府宁荣两门均门儿清，从祖父到后辈的世系，到仕宦经历，到生卒年头，到性情才秉，到盛衰态势，数得头头是道。和他对话的贾雨村，虽然与贾府同姓，却并非同宗一族，只不过给金陵甄府公子宝玉当过塾师，给苏州林府女公子黛玉当过塾师，却就对都中贾府的大事细情，特别是对贾宝玉、林黛玉及贾府中几个姐妹，均甚为知悉。还有刘姥姥，只不过因女婿王狗儿祖上是个小京官，与贾府王夫人上辈有点瓜葛，后家业萧条，搬出城外原乡务农，而且多年未去贾府走动了，却仍能攀扯上荣府，而且登堂入室，上至贾母、王夫人，以及凤姐，还有宝、黛、钗，下及管家周瑞家的、少爷小姐房中丫鬟，其他仆妇，都能混熟。既然冷子兴、贾雨村、刘姥姥之类，都能通过各种渠道，攀扯种种关系，凭借种种瓜葛，抵达贾府，出入贾府，洞悉贾府，焉知脂批者中就没有这样的人这样的知情者？焉能因脂批中有知晓贾府甚至曹府往事包括蛛丝马迹的内容，就认定脂斋必为贾府近亲甚至必为雪芹尊长？况且宁荣二府上上下下人丁数百，亲族中有近亲、宗亲、族亲、远亲；戚族中有亲有疏、有远有近；宾客中有权贵、有同僚；有门下相公有书房相公，有文墨清客有帮闲蔑片；有总管家有执事管家，有贾政、凤姐、宝玉等主子们的亲随小厮、近侍丫鬟，有杂役仆人、粗使丫鬟；上上下下人等又各有其子女、亲眷、友朋……谁能保证他们中就出不了一个"脂砚斋"、一个"畸笏叟"，或别一个脂批者中人？焉知"世代诗书"的贾府，"来往诸客屏侍座陪者，悉皆才技之流，岂无一名手"（语见第十七、十八回）可以批红？焉知陪贾政逛大观园试宝玉之才题对额，酸文假醋凑趣奉迎的詹光之流众清客中人，不可以一充"脂斋"？焉知凤姐侍童彩明日后成人，不可以一充"脂斋"？

有人捧脂砚斋为红楼梦中，宁荣府里，大大一个门槛内之人。笔者则以为，脂斋本来就不是在世外高蹈者，而是在世中忙忙扰扰之人，他在花柳繁华地涉足，指指点点，在《红楼梦》中逗留，批这评那，但察其形迹、其性理，仍不过是冷眼旁骛、时而热泪虚含的门槛外之人。姑言之罢。

四、成色不足的评点名家

脂砚斋毕竟是幸运的，本来于世上藉藉无名，世人不确知其姓氏乃至性别，却就沾光其"重评"《石头记》的本子乃后世仅见之古本，竟大噪大热独踞红坛一二百年。

他影影绰绰的涉曹身份已见上文，这里只说他能跻身中国小说评点史，倒不是浪得虚名，在小说评点业务范围内他是有其实绩的。小说属于纪人叙事文学的一种文类，是所有文学类中唯一的一种用叙事方式围绕写人，通过写人而写人生、人事、人性、人世的文体。不管脂砚斋是否具备这种小说理识，不管脂评中有不少与小说评论无关的、非小说评论的文字，都不能否认，脂批中确有相当部分触及到了、注意到了《红楼梦》人物塑造的成就，包括对人物声口、形貌、动作、神情、心理、性格刻画的成就，对人群无论男女长幼、善恶贵贱均能随类赋形人各出彩的成就。

内篇：抽丝剥茧说脂批

　　小说写人物，最基本的要求是鲜活如生。如果是短篇小说，有一二人物写得生动就算不错。如果是长篇小说，出场人物众多，个个写得生动即非一般作者所能。曹雪芹写《红楼梦》正如第十五回的一条脂批所说，就做到了"摹一人，一人必到纸上活见"。批语指的是凤姐弄权铁槛寺，包揽由水月庵老尼净虚（既不净又不虚）牵线的一桩婚嫁官司这一情节，当事人有张财主及其女儿金哥，长安守备之子李公子，长安府太爷小舅子李衙内，要请托的是长安节度使云老爷，还有凤姐使去跑腿办事的小厮来旺儿。没两日功夫此事办结。张金哥、守备公子殉情而死，张李两家人财两空，凤姐坐享三千两贿银。情节的主角，心狠手黑的凤姐，以及奸猾老尼净虚刻画得活灵活现不说，当事和涉事的其余六人，确如脂斋所评人人都到纸上活见。

　　小说人物刻画比生动进一步的是传神。第三回黛玉初到贾府，外祖母贾太君搂入怀中心肝儿肉叫着大哭，有脂批："写尽天下疼女儿的神理。"贾母这一哭固然是疼外孙女失母，更是作为母亲的白发人哭黑发人痛哭亡女。此时"只听后院有人笑声，说'我来迟了，不曾迎接远客'。"祖孙相见呜咽，众人敛声恭肃之际，来者如此"放诞"无忌，显然不是一般家中人，必是时常在老祖宗贾母前承欢应候得体得宠之人。对凤姐这样的隐式亮相，脂斋批云："第一笔阿凤，三魂六魄已被作者拘定了"，"未写其形，先使闻声，所谓'绣幡开、遥见英雄俺'也""试问诸公，从来小说可有写形追像至此者。"笔者以为，批语的后一句，应包笼随后本文对凤姐的"写形追像"："头上戴着金丝八宝攒珠髻，绾着朝阳五凤挂珠钗""项下戴着赤金盘螭璎珞圈""裙边系着豆绿宫绦双鱼比目玫瑰佩""身上穿着缕金百蝶穿花大红洋锻窄褃袄，外罩五彩刻丝石青银鼠褂，下着翡翠撒花洋罗裙"。这可不是一般化的对人物穿着打扮之写。用如此工致细密之笔出色精细写衣物，其实是写人物既能享用宫廷织造衣裙，又能享受进口洋衣料的富贵身份，写人物既宫式又洋气的审美个性。小说接着再为人物画形神兼具的肖像："一双丹凤三角眼，两弯柳叶吊梢眉；身量苗条，体格风骚；粉面含春威不露，丹唇未启笑先闻。"这可不是作者随便写的坊间相士的流俗套语，或魏晋士人惯用的月旦评语，而是作者精准着笔的肖像刻画性格描写。未见其人，先闻声态；既见其人，先是见衣态，随即见眉眼体态，接着见言动作态，终了见威福神态，这就是凤姐的出场。脂斋以从来小说未见的"写形追像"之笔来概括《红楼梦》的人物描写艺术，此评语有质感、有新意，毕竟传统的说法如肖物、传神，被用滥了，也用虚了。

倘若作者工力不够，则"写形追像"也可能浮于皮相，脂斋还深一步注意到雪芹"从骨子里"写人物。也在第三回，黛玉丧母后来外祖母家寄居，以前听母亲说过外祖母家势头"规模与别家不同，又因来时父亲嘱咐，今来到外祖家，便步步留心时时在意，生恐被人耻笑了去"。这里有脂斋夹批："写黛玉自幼心机。"此处"心机"不指心计，而指心地聪敏灵慧。第七回写周瑞家的顺脚挨家给迎春、探春、惜春、凤姐送宫花，最后送到黛玉处，黛玉冷笑道："我就知道，别人不挑剩下的也不给我。"这就不仅是人物有没有心计了，此处有脂批："将颦儿之天性从骨中一写。"不知脂斋是否晓得，黛玉的话语表示的并不只是小性儿，更是这个灵秀敏慧、高贵高洁的失怙女孩，自卫、自尊的心性。恐怕脂斋不会晓得，这"天性"并不纯天然，它其实属于有社会儒化的秉性。脂斋有此识见当否我们且不论，可以确定的是，脂斋以写人物"自幼机心"和"天性从骨中一写"来揭示《红楼梦》写人物的艺术，仍属脂斋自有见地。

脂斋还很注意《红楼梦》对人物行为、动作、声口、神情的微细描写在刻画人物上具有特殊意义。一般而言，细节描写从来是小说叙事艺术的生命，而《红楼梦》的叙事艺术，更是以细笔、微笔为主。第十三回秦氏死，写"贾珍哭的泪人一般"，有脂批："可笑，如丧孝妣，此作者刺心笔也。"可不是么，儿媳丧，公爹哭成"泪人"，不是刺心笔难道是寻常笔？这一情节中还有其他对贾珍行为细节之写，都在隐微处直刺人物心性和情节背后的委曲。又如第七回周瑞家的送宫花到凤姐处,小丫头丰儿连忙对周瑞家的摆手示意,却默不作声;奶妈也只"摇头儿"。此处脂斋夹批:"有神理。"俄顷凤姐房里传出贾琏和凤姐笑声。这几乎就是一折哑剧。谁都明白琏、凤正在屋里行风月之事。摆手摇头示意比言语更含意蕴、更惹联想,确是"有神理"。凤、琏完事后那边房中传来二人"一阵笑声",也有脂批:"妙文奇想。阿凤之为人岂有不着意于凤月二字之理哉,若直以明笔写之,不但唐突阿凤声价,亦且无妙文可赏。若不写之,又万万不可。故只用'柳藏鹦鹉语方知'之法,略一皴染,不独文字有隐微,亦且不污渎阿凤之英风俊骨。"顾及凤姐"声价""英风俊骨",只是脂斋偏见,不是雪芹着意处,且不必管他。脂斋注意到《红楼梦》写出凤姐性格的这一面,赞赏雪芹不用明笔写,只从隐微无声处胜有声地撰作这一段不但不污渎而是甚可赏的妙文,这确是雪芹不可及处,也确是脂斋鉴赏有得的洞见。我们反观当代小说家的作品,但凭说故事、造情节吸读者眼球,却缺乏写人的写实扎实功底。作家或许懂得写人物对话、声口很重要,却未必能想到、懂得、做到写人物动作、神情的细微曲折亦极重要,甚至更难。小说写人物的笔墨,写实不等于只实不虚,写出不等于写尽,写尽不等于写露。当代作家能像曹雪芹那样,刻画人物,构建人物世界,考究到精微,用心用功到极致的,恐怕绝对无有罢。

　　脂砚斋还注意到《红楼梦》写人,着眼处不限于某一种人、某一类人,而在林林总总诸色人等;用笔着力处不限于主角配角,而遍及一切人众,甚至是偶一提及点到以后再也不见算不上角色之人,也写得让读者过眼难忘。第六回写到狗儿劝刘姥姥进荣国府打秋风,雪芹就只给他写了几句对话、几个表情,狗儿就活脱脱现于纸上。脂斋对此有批:"《石头记》中公勋世宦之家以及草莽庸俗之族无所不有,自能各得其妙。"果然如脂斋所评,随后写刘姥姥在荣府门前见有几个"挺胸叠肚指手画脚","坐在大凳上,说东谈西"的人,脂斋于此有批:"不知如何想来,又为侯门三等豪奴写照。"可不是?侯门三等豪奴就此定格。第七回周瑞家的向水月庵小尼智能儿问话,智能儿摇头说不知道,此处有脂批:"妙,年轻未任事也。一应骗布施,哄斋供诸恶,皆是老秃贼设局。写一种人,一种人活像。"写一种人一类人,类型化之写不难,难的是写出类型群体中活生生的个人。同是写奶妈,凤姐之女大姐儿的奶妈,不同于宝玉奶母李嬷嬷;同是写丫鬟,大观园中丫鬟多矣,无人同样。第八回晴雯爬高上梯贴门斗上宝玉新写的"绛芸轩"三字,有脂批:"写晴雯是晴雯走下来,断断不是袭人、平儿、莺儿等语气。"这不是一般化的个性化写人,这是在同类型人群中不作类型化之写,而作个性化之写。《红楼梦》人物世界中色色俱有,而墨分五色。写尽世路人情,既随类赋形,又各各曲尽其形、其声、其情、其神、其理、其性、其境。曹雪芹写人和人群世界的艺术,可谓普度众生,世法平等,高下贵贱男女老少,他的运笔一律用心、用力、用功,绝不重此轻彼、绝不苟且。其生活阅历,其艺术功力,其艺术追求的定力,古今小说家中无有其匹。

在对人物个性化的体认上,脂斋有时甚深入,有时则甚偏差。第二十三回黛玉葬花,有脂批:"宁使香魂随土化";"写黛玉又胜十倍痴情"。在我们看来,黛玉葬花,希图心灵净土,雪芹写得不但极其个性化,表现了她诗化的心灵和她祈求的诗意人生,而且联系黛玉栖人篱下的身世,雪芹对黛玉葬花之写不止于有人物刻画个性化艺术成就的意义,还有人物刻画个性化中含极深的社会化意蕴和隐潜的社会化悲剧这种属于思想造诣的意义。对后一种意义,脂斋未必能体悟到,但他能识得黛玉在情感高洁、纯粹上有胜宝玉十倍的痴情,这是符合宝、黛性格的,也符合雪芹作意,符合雪芹所作情榜说的宝玉"情不情",黛玉"情情"。不过,脂斋对人物个性体认甚偏差的时候可能更多,尤其是对宝玉性格的体认,直接违背甚至对抗雪芹作意的例子,我们在上文以及下文都有举证,这里另说一例。第二十二回宝玉续庄子,有两条脂批,第一条长达四五百字,文繁不录。笔者认为,脂批只看到宝玉续庄的"无心",却见不到作者如此写的"有意"。宝玉续庄并不是脂斋认为的只是宝玉在释闷而已,更有作者对宝玉性格的刻画：他对袭、麝劝诫的拒止，他对宝钗姿容的偶惑，他常系于心的是黛玉的灵窍；他对钗、黛、袭、麝诸姝有迷、有眩、亦有自警。脂斋认为宝玉手边恰有《庄子》，如果手边是什么鼓词，也一样拿来释闷，不懂得作者对庄子的特殊关注，脂斋不懂宝玉续庄是"随分触情"。脂斋认为宝玉一心为女儿应酬甚不值，应该把时间用在仕途经济这种"有益之事"上。数百字长批之外还有第二条脂批，继续说"宝玉是多事者，情之事也，非世事也"。批者不懂在雪芹笔下，宝玉所涉"情事"，正关涉"世事"。批者还说："黛玉一生是聪明所误""阿凤是机心所误""宝钗是博知所误""湘云是自爱所误""袭人是好胜所误"。这样的人物分析人物品藻，摒却人之存在和人之命运的社会性，而且从单面从平面来判定人物的人性和命运，既浅又陋，于人物、于雪芹作意、于作品实际偏差殊甚。

　　《红楼梦》写人物诗词题咏颇多，这是小说寓涵诗意、深蕴文气的一种重要缘由。但《红楼梦》与中国古典小说的诗话、词话传统崭然有别的是：曹雪芹把人物的作诗填词、制灯谜、行酒令，都应用为塑造人物的一种特殊的、别具特色的艺术手段。第三十八回回后批语说："请看此回中闺中儿女能作此等豪情韵事，且笔下各能自尽其性情，毫不乖舛，作者之锦心绣口无庸赘渎。"指的就是宝黛们各展情性作菊花诗、螃蟹咏。书中写群口题咏之韵事不少：海棠诗社咏白海棠、咏菊花、咏螃蟹；桃花诗社咏桃花、咏柳絮；芦雪庵即景联诗，凹晶馆黛湘联诗，怡红院群芳夜宴行酒令，红香圃众人贺寿行酒令。众人斗诗、联句比现代群口相声更见逗者、捧者性情。诗会中宝钗咏白海棠，脂批云："宝钗诗全是自写身份。"诗中有句"淡极始知花更艳"，正是咏者为人行事的自叙自赏；咏柳絮词有句"好风凭借力，送我上青云"，恰是咏者对自己在贾府地位的自许自期。黛玉咏海棠诗有句"娇羞默默同谁诉"，咏柳絮词有句"飘泊亦如人命薄"，正是咏者自况；咏桃花诗有句"花之颜色人之泪"，恰是绛珠仙子自影。历来诗社、诗会、联句、酬应唱和之作，多有应景语、俗套语、滥情语、

297

虚与委蛇语、无病呻吟语，而《红楼梦》诗社诗友活动中，众人联句或限题限韵与不限韵之作，其中或有游戏之笔，作者曹雪芹却是有意识地以捉刀代笔之诗，模拟、呈示所代作的人物的身份、情性、当场心态、现时处境、未来命运，其实这就是雪芹塑造人物的一种艺术手段。且看第七十回中黛玉作《桃花行》和众人诗稿一起在诗会上展示，并未署名，宝玉品读此诗稿说："这声调口气，迥乎不像蘅芜之体"，"自然是潇湘子稿"。这就是诗如其人，诗也是作诗人的一种话语。各人声口是不一样的，这正是第五十回诸闺秀吃鹿肉赋诗，总批所说："各人局度各人情性都现。"雪芹代人物作诗，而且是同一场合群口交赋，要每首诗契合各人个性，肯定比雪芹自抒自吟更烦难。小说写凹晶馆黛湘联诗，雪芹特特设计了典型人物、典型情境，联诗者黛玉、湘云同有客寓栖依贾府身世之感，同处中秋之夜贾府一家团圆欢度而二孤女身心俱凄清之境，这就把写联诗的诗境与写人生的实境糅合为一，而黛玉吟出的"冷月葬花魂"句，就成了黛玉短暂的青春人生、诗意人生、悲剧人生的点睛之笔。

个体内非群体人物名下自作诗词的个性刻画作用，就更明显。黛玉《葬花词》既是对自身命运的悲叹，也是对一代女儿命运的嗟叹。"花谢花飞花满天，红消香断有谁怜。""花满天"，何等绚丽，然而转瞬即成一地落英。千朵万朵中有我一朵，我们的命运有谁知道、有谁怜惜呢？《葬花词》既是对花开易落的悲歌，更是对"一年三百六十日，风刀霜剑严相逼"的愤歌。《葬花词》发出了"天尽头何处有香丘"的质问，更宣示了"质本洁来还洁去"的贞言。《葬花词》回应"侬今葬花人笑痴"的俗见，拒绝掉污淖、陷泥沟的宿命，坚守"一堆净土掩风流"自我净化的信念。曹雪芹以《葬花词》塑造了抒情主人公及其姐妹们的美丽、高洁、坚贞的诗意人格，描述了她们当下可悲的社会处境，寄寓了作者对一代女性现实命运的深切同情，对她们应当有更美好的未来的歌赞。

曹雪芹独创性地发掘和发挥了人物的作诗填词对刻画题咏者主

体形象的艺术功能，这在贾宝玉赋《姽婳词》《芙蓉女儿诔》等诗文上也有鲜明体现。第七十八回之目是"老学士闲征姽婳词；痴公子杜撰芙蓉诔"，用"闲征""杜撰"以说，乃雪芹反逆隐曲之笔。它其实是郑重之笔而非闲笔。《姽婳词》明写"天子惊慌愁失守，此时文武皆垂首。何事文武立朝纲，不及闺中林四娘"，让读者得知，原来雪芹在《红楼梦》开篇就反复声称他写的"并非怨世骂时之书"，"亦非伤时骂世之旨"，"乃至君仁臣良父慈子孝"，"皆是称功颂德眷眷无穷"，不过是掩饰之词障眼之语。实际上，雪芹借宝玉之笔展现的却是一旦有事，则"天子惊慌"，"文武垂首"，一派昏庸颓败气象，这正是对现实甚至是对朝政的讽喻。《红楼梦》实际上也不是所矫言的"作者本意原为记述当日闺友闺情"，"其中家庭闺阁琐事"，"或可逗趣解闷"而已，而是既阐扬了日常生活中"行止见识"皆高于须眉的裙钗们，又表彰了社稷干城、顶天立国、有胆有识、有勇有力、沙场扬威的姽婳将军。"何事文武立朝纲，不及闺中林四娘"的质怼，不啻妇女参军、参政的宣言。人们从《姽婳词》中也可看见，厮混于闺友闺情、蔑视仕途经济的贾宝玉，原来不仅是人们表面看去的痴心公子而已，他内里另有家国情怀。《姽婳词》不是"闲征"我们已明，现在我们还可以看到，《芙蓉女儿诔》也不是"杜撰"虚撰。宝玉真心诔晴雯，诔包括黛玉在内的一切"极尊贵、极清净"的女儿。他认为女儿二字比佛祖、道祖的宝号"更尊荣无对"（见第二回）。这简直是骇人听闻之语，不说诃佛骂道，起码也是对佛、道之祖的大不敬。宝玉在诔文中赞女儿"其为质则金玉不足喻其贵，其为性则冰雪不足喻其洁，其为神则星日不足喻其精，其为貌则花月不足喻其色"。宝玉简直就是个"拜女教主"。曹雪芹赋予贾宝玉这些"乖僻邪谬"之语，实质是发布雪芹崭新的、理想主义的女性人性观。芙蓉诔文明指女儿不幸身处"浊世"，临"连天衰草"，逢"荆棘蓬榛"，闻"匝地悲声"，遇交加谣诼，这是以意象化的方式对社会现实的暴露和指摘。宝玉愤懑已极地誓言："箝诐奴之口，讨岂从宽；剖悍妇之心，忿犹未释。"我们不用凿实"诐奴"指袭人,须知宝玉即使愤极,也绝不会如此指称自己亲近的奴婢,他这不过是泛指豪门宠婢;"悍妇"更不能凿实王夫人,宝玉即使怨极,绝不会对母亲忘了孝敬,他这不过是泛指擅作威福、践踏环婢的豪门主妇。雪芹借宝玉口以实带虚指斥的,是制造了"直烈遭危"晴雯们惨死悲剧的时世和黑暗世情。宝玉赋姽婳词,写的是颂歌悲歌。宝玉撰芙蓉诔,写的是愤歌恨歌。从人物刻画角度,雪芹借诗赋写出的不是贾宝玉性格的单面、扁平面而是多面、圆面。正如雪芹借黛玉咏《五美吟》,写出了抒情主人公心性的多面:黛玉有葬花悲词、伤秋苦诗,有咏西施叹"一代倾城逐浪花"的黯然;也有咏虞姬,赏虞姬"幽恨对重瞳",饮剑楚帐的壮烈;也有咏明妃,借妃非议汉王,就像她曾对宝玉宝贵的北静王赠物蔑而摒之;也有咏绿珠,拆穿了被世人称颂"重娇娆"的石崇,到头来却是"瓦砾明珠一例抛"的行径;也有咏红拂,赞红拂"女丈夫"的"雄谈"使气,"巨眼识英豪"。人们由此得识,原来命薄诗哀的美慧少女黛玉,还有别样的诗思、另类的情性。

《红楼梦》第一回,贾雨村中秋夜自吟"未卜三生愿"五律一首,有脂批:"这是第一首诗,后香奁闺情皆不落空。余谓雪芹撰此书亦为传诗之意。"《红楼梦》中诗词韵语占篇幅不小,但说雪芹"撰此书亦为传诗"却是脂斋俩识。《红楼梦》迥异于早期夹有诗词韵文可供说唱的诗话小说、词话小说,其中韵文是一种叙事形式。《红楼梦》中诗词韵语却主要不为叙事,它虽具情节因素,但主要为刻画人物才性、情性、个性,不是雪芹借以"传诗"。还是上文所述那条脂批更切实际,雪芹为人物代撰诗词,就是替人物言志见性,"自尽其性情"。第七十六回之后总评小结道:"须看他众人联句填词时,各人性情,各人意见,叙来恰肖其人。"《红楼梦》中诗词,抒情、写境、展才、显声、明心、见性,在刻画人物的诸般艺术手段中,自占其地。

《红楼梦》写人物的其他艺术手段,脂斋也有所体认。第二十一回写黛玉、湘云各自睡态:一个"严严密密裹着一幅杏子红绫被","安稳含目而睡"；一个"一把青丝拖于枕畔，被只齐胸，一湾雪白的膀子掠于被外"。有脂批："写黛玉之睡态，俨然就是娇弱女子，可怜；湘云之态，则俨然是个娇态女儿，可爱。真是人人俱尽，个个活跳，吾不知作者脑中埋伏多少裙钗。"此脂批让我们见识到，凡人的身上心中所隐所现的一切，包括种种式式的睡后醒时的肢体语言，都被雪芹动用为写人物的艺术手段。

作为小说评点家的脂砚斋，一大着眼处是《红楼梦》人物刻画的艺术，另一大着眼处是《红楼梦》叙事艺术。第二回开始的正文，俞平伯在校辑脂评时，认为应是雪芹属稿时手书的批语，脂批本据为底本的早期抄本，误将芹批混为芹稿正文。俞平伯细加分辨，认为"究系批语性质"，就在新校本里从正文分出，列为三条、一首诗，作为第二回的"开始总批"。笔者认同俞先生卓见，早期抄本将芹批误入正文的情形书中还有。这里的前两条芹批，讲的是第二回在本书叙事结构开端的意义。第三条芹批讲的是本书两大叙事原则，其一是本书叙事"盖不肯一笔直下，有若放闸之水，燃信之爆，使其精华一泄而无余也"；其二是本书的叙事，"文则是虚敲旁击之文，笔则是反逆隐曲之笔"。"虚敲旁击"偏于叙事行文的章法，"反逆隐曲"偏于叙事行文的笔致。这两条雪芹自订的《红楼梦》叙事原则，可视为雪芹认定和践行的长篇小说叙事美学原则。

脂砚斋对《红楼梦》叙事艺术的评点，其略具见地的批语，大抵即承袭、演绎上述芹批。第二回开端的正文，脂斋当然是读了的，所以他"重评"《石头记》，就循雪芹之旨，在第一回作一眉批解说《红楼梦》叙事艺术："事则实事，然亦叙得有间架，有曲折，有顺逆，有映带，有隐有见，有正有润，以至草蛇灰线，空谷传声，一击两鸣，明修栈道暗度陈仓，云龙雾雨，两山对峙，烘云托月，背面傅粉，千皴万染，诸奇书中之秘法亦复不少，予亦于逐回中搜剔剜剖，明白注释，以待高明再批示误谬。"这条脂批前半属于雪芹自注的"不肯一笔直下"，后半"空谷传声"以下诸"秘法"，则属于雪芹自注的"虚敲旁击"以及"反逆隐曲"之法、之笔。脂斋果然以其所理解的《红楼梦》叙事方法"逐回"（当然不是每回）"搜剔"而批。第三回黛玉去拜见舅舅贾赦，后者托词而未见，脂批云："这一句却是写贾赦，妙在全是指东击西打草惊蛇之笔。若看其写一人即作此一人看，先生便呆了。"这就是对芹批"虚敲旁击"的衍说。第五回有脂批："欲出宝钗便不肯从宝钗身上写来，却先款款叙出二玉，陡然转出宝钗，三人方可鼎立，行文之法又一变体。"这是"不肯一笔直下"加"虚敲旁击"。第六回回目后脂批："此回写刘姬，却是写阿凤正传"，"伏二进三进及巧姐之归着"，"是无一笔写一人文字之笔"。第七回送宫花，脂批说这一段文字含宝钗正传、阿凤正传、颦儿正传，"小说中一笔作两三笔者有之，一事启两事者有之，未有如此恒河沙数之笔也"。同回在惜春同智能玩处批云："总是得空便入，百忙又带出王夫人喜施舍等事，可知一支笔作千百支用。"同回送宫花经李纨后窗，脂批："顺笔便墨，间三带四。"这些脂批都是对"不肯一笔直下"和"虚敲旁击"的演绎。第十七、十八回贾妃审定宝玉前后所拟题额，脂批云："一句补前文之不暇，启后文之苗裔，至后文凹晶馆黛玉口中又一补，所谓一击空谷八方皆应。"这仍然是对"不肯一笔直下"和"虚敲旁击"的演示。第十九回宝玉去袭人家探望，有脂批："一树千枝，一源万派，无意随手伏脉千里。"批语中"一树千枝，一源万源"之喻，十分到位地表述了《红楼梦》作为长篇小说经典之作的叙事艺术，包括结构艺术。同回中袭人自说从小入贾府为丫鬟，先服侍贾母、湘云，有脂批："百忙中又补出湘云来，真是七穿八达，得空便入。"这"七穿八达"是对《红楼梦》叙事艺术又一新样譬喻。

不再"逐回"例举了。脂斋这些对《红楼梦》叙事艺术及种种"秘法"的实指性和设譬性的说辞，除承接雪芹意旨外，还受前辈评点大家、名家金圣叹、张竹坡们的启示并袭取套用。后于脂斋的戚蓼生，用"一声两歌，一手二牍"之说来阐发《红楼梦》叙事艺术，较之脂斋乐道的"秘法"说，更达于精诣。

对于雪芹长篇小说写人艺术和叙事艺术的原理性及实践性的认知，脂批短于原理性，相对长于实践性；对雪芹"不肯一笔直下"有较多解悟，对雪芹"虚敲旁击之笔"的领会则过浅。仍以第六回脂批为例，脂斋说"此回借刘妪，却是写阿凤正传，且伏二进、三进及巧姐之归着"，这话后半是对的，确实悟到了雪芹不肯一笔直下。但话前半不甚对，因为刘姥姥一进荣府并非只写凤姐正传，本身写的首先是刘姥姥的正传，还虚敲旁击，一击两鸣三鸣四鸣，写了在场贾母以下所有上下人等的"正传"。至于第七回送宫花，脂斋这会儿说是宝钗正传，过会儿说是阿凤正传，再一会儿说是颦儿正传，仿佛周瑞家的送宫花就是一根竹签，穿出一串冰糖葫芦。这说明脂斋还是线性思维，只识雪芹叙事行文的递进递转，不识雪芹一击两鸣、牵五挂六、手挥五弦、目送飞鸿等虚敲旁击之文、反逆隐曲之笔却属于圆转活络的网状艺术思维。所以，还是后来戚蓼生的"一声两歌，一手二牍"说，更能道着雪芹写人、叙事艺术原则和实践的精微。当然也应该说明，戚蓼生此说并非自家发明，也是有师承的，承袭的是金圣叹。圣叹在《第五才子书·水浒传序三》中已指出，水浒作者能"一手而画数面""一口而吹数声"。戚蓼生用来评《红楼梦》且加以展开，说得也更具实质性，不仅是设譬之言。

在小说评点技艺上，脂斋、畸笏们也是很崇仰早生百多年的大师金圣叹的。第十二回中贾瑞被浇了满头满脸的屎尿，畸笏署名批："此一节可入《西厢记》批评内十大快中。"有正本第十八回总批："……惟不得与四才子书之作者同时讨论臧否为可恨耳。"第三十回宝黛相对拭泪，有脂批："写尽宝黛无限心曲，假使圣叹见之，正不知批出多少妙处。"第五十四回总批："噫！作者已逝，圣叹云亡，愚不自谅辄拟数语，知我罪我其听之矣。"脂斋们对圣叹的折节下拜五体投地，追随仿效毫不掩饰，而自知、自认难望其项背之态，披露无遗。

脂斋确实无法、无从与圣叹比。圣叹不但是众望所归的水浒大评家，而且是开宗立派之人。圣叹不只是评坛弄潮儿，而且是开山者。

就评红言,按先来后到排座次,脂斋或可居上席;但若论理识才具,放到中国小说理论批评史上讲,脂斋恐怕摆不上太显要的位置。

　　一部中国古典文学理论批评史,历来由传统的文论、诗论、乐论、画论、剧论当家做主,序跋书信之类"序学"、诗话词话曲话之类"话学"、诗文总集选系之类"选学"为主宾。明清以降小说评点之学新帜别张,驯至近现代,小说批评更取喧宾夺主、评坛霸唱之势。如今只说小说评点,它之所以成为中国特有的批评之学和批评学派,缘于所依托的是中国文学称誉世界的几部长篇小说旷世经典巨作:李贽评点的《水浒传》,毛纶毛宗岗父子评点的《三国演义》,金圣叹评点的《水浒传》(以及《西厢记》),张竹坡评点的《金瓶梅》,还有就是我们在这里讲的脂砚斋评点的《红楼梦》。名著玉成了名评点家,名评点家成就了小说评点学派。最具代表性的评点大家是金圣叹。到了脂砚斋评红,却出现了评家分量与原作分量不对称、不平衡现象。《红楼梦》的思想艺术成就应当在几部古典名著中居首位,而脂砚斋的评点成就却只能在几位评点名家列坐中居末席。为何?我们略作比较便知。

　　李卓吾、金圣叹评《水浒传》,成就了一世之学。他们突破了以诗、文为正宗的文学观的樊篱,推动了一股以小说、戏剧等俗文学为主流文体的文学新潮,颠覆了小说乃"丛残小语""君子弗为"的旧观念,代之以小说的杰作也和经、史、诗、文的结撰一样,是"天地至文""宇宙内大文章"的新观念。他们在开拓、创立新的文学观的同时,还总结、揭发了小说等叙事文学创作不同于诗、文创作的若干特殊规律:其一,小说是以艺术虚构为基本手段的写作,金圣叹为此提出了史传文学是"以文运事"据实直陈,而小说则是"因文生事",依恃艺术虚构的新命题;其二,小说是以塑造人物性格为中心、为基本的写作,金圣叹为此提出了小说家"只是贪写人",写人之法乃"因缘生法"的新原理。李卓吾、金圣叹在建构小说等叙事文学创作论的同时,践行了以性格分析、性格批评为中心的叙事文学批评论,完善了以评点为方式，以社会批评与审美批评相融汇为特点的批评学派。金圣叹更以其沉潜于作品、浸淫于创作境界，主体审美个性突出，审美陶醉盎然的批评态度，以其对艺术创造有异常敏锐的感受力、理解力、鉴赏力，"手眼独到""颖敏绝世"的批评功力，以其"透发心花，穷搜诡谲"，"下笔机辩泾翻"，犀利有力又韵味隽永的批评文字，予读者以心智启迪，并予读者以审美快感。金圣叹这种"才子"式的、"锦心绣口"的批评，独步于我国古典文学理论批评史垂数百年。

毛氏父子评《三国演义》，张竹坡评《金瓶梅》，虽不能称为一世之学，可也确为一家之学。毛氏父子评《三国演义》，以其独有的历史观为支撑。他们的史观有两个维度，一是正统史观，二是人才史观。正统史观当然不自他们倡始，但他们的正统史观结合了对现实政治有某种对应，主张"谈《三国志》者当知有正统、闰运、僭国之别"（《读三国志法》），隐含有对满清取代汉明的某种腹诽。他们的正统观有皇朝继统的合法理性、合道义性、合道德性的内容。毛氏父子作为《三国演义》的评点者，自身是布衣寒士，而有对世局时政的担当意态，是很难得的。在明清易代之际坚持正统史观之外，他们另具只眼，倡言人才史观，说："古史甚多，而人独贪看《三国志》者，以古今人才之众，未有盛于三国者也。"（《读三国志法》）我国历来有天地人三才之说，毛氏重人才，以此建构人才史观，并以之作为其评点《三国演义》的另一史观基础。毛氏认为《三国演义》写诸葛孔明，乃贤相之一绝；关云长乃名将之一绝；曹孟德乃奸雄之一绝。此三绝映带三国人才之林林总总。《三国演义》谋略之心智含金量超越心机、心计，超越心术、智术，成为经军经国治世理政的韬略谋术。"三国人才之盛，写来各各出色"，并且前影千百年，后照千百年。"分见于各朝之千百年者，奔合辐凑于三国之一时，岂非人才一大都会哉！"（《读三国志法》）从人才史观角度，毛氏实际上认为《三国演义》集结、浓缩、标举了中国历朝历代色色人才的精粹，是人才的通史，而不只是三国一代人才的断代史。毛氏基于自己的正统史观、人才史观，基于

自己的史观史识，还有下面要说到的毛氏的艺观艺识，称："吾谓才子书之目，宜以《三国演义》为第一。"(《读三国志法》)

毛氏评点《三国演义》的艺术造就，在三个方面表现了毛氏的艺观艺识：关于历史演义的写作；关于长篇小说的结构、叙事；关于人物塑造性格刻画。对历史演义的写作，毛氏不蹈袭前人几实几虚或以文运事、因文生事之说，毛氏着意的是"造物自然之文"与"今人臆造之文"的关系。毛氏从客观唯心主义宇宙观视角评《三国演义》，强调"造物者可谓善于作文"。《三国演义》叙事写人乃源于"造物者之巧"，"天然有此等波澜，天然有此等层折"，"既出人意外，复在人意中"。(《读三国志法》)实际上毛氏指的是三国时期的客观形势、历史现场本来就错综、复杂、多变。毛氏的评说披着客观唯心主义外衣，骨子里指证的是《三国演义》取材的天然优势。毛评《三国演义》，归功于"造物自然这文"，"据实指陈，非属臆造"。毛评从宇宙观视角对"臆造之文"之贬，转换到文学描写视角却变作虚贬而实褒，"三国"获毛评褒赞的许多结构、叙事、描写，都是所谓今人臆造的艺术创造。

《三国演义》的历史含量是毛评另一着眼点，属于其历史演义结构论的一个亮点。一般讲作品结构，指的就是内容和叙事布局结构，毛氏认为《三国演义》"叙三国不自三国始"，"不自三国终"(《读三国志法》)，既是从作品的篇章结构讲的，又不止于此。按史实，公元二一九年曹丕称魏帝，二二一年刘备称汉帝，二二二年孙权称吴帝，三国分立时期才正式开始，然而在《三国演义》里这已经是第八十回后的事情。八十回前讲的是东汉末年的乱政、豪强混战的乱世，第一回写的就是刘关张结"义"参与讨伐黄巾起义军，也就是毛评所谓"叙三国而追本于桓灵"。事实上八十回前叙的是前三国，即汉末乱世豪强混战中"潜三国"崛起的争战分合。所以毛氏说《三国演义》所叙不自三国始，这是"三国"结构的特点、实情，写前三国用了八十回篇幅。后四十回写的才是史实意义上的魏蜀吴鼎立争战，以及三国灭亡一统于晋。第一百二十回是三国的终章也是西晋的首章。无论是从史实还是本书叙事结构看，三国终结之前，早已伏两晋南北朝之始。魏之末路三国之亡，就是晋的登坛南北朝的首途。所以毛氏的"三国"结构论，说叙三国不自三国始，不自三国终，不止是在《三国演义》篇幅上说的，而是在《三国演义》叙事行文的历史含量超越结构之始之终上说的。事实上《三国演义》有行文上的明结构，也有内容涵纳上的隐结构，它是个开放的而非封闭的结构，其叙事内容前有东汉乃至历朝历代的积淀，后有两晋南北朝乃至唐宋后历朝历代的陪衬。

对《三国演义》叙事结构的行文特点，毛氏指出其"文有宜于连者"，如五关斩将、三顾草庐、七擒孟获；文又"有宜于断者"，如三气周瑜、六出祁山、九伐中原，此所谓"有横云断岭、横桥锁溪之妙"。毛氏还指出，《三国演义》重视叙事节奏，紧密与疏朗相间，干戈与裙钗相间，此所谓"有笙箫夹鼓，琴瑟间钟之妙"。毛氏又指出《三国演义》叙事多"隔年下种""待时而发"的伏笔，多补叙、延叙、插叙之笔，体现结构的有机整体性，"前能留步以应后，后能回照以应前，令人读之真一篇如一句"。毛氏还注意到《三国演义》叙事行文笔致，有"近山浓抹，远树轻描"，有"奇峰对插，锦屏对峙"，有"同树异枝，同枝异叶，同叶异花，同花异果"，布局严整而多变化，结构工稳而灵动。

毛氏对《三国演义》人物塑造和性格刻画，有自己的一家之言。他对三国人物的评点，不为政治评价、道德评价所限。如对曹操，持尊刘抑曹正统史观的毛氏父子，是这样评说曹操的："历稽载籍，奸雄接踵，而智足以揽人才而欺天下者，莫如曹操。听荀彧勤王之说，而自比周文，则有似乎忠；黜袁术僭号之非，而愿为曹侯，则有似乎顺；不杀陈琳而爱其才，则有似乎宽；不追关公以全其志，则有似乎义。王敦不能用郭璞，而操之得士过之；桓温不能识王猛，而操之知人过之；李林甫虽能制安禄山，不如操之击乌桓于塞外；韩侂胄虽能贬秦桧，不若操之讨董卓于生前。窃国家之柄而姑存其号，异于王莽之显然弑君；留改革之事以俟其儿，胜于刘裕之急欲篡晋。是古今来奸雄中第一人。"这是毛氏的一篇曹操论，有叙、有议、有评；有基于当代史事，有较于前代史事（王莽篡汉），有比于后代史事（西东晋、南北朝、唐、宋）；并不就此人论此人，不就此书评此书，而放眼宽广长远的历史视野。这样的曹操论，不片面、不平面、不简单化、不漫画化、不脸谱化。骂曹的人只注目曹之奸，赞曹的人只注目曹之雄，毛氏则把曹看作奸与雄的生命共体，奸中之雄者雄中之奸者二位一体。毛氏不是分割灭裂地把奸与雄一剖两分，不是单挑奸为曹操性格的主导面、特征面、基本面，也不是单挑雄为曹操性格的主导面、特征面、基本面，而是把奸雄、雄奸一并视为曹操性格的主导面、特征面、基本面。我们从上述毛氏曹操论中还看到，曹之智、能，他的似忠、似顺、似义；他的知人之明，他的爱才之宽；他能招揽天下英才为己所用，又能以此欺天下；他能讨灭董卓、袁术、东征乌桓，而自己只安居王侯之位；他早已窃夺汉帝权柄挟天子令诸侯，却把篡汉之事留给儿子曹丕去做等，这些在毛氏父子评点中，就是曹操性格主导面、特征面、基本面在不同的人物关系、人物命运境遇中的变化、发展。人的性格的基本面是守恒的，但这是动态的守恒，不是静态的守恒，不是一成不变。可能会有所变，小变和大变，渐变和顿变，甚至有所颠覆，但根本的性格底线、心理底线一般情况下不会轻易丧失。我们今天很熟悉的一句马克思主义的经典名言是：人是社会关系的总和。那么，人的性格及其变化、发展也应是社会关系的总和。毛氏父子当然不会有这样的认知。但是毛氏父子讲曹操性格的主导面、特征面、基本面在不同社会情势、不同人物关系、不同命运境遇中的变与不变，实际上触及了人性和性格构成与表现的普遍情状，是这种普遍情状或规律在曹操这个人物身上的呈示。应当承认，毛氏父子在评点《三国演义》的实践中呈现的人物论、性格论，对比起"一人有一人的性格"之类通识性的评断来，是别具独识性的评断。毛氏的这些评断及评点实践，已探入了典型塑造的艺术方法、艺术技巧范畴，当年固属新知、新见，今天也不失再思价值。写出性格的主导面，形象方鲜明；写出性格的特征面，形象方突出；写出性格的基本面，形象方稳定；写出不同社会关系、人际关系、人生境遇中人物性格主导面、特征面、基本面的变化、发展，且使非主导面、非特征面、非基本面连皮带骨满血导入，形象方圆活、圆满，成为典型。只要作品未结束，或人物仍在现场，则人物典型化的过程就仍然要继续。第七十八回曹操临死遗命设立七十二疑塚，恐为人掘坟，毛氏评云："操真奸雄之尤哉！""至死犹假"，"死后犹假"，"以生曹操欺人不奇，以死曹操欺人则奇矣"！我们查《三国志》，这遗命设疑塚之事于史无据，但在野史记载和民间传说中，它却是无考实而可信实，最后足成曹操典型性格的结穴之写。《三国演义》予以采用，是能引来读者褒赞的。

　　毛氏对《三国演义》人物塑造之评还有其他可注意处，于此不多赘，只再示一例：毛氏评点三国人物，除着重个评，还着重群评，在群评中显个评，个评与群评交织。本来三国史事就有空间广阔而南北东西纵横捭阖，时间百年而波翻浪涌无时或息，事件层见叠出穿插迴环，人物林林、属类总总且每属每类摩肩接踵的特点，若都是对人物个体的评点则评不胜评、点不胜点，且局限很大又很单调，因此毛氏既多有对人物个体的评点，又多有对人物群体的评点，在群体评点中作个体比较评点，也就既显示了人物世界构成中个体的特色，又显示了人物世界整体的壮阔与纵深。如《读三国志法》中评三国开基之主刘、孙、曹说："备与操皆自我身而创业，而孙权则藉父兄之力"；"备与权皆及身而为帝"，而曹操自己不称帝，而给子孙；"三国之称帝也，惟魏独早"，蜀称帝则在操死丕立之余，吴称帝在备死禅立之后；"三国之相持也"，吴、蜀为邻，魏、蜀为仇，蜀、吴有和有战，蜀、魏有战无和，吴、蜀和多于战，吴、魏战多于和；"三国之传也"，蜀止于二世，魏有五世，吴有四主；"三国之亡也"，吴在后，蜀在先，魏其次；三国之亡结局也不同，魏是被其臣司马氏篡位，吴、蜀则是被其敌灭亡；三国国主父子兄弟存续的情形也不同，孙策把政权交给孙权，是"兄终而弟及"，曹丕与曹植却是"舍弟而立兄"，刘备与刘禅是"父为帝而子为虏"，曹操与曹丕，"则父为臣子为君"，"可谓参差错落，变化无方矣"，可见"古人本无雷同之事，而今人好为雷同之文"。毛氏这样的评点，就既是国与国、国君与国君的三国三君之评，也是一国一君之评。又如第二十三回回首之评："祢衡、孔融、杨修三人才同，而其品则不同。杨修事操者也，孔融不事操而犹与操周旋者也，祢衡则不事操而不屑于周旋者也。三人皆为操所杀，而三人之中惟衡最刚。故三人之死亦惟衡独早。操自负奸雄，其才力足以推倒一世，而祢衡鄙夷傲睨，视若无物，非胆勇过人安能如此……祢衡骂操以口，陈琳骂操以笔。虽同一骂，而衡之骂操，自骂者也；琳之骂操，代人骂者也"，所以"陈琳骂操而终于事操，祢衡骂操则必不事操。代人骂者可降，自骂者断不降，此操之所为不杀琳而必杀衡欤"，毛氏此评，实际上是对五个人物的比较评点，对曹操、祢衡是显评、主评，对孔融、杨修是隐评、侧评，从而有群评与个评相兼之效。

毛氏父子之评许多是一家之言，但也受到金圣叹的不少影响。金批《水浒传》连评带创，毛批《三国演义》有的地方也连评带创，如第一回前，毛氏加了一首《临江仙》词："滚滚长江东逝水，浪花淘尽英雄……"第一回正文开头，毛氏加了一句："话说天下大势，分久必合，合久必分……"这都已成为后世读者耳熟能详的经典词语。毛氏把他们这种史观史识、历史、哲思牢笼全书，在全书评点中贯彻其政治哲学、历史哲学、艺术哲学三者合一。其宇宙观、历史观、艺术观体现主观唯心主义与客观唯心主义的混合也很显著。此外其评点的穿凿附会、八股陋习、时文俗套的缺陷也在在可见，这里就不多说了。但这些都无妨于毛批"三国"成为一家之学。

张竹坡批《金瓶梅》也成一家之学。《金瓶梅》历来被视为淫秽之书，张批不但指它非淫书，更指它是恨书、愤书。书中所写，西门庆是"混帐恶人"，吴月娘是"奸险妇人"，孟玉楼是"乖人"，潘金莲"不是人"，李瓶儿是"痴人"，春梅是"狂人"，陈敬济是"浮浪小人"，李娇儿是"死人"，孙雪娥是"蠢人"，宋惠莲是"不识高低的人"，如意儿是"顶缺之人"，王六儿、林太太、李桂姐辈"不得叫做人"，应伯爵、谢希大者流是"没良心的人"，蔡太师、蔡状元、宋御史之类当朝命官皆"奸臣贪位慕禄""枉为人"（《金瓶梅读法》）。这就是书中所写的奸、恶、痴、狂、邪充斥，个个"狗彘不若"，不是人的人间世、人世间。作者就这样写他的书，就把他的书写成这个样子，所以张竹坡认为作者是"作秽言以泄其愤"，"借西门氏以发之"，作者"其言愈毒而心愈悲"（《竹坡闲话》），"《金瓶梅》到底有一种愤懑的气象"（《第五才子书·读法》）。张竹坡判断作者"必大不得于时势"（七十回评）。对这样的时世，作者"痛之不已"，"愤已百二十分"（《竹坡闲话》），"上不能问诸天，下不能告诸人，悲愤呜唈，而作秽言以泄其愤"，"作秽言以丑其仇"（《竹坡闲话》）。"作者不幸，身遭其难，吐之不能，吞之不可，搔抓不得，悲号无益，借此以自泄"（《竹坡闲话》），"以一发胸中之恨"（七十回评）。这样的愤书、恨书，而以淫书、秽书的面目行世，所以张竹坡以"天下第一奇书"称之。

至于作者谁人，何以对当世如此悲、痛、愤、恨，前人和时人都作过种种索隐，张竹坡则认为"传闻之说，大都穿凿，不可深信"（《第五才子书·读法》）。既然作者不愿留名，而有寓言，我们只要识得"作《金瓶梅》者，必曾于患难穷愁人情世故一一经历过"（《第五才子书·读法》），"必大不得于时势，方作寓言以垂世"（七十回评）就可以了。张竹坡将《金瓶梅》作者的发愤著书，比诸屈原、司马迁："作者必于世亦有大不得已之事，如太史公之下蚕室，孙子之刖双足，乃一腔愤懑而作此书。言身已辱矣，惟存此牢骚不平之言于世，以为后有知心，当悲我辱心屈志，而负才沦落于污泥也。""信乎作者为史公之忍辱著书，岂如寻常小说家漫肆空谈也哉！""是又一部《离骚》无处发泄，所以著书立说之深意也。"（《金瓶梅寓言说》）"发愤之所为作"本来是老话，但张竹坡用到一部世情书上，而且是一部"淫秽之著述"上，就是绝对的新话。张竹坡强调的不仅是《金瓶梅》作者身处浊世，身受祸难，上承屈原、司马迁发愤著书传统的创作动机，而且以《金瓶梅》与《离骚》《史记》在愤书质性、著作地位上并联，这样的评点眼光，其独立、颖异、犀利显然。

　　除反对"淫书"说外，张竹坡还反对"账簿"说。当时流行一种批评，说《金瓶梅》实录琐碎卑污的日常生活，是"为西门庆家写账簿"。张氏反其说而批云："看《金瓶》，把他当事实看，便被他瞒过，必须把他当作文章看"（《第五才子书·读法》），在创作主体一边，作者是"变账簿以作文章"（《第一奇书非淫书论》）；在阅读主体一边，读者也应"变账簿以读文章"。张竹坡提出了一个崭新的小说理论批评命题："稗官者，寓言也。其假捏一人，幻造一事，虽为风影之谈，亦必依山点石，借海扬波。"（《金瓶梅寓言说》）拿今天的话来诠释，张批不认可账簿主义、实录主义、自然主义。作者不是复制账簿，而是"假捏""幻造"人与事，但又不能是凭空造作的"风影之谈"，而必须是"依山点石，借海扬波"，"石"根于"山"、"波"涌自"海"。写实而不泥于实，实中、实后有寓意，有人情有世情。不仅含劝惩，更表愤慨。看似实录，其实有寓意。实写西门庆一家一门，看似"止言一家"，却又及见"天下国家"（七十回评）。而且，当西门庆作死而去，又来一个张二官，"张二官顶补西门千户之缺，而伯爵走动说娶娇儿，俨然又一西门，其受损又有不可尽言者，则其不着笔墨处，又有无限烟波，直欲又藏一部大书于无笔处也"。（《第五才子书·读法》）实写、明写一个"奸淫之家"，点逗、隐寓一个"奸淫世界"。正所谓"著此一家，即骂尽诸色"（鲁迅语）。张竹坡的批评不仅从作者创作动机上，从作者发愤著书的实质上，翻了《金瓶梅》"淫书"的案，而且从文本书写的实际，从小说典型创造的力量上，从小说观的论理阐发上，翻了《金瓶梅》"淫书"的案。张氏提出小说是"寓言"说，是对小说观的一种颠覆——至今仍是。他认为《金瓶梅》不是实录文学，而是寓言文学；不是自然主义文学，而是现实主义文学；

不是私小说私文学，而是社会文学、世情文学。这的确是一家之言。

张竹坡的发愤批评的态度使它在李卓吾之后独步于批评史。他的胞弟记载了兄长批罢《金瓶梅》，有人说："此稿货之坊间，可获重价。"竹坡回答："吾岂谋利而为之耶？吾将梓以问世，使天下人共赏文字之美，不亦可乎！"(《仲兄竹坡传》)批"金"不为谋利，而为赏文，这态度是令人敬重的。但这只是一方面，竹坡贫士，他需要钱，他向书商售卖自己的智慧、心血、劳力成果，于理于情都应份、应当。但他举债自刻，刊行其书，至死也还不上刻资。真的其品可嘉，其事可悯。我们不必也不能把竹坡视为穷死也要自珍自重的殉道者，因为我们知道，他批"金"除了欲使天下人共赏文字之美，还有另一重动机，审美动机之外的社会动机。他在《竹坡闲话》中有自白："迩来为究愁所迫，炎凉所激，于难消遣时，恨不自撰一部世情书以排遣闷怀"，"然则我自做我之《金瓶梅》，我何暇与人批《金瓶梅》也哉？"他这话，我们可从三个层次诠解：①他以自撰的态度批别人的书，把批评视为一种自我的主体写作，而非自他的对象写作、客体写作，自称"我自做我之《金瓶梅》"，这让我们想到，张竹坡是在隔空向同世纪的法国作家福楼拜呼应，福楼拜说我写的"巴法利夫人就是我"，异国异口同声地张竹坡说我所批评的就是我的《金瓶梅》。是的，批评家们可以说"我所评论的就是我"。这并不等同于主观批评，其要义是批评主体浸淫于批评客体，批评者与批评对象融而为一。也可以说这种主体性突出的阐释批评，是对原作的创造性诠释或二度创作。②批评家与创作家有一种无性共孕关系，张批《金瓶梅》改变不了原作者对作品的生育权，但生成了批评者对作品的养育权，使张批《金瓶梅》成为原作与张批的共生体。③原作者与批评者借同一《金瓶梅》文本，在"发愤之所为作"上同根，而何以发愤、何所发愤、所发何愤，原作者与批评者未必全同，成为同树异花。《金瓶梅》是原作者某氏所撰的世情书，张批《金瓶梅》是批评者张竹坡氏所"撰"的世情书。一而二，二而一，你中有我，我中有你。金批《水浒传》是这样，毛批《三国演义》是这样，张批《金瓶梅》是这样。这是中国中近古世小说批评史数百年大树上生长的一串奇葩。

很可惜，与之比较，脂砚斋评《红楼梦》，所依托的母本甚至比《水浒传》《三国演义》《金瓶梅》更壮硕，但脂批没有长成又一朵独放异彩的奇葩，而显得瘦黠孱弱。脂批不具备李卓吾、金圣叹、毛氏父子、张竹坡之批所显示的各自的世界观、历史观、政治观、哲学观、文学观、小说观，尤其是社会现实观的大理想。脂斋不懂得曹雪芹何以发愤、何所发愤、所发何愤作《红楼梦》。脂斋自己也并非发愤批《红楼梦》。张竹坡能识得所谓"淫书"的《金瓶梅》"是一部群芳谱之寓言耳"（《金瓶梅》七十回评），而脂砚斋竟不识《红楼梦》是另一部更深刻的群芳谱之寓言。张竹坡能识得《金瓶梅》"乃是作者满肚皮倡狂之泪没处洒落，故以《金瓶梅》为大哭地也"（《金瓶梅读法》），而脂砚斋竟不识曹雪芹也有他的猖狂之泪没处洒落，他"字字看来皆是血"，以《红楼梦》为大哭地，书未成泪尽而逝。脂斋畸笏们之批红，也时常动不动就哭，但多是借凤巢下鸠蛋，追怀一己前尘旧影，自悼自嗟之哭，有的还是矫情作秀之哭，甚至连借《红楼梦》之杯自浇块垒都不是，未见块垒，只是自扮戏、自登场。脂斋更不比李、金、毛、张各具强烈的社会担当和文学担当意识，各具批评家器量、体量、体制、规模。脂评没有总纲性、提要性序文、读法以及杂论专文，也缺乏独立批评和独创批评的亮点。如果不是历史因缘所致，脂评裹带着曹雪芹亲笔的自注、自评借《红楼梦》行世，若单凭脂评自身，则其气质包括文采，较之前代诸大家名家之评《水浒传》《三国演义》《金瓶梅》，只能说是不足以言一家之学。

五、大贡献与自作蛊

尽管脂砚斋作为评点名家成色不足，但脂斋毕竟作出了具有历史性的、属于他的大贡献：第一，脂评本有传承之功和开来的贡献。请注意笔者说的是脂评本而非脂评的贡献。脂评本是曹雪芹创作《红楼梦》未完成就已经以手抄本形式流传于世的众多抄本之一。后来诸多辗转授受的私人抄藏本和市售抄本，包括带雪芹自评注的原稿抄本，以原稿抄本为底本的他人抄评本、白文本，由于种种原因，多已散佚，而脂评本幸得存世，又由同时代的书商和后世书商，据脂评本及其他旧抄本，整理刊刻、排印，流传至今。这是脂评本对中国文化史的大贡献。第二，由于脂评本所据底本原藏带雪芹自评注，这些芹批或混入小说正文，或被裹入脂批混同脂批，籍脂评书而行世，遂使记录雪芹初创《红楼梦》时措笔情形和想法的一些行迹和信息，获得保存，这也是脂评本贡献于中国文化史的特功。第三，脂批提供了有关雪芹生平的若干信息。第一回正文"满纸荒唐言，一把辛酸泪"上甲戌本有眉批："能解者方有辛酸之泪哭成此书。壬年除夕书未成，芹为泪尽而逝……"此批显示雪芹血泪著书情形，以此前所无的文字书证，披露雪芹"书未成"的史实、"泪尽而逝"的史实，"于壬午除夕"卒逝的史实。第十六回赵嬷嬷述说"当年太祖皇帝仿舜巡"，"咱们贾府正在姑苏扬州一带监造海舫修理海塘，只预备接驾一次，把银子都花的淌海水似的"；"还有如今现在江南的甄家"，"偏他家接驾四次……"庚辰本有批："甄家正是大关键大节目""占正题正文""真有是事，经过见过"。这些脂批以在苏扬的"贾府"、在江南的"甄家"，逗露曹家祖上曾"接驾四次"的史实，有助于考索雪芹家世史料。脂斋据此倡扬《红楼梦》乃作者自叙传说，影响后世红学研究者甚大。又靖本第二十二回之末批语："此回未补成而芹逝矣，叹叹，丁亥夏，畸笏。"此脂批披露雪芹逝世前一直仍在修改补充已成之稿，或依章回顺序全书改补，或改补若干章回，死前改补而未完成的是第二十二回。又第二十八回正文写大海喝酒，有眉批、夹批各一："大海饮酒，西堂产九台灵芝日也。批书至此，宁不悲乎。壬午重阳日。""谁曾经过，叹叹，西堂故事。"两批影影绰绰，难作为史料，而且在小说中是顺笔一写的微事，根本附会不上什么西堂产九台灵芝的特笔，但也点出了在曹家可能有祖辈曹寅西堂故事旧闻之忆。同样情形又见第三十八回烫合欢花酒之批："伤哉,作者犹记矮颀舫前以合欢花酿酒乎?屈指二十年矣。"又第五回十二回正文"一时只听自鸣钟已敲四下",有脂批"按:四下乃寅正初刻,'寅'此样写法,避讳也"。这几条脂批,就思维形式言,都是穿凿附会之批;就批者主观态度言,都是顾左右而言自己,属于非小说评点或小说外评点;就红学或曹学言,算是提供点滴想象空间,价值不大,聊胜于无。第四,脂批提供了有关《红楼梦》八十回后情节的若干信息,包括贾家及一些人物的命运变迁、结局,包括若干关目,以及八十回后全书回数规模的信息。第十七、十八回荣府庆元宵,贾妃点了四出戏:"豪宴""乞巧""仙缘""离魂",脂批云:"伏贾家之败""伏元妃之死""伏甄宝玉送玉""伏黛玉死""所点之戏剧伏四事,乃通部书之大过节大关键"。后一句应为脂批无疑义,四出戏伏四事之批,也可能是雪芹自注,可见作者于八十回后主要情节,已预有腹稿,或已有成稿于胸。第十九回宝玉去看望离贾府回自己家的袭人。袭人家摆出一桌果品招待贾府少主人,"袭人见总无可吃之物",此处有脂批:"补明宝玉自幼何等娇贵,此一句留与下部后数十回'寒冬噎酸齑,雪夜围破毡'等处对看,可为后生过分之戒,叹叹!"此批提示了后数十回贾家势败后宝玉沦落情形。又第二十回于当日吃茶茜雪出去一段有眉批:"茜雪至狱神庙方呈正文。袭人正文标目'花袭人有始有终'。余只见有一次誊清时,与狱神庙慰宝玉等五六稿,借阅者迷失,叹叹,丁亥夏、畸笏叟。"此批有数点可注意:①八十回后有专回叙袭人有始有终的结局;②茜雪被逐出贾府后仍与贾府有不了缘,且于贾府势败后方呈茜雪正文;③后八十回宝玉被囚,茜雪往牢狱探监慰宝玉;④八十回后已有数量不小的成稿,并交付誊抄;⑤八十回后成稿已有抄本流传,一次可"迷失"五六回稿之多。又同回正文麝月晴雯一段有脂批:"……有袭人出嫁之后,宝玉宝钗身边还有一人……故袭人出嫁后云'好歹留着麝月'一语,宝玉便依从此话。"此批提示:八十回后宝玉宝钗成婚;袭人出嫁；宝玉依袭人建议，留麝月在身边服侍。又同回宝玉正和宝钗顽笑，有脂批："凡宝玉宝钗正闲相遇时，非黛玉来，即湘云来……杜绝后文成其夫妇时无可谈旧之情，有何趣味哉。"此批透露八十回后宝玉宝钗成夫妇，然而夫妇生活除谈说少时旧事外，无甚趣味。可见八十回后写二宝婚姻生活，金娃对玉郎双方都不幸福。第二十四回靖本有批语："醉金刚一段文字，伏芸哥仗义探庵……"看来在八十回后关于宝玉陷狱的描写，牵涉人、事的头绪很纷繁。第二十五回宝玉为镇厌法所祟，有畸笏叟之批："叹不能得见宝玉悬崖撒手文字为恨。丁亥夏。"此批显示，乾隆三十二年丁亥，此叟已不能得见包括宝玉出家在内的后数十回稿本，此时上距雪芹逝去五年，看来雪芹生前已把第一主人公的结局写成稿本，也就意味着全书已基本告成，所谓"书未成芹为泪尽而逝"应当指的是作者还在修改，未最后定稿。有意味的是，和前八十回未写定已广泛传播不同，后三十回之文稿传播极有限，全部脂批中涉及八十回后情节者，均含糊称"后数十回""后文"，没有一条能确指某事出于某回。这不能不令人思索：按常理，写出了主人公终局的小说原稿，应当就是或近于小说原稿的终局了，为何全稿除作者外竟无一人得见？脂批中有所见的是三几处"标目"、关目，一句半句的一点辄止，还有就是脂批所指的"迷失"部分章回，也很奇怪，笔者在前文提出一点索解，因为迷失之稿基本上都与贾家败落有关，作者为避文网而撤藏。但问题还未解决，撤藏有"碍语"的章回就罢了，何以后数十回全都杳如黄鹤，不知所终？莫非作者生前把后数十回干脆处理掉了，如黛玉之焚稿？或许后数十回中不只相关的若干回有"碍语"，而是悲剧之雾覆被华林，十分悲凉，与前八十回反差太强，作者忍痛割爱，落个白茫茫大地真干净算了。

这些当然只是笔者猜测臆想。现在还回到脂批所存留后数十回线索上去。第二十六回红玉一段，有畸笏之批："狱神庙回有茜雪红玉一大回文字，惜迷失无稿，叹叹。"同回还有两条批语，当宝玉来到潇湘馆前，"只见凤尾森森，龙吟细细"，批语云："与后文'落叶萧萧寒烟漠漠'一对，可伤可叹。"同回写冯紫英一段，有眉批："惜卫若兰射圃文字迷失无稿，叹叹。"第二十七回，先有指斥红玉的一条批语，后有纠正前批的一条批语："此系未见抄没、狱神庙诸事，故有是批。"第二十八回开始总批："茜香罗红麝串写于一回，盖琪官虽系优人，后回与袭人供养玉兄宝卿得同终始者，非泛泛之文也。"第三十一回总批："后数十回若兰在射圃所佩之麒麟，正此麒麟也。提纲伏于此回中……"第四十一回妙玉不收刘姥姥沾过的成窑杯，靖本有批语（据周汝昌校读）："妙玉偏僻处，此所谓'过洁世同嫌'也。他日瓜洲渡口各示劝惩，红颜固不能不屈从枯骨，岂不哀哉！"第四十二回开始总批："今书至三十八回时，已过三分之一有余……"依此计算，全书不足一百二十回，有红学家认为应当是一百一十回之数。但此批对全书章回数并没有确指，那么批者也许并没有亲眼目验过全稿？然而他又从何得出约数？此实不易解。同回刘姥姥应凤姐之请给其女起名巧哥儿（巧姐），靖本有批语："应了这话固好，批书人焉能不心伤？狱庙相逢之日，始知'遇难呈祥，逢凶化吉'实伏线于千里，哀哉伤哉。"第四十四回凤姐生日，尤氏笑言："趁着尽力灌丧两钟罢"，过了今天不知还有没有明天了。此处有脂批："闲闲一戏语，伏下后文，令人可伤，所谓盛筵难再。"这些脂批虽然都语焉不详，但给后人留下了曹雪芹全书原作八十回后的若干痕迹，十分珍贵。最是第六十七回靖本回前批语（据周汝昌校读）殊堪注意甚为可思："后回撒手，乃是已悟，此虽眷念，却破迷关。是何必削发？青埂峰证了前缘，仍不出士隐梦中；而前引即（湘莲）三姐。"此批及周氏校读如果可信，则能给我们提示和引我们寻绎的有五：①宝玉出家，不是一念之差，不是偶然，而是已觉悟。但为何觉悟，觉悟的是什么？是黛玉亡逝后的失落、伤心？是经历宝、钗婚姻不幸的灰心、无可留恋？是因抄家籍没家破人亡，对尘世的绝望？是对今生、对此岸世界的绝望，还是对社会、对现实的失望？是宗教性情绪，是佛徒的皈依，还是社会性情绪，是叛逆的另一种表现？是消极性情绪，还是积极性情绪？或者就像前辈大师李卓吾，剃发留须，称居士不住家，居佛堂而食肉，无论是出仕还是不为五斗米折腰，公然以异端自居，坦言"不信道，不信仙释"，而儒佛道三教合一，特立独行，一辈子生为叛逆，被囚下狱，死亦为异端之死？笔者以为，以曹雪芹傲骨世奇的为人，以他血泪著书的为文，他的书、他的主人公不可能真的以"悬崖撒手"弃绝尘世终卷结局。但到底如何，我们是已不得而知了。②宝玉出家，心境必定是矛盾纠结的，既破迷关，又眷念人生、人世，眷念青春时日的爱情友情，眷念父母亲情。这才符合宝玉个性，符合作者理想信念。③《红楼梦》结局必定回应开端的神话式人间寓言，也就是批语说的"青埂峰证了前缘"；也必定回应开端甄士隐"解得彻"的解注《好了歌》，回应全书批判现实主义的主题，也就是批语说的"仍不出士隐梦中"。④批语说宝玉出家"前引即（湘莲）三姐"，这是对伏线于第六十六回的回应：尤三姐柳湘莲定情订婚，三姐坚守五年，湘莲为宁府"除了那两个石头狮子干净，只怕连猫儿狗儿都不干净"的家声所惑而悔婚聘之约，刚烈的三姐用湘莲订婚的鸳鸯剑自刎，魂归太虚幻境，湘莲"打破迷关"断然用三姐归还的鸳鸯剑割发出家。宝玉本来敬重三姐湘莲，曹雪芹写宝玉出家的场景有湘莲三姐"前引"的细节，是合情合理，前后圆足的。⑤靖本第六十七回之前的这条批书不具名，笔者认为十分可能是雪芹手笔，如此举重若轻总领全书，如此严丝合缝首尾回环声息呼应，非芹批莫能。

　　脂本在《红楼梦》传播史上有传承开辟的殊功，有保存雪芹属稿时自批注的殊功；脂批有提供雪芹生平信息线索的殊功，有提供八十回后佚稿线索的殊功。这些已足以使脂砚斋之名青史不没，不管其作为批评家在中国小说批评史上位阶高下如何。

　　但脂批有自作蛊处，主要有二：第一，他自以为知闻作者曹雪芹与曹寅的家世关系及作者本人的某些生平身世，常好在批语中作一知半解、一鳞半爪、捕风捉影、穿凿附会的评点。其有价值处是在知闻中、鳞爪中、写影中带出了与作者身世、与作品创作有关的近真疑真的线索，为后人提供了可贵的研讨资源，开启了探索想象空间。但由于脂斋对小说创作感性体验的匮乏，由于他小说论理知性不高的限制，他不懂得小说创作固然最好有作者的亲知亲为亲体验，但更要假借作者的间接知闻生发力，灵感偶触神思异出的想象力、虚构力、创造力。因此脂斋往往以小说中作者顺笔带出的一茶、一酒、一碗、一杯的微末之写，什么合欢花酒，什么九台灵芝，什么大海喝酒，什么西园，去印证、附会所谓"西堂故事"中的一园名一掌故，不断叨念"二十年前事""三十年前事"，为抖落一己的残梦碎影一再"大哭""悲恸"无已时。又特别得意于用谐音对针法去揭"秘"什么"贾（假）雨（语）村"言后面"甄（真）士（事）隐"去之"本事"，把小说解读为作者家史、自叙传。脂批的这种自作蛊祸害三方：一是大大拉低了脂批自身的论理品位，显得批者既根本缺乏小说创作实际体会，又不懂而且直接违背小说创作原理；二是大大降低了《红楼梦》典型创造的价值；三是误导了后世红学研究者，大大制约了相关红学著作的学术品格。

　　脂批的第二种自作蛊是混淆《红楼梦》创作与脂批之间的创评关系。脂斋颇喜在评点中夹带私货，所谓"私货"不指评者的主体意识和主观批评品格，而指与评书无关、纯属批者私人的事项，如第三回宝玉出场时正文有形貌之写："面若中秋之月，色若春晓之花。"脂批云："'少年色嫩不坚牢'，以及'非夭即贫'之语，余犹在心，今阅至此放声一哭。"脂斋少时是否那么嫩、那么俊，我们不管；脂斋哭神经特别发达，我们更不管。但脂斋这种占凤巢下鸦蛋的评点，却误导了有些红学家，以为脂斋即宝玉的模特儿。脂批中此类例子甚多，令笔者想起鲁迅先生在《中国小说的历史的变迁》中说过的话："中国人看小说，不能用赏鉴的态度去欣赏它，却自己钻入其中，硬去充一个其中的角色。"脂斋就常常扮演这样的角色，不好好读红、赏红、评红，却借红平台，在红氍毹上自己乱翻跟斗。最明显搅乱创评关系的当举第二十二回贾母观剧凤姐点戏的批语为例："凤姐点戏，脂砚执笔事，今知者寥寥矣，不悲乎。"关于此批的可信度，红学家们解读歧出，迄无定案。笔者也在本文第三节作出自己的释解。的确此批者应是畸笏，十分崇拜脂斋的畸笏，在批语中为把脂斋抬到与作者雪芹平起平坐地位，甚至高踞作者之上，而搅浑了水。此叟有时颇好作表情极正经又极力装正经，以文字弄人之批。如第一回有两条批语传述甚广远，其口气即颇类此叟所为，曰："能解者方有辛酸之泪哭成此书。壬午除夕书未成芹为泪尽而逝。余尝哭芹，泪亦待尽。每意觅青埂峰再问石兄，奈余不遇癞头和尚何！怅怅！""今而后惟愿造化主再出一芹一脂，则是书何幸，余二人亦大快遂心于九泉矣。甲午八日泪笔。"上一批的前半，语气是极正经的，说雪芹于某年某时为血泪著书，书未成泪尽而逝，这不是挺正经的吗？但此条后半就不那么正经了，说自己为痛悼芹逝，都快哭干眼泪了，说自己想去青埂峰问石兄，为雪芹招魂，可惜不遇癞头和尚，怎么去寻仙，怎么去问道？这就是畸笏叟假装正经，真开玩笑了。哪个《红楼梦》读者不懂雪芹在全书开头讲的一僧一道、顽石仙草变化是小说家言？畸笏却要在悼亡之际作态装腔。此叟的第二条批语也一样，祈愿造化主再造一芹一脂，也算正经，希望《红楼梦》作者、批者与世同存，不正经吗？正经。但批语下半却又阴间阳间混搅、泉上泉下乱说起来，甚不正经。第二十二回的畸批也是同样的，到底说的是凤姐点戏，要脂斋帮她在戏单上打勾呢，还是凤姐点戏这一大段情节，是脂斋执笔写成的？到底脂斋是身居现场的贾府什么人呢，还是身在书外的评点家？到底脂斋是评家呢，还是参与甚至代替雪芹写书的作家？这样的畸批，不是以文字弄人，搅浑创作与评点关系，混淆芹、脂关系，以抬高脂斋，误导红学研究误导读者又是什么？

六、到头来芹终是芹，脂只是脂

脂评本中的批语，现在大家知道了不都是脂批，还混有芹批，小说正文中也混有芹批。造成如此的原因有两种，一种是文本、版本传抄刊印过程中文字讹夺所致，一种是脂批者主观上别有其意以文字弄人或批者词语不达而致文字弄人。对历史遗留的作、评错乱，脂、芹淆误现象，笔者上文已试作辨识，这里再讲一种脂批芹批容易混错的情况。

　　脂评本中针对正文叙及的人名、地名、物名等所作的批注，有一类是以谐音法作释义之批，有一类是以人文释义法作批。谐音法多涉穿凿、深文周纳，如第一回甄士隐出场，有批语："托言将真事隐去也"；正文叙及阊门外有个"十里街"，批云："开口先云势利，是伏甄封二姓之事"；正文说街内有个"仁清巷"，批云："又言人情，总为士隐火后伏笔"；正文说巷内有个古庙，"因地方窄狭"，"人皆呼作葫芦庙"，批云："世路宽平者甚少""胡涂也"。这类谐音释义的批注，有的或能窥探雪芹作意，有的纯属无谓穿凿。究其实雪芹拟人、物之名，固然有随笔点染成趣并无深意的情形，更多的情况是笔不轻下，命名有非关音释的寓意，尤其是主要的、重要的命名更是如此。林黛玉、薛宝钗、史湘云、凤姐、晴雯、袭人等人名，一般不用或不纯用谐音取义，而暗切其身份、个性、命运。"黛玉"之义书中有贾宝玉的解释，贾宝玉又以颦颦、阿颦作黛玉小名昵称。作者为黛玉取姓"林"，乃草木之姓，切黛玉心性、命运。"林黛玉"就是天然天成清幽静美、深蕴不露长生坚贞的木石同体。"薛宝钗"，第五回金陵十二钗正册中有句"金簪雪里埋"，金钗其宝，上复以雪，有雪之冷艳雪之光华，亦有雪之易化易消而为水。"湘云"命名之义书中亦有逗露。"凤姐"学名熙凤，且俗且雅。"晴雯"性如霁月光风，而命运则"霁月难逢，彩云易散"。"袭人"作为贾母、王夫人、贾宝玉宠信的大丫鬟，其形其神无与艳、丽，而有娇有婉，以忠驯、体贴、周到、贤惠的性情，以其"似桂如兰"的"花气"，"袭"得老少主"人"的放心舒心，又恰恰是文青范儿的少爷贾宝玉去俗气取文气的命名。书中有的人、物的取名关乎作者拟定的全书意旨、构思、布局以及人物人事总体关系，如主人公之名"贾宝玉"，作为作者寄托希望的人格，乃真宝玉；作为补天之石幻化、衔玉而生的寓言，乃假宝玉。在自然界，木石相依为万年常新的光景，在人间世，木石之盟是最平实、最协调的运命。这正是作者祝愿宝玉黛玉木石之盟的真意。全书主场地主景地取名"大观园"，人间富贵风华荟聚，人世悲氛惨祸结连，现场凄美与恶浊同构，的确洋洋"大观"，实即现实大千世界的折射和影写。第二回叙黛玉之父林如海"今已升至兰台寺大夫"，甲戌本有眉批："官制半遵古名亦好。余最喜此等半有半无，半古半今，事之所无，理之必有，极玄极幻，荒唐不经之处。"批语中的"余"，可能就是雪芹自我指代，唯有作者本人能知悉此类命名之精义。类似这样的超越朝代、超越地望的称名，及对此等称名的人文释义性批语，不同于谐音释义性之批。谐音性注释多落在命名的词义表层，或似深文却穿凿，而且多限于该人、该物名称单词自身；人文释义的批注，则多含超越该称名自身词义的宽广内容，如第一回正文"大荒山"，批曰"荒唐也"；"无稽崖"批曰"无稽也"；"青埂峰"批曰"自谓堕落情根，故无补天之用"。按笔者的理解，谐音性音释或转义的批注，应为脂批；包含作者宏旨、作品大局构思的释义之批，则是雪芹自注自批。上举"兰台寺大夫"，为何不明写清代当朝或前朝职官志的官制名称，而用似古而非古、今所无而理可有的官称？就由于作者自订了"题纲正文"：有意使书中"朝代年纪地舆邦国"都"失落无考"，不担"怨时骂世"之名，规避可能遭致的文祸。显然"兰台寺大夫"的职官就是作者幻设，所以"余最喜"正是作者最喜，这样的批注只能是芹批。

对书中人、事、物、境与景命名的批注，我们不应绝对化地以音释、义释区分脂批与芹批。第一回正文交代贾雨村"原系湖州人氏"，有批注云"胡诌也"。这是谐音释义之批，应是脂批，不可能是芹批。此批穿凿显然且不说，更主要的是"胡诌"这顶帽子扣不上贾雨村脑袋。此人再不济，雪芹也不可能送他个"胡诌"外号。同回冷子兴演说贾府四女之名，甲戌本有批注："元（原也）春"，"迎（应也）春"，

"探（叹也）春"，"惜（息也）春"。这也是谐音释义的批注，但笔者以为这很可能是雪芹自注，不会是脂批，因为"原应叹息"不仅与"元迎探惜"对音，而且对应了雪芹借贾府四千金写《红楼梦》表现女性命运的作意。"原应叹息"的批注遥领第五回反复点染的"群芳髓""千红一窟（哭）""万艳同杯（悲）"，以及十二支红楼梦曲无尽的悲歌，金陵十二钗正副哀伤无限的判词。脂斋或者可以依谐音对针法，猜度元春、迎春、探春、惜春的表层音义，但唯有作者雪芹才能自明命名之旨，完整精准地音读意译一体，明确注出四春之名深涵着表达出天下女子命运"原应叹息"的内蕴。

除了人、物命名之音释、义释的批注需判别是脂批还是芹批外，对书中主要人物的一些标志性话语和招牌性言行的批注，也有需判明究属脂批还是芹批的问题。第二回有四条批语，其一是对宝玉常说"女儿是水作的骨肉，男人是泥作的骨肉，我见了女儿我便清爽，见了男子便觉浊臭逼人"之批："真千古奇文奇情。"我们知道，宝玉指的是女儿，不泛指女人。在宝玉心目中，未受社会污染的女儿，人性、心灵一清如水，质本洁来还洁去。而须眉男子则深陷社会泥潭，连骨肉都是浊水污泥抟塑而成。嫁为人妇后的女人，也不再如女儿干净。这是雪芹把自己在历史语境中至为崭新乃至叛逆的人性观、社会观艺术地化为宝玉式的个性话语、心理表述、意识自白赋予宝玉。脂斋读不懂宝玉这些个性话语所包含的思想艺术容量，这也很正常，所以他只能言不及义地批一句："真千古奇文奇情。"正是这种只识"奇"不知"正"，虚而不实的评点，暴露出这只能是脂评，不是芹评。

其二，贾雨村叙述他的学生、江南甄府少爷甄宝玉常常对人说："必得两个女儿伴着我读书，我方能认得字，心里也明白，不然，我心里胡涂。"此处有批语："甄家之宝玉……遥照贾家之宝玉。凡写贾宝玉之文，则正为真宝玉传影。"笔者以为，《西游记》有真假孙悟空，《水浒传》有真假李逵，曹雪芹在《红楼梦》中写甄（真）、贾（假）宝玉，或者是受二书启发，但雪芹不是袭取，而是创发，真正的艺术创造。他笔下的贾宝玉不是花果山蹦出的石猴，而是女娲剩下不用弃于大荒山青埂峰下的补天石头，化为美玉，下凡投胎，借贾府小少爷口衔而落草（应说落石）。肉体的少爷叫贾宝玉即假宝玉，仙胎产下的"石兄"是顽石所化的真宝玉，贾（假）宝玉与真（甄）宝玉一体共生。《红楼梦》即始于曹雪芹创造的这仙界神话与人间寓言的同体同生。这是在《红楼梦》开端布下的叙事迷阵里的真假宝玉，是真假宝玉的第一义。《红楼梦》叙事迷阵里还有真假宝玉的第二义，作者虚写一个南甄府实写一个北贾府，南府少爷称甄宝玉，北府少爷称贾宝玉，互为真假，互为镜像。这双重真假宝玉，都是雪芹原创的绝妙艺术构思。第二义的真假（甄贾）宝玉，可称奇幻奇妙，主要体现在艺术创造意义上。第一义的真假宝玉（石兄、贾宝玉），其奇幻奇妙就不仅在艺术虚构意义上，而且更在从虚幻的天界神话落实为批判现实主义人间寓言的书写上。为南甄府的宝玉所言必得女儿侍读方认字之语作批的批者，识得这是对北贾府宝玉的"遥照""传影"，这是对的。但这条批语的要害是对"自叙传说"的沉迷，把小说中所写的甄府贾府与作者曹雪芹父祖上辈的曹府以真事假写"遥照"，或以假为真"传影"，不管是甄宝玉也罢贾宝玉也罢，小说中宝玉所说的需两个女儿伴读才明白这种宝玉式的个性话语，或许有化用红袖添香夜读书的故典的可能，但实质上却不相干，因为原典表述的是旧读书人、士子夜读的韵事，乃浪漫之想，而雪芹笔下的宝玉红袖伴读，不但含有宝玉个性中的生理心理——对女儿的感性精神层面的认同，更含有宝玉个性中的社会心理——对女儿的理性精神层面的认同。这条批语的批者对雪芹不自觉触及并领先西方文学一两个世纪的精神分析写作，无所知无所识，这不奇怪，但批者完全不注意宝玉这种言行所含意蕴，而只落到甄家宝玉、贾家宝玉，互文即所谓曹家"自叙传说"上去，显见这条批语只能是脂批。

其三，贾雨村转述甄宝玉常对跟他的小厮们说："这女儿两个字，极尊贵、极清净的，比那阿弥陀佛、元始天尊的这两个宝号，还更要尊荣无对的呢。你们这浊口臭舌，万不可唐突了这两个字，要紧！但凡要说时，必须先用清水香茶漱了口才可。"此处有批语："如何只以释老二号为譬，略不敢及我先师儒圣等人，余则不敢以顽劣目之。"这条批语表露出批者崇儒姿态，由此可断定这是脂批，不是芹批。批者并没有读懂雪芹笔下这又一处宝玉式个性话语，宝玉视女儿二字比阿弥陀佛、元始天尊的宝号还要尊荣，他不提儒家先师圣人的孔孟，显然是作者有顾忌不敢直指，但雪芹笔下宝玉对孔孟之道是一贯隐含腹诽的。现在雪芹让宝玉话外有话地把女儿尊荣无对抬到佛祖、道祖、儒圣之上，正是对三教祖师爷的大不敬、大叛逆。脂斋自己崇儒，以为雪芹亦崇儒，这不是毫厘之失，而是谬以千里。

其四，贾雨村转述甄宝玉每被其父责打，"吃疼不过便姐姐妹妹乱叫起来"，于此有批语："以自古未闻之奇语，故写成自古未有之奇文。此是一部书中大调侃寓意处。盖作者实因鹡鸰之悲，棠棣之威，故撰此闺阁庭帏之传。"这无疑是一条脂批，批语内容可议处有二：一，脂斋不懂雪芹此写体现着宝玉具女儿崇拜深层意识的含义，不懂雪芹此写具精神分析写法含义。宝玉挨打吃疼不过，不呼老天爷、上帝，不喊观音菩萨、阿弥陀佛，不叫爹喊妈，就叫姐妹；姐妹是他的救星、护身符、知己、帮手、惜伤怜痛者。雪芹这样写宝玉，下笔该有点染文情成分，但更本质的是这样写关系着雪芹人性思想、伦理思想、社会思想的传达，脂斋对此无所知、无所感，却妄作解人，谬评为雪芹写的就是所谓"大调侃"的"奇语奇文"，逗趣逗乐而已。二，脂斋认为《红楼梦》的创作动机止于作者对自己姐妹兄弟亲情的痛忆，断言这就是《红楼梦》创作宗旨。这是大为错谬的，既是脂斋"自叙传说"的错谬，也是脂斋使《红楼梦》思想价值、社会批判价值微小化的错谬。

脂斋谬解或直接违背雪芹的事例甚多，第四回薛蟠打死冯渊，应天府贾雨村凭护官符为薛家开脱，薛家以钱了事，有脂批："借雨村一人穿插出阿呆兄人命一事，且又带叙出英莲一向之行踪，是以故意用葫芦僧乱判等字样撰成半回，略一解颐，略一叹世。盖非有意讥刺仕途，实亦出人之闲文耳。""其意实欲出宝钗，不得不做此穿插。故云此等皆非《石头记》之正文。""作者立意写闺阁尚不暇，何能又及此等哉。"脂斋将雪芹辛辣揭露官场丑恶、现实黑暗的重要关目，愤笔恨笔写成的血泪文字，轻轻以"略一解颐，略一叹世"，"非有意讽刺仕途"，只不过是带出英莲、宝钗的"闲文"，"非《石头记》之正文"，这样公然违背雪芹作意的批语，对雪芹之写悉数否却。但客观的读者会懂得，雪芹写薛蟠打死人一案，丝毫没有"略一解颐"的俗趣，也绝不仅是什么"略一叹世"的态度，而是重重鞭挞时世，冷峻讥刺仕途；雪芹叙写这一段情节，也不是趁便穿插的"闲文"，而是用点穴之笔直刺社会病状、人间恶疾的正书正文。脂斋的批语如此倒置轻重、颠倒是非，不但肆意曲解雪芹笔意，而且直接与雪芹意旨对着干，令人实难原恕其盅害曹雪芹、盅害《红楼梦》的谬批。

　　脂斋评红歪批、反批之例别不多举，这里只说说有关曹雪芹塑造贾宝玉形象的几条脂批。第五回中宁荣之灵向警幻仙姑叹息："吾家子孙虽多，竟无一个可以继业者，唯嫡孙宝玉一人"，"略可望成"。"万望先以情欲声色等事警其痴顽"，"或能使彼""入于正路"。脂斋对此十分感慨，批云："这是作者真正一把眼泪。"何以宁荣的无奈、叹息、苦心就是雪芹的一把眼泪？显然，脂斋心目中，雪芹和他笔下的宁荣之灵一鼻子通气，也是痛惜宝玉不走"正路"，辜负了祖宗要他成为继业者的期待。显然，脂斋心目中，雪芹写太虚幻境这回书，写《红楼梦》这本书，目的就是要警醒宝玉，让宝玉改"邪"归"正"。在我们看来，脂斋完全把曹雪芹《红楼梦》，把贾宝玉一概批反了。为何如此？根本在脂斋与雪芹站位不同，也就是老话说的立场不同。脂站在封建家族、封建传统继承一边，芹站在叛逆一边，脂不能理解也不能接受芹根本不打算把宝玉导入"正路"；倒是脂斋一心情愿他的"假宝玉"能"跳出""痴顽"，"规引入正"，成为贾家"继业者"。同回叙演唱红楼梦曲，第十三曲的终句"宿孽总因情"处有脂批："是作者具菩萨心，秉刀斧之笔，撰成此书。"此批再次表明，脂斋的愿望与雪芹相反，雪芹撰此书根本不是要充当"情种"刀斧手，要斩断世人"情丝"，也不秉持劝惩天下有情人的"菩萨心"。第十四支曲中有句"痴迷的枉送了性命"，于此脂批云："将通部女子一总。"脂斋此批又一次暴露其不识雪芹反逆隐曲之笔，不懂"痴迷者枉送了性命"这句不但不是雪芹对"通部女子"的规劝、戒斥语，而是雪芹极其同情、痛惜天下女子命运遭际的沉重悲愤语。第十三回秦可卿死，宝玉闻知，"只觉心中似戳了一刀"，立时吐一口血，脂斋对此批云："宝玉早已看定可继承家务者可卿也，今闻死了，大失所望，急火攻心，焉得不有此血。为玉一叹。"请读者们看吧，脂笔批语中的这个"宝玉"，还是雪芹笔下的那个宝玉吗？秦可卿对于贾宝玉，确实关系特殊。以笔者理解，秦可卿是十八世纪中国作家曹雪芹超前运用十九、二十世纪西方心理学家和文学家定名的精神分析法所塑造的人物。她从登场到下场，时间很短，戏份不多，但在红楼梦这出大戏中，却是个不容小觑、作用特殊的角色。她的身份，看似简单、单纯，但作者赋予她的作用和身份，却极不简单极不单纯。她的一重身份是贾宝玉"情不情"人生的启蒙者，"情天情海幻情身"，她是一个有血有肉的"符号"。另一重身份，"造衅开端实在宁"，她是贾府污浊世界最显赫，最悲惨最有代表性的一个受害者。再一重身份，她是贾府亦即封建豪门巨族必定败落，由荣转衰，人们该退步早抽身的预言者、警示者。对秦可卿人生形象和艺术形象的塑造，超出了人们通常定义的批判现实主义之所能，曹雪芹的笔锋带进了象征主义、精神分析等超古典的艺术方法的元素。秦可卿的多重身份，对贾宝玉都甚有干系：第一重乃宝玉身之所经，他自然有更多感念；第二重绾系宝玉崇女观，他该有理性伤痛；第三重指向贾府的传家继业，贾宝玉虽不愿也不能担当此任，但他到底是贾家嫡孙，于亲族、于伦常他不可能置身其外。多重心理压力叠加，宝玉骤闻可卿之死，急火攻心呕血，这是雪芹在贾宝玉形象塑造上，运用现实主义加精神分析方法，一声二歌写作的胜笔。脂斋不懂不知，这不必苛求。但脂斋以认定贾宝玉是为贾府家业一个能干的经理者猝死而急得吐血，这纯属脂斋的一厢情愿。那只是脂砚斋要捏造的假宝玉，不是曹雪芹塑造的贾宝玉。过了两回书，到第十五回，可卿大出殡——场面十分盛大也十分搞笑，北静王路祭，指名见宝玉。宝玉与王爷酬对，恭谨从容，谈吐有致，脂斋对此批曰："如此等方是玉兄正文写照"，"方露出本来面目，迥非在闺阁中之形景"。显然脂斋认定，宝玉就应当乐于、善于酬应皇亲国戚名士高人各色禄蠹，不应当为姐妹丛中周旋耽误。言外之意，曹雪芹写宝玉远官场仕途，近闺阁姐妹，这是把宝玉具备的"本来面目"遮蔽了，因而《红楼梦》对宝玉日常形象之写写歪了，应当多写或全写宝玉热衷仕途经济的"正文写照"才对。脂砚斋以为经自己这么一批、这么一吐槽，就把曹雪芹喷倒了，把《红楼梦》喷倒了。殊不知他喷倒的是他自己。他凭诸如此类的脂批，捏造了自己想要的假宝玉，把曹雪芹塑造的贾宝玉撇开。这就是雪芹及其所写，与脂斋及其所批的较比：一为凤、鹤，是凤鸣鹤唳；一为雀、鸦，乃雀噪鸦喧。

　　脂斋歪批宝玉之余，他在宝、钗、黛三人关系中，选择为宝钗站台、选边。第八回有三条赞钗的脂批："知命知身，识理识性，博学不杂，庶可称为佳人。"这是一条。"浑厚天成，这才是宝钗。"这是又一条。"莫言绮縠无风韵，试看金娃对玉郎。"这是再一条。从命相，到性情，到理识，到学问，到风韵，对宝钗全方位点赞。这还不满足，脂斋一遇机会就在批语中，为宝钗添油加醋加分，第二十二回的一条脂批就是这样做的，说宝钗"曾经严父慈母之明训，又是世府千金，自己又天性从礼合节……亦不见踰规踏矩"云云，我们若把这条脂批和《红楼梦》所写对照，批语的猫腻立显：宝钗受过"严父慈母"的什么"明训"，书上本就没有写，只在第四十二回写到宝钗自言"我们家也算是个读书人家"，这"也算"二字，表面上看去是宝钗自谦口气，其实第四回中明写薛家"原系金陵一霸"，"现领内库帑银行商"，即皇商，真算不上什么"读书人家"。批语夸的父母"明训"，宝钗也交了底：她姐妹弟兄"都怕看正经书"，"偷背着"看的是"西厢""琵琶"、杂剧，"大人知道了，打的打，骂的骂，烧的烧"。这就是脂斋虚夸的父母"明训"。这倒是商人家打骂烧的做派，却扯不上"读书人家"的家教。我们再比照薛蟠人品行事之丑陋污浊，则薛家家风、家训如何，不可问矣。我们当然不能因兄而移贬其妹，按脂批的说法，宝钗的"天性"确实符合儒家、道学要求的妇德、妇言、妇工、妇容。但脂斋凭空给宝钗家世及她本人涂脂抹粉，也太不实在。实在不实在脂斋并不在乎，他在乎的是物以类聚人以群分。道不同不相为谋，他与宝钗道同，就为宝钗谋。钗党脂斋一心想促成钗玉配，他认宝钗是标准"佳人"，认"金娃对玉郎"是最佳标配。在宝钗、黛玉对宝玉的用情上，脂斋毫不含糊，坚决右钗左黛。第十七、十八回的一条脂批，旗帜鲜明：书中写宝钗取笑宝玉不知"绿蜡"的出典，奚落宝玉说："将来金殿对策，你大约连赵钱孙李都忘了呢！"脂斋连忙加批："有得宝卿奚落，但就谓宝卿无情？只是较阿颦施之特正耳！"脂斋怕读者误会宝钗对宝玉如此奚落、来免"无情"，他不但替伊辩白，而且盛赞伊："宝卿"时刻关心、盼望宝玉有朝一日金殿对策御前大捷蒙主隆恩，这种祈盼难道不是最高级的"有情"！比起阿颦总是痴呆呆，从来不说也不会说劝宝玉读书上进努力仕途经济的"混帐话"来，"宝卿"用蟾宫折桂的正经话政治话激励宝玉，这种用情何止正多了，而且"特正"！言外之意，黛玉对宝玉用情是不"正"的，特不正！第五十二回的一条脂批，更直截了当断言："情字原非正道！"这就是脂批，就是脂斋的封建卫道士本色。

他就属于宝玉不齿的禄蠹一流。雪芹在八十回后发布"情榜"，赞黛玉"情情"。脂斋却说黛玉情不正，宣言"情"原非正道。这不就是脂斋要掀翻"情字"实际上想掀翻《红楼梦》，亦即正面与雪芹对决的"本来面目"吗，无论他自觉与否。

脂斋或许并无"反"雪芹的主观故意，然而意识、观念、理念，多相违、相左甚至相反。但有时也只是相异，而且是相混中的相异，需要我们辨识,加以判别。下面就讲这个事情,就在《红楼梦》中的"囫囵语"上。

曾有论者认为,脂批有一个"理论创见",就是提出了"'囫囵语'说"。其由来是:第十九回叙宝玉去"望慰"二门外一个小书房内挂着一幅极得神的美人画,却意外撞见小厮茗烟与一丫鬟在此私会。宝玉问自己的这个亲随小厮茗烟,丫头叫什么、什么岁数,茗烟答不出。宝玉为丫头憾叹,对茗烟说:"可见她白认得你了,可怜,可怜。"于此有一条颇长的批语:"按此书中写一宝玉,其宝玉之为人,是我辈于书中见而知有此人,实未目曾亲睹者。又写宝玉之发言,每每令人不解,宝玉之生性,件件令人可笑。不独于世上亲见这样的人不曾,即阅今古所有之小说传奇中,亦未见这样的文字。于颦儿处为更甚。其囫囵不解之中实可解,可解之中又说不出理路。合目思之,却如真见一宝玉,亲闻此言者,移之第二人万不可,亦不成文字矣。余阅《石头记》中至奇至妙之文,全在宝玉颦儿至痴至呆囫囵不解之语中,其诗词雅谜酒令、奇衣奇食奇玩等类,固他书中未能,然在此书中评之,犹为二着。"

这条批语,内容极丰富:①宝玉其人,人们仅于书中读见而知,无人在世上亲见,古今小说中亦不曾见;②颦儿也一样,且更甚;③可见宝、黛这两个主人公,是《红楼梦》原创、独创、特创;④宝、黛所言,每每令人"不解",宝、黛之性,件件令人"可笑"。不解的、可笑的是其"憨""痴";⑤对宝、黛之言之性,人们在囫囵不解中细细体味寻绎,又实可解,虽可解又只是心悟神会,说不出理路;⑥人们虽于世上、书中未曾见过宝、黛这样人物,对宝、黛之言、性,在不解中又可识,在可笑中又可懂,但人们识什么懂什么又说不出条理,然而大家合眼一想又好像有这个宝这个黛,又好像宝、黛就是真人;⑦这个宝这个黛的言、性之真,移到别个人口中身上就假了,就不成文学;⑧"余"(作者和批者)认定,《红楼梦》中至奇至妙之文,全在这个宝这个黛的至痴至呆囫囵不解里,书中其他写诗词灯谜酒令，写衣、食、玩的文字也奇也妙，还在第二等。

这条长批给我们什么启示？①这是批者的《红楼梦》鉴赏论，更是作者的《红楼梦》创作论；②不是一般的创作论，而是人物创造论，而且是至为新颖至为精当至为深刻的现实主义、浪漫主义、象征主义、印象主义、精神分析叠加的典型人物创造论，其表述的完整、"囫囵"，古今中外仅此得见。

这条批语是谁的手笔？脂砚斋吗？不可能。①它不是针对《红楼梦》正文中某回、某段、某处、某人、某事、某物、某句、某字的批语，而是通部一批，总领一批；②它不是技术性、技巧性、手法性、注释性之批，而是主义性、论理性、功能性、阐发性之批；③它不像是批评家之批、赏鉴家之批、理论家之批，而更像是创作家之批，可又不是一般的创作家，其理识素养和聚焦的卓、特、精、湛，其创作体验和积淀的深、厚、宽、宏，非鉴赏家、批评家、理论家所能、唯创作与理识相兼相长的大作家能之、得之。

这条批语应当就是曹雪芹的手笔，是他自创自阅其书，自得自赞其书，自评自纪其书创作心路、创作心得的手记。

雪芹作了这条长批后，意犹未尽，同回中还有关乎"'囫囵语'说"的四条批语。其一，宝玉从袭人家回来后，问袭人："今儿（你家）那个穿红的是你什么人？"袭人答是妹妹。"宝玉听了，赞叹两声。"为何赞叹，如何赞叹都不写。芹批云："这一赞叹又是令人囫囵不解之语，只此便抵过一大篇文字。"此短批承前长批，没有更多意思要补充或申说长批，只是为长批再举证的性质。宝玉"赞叹两声"止于口气、神情，透出赞叹，并没有话语，所以"令人囫囵不解"；但后面宝、袭对话就解说明白了：宝玉珍贵女孩儿，尤其是样貌"实在好得很"的女孩儿，恨不得往家里常处，不是像袭人辛酸地说的来当丫鬟，而是像亲戚一块住着也使得。这透出了宝玉对女孩儿亲近、爱惜、尊重，体现着宝玉"情不情"，泛爱青春女性的性格。的确，宝玉这"赞叹两声""便抵过一大篇文字"。其二，接着袭人故意对宝玉说你把她们买来就是了，宝玉答"我不过赞她好，正配生在这深堂大院，没的我们这种浊物倒生在这里"。袭人告诉宝玉，她这妹妹明年出嫁，"宝玉听了'出嫁'二字，不禁又嗐了两声"。宝玉这里"嗐了两声"，前面"赞叹两声"，在语态上是一样的。小说正文继续讲述宝玉认为谁配生在这深堂大院，此处有又一条长批："这皆宝玉意中心中确实之念，非前勉强之词，所以谓今古未有之一人耳。听其囫囵不解之言，察其幽微感触之心，审其痴妄委婉之意，皆今古未见之人，亦是未见之文字。说不得贤，说不得愚，说不得不肖，说不得善，说不得恶，说不得正大光明，说不得混账恶赖，说不得聪明才俊，说不得庸俗平（按：原缺一字，或应补'凡'字或'常'字），说不得好色好淫，说不得情痴情种。恰恰只有一颦儿可对，令他人徒加评论，总未摸着他二人是何等脱胎，何等骨肉。余阅此书亦爱其文字耳，实不能评出二人终是何等人物。后观《情榜》评曰：'宝玉情不情，黛玉情情'，此二评自在评痴之上，亦属囫囵不解，妙甚。"

此长批显然与前长批为并蒂莲花，同出雪芹手笔。①指实宝玉所说好女孩儿才配生在深堂大院享尊荣，须眉浊物不应生在这里占富贵，这样的观念、意识、信念，的确是宝玉真实心地、"确实心念"。我们该理解的是，这不仅是性别观念，也不仅是社会平等观念，这还是好人、真人该享尊荣，恶人、浊物不该享富贵，颠覆现存社会秩序的叛逆观念。这是曹雪芹赋予贾宝玉，唯宝玉独有，所以是古今一人。我们也可以体悟这种观念、意识、信念，曹雪芹以前的作家无一人体认过写过。②批语说宝玉这样的囫囵言说、幽微感触、痴婉意想为古今未见之人、之文，乃精确精到地道出了写出这样的人物、这样的文字的原创性、独创性。这条长批评点角度、点位选择之特，识见之卓，体味之深，都透出唯作家而非评家所能的气息。③这条批语指出"这一个"宝玉不能简单孤立以贤或愚、不肖，善或恶，正大光明或混账恶赖，聪明才俊或庸俗平凡，好色好淫或情痴情种来评判、界定。这些都有，都是；又都没有，不是。就看评说者站什么地位，持什么观念，秉什么意识，具什么眼界。补天者、封建卫道者、富贵家业继承者、仕途经济践行者的评判是一样，弃天者、封建叛逆者、新人文理想和新人性观倡扬者的评判另是一样。脂砚斋的评判是一样，曹雪芹的评判另是一样。这批语中对宝玉生性、德行的评述，恰与第二回作者借贾雨村之口表述的意思相呼应：天地于治世危世生人，其性分不同，有大仁大恶者，有正邪二气交赋者。这就更证明这条长批就是作者曹雪芹自为。④这条批语似乎只为宝玉而评，其实不，批语后半明指为宝、黛综评合评。这更证明批语体现的不是脂批模式，而是芹批范式。⑤雪芹对于宝、黛其人不是今古世上所见、书中所有的提示，启发我们，这就是延续前一条长批所讲的乃作者自述自纪的人物典型化创造。⑥过去红学界许多人一直认为"后观《情榜》评曰'宝玉情不情，黛玉情情'"，是脂砚斋提供的八十回后遗文线索，乃脂评之功。现在从这第二条长芹批中知道了这是雪芹亲笔提示，最可靠可信，也让我们识得：宝玉"情不情"的含义，就是这条长批所指的宝玉在对女孩儿专爱与泛爱相兼之间。⑦这第二条长批让我们得知，雪芹以自己手订的"情不情"与"情情"的品藻评鉴，来与"他人徒加评论"对待，认为"情不情""情情"在他人"评痴"之上，他人以"痴字""徒加评论"，"总未摸着"宝、黛二人的性格神髓。我们都熟悉，脂斋是惯用"痴"字评宝、黛的。⑧此长批最后，雪芹自言"情不情""情情""亦属囫囵不解"，这启示我们，雪芹的"'囫囵语'说"，既指宝、黛的某些对话之语，也指宝、黛性情和人物形象总体，"'囫囵语'说"不仅是《红楼梦》人物话语个性化的创造，是人物语言论，而且是塑造典型人物的实践创造，是人物典型创造论。

其三，这条长批后，袭人继续箴劝宝玉，要改掉四件"口不能言的毛病儿"。于此有批语："只如此说更好，所谓说不得聪明贤良，说不得痴呆愚昧也。"这条批语有芹批的用语，但不一定是芹批，很可能是脂批，因为脂斋有时袭用理应属于雪芹自评自注的说法、词语，但较芹批似是而非。这里就是一例。我们从上文已知，"所谓说不得聪明贤良,说不得痴呆愚昧"云云,是笔者上文揭示过的长芹批中评,但若是芹批,不会把"口不能言"归入"囫囵语",雪芹"'囫囵语'说"或指对人物性格、形象整体的囫囵评赞,更多指的是人物个性对话语、情景对话语的语式、语态、声口,而不包括"口不能言"。所以这是一条用了芹批话语,但批语所指有别于雪芹"囫囵语"之说,不是芹批。

其四,宝玉在袭人"情切切"的言动攻势下,"气已馁堕",笑着虚应袭人的"箴规",说"都改都改","只求你们同看着我,守着我,等我有一日化成了飞灰","化成一股轻烟","那时凭我去"。庚辰本在这里有批语:"脂砚斋所谓不知是何心思,始得口出此等不成话之至奇至妙之话,请诸公如何解得,如何评论。"有正本也有这条批语,但把"脂砚斋"改为"评者"。无论署不署脂斋名,其为脂批已明确。可它确实承袭了雪芹"囫囵语"之说。所以脂斋不是一概反雪芹逆雪芹,也有顺雪芹袭雪芹处,只不过他再顺再袭雪芹也学不到雪芹就是了,似乎他也并不真想学雪芹仿雪芹。就像这里的这条脂批,顺的袭的只是雪芹"囫囵语"说的表层意义,大概他也识不到"囫囵语"说还有那么深的意蕴那么深的学问。

第二十回李嬷嬷发牢骚,实乃责难袭人仗势排揎别的丫鬟,说:"谁不是袭人拿下马来的!我都知道那些事!"庚辰本有夹批:"囫囵语难解。"这也明显是一条脂袭芹的批语,不知道"囫囵语"绝不等于模糊语、含混语、不明说语。

同回黛玉与宝玉怄气,宝玉劝慰悄说:"你这么个明白人,难道连'亲不间疏,先不僭后'也不知道……岂有个为她(按指宝钗)疏你的?"黛玉啐道:"我难道为叫你疏她?我成了个什么人了呢!我为的是我的心。"宝玉道:"我也为的是心。你的心难道你就知你的心,不知我的心不成?"在这里各脂本都有一条不算很长可含金量甚足的批语:"此二语不独观者不解,料作者也未必解;不但作者未必解,想石头亦不解,不过述宝、林二人之语耳。石头既未必解,宝、林此刻更自己亦不解,皆随口说出耳。若观者必欲要解,须自揣自身是宝、林之流,则洞然可解;若自料不是宝、林之流,则不必求解矣。万不可记此二句不解错谤宝、林及石头作者等人。"

我们细细体味这条批语,可悟它与上举单纯从语义学层面袭用"囫囵语"说的脂批迥然有别。①这很明显是作者雪芹自批口气,对宝、黛对话的囫囵语,观者——即读者"不解"是陪衬;作者雪芹、石头"未必解"也是陪衬——作者与石头捆绑一体,明显是布下叙事迷阵的雪芹自言;宝、林二人自己"亦不解"是作者"自揣自身是宝、林之流"替人物代言。这些都只应是、只能是雪芹口吻,不可能是脂斋口吻。批语中说玉、黛对话的囫囵语"不过述宝、林二人之语耳"更是作者交底口气。②"宝、林此刻自己亦不解""皆随口说出耳",同样是作者交代底细的口气。人物脱口而出,自己也不知道为什么讲这样不成话的话,但那不成话的话包含的意思,自己和对方彼此已都"洞然",无可解而不必解。这样不是对话的对话,实际上是对心、交心。像是词不达意,实际上是乱词能达意、已达意、更达意。越是不成话的话,越能表意传情。宝、黛此刻不必穿越几百年唱"月亮代表我的心",他们哪怕指鹿为马都能代表你我的心。这就是一种超话语的、精神分析法写作的精神——心理表达。③宝、黛此时可以无语自通、乱语自通、心心相印,肝胆相照。读者"不解"怎么办?"若观者必欲要解"须要设身处地,揣摸人物心理,自己化身人物则洞然可解。如果自认不是"宝、林一流",不费劲去求解罢了。这样的批语同样不是评点家的口吻,而是作者雪芹指点、忠告读者的口气。但你可不要因自己不解,就错怪宝、黛语不通,作者句不通。这条芹批,是雪芹对"'囫囵语'说"的递进演述。

不但脂砚斋,而且畸笏叟也加入了对《红楼梦》中"囫囵语"运用的批注。第二十一回袭人"娇嗔箴宝玉",宝玉对袭人说:"我又怎么了?你又劝我。"袭人动气答:"你心里还不明白!还等我说呢!"这里有一条署名脂批:"《石头记》每用囫囵语处无不精绝奇绝,且

内篇：抽丝剥茧说脂批

总不相犯。畸笏。"批语显示出畸笏对囫囵语的理解甚肤浅，仅限指人物对话含混、含胡其词、不明白说出。而雪芹的"囫囵语"说，不仅指人物对话语气、语式、语态、语势、语流、语义令人不解，更指人物对话中包含千曲百窍心理内容的潜话语，超话语。上举第二十回宝、黛在彼此用囫囵语对话后，彼此心事已明，黛玉低头一语不发，半日方对宝玉说道："分明今儿冷的这样，你怎么倒把个青坎披风脱了呢"，这一句可真是黛唇不对宝玉嘴，后语不搭前言，黛玉从与宝玉怄气的小儿女口角，陡转问宝玉为何天冷减衣，语式语流的似断似连包涵着多少不明说而已发生的心理变化内容，这样囫囵的对话极富心理动作性、行动性，话语前后不接榫正是心理节奏跳跃的外观，也是黛玉对宝玉的关心含蓄蕴借的外观。第三十四回宝玉被父亲狠打负伤，宝钗来看望，心痛之余仍规劝："到底是宝兄弟素日不正"，"何不在外头大事（按指关心仕途经济）上做工夫"让"老爷欢喜"。黛玉随后也来看望，在宝玉昏睡的床前悲泣，双眼红肿，满脸泪光，"心中虽有万句言词，只是不能说半句，半日，方抽抽噎噎的说道：'你从此可都改了罢。'"醒来的宝玉见黛玉如此，"长叹一声道：'你放心，别说这样话，我为这些人死了也是情愿的。'"黛、宝的对话正是囫囵语，言既由衷又不由衷，黛玉意不在真劝宝玉"从此都改"，宝玉愿意为"这些人"死实指愿为知己者死。宝、黛的囫囵语中都有无限心曲心语。脂斋、畸笏的相关批语充其量触及"囫囵语"的皮毛，却失其生命性、整体性、心理性精髓。

雪芹"'囫囵语'说"最直观的语式语态是"不成话的话"，最直观的语势语涵是"至痴至呆"，最直观的语义是"不解""无解""不可解"，不但别人难解，连说话者自己也难解。在语法上它是病句，但它是心智健全者、话语功能健全者，在特定环境、特定心境、对特定人物脱口而出的话语。其最本质的特征之一是："囫囵不解中实可解。"囫囵语必在无解与可解之间。明白晓畅不是"囫囵"，根本不可解的只能是胡话，不成其"囫囵语"。而这"实可解"之"解"，

337

难作合形式逻辑的、概念的、理性的表述，只能是不落言荃的神悟。词不达，意可悟，意可通。恰如第四十八回作者借香菱之口解诗所言："诗的好处，有口里说不出来的意思，想去却是逼真的，有似乎无理的，想去却是有理、有情的。"我们正可以借来形容雪芹赋予宝、黛口中的囫囵语。我们还可以借来表述《红楼梦》独具的人物语言、叙事语言的诗性、诗学。雪芹笔下囫囵语本质特征之二是：囫囵语说话者与对话者（包括人物，包括读者）不是线性的交流关系，而是网状的交流关系；不是话与心的契合而是心与心的契合；不是言直由衷，而是言曲由衷；不是理解，而是神悟。雪芹笔下囫囵语本质特征之三是：囫囵语是一种特殊的、具唯一性和排他性的私人话语，个性话语。它绝非隐语，而是没有完整语言外衣的心语，是去除外包装的裸语言。在《红楼梦》中，囫囵语是特定时刻、特定"语"境中，贾宝玉、林黛玉当面对话，或各自私底下背对背而以彼此为对话者所说的话语。作者雪芹明确交代，这样的囫囵语"移之第二人万不可，亦不成文字矣"。雪芹笔下囫囵语本质特征之四是：囫囵语与说话者、对话者同体、同性、共命。宝、黛同秉灵心与痴心、慧舌与笨口、情性与呆性，特定时刻他们脱口而出的囫囵语，那是他们灵性生命、情性生命、诗性生命的本色表征，似痴而灵，似笨而慧，似呆而情，似无解而焕发华彩。雪芹笔下囫囵语本质特征之五是：它是作者塑造《红楼梦》主人公宝、黛典型性格的一种特别的艺术手段。就人物语言个性化创造而论，这是在人物个性话语之上的超话语创造。就人物性格典型化创造而论，这是对人物一种原生态生命表征、性格表征的独特发现和把捉。这样的性格生命表征，包括人物特有的心理、思维、言语、表情、动作、待人接物处事的行为方式等。特定人物情到深处，情到真处，方有不自觉、不自明的囫囵语脱口而出。囫囵语就是人物心理、思维、表情达意方式的言语化和超言语化呈示。它是纯感性存在，鲜明又囫囵，开张而内充。作家对笔下人物这些性格生命表征的独特发现、灵心觑见，灵笔把定，是人物典型创造的第一奥义。它必须也必然是原创的而且是仅有的"这一个",古来无有,他书无有,今世今后也不可复制。这是人物典型创造的一种至高境界。曹雪芹的"'囫囵语'说",是《红楼梦》文学语言论的特一章,是曹雪芹典型创造论的特一章。

这样的"'囫囵语'说",怎么可能是脂砚斋所能识得所能望见?然而脂批中毕竟有那么几条涉及了"囫囵语"说,笔者由之猜想,脂砚斋"重评"《石头记》的本子,不是白文本,而是原带有雪芹自评自注的抄本,其中就有关于囫囵语的芹批,脂斋们虽然不能领会雪芹"'囫囵语'说"中所包含的古往今来从来无人阐发过的关于小说创作、小说审美学理的奥义,但脂斋们倒也不是视而不见,在脂批中承拾了"囫囵语"这个新词,算是在雪芹小说艺术之海中、在雪芹小说学理之海中,挹取了一滴。当然了,一滴海水也是海之水,也是浩渺渊深之海的沾溉。脂砚斋傍着雪芹之海、《红楼梦》之海,他在海边虽有干点私活的时候,基本上算是有多少能耐做了多少工作。脂批百千条,所评多为文法、章法、字法,能够达到小说批评层面的不多。尽管如此,脂批受海之沾溉或不止一两滴。更重要的是,在小说评点本身之外,脂批裹带着海风吹送过来的、有关海的家园的若干信息。加上有海之风片海之雨丝的沾溉、附丽,脂批也就具有传世价值了。

(二〇一八年十一月十八日)

外 篇

《三国演义》品评十题

一、话说华容道上的关羽

关羽在华容道上，不考虑本军利益，违反军令，也违背自己的初衷，私自纵放了就擒的敌军统帅曹操。这是《三国演义》中著名的章节，题曰"关云长义释曹操"。

我们今天的读者，大概大多数不会认为关羽此举是一种美德义行。然而，我们是否就都识透了华容道上的关羽？也不一定。不信，请回答笔者两个问题：①决心捉曹的关羽临时却放了曹，到底是为了什么？是出自私心呢，还是出自公理？②这个华容道上的关羽，是个正面人物呢，还是个反面人物？是英雄呢，还是奸徒？这两个问题，也许高明之士是易于回答的，笔者却认为一言半语难说清楚。

笔者认为，《三国演义》的作者对华容道上的关羽的描写，包含着颇为耐人寻味的文学创作与文学理论的道理。这个华容道上的关羽，作者着墨无多，形象却不简单。关键是对放曹的处理。放曹一节，文长不过二三百字，但所揭示的关羽内心活动，何等复杂曲折！从中我们看到，促使关羽从捉曹变而为放曹的，起码有这样一些性格和心理因素：①关羽对曹操，尽管在理性上认识到厚恩已报，但毕竟旧情难忘，这故旧之情和一己的恩义，在关键时刻经曹操一再强调，起了作用，导致因私蔽公、以私废公了；②关羽性格，素来"傲上而不忍下，欺强而不凌弱"，今见曹军亡魄丧胆，惶恐垂泪，丧失了作战的意志和能力，而摸透关羽性格的曹操，则加以渲染自己兵败势危的处境，遂使关羽不忍倚侍优势兵力下手擒拿；③这一切再加上曹操提到了《春秋》上的典故，使这个"深明《春秋》"，追慕先贤，"神威"

而"儒雅"的关羽,从庾公之斯重"义"的遗范中得到了启示。显然,这时他对"岂敢以私废公"的理解和先前相比已有所变化,他一定在内心里产生了放曹合于《春秋》之"义"的意识,最终他放了曹操。那么,这时候的关羽是不是就完全放弃"岂敢以私废公"的信念了?他是不是就完全确认放曹是合理的了?不,即使关羽在放曹时,放曹终究不大对头的意识仍然盘桓于心,所以他对刚刚过去的曹操等"大喝一声",对骤马而至的张辽"长叹一声"。这"大喝一声"和"长叹一声"与其说是关羽向曹军发出的,不如说是向自己发出的,吐露了关羽的犹豫,反映了"岂敢以私废公"的信念和重"义"的信念在他心中的冲突。他所以放曹,是重"义"的信念占了上风。等到曹操已经远逸,关羽自己引军回营时,却是"岂敢以私废公"的信念压倒重"义"的信念了。所以他"默然"回到营帐,满怀负疚请罪的心情。这时他不感到重"义"放曹,是什么光彩有脸的事,他感到的只是失职的腼颜和负罪的沉重。他对刘备和诸葛亮说:"关某特来请死。"这时他确实认为自己是该死的。

这就是华容道上的关羽,多么复杂又多么真实的艺术形象!他是尽"义"于私吗?是的,但这又是他的阶级、他的时代所认可的,是被儒家的经典和社会的舆论所称许的,是公认的美德与公理。那么,关羽放曹就完全是尽"义"于公吗?不然,这行为却又与他对刘备应尽的大"义"和责任相矛盾,实际上损害了他所从属的阵营的公益(虽然作者以"操贼未合身亡"的宿命观念为关羽掩过)。如此说来,华容道上的关羽是刘汉事业的叛徒了?也很难这么说,因为放曹前后与放曹之时,关羽都没有一丝故意损害,更不用说叛卖刘汉事业的意念。他只有不惜肝脑涂地效忠刘备的心情。

作者要完成的是多么困难的艺术任务啊!如果由别的作者去处理,稍失分寸就可能把关羽写成一个一味重"义"而置事业与责任于不顾的人,这样,褒了关羽之"义"而贬了关羽之"忠";也可能把关羽写成一个任由私人情义牵系而在理性上缺乏自觉的道德操守的人,这样,贬了关羽之"忠"也贬了关羽之"义"……这华容道,对关羽,对作者,确实是一条不容易走的路、艰险的路。笔墨稍有差池,艺术创作就会失败,人物性格就可能失真,不统一、不可信,或者得到作者欲褒扬人物而反损害人物的效果。《三国演义》的作者,迎着困难的路走去。他把自己心爱的人物推到华容道上,推到"忠"与"义"客观上不能两全的情势中,逼着他,使他没有回旋的余地,使人物自己去决定做什么、怎么做。作者终于成功地使自己的艺术创作通过了华容道。他写出了一个真实的、复杂的性格,一个在"忠""义"不可两全的客观情势中表现出"忠""义"兼备的人物。关羽的所作所为,以充分个性化的方式,反映了封建时代"忠"与"义"的观念的复杂性、它们的相互关系,以及它们在社会实践中的矛盾与统一的本质。这是一个封建时代典型环境中的典型人物。"关云长义释曹操"在人物性格塑造上可给我们不少启示。

(1)作者在对人物某个具体行动的描写中,凝铸着人物全人格的艺术表现技巧。这种技巧使人物的某一行动不仅成了人物性格某一侧面的特写镜头,而且成为人物的全人格即基本性格或性格核心的特写镜头。捉放曹就是关羽全人格的特写镜头。描写这样的行动、构思这样的情节,比创造那些只能揭示人物性格某一侧面的行动和情节,对性格有更大的表现力,也更需要作者在情节的典型化上下功夫。

(2)作者逼着人物和逼着自己走"华容道"的胆力。在人物塑造上,不专趟通衢大道,不专走平安码头,不但不回避而且致力于去构思、去表现人物心理和行动上最难掌握的地方,正是在这些地方,常常隐藏着、呈现着人物性格的特色和深度。塑造一个人物,如果一次也不让他走"华容道",那么这个人物就很难成为艺术典型。在《三国演义》中,作者写关羽屯土山约三事、挂印封金,写关羽走麦城,都是让人物走"华容道"。如果作者写关羽只写温酒斩华雄、单刀赴会、刮骨疗毒,而不写那些表现关羽性格复杂性和分寸更难掌握的情节,纵然可以塑造出一个"战神"般的勇将形象,却肯定难以达到现在这样的典型高度。艺术成功之路是应该包括征服各种各样的"华容道"在内的。

（3）作者对他理想的人物那种不简单的处理也是发人深思的。《三国演义》的其他篇章对关羽有不但美化而且神化之处的，对华容道上的关羽则完全是现实主义的描写。作者明明是要讴歌关羽在放曹行动中表现出来的重"义"的精神气质，但他为此既不写关羽对放曹的自诩，也不写其他人物对关羽放曹的溢美，相反，他写的是关羽的自责和孔明对关羽的责备。而且，这自责与责备，又都是对的。越是这样，作者对关羽的讴歌反而越显得韵味深厚。看来，对人物简单地美化或者丑化，客观效果会与作者的主观意图相反。作意刻露，导致性格肤浅。现实主义的描写则有助于性格的真与深。

二、活泼泼的孔明

刘备三顾草庐，读者通过刘备的眼睛，初次见到了孔明的形象："身长八尺，面如冠玉，头戴纶巾，身披鹤氅，飘飘然有神仙之概。"读者在书中更经常看到的孔明则是战阵之前，端坐四轮车上，簪冠（或纶巾）鹤氅，手摇羽扇的形象。在绣像本《三国演义》里，读者看到的孔明是个羽扇纶巾，一脸军师气的老生。

仙气、儒气、军师气似乎就是孔明应具有的全部神气，人们不大能想象也不去想象孔明还有其他神气。如果你说孔明还有一股活泼泼的神气，也许就有人诧异于你的杜撰，因为他认为活泼泼的神气与孔明这智者的化身、贤相的范型不相谐和。

罗贯中的艺术描写，恰恰表明那种以为智者、贤者只能浑身肃穆、满脸肃穆的观点，乃是偏见。他笔下的孔明，有仙气、儒气、军师气，更有活气。这活气的突出表现之一，是孔明具有一种活泼的、幽默诙谐的气质，尽管人们很少注意、很少研究这一点。其实，这是不应被忽视的。活泼、幽默的立身行事方式对构成孔明风格很重要，书中有关的描写极多。

就说孔明出山吧，这是孔明传开宗明义第一章。刘备两造茅庐访诸葛，也不知是偶然乎非偶然乎？诸葛见不着，却有几位似卧龙而非卧龙的高人走马灯般来到刘备跟前，弄得刘备一番二番兴兴头头迎上去，三番四番心情怏怏退回来。第三次造访，张飞不耐烦，说："今番不须哥哥去，我只用一条麻绳缚将来！"关羽也断定："兄长两次亲往拜谒，想诸葛亮有虚名而无实学，故避而不敢见。"关羽说孔明不敢见说错了，但说孔明有意避而不见，却不一定猜错。孔明日常相与的也就是那几位隐逸。几位高士都在卧龙岗附近转悠，孔明他还能到哪里去？刘备第三次前往茅庐，孔明无可再避，却仰卧于草堂几席之上昼寝。陪刘备立于阶下恭候孔明醒来的张飞大怒："这先生竟高卧，推睡不起！等我去屋后放一把火，看他起不起！"张飞虽莽，此时说孔明推睡却不一定莽。刘备仍耐心地恭立地下，眼巴巴望着堂上。好容易"见先生翻身将起，忽又朝里壁睡着"，也不知这位妙人哪来那么多觉。刘备又足足站了一个时辰，卧龙先生总算从长得无法再长的春睡里醒来，醒了还不起身，口中还要念念有词吟一首五言绝句。吟诗罢，翻过身来只看童子偏不看堂前阶下之人，明知故问"有俗客来否"。童子回报"刘皇叔立候多时"。孔明口里责备童子"何不早报"，自己却转入后堂，慢慢腾腾，"又半晌方整衣冠出迎"。叙礼寒暄之后，刘备亟申思贤若渴之诚，坚请孔明赐教。孔明辞让不得，乃取出西川五十四州地理图，对刘备发表他那篇"未出茅庐，已知三分天下"的"隆中对"。这张展示将来刘蜀立国根基的地图，这通高瞻远瞩、熟虑深思、笼天下过去现在未来大势于指掌间的宏论，足证孔明早就做好准备，早就等待和刘备的会见了。此前的几番回避，一再延宕，真真假假，百样姿态，为的是做调查研究，为的是试刘备诚心。孔明如此见刘备，未来的蜀相这样会蜀主，你说这条卧龙矫娆不矫娆？这位诸葛山人幽默不幽默？

孔明出山关系其一生事业，关系天下三分大势，是十分重大的政

347

治行为，也是孔明活泼泼的政治家风格的第一次亮相。现在再说说孔明政治家风格的又一次典型表现，笔者指的是孔明出使江东、说服孙权集团与刘备集团结盟抗拒曹操之行。此行孔明肩负的不仅是一项具体的、局部的外交使命，而且是一次关系全局的政治使命、战略使命。舌战群儒之际，孔明如何以其活泼的思理、犀利的词锋，尽挫江东诸谋士，这里就不说了。且看他怎样轻取孙权的决策人物周瑜。周瑜本来就倾向于联刘抗曹，但为了把底牌拿在自己手里，先假意以东吴欲降曹操来试探孔明的态度。孔明何等人也，立即以假对假，并且弄假成真，说周瑜欲降曹操甚为合理，还说欲降曹操不须纳士献印，只要送去两个人，就会取得曹操的欢心。哪两个人？江东著名美女大乔与小乔。说出这两个人来的孔明，心机深细至极，又幽默诙谐至极。二乔身份，他比谁不清楚？但他只作不知道，若无其事地劝周瑜："将军何不以千金买此二女，差人送与曹操？"周瑜也不愧为政治家，他极力沉住气，问孔明曹操想得到二乔有何证据？答有曹操所作《铜雀台赋》为证。你能背此赋吗？孔明悠悠然答道："吾爱其文华美，尝窃记之。"他妙不可言地将曹操赋文中的"二桥"读为"二乔"，改动文句，"背"给周瑜听："揽二乔于东南兮，乐朝夕之与共"。周瑜听罢，再也按捺不住，勃然大怒："老贼欺吾太甚！"孔明不动声色说：将军何必可惜两个民间女子啊？已完全入孔明彀中的周瑜，恼恨之极地对孔明说，你老先生不知道，大乔是我东吴创业之主孙伯符的主妇，小乔是我本人的妻子！孔明装作惶恐之状说："亮实不知，失口乱言，死罪死罪！"周瑜终于交出底牌："吾与老贼誓不两立！""望孔明助一臂之力，同破曹贼。"就这样，孔明仅凭三寸不烂之舌，使结盟东吴的重大使命完成于亦庄亦谐的言谈间。这是一次真正孔明风格的外交——政治斡旋。机智与幽默在孔明的政治风采中的地位是显而易见的。

　　孔明留在江东，帮助组织和实施破曹战役的前前后后。在与周瑜、鲁肃的关系中，其孔明式的幽默，有过多少次精彩纷呈的发挥！读借箭、借风诸章节，孔明与周瑜、鲁肃等的对话中，有着那么丰富的孔明式的幽默感，常常使人忍俊不禁。孔明策划而由刘备出面与周瑜赌赛，袭南郡兼取荆襄，一气周瑜；孔明设计使刘备安全地携孙夫人自吴返荆，布置军士向追来的周瑜齐呼"周郎妙计安天下，赔了夫人又折兵"，二气周瑜；孔明识破周瑜假途灭虢之计，三气周瑜。这三次气周瑜背后都有重大的举措、郑重的机谋，然而孔明举重若轻，严重的斗争出之以活泼、轻快、幽默的形式。

孔明作为政治家，不但在与抗曹联盟中的对手又联合又斗争时表现出孔明式的幽默，他作为政治家兼军事家，在对敌斗争中、两军对垒时，亦不乏幽默感。七擒七纵孟获是这样，写一篇押韵的游戏文字信气死曹是这样，寄巾帼并妇人缟素之服羞辱司马懿是这样，临终遗命雕木像使"死诸葛能走生仲达"也是这样，可以说幽默感伴随孔明直到生命尽头。

孔明在自己阵营里、在政治生活军旅生活中，对上对下，也时常表现出活泼幽默。孔明辅佐刘备，鞠躬尽瘁，克尽臣节。但我们看这位股肱之臣是怎样迎候从东吴娶亲回来的主公的。刘备、孙夫人、赵云从虎口逃出，已近荆州本界，后面尘土冲天，吴兵追来，君臣慌急间，忽见江边有船，刘备等也顾不得是什么船，忙奔上去，"只见船舱中人纶巾道服，大笑而出，曰：'主公且喜！诸葛亮在此等候多时！'"此时的刘备，定然一脸惊愕，想不到如此得救；此时的孔明，定然一脸诙谐，简直像个得意的少年郎。如果他不是诸葛亮，而是别的臣子，见主公岸上危急，还不赶紧站出船头招呼接应？但他是诸葛亮，胸有成竹，钻进舱里，与主公玩捉迷藏。我们再看这位军师辅佐主公的又一幕。孙权令鲁肃来讨还荆州，刘备问孔明该如何对待，孔明说："若肃提起荆州之事，主公便放声大哭，哭到悲切之处，亮自出来解劝。"采取这样的谈判方略，岂非匪夷所思？但刘备很听话，在与鲁肃会见过程中，忠实地扮演孔明分派的角色，哭声不绝。孔明果真就刘备之哭，乔张乔致对鲁肃作一番解说，成功地使鲁肃无功而返。此时孔明，像个浪漫派政治家，又像一折政治幽默剧的大导演。

孔明还导演过一出颇为幽默的关公戏，主角自然是关羽，剧情发生地是华容道。孔明算定曹操兵败必走华容道，又算定曹操命不该绝（所谓"亮夜观乾象，操贼未合身亡"），更得知曹操曾厚待关羽而关羽重义气，算定关羽若遇曹操必不发难，必不肯加害，却使激将法叫关羽立下军令状去把守华容道。果不其然，关羽放了曹操，空身而回。孔明故意举杯迎贺："且喜将军立此盖世之功"，关羽默然不答。孔明佯作不解："将军莫非因吾等不曾远接，故尔不乐？"关羽只得说："关某特来请死。"孔明与刘备，一唱红脸一唱白脸，合演双簧，放过关羽。其实孔明派关羽守华容道，就是让关羽去给曹操还人情，刘备也同意，只瞒关羽本人，使关羽演出了一出不知道自己是角色的关公戏。

孔明对部将喜欢使用激将法，其中有些富于幽默情趣，这里只举一例。刘备率军入川之初，先得葭萌关。正要继续深入蜀地，军报马超助张鲁来夺此关。刘备大惊，忙与孔明计。孔明说必须张飞、赵云才能敌得马超。刘备说赵云领兵在外"翼德已在此，可急遣之"。孔明曰："主公且勿言，容亮激之。"其时张飞也已得知马超攻关，他一路大叫着闯进中军帐："辞了哥哥，便去战马超也！"你想当日在长坂桥头，张飞霹雳一声能把曹操之将震落马，此时他大叫要去战马超，孔明能听不见？孔明偏偏佯作不闻，只管对刘备说："今马超侵犯关隘，无人可敌，除非荆州取关云长来，方可与敌。"张飞哪里耐得住军师夸马超之勇而无视自己？"军师何故小觑吾！""我今便去，如胜不得马超，甘当军令！"刘备之法是"急遣"张飞应敌，孔明之法是"激"张飞应敌。且不说"激"比"遣"更多了一层指挥艺术，包含着有针对性地激发斗志的"战斗动员"作用，只说用"遣将"法与"激将"法的指挥官的个人风格，就很不同：刘备一本正经，孔明活泼幽默。

还有一事，也发生在这三个人身上，也很能说明问题。张飞领兵拒张郃，吃了亏的张郃坚守不出，张飞打不上仗很恼火，每日饮酒大醉，坐在山前辱骂张郃。消息传到大本营，刘备很忧虑，来问孔明，孔明笑曰："原来如此！军前恐无好酒，成都佳酿极多，可将五十瓮作三车装，送到军前与张将军饮。"刘备不解："吾弟自来饮酒失事，军师何故反送酒与他？"孔明笑道："主公与翼德做了许多年兄弟，还不知其为人邪？……此非贪杯，乃败张郃之计耳。"孔明识张飞诱兵之计，是其智；说军前恐无好酒，特路远迢迢送成都佳酿与张将军，是其诙谐幽默。刘备想不到乃弟饮酒之故，是其智慧、识力不逮孔明，即使想到张飞用计，他也不会有送酒前往之举（张飞本无须成都佳酿诱敌），因其个性、气质不似孔明。

真的，孔明虽然常常端坐四轮车上，但那只是他之形；他之神，是并不总正襟危坐做夫子态的。

《三国演义》作者写孔明的幽默，仅仅是写一个人的生理秉性、心理类型吗？不是。他写孔明的幽默，有丰富的性格内涵，作者不是随随便便写孔明的幽默的。他无数次写孔明的幽默都是在重大的乃至严重的政治行动、军事行动中写，一次也没有在无关紧要的日常生活琐事上写。孔明的幽默是明快、活泼的，其背景、其意义又是严正、严肃的。孔明的幽默反映出他对所面临的客观情势及其发展变化洞若观火，反映出他对所面对的人物（包括敌人、同盟者、主公与麾下诸将）的情况、性格、当时的心理状态了如指掌，反映出他对自己的智慧、能力确有把握的自信，反映出他对胜利和成功已成竹在胸。此外，孔明的幽默自然也反映出他活泼的个性，这一切的有机统一，就是孔明式的幽默。作者写孔明的幽默，不是写人物的皮相，而是写人物的神髓、写人物性格的本质。作者笔下的孔明式的幽默，就其思想内涵而言、就其对性格塑造的意义而言，是真正的艺术描写、艺术创造，具有很高的美学品格，与比较低级的闲笔点缀不可同日而语。

我们也可以这么说，作者其实并不曾有意写孔明的幽默，他有意写的，只是一个有鲜明个性的政治家、军事家，一个生气勃勃、意气扬扬、才智横溢、逸兴遄飞的政治家、军事家，一个不但有仙气、儒气、军师气,更有人的生气、活气而且心理素质属于活泼类型的诸葛孔明。

作者笔下这个活泼泼的孔明形象告诉我们,一个大政治家,大军事家、大人物,是可以这样写的,是应该这样写的。这里有人的个性、有艺术创造的个性。

三、由孔明之胆说到罗贯中之胆

读《三国演义》,人多赞孔明之智,少言孔明之胆。这也不奇怪,因为孔明性格主要方面,是智不是胆。而且,一般说来,文臣、策士,其性格主要发光点在智谋、气节、道德、学问之高下,不在有胆无胆、胆大胆小。这与武将、军人不同。胆于武人,应该是本色当行;胆于文人,不必是当行本色。所以罗贯中写了许多武人之胆,不大写文人之胆。在他笔下,三国枭雄,无论曹操、孙权、刘备,都不以胆称。三国督军之杰,包括司马懿、周瑜、陆逊、鲁肃,也都不以胆大驰誉,司马懿甚至胆小出了名。但都不妨碍他们成为三国舞台上叱咤风云的人物。罗贯中把不同类型人物的不同类型性格支撑点作艺术描写,这是对的。

是的,一定要为自己的人物找到体现其性格的主要支撑点。写文人主要在"文"方面作文章,写武人主要在"武"方面作文章。但对不同类型人物的不同类型性格支撑点,绝不能作绝对化的理解。如果只是简单地以智写文臣,以胆写武将,那也不一定就是上乘的艺术创造,那样写出来的人物也可能是类型化的。罗贯中写人,有类型化的笔墨,更多的却是个性化的笔墨。

他不仅写孔明之智,而且写了孔明之胆,这就不是类型化的写法,而是典型化的写法。这里所说的胆,不是指出谋划策时的胆识胆略,指的是个人品质上的大胆无畏。

作者让孔明几番身履危地。当孔明单身一人,孤舟一叶赴江东与孙吴联盟共议破曹之时，气量狭小、容不得孔明棋高一招的周瑜，时时设计相害。第一次是以请孔明往聚铁山断曹操粮道的名义，欲借曹操之手杀孔明；第二次是以请孔明监造十万支箭为幌子，吩咐匠人故意迟延，欲陷孔明于误期之罪见杀；第三次，孔明在南屏山祭得东风，周瑜命令部将领兵赶赴七星坛，拿住孔明便行斩首。这几次杀身祸机，孔明均有预见，但为了联吴抗曹大业，甘冒其险，孤身处于危机四伏的境地而稳如泰山，凭个人智谋机警，化险为夷。这不仅需要有过人的智慧，还需要有超人的勇敢。

　　孔明另一次足履危地，是在西城。其时街亭失守，孔明部署退兵，各路军马按计划四出行动，孔明身边只有一班文官、二千五百军士。不期然而然，司马懿率十五万精兵猝然掩至。孔明帐下官兵尽皆失色，便是孔明本人对于战况的这种灾难性的逆变，也毫无准备。回避逃跑是来不及的，任何抵抗亦无济于事。眼看难免被擒受歼之厄，然而孔明镇定从容。他命令军人隐蔽，城门大开。他自己披鹤氅，戴纶巾，引二小童携琴一张，于城楼上凭栏而坐，焚香鼓琴。十五万敌军就在城下，他若无其事，笑容可掬。司马懿大疑，以为孔明弄诱敌之计，急忙撤退。孔明见魏军远去，琴也不操了，抚掌而笑，众官无不骇然。孔明有随机应变、料敌如神之智不假，但也首先要有临危不惧、处变不惊之勇。

　　孔明是军师，但他不是足不出中军营帐的谋士。他有运筹帷幄决胜千里之能，但他惯历危境久经战阵。葭萌关前，孔明要凭三寸不烂之舌，亲赴马超营寨，说马超来降。刘备说："先生乃吾之股肱心腹，倘有疏虞，如之奈何？"是啊，马超杀人如麻，心常反复，孔明亲去劝降，危险性是很大的。但马超正处于主公张鲁不信任、战荆州兵又战不赢，欲进不得、欲退不能的两难情势，这是劝其归降的好时机，所以孔明执意要去。尽管后来由更适宜的人代替孔明前往，但孔明之勇是不可泯的。陇上抢麦，孔明坐上四轮车，只使二十四军士推拥，直望魏营而来，亲自在近距离内诱敌惊敌。虽然此处有装神弄鬼的描写,但孔明之胆也是不可没的。

罗贯中写孔明,既绘其绝伦之智,又状其超群之胆,他写出了文臣策士、智慧型人物普遍性格的同中之异。这使孔明的个性更鲜明、更突出、也更丰富。

罗贯中写孔明之胆,不是由智慧型人物的普遍性格所规定的,但毕竟是一位文臣之胆。孔明之胆依托于他的聪明智慧、深谋远虑,与武将之胆依托于勇力和武艺判然有别。这样写孔明之胆,就不是硬贴给人物的,而是与孔明的身份、地位及其性格主要面"多智"有机统一着的,从而使孔明之胆真正成为完整统一的孔明典型性格的一个侧面。

罗贯中写孔明之胆这个例子说明,作者很注意写出智慧型人物普遍性格的同中之异,这是他塑造出众多各具个性的智慧型人物的成功经验之一。不但此也,他也注意写勇将型人物普遍性格的同中之异,这也是他之所以能塑造出众多各具个性的勇将型人物的一条成功经验。

魏蜀吴三国,都有胆量过人的武将。如魏之典韦、许褚,吴之甘宁、周泰,蜀之关羽、赵云等。典韦在敌军夜袭中死拒寨门,双手提着两个军人迎敌;许褚渭水之上冒着敌军箭雨,一手使篙撑船,一手举马鞍遮护曹操;甘宁百骑劫魏营;周泰三番冲阵救孙权;关羽单刀赴会;赵云单骑救主,截江夺阿斗。这些都是三国故事中孤胆豪举的例证。依古代小说家言,这些独胆英豪的胆脏也很特别。姜维死后,被魏兵剖腹,见其"胆如斗大",《三国志》姜维传注引《世语》就是这样写的。《三国演义》改写为"其胆大如鸡卵",已经缩小很多了,但仍比常人的大不少。赵云更不得了,"一身都是胆"。《水浒传》中也有类似说法,打虎英雄武松,人称"胆倒包着身躯"。当然,在小说中,写这些武人之胆,主要不是写他们的胆脏如何特异,而是写他们的胆气大得非常人可比。

这么些勇将型人物,这么些独胆英豪型人物,罗贯中写来个个不同。

从甘宁率百骑劫魏营和关羽带亲随十余人单刀赴会看,甘、关二位都有睥睨敌手之概,而甘宁之胆出于个人争强好胜的意气,关羽之胆出于保卫集团利益的雄心;甘宁之胆表现为勇武,关羽之胆表现为神威;甘宁之胆在猛气中露着霸悍之气,关羽之胆在威风中显出君侯之风。

典韦、许褚、周泰与赵云,都表现出在千军万马中单人护主的胆气勇力,而典之胆近于蛮,许之胆类乎野,周之胆是孤忠,赵之胆有义概。

和典韦、许褚、甘宁、周泰这些只恃勇力或只以勇力见长的一介武夫相比,关羽和赵云之胆更相近。关、赵都有胆而且有识,且兼有儒气,有儒将气度。而关的胆气儒气聚而为坐镇一方的古君侯之貌,赵的胆气儒气凝而为朝廷栋梁的古大臣之神。同是孤胆英豪,同是忠勇之将,同有舍身救主的气概,同有单骑赴敌的雄风,而甲不同乙,乙不同丙,丙不同丁。

一部人物以数十、数百计的长篇小说,要写得人各有其个性,这需要作家有很高的典型化能力、很高的艺术技巧,还需要作家有艺术创造的极大魄力和勇气。写类型化人物不难,在相同或相近类型的人物中写出典型个性就很难。在类型相同相近、处境和行为相同相近,乃至心理素质亦相同相近的人物中,写出典型个性就更难。金圣叹评《水浒传》:"潘金莲偷汉一篇,奇绝了;后面却又有潘巧云偷汉一篇,一发奇绝。景阳冈打虎一篇,奇绝了;后面却又有沂水县打虎,一发奇绝。""《水浒传》只是写人粗鲁处,便有许多写法。如鲁达粗鲁是性急,史进粗鲁是少年任气,李逵粗鲁是蛮武,武松粗鲁是豪杰不受羁勒,阮小七粗鲁是悲愤无说处,焦挺粗鲁是气质不好。"艺术创造贵异不贵同,人物塑造贵异不贵同。《水浒传》作者施耐庵、《三国演义》作者罗贯中,偏去写同,偏去在同中写出不同。他们走的是艺术创造的险径,他们通过险径攀上了他人不易到达的高峰。

《三国演义》中出类拔萃的智慧人物多矣,罗贯中偏于出类拔萃的智慧人物中写出一个智冠群伦的孔明来,偏于智慧人物典型孔明身上写出他的胆来。《三国演义》中舍身救主、单骑赴敌的孤胆英豪多矣。罗贯中写典韦救主奇绝，写许褚救主奇绝，写周泰救主奇绝，写赵云救主愈发奇绝；写甘宁百骑劫魏营奇绝了，写关羽单刀赴会更奇绝，写赵云单骑退雄兵愈发奇绝；写一篇赵云长坂坡救主奇绝了，后面又写一篇赵云截江夺阿斗愈发奇绝……罗贯中写的这许多战将都有一颗孤胆，他偏能在一颗孤胆上写出这许多个性不同的战将。

看来，罗贯中艺术创造的胆子亦不小，不止胆大如斗，也许到了胆子包着身躯的程度了。

四、写马谡是为了写孔明吗？

刘备在白帝城托孤之前，关于马谡，与孔明有一段对话：

先主谓孔明曰："丞相观马谡之才何如？"孔明曰："此人亦当世之英才也。"先主曰："不然。朕观此人，言过其实，不可大用。丞相宜深察之。"

这段对话安排在刘备临终之时，是特笔、伏笔。谁都可以看出，它是为相隔十一回书之后的"孔明挥泪斩马谡"准备的。

马谡失街亭是诸葛亮初出祁山，第一次伐魏从胜利到失败的转折点。斩马谡之际，孔明说："吾非为马谡而哭。吾想先帝在白帝城临危之时，曾嘱吾曰：'马谡言过其实，不可大用'，今果应此言，乃深恨己之不明，追思先帝之言，因此痛哭耳！"他上表后主，请自贬三等："臣明不知人，恤事多暗。"

那么，作品要表现的似乎是孔明不及刘备识人，他在一个关键的时刻犯了用人不当的错误。

是的，智者千虑必有一失。作者这样写，很真实。《三国演义》一书，固然有不少地方"状诸葛之多智近妖"。但也有许多地方，写诸葛之多智，合乎情理——包括合乎生活情理与艺术情理，这误用马谡守街亭，就是一例。这说明作者还是想把孔明写成人。但如果我们把作者的用心，仅理解为写出智者之失，以增加诸葛亮形象的真实性、可信性，那就未免过于简单了。

作者描写马谡的笔墨，其着眼点、其内涵，远不止于此。事实上，即就"识马谡"而言，作者的真意，也不是简单地肯定刘备有知人之明而孔明无知人之明。

作品有两处显示了孔明称赞马谡为当世英才，并非昏话妄说。一处是诸葛亮率军南征孟获，临行征求马谡的意见，马谡说了一番话："愚有片言，望丞相察之；南蛮恃其地远山险，不服久矣；虽今日破之，明日复叛。丞相大军到彼，必然平服；但班师之日，必用北伐曹丕；蛮兵若知内虚，其反必速。夫用兵之道：攻心为上，攻城为下；心战为上，兵战为下。愿丞相但服其心足矣。"这番话确实表现出马谡不但有兵家的眼光，而且有战略家的眼光、政治家的眼光。孔明听罢深表赞赏："幼常足知吾肺腑也！"整个征南之役，七擒七纵孟获，诸葛亮贯彻的就是与马谡所见略同的这种指导思想，可见马谡绝非庸才。另一处是南征刚刚胜利结束，北方的魏国曹睿继曹丕之位为君，封司马懿提督雍、凉兵马，对西蜀构成绝大潜在威胁，诸葛亮想先行伐魏，消弭大患，这时马谡有一番建议："今丞相平南方回，军马疲敝，只宜存恤，岂可复远征？某有一计，使司马懿自死于曹睿之手。"他献的是反间曹睿司马懿君臣关系之计。孔明依从此计，果然使曹睿罢黜司马懿，把他削职回乡。马谡所献之计，以及他主张恤兵而用计的思想，也足以表明他是深通谋略，有真才实学的。

因此，孔明称扬马谡为"当世英才"不是没有根据的。在这一点上，孔明真识马谡，他是伯乐。反之，刘备根本不承认马谡之才，未可谓真识马谡，在这一点上刘备还不能算是善于用人的英主。对于马谡之长的认识，刘备不如孔明。

但是，对于马谡之短的认识，孔明不如刘备。刘备敏锐而准确地察觉到了马谡的极大弱点,言过其实,即脱离主客观实际,夸夸其谈,大言误事。基于对马谡言过其实的性格特点的认识,刘备嘱咐孔明,对马谡"不可大用"。街亭之失证实了刘备的预警之言。孔明对刘备的话没有听进去,他忽视马谡之短,致使第一次伐魏败绩。在这点上,刘备对马谡是明察深知的,而孔明对马谡则暗昧不明。

作者的笔墨不简单。他塑造的马谡,有熟读兵书、深通谋略、才高识卓的一面,又有卖弄兵书、大言欺人、浅薄平庸的一面。因此,作者在"识马谡"问题上,对刘备、对孔明的描写,也不简单。刘备、孔明对马谡的认识,各有其得,各有其失。作者以对马谡之才的描写,反衬孔明之知人,刘备之不知人;以对马谡之不才的描写,反衬刘备之知人,孔明之不知人。

作者不是为了写刘备、写孔明才写马谡的,他的马谡是有独立的文学价值的,他写马谡就是写马谡,写出一个有其长亦有其短的活马谡,这是一方面。另一方面,作者写马谡,同时也是写刘备、孔明,写出一个有其短亦有其长的活刘备、活孔明。

换一个角度去说,作者写刘备之识马谡、孔明之识马谡,既是分别写刘备自身、孔明自身,同时又不仅是写刘备自身、孔明自身。写刘备是为了写孔明,写孔明是为了写刘备,写孔明、写刘备,也都是写马谡。作者不是第一笔写马谡,第二笔写孔明,第三笔写刘备。作者只写一笔,就既写出了马谡,又写出了孔明,还写出了刘备。

清人戚蓼生评《红楼梦》笔墨之妙,以传说中两个异人的绝技为喻。这两个异人一位叫绛树,绛树善歌,她张口歌唱能同时发出两种歌声,一声在喉,一声在鼻;另一位叫黄华,黄华善书,同时能写出两幅字,左手楷书,右手草书。戚蓼生说,《红楼梦》作者的技巧还更神妙:"今则两歌而不分乎喉鼻,二牍而无区乎左右,一声也而两歌,一手也而二牍,此万万所不能有之事,不可得之奇,而竟得之《石头记》一书。嘻!异矣。"

是的,一声两歌,一手二牍,这是任何歌唱家、书法家都做不到的。

但语言艺术家，杰出的小说家可以做到。《红楼梦》是证明，《三国演义》的某些章节，如一笔写三人（马谡、孔明、刘备）这样的章节，也是证明。

这种奥妙说穿了也不神秘，就在于我们优秀的古典小说大师留下来的一条宝贵的艺术经验：在人物关系中写人物性格。写人物关系，就是写人物性格。或者反过来说，写人物性格就是写人物关系。人是社会关系的总和，这是马克思就人的社会本质讲的，非常深刻。从小说美学角度讲，社会关系主要表现为人物关系，人物性格反映着人物关系，人物性格也对象化于人物关系，人物性格与人物关系密不可分。除了某些特殊类型的小说外，一般的篇幅较长的叙事小说，人物性格都是在或直接（这是主要的）或间接的人物关系中写出的，人物性格刻画的丰满程度往往取决于人物关系揭示的丰厚程度，人物性格的典型性离不开人物关系的典型性。可不可以这样说呢：人物性格学就是人物关系学。把人物关系处理好，写好了，人物性格也就写好了。这里有小说美学原理，也有小说艺术技巧。尤其是在中国小说的经典作品和古典作品里，这一切有多么丰富的表现啊！中国小说特重人物行动，特重人物关系。人物行动也就是活的人物关系，运动着的人物关系。阿Q性格不就是在他与未庄人物、未庄以外人物的关系中塑造出来的吗？阿Q性格的丰富性不就是在他与形形色色的未庄人物、未庄以外人物的关系中刻画出来的吗？阿Q性格、阿Q命运的发展，不就是在他与赵太爷等人物那运动着的关系中显示出来的吗？没有无比生动、丰厚、像生活本身那样活水长流而又将生活典型化的人物关系，哪里还有《红楼梦》中众多人物的性格？没有林黛玉、薛宝钗、贾母、贾政、王夫人、王熙凤、元、迎、探、惜、琏、蓉、蔷、环、袭、晴、钏、鹃、薛蟠、秦钟、柳湘莲、蒋玉函、贾雨村、北静王、茗烟、万儿……没有大观园里里外外、上上下下各色人等，哪里还有贾宝玉？同样，没有马谡，孔明性格就会有所缺失；没有孔明、刘备对马谡的不同认识，马谡性格也会扁平。确实，在这些名著里，人物性格既实现在人物关系中，人物性格也对象化于人物关系中了。

既然人物关系是人物性格的对象化，既然在马谡、孔明、刘备的相互关系中各人性格都得到局部实现（只有在人物关系的总和中人物性格才能得到全部实现），因此，写马谡的笔墨，同时也是写孔明、写刘备的笔墨；写孔明识马谡的笔墨，同时也是写马谡、写刘备的笔墨；写刘备识马谡的笔墨，同时也是写马谡、写孔明的笔墨。这也就没有什么难以理解的了，所谓一声两歌，一手二牍，一笔写三人以至多人，也就没有什么神秘之处了。

神秘未必，神妙不假。对其中所蕴含的那些精微的艺术经验、艺术技巧，我们确应细细体味、发掘继承。

虽说人物关系是人物性格的对象化，虽说写甲之笔，同时亦是写乙、丙之笔，但在一组人物关系中，作者的构思立意，还是有重点与轻点之分的。写马谡、孔明、刘备关系的笔量，重点在孔明，马谡、刘备次之。

作者为在这组人物关系中写孔明，费了许多心机。作者写出了在马谡问题上孔明的识与咎，写出了孔明与刘备相较在识马谡上的短与长，这我们在前面已分析过了。现在要说的是，作者写孔明为街亭选将，犯了不能知人善任的错误，是写得很有分寸的，既真实可信而又不贬损诸葛亮形象，既没有戴光环也没有抹白粉。守街亭原是马谡本人请求，不是孔明主动委以大任。派遣之时，孔明对马谡能否胜任，是明白表示了顾虑的。为此孔明亲选了行事谨慎可以信托的上将王平相助马谡，仔细交代了到街亭后下寨应注意之处，叮嘱安营后立即画四至八道地理形状图本来审看。孔明还怕二人有失，又调拨高翔、魏延引两路军马拱卫接应街亭。作者这样写，表明孔明之用马谡，并未轻率，他的思虑不可谓不郑重，部署不可谓不周严。结果马谡还是失了街亭。孔明身为统帅，理应为用将不当自谴，但这和盲目信用马谡是多么不同。

由于失街亭，军事形势大变。作者的笔墨，依然循着孔明与马谡关系的线索,却又宕开去。他写孔明一知道街亭失守,立刻连发六道命令:一令关兴、张苞引军去设疑兵,以防魏军追袭;二令张翼领兵修理剑阁,准备归路;三令大军暗暗收拾行装,抢在魏军到达之前撤退;四令马岱、姜维埋伏断后;五令天水、南安、安定三郡官吏军民退入汉中;六令搬取姜维老母。处变不惊,指挥若定,虽然败局不可避免,仍能凌驾于陡然逆转的战争风云之上,充分显示孔明那杰出统帅的本色。不但此也,大军四出,孔明中军帐下,几成空营,这时司马懿领十五万精兵来袭,孔明临危不乱,料敌如神,安坐城头,焚香操琴,演出了"武侯弹琴退仲达"的一出"空城计"活剧。其识、其胆,长留天地之间。这些情节,都是失街亭的连锁反应,是孔明与马谡关系的延长。在这延伸中,孔明性格的刻画得到进一步的发展、丰富,而且是超越了孔明与马谡的直接关系的发展与丰富。此时孔明与马谡这两个人物之间的关系,不再是孔明性格对象化的对象了,而是另一组人物关系。孔明与司马懿的关系插了进来,成为孔明性格对象化的新对象,孔明性格的新侧面实现在孔明与司马懿的关系中。

但是作者并未轻易放弃已经构成的孔明与马谡关系作为孔明性格对象化的条件,他继续追踪孔明与马谡关系,力求把文章做足,这才有大军退回汉中后写孔明斩马谡,写孔明的自责自贬。

作者写孔明自责自贬之笔,也是很有分量的。孔明挥泪斩马谡,他自己说不是为马谡而哭,而是为追思先主刘备之明而哭,为悔恨自己没有知人之明而哭。其实这三种感情成分都是有的。马谡原是孔明的爱将,马谡曾说"丞相视某如子,某以丞相为父",孔明则对马谡说"吾与汝义同兄弟"。马谡确有大罪,也确有才识,他临刑时是服罪自悔的。蒋琬力劝孔明刀下留人,"今天下未定,而戮智谋之士,岂不可惜乎"?孔明流涕而答:"昔孙武所以能胜于天下者,用法明也。今四方分争,兵交方始,若复废法,何以讨贼耶?合当斩之。"孔明不以感情废大义、蔑法度,他守义、遵法而涕泪横流,这比塑造一个血似冰水的宰泪、心如铁石的法家,性格更丰满,形象更动人。至于说孔明为追念刘备而哭,为己之不明而哭,那也是十分深挚真切的。刘备临终之时,以辅佐刘禅、安邦定国的大事托付孔明,孔明矢誓:"臣敢不竭股肱之力,尽忠贞之节,继之以死乎!"如今由于孔明未能谨记刘备关于对马谡"不可大用"的遗言致使伐魏大业一败涂地,斩马谡之际孔明为追思刘备而哭,为深恨自己而哭,这是完全符合孔明心理和性格内在逻辑的。作者对人物内心世界的体验极深、把握极准,在这追思与悔恨之中,写出了孔明发自内心的尽忠于刘蜀事业的臣节。随后孔明上表后主刘禅,为自己的过失请自贬三等。作者不仅把文章做在孔明对马谡短处的失察上,他由此顺延、由此生发,文章最后落在孔明鞠躬尽瘁的人品、节操、性格上,既写出了一个卓越而不讳己短的统帅典型,又写出了一个千秋贤相的典型,而且是尽理又尽情的统帅与贤相典型。

写马谡是为了写孔明吗?是的,又不全是。在马谡身上,在马谡与孔明的关系中,反映着孔明性格的若干侧面,在马谡与孔明关系的前移变化中,孔明性格的若干局部得以渐次展开。从这个意义上说,写马谡是为了写孔明。但写马谡并不能归结为写孔明,写马谡本身就是为了写马谡。马谡形象不是附丽于、从属于孔明的,这是一个成功的、独立的文学典型。此外,写马谡还为了写刘备,马谡形象映衬、丰富了刘备形象。怎能说写马谡只是为了写孔明呢?

过去,人们谈论小说艺术,常常用"陪衬""铺垫"之类人工匠气十足的术语去形容小说作品艺术天地中的人物关系。这与真正的艺术创造距离多远啊,这与小说杰作中人物世界的真正的美学关系距离多远啊,更不必说"三突出"之类的"创作理论"多荒唐多有害了。艺术创造的真谛,比什么"陪衬"什么"铺垫"复杂得多、微妙得多。我们今天的作者、研究者,对此不应该潜心寻绎吗?

五、张昭的反复

东吴有一名地位很高的大臣，姓张名昭，字子布。他最初由周瑜推荐给吴主孙策（第十五回）。孙策死，遗命孙权：内事托张昭，外事赖周瑜（第二十九回）。吴国太临终，嘱咐孙权：事张昭、周瑜以师傅之礼（第三十八回）。看来，东吴最高统治者倚重张昭不在周瑜之下。不过，由于种种原因，张昭的文学形象远不如周瑜有光彩。在《三国演义》林林总总的人物画廊里，张昭只是不大起眼的次要角色。尽管如此，张昭形象的塑造，仍然有发人深思之处，对我们今天的作者仍有可资借鉴之处。

张昭得到较为集中的描写始自第四十三、四十四回。事实上这是他第一次重要的亮相，然而不大体面。当时曹操率五十万大军南征，主要目标是刘备、孙权。对孙权，曹操先以一通檄文招降。孙权的臣僚为此分为和、战二派，投降派的首脑就是张昭。张昭以曹操势大，不可抗拒为由，劝孙权"不如纳降为万安之策"。一班谋士，都同意他的投降论。已经和曹军交过锋的刘备集团，以诸葛亮为全权代表过江来说孙权联合抗曹。张昭领着一班主降派谋士，轮番围攻孔明，这就是"诸葛亮舌战群儒"的场面。在诸葛亮把孙权说动之后，张昭急忙以"勿中孔明之计"劝阻孙权。他又去找周瑜，争取周瑜站在自己这边。鲁肃和黄盖等武将，则是主战派，认为孙氏三世基业，不能转属曹操，江东霸主不能面北称臣。在孙权召开的两派参加的决策会上，张昭仍然坚持战则败、降则安的主张。因此，鲁肃颇鄙视他，说他是"全躯保妻子之臣，为自谋之计耳"。孙权也对张昭力主降议，不维护自己南面称孤的地位表示不满，"子布无谋，深失孤望"。最后孙权拍板，授权周瑜率众破曹。

张昭就这样，以只顾自己身家性命，不管邦国与主公荣辱的投降派首脑形象，留在读者印象里。这印象是对的吗？似乎没有什么不对。

但随后，作者却又用进一步的描写来修正你的印象，使你对张昭获得新印象。

赤壁之战，以孙、刘联合抗曹的胜利告终，孙、刘的矛盾则因刘备夺取荆州而激化。孙权采纳周瑜计策，欲以嫁妹陷刘备而夺回荆州。不想被孔明识破，赔了夫人又折兵。孙权不胜愤怒，周瑜请兴兵雪恨。大概你会以为，先前主张投降曹操，并为此而排斥孔明的张昭，一定赞成孙权和周瑜这新的决策的吧。但事实相反，张昭却劝谏孙权："不可。曹操日夜思报赤壁之恨，因恐孙、刘同心，故未敢兴兵。今主公若以一时之愤，自相吞并，操必乘虚来攻，国势危矣。"（第五十六回）张昭先前发表降曹主张，先前他排斥孙、刘之盟，现在他维护孙、刘之盟，提防曹操，这似乎是一大反复。不管他先前的主张如何，现在他的见识却在孙权、周瑜之上。他并不感情用事，他从孙吴政权的战略利益上考虑问题，他忠于东吴的立场无可置疑。当曹操再次领兵犯境，又是张昭建议孙权"今曹操远来，必须先挫其锐气"（第六十八回），其抗曹态度之坚定性亦不容置疑。张昭先前确是降曹谋士，现在他确是东吴的抗曹谋士，这是读者对张昭的新印象。

但这还不算完。当吴军与曹军在濡须相拒月余，吴军不能取胜，张昭又发表求和主张："曹操势大，不可力取，若与久战，大损士卒，不若求和安民为上。"求和条件，是答应向曹操年纳岁贡（第六十八回）。他又从抗曹转为降曹，似乎又是一次反复。不仅如此，当刘备在四川进位汉中王，曹操欲起兵讨伐刘备，派满宠（字伯宁）为使者，约盟孙权攻荆州，置刘备于首尾不能相救的危境，又是张昭极力劝孙权采取联魏击刘之策："魏与吴本无仇，前因听诸葛之说词，致两家连年征战不息，生灵遭其涂炭。今满伯宁来，必有讲和之意，可以礼接之。"他从一度主张的联刘抗曹转为联曹抗刘，又是一个反复。

至此，张昭已从最初的降曹派，一变而为抗曹派，再变而为联曹派。在三国鼎立的关系中，张昭的态度，大体而言判他个亲曹派，似乎并不诬枉。

但且慢，张昭还在反复。作者还在继续修正、更新读者对张昭的印象。当曹操又一次约会孙权，使孙权起兵击关羽，答应事成之后割江南之地以封孙权时，张昭这个"亲曹派"却劝孙权不可轻信曹操其人（第七十五回）。当孙权杀害了关羽，又是张昭建议孙权将关羽之死嫁祸于曹操："不如先遣人将关公首级，转送与曹操，明教刘备知是操之所使，必痛恨于操，西蜀之兵，不向吴而向魏矣。"（第七十七回）当魏帝曹丕派使节封孙权为吴王，而魏使自恃上国，入门不下车，这时张昭大怒，厉声斥责魏使，维护孙吴的尊严："礼无不敬，法无不肃，而君敢自尊大，岂以江南无方寸之刃耶？"一个一腔热血为吴的忠臣、一片衷肠为吴的老臣的形象，跃然纸上。

张昭形象写得好，好就好在作者通过写张昭降曹、抗曹、联曹、又抗曹的一再反复，写出了三国时期政治斗争情势的复杂性。那是群雄争峙的时代，彼此之间朝和暮反、昨友今仇乃是司空见惯之事。作者写张昭的反反复复，却也没有把他写成无操守的势利小人，而是如实地把张昭写成一个应时顺变的谋士、政治家。作者在张昭形象里融进了时代的脉搏，在张昭形象上体现了时代特征。在《三国演义》中，时代的脉搏、时代的特征，不仅通过对事件的描写体现出来，更通过对人的描写体现出来。纵横捭阖、变幻多端的政治角逐、政治较量作为一种时代精神，渗透在人的性格、行为里，这是更深刻的描写。

张昭形象写得好，还在于作者写了张昭降曹与抗曹态度的一再反复，而分寸把握得很准，人物政治本质把握得很准。当作者写张昭作为降曹派首脑到处发表投降论的时候，张昭的言行容或使吴国君臣产生怯懦屈辱之感，却不至于让读者认为张昭是吴国的逆臣。作者写人物行为态度的反复，而人物形象并不显得前后矛盾，人物性格并不分割灭裂。相反，正因为写了人物行为态度的反复，更显示了张昭作为东吴第一谋士的个性特征，显出张昭作为东吴地位颇高的政治家的性格的复杂性，表现了张昭形象变化中的统一、复杂中的完整。

张昭形象写得好，又在于作者把人物放在具体的历史过程中去写。在罗贯中笔下，人物是存在于时间与空间的过程中的，人物行为、性格都有时间和空间的规定性，割裂了时间、空间与人物的联系，就割裂了人物性格自身。张昭的降曹与抗曹、联刘与击刘就都是有时间空间规定性的。抛开时空规定性，张昭的反复就会变成举措无定不可究诘。而联系时空规定性去看，张昭的行为是有贯串线的。他既反复，又不反复。这时空的规定性，实际上也就是受时代精神制约的特定的典型环境。无论在生活中，亦或在文学创作里，人们对人的认识（作家对人物的认识）之所以产生片面性与简单化，往往是割裂了他人的行为与特定的时间空间的联系的结果，往往是割裂了他人在一定时空里的行为与他在整个生存时间、生存空间里全部行为的联系的结果。鲁肃鄙视张昭，说张昭的降曹之议是只管自己的"全身躯保妻子"之计，孙权也对张昭深为失望，这就因为他们只孤立看一定时空里的张昭。罗贯中却不这样写张昭，他既写了张昭的降曹之议，又还写了张昭的抗曹之议，写了张昭降曹之议与抗曹之议的种种反复，他在时间与空间的过程中显示人物的性格生命。这是罗贯中识力高明处，也是他笔力高明处。如果我们考虑到罗贯中写张昭，没有用很集中的笔墨，只是在其他人与事的关系中穿插写来，却似断而连地始终顾及人物在不同的时间、空间过程中的不同表现，就会更加感到罗贯中识力与笔力的难能可贵。

张昭形象写得好，还在于作者采取抽丝剥茧的方式写人物，层层展开对人物的描写，步步加深读者对人物的认识，并不以作者对人物的认识去代替读者对人物的认识，并不一笔直书，一出场就把人物写透了底。开始读者几乎要和鲁肃一样，把降曹派张昭看作只顾身家性命不计君国荣辱的怯懦之臣，后来读者才看到，原来张昭还是个抗曹谋士。后来读者又几乎认定张昭是个亲曹派，最后才看到张昭到底是处心积虑忠于孙吴政权利益的老臣。这样的描写，既符合事物本质暴露过程的规律，符合人的认识规律，又符合阅读欣赏规律。作者并不故弄玄虚，强作曲折，而人物形象在不断发展，读者对人物的印象在不断更新。当人物形象完成之时，读者对人物的认识也才完成。这样的人物塑造有味道，耐人咀嚼，远非使人一眼看穿的人物描写可比。这种叙述方式，无炫示写作技巧之意，写作技巧却蕴于其中，是无技巧痕迹的技巧。

这样说，并非断言张昭形象的塑造好得不得了。不，张昭在全书中只是次要人物，作者并没有为他费多少篇幅，因此张昭形象虽然刻画得好，终究是轮廓画，并没有展开描写，没有润泽着色，还够不上称为典型形象。我们的意思只是说，即便对待这么一个次要人物，罗贯中也一丝不苟，也表现出了他的功力，而罗贯中在刻画这个次要人物上所表现出来的他的一些人物塑造的原则和技巧，其意义超出了张昭形象自身，至今还可供我们思考、汲取。

六、孙夫人的命运

中国古代史传文学中有一个特别的传统：在政治关系、政治斗争中塑造妇女形象的传统。这个传统有其消极、落后乃至反动的一面，譬如，诬女人为亡国的祸水，妹喜、妲己、褒姒，就是这样的典型。这个传统也塑造了一些优美动人、给人感染和启迪的妇女形象，如虞姬、西施、昭君。它与中国文学中另一个传统，即在婚姻、爱情、家庭等日常生活中塑造妇女形象的传统是不一样的。这个在政治生活、军旅生活中塑造妇女形象的传统对于中国文学的影响很值得研究。

《三国演义》继承了前一个传统。除非是表现政治关系、政治斗争的需要，罗贯中的笔触根本顾不上妇女，也不涉及婚姻、家庭生活。另一方面，书中的女性形象几乎没有不是在政治关系、政治斗争的环节中出现的。

这里单说孙夫人。这是《三国演义》给以最多篇幅的一个女性形象。

孙夫人名仁，是孙坚之女，孙策和孙权之妹。其名早在第七回就已出现，在那里毛宗岗批云："为后配刘备张本。"第三十八回，再次被提及——吴太夫人临终遗命孙权："汝妹亦当恩养，择佳婿以嫁之。"毛氏批："为后玄德入赘伏线。"可见，孙仁的命运，自始即同孙吴与刘备联姻之事相连，之所以写孙仁，完全是作为表现孙刘二集团政治关系的一个环节。

孙刘联姻，事在第五十四回，这也是孙仁进入情节之始。其时刘备的甘夫人新丧（糜夫人早殁于长坂坡战场），"昼夜烦恼"。细作报知周瑜，周瑜心生一计："刘备丧妻，必将续娶。主公有一妹，极其刚勇，侍婢数百，居常带刀，房中军器摆列遍满，虽男子不及。我今上书主公，教人去荆州为媒，说刘备来入赘。赚到南徐，妻子不能勾得，幽囚在狱中，却使人去讨荆州换刘备。等他交割了城池，我别有主意。"看周瑜这番话，我们就明白，孙刘联姻完全是政治行为，而且还不只是一般的政治婚姻，它其实是一种政治阴谋。孙仁被安排为钓刘备的香饵，连孙仁"极其刚勇"的性格也被作为实施政治阴谋的一种因素。

周瑜定下的美人计被孙权采纳。然而，政治有自己的逻辑，生活却也有自己的逻辑。孙权嫁妹，弄假成真。刘备被吴国太、乔国老看中，真地成了东床快婿，孙仁成了孙夫人。结亲之夕，刘备入洞房，被满房刀枪、环列的武装侍婢吓一跳。这时孙夫人出现，她笑说："厮杀半生，尚惧兵器乎！"命枪刀尽撤，侍婢解剑侍备，两情欢洽。这是孙夫人第一次出场、第一次说话。这位刚勇好武的东吴郡主，初见郎君，就表现得如此豪爽而妩媚。读者从她心无挂碍、欢对夫婿中也可看出，她并没有参与、也没有意识到其兄策划的阴谋。这样的描写是性格化的。

第五十五回是孙夫人性格得到集中描写的一回书。孙权见母亲、妹妹爱敬刘备，事机不谐，问计于周瑜。周瑜建议，为刘备盛筑宫室，增女乐玩好，丧其心态，分开与关、张之情，隔远与诸葛之契，使各生怨望，然后东吴可图荆州。那刘备，果然沉迷声色，堕温柔乡，全不想回荆州之事,这一切都不出诸葛亮所料。赵云按照孔明预定的第二个锦囊妙计,以曹操起兵,荆州危急为名,敦促刘备返回。刘备到底并非庸主,他也警醒过来,虚设一套辞令,与孙夫人商议辞江东。孙夫人答:"你休瞒我,我已听知了也!"又说:"妾已事君,任君所之,妾当相随。"这一笔写出了孙夫人性格的刚强、决断,在符合封建礼法的"深明大义"中又透出夫妇情笃。当刘备提出恐孙权、吴国太阻挡时,孙夫人胸有成竹作答:"妾与君正旦拜贺时,推称江边祭祖,不告而去,若何?"在明理、情笃之外,更显出计谋韬略。

刘备、孙夫人、赵云等逃离南徐,加鞭纵辔来到柴桑界首,遇到前有周瑜布置的截兵,后有孙权派遣的追兵。刘备按孔明第三条锦囊妙计既刺激又求恳孙夫人。孙夫人对自家兵马前后追截也怒了:"吾兄既不以我为亲骨肉,我有何面目重相见乎!今日之危,我当自解!"男子胸襟、巾帼气度同时溢于言表。

接着就是孙夫人解危之举。先是对拦截的东吴大将徐盛、丁奉,孙夫人开口就喝问:"你二人欲造反耶?"主公之妹这横空一语,对徐、丁二将不啻泰山压顶。二人慌忙下马:"安敢造反,为奉周都督将令,屯兵在此专候刘备。"孙夫人大怒:"周瑜逆贼!我东吴不曾亏负你!玄德乃大汉皇叔,是我丈夫。我已对母亲、哥哥说知回荆州去。今你两个于山脚去处,引着军马拦截道路,意欲劫掠我夫妻财物耶?"不但骂二将造反,竟骂周瑜逆贼;口口声声"我东吴",又抬出母亲、哥哥,一派郡主身份;最后直斥二人为行劫的草寇。任凭徐、丁二将在战阵上如何骁勇,在女主子面前终是下人,怎能抵得郡主的气势与刚口?几句话把他们喝倒了,诺诺连声,"请夫人息怒",放开大路让孙夫人、刘备等的车马过去。

背后又两员东吴大将陈武、潘璋奉孙权之令率兵追来。孙夫人对刘备说"丈夫先行,我与子龙当后",平平一语,却有女将军之概。然后她先声夺人,直点来将之名:"陈武潘璋,来此何干?"二人答奉主公之命,请夫人玄德回。孙夫人正色叱骂:"都是你这伙匹夫,离间我兄妹不睦!"不说自己抗兄长之命,反以离间兄妹的罪名加诸二将,强词夺理,却又近情近理,夫人立言何其可畏。"我奉母亲慈旨,令我夫妇回荆州,便是我哥哥来,也须依礼而行。"知道你二人奉孙权之命来,我这里请出一个能让哥哥低首的母亲做靠山,你有主公之命,我有国太之旨,孙夫人审时度势,思想何等明敏,言路何等机变。最后再加一句:"你二人倚仗兵威,欲待杀害我耶?"要挟之词,说来又堂堂正正。陈、潘诸将,面面相觑,作声不得,各自寻思:"他一万年也只是兄妹。更兼国太作主;吴侯乃大孝之人,怎敢违忤母言?明日翻过脸来,只是我等不是。不如做个人情。"于是诺诺连声而退。

诸葛亮凭三寸不烂之舌,战败群儒,为千古佳话。孙夫人凭三寸不烂之舌,斥退诸将,人们留意的还不多。其实孙夫人词锋之劲利,不让诸葛,也是一篇为《三国演义》生色的文字,特别是为中国文学中女性形象塑造增辉的文字。罗贯中把孙夫人那刚勇之气、英敏之风,写得何其淋漓尽致。一国的郡主、机敏的女杰、忠诚的新妇集于一身,孙夫人确实是《三国演义》中头一个写得个性鲜明、形象突出、光彩照人的妇女。

孙夫人形象再次出现在第六十一回。其时刘备率军入川,孙权、张昭乘机要夺荆州。孙夫人又一次做了政治阴谋的工具:孙权派周善潜入荆州见孙夫人,诈称国太病危,教夫人带阿斗去见一面,实际上是想以阿斗作人质,逼使刘备用荆州来换阿斗。孙夫人听得母亲病重,如何不急?虽然也说"皇叔引兵远出,我今欲回,须使人知会军师,方可以行",表明孙夫人到底不是不知法度的深闺贵妇,但毕竟是方寸已乱的思母女儿,在周善劝说下,就带着阿斗上了船。赵云闻讯赶来,跳上吴船,要孙夫人留下阿斗。孙夫人发怒:"量汝只是帐下一武夫,安敢管我家事!""汝半路辄入船中,必有反意!"宛然昔日叱喝徐盛、丁奉、陈武、潘璋口角。但实际上终有色厉内荏意味,其言词、性格,仅存昔日之貌,而神气已失。随后张飞也听到消息,在油江口截住吴船,和赵云一起夺下阿斗。孙夫人一面斥责"叔叔何故无礼"，一面诉说"吾母病重，甚是危急，若等你哥哥回报，须误了我事。若你不放我回去，我情愿投江而死"！此时孙夫人并不知道归宁探母是兄长孙权捣鬼，她本来也应当像当日自解吴将追截之危那样，表现出那种刚气、英气才符合人物性格逻辑。但作者没有这样写，在他笔下，来荆州时曾经表现出那样的性格光彩的孙夫人，在离荆州时性格神韵已失。

孙夫人回到东吴后的生活，作者一字不提。隔了二十一回书，孙夫人又被起用。那是在第八十二回里，刘备为了报关羽被害之仇，兴兵伐吴。孙权遣诸葛瑾为使，到白帝城向刘备请和，其中即以"孙夫人一向思归，今吴侯令臣为使，愿送归夫人"为说辞。但也只是提这么一句，并未对孙夫人的境况作任何具体描写。应该说，此时送回孙夫人的提议，并不包含政治阴谋，只不过是出于消弭孙刘交兵之患的政治意图，使孙夫人真正起一次政治联姻的作用。但刘备拒绝了。第八十三回，刘备已经东征，甚为得手，江南震动，孙权再次遣使，向刘备申说"欲还荆州，送回夫人，永结盟好，共图灭魏"之意。这一提议，连刘备手下谋士也认为应接受的。只是刘备囿于与关、张结拜的小义，置刘孙联盟抗曹的大义于不顾，更兼刘备已另娶吴氏为继妻，遂绝孙夫人情义。结果，被东吴大将陆逊营烧七百里，蜀兵大败归川，刘备本人死于白帝城。当刘备猇亭大败之时，孙夫人在吴闻讹传刘备死于军中，"遂驱车至江边，望西遥哭，投江而死"。孙夫人殉丈夫而死，实际上死在丈夫之前。这是《三国演义》写孙夫人的最后一笔，事见第八十四回。第八十五回，阿斗刘禅即西蜀皇帝位，尊吴氏为皇太后，谥甘夫人为昭烈皇后，糜夫人亦追尊为皇后，没有孙夫人的名位。

这就是孙夫人的命运。当初，她这个怀大志、好武事的东吴郡主，嫁与四十九岁的刘备时，还是刚健又妩媚的十九岁的少女。她与刘备伉俪情深，抗兄长孙权之命，随刘备逃吴地归荆州，把骨肉家园齐抛闪，一路几番独挡截兵追将，多么英豪阔大敏捷坚刚。当她被孙权矫母命召回东吴时，自我意识只是归宁的青春少妇，却从此与刘备死别生离。她在吴一向思归夫家而不可得，可以想见其境况之孤寂、心情之抑郁。及至闻刘备死，她投江以殉，也才只三十二岁。她作为兄长政治机谋的工具，与刘备结合；又作为兄长政治机谋的工具，与刘备分离。她曾与刘备夫妇于飞，不理会自己的婚姻里有什么政治背景，但在他人导演的政治婚姻中感情意愿不属于她自己，终于在她并无意识的情况下中道与刘备劳燕分飞。她是兄长孙权及封建政治机谋的牺牲品。她将自己的青春给了刘备，最后以自己的生命殉了刘备，然而她得不到刘备的谅解。她抱持抚育过的阿斗做了皇帝也不认她为母，甚至殉刘备而死也不能在刘氏宗庙里有一牌位。她是刘备父子及政治功利和封建名节观念的牺牲品。她短促的一生，欢乐无多忧患多，可说是"平生遭际实堪伤"的悲剧人物。

这里，我们且不论孙夫人的命运在历史生活中、在道德评价上所具意义如何，只说孙夫人的命运在文学上的意义，就颇有可思考之处。

孙夫人的事迹，在陈寿撰、裴松之注的《三国志》中，极为简略，只有寥寥数则：

《三国志·蜀书·先主传》："（刘）琦病死，群下推先主为荆州牧，治公安。（孙）权稍畏之，进妹固好。先主至京见权，绸缪恩纪。"这是一则。

《三国志·蜀书·法正传》："初，孙权以妹妻先主，妹才捷刚猛，有诸兄之风，侍婢百余人，皆亲执刀侍立，先主每入，衷心常懔懔。"《三国志·蜀书·法正传》中还有诸葛亮的一段话："主公之在公安也，北畏曹公之强，东惮孙权之逼，近则惧孙夫人生变于肘腋之下。"这又是一则。

《三国志·蜀书·赵云传》注引《赵云别传》："先主入益州，云领留营司马。此时先主孙夫人以权妹骄豪，多将吴吏兵，纵横不法。先主以云严重，必能整齐，特任掌内事。权闻备西征，大遣舟船迎妹，而夫人内欲将后主还吴。云与张飞勒兵截江，乃得后主还。"（截江夺阿斗事，又见于《三国志·蜀书·二主妃子传》注引《汉晋春秋》，略同此）这又是一则。

从这几则史料看，历史上的孙夫人为人颇不简单，她是自觉到自己与刘备结婚负有特殊使命的，她的性格在"才捷刚猛"之外，还有"骄横"的一面。她与刘备关系后来不好，刘备时常防着她"生变于肘腋之下"。刘备西征，孙权只"遣船迎妹"，携阿斗归东吴则是她自己的主意，看来孙夫人的确是三国政治养育出来的有政治性格的人物。

罗贯中的《三国志通俗演义》以及毛纶毛宗岗父子修改成的《三国演义》，从史料中采取了孙刘联姻、孙夫人才捷刚猛、携阿斗返江东等主要关节，没有采取孙夫人参与孙权政治机谋、性格骄横、自出主意携阿斗还吴的观点。笔者认为《三国演义》把孙夫人写成一个纯洁的女性，而不是写成一个权诈的妇人，这样处置亦无可厚非。这也表现着作者罗贯中的妇女观。罗贯中笔下的妇女，性格良善、深明大义、遭遇可悯的居绝大多数。他写的帝皇之后，多为良后；他写的人臣之母，多为贤母；他写的侍妾，如貂蝉者，舍身以助剪除权奸，可谓义勇。他只写了几个品性不好的女人，如袁绍之妻刘夫人妒，刘表之妻蔡夫人悍，张济之妻邹氏淫。大概罗贯中不卑视妇女，所以他略去史籍所载的孙夫人性格中权诈一面，只写孙夫人纯洁一面。这可以说是孙夫人文学命运之幸吧。

无论孙夫人主观意愿如何，她是被孙、刘集团各以其政治意图安排到政治婚姻、政治机谋中去作为香饵、筹码、工具的。按常理言，人物处于这种地位，作家可能不大重视人物个性的表现，人物难以表现出性格生命。的确，现在我们从《三国演义》中看到的孙夫人，自始至终性格不算丰满、完整，就正与此有关。然而，罗贯中毕竟没有完全把孙夫人写成无个性的工具，在一些主要的方面，罗贯中基本上是把孙夫人当作一个活人来描写，并且把她写成活人的。在政治婚姻、政治机谋中赋予了孙夫人独特的性格生命，使她作为我国第一部古典长篇小说所创造的一个有性格光彩的女性形象，长存于我国人民世世代代的文学生活里。这又可以说是孙夫人在文学上的命运之幸。

但是，孙夫人的文学命运也有她的不幸。作为文学形象的孙夫人，生在十四世纪，又生在一部"陈叙百年，赅括万事"的历史演义小说里，她不可能占有太多篇幅，不可能获得作家详尽的刻画。在这方面，她的文学命运与她在历史生活中的命运一致，只有当她进入政治关系、政治斗争中去，作为政治人物导演的政治活剧之一角色时，她才被生活重视，她才被作家写及；当她退出政治关系、政治斗争的环节时，生活就把她弃置弗顾了，作家就把她置之度外了。为什么南徐新婚时的孙夫人，从南徐到柴桑出亡道上的孙夫人，性格烨烨有光，而离荆州返江东的孙夫人，性格黯然失色，特别是回江东后的孙夫人，消息杳然？难道孙夫人性格日渐暗淡，以致后来没有什么可以发掘、可以描写的了？否，问题就在于作家的眼光。从罗贯中的历史观点和文学观念上说，他目之所注，不是孙夫人，而是孙夫人一身所系的种种政治因缘。当孙夫人处在作家注目的政治因缘中心，或者说处在作家构思的情节段落中心，作家写孙夫人的笔墨，就精彩呈露；当孙夫人离开作家注目的政治因缘中心，离开作家构思的情节中心，作家写孙夫人的笔墨，就变得草率平庸，以至绝笔不书。罗贯中是十四世纪中国封建社会的作家，他没有自始至终把孙夫人写成一个中国式的"阴谋与爱情"故事的女主角，对此我们今天的读者也许为之惋惜，但这也是历史和文学发展的必然。

孙夫人文学命运的前丰盈后窄涩在《三国演义》中不是特例，另一个例子是貂蝉。当初，王允设下连环计，教貂蝉谍间董卓与吕布，作者描写的笔墨何等有致（事见第八、九回）。作者写貂蝉以歌伎而明大义，外柔情而内侠骨，对董、吕呈色相而蕴深心，不仅迷之以姬人的颜色，而且惑之以说士的言辞，她的形象何等灵动。后来，连环计成功，董卓被诛，貂蝉归吕布，作家的笔墨就不再顾及貂蝉了。貂蝉在吕布下邳被围（第十九回）中还曾露一面，作家笔下的这个人物变成了平庸不过的小妾，以致貂蝉前后判若两人，而且此后即无影无踪。

虽然孙夫人的文学命运前顺后仄如同貂蝉例,但孙夫人较之貂蝉究竟还有胜处。作家总算在刘备败亡之际,不忘给那孤处东吴的孙夫人写上"望西遥哭,投江而死"。这样虽简约然而有情致的最后一笔,让读者读到此处,对孙夫人的悲剧留下同情的思缕。

如果由现代的作者来写孙夫人的故事,情形会怎样呢?可以料想,那笔墨绝不会虎头蛇尾,一定会就孙夫人离荆州返东吴后,与刘备十年生死两茫茫的心理、事迹生发出许多动人的文章,挖掘出深长的历史的和社会人生的哲理。孙夫人的文学命运,会别是一样的。若真有人如此写,我国史传文学和古典小说那在政治关系、政治斗争、政治风云中塑造妇女形象的传统,也会有新的发展的吧。

七、从"两马相交,战不数合……"说起

如何写战斗行动、如何在战斗行动中写人,是军事文学作家或写军事题材的作家必然要考虑和解决的问题。

《三国演义》所写战将如云,战阵无数。有一个现象不知你注意了没有,那就是虽然它写搏战的场合不少,但战斗动作的具体描写不多,兵器相抵的具体描写不多。一般只是"两马相交,战不数合,一枪刺××于马下",或者"连斗五十余合,不分胜负"。再具体一点的,也就是"举戟望××后心便刺""××抵敌不住,飞马便回"之类。对于古代战争来说,主要战斗行动本来就是在战将之间手执冷兵器当面进行的,这样简单化甚至公式化地描写战斗动作,未必是有利于塑造个性鲜明的战将的吧。

是的,《三国演义》对战斗者的战斗动作写得如此简单,多有大同小异之处,以今天的眼光看来,不免是一个缺点。但是,从另一角度考虑,这个缺点又具有某种必然性和合理性。也就是说,《三国演义》主要不是依靠对战斗动作的技术性描写来塑造战斗者的形象。并

且，正因为《三国演义》刻画战斗者形象的主要艺术手段不是对战斗者战斗动作的具体描写，它就要寻求和发展别的更有力的艺术表现手段。这样说来，它写战斗动作很简单这个缺点在一定意义上又变成了一种特点。

那么，《三国演义》中众多活跃在沙场上的战将的风貌是怎么写出来的呢？既然主要不是写他们每一回合是怎样打的，那又写什么呢？

它写战将在战斗行动中的斗志。例如，写典韦在敌人偷袭中孤身死战的情形："韦方醉卧，睡梦中听得金鼓喊杀之声，便跳起身来"，"急掣步卒腰刀在手"；"韦奋力向前，砍死二十余人"；"韦身无片甲，上下被数十枪，兀自死战"；"刀砍缺不堪用，韦即弃刀，双手提着两个军人迎敌，击死者八九人"；敌人箭如骤雨，"韦犹死拒寨门"，终于中枪身死，"死了半晌，还无一人敢从前门而入者"。这段生动的文字描写了典韦一系列战斗动作，有写实，有夸张，表现的固然是典韦的勇力和武艺，但突出的却是典韦临危不惧、至死犹战的勇猛斗志。"许褚裸衣斗马超"也是这种写法。作者并不具体描写许褚与马超大战二三百回合是怎么斗的，却特写"许褚性起，飞回阵中，卸了盔甲，浑身筋突，赤体提刀，翻身上马"，又奔出阵去与马超决战的好勇斗狠的劲头。

还有是写战将在战斗行动中的气概。"张翼德大闹长坂桥"就根本不写张飞的交战动作，只写张飞单人独骑面对曹操大军那种凌厉威猛的气概："只见张飞倒竖虎须，圆睁环眼，手绰蛇矛，立马桥上。""飞乃厉声大喝曰：'我乃燕人张翼德也！谁敢与我决一死战？'声如巨雷。曹军闻之，尽皆股栗。"关羽温酒斩华雄一节，也是不写交战动作，只写战将的气概："（曹）操教酾热酒一杯，与关公饮了上马。关公曰：'酒且斟下，某去便来。'出帐提刀，飞身上马。众诸侯听得关外鼓声大振，喊声大举，如天摧地塌，岳撼山崩，众皆失惊。正欲探听，鸾铃响处，马到中军，云长提华雄之头，掷于地上。其酒尚温。"

除了用白描、烘托的手法写战将在战斗行动中的精神、气概外，还用心理描写的手法写战将在战斗行动中的情操、心理。"赵子龙单骑救主"写赵云在曹军重重包围中往来冲突，斩将夺旗，突出的是赵云"我上天入地，好歹寻主母与小主人来。如寻不见，死在沙场上也"的心理，固然表现了赵云"一身都是胆"和万夫不可当之勇，主要却是要刻画他对刘备的赤胆忠心。"关云长义释黄汉升"中，对关羽和黄忠在阵上周旋的刀法箭术写得比较具体，但主要目的也不是写他们的武艺，而是写这两员战将重"义"的品格。

再就是写战将在战斗行动中的智谋，这包括写战将在阵地战术动作的随机应变和在整个战斗行动中战术的随机应变。这种写法书中也用得不少。

总而言之，《三国演义》写战将在战斗行动中的斗志、气概、心理、情操、智谋等多而具体，也有特色；写战将在阵上刀枪相向时的刀法、枪法和种种闪展腾挪的武艺少而抽象，特色无多。《三国演义》的作者这样处理写战斗行动与写战斗者的关系，值得我们借鉴。

作者写战将，确实不宜把主要笔力放在形容他的具体战斗动作、战斗技术如何高明、他的体力如何惊人等上。文学是写人的，它不追求表现人的生理性、技术性的东西。仅仅写出一个战将能使八十二斤重的大刀或者有百步穿杨的箭术，并不就等于写出了人、写出了性格。不能单凭写膂力、写武艺、写格斗过程来塑造战将的形象。单纯的膂力、武艺没有性格意义，不能表示人的本质。文学还是要着重描写人的精神性、社会性的东西。对于军事文学家来说，当他描写战斗场面的时候，应该把主要笔力放在发掘在战斗行动中战斗者的精神性、社会性的东西上。战斗者的战斗技能和战斗过程是应当写的，而且应当写得具体、逼真、不一般化（在这方面，《三国演义》有缺点），但不能孤立地写，要和揭示战斗者的心理、性格结合起来。要让读者从刀光剑影、枪声炮声中看到、听到战斗者的面影心声。在这方面，《三国演义》的长处与不足都能给我们以启示。我们要注意克服描写战争作品的两种弱点：一是战争场面、战斗行动写得不逼真、一般化，二是孤立地写战斗故事、战斗动作而与塑造性格相脱离。有些优秀的特写、报告文学作品，不是停留在叙述情节故事上，甚至舍弃战斗的始末过程，集中笔力突出新一代卫国英雄的崇高精神面貌，给人印象较深。

八、"胜败乃兵家常事"之外

《三国演义》中的人物常说："胜败乃兵家常事"。《三国演义》的作者也认为写兵家之胜与败乃是文家常事。作者在书中对任何一个威名赫赫的统帅与将军，都写过他的败绩。这样描写，包含着文学创作的一些深刻道理。

曹操多机谋、善用兵，座上谋士满前，帐下猛将环列，纵横天下，驰骋风云。但是作者描写了他的几次大败仗，弄到割须弃袍、侥幸逃生的地步。也许，你以为这好理解，因为作者是"尊刘抑曹"的，所以他要奚落曹操。你可以这么想。然而，你可想过，这个"尊刘"的作者，对刘备本人、对刘备集团的诸将帅的历次败绩也并不隐瞒。他不因为自己尊刘备为续大汉正统的人物而讳言刘备征吴的失败。不，他明白地写刘备不听群臣劝谏，昧于私仇，不顾大局，破坏了联吴抗曹的正确的战略方针，兴兵伐吴；又明白地写刘备在征吴中犯兵法之大忌，连营七百里，包原隰险阻而屯兵。这些战略与战术的错误，使征吴之役一败涂地，刘备本人身死，蜀汉的基业与元气大受损伤。作者对诸葛亮，无疑是推崇备至的，甚至"状诸葛之多智而近妖"。然而，他写诸葛亮六出祁山，六次失败；写失街亭、斩马谡，不隐讳孔明有不知人、虑事暗的一面；写出祁山不走武功，而走渭南，不掩饰孔明的失策。作者对所谓"威震华夏""义薄云天"的关羽，偏爱甚明，然而也老老实实地写关羽"刚而自矜"的性格，导致失荆州，走麦城，英雄末路，不胜悲惶。

这是为什么呢？也许，你回答这是现实主义。对的，这是现实主义，他敢写自己心爱的英雄的失败。

作者的现实主义不简单。一方面，他敢写自己心爱的英雄的失败和短处；另一方面，当他写自己不喜欢的人物的失败时，却不故意在其脸上抹墨涂黑，而是短处说短，长处说长，不以其短而废其长。曹操的几次打败仗就是这样写的。濮阳一战，曹操大败，好不容易被众将救回寨中，大家都来问安，你猜这个败军之主帅怎么个表现？操仰面笑曰："误中匹夫之计，吾必当报之！"没有任何失败情绪，却因失败而斗志更旺，信心更坚，这是曹操的风格。潼关大败，割须弃袍；赤壁大败，焦头烂额。我们都听到他那精神抖擞、总结经验、策划再战的笑声。这是一个目光远大、气度恢宏、能胜能败的统帅的风格。作者不以自己的好恶而改变人物性格的内在逻辑，他笔下的曹操虽败而仍不失为一世之雄。

然而作者毕竟不是旁观冷眼人。他的现实主义不是没有倾向性的。这是作者笔下曹操潼关之败的一个画面："操在乱军中，只听得西凉军大叫：'穿红袍的是曹操！'操就马上急脱下红袍。又听得大叫：'长髯者是曹操！'操惊慌，掣所佩刀断其髯。军中有人将曹操割髯之事，告知马超，超遂令人叫拿：'短髯者是曹操！'操闻知，即扯旗角包颈而逃。"纯是白描，但奚落之意明显。这就与写刘备集团失败时的情形不同。如果说作者写曹操之败，笔锋总是流泻出某种讽刺喜剧的气氛的话，他写刘备集团诸将帅之败，笔锋常常带出某种悲剧的和颂歌的气氛。诸葛亮的几次兵败祁山、他的失街亭，关羽的败走麦城，都有浓厚的悲剧气氛，把诸葛亮"鞠躬尽瘁死而后已"的精神，关羽"忠""义"的性格一衬托得很鲜明。由于种种主客观原因导致的偶然的和必然的失败结局，却成了对人物某种精神品格的有力表彰。这种既不掩饰主人公的错误，真实地描写了主人公的败绩，却又不但不贬损人物，反而将失败的局面变成显示主人公某种英雄性格的特殊条件的艺术处理方法，耐人寻味。

作者对他所要歌颂的主人公的失败，还有一种艺术处理方法，也发人深思。例如，他写诸葛亮之败、关羽之败，却仍然能让读者感到主人公韬略过人、勇毅过人。更巧妙的是，作者有时竟能将他心爱的主人公的败局写得气象豪壮而不是情景衰飒，例子可举刘备烧新野、退樊城、走汉津之役。这本来是刘备集团的一场败仗，但作者突出写的却是全局之败中的局部胜利，把新野之胜、长坂坡之胜写得有声有色，特别是突出地写了赵云、张飞两员猛将，声威夺人、气壮山河。相形之下，胜利的曹军却显得被动、畏葸。文以气为主，人亦以气为主。作者并不掩盖刘备集团的败局，但他写他们败中之胜，写败军之将的英武，写得神完气旺，表现了作者的现实主义的鲜明倾向性。

由于事物发展的客观规律性，由于人的认识与实践的局限性，绝对百战百胜的将军是没有的，因此，"胜败乃兵家常事"，而写兵家之胜也写兵家之败乃是军事文学家之常事，不能完全避免写英雄的败绩。而且，从塑造性格的角度说，有时写英雄的逆境、失败，反而为塑造英雄性格提供了特殊的条件，这是写英雄的胜利和功绩所不能替代的。当然，我们主要是写英雄的胜利与胜利的英雄，这是符合英雄之所以为英雄的本义的。但究其实，写英雄之胜与败都不是目的，而是塑造英雄性格的手段。"不以成败论英雄"的古语在性格塑造上是有意义的，问题是如何写英雄的胜与败，如何写得既是现实主义的，又是有理想的。

《三国演义》对兵家之胜与败的描写，确实包含着性格塑造上真实性与倾向性、现实主义与理想统一的道理，给我们以启发。但我们今天的作家对这个问题的处理，理所当然应比罗贯中更自觉、更好。因为我们有唯物辩证法，有马列主义、毛泽东思想这些认识客观世界的武器。在我们的文艺园地里，确实产生了自己的优秀之作。话剧《曙光》真实地描写了"左"倾机会主义者的一时得逞，革命战士、革命人民的一时受挫，而在作家笔下，"左"倾机会主义者势焰愈高，其可鄙的灵魂暴露得愈彻底，红军将士受挫愈惨痛，其忠贞的革命气节、崇高的革命品格愈表现得强烈动人。

九、人物下场的艺术

在小说作品里，性格的刻画是随着人物的出场与下场而终的。人物的出场与下场则是艺术形象在作品中和读者头脑中生存的特定瞬间，历来为作家所重视。他们不仅精心结撰人物的出场，而且精心结摆人物的下场。人物的下场是艺术形象最后完成和向读者告别的时刻，其重要性绝不比人物出场的时刻稍逊。主要人物和重要人物的下场更与作品结构、主题有重大关系，更不容作家掉以轻心。人物下场的艺术，实在是值得讲究一下的。在这方面，《三国演义》有可供我们借鉴之处。《三国演义》这部长篇历史小说，头绪纷繁、人物众多，人物下场各种各样，有功成名遂的、有惨淡以终的、有烈烈轰轰的、有默默无闻的、有飘然远引的、有命殒身亡的……并非都写得成功，但也有写得极出色的。曹操、刘备、诸葛亮之死就都给读者以深刻印象，颇能代表人物下场艺术的基本意义。

我们试替作家设身处地想想，这最后一笔可是不大好下的。因为曹、刘、诸葛这三个人物，在汉末天下纷争中叱咤风云，对他们的事迹的描写占了全书的主要篇幅，他们的性格已经写得很鲜明、很充分了，他们的下场如果写得平平淡淡，必然对人物形象有损。但如果要在最后一笔里给性格已很突出的人物重添彩色，又谈何容易！那么，我们的作家是如何着笔的呢？

第一，这几个人物之死，写得有身份。这当然不是写他们之死的烜赫与排场，而是把他们之死和他们一生的事业回应起来，和三国鼎立的政治、军事斗争形势呼应起来。曹操临死，念念不忘的是"孤纵横天下三十余年，群雄皆灭，只有江东孙权，西蜀刘备，未曾剿除"。刘备死前，对群臣叹息"朕本待与卿等同灭曹贼，共扶汉室，不幸中道而别"。诸葛亮也是怀想天下，饮恨辞世："吾本欲竭忠尽力，恢复中原，重兴汉室"，"不幸中道丧亡，虚废国家大事"。作者不但写他们宏愿未酬，赍志以殁，而且表明他们的死确实使群雄角逐的形势发生了重大的变化。作家在宏大的时代背景上，写他的主人公的下场，下笔是很重的。

第二，这几个人物之死，写得有性格。人的临终之言总是最有性格内容的。作家写曹、刘、诸葛之死，着重写人物的遗言。曹操死时，说些什么呢？他不允许臣下为他设醮修禳以延寿命，说："孤在戎马之中三十余年，未尝信怪异之事。""孤天命已尽，安可救乎？"曹操信天命而不信怪异之事这一性格侧面，在此之前，书中是未及写到的，现在补上一笔。这说明，直到人物临终，作家仍未停止对主人公性格的开掘。曹操回顾自己一生事业，有遗憾但没有哀感，显示了这个一世之雄对事业的信心；他安排身后的承继人，对四个儿子的评断都很明白允恰，显示出他意识的清明和政治的成算；他命近侍取平日所藏名香分赐诸侍妾，并嘱咐她们："吾死之后，汝等须勤习女工，多造丝履，卖之可以得钱自给。"又命诸妾多居于铜雀台中，每日设祭。这是作家用特笔写曹操近女色、耽逸乐的性格侧面，并借临死还顾虑自己身后诸妾的暗淡前途而预作如此微末的安排，再一次表现曹操老谋深算的性格特色。又遗命设立七十二处疑冢，不令后人知其葬处，恐为人发掘。这也是特笔，直将曹操多奸诈善机谋的性格展布到坟头上。

刘备、诸葛亮之死也是为人物性格增色之笔。他们二人也都憾于事业未成，却与曹操不同：他们在遗憾中有着深沉的悲感，因为蜀汉的局面和前途较之曹魏的强大优势来是岌岌可危的。而刘备与孔明二人之悲憾各又不同，刘备更多的是对自己不纳丞相与诸臣良言，失策攻吴招致败绩的自责与悔恨，以及自知嗣子不才，向孔明等托孤的哀恳之情；孔明临终的悲憾，则是中道丧亡，有负国家的伤戚，"再不能临阵讨贼矣，悠悠苍天，曷此其极"！作家笔下刘备临终的自责和托孤的哀恳之情，以及他对马谡人品的确评，都具有刘备"屈身下世，恭己待人"，善于识人和用人的性格特色；作家笔下孔明临终的疚憾和对国事的安排，则有力地表现了孔明"鞠躬尽瘁，死而后已"

的精神气概和英明睿智的性格特征。无论曹操、刘备、诸葛亮，他们在自己的生命行将结束时的所思所嘱都是"这一个"曹操、"这一个"刘备、"这一个"诸葛亮的个性在生命终结这一特殊严重的场合的复现，因而使人物的基本性格更加深化和强化，凝定为人物形象的最后塑形。这就是人物下场艺术的基本要义：艺术地描写人物性格发展的终点与完成。

第三，这几个人物之死，写得有气氛。曹操死前的种种灾异，其荒诞无稽自不待言，但未始不也说明了这是作家用某种艺术手段（超自然的描写）来烘托曹操这个"奸雄"性格的一种不成功的努力。刘备之死，则笼罩着一派写实的挽歌情调，它是由征吴的失败、蜀汉前途未卜，以及在场人物的话语、叹息、涕泣等渲染而成的。气氛造得最足的是孔明之死，既有从天人感应的宿命观点演绎出的超自然的场景，也有由复杂的政治、军事斗争和种种人事关系构成的十分现实的画面；既倾注着作家景仰人物的深情，又引入了伟大诗人杜甫缅怀人物的诗篇；既写孔明死前强支病体出寨遍观各营，自觉秋风吹面，彻骨生寒的悲剧感受，又写孔明死后遗像退仲达的凛凛余威。现实的因素、浪漫的笔调、神异的色彩融汇而成的氛围，在孔明生前死后弥漫着，直至蜀汉灭亡。孔明之死氛围的浓重与绵长，恰如孔明出山氛围的空灵与绰约一样，是《三国演义》用气氛来烘托人物性格最为成功的艺术创造。总之，曹操之死的氛围惨淡与严肃中夹着某种可哂的滑稽，刘备之死的氛围深沉而衰戚，诸葛亮之死的氛围忠烈兼行、既悲且壮；都适切有力地衬托出人物性格，并表达了作家对人物的评价。作家为表现他的主人公的下场而付出的殚思竭虑的艺术劳动，令人赞叹。

人物下场的艺术，还有其他内容，还有表达主题和艺术结构等意义，这篇短文当然不能缕述。毫无疑问，在人物塑造的这个环节上，创造的天地也是无限的。人物下场怎样写，这是没有现成答案的。但古今中外的成功之作都告诉我们，人物下场应当精心地写，因为这是你的主人公的最后一次"亮相"。

十、盖棺而不封笔

一般说来，作家塑造人物的笔墨，是随着人物的出场与下场而起讫的。特别是随着人物死亡，人物描写之笔也就收束了，人物形象也就最后完成了。

罗贯中在《三国演义》的创作中却不是这样。他对一些人物，盖棺而不封笔。人物死了，人物塑造还在继续，人物形象仍在发展，这很特别。罗贯中这种艺术手法，突出地用在孔明形象塑造上。

第一百零四回，诸葛亮殒于五丈原。从此时起，作者对死后孔明的描绘开始了。他用正笔、侧笔、追笔、插笔、顺笔、逆笔继续刻画孔明。这些描写是塑造孔明形象全部笔墨的重要组成部分，而不仅仅是人物下场之后的余波演漾而已。

概括地说，孔明死后，罗贯中写孔明有四幅笔墨。

第一幅笔墨，是写孔明死后有关方面的反应。

一是己方。丞相既死，大军退入栈阁道口，军中发丧，"哀声震地""蜀军皆撞跌而哭""至有哭死者"（这后一句自然是夸张笔法）。凶信传入成都，后主大哭："天丧我也！"这句话可不是后主哭得发昏，以至不知所云。它十分准确地反映出这位阿斗皇帝失去"相父"的孤哀心理，如实反映出刘蜀政权安危系于孔明一身的事实。朝野上下，"多官无不哀恸，百姓人人涕泣"。更值得注意的是，作者特地写了受孔明贬斥过的人，闻孔明死亦哭。一个是原长水校尉廖立，此人在孔明生前，自以为怀才不遇。怏怏不平怨谤无已，因而被孔明废为庶人。及闻孔明亡，乃垂泣曰："吾终为左衽矣！"另一个是李严，李严原为孔明大军督运粮草，因玩忽职守，又谎报军情遮饰己过，被谪为庶人。知道孔明死了，李严"亦大哭病死，盖严尝望孔明复收己，得自补前过；度孔明死后，人不能用之故也"。这两个人哭孔明，固然是为了自己,但他们毕竟对孔明之死怀悲,并没有为解恨泄愤而乐。这样的描写,不也从一个侧面反映出孔明入人心与得人心之深吗?

二是盟方。孙权听说孔明病亡,"亦自流涕,令群臣皆挂孝"。刘孙联盟抗曹,是蜀吴既定国策,孔明是蜀吴同盟的缔造者。孔明死了,孙权不但自己流涕,还令群臣皆挂孝,这也衬托出孔明的存殁不只关系蜀的安危,对吴的安危也有绝大影响。

三是敌方。孔明生前曾屡挫魏军主将司马懿,并使司马懿蒙受极大羞辱。孔明死,司马懿自然惊喜:"我等皆高枕无忧矣!"他却又慨叹:"吾能料其生,不能料其死也!""此天下奇才也!"孔明之死使劲敌浩叹,这种描写也是对孔明形象的烘托。

除了写三国三方对孔明之死的反应以衬托孔明外,作家还写了第四方即历史、后人对孔明之死的反应以衬托孔明。罗贯中情不自禁,接连两次分别援引杜甫、白居易、元稹的咏史诗,表达对孔明的深切赞悼与追思。《三国演义》一书,运用"后人有诗赞曰"这种形式,抒写人物、事件者多矣,唯有孔明死亡之际所插入的杜、元、白诸诗,与情节融合无垠,真正成为帮助作家塑造诸葛亮形象的一种特殊艺术手段,使孔明之死染上一重历史悲剧色彩。这不仅是对孔明形象的艺术的烘托,而且是对孔明形象的历史烘托。

罗贯中写了各方对孔明之死的反应,作用主要是烘云托月,突出孔明的存亡对于三国历史生活的意义。作家意犹未尽,他还用第二幅笔墨,写孔明虽殁,其遗言、遗计继续对三分天下产生影响。这就不只是烘托,而是在进一步实际地充实、丰富孔明形象。孔明预言"我死,魏延必反",并留下斩魏延的锦囊计策。这应验了、消弭了西蜀的一次兵变。孔明死前雕下木像,为退司马懿追兵之用。果然"死诸葛能走生仲达",使蜀军得以全师撤出战场。孔明遗表上奏后主,劝后主"清心寡欲,约己爱民","进贤良","屏奸邪",都是深知后主要害、对蜀国前途怀着隐忧的忠言,日后后主正因己之不才而自亡蜀国,可说是孔明死时绝大遗憾之验。孔明垂危之际对国家大事包括文武大员的安排，以及关于蜀中防务须仔细阴平之地的嘱咐，日后也都证明是孔明的深谋远虑。通过这些描写，作者继续描绘孔明的睿智、机谋、卓识，从而在孔明死后还继续丰富孔明的性格。

　　第三幅笔墨相当离奇荒诞，近于将死后的孔明写成神人。这种笔墨作者用了两回。一回是写定军山武侯显圣。其时魏大将钟会率军已进入汉中，连续遇阴兵扰袭。钟会到附近武侯墓致祭，当晚孔明显灵托梦与钟会："吾有片言相告：虽汉祚已衰，天命难违，然两川生灵，横罹兵革，诚可怜悯。汝入境之后，万勿妄杀生灵。"这种描写，就其现实性而言当然是荒诞的。但我们却不必认为这仅仅是罗贯中宣扬对孔明的迷信，也不必认为这是"戏不够，鬼神凑"的俗笔，这其实是罗贯中在孔明死后继续塑造孔明性格的一种艺术手法。他写孔明显圣，不是把孔明作为死去了的军师，写他为蜀兵御敌致功，而是把孔明作为一个圣者，写其爱民护民的仁义之心。唯其死后显圣不是为复仇而是为护民，更显出孔明仁心博大。这是孔明生前性格的延伸，是用荒诞的手法去强化孔明现实的性格。

　　再一回是写阴平石碣与空寨，这是不以孔明显圣出现的孔明显圣。其时魏大将邓艾率军偷渡阴平，打开了攻取成都的通道。邓艾在阴平摩天岭上，见到孔明生前立下的一道石碣，碣文预言阴平之失和邓艾钟会争功而死。这使邓艾大惊，望碣再拜："武侯真神人也！"这也是很荒诞的描写。孔明临终曾对姜维叮嘱切需仔细防守阴平，这在军事学上，也许是有根据的。但留下石碣预知邓艾越岭而下，预知邓艾钟会将为争功而死，这就是彻头彻尾的妄诞，不但谈不上什么现实合理性，也谈不上任何艺术合理性，无助于丰富孔明多智形象。邓艾继续率军前进，行经一个大空寨，左右告曰："闻武侯在日，曾拨一千兵守此险隘，今蜀主刘禅废之。"邓艾听了嗟讶不已。这一节，却可信地追叙了孔明生前对阴平险隘的重视，也真实可信地丰富了孔明深谋远虑的性格。这一笔，有使孔明死而复生，令孔明足智多谋的形象生动地重现在读者眼前的效果。

罗贯中写死后孔明的第四幅笔墨与写孔明显圣的离奇手法不同，是一种不写孔明而显孔明、在他人身上写出孔明的手法，读者如不仔细体会，是容易忽略的。笔者指的主要是作者对孔明生前用过和死时委以后事的诸将官的有关描写，以及对孔明后人的有关描写。其中最突出的是对姜维的描写。

孔明临终将平生所学悉授姜维，并委以"继吾之志，为国家出力"的大任。后来，姜维确实有许多出色表现。《三国演义》后部，罗贯中以不少篇幅写姜维，他笔下的姜维，不愧是智勇双全的大将军，孔明死后西蜀的柱石。读者如果细细体味，还可以悟到罗贯中写的是姜维，真正的文章却作在孔明形象上。作者在行文中就时时不忘在姜维身上点逗孔明形象，时时回应孔明。魏之名将邓艾，见蜀兵旗帜整齐，进退有方，就很赞叹："姜维深得武侯之法也！"清代《三国演义》评点家毛宗岗于此评道："邓艾每赞姜维又赞武侯，可见文中虽无武侯，却处处有武侯。"是的，孔明死了，在姜维身上有武侯。不但姜维行军布阵胜处有孔明影子，而且姜维为西蜀事业奋斗终生也有孔明影子。当然，姜维终究是姜维，绝非孔明化身，但作者的确是把他当作一面镜子返照孔明。何止姜维身上有武侯呢，就是蒋琬、杨仪、费祎一干官将，亦莫不或多或少反映了孔明，连昏庸的后主刘禅、奸佞的太监黄皓，以至司马懿、邓艾等一干魏军将帅，亦莫不或多或少反射了武侯。

孔明的子嗣，也返照孔明。成都陷于魏军前夕，后主命诸葛亮之子诸葛瞻率军出城拒敌，诸葛瞻又委儿子诸葛尚为先锋。诸葛瞻父子两挫魏军，邓艾称诸葛瞻"善继父志"。最后瞻、尚都为国战死，赢得"节义真堪继武侯"之誉。

是的，诸葛亮死了，但诸葛亮的性格、志操、才能没有澌灭消泯，作家以其精妙的艺术构思，在有关人物身上阐扬与重现主人公的性格生命，在活着的人物身上继续丰富和发展主人公的性格生命。活着的人，不仅有孔明性格生命的投影，简直就是孔明性格生命的分身。姜维等一班蜀国君臣,司马懿等一班魏国将帅,有他们自身的性格生命,又是孔明性格生命的对象化。

  正是运用了这四幅笔墨,作家使死后的孔明在人们心中继续存活,栩栩如生。孔明的生命行程已经中止,作家塑造孔明性格的笔墨仍持续不断地挥洒。这种盖棺而不封笔的笔法,不一定适用于一切人物,也不必作为人物描写的通例定则,但对一些特定的人物,这样的笔法有特殊的艺术效果。《三国演义》一书中,除孔明外,对刘备、关羽等人物,作者也采用了盖棺而不封笔的笔法。这种笔法不但体现了一种精细的艺术技巧,更体现了一种殚精竭虑、真正全力以赴去塑造人物的艺术精神。

论毛宗岗对《三国演义》的批评

一、一种社会—文学批评

　　毛宗岗对《三国演义》的批评从总体看，不是纯文学批评，而是一种历史—文学批评或社会—文学批评，也就是以历史、社会批评为核心的文学批评，或者说是结合着历史、社会批评的文学批评。毛氏评点文学的这种特征，体现于其文学观，又体现于其批评论。

　　毛宗岗的文学观，以"自然之文"说为基础，融入天命论思想和封建正统观念。下面是他表达其"自然之文"说的若干批语：

　　《三国》一书，有巧收幻结之妙。造物者可谓善于作文矣。今人下笔必不能如此之幻，如此之巧。然则读造物自然之文，而又何必读今人臆造之文乎哉！

　　不意天然有此等妙事，以助成此等妙文。观天地吉今自然之文，可以悟作文者结构之法矣。

　　毛宗岗这个"自然之文"说与《易传》里所说的"观象于天"，"观法于地"，"通其变，遂成天下之文"有关系。《三国志·蜀志·秦宓传》载秦宓之言，就说："夫虎生而文炳，凤生而五色，岂以五彩自饰画战？天性自然也。"《文心雕龙·原道》则说"云霞雕色，有逾画工之妙；草木赉华，无待锦匠之奇。夫岂外饰，盖自然耳"；认为文原于道，"莫不原道心以敷章"。这个道即自然之道。这种说法包含着朴素唯物论思想，又可寄寓客观唯心主义思想。

　　一方面我们看到毛宗岗的文学观有朴素的唯物的色彩，另一方面则有唯心主义的局限。

他崇尚"自然之文",贬薄"臆造之文"。他主张文学要如实摹写自然和实际生活（主要指历史生活）。由此他称赞《三国演义》"据实指陈,非属臆造,堪与史册相表里"（伪金序）,说《三国演义》"实叙帝王之事,真而可考"。与此相对,他对"诞而不经"的《西游记》就不怎么看得起;而对《水浒传》,则有肯定亦有保留,说:"《水浒》文字之真,虽较胜《西游》之幻,然无中生有,任意起灭,其匠心不难,"而"《三国》叙一定之事,无容改易,而卒能匠心之为难也"。要之,他把《三国演义》抬到高出二书之上,就因为它是"自然之文",不是"臆造之文"。

毛宗岗讲"自然之文",讲《三国演义》的"据实指陈",却讲过了头,绝对化了,从而暴露了他对文学的特质、对小说与"史册"的关系、对艺术想象和艺术虚构的意义缺乏知识。他在文学自觉性上比之前人不是前进了而是后退了。例如,金圣叹既强调作者要有"十年格物"的功夫,具备"化工之能",又肯定和赞扬"一部书从才子文心捏造而出,并非真有其事",就表明他对小说等叙事文学的特质和创作规律有很高的自觉,而毛宗岗却惟"据实指陈"是崇,以"自然之文"为尚。又如,对史传文学与小说的关系,金圣叹也早有精辟的划分,认为史传文学是"以文运事","先有事生成如此如此,却要算计出一篇文字来",小说则是"因文生事","只是顺着笔性去削高补低,高低都由我作",而毛宗岗却只看到《三国演义》的好处是"堪与史册相表里"。这都说明毛宗岗的"自然之文"说,既包含着强调摹写历史生活的积极性,又包含着文学观念退化的消极性。

毛宗岗的"自然之文"说又是融合着天命论、封建正统观念的。天命论属于哲学本体论,正统观念是封建政治伦理观念和封建正统历史观念,这两种思想观念对毛宗岗的文学观产生了作用。

毛宗岗有强烈的封建正统思想。《读三国志法》的第一条就讲:"读《三国志》者,当知有正统、闰运、僭国之别。正统者何?蜀汉是也;僭国者何?吴魏是也;闰运者何?晋是也。"他批评"陈寿之志未及辩此",声言自己"特于演义中附正之"。这样,他就放弃了再现历史生活的客观态度,他评改的《三国演义》,尊刘抑曹的倾向十分鲜明突出,所体现出来的文学观就有唯心色彩。

天命论对毛宗岗的文学观也有影响。他的"自然之文"说在哲学上和历史观上是客观唯心主义、历史唯心主义的。他所谓"天造地设"的"自然之文",包括"天意""天道""天理""天数"的崇拜和显现。他认为三分天下归于晋,就出自"天心"的安排。"天心"不祚汉,不予魏、吴,因为魏吴均"汉贼"。"彼苍之意"只"假手于晋",因为晋以臣弑君而亡魏,正如魏以臣弑君而篡汉,这就"可以为戒于天下后世"。毛宗岗认为这就是"造物之巧","造物者可谓善于作文",这就是胜于"令人臆造之文"的"造物自然之文"。毛宗岗就这样使天命论和封建正统观念掺合起来,又使"造物自然之文"的客观唯心主义和摹写"自然之文"的文学观掺合起来。

总的说来,毛宗岗的文学观有重写实和与重观念的二重性,重写实而又受主观观念的制约,封建正统观念(包括历史观和政治伦理观)是他的文学观的思想核心,而以艺术上基本写实的形态出之。

这样的文学观,用于批评实践就成为社会—文学批评。我们这样说不是指他特别重视文学的社会性、社会功能、社会倾向、社会价值等,而是指他的批评的视角——他的批评不是从文学出发的,不是以文学意识为中心的,而是以一定的历史意识、社会意识为中心和出发点,将文学和文学批评融入一定的历史观念、社会观念中去,他的批评的结穴处也不全在文学,往往还是指向历史、社会。

封建正统历史观念和社会政治伦理观念成为他对《三国演义》批评的核心,这种情形集中表现在他对曹操、刘备的批评上。他常常不是把《三国演义》中的曹操、刘备看作经过艺术概括的小说人物,而是看作实在的历史人物,依正统观念予以褒贬。例如,曹操深通权术,刘备亦通权术,对前者他批为"奸雄奸甚""奸雄奸到绝顶",

对后者他就批为"英雄权变，帝王度量"。又如，曹操善于笼络人心，刘备也善于笼络人心，对曹操他批"此非曹操忠厚处正是曹操奸雄处"、"其仁处多是假"，对刘备则批为仁心博大、帝王气象。再如，毛宗岗本人尊崇儒家民本思想，在批语中一再说"民为邦本"，"爱兵而不爱民不可以为将，爱将而不爱民不可以为君"；对刘备携民渡江，他屡次褒为"处处以百姓为重"。而曹操仓亭大胜后，怕"枉废民业"，停止乘胜攻取冀州的军事行动。按罗贯中原本，曹操说了一番话，"民为邦本，本固邦可见，守荒废儿民，纵得空城，有何用哉"却被毛宗岗删掉了。

　　当人物的民本思想和毛氏的正统观念发生矛盾时，毛氏登正统观念于第一位，毛氏对人物个人品质的评价也受正统观念左右。当曹操杀掉有恩于自己的陈宫时，毛批"操真狠人哉"！而当刘备促杀有恩于自己的吕布，毛说"操则负宫，备不为负布"。这种以封建正统观念为核心的批评，不能不是包含着政治偏见的批评，不能不是主观的批评。

　　但是，毛宗岗的批评也有不完全为政治偏见所歪曲的一面，有不完全抹煞客观实际的一面。他只是出于政治偏见，从政治上否定曹操，又由此而从品质上（政治品格上）以一个"奸"字否定曹操。但他并不笼而统之谤毁曹操。在曹操的行为、品格与正统观念无尖锐冲突的场合，毛氏是看到而且承认曹操的优长之处。如对讨董卓战争中荥阳之战时的曹操，毛氏的评价是"曹操此一战，虽败犹荣"。郭嘉说曹操较袁绍有"十胜"，毛氏大部分是承认的。政治偏见并没有完全蒙住毛氏的眼睛，只是在大多数情形下透过正统观念滤色镜而使他不能按本来样子评价曹操，以致歪曲谤毁曹操。对刘备，毛氏自然主要是美化、左袒，但有时也能显其真相。如陶谦让徐州，刘备不受，毛批就不无揶揄："真耶假耶？"刘备携民渡江，毛氏也没有断然否认"玄德之假"。毛氏也看到并指明刘备才具不如曹操，说刘备行事倚仗诸葛亮，而曹操自揽其权独运其谋，且裁断出谋士诸将之上。毛氏也不因政治偏见而回避刘备之失，在对刘封的处置上，他就指出刘备的失误有三；在伐吴问题上，也指出刘备"骄敌极矣，安得不败"。评白帝托孤，说刘备有"权谋通变"的"枭雄之才"。可见，说正统观念是毛氏批评的核心思想可以，却不是毛氏批评实践的全部；说政治偏见在很大程度上支配了他对曹操、刘备的批评可以，却不是他对曹刘批评的全部；更不能从他尊刘抑曹的批评推而广之，误以为他的一切批评都是带着政治偏见的。不，毛氏的批评是以他的历史社会观念为前提和支点的社会—文学批评，但毕竟是偏重历史、社会批评的文学批评，而不是纯粹的历史社会批评。

在毛宗岗的批评里，直接触及时俗时弊的社会批评不少，大都属于他对作品中的人和事所做的批评的引申部分。下面就是几个例子：第四回评曹操"宁教我负天下人，休教天下人负我"之语，揭露"讲道学诸公"，"口是心非，反不如孟德之直捷痛快地"。第五回评刘、关、张厕身公孙瓒背后，为居于人下而不为人所识的志士抒愤懑。第二十八回评张飞责关羽寄身曹营云："能如此以义相责，方是好兄弟。每怪今人好立朋党；一缔私盟，便互相遮护，虽有大过，不嫌其非……"这是颇有政治意味的讽世之言。第五十七回评庞统治耒阳云："彼暗于治者，虽日日醒，犹日日卧耳。"这可以说是直接对当时吏治的横议了。

是的，毛宗岗不是只专注于文学的批评家，他的目光往往直射历史和现实社会，他是社会—文学批评家。这不只是他对评点之学的传统格局的继承，还是他对《三国演义》批评的基本特征所在。

二、性格批评的得失

无论历史的、社会的批评在毛宗岗的批评意识中占多大比重，他终究是个小说批评家，他的批评有许多具体的文学方面的内容。

在文学批评范围，对《三国演义》中人物的性格分析、性格批评是作为小说批评家的毛宗岗最见功力的地方，是毛氏批评文字价值的一个基本方面。

毛宗岗对《三国演义》人物的性格批评也贯彻着他总的社会文学批评的原则，因此他很重视分析人物性格的社会内涵。他的人物分析常常和对人物的历史、社会、道德评价结合。这既是他人物分析的主要内容，又是他人物分析的一个重要方法。可以说毛氏的批评大抵都是史论与人物论相结合的批评，是含历史批评、伦理道德批评在内的人物批评。如第二十三回评祢衡、孔融、杨修三人之才，品结局之同异，既是性格分析，又贯彻着道德评价，这道德评价又和抑曹的正统历史观念分不开。又如第六十一回评庞统劝刘备袭杀刘璋："若孔明处此，则必不然矣。是以庞统之智，虽不亚于孔明；而用谲而不失其正，行权而不诡于道，则孔明又在庞统之上欤！"这也明显地是史论与人物论、性格分析与道德评价的结合。

毛氏所作的某些史论与人物论结合的分析和今天我们所说的分析典型环境中的典型性格有接近的地方。第三十七回分析三顾草庐，说："或谓孔明装腔，玄德作势，一对空头；不若张翼德十分老实。予笑曰：'为此言者，以论今人则可，以论玄德、孔明则不可。孔明真正养重，非比今人之本欲求售，只因索价，假意留难；玄德真正慕贤，非比今人之本不爱客，只因好名，虚修礼貌也。'"这就不是孤立的性格分析，而是把人物置于一定的典型环境中去评论。在小说规定的情境里，孔明是否出山，关系到他一身行事，不能不慎重，不能不确知刘备之诚，这不是什么自高身价，装腔作势的问题；而刘备兵微将寡，他敦请孔明出山，有着实际的政治考虑，孔明出山关系到刘备能否摆脱艰窘处境，争取开辟其一生事业的新局面，根本不是虚修礼貌、装腔作势的问题。

毛宗岗对《三国演义》人物的批评，并不都是从历史、社会批评出发而进入文学批评的，他也常常从文学的角度、从人物塑造的角度提出问题。

首先是他注意人物身份的性格化，注意人物塑造要符合人物身份。第十九回白门楼吕布殒命一段，毛批："写吕布、陈宫、张辽、高顺陆续擒至，各有一样身分。"他还注意人物行动、话语的性格化。第三十四回评刘表："既爱少子，又怜长子；既怜长子，又畏蔡氏。活画一没主意没决断人。"第十六回评辕门射戟中吕布说话："是和事人声口。"

毛氏性格批评，还能既把握人物性格的核心，又把握人物性格的不同侧面。他评张飞不但评出他的猛、恭、粗、直、拙等性格的主要方面或基本特色，还评出张飞有智、巧、曲、乖、细的一面，并且不是孤立地、平列地看这两方面，而是在张飞性格主面和侧面的有机统一中来看张飞。他对长坂桥上的张飞是这样评的："马尾树枝，是张翼德巧处；拆断桥梁，是翼德拙处；莽人使乖，到底是莽。"这就既看到人物性格的多面性，又看到了多面性的统一。他对智取瓦口关的张飞也是这样评的："今日以醉取瓦口之张飞，大非昔日以醉失徐州之张飞，是前后竟有两张飞也。而今日赚张郃之张飞，即前日赚严颜之张飞，是前后原无两张飞也。"从张飞性格有主面与侧面之分来说，是"前后竟有两张飞"，从张飞性格主面与侧面的统一来说，则"前后原无两张飞。"

毛宗岗在人物性格的主面与侧面的统一、性格核心与其多样化的表现的统一中评《三国演义》人物塑造的成就，表明他触及了人物性格刻画的一个重要问题，即性格塑造应当丰满而不是单薄，应当做到个性化而不是类型化的问题。

毛宗岗还触及了在复杂的人物关系中刻画人物性格的问题。《三国演义》是一部长篇小说，事迹庞杂、人物繁多，这就必然带来一个要求，即在人物关系中写人，这要有相应的技巧。毛氏注意的主要有两种基本的技巧：一是以一事写多人，二是在性格冲突中写人。

一事写多人，有虚写，有实写。虚写是透过此人照出彼人。第三十六回，曹仁兵败奔回其大本营樊城，关羽却突然自城中引军而出，大叫："吾已取樊城多时矣！"毛批："不是写云长，是写单福。"因为定计取樊城的是单福。一事写多人也有实写的。第四十六回黄盖甘受皮肉之苦助周瑜行诈降计，毛批："周瑜苦心，黄盖苦肉。苦心不易，苦肉更难。"又说："作者于此，不是写周瑜之智，正是写黄盖之忠；亦只是写黄盖之忠，不是写黄盖之智。"对苦肉计中周黄二人关系讲得很辩证，特别是对黄盖的性格表现讲得恰如其分。

在性格冲突中写人，也有不同情形。第二十八回古城会，张飞疑关羽，绰枪欲战关羽，毛氏指出这是自家兄弟认识不同，个性差异而起的冲突，彼此性格也就在冲突中获得表现。此外，毛氏还注意到《三国演义》在亦敌亦友的性格冲突中刻画人物，在敌对者的性格冲突中刻画人物，并都有相当精当的论述。

毛氏所作的性格批评有什么基本方法可寻吗？有，其法有三。之一，从史论进入人物分析。这已在前面讲过了。之二，从对人物的体验进入人物分析。如第三十六回程昱为曹操罗致徐庶，假拟徐母手书以赚之，而徐庶竟不辨真假，毛批："情切于母子故也。缓则易于审量，急则不及致详；疏则旁观者清，亲则关心者乱。若徐庶迟疑不赴，不成其为孝子矣。故君子于徐庶无讥焉。"这就是体会人物所处具体情境的体验批评，与单纯的论理批评不同。之三，即性格对比分析法，这又分如下几种情形。

一种情况是对人物基本性格作总体的对比分析。第六回总评："观董卓行事，是愚蠢强盗，不是权诈奸雄"；"后人并称卓、操，孰知卓之不及操也远甚！"

一种情况是就作品描写的同一事体、同一场合中人物的不同表现来作人物性格比较批评。第二回张飞怒鞭督邮，毛批："翼德竟将打死之；关公乃欲杀之；而玄德则姑饶之。写三人各自一样，无不酷肖。"第二十一回关羽杀曹操心腹车胄，刘备知道后大惊，懊悔不已，毛批："玄德深心人，故有此等算计。云长直心人，别无此等肚肠。"两人同是豪杰，却各自一样性格。

最后，毛宗岗还就作品的实际描写生发开去，在设想和虚拟中对不同人物的性格作比较分析。关羽屯土山约三事暂依曹操，毛批："使翼德而处土山之围，宁蹈白刃而死，岂有权宜变通，姑与曹操周旋乎哉？"刘备跃马檀溪之后，赵云在江边遍寻不见，撇却蔡瑁，自己继续前去寻找，毛氏批："若使翼德处此，必杀蔡瑁；若使云长处此，纵不杀蔡瑁，必拿住蔡瑁，要在他身上寻还我兄，安肯将蔡瑁轻轻放过，却自寻到新野，又寻到南漳乎？三人忠勇一般，而子龙为人又极精细，极安顿。一人有一人性格，个个不同，写来真是好看。"

毛氏这些话语中性格比较的批评，不但能启发读者，也可以说是用批评参与了、丰富了作品的艺术创造。

毛宗岗的性格批评有两点明显的局限性。第一点，他的批评有时不是尊重作品描写实际的实事求是的批评，而是主观的、观念的批评，人物性格本身的复杂性被一边倒的褒贬评价掩盖。譬如曹操厚待关羽，本来有复杂的性格内容，然而毛氏只见到曹操与关羽敌对的一面，见不到或不承认他们还存在着友善和一定程度上的向慕或尊重对方的一面，只用一个"奸"字去概括曹操待关羽的态度，这样，毛氏对曹操性格和曹操性格塑造的认识就简单化了。除政治偏见外，毛氏的天命观也妨碍他对人物性格作出合乎实际的批评。第五十回评关羽义释曹操，说是"天未欲杀操"，"非公释之"，"实天释之耳"。于是，这一情节对人物性格特别是对关羽典型性格塑造所具有的重要意义，被抹煞了。第九十五回评马谡失街亭也是这样："天方起晋，而人实不能与天争乎"；"而街亭之失，不必为马谡咎，更不必为用马谡者咎。"抹煞了这一情节对塑造马谡、诸葛亮性格的重要作用，违反了作品艺术描写的实际。

毛氏性格批评的第二点局限是他只有具体批评的见地，却缺乏理论的概括和创见，没有提出多少前人未经涉及的理论观点、审美范畴。

给人物以显示性格的最好机会
——读《水浒传·景阳冈武松打虎》札记

古今中外,杰出的作家们塑造人物形象的成功经验大概是不可缕数的。这里我们只谈一条,即千方百计寻觅、安排使人物得以显示其性格的最佳机会。

在实际生活中,人的性格并非随时随地显现,也不是在任何场合都以同等幅度、深度、鲜明程度显现的。性格的显示,需要相应的条件。这些条件,是因人而异、因事而异,而且千变万化的。为了成功地塑造人物形象,作家就需要研究使自己的主人公的性格得以显现的条件,构建展示人物性格的最好场合。

《水浒传》给我们提供了范例。一百单八将,几乎每提到其中一人都能使我们随之想到其性格显示的一处或几处场合。提起鲁智深,怎能不想到拳打镇关西、大闹五台山、倒拔垂杨柳?提起林冲,必然想到误入白虎堂、雪夜上梁山、火并王伦。提起杨志,忘不了他的卖刀、押送生辰纲。提起武松,总想到他的打虎、祭兄,如此等等。尽管《水浒传》对人物的刻画,除了这些场合之外,还写了其他事迹,提供了其他细节,花了其他笔墨——合起来叫作情节。但很显然,这些场合是情节的核心,它们对性格塑造起着主要作用。可以说,没有这些场合,人物性格就失去了光彩,甚至人物形象也许根本就树不起来。可见,在一定意义上说,精心结撰人物性格显示的最佳场合,就包含着形象塑造的成功秘密。现在,我们就借"景阳冈武松打虎"一节,对《水浒传》人物塑造的这一成功秘密作一管窥。

武松打虎一节,以打虎行动为界,分为前后两幅文字。作者目的

外篇：给人物以显示性格的最好机会

是在打虎场合显示武松的英雄性格。作者为了引出这场合，用心郑重之至，用笔深细之至。在打虎主线之前，他先写三条支线。一条支线是武松在"三碗不过冈"酒店吃十八碗酒。这十八碗酒饮得不简单。头三碗是逐碗写，然后三碗作一顿，最后六碗作一顿，共作六顿写。极写酒力不寻常，武松海量豪气不寻常。这饮酒过程，本身就已经具有性格刻画的意义，然而它还只是作者为在打虎场合大力刻画武松英雄性格作铺垫。喝了十八碗酒后，第二条支线即上景阳冈遇虎的线就接上了。人家是三碗不过冈，武松十八碗了还要过冈。店主告诉他冈上有大虫伤人。武松不信："你休说这般鸟话来吓我！便有大虫，我也不怕。"行文至此作一折。武松大着步自过冈来，才到冈下，果然见树上写着大虫之事。武松还是不信，以为是酒家诡诈。至此是第二折。他只管上山。山神庙前见到带印信的榜文，"方知端的有虎"。本想转回酒店，又想："我回去时，须吃他耻笑，不是好汉"，还是上山，"怕什么鸟！且只顾上去，看怎地"！这是第三折。行了一程，天色近晚，别无异常动静，武松自言自语："那得甚么大虫！"又是一折。此时酒力发作，武松踉跄前奔，见一块大青石，放翻身体要睡，死心塌地不信真有虎了。这是第五折。只见发起一阵狂风，"那一阵风过处，只听得乱树背后扑地一声响，跳出一只吊睛白额大虫来。武松见了，叫声：'阿呀！'从青石头上翻将来……"文凡六折，腾挪闪跌，曲曲写尽武松在打虎前对虎的出现虽不是毫无预感，却终是十分意外的特定情势。从过冈到遇虎这过程本身也是具有刻画武松性格的意义的，但到底还只是为打虎场合作准备的又一幅笔墨。好了，老虎终于被作者笔下武松信不信有虎的内心活动的曲折线索引出来了，武松"阿呀"一声的同时"便拿那条哨棒在手里"，他要打虎了。慢着，这哨棒提起的还不是真正的打虎主线呢！它只是最后引导到打虎场合的第三条支线。原来，这一根本来可以打虎的哨棒，远远地，从武松辞别柴进宋江，往这阳谷县来时就点出来了。一路上，随着叙述武松的行止，作者处处不忘点逗这哨棒。就在老虎跳出的前一刻，武松在大青石上躺下时，还特写明武松"把那哨棒倚在一边"。到大虫出现，武松将哨棒拿在手里，这已经是这回书中第十四次写及哨棒了。现在武松要用它打虎了："武松见那大虫复翻身回来，双手轮起哨棒，尽平生气力，只一棒，从半空劈将下来"，这棒好狠！实指望它大奏奇功，不料，"一棒劈不着大虫。原来慌了，正打在枯树上，把那条哨棒折成两截，只拿得一半在手里……"真是惊心动魄之笔，读者万料不及之笔！金圣叹批云："半日勤写哨棒，只道仗它打虎，到此忽然开除，令人瞠目噤口，不复敢读下去。"可是我们又舍不得不读下去。一读下去，才发现异样精彩的打虎文字正从此生发呢！写哨棒的第三条支线完结，真正的打虎场合才出现，武松那令人"心胆堕矣"的徒手搏虎手段才得以施展。正是为了在紧急关头销缴哨棒，作者才一路不断线地写哨棒。为了缔造徒手打虎的场合，作者运笔如橡，真使人惊叹心折。

作六番吃的十八碗酒，撩起武松的英雄傲气，使他"乘着酒兴，只管走上冈子来"，也造成了脚步踉跄几乎要被烈酒醉倒的英雄面对饿虎的情势；分六折写的武松不信有虎、信有虎、又不信有虎的心理发展，渲染着武松"怕什么鸟"的英雄胆气，又造成猝然遇虎的情势；十五次累幅写哨棒，第十六次却使它折做两截，造成猛虎扑来时英雄无所依傍，唯余一副铁拳、一腔胆力、一身本事的情势……醉人遇虎，猝然遇虎，空拳遇虎——三幅笔墨，形容了何止三十种情与景，都为的是最后逼成英雄徒手打虎的场面。这真是"群山万壑赴荆门"，种种情势都归向表现英雄性格的最佳机会。

徒手搏虎的局面出现了，"景阳冈武松打虎"的后半幅文字开始了。从人虎相遇，到人胜虎死，分八个回合写，叙来次序井然，又错落多变。写虎是真猛虎，写人是活英雄。虎与人之外，还有余裕写风沙树石、虎气森森的氛围。大虫怒、英雄斗，风叫、树倒、沙石走，真实的现场感使我们耳鸣目眩、心惊肉跳，可又让我们分明意识到武松是这打虎现场的主角、中心。作者写虎山虎林，全是为了衬托虎；

他写虎,全是为了衬托人;他愈是把虎的凶、猛、声威写得生动、真切、吓人,便愈是写出了武松的镇定、机智、大力神勇、武艺高强。作者时刻不忘他的笔要为武松服务,他写的是武松性格中最重大的一个段落。因此,一方面他在着力写虎时注目于人;另一方面写人斗虎时,也不仅着眼于人的技术、武艺,而是从人的打虎手段中体现其心理状态、性格特征。《水浒传》作者费了那么多笔墨,苦心孤诣地缔造这个打虎场面,正是为了让武松的胆力神威在这个行动中闪射出来。这就好比作者做东道主,请我们看狮子滚绣球,绣球左盘右旋,右盘左旋,引着那狮子左擒右纵,右擒左纵,使出通身解数来,看得我们心紧眼花,忘了喝彩。绣球滚得愈刁钻,就更显出狮子身手的矫健出色。在《水浒传》这半回书中,武松就是狮子,大虫就是球。

"景阳冈武松打虎"的后半幅文字并不写到武松将虎打死就收束。作者既然好不容易造就了打虎这个表现武松英雄性格的机会,他就不肯轻易了却这机会。老虎打死了,打虎英雄武松的性格刻画仍在继续。在作品中,两个猎户见武松从山上下来,大吃一惊:"你那人吃了㺄肆心、豹子胆、狮子腿,胆倒包着身躯!如何敢独自一个,昏黑将夜,又没器械,走过冈子来!不知你是人?是鬼?"作者又借两猎户口中补出"那业畜势大难近","只我们猎户也折了七八个"。又写两猎户听得武松说一顿拳脚打死了大虫都痴呆了,也不肯相信,亲眼见到那大虫做一堆死在那里,才又惊又喜,人们都交口赞佩武松"真乃英雄好汉"。这些描写如一面反光镜,将刚刚完成打虎壮举的武松的英雄形象衬托、映照得更加鲜明、出类拔萃了。

安排表现人物性格的最好场合、机会,对这种场合、机会抓住不放,尽力将文章做足,这是"景阳冈武松打虎"给我们的一点启示。

从《水浒传》和其他名著的实例中我们看到,这种能够有力地显示人物性格的环境和时机,常常是把人物牵掣于其中的矛盾斗争的焦点。构想出这样的矛盾斗争焦点以刻画人物,有如将人物推到一盏高强度聚光灯下,使他的形貌和心灵呈现在读者面前。在人物塑造上,不去描写考验人物的时刻，不让人物历练生活、斗争的风雨是难以树立起坚实的艺术形象的。当然，也不应把在矛盾斗争焦点中刻画人物的要求绝对化。而且，所谓矛盾斗争焦点，也是含义广泛，并具有多样化的表现形式的。因此，到底怎样的场合才是刻画性格的最好机会，要从特定的典型人物、典型环境出发，不能刻板规定。还应当指出，违反生活的逻辑，故意让人物在作者脱离生活地虚构出来的不合情理的情境中不合情理地经受考验也是不对的，因为它不真实。

的确，武松是赤手空拳打死猛虎的英雄，有超乎常人的智勇，但他终究是"人"。他知道老虎是吃人的，而一只虎通常是比一个人强大的。因此，在《水浒传》作者笔下，当武松上景阳冈来看到印信榜文，知道真的有虎时，他是想转身回来的；当武松又怀疑虎的存在，神经的弦已经松弛，突然遇虎，他是"阿呀"一声大惊了一下子的；当恶虎半空扑下时，武松甚至惊得把十八碗酒都作冷汗出了；危急之际，武艺高强的武松一棒竟打不着近在咫尺的大虫；尽平生气力打杀老虎后，他手脚全然酥软了；他不得不在青石上坐下歇半天；这时候这位艺高胆大的打虎英雄在担心："倘或又跳出一只大虫来时，却怎地斗得他过？"他赶紧"挣扎"着下山，"一步步挨下冈子来"；下山半路果然又遇二"虎"，他不能不惊叫："阿呀！我今番死也？性命罢了！"对作品中伴随着武松英雄性格的这些描写，金圣叹批道："皆是写极骇人事，却用极近人之笔。"是啊，武松打虎，事极"骇人"，然而情理却极"近人"，骇人和近人是辩证地统一着的。作者极力写武松的威猛、胆智、勇力，却不给他头上绘上神圣的光轮。他笔下的打虎武松，不是云间缥缈的天神，而是脚踏实地、有血有肉的英雄。作者写打虎事的骇人，掌握一定限度；写打虎人的超卓，亦掌握一定限度。这限度就是忠于生活真实性的逻辑，忠于对人物现实性的认识。这样，打虎的行动和打虎的英雄，都自然可信，没有丝毫扭捏做作之迹、涂饰斧凿之痕。

从生活中发掘、提炼、缔造、刻画人物的最好场合与机会，加以精心锐意的艺术经营,让从生活中概括出来的典型性格在作者布置的艺术聚光灯下分明地、完整地显现出来,这就是我们从《水浒传》作者塑造人物的诸般现实主义手法中吸取的一点教益。

(一九八〇年)

世相、人情与人物
——读《儒林外史》札记

一、笔触不限于儒林

鲁迅说过,《儒林外史》是一部"以公心讽世之书","机锋所向,尤在士林";又说:"凡官师,儒者,名士,山人,间亦有市井细民,皆现身纸上,声态并作,使彼世相,如在目前。"(《中国小说史略》,下文引鲁迅语均出此书)这几句话概括了《儒林外史》既有对世相与人物的广泛描绘,而又侧重于儒林的特点,是很确当的。

《儒林外史》中,叙及其言动的人物约在三百七八十之数。他们各各事迹的详略、描写的繁简、给读者印象之深浅,大有差异。依笔者不甚精确的分类统计,其中,王侯二人,文职官员(现职的与致仕的)三十九人,武职官员十二人,士人(包括真的与冒牌的儒者、名士、山人以及各种读书人)一百人,百姓与市井细民(包括尊卑贵贱的妇孺、各业商人、田牧船猎、医卜星相、佣工杂作、帮闲蔑片、戏子乐工、书吏衙役、总甲保正、妓女嫖客、媒婆乌龟、强盗窃贼、喇子奸棍……)一百八十人以上,其他(和尚、僧官、道士、师姑、太监、"苗酋"等)十六人以上。从这简单的人物分类看,半数以上不属于儒林中人。

从书中情节也可看到,《儒林外史》不但写科场、名场、文场,而且写官场、市场、乡场、武场;不但写儒林,而且写绿林(豪侠强人)、禅林(僧尼道士)、武林(士马金鼓)……在重点写儒林之外,也有些章节与儒林不发生什么关系,或者关系不直接,展示的是明清社会广阔复杂的世相、世情。

这是一部描摹世相的社会小说。在《儒林外史》之前，中国古典小说的流别有志怪、传奇、杂录、讲史、神魔、人情小说等类。《水浒传》《西游记》《金瓶梅》都是图绘历史生活和现实人生的长卷，但是还没有一部作品可以加诸世相小说、社会小说之名。《儒林外史》却正是世相小说、社会小说。《儒林外史》以形形色色的社会相来构成它的艺术世界。光怪陆离的儒林形景是中心画面，周围布置着五光十色的诸般世相。此书名为"儒林外史"，而不名为"儒林内史""儒林正史"，是很有道理的。

二、以描摹世相为依归

《儒林外史》作者吴敬梓写这本书，许多时候不是从写人出发的，而是从描摹世相出发的。这个判断有两点理由支持。

第一，本书的艺术结构，不是以写人为中心的结构，而是着眼于写世相的结构。鲁迅曾经指出这书结构的特点："全书无主干，仅驱使各种人物，行列而来，事与其来俱起，亦与其去俱迄。"这就意味着在作者的构思中，写人不是出发点，写人为的是揭示世相。此一世相需要此一类人物及事迹去写照，彼一世相则需要彼一类人物及事迹去反映。世相回转，人物就招之来，挥之去。于是，全书结构自然头绪繁复而无主干，情节则若断若续。以写人为中心的小说，不会产生这种情形。

第二，鲁迅评《儒林外史》的结构特点，还有一句要紧的话是"虽云长篇，颇同短制"。如果是从写人出发，那么连缀短制而成长篇也不是不可以，《水浒传》就采用连环列传式的结构。《儒林外史》不然，它有些章回的确是人物性格传记，但大部分篇幅不是为人物立传的写法，而是牵来人与事以体现世相的写法。人是梭，事是经纬，织出的是幅幅世相。可以举些例子说明这点。周进、范进在微贱之时是人们鄙视、践踏的对象。他们的性格、他们的遭际，作品写得历历如绘、栩栩如生。中举之时，高发之后，他们的心理以及他们周围世道人心的变化，作品写得很热闹又很严冷。待到围绕着周进、范进从微贱到发达的过程而表现出来的炎凉世态被淋漓尽致地绘出之后，周、范形象随即变得苍白模糊，以致声息屏寂了，因为作者的笔触已转移到体现另一种世相的人与事上去了。

杜少卿是《儒林外史》中性格揭示得最充分的人物之一，作者连续用了三回篇幅集中写他的性格传，这在书中是个特例。但是，读者细加品味可以看出，杜少卿身上和身边体现出来的世相才是作者这几回书的真正的笔趣所在。

牛浦郎学诗（第二十一回）也是一个很能说明此书从写世相着眼的例子。作品让我们看到的原本是一个朴实好学的小伙子。他白天帮祖父牛老儿做小香蜡店生意，晚间到甘露庵里就着神像前微弱的玻璃灯读书。他念的不是追求功名的制艺文章，而是与举业无关的诗。他对老和尚说："我们经纪人家，那里还想什么应考上进？只是念两句诗破破俗罢了。"这想法是本分的、诚朴的。他说自己读诗讲不来的多，"若有一两句讲的来，不由的心里觉得欢喜"，这也说得很实在。作品写出的确实是一个一心学诗而没有什么功利目的的牛浦郎。然而当他得到牛布衣的诗稿，性格即陡起变化。从此他就混充名士，招摇诓骗。牛浦郎前朴诚后狡狯，这种剧变的内在性格逻辑，书中并没有着意揭示出来。作者心神所注的，与其说是写人物，毋宁说是写世相——借牛浦郎其人披露当日"名坛"中这类欺世盗名的世相。

《儒林外史》有牛浦郎学诗，《红楼梦》则有香菱学诗，两相比较是颇有意思的。侍婢香菱学诗的动机是"慕雅女雅集"，这与店员牛浦郎学诗初衷是"破破俗"相仿；香菱学诗的入迷劲与浦郎也相近。但《红楼梦》对香菱学诗的刻画形容要细致得多，而且处处隐现出这个沉潜于诗境，又善能体会诗境的敏慧少女的性格。这就不是对"学诗"的图解，也优于《儒林外史》中对牛浦郎学诗那样比较一般化的叙述。香菱学诗前、学诗中、学诗后，性格都是一贯的。她整个的性格虽随着际遇变化而发展，但始终是她自己，并未变成另一个人。这也不同于《儒林外史》中前后迥异的牛浦郎。《红楼梦》中香菱学诗一节，不但对香菱的描写是注意性格化的，而且对与香菱学诗有关的人物的描写也是性格化的。在黛玉、宝钗、宝玉、探春诸人对香菱学诗的不同态度中都显示着各人的性格。这与《儒林外史》本讽世之心写牛浦郎学诗，笔墨、意趣大不一样。《红楼梦》重在刻画性格，《儒林外史》重在刻画世态，二书的区别是很分明的。

三、声态并作的人物

《儒林外史》的艺术描写以刻画世相为依归，并不意味着它不重视写人物。在小说作品里，人生世相总是要通过各有其生活遭际、各有其性格风貌的人来体现的。注重写世相，就不能不注重写人物。总的说来，《儒林外史》写人物的笔力是与它写世相的笔力相孚的。鲁迅说《儒林外史》写人能"现身纸上，声态并作"，这并非溢美之词。但是由于《儒林外史》的描写以再现世相为依归，遂形成它的写人物具有其特点。

《儒林外史》中写得形象鲜明的人物不少，如王冕、周进、梅三相、范进、胡屠户、严监生、娄公子、权勿用、张铁臂、马纯上、匡超人、潘三爷、牛浦郎、鲍文卿、鲍廷玺、沈大脚、王太太、季苇萧、龙老三、杜慎卿、来霞士、杜少卿、韦四太爷、庄绍光、虞博士、萧云仙、沈琼枝、余大先生、余二先生、王玉辉、凤四老爹……这些人物为什么给我们深刻印象呢？仔细想来，有这么两类情形。

第一类情形，这些人物有突出的特征性言行。范进中举时的痰迷心窍；胡屠户对女婿范进前倨后恭的势利做派，以及他"行凶闹捷报"把范进打醒过来的那一巴掌；严监生临死伸出两个指头，不肯断气，嫌灯盏里点两根灯草浪费；严贡生讹邻家的猪和船家工钱的无赖行径；王玉辉对女儿殉节的先喜后悲；马二先生游西湖的迂迂儒本色；牛浦郎的冒名顶替；沈大脚那张媒婆嘴；道士来霞士被杜慎卿想象为俊男的油晃晃的黑脸；喇子龙老三装扮成僧官太太的丑怪模样……就是这些特征性的言行，赋予人物以鲜明的形象。

这类以特征性言行塑造起来的人物形象，又可分为两种情况。其一，有些特征性言行不但包含着深刻的社会内容，而且包含着深刻的性格内容，如范进中举、严监生之死、王玉辉悲悼女儿；其二，有些特征性言行，只代表了一种世相，而并无深刻的性格内容，如牛浦郎冒名、龙老三丑态。这两种情况，都可以塑造出鲜明的人物形象，但前者的艺术品格却要高于后者，因为小说艺术描写的更高目标是画出人物的性格肖像。

第二类情形，这些人物之所以给我们深刻印象，是因为作品反复皴染他们的基本性格。王冕之隐，杜少卿之豪，凤四老爹的侠，虞博士的儒者气，季苇萧的名士气……都不是靠写他们一二次特征性言行塑造出来的，而是靠写他们一系列表现着基本性格的言行而塑造起来的。以杜少卿为例，作品中写他几件事：敬事已故太老爷的门客娄太爷；接待太老爷抬举过的戏子鲍廷玺；拒绝与盐商、县令应酬；陪韦四太爷豪饮；散漫使钱，接连大把银子赠人；帮助摘了印的王知县；与娘子携手游清凉山；与南京名士的往还。通过这些，把一个洒脱俊逸的大老官、一个轻财好士的豪杰、一个既敦孝又不拘俗礼的名流，形神兼备地刻画出来了。

一者描摹特征性言行，一者渲染主要性格侧面，这就是《儒林外史》的人物形象之所以能"现身纸上，声态并作"的基本原因，也是《儒林外史》塑造人物形象的基本方法。

《儒林外史》人物形象塑造的这种特点与稍微晚出的《红楼梦》不同。《红楼梦》以自由而广阔的性格描绘独步千古，它的人物形象以性格的完整与丰满著称于世。《红楼梦》中人，即使是次要人物，其性格也都具有丰富的内涵；人物的基本性格有多样化的表现形态；

除刻画人物性格的主要方面，还刻画人物性格的其他侧面。《儒林外史》着力的是刻画性格的特征性，《红楼梦》着力的是刻画性格的丰富性与完整性。

中国古典小说史，主要用刻画性格特征的方法塑造人物形象的有《三国演义》《水浒传》。这种方法也能塑造出典型性很高的人物。在这方面，《儒林外史》稍逊于《三国演义》《水浒传》，但成就也是很大的。不过笔者认为，还是《红楼梦》那种充分的、丰满的性格刻画更居上乘，更能体现现实主义典型性格塑造方法的进步性。

《儒林外史》人物形象塑造的成功，除了得力于突出人物的特征性言行与反复皴染人物的主要性格侧面外，还和它写出了人物生活于其中的典型社会环境有关。它的人物是特定社会环境的产物，又是这种社会环境的主人，而且是这种社会环境的体现者。人物与环境融为一体，不可分割。虽说《儒林外史》因为着眼于描摹世相，有时限制了人物性格塑造，但出现在书中的人物，却都是明朝以来普及于士流以至全社会的世风世相的或一部分，或一代表。

四、写人情与写性格

一定时代的社会相，既表现为物质形态，也表现为精神形态。表现为精神形态的，有社会风气与人情。

《儒林外史》写世相，主要是写人心、人情。

小说创作中，写人情与写性格的关系，是值得研究的。在《儒林外史》里，这二者有一致的时候，也有不一致的时候。

当写人情与写性格相一致的时候，就意味着艺术创造的成功。老秀才王玉辉之女死了丈夫，自己立志殉节，公婆不允，王玉辉劝亲家，"亲家，我仔细想来，我这小女要殉节的真切，倒也由着他行吧，自古'心去意难留'。"因向女儿说："我儿，你既如此，这是青史上留名的事，我难道反拦阻你？你竟是这样做罢。我今日就回家去叫你母亲来和你作别。"到家把这话向老孺人说了，老孺人很生气："你怎的越老越呆了！一个女儿要死，你该劝他，怎么倒叫他死？这是甚么话说！"王玉辉道："这样事，你们是不晓得的。"他女儿到底绝食死了，王玉辉仰天大笑道："死的好！死的好！"县里为其女建烈女祠，阖县绅衿祭送，"王玉辉到了此时，转觉心伤，辞了不肯来"。为了排遣悲怀，他出门作游。"一路看着水色山光，悲悼女儿，凄凄惶惶。""见船上一个少年穿白的妇人，他又想起女儿，心里哽咽，那热泪直流出来。"王玉辉悲悼女儿，这合乎人之常情，因而使人同情。他劝女儿殉节，合不合人情呢？似乎不合，老孺人就反对他。但在他自己，这却不是矫情，而是真情。老孺人只指责他呆。是的，他这样做，不是作假，而是真呆。这个深受封建礼教荼毒的迂拙老秀才，真诚地认为女儿殉节是好事。等到女儿殉夫了，他又那样悲恸凄惶，父女亲情冲决礼教观念的屏障，难以止抑。然而，尽管他触景生悲，却丝毫未表现出反悔，没有自责之意。鲁迅评论这一节文字，认为"描写良心与礼教之冲突，殊极刻深"。笔者以为更深刻的是作者在王玉辉形象塑造上，既不回护礼教，也不偏以良心，礼教与良心虽冲突而共处共存，他到底没有写明是良心得胜还是礼教得胜。于是，他笔下的王玉辉，遂成为良心与礼教、人情与性格既对立又统一的活生生的"这一个"。

  要是所写的人情与人物性格不一致，统一不起来，那么，它往往就是败笔，至少不是成功之笔。下面举两组例子。

  第一组例子，因为写人情而失去个性，使人物性格趋于类型化。

  《儒林外史》几次写到人物因为突然发迹而变态的事情。第三回写范进中举，一时"欢喜疯了"，这写得很深刻。但同一回紧接着又写范老太太眼见家业暴发，"忽然痰涌上来，不省人事"。第十二回又写鲁编修接到升迁的朝命，"正在合家欢喜，打点摆酒庆贺，不想痰病大发，登时中了脏，已不省人事了"。这些描写，都有讽刺世情的含义，可同一种世态人情，在不同人身上一再重复出现，从性格塑造的角度看，就可能导致个性消融于人情。

又如,《儒林外史》不止一次讽刺地描写了人们的虚骄之情。第二回写夏总甲在与村人议事时,只管拿拳头捶腰,说:"俺如今到不如你们务农的快活了。想这新年大节,老爷衙门里,三班六房,那一位不送帖子来,我怎好不去贺节?每日骑着这个驴,上县下乡,跑得昏头晕脑……从新年这七八日,何曾得一个闲?恨不得长出两张嘴来,还吃不退。"无一贬词,而情伪毕露,把人物写得现身纸上了。到第四回,类似的言语神态又由胡屠户表演出来:"自从亲家母不幸去世,合城乡绅,那一个不到他家来?就是我主顾张老爷、周老爷,在那里司宾,大长日子,坐着无聊,只拉着我说闲话,陪着吃酒吃饭;见了客来,又要打躬作揖,累个不了。我是个闲散惯了的人,不耐烦作这些事!欲待躲着些,难道是怕小婿怪?惹绅衿老爷们看乔了,说道:'要至亲做什么呢?'"俨然又一个夏总甲。此外,第四回写严贡生吹嘘自己格外得到新任知县的青眼,第二十回写匡超人吹嘘自己的八股文选本"外国都有",第二十二回写牛玉圃吹嘘自己受到国公府的礼请,第三十三国写牛浦郎吹嘘自己与知县老爷爷的相交,也都异异同同。在小说作品中,人同此心,心同此情,不是好事,它会造成形象的叠合、个性的模糊。大概吴敬梓对那种一百多年后被鲁迅概括为阿Q相的虚骄之情看得很多,所以他忍不住在《儒林外史》里反复予以讽示吧。

第二组例子,因为写人情,而违背性格逻辑,使人物形象割裂。

第八回写蘧公孙途遇挂印逃亡的王太守,知道是祖父故交,立即解囊相助,慷慨赠予二百金。这是一种豪士的风度、淳厚的人情。但二人"洒泪分手"之后,他打开王太守留下的枕箱,知道其中一本《高青邱集诗话》乃大内秘藏孤本,顿萌"此书既是天下没有第二本,何不竟将他缮写成帙,添了我的名字,刊刻起来,做这一番大名"之念。他果然这么做了,这是一种宵小的行径、奸伪的人情。两种对立的行径、人情写在同一个人身上,又无性格逻辑贯串,人物形象就给人以割裂之感。同样的情形出现在匡超人身上。在家乡时的匡超人何等志诚,到了杭州之后的匡超人何其奸猾,前后两头却没有性格贯串线,淳厚与奸伪,志诚与奸猾,都是世上所有的人情。但写在同一人物身上,使读者只见其对立,不见其统一,在艺术创造上不能说是成功的。《儒林外史》的作者,有时就这样,只顾揭露世道人心,而忽略了性格的完整与有机统一。

小说应当写人情,但写人情不能脱离性格,写人情要服从于、服务于写性格,而不应相反。使人情与性格割裂,是不妥当的。

在世界文学史上还有这样的情形,有些作家惯于把人物写成某种情欲、某种人情的化身。从文学发展的观点看,这原不失为塑造人物形象的一种方法。有些大作家也曾用这种方法创造出鲜明的人物形象。但这样的人物形象,其文学品格毕竟不是属于最高一级的,这样的人物形象,作为文学典型难免是有缺陷的。普希金就曾这样批评过莫里哀,说莫里哀的人物只是"某种情欲、某种恶习的典型"。似乎我们也可以这样认识吴敬梓笔下的某些人物。

《儒林外史》写世相、写人情、写人物,驱使人物以表现世相、人情。通常情况下,它并没有单纯把人物写成人格化的世相与人情,它的许多人物是有自己的性格生命的。《儒林外史》中的世相、人情、人物,基本上是浑然的三位一体,所以它在中国古典小说史上焕发着独特的思想、艺术光芒。清末出现的《官场现形记》《二十年目睹之怪现状》与《儒林外史》具有相似的体式,都属于社会世相小说,但却没有很好处置世相、人情与人物的关系,不足望《儒林外史》后尘。但《儒林外史》的构思与描写,终究主要不是从人物出发的。这就使书中的世相、人情、人物有时未能达到艺术上的和谐,呈现出人物性格塑造的某些缺失。世相、人情、人物三者关系对于《儒林外史》这类"命意在于匡世"的讽刺性世相小说的创作来说,具有特殊意义。但一般小说的创作就不需要注意世相、人情、人物三位一体的问题吗?笔者以为是需要的。因此,《儒林外史》在写世相、人情、人物上的艺术经验,无论是得是失,都值得探讨,值得借鉴。

(一九八一年九月十日)

《水浒传》的两大批评家李卓吾和金圣叹

在文学史上，因一部文学作品而推出并玉成了两位大批评家，这样的事例是不多的。《水浒传》有这种殊荣。正是由于它，中国小说批评史上两巨子诞生了——李卓吾和金圣叹。他们以对《水浒传》的批评，建立并完成了中国古典形态的小说批评评点之学的体系，影响垂数百年。

李卓吾（名贽，一五二七至一六〇二年）是《水浒传》传世过程中的第一位大批评家。这位明末著名的反封建礼教的斗士另有其思想史上的贡献。他在文学上的建树则主要是突破封建正宗文学观的樊篱，大力推崇被视为俗文学的小说、戏曲，通过自己对《西厢记》《幽闺记》《浣纱记》，特别是对《水浒传》的评点，开辟了中国文学理论批评的新领域——有别于传统的诗歌、散文理论批评的小说（以及戏曲）理论批评。

中国古代关于文学的观念发展到明朝有一个显著的变化，那就是向来不能登文学大雅之堂的小说，由于本身已蔚为大国，又经一些有识之士的积极提倡，终于渐次跻列于文学之林。倡导最力者，首推李贽。在他之前，有作《三国志通俗演义序》（一四九四年）的蒋大器（庸愚子）和作《三国志通俗演义引》（一五二二年）的张尚德。与他同时代的，有汤显祖（一五五〇至一六一六年）、袁宏道（一五六八至一六一〇年）、冯梦龙（一五七四至一六四五年）等人。这就形成了一股新的文学思潮，其要义包括：

（1）抬高小说的身价，认为小说也和经、史、诗、文一样，同为"天地至文""宇宙内大文章"。

（2）将小说的作用提到"有国者不可以不读""裨益风教""为六经国史之辅"，以致"佐经书史传之穷"的高度。

（3）从理论上总结了小说区别于其他文学体裁的某些特点和长处。如"物态人情恣其点染""曲尽情状""感人捷且深"等。

（4）提出了崭新的关于小说创作、批评、鉴赏的若干观念、原则、方法，在注意小说的教化作用之外出现了审美的批评，中国特有的小说批评方式——评点亦应运而生。

在这股文学新潮的推动下，产生了李贽的百回本《批评忠义水浒传》和百二十回本《批评忠义水浒全书》。而李贽对《水浒传》的批评，又转将这文学新潮推涌向前，并成为这一阶段方兴未艾的小说理论批评最璀璨的标志和小说评点学派真正的开山之作。

下面让我们略举数例，以见李贽评点《水浒传》的观点方法之一斑。

例一，关于小说创作原理的揭示。"《水浒传》事节都是假的，说来却似逼真，所以为妙"（第一回批语）；"《水浒传》文字原是假的，只为他描写得真情出，便可与天地相终始"（第十回批语）。这两条批语，涉及了生活真实与艺术真实、虚构与写实、真实性与艺术的生命力等问题。传统的诗评文论是提不出这样的论点的，因为这是属于小说戏剧等叙事性文学体裁的创作特有的问题。正是诸如此类问题的提出，使李贽的《水浒传》评点具有新兴的文学理论——小说理论的特色。

例二，关于小说人物的性格分析和小说人物创造的性格化的理论。第三回批语云："《水浒传》文字妙绝千古,全在同而不同处有辨。如鲁智深、李逵、武松、阮小七、石秀、呼延灼、刘唐等众人，都是急性的。渠形容刻画来各有派头，各有光景，各有家数，各有身份，一毫不差，半些不混，读去自有分辨，不必见其姓名，一睹事实，就知某人某人也。"这类批语不少，对具体小说人物性格塑造一语中的的评述更多。于此可见近代和现代典型创造论的滥觞。

例三，李贽不但注意《水浒传》艺术创造之得，而且注意其失。情节、性格、描写不符情理的，他批："不像。"思想迂腐处、文字累赘处、叙述板滞处，他批："扯淡""删""不济不济"。这是基于对小说美学的实际把握而作的审美批评。

例四，李贽常由评点引申开去或借题发挥，作尖锐泼辣的社会批评。"顾大嫂一妇人耳，能缓急人如此。如今竟有戴纱帽的，国家若有小小厉害，便想抽身远害，不知可为大嫂作婢否也。"（第四十九回批语）"不知强盗是官府，官府是强盗"（第五十回批语），"在朝强盗"比绿林强盗"还多些"（第五十七回批语）。这样的社会批评所在多有。此外，骂"道学先生"，骂"今之食君禄而不能为其主者"，讽刺世态人情等，都在评点中表出。李贽开了小说评点寓政论性、带杂文味的风气，日后成为评点之学的一种传统格局。

例五，李贽评点之笔富感情而饶趣味。"天下文章当以趣为第一"（第五十三回批语）。这个"趣"在他属美学范畴。他欣赏《水浒传》人物、情节、描写之"趣"，他对《水浒传》的评点也重审美之"趣"（包括调侃之笔），评点者的感情常凝诸笔端。这种评点作风也影响后来。

以上约略例举，只是大概显示《水浒传》的第一个大评家李贽在新兴的小说理论批评领域里开辟草莱的若干足迹而已。李贽是这片处女地的开拓者，是小说评点学派的真正奠基人和宗师。

李卓吾故去后几年，金圣叹出生。

金圣叹（名人瑞，一六〇八至一六六一年）是中国小说评坛的一大怪杰。他的思想兼有卫道与"叛逆"、正统与"异端"、反动与开明、昏庸与清醒的二重性。看不到他本质上的保守性、反动性是不对的，否认他有惊世骇俗、桀骜不驯的锋芒也不全面。他的主要文学业绩，是对《水浒传》《西厢记》的评点。他是《水浒传》传世过程中的又一大批评家。生前死后，他作为批评家的才具都惹人注目。其人"颖敏绝世""手眼独出""下笔机辩澜翻"（梁章钜：《归田琐记》）。其批评文字"透发心花，穷搜诡谲"（毛庆臻：《一亭杂记》），"亦爽快，亦敏妙，钟惺、李卓吾之徒望尘莫及"（徐珂：《清稗类钞》）。"一时学者爱读圣叹书，几于家置一编"（梁章钜：《归田琐记》）。这些前人的评价也许有张大其词之处，却并非无中生有之谈。

金圣叹是自明代开始的、以李卓吾为中坚的那股重视小说戏曲的新兴文学思潮的推波助澜者和发扬光大者。他赓续李贽在小说理论批评上开创的事业，并后来居上，使之获得全面的、深入的长足进展，将小说理论批评推上了又一新阶段。他对中国文学理论批评发展史的特殊贡献，可以归纳为两个方面。

一方面，金圣叹阐发了小说、戏剧等叙事文学创作不同于诗歌、散文写作的若干特殊规律。例如，关于艺术虚构，金圣叹简括地指出了一般史传文的写作与小说创作的分野，一者乃"以文运事"，一者乃"因文生事"（《第五才子书·读法》）；金圣叹又指出，小说家的"因文生事"并非任意杜撰，而要有"十年格物"的功夫（《第五才子书·序三》），要"善体人情"（《水浒传》第三十四回批语），要遵循生活的逻辑"依枝安叶，依叶安蒂，依蒂安英，依英安瓣安须"（《水浒传》第八回批语）。这些都是很有价值的见解。

尤其值得注意的是金圣叹对小说（以及戏剧）塑造人物、刻画性格问题的认识。金圣叹深刻地指出，一个小说家的创作冲动不是由"事"引起，而是由"人"引起的："或问施耐庵寻题目写出自家锦心绣口，题目尽有，何苦定要写此一事？答曰：只是贪他三十六人便是三十六样出身，三十六样面孔，三十六样性格，中间便结撰得来。"（《第五才子书·读法》）金圣叹又正确地指出，小说家对人物性格必须深入体验、孕育成熟，"经营于心，久而成习"，达到"薄暮篱落之下，五更卧被之中，垂首撚带、睇目观物之际皆有所遇"（金圣叹伪托的《施耐庵自叙》）的程度，使"一部七十回一百有八人轮回稠叠于眉间心上"（《水浒传》第十三回批语），才能塑造成功。金圣叹总结了《水浒传》刻画人物的许多艺术技巧，如"一样人便还他一样说话"(《第五才子书·读法》),注意人物"各自有其胸襟,各自有其心地,各自有其形状,各自有其装束"(《水浒传》第二十五回批语)等。金圣叹还精确地指出,一部小说的艺术生命力的久暂系于人物性格塑造成功与否:"别一部书看过一遍即休,独有《水浒传》只是看不厌,无非为他把一百八个性格都写出来。"(《第五才子书·读法》)这些都是深得小说创作三昧之言。在中国古典文学理论批评史上,正是金圣叹以前人未曾达到的广度、深度和完整程度,建立了以性格塑造为中心的文学理论批评的观念和方法。

作为批评家的金圣叹的贡献,还有一方面,即他提供了一种比较完整的针对小说等叙事文学(不是针对一般诗、文)的批评论。这是一种以作品人物性格分析和性格塑造评价为核心的文学批评,探究人物心理、性情、行动、语言和人物关系,求索作家塑造人物的用心、技巧、得失,是他的批评论的主要内容。这是一种教化观念与鉴赏态度相结合的批评,他每每透过作品生发出对现实社会、人生世相的讽喻、议论,而仍以对作品的赏鉴为依托;他常常沉潜于作品、浸淫于审美陶醉的境界,读者读他的书,受到启迪的同时还获得审美的快感。金圣叹是以小说戏曲理论批评的出现为标志的我国古典文学理论批评转向近古期极有特色的批评家,是我国小说理论批评的古典学派——评点派最主要的代表者之一,小说评点之学经他的手已完全成熟,以致评点派的后来者已难于逾越了。

金圣叹的小说理论批评有其消极面。他在《水浒传》评点中并不隐讳而是强调其仇视农民造反的反动倾向性。他腰斩《水浒传》的反动目的十分明显。纯粹从文学角度言之,金圣叹重视天才而走到天才论,讲究"文心"而趋于穿凿,突出批评家本人的审美个性而陷于主观片面、唯心主义、唯美主义、趣味主义、硬套八股作法、歪曲篡改原著。这些劣迹在他的评点中都是容易指摘出来的。

论批评家金圣叹

一

　　金圣叹是生活于明末清初的小说、文学批评巨子。他是我国传统的小说、文学批评评点学派最大、也最令人瞩目的代表人物。三百年来，对他毁誉不息。一九四九年后，研究金圣叹的论文发表了一些，也是是非纷纭。出版的几部中国古典文学理论批评史专著，多置金圣叹于弗顾。这都反映了一个事实：金圣叹在中国古典文学理论批评史上的地位并未确立，他的小说、文学理论批评遗产还没有得到确当的评价。这与金圣叹三百年来的实际影响、与金圣叹文学批评的客观内容是不相称的。

　　形成这种状况，大概与我们的中国古典文学理论批评史研究，存在着受传统正宗文学观的束缚，忽视小说理论批评的偏颇有关。因此，不但金圣叹未能以相应的地位入史，就是整个古典小说理论批评也未能以相应的地位入史。这且不去说它。这些年来，阻碍金圣叹获得入史地位的，与其说是学术的原因，毋宁说是政治的原因。研究者们实际上是把金圣叹当作一个政治人物来看待，而不当作文学、学术人物来看待。金圣叹的研究中，着眼的是政治，而不是学术。或者看不到金圣叹的学术，或者把学术问题混同为、归结为政治问题。金圣叹是反动封建文人的名声，压倒、淹没了金圣叹是有历史贡献的文学批评家的名声。

　　一九四九年后的金圣叹研究，主要有这样三个问题：①金圣叹与"哭庙案"的关系和金圣叹之死，以探究金圣叹在社会实践中的政治态度；②金圣叹腰斩《水浒传》以及他的《水浒传》批评，以探究金圣叹对农民和农民起义的态度、对封建王朝和封建官吏的态度;③金圣叹的批改《西厢记》,以探究金圣叹对封建礼教的态度。

仿佛约定俗成般,大都把金圣叹的政治面貌、政治立场作为研究的课题。金圣叹的小说、文学批评实践则被认作金圣叹政治观念的派生物,或认作金圣叹政治行为的一部分,成为论证金圣叹政治态度的材料。

这明明是究其政治,舍其学术。按常理言,研究金圣叹的政治面貌之所以必要,乃是因为借此可以更深入、更全面地认识金圣叹的学术面貌。结果却是倒过来,以对金圣叹的小说、文学批评的研究来说明金圣叹的政治倾向。难道我们研究的是一个政治家、思想家,而不是一个文学批评家么?研究一个文学批评家,就应以研究他的文学批评活动为主,以研究他的政治、思想面貌为辅。否则,我们研究工作的目的性、科学性何在呢?

还有,一些研究者习惯于以研究对象政治表现好坏为其学术成就高低的衡器。认定金圣叹是个罪不可赦的反动封建文人的人,也就认为他的文学批评渺不足道。称扬金圣叹文学批评价值的,就去找他思想中的民主性因素。其实金圣叹政治上的反动或进步,并不能称量其文学批评有无学术价值与价值大小。所谓臧否古代文艺和文艺家的标准,在其对人民的态度如何与在历史上有无进步意义,这未必是科学的。柏拉图在雅典民主势力上升时代,顽固维护贵族统治,反动无疑,但因此而把他在政治思想史、哲学史、美学史上的地位一笔抹倒或加以贬低,说得通吗?行得通吗?同样,金圣叹反对农民起义,维护封建统治不假。封建时代文学家、学术家中又有几人能逾此限?但因此而一笔勾销或贬低金圣叹文学批评的史的地位,也未必说得通,行得通。

在金圣叹研究中还反映出一种并非孤立偶然的现象:对那位三百年前的古人的评价,颇受当今政治的影响。二十世纪六十年代初,学术界曾经在金圣叹研究上展开过争鸣。随着政治气温升高,对金圣叹否定、批判的调子也升高了。到了六七十年代评《水浒传》运动时，金圣叹评价更是一边倒：骂个狗血喷头。近两年，金圣叹研究的空气才又松动了。这是在进行学术研究吗？是，也不是。不但受当今政治左右，还受过时政治制约。胡适在二十世纪二十年代考证中国古典小说的论文中对金圣叹发表过看法。他的意见有错的，也有合理的。但因为胡适反动，他对金圣叹的见解就只能是谬论，一无可取。又因为胡适本人反动，他越欣赏金圣叹我们就越应否定金圣叹，流行的逻辑如此。另外，鲁迅在二十世纪三十年代写杂文谈过金圣叹。他立足于当时政治、文化斗争的现实情况，借题发挥，立意精警。也由于并非单纯指金圣叹立论，所以若仅对文学批评家金圣叹的科学评价言之，鲁迅的意见有十分中肯的地方，也有还可商榷的地方。但后来的研究者援引鲁迅的说法，却不去理会鲁迅的见解是带着二十世纪三十年代政治斗争的烙印的，从而自己受过时政治之囿而不知觉。

总之，在客观环境和主观意识上，政治和政治性因素对金圣叹研究的干预真是非同小可。其实，这种情形又何止发生在金圣叹研究上呢。

二

我们这篇文章，不想把金圣叹作为一个政治人物来研究，而是把金圣叹还原为一个文学批评家来研究。这并不意味着我们要回避对金圣叹的政治分析。不，金圣叹是一个政治倾向性很鲜明也很复杂的文学批评家，不分析他的政治倾向，就不能认识他的文学观念、批评原则、批评标准、批评方法。

金圣叹的文学批评渗透了封建功利主义。我们从他的《第五才子书·序一》看到的金圣叹，简直是一个死硬的封建卫道士、封建愚民政策的宣讲师。他向封建统治者进言：不得"纵天下人作书"。他说："民不知偷，读诸家之书，则无不偷也；民不知淫，读诸家之书，则无不淫也；民不知诈，读诸家之书，则无不诈也；民不知乱，读诸家之书，则无不乱也。"他认为："非圣人而作书，其书破道；非天子而作书，其书破治。破道与治，是横议也。横议，则乌得不烧？横议之人，则乌得不诛？"他并且主张："一诛不足以蔽其辜，一烧不足以灭其迹。"真是比封建当局的决策人更加张牙舞爪。然而金圣叹知道，自己"身为庶人，无力以禁天下之人作书"，于是他用心良苦，想出一个批书的方法以卫道："忽取牧猪奴手中之一编，条分而节解之"，使天下人知道"圣人之作书以德，古人之作书以才"，而"诚愧其德之不合"，"诚耻其才之不逮"，"反能令未作之书不敢复作，已作之书一旦尽废"。金圣叹为自己想出的这个主意沾沾自喜："是则圣叹廓清天下之功，为更奇于秦人之火。"他踌躇满志："虽不敢自谓斯文之功臣，亦庶几封关之泥丸也！"这就是金圣叹宣称的他评点"才子书"的初衷。通过这自白，我们见到的金圣叹是一个可恶复可哂、反动又昏庸的角色，一个不在其位而谋其政的封建统治阶级帮忙与帮闲文人的形象。

他果然在批书中贯彻这图谋。他批杜诗，宣传"倦倦不忘君父"，"满肚皮忠君爱国"；他批《西厢记》，调和守礼与叛礼的矛盾；他批《水浒传》，骂水浒义军为"凶物""恶物"，骂宋江"倡聚群丑，祸连朝廷"，他恨不得"有王者作，比而诛之"。他通过自己的评点，"诛前人已死之心"，"防后人未然之心"，他极力把那些已经广为流传，无法禁毁的"才子书"解释为"明圣"之书。他极力抹煞《水浒传》《西厢记》所具有的"叛圣"的锋芒。他故意无视事实，说"施耐庵本无一肚皮宿怨要发挥出来"（《第五才子书·读法》）。他故意扭转读者视线，把《水浒传》说成是"昭法戒，防未然，正人心，辅王化"的书（《第五才子书·宋史纲史臣断》）。他将自己的意向强加于《水浒传》作者，说"乱自下生，不可训也，作者之所必避也；乱自上作，不可长也，作者之所深惧也"（《水浒传》第一回总批）。他的目的，是用他的批评使《水浒传》《西厢记》的叛逆性，使它们的"破道""破治"与"横议"的力量泯灭、"尽废"、发挥不出来，甚至使原书的思想主题变质。这种有时做得相当精巧的阉割原书精神实质的批评手术，在某种程度上"更奇于秦人之火"。

他十分强调那些"才子书"作者的"才子锦心绣口"也别有作用。他甚至说这些"才子书""乃是天地妙文"，"不是何人做得出来，是他天地直会自己凭空结搜而出"（《第六才子书·读法》）。而才子之所以为需人不可及者，就在于他对"天付""天赐"的文章能"灵眼觑见，灵手捉住"（《第六才子书·读法》）。"夫非非常之才，无以构其思也；非非常之笔，无以摘其才也；又非非常之力，无以副其笔也。"（《水浒传》第十一回批语）这些说法，除表现了纯艺术欣赏的趣味和艺术创作天才论的观念外，还有一种用心，就是教戒天下那些非"才子"，"令未作之书不敢复作"，金圣叹以此作为"封关之泥丸"。

如此看来，金圣叹即令作不成封建统治阶级"斯文之功臣"，也是封建统治阶级文化别动队的一员干将了。

然而，金圣叹的政治观和文学观有他另一面，有并不极端反动顽固而是比较开明开通的一面。他继承了孟轲的民本思想，而结合了对现实的认识、批判。他思慕"三代盛王"，说"王者有功天地，只是于百姓心地上诚极苦心"（《释孟子四章》）。他说："君子以为天子之职，在养万民；养万民者，爱民之命，虽蜎飞蠕动，动关上帝生物之心。君子之职，在教万民；教万民者，爱民之心，惟一朝一夕，必谨履霜坚冰之惧。"（《第五才子书·宋史纲史臣断》）金圣叹有他政治上的理想主义，这自然是针对现实的非理想性而发。他所处时代，找不到这样的圣君贤臣。他看到的是百姓"失教"、饥寒、有才与力而不得用，不免"无端入草，一啸群聚，始而夺货，既而称兵"。金圣叹与众不同的是，面对所谓"流贼遍天下"的局面，他声讨致罪的固在"流贼"，更在"天下"。他明确地说："然其实谁致之失教，谁致之饥寒，谁致之有才与力而不得自见？'万方有罪，罪在朕躬'，成汤所云，不其然乎？"（《第五才子书·宋史纲史臣断》）可见，在明末阶级矛盾尖锐、农民起义风起云涌的社会环境里，金圣叹阐述孟轲的民本思想，其中有着他对现实政治的比较清醒也比较开明的反省。他那"盖盗之初，非生而为盗"，而是当局者不知养民、不知教民所酿成的观点，并未背离儒家道统，是以维护封建统治为前提的，根本不包含对"盗"的原恕、容忍成分，更不必说赞成了。他不过是幻想改良政治以消弭产生"盗"的社会根源。但从金圣叹的这种观点可以看出，他与封建统治阶级中的顽固派，却有区别。他毕竟敢于涉及官逼民反、乱自上作的客观现实，他公然指陈时政之弊，对滥官污吏表示了极大的憎恶，从封建统治阶级根本利益考虑，劝当局改善老百姓的处境。他批《水浒传》贯彻了这种思想。他参加抗粮哭庙的行动，是这种思想使然。于是他被封建统治者视为叛逆、异端，"被官绅们认为坏货"。其实，"倒是冤枉的"（鲁迅语）。正因为金圣叹对现实的认识有比较清醒和开明的一面，所以，尽管他以"廓清"所谓"破道""破治"与"横议"之书为己任，尽管他对《水浒传》《西厢记》的批评在思想政治立场上有许多昏妄之处，然而他毕竟欣赏和崇奉这两部不折不扣的"叛圣"之书为"天地至文"。如果金圣叹的政治观、文学观与这两部书的思想艺术内容截然对立，没有任何同一性、一致性，就不可能如此。而且，尽管他在主观上竭力要把《水浒传》《西厢记》批为"明圣"之书，客观效果却是扩大了这两部"破道""破治"与"横议"的书的影响。事实上，金圣叹并没有歪曲这两部书的全部内容。他对这两部书的某些并非次要的思想内容，是加以阐发的。他在实际批书过程中，不得不违反了自己订下的作书不许"横议"、不许有"一肚皮宿怨要发挥出来"的戒律，而时时"横议"，时时发泄对滥官弊政和某些传统观念的一肚皮宿怨。他并且说："寓言稗史亦史……庶人之议皆史也。庶人则何敢议也？庶人不敢议也。庶人不敢议而又议，何也？天下有道，然后庶人不议也。今则庶人议矣。何用知其天下无道？"（《水浒传》第一回批语）这种态度，在封建当局者看来，显然是不驯的、不守本分的。

　　是的，金圣叹的政治思想和文学思想不能用反动一词笼而统之。

在中国古典文学理论批评史上，有一个提倡"发愤著书""抒愤懑"的传统，也有一个提倡"温柔敦厚"的"诗教"的传统。一般说来，前者的倾向是进步的，后者的倾向是保守的。金圣叹的文学批评，则二者包而涵之。一方面，他在《第五才子书·读法》中否定李贽《忠义水浒传序》说"《水浒传》者，发愤之所作也"的主张，针锋相对地说施耐庵并无怨愤要发；另一方面，在更多的场合，他却又肯定《水浒传》"作者胸中患愤之极"（《水浒传》第十四回批语），作者"发愤作书……其号耐庵不虚"（《水浒传》第六回批语），"为此书者，吾不知其胸中有何等冤苦，而为如此设言……后之君子，亦读其书哀其心可也"（《水浒传·引首》）。这两种说法是矛盾的，在金圣叹意识中却又是统一的。他的《水浒传》第十八回总批云："此回前半幅借阮氏口痛骂官吏，后半幅借林冲口痛骂秀才。其言愤激，殊伤雅道。然怨毒著书，史迁不免，于稗官又奚责焉。"这批语典型地表明了金圣叹批评观念中"温柔敦厚"诗教与"发愤著书"传统的融汇包举。他对书中的痛骂语愤激语，因"殊伤雅道"而有所保留，却并非全盘反对（他在《水浒传》第三十一回的批语中也说："骂世语，竟似李贽恶习矣。然偶然一见即不妨，但不得通身学李贽，便殊累盛德也"）。不但不全盘反对，而且援引司马迁之例，对"怨毒著书"加以认可。金圣叹批杜诗也是如此，既主张"好手不肯作唐突语蹦磕时事"《杜诗解·秋兴八首》），又认定"寓讥切时政意"是好的（《杜诗解·赠陈二补阙》）。金圣叹本人在《水浒传》评点中借题发挥的"骂世语"和"寓讥切时政意"之处，简直多得不胜枚举。即以他在总批中有所保留的《水浒传》第十八回为例，他自己在夹批中就顾不得"伤雅道""累盛德"，直是"怨毒批书"。在阮小五骂官为"虐害百姓的贼"下批："官是贼，贼是老爷。然则官也，贼也；贼也，老爷也。一而二，二而一者也。"在阮小二拿起锄头杀公差下批："快事快文。乡间百姓锄头，千推不足供公人一饭也，岂意今日一锄头已足！"这样的批语，还不"愤激"？还不"发愤"？与李贽批评《水浒传》中的"骂世语"有何差别？金圣叹的批评，能说是彻头彻尾反动的？金圣叹的文学观，能说一丝一毫进步性也没有？

金圣叹是卫道者，但绝不同于腐儒冬烘之辈。他对封建统治阶级忠心耿耿，但他对滥官弊政和某些封建观念的批评讽刺却辛辣尖刻不过。他站在造反的人民的对立面，但他有时为民请命。他的文学思想本质上不背儒家传统，而多有惊世骇俗之言，推陈出新之论。金圣叹的政治观念与文学观念、批评观念，兼有卫道与叛逆、正统与异端、反动与开明、昏庸与清醒的二重性。这二重性的对立统一，就是批评家金圣叹个性的核心。

三

金圣叹作为一个文学批评家的价值，主要不在于他的政治思想、文学思想中有某些开明的、进步的因素，而在于他对中国古典文学理论、文学批评历史发展的特殊建树。

中国古代关于文学的概念发展到明朝有一个显著的变化，那就是小说终于跻于文学殿堂。在那以前，小说是向来不算文学的，小说只在下层社会才有地位。上流社会的正人君子不看或不公开看小说，当他们酒后茶余以小说消闲时，"小说就做着篾片的职务"（鲁迅语）。到了明代，有一些文人起来为小说的文学地位请命。最有影响的是李贽、袁宏道、冯梦龙、汤显祖等人。他们的意见，归纳起来有几点：①将小说提到与经、史、诗、文等列的地位，认为优秀之作同为"天地至文""宇宙内大文章"。②将小说的作用提到可为有国者借鉴、"裨益风教""为六经国史之辅"以至"佐经书史传之穷"的高度。③从理论上总结了小说有别于其他文学体裁的某些特点和长处，如"极摹人情世态之歧，备写悲欢离合之致""物态人情恣其点染"；广泛反映生活，"无所不通""无所不有""无所不解""无所不该"；语言通俗易懂，"曲尽情状""胜于史文""感人捷且深"等。④在强调小说的教化作用（教育作用、认识作用）之外，开始有了鉴赏的、审美的批评，注意到小说创作的某些艺术技巧，提出小说阅读之"趣"与审美的满足等问题。要之，随着文学历史发展的客观进程，小说在明代已蔚为大国，传统的诗文为正宗的文学观念受到了挑战，一股为小说文学地位辩护、抗争的文学思潮出现了，认真探讨小说这种并非新兴但历来不被承认的文学样式的新兴文学理论——小说理论萌发了。与此同时，并行和合流的，是肯定戏剧的文学地位和探讨戏剧创作理论的思潮。这股新的文学思潮尽管还没有强大到足以动摇传统文学观念统治的程度，但它无疑引起了传统文学观念的变化。这变化的历史意义，不在发生于魏晋南北朝时期的文学观念的大变化——从"文""笔"之辨中反映出来的纯文学观点的确立以下，因为它是近代、现代以小说、戏剧为大宗的文学观念的滥觞。

　　金圣叹是赓续并且大大加强和发展了明朝这股新兴文学思潮的批评家。他认为"稗史亦史"（《水浒传》第一回批语），"孔子云诗可以兴，吾于稗官亦云矣"（《水浒传》第二回批语），"谁谓稗史无劝惩哉"（《水浒传》第十四回批语），"稗官之作，其何所仿？当亦仿于风刺之旨也"（《水浒传》第十八回批语）。他将《水浒传》《西厢记》与《离骚》《庄子》《史记》《杜诗》并列为六部才子书，一同顶礼膜拜（《三国志通俗演义序》），他将《西厢记》与《诗经》的《国风》比例（《第六才子书·读法》）。他说"《水浒》胜似《史记》"（《第五才子书·读法》），"天下之文章无有出《水浒》右者"（《第五才子书·序三》）。他对《水浒传》《西厢记》评价之高无以复加。鲁迅曾说过："他抬起小说传奇来，和《左传》《杜诗》并列，实不过抬了袁宏道辈的唾余。"是的，在这一点上，金圣叹并不是开风气的，他是推波助澜的。但是从古典文学理论批评史角度看，李贽袁宏道辈倡议之功不可没，金圣叹后继之功亦不可没。而且，实事求是地说，金圣叹也不仅仅是拾袁宏道辈唾余而已。在金圣叹"抬起小说传奇来"的观点后面，有他的文学思想的一套新内容，有他的为前人所未道或少为前人所道的小说、叙事文学创作论与批评论。

金圣叹阐发了小说戏剧等叙事文学创作不同于诗歌、散文写作的若干特殊规律。

首先让我们考察一下金圣叹对小说（以及戏剧）创作的艺术虚构问题的认识。金圣叹比较了《史记》及一般史传文学的写作与小说创作的区别，认为前者是"以文运事""先有事生成如此如此，却要算计出一篇文章来"，后者则不然，是"因文生事"，"只是顺着笔性去削高补低，高低都由我作"（《第五才子书·读法》）。也就是说，小说之作不是摹写已有之人、已成之事，而是"因文生事""顺着笔性"，即依小说艺术的要求而"由我作"，即由小说作者去结撰的。即或小说中的人与事在实际生活中有影子，而小说作者写来也不能"张定是张，李定是李"，小说写作绝离不开虚构（《水浒传》第二十八回批语）。但在作者是虚构的,在读者必认作实有,方见作者笔力。《水浒传》就是范例。"《宣和遗事》具载三十六人姓名，可见三十六人是实有。只是七十回中许多事迹，须知都是作书人凭空造谎出来。如今却因读此七十回，反把三十六个人物都认得了，任凭提起一个，都似旧时熟识。文字有气力如此。"（《第五才子书·读法》）金圣叹关于艺术虚构对于小说创作的意义和作用的见解，的确把握了小说等叙事文学的创作不同于史传文以至一般诗文写作的最基本的特点。

金圣叹这个有价值的见解，有它的积极面，也有它的消极面。由于他认识到虚构不能是虚幻妄诞的，必须"有化工之能"（《水浒传》第十六回批语），即具有真实生活的外貌，并且使读者有"似旧时熟识"之感，所以他强调作者必须"格物"，要有"十年格物，而一朝物格"的功夫（《第五才子书·序三》）；必须"处处设身处地而后成文"（《水浒传》第十八回批语，又《西厢记·酬韵》批语）；必须"善体人情"（《水浒传》第三十四回批语）；必须"烛物如镜"（《水浒传》第二十四回批语）；艺术创造必须遵循生活逻辑，"依枝安叶，依叶安蒂，依蒂安英，依英安辩安须""盖必有不得不然者也"（《水浒传》

第八回批语）。金圣叹是强调对生活的体察的，这是他关于艺术虚构的见解的积极面。

然而，也应该指出，金圣叹关于艺术虚构的见解有过分偏重"因文生事"的"文心"而颠倒生活与艺术关系的消极面。一是他常常把艺术虚构夸张为"凭空造谎""凭空撰出"（《水浒传》第二十五回批语），谬赞施耐庵"从空结出两层楼台"（《水浒传》第十二回批语），是"飞梁架筒造五凤楼手"（《水浒传》第十九回批语）；二是他常常割裂"文心"与生活的关系，将"文心"的生活基础抽空，或使"文心"高踞于生活之上，说什么《水浒传》"一部书从才子文心捏造而出，并非真有其事"（《水浒传》第三十五回批语），书中许多人与事都是为了显示"奇恣笔法"、"弄奇作怪"文字、"绝妙奇文"而"特特倒装出"来的。金圣叹之所以有这种谬误的见解，乃是由于：①他的保守反动的政治倾向使然。他在《水浒传》第十八回总批中说："何涛领五百官兵、五百公人，而写来恰似深秋败叶，聚散无力。晁盖等不过五人，再引十数个打鱼人，而写来便如千军万马，奔腾驰骤，有开有合，有诱有劫，有伏有应，有冲有突。凡若此者，岂谓当时真有是事，盖是耐庵墨兵笔阵，纵横入变耳。"他不愿意承认农民造反者凌驾于官军之上这种形势的现实性，在这一点上他和《水浒传》作者相反。所以他说这不是"真有是事"，而是作者的"墨兵笔阵"。他可以悬空欣赏这种"文心"，却不肯把这种"文心"落到现实生活实处。也正因此，他可以极度推崇《水浒传》，却要说这部书是"才子文心捏造而出"，"一百八人七十卷书都无实事"（《水浒传》第十三回批语）。②他的消极虚无的世界观使然。他在《水浒传》第十九回小喽啰对林冲禀报"娘子被高太尉威逼亲事，自缢身死"下批云："颇有人读至此处，潸然泪落者，错也。此只是作者，随手架出，随手抹倒之法。当时且实无林冲，又焉得有娘子乎哉？不宁唯是而已，今夫人之生死，亦都是随笔架出，随笔抹倒……"他把宇宙、人生都看作虚空，当然也把文艺创作、把作品中的人与事都看作虚空了。③他复杂矛盾的文艺观使然。他的文艺观的确有唯美主义、趣味主义成分，所以屡屡说《水浒传》作者"只是饱暖无事，又值心闲，不免伸纸弄笔，寻个题目，写出自家许多锦心绣口"（《第五才子书·读法》），只是"灯下戏墨"（伪托的《贯华堂古本水浒传施耐庵自序》），只是"洒墨成戏"（《水浒传》第十九回批语）。上述这些金圣叹文学思想的消极倾向在他批《西厢记》中也时时流露。问题已经超出了他对艺术虚构的看法的正确与谬误的范围，而属于他对文学与现实关系看法的正确与谬误的问题了。金圣叹的这些观点（包括其正确部分与谬误部分）都是明清之际我国古代文学理论批评向小说等叙事文学领域突进的反映，是新的开拓，不是传统的诗文理论包含的那些东西了。

其次让我们来概述一下金圣叹对小说和戏剧创作塑造人物性格问题的认识。如果说艺术虚构是小说等叙事文学创作的基本手段，是小说戏剧创作区别于一般诗文写作的一条特殊规律，那么塑造人物性格则可以说是小说等叙事文学创作的基本任务，是小说戏剧创作区别于一般诗文写作的又一条特殊规律。传统的诗、文理论，基本上不涉及这个问题（历代对史传文学和叙事诗的评论于此略有涉及）。真正从文学创作的意义上开始论述这个问题的，是明代李贽对《水浒传》的批评，金圣叹后来居上。他总结出、提示出一系列极富于理论价值和实践意义的观点。譬如：

金圣叹指出，一个小说家心神所注的不是别的，而是人和人的性格，正是对人和人的性格的关心、兴趣与研究有得，才使小说家产生创作欲望和创作冲动。《第五才子书·读法》云："或问施耐庵寻题目，写出自家锦心绣口，题目尽有，何苦定要写此一事。答曰：只是贪他三十六人、便有三十六样出身，三十六样面孔，三十六样性格，中间便结撰得来。"这个见解十分精辟，具有规律性意义。古往今来，一切伟大的、杰出的小说家在进行创作的时候，都是从研究人和人的性格开始的。现代著名小说家茅盾就说："'人'——是我写小说时的第一目标。我以为总得先有了'人'，然后一篇小说有处下手。"（《茅盾论创作》第24页）而现实一些不成功的作者之失败，也正在于他们"寻题目"写作品时，不是寻人物，而是寻故事。所以，金圣叹的小说家"只是贪写人"之说，至今仍有积极意义。

金圣叹又指出，作为一个小说家，他所进行的创作酝酿，主要不是别的，而是对人物性格的孕育；他的艺术构思，也主要是对人物形象和人物关系的酝酿孕育。金圣叹在他伪托的"施耐庵自叙"中就说作家对人物要达到"经营于心，久而成习"，以致"薄暮篱落之下，五更卧被之中，垂首撚带、睇目观物之际皆有所遇"的程度。金圣叹在批书中也指出，作者对"一部七十回一百有八人轮回叠叠于眉间心上，夫岂一朝一夕而已哉"（《水浒传》第十三回批语）；"《水浒传》不是轻易下笔，只看宋江出名直至第十七回，便知他胸中已算过百十来遍。"（《第五才子书·读法》）

金圣叹还指出，小说家对人物要有深入内心、感同身受、合为一体的体验。他在《水浒传》第五十五回前写了一段很长的总批，说明施耐庵所以能"忽然写一豪杰，即居然豪杰也；忽然写一奸雄，即又居然奸雄也；甚至忽然写一淫妇，即居然淫妇。今此篇写一偷儿，即又居然偷儿也"之故，乃在于作者临文之时"实亲动心而为"豪杰、奸雄、淫妇、偷儿，达到与人物和人物的活动环境"均矣"——融合为一了。作者又"因缘生法"，"其文亦随因缘而起"，所以他虽然不是豪杰、不是奸雄、不是淫妇、不是偷儿，而能写出豪杰、奸雄、淫妇、偷儿。这种关于作家与人物的关系、作家对人物的体验与表现的见解，实在是极深刻，而且发前人所未发的。

金圣叹再指出，作为一个小说家，他的艺术技巧主要就是塑造人物的技巧，一切都从刻画人物着眼。例如，写人物说话，"一样人便还他一样说话"（《第五才子书·读法》），此人物该说的话不能移于彼人物之口，因为"彼发言之人与夫发言之人之地，乃实有其不同焉"（《西厢记·赖婚》批语）。不但写人物之言，而且写人物之行、之形、之心理都要符合人物性格、身份、场合、环境。"看他写相府小姐，便断然不是小家儿女"(《西厢记·惊艳》批语)。鲁达、林冲、杨志、武松同有"丈夫之致",而"各自有其胸襟,各自有其心地,各自有其形状,各自有其装束"(《水浒传》第二十五回批语)。潘金莲与潘巧云、武松与李逵做同样事,而各自有其表现:"潘金莲偷汉一篇,奇绝了;后面又有潘巧云偷汉一篇,一发奇绝;景阳冈打虎一篇,奇绝了;后面却又有沂水县杀虎一篇,一发奇绝"(《第五才子书·读法》)。《水浒传》人物性格刻画不取类型化,表面上属于同一性格类型的人物,实际却是个性分明的不同性格典型:"《水浒传》只是写人粗鲁处,便有许多写法。如鲁达粗鲁是性急,史进粗鲁是少年任气,李逵粗鲁是蛮武,武松粗鲁是豪杰不受羁靮,阮小七粗鲁是悲愤无说处,焦挺粗鲁是气质不好。"(《第五才子书·读法》)金圣叹对小说家性格描写匠心的体会和分析,是够深刻精细的。

金圣叹更指出,是否能塑造出性格鲜明的人物形象是一部小说艺术成就高低的主要标志,是一部小说能否赢得读者的关键。"《水浒传》写一百八个人性格,真是一百八样。若别一部书,任他写一千个人,也只是一样,便只写得两个人,也只是一样。""别一部书,看过一遍即休,独有《水浒传》只是看不厌,无非为他把一百八个人性格都写出来。"(《第五才子书·读法》)金圣叹把衡量一部小说成功与否的主要尺度放在性格塑造上,把一部小说是否耐读和读者取舍一部小说的主要标准放在性格塑造上,把一部小说的艺术生命力的久暂系于性格塑造,这个见解的真理性,笔者以为至今还是颠扑不破的。

以上种种都说明金圣叹是一个极其重视小说、戏剧等叙事文学创作中的性格塑造,从许多角度相当深入地、充分地指出了性格塑造在叙事文学作品创作中的意义的文学理论批评家。正是他在中国古典文学理论批评史上,以前所未有的广度、深度和完整性,建立了以性格塑造为中心的文学理论批评的观念和方法,同传统的以诗文为正宗的文学理论批评的观念和方法比较起来,它是崭新的东西。不但如此,金圣叹的性格创造论与同时期的西方文学理论发展史相较,也比他们自古迄十七世纪势力仍很大的类型说细致、深入、前进得多。

　　最后，让我们再来看看金圣叹对小说——叙事文学创作论的其他一些方面的总结。譬如：①与艺术分类原理有关的对长篇小说这种文学体裁的认识。前面谈艺术虚构问题时已涉及金圣叹对小说与史传文学的区别概括为史传文是"以文运事"，小说是"因文生事"。这是触及了小说体裁的美学特性的。②与创作方法问题有关的对不同类型的长篇小说艺术表现特点的认识。他认为《三国演义》"人物事体说话太多了……何曾自敢添减一字"，而"《西游记》又太无脚地了"(《第五才子书·读法）》，实际是说《三国演义》太拘于史事，《西游记》又太神幻。他推崇的是《水浒传》的写法，既不泥实事，又很少超现实的描写。用今天的术语讲，金圣叹是有点近现实主义而远浪漫主义的。他在《水浒传》第二十二回批语中说："《水浒》一书断不肯以一字犯着鬼怪。"在第五十二回的总批中又说："争奇斗异，至于牛鬼蛇神，且将无所不有，斯则与彼《西游》诸书又何以异？此耐庵先生所义不为也。"在第五十三回的总批和夹批中更说："写公孙神功道法只是一笔两笔，不肯出力铺张，是此书特特过人一筹处""皆特避俗笔也。"③与现实主义典型观有关的认识。他很赞许《水浒传》人物性格塑造的现实性，如对第二十回"景阳冈武松打虎"的批语云："尤妙者，则又如读庙门榜文后，欲待转身回来一段；风过虎来时，叫声'阿呀'，翻下青石来一段；大虫第一扑，从半空里撺将下来时，被那一惊，酒多做冷汗出了一段；寻思要拖死虎下去，原来使尽气力，手脚都酥软了，正提不动一段；青石上又坐半歇一段；天色看看黑了，惟恐再跳一只出来，且挣扎下岗子去一段；下岗子走不到半路，枯草丛中钻出两只大虫，叫声'阿呀'，今番罢了一段。皆是写极骇人之事，却尽用极近人之笔"。金圣叹认为，越是写这些周折，"反越显出武松神威。不然，便是三家村中说子路，不近人情极矣"。这种看法，与第五十五回总批中关于"豪杰必有奸雄之才，奸雄必有豪杰之气"的看法，都基于对人性、对人的性格的复杂性的理解。与强调人物性格的现实性、强调人物塑造要"近人情"相关联。金圣叹又强调人物塑造出来后要让读者感到"认得""似旧时熟识"(《第五才子书·读法》),这都属于现实主义的典型创造论的基本内容。我们今天常常称引的俄国十九世纪大批评家别林斯基那个"典型是熟识的陌生人"的著名命题,在我国十七世纪的金圣叹口中已先道着了。④金圣叹还总结了长篇小说的许多写作手法和技巧。他第一个指出了《西游记》的结构法有局限性:"只是逐段捏捏撮撮,譬如大年夜放烟火,一阵一阵过,中间全没贯串,便使人读之,处处可住。"(《第五才子书·读法》)他第一个指出了《水浒传》结构法的特点:"《水浒传》一个人出来,分明便是一篇列传。至于中间事迹,又逐段逐段自成文字,亦有两三卷成一篇者,亦有五六句成一篇者"(《第五才子书·读法》)。有时候,"书在甲传,乙则无与";有时候,"某甲传中,忽及某乙"(《水浒传》第三十三回总批)。这就是今人常说的《水浒传》综合短篇小说与长篇小说结构法的连环结构方式。此外,金圣叹还拈出了"非他书所曾有"的《水浒传》的种种"文法",如"倒插法""夹叙法""草蛇灰线法"与"绵针泥刺法"(伏线与隐笔)、"背面铺粉法"(衬托)、"正犯法"与"略犯法"(不同的笔法写相同的事件,不同的笔法写相似的事件)、"獭尾法"(余波演漾)、"极不省法"与"极省法"(泼墨与惜墨)、"横云断山法"与"鸾胶续弦法"(似断似续与断而复续)等,其中有些是穿凿附会,分割灭裂的,但也有一些是对长篇小说写作手法、技巧的有价值的总结。这些"文法",的确"非他书所曾有",与传统的诗、文创作手法、技巧迥然有别。它与上文论到的关于艺术虚构、性格塑造等内容一起,并属于金圣叹对小说等叙事文学创作的特殊规律的认识与总结。

四

金圣叹对中国古典文学理论批评历史发展的建树,除了他贡献了一种比较完整的关于小说——叙事文学创作论之外，就是他贡献了一种比较完整的关于小说——叙事文学的批评论。这两者是有密切关系的。特别是因为金圣叹属于评点学派，他并没有纯粹的文学理论论著与文学批评论著，他的文学论与批评论，都在他对具体作品的评点中。所以，当我们现在来评述金圣叹的批评论的时候，好些内容在上面文学论与创作论部分已经连带讲过了，这里我们只能从批评的角度来作些补充。

首先要说明的是，金圣叹虽然也有一些关于诗、文的批评杂著，如《杜诗解》《古诗二十首》《左传释》《释小雅》《释孟子》《批欧阳永叔词二十首》《通宗易论》《南华字制》《序离骚经》等，但大都是零篇碎什，不能自成系统；他自成系统而且发生了巨大影响的，是对《水浒传》《西厢记》的批评，而对《西厢记》的批评，又侧重在一般叙事文学的意义上，不是专注于戏曲一门的眼光。所以，金圣叹主要是一个小说——叙事文学批评家；他的批评论，主要不是以诗、文为对象的批评论，而是小说——叙事文学批评论。在明清时代，这种针对小说——叙事文学的批评论是我国古典文学理论批评的一个新的分支，三百年后才成了现代文学理论批评的主干、正面。金圣叹是以小说、戏曲理论批评的出现为标志的我国古典文学理论批评转向近古期最有特色的批评家之一，尤其是小说批评最主要的代表者之一，他的批评论的特点和意义，正应从这里来认识。

其次，与此相联系，金圣叹的批评论的内容主要是以作品人物性格分析与性格批评为中心的小说——叙事文学批评。探究人物心理、人物性情、人物行动、人物语言、人物关系，这些属于对作品中人物性格的分析部分，是他的批评论的一个基本方面。除此之外，金圣叹强调"读书先要晓得作书之人是何心胸"（《第五才子书·读法》）。他说自己因读者不会读书，"将书容易混帐看过"，"将作者之意思尽没，不知心苦，实负良工。故不辞不敏，而有此批也"（《水浒传引首》）。他在批书中就时时"细思作者当时提笔临纸左想右想"的情形（《西厢记·琴心》批语），揣摩作者文心，"细相其眼法、手法、笔法、墨法"（《第六才子书·读法》），有意识地探索作家创作劳动的秘密，所谓"读书尚论古人，须将自己眼光直射千百年上，与当日古人提笔一刹那倾精神融成水乳，方能有得"（《杜诗解·早起》）。因此他重艺术分析，他的艺术分析围绕着研究作家塑造人物的得失、作家塑造人物的用心、作家塑造人物的技巧。这些属于人物形象塑造的批评的部分，是他的批评论的另一基本方面。这两方面有机结合，就是金圣叹批评论的主体。正由于这两方面的有机结合，他的批评论中就包含创作论，或者说他的批评论是与创作论密不可分的。这也是金圣叹批评论的一个显著特点。我们今天常见的有些小说、戏剧、电影评论，只分析作品主题思想，不分析人物性格，或分析人物性格而不分析作家塑造性格所用的艺术手段及其得失，对比起来，可知金圣叹的批评论并没有完全落后。还有某些我们未及之处，有值得我们借鉴的地方。

再次，金圣叹的批评是种结合教化的鉴赏批评。他的文学教化观念，本文第二部分已有阐述。他的文学教化观念在批评实践中，每每发展为透过作品而生发，或虽借题发挥而仍以对作品的赏鉴为依托的社会批评。至于他的鉴赏批评，这里要略加申说：①他有一种沉潜于作品、浸淫于创作境界中的批评态度。他以对"文章之妙"能"纵心"搜寻、"容与其间"为"天下之至乐"（《西厢记·赖箭》批语）。他阅读鉴赏之际，常为书中人物、情节、艺术描写"拍桌起立，浩叹"（《水浒传》第六十一回批语），甚至"悄然废书而卧者三四日"（《西厢记·酬韵》批语）。他把自己的思想、感情、审美趣味投放到批书中去，并不隐讳矫饰。他承认："圣叹批《西厢记》，是圣叹文字，不是《西厢记》文字。"（《第六才子书·读法》）这是一种批评家的审美个性很突出的鉴赏批评。②以金圣叹这样一个对艺术创造有异常敏锐的感受力与理解力的批评家来做鉴赏批评，其好处是对作品体验甚深、寻绎甚细，发掘出别人发掘不到而只属于他个人所感知并带着他个人审美的、陶醉的东西。他批《水浒传》《西厢记》，对人物性格、心理总是入乎其内地体验，以致与人物化为一体，然后出乎其外地进行分析，有时真达到揣骨听声的程度。这样的鉴赏批评，不但使读者得到启迪，也得到审美的快感。③这样的鉴赏批评也有局限性，那就是容易囿于主观、片面，也容易陷于纯欣赏的趣味主文以致视艺术创造为笔墨游戏。这两种毛病金圣叹都有。且不论金圣叹批评有其思想观念与艺术见解的局限性，他熔社会批评与审美批评于一炉的批评态度和方法却是可取的。我们在距金圣叹二百年后的别林斯基、杜勃罗留波夫那里见到的，也是这种社会批评与审美批评交相融汇的批评。

再其次，金圣叹的批评在文风上极有个人体格。金圣叹"颖敏绝世""手眼独出""下笔机辩澜翻"（梁章钜：《归田琐记》）。他的批评文字"透发心花，穷搜诡谲"（毛庆臻：《一亭杂记》），"亦爽快，亦微妙，钟惺、李卓吾之徒，望尘莫及"（徐珂·《清稗类钞》）。"圣叹的辩才是无敌的，他的笔锋是最能动人的。"（胡适·《百二十回本忠义水浒传序》）这些前人的评语，颇道出金圣叹批评文字的风格特点。他的文章确实是一种有力又有味的散文。"一时学者爱读圣叹书，几于家置一编。"（梁章钜：《归田琐记》）金圣叹的这种批评文体，在我国古典文学理论批评史上独步一时，也是他的一种贡献。

最后，应当指出金圣叹批评论的一种绝大弊端，那就是他好穿凿、歪曲以致窜改原作。作为一个批评家，他只应批评作家作品，然而金圣叹却有牵作品就我之病。钱玄同说过，"金圣叹实在喜欢乱改古书"，而胡适却说这是"冤枉"。但这是回护不了的，金圣叹确实对《水浒传》《西厢记》作了删改。而且就把自己的批评建立在他改过的本子上，伪托为"古本"，还要指摘原作"俗本"的不是。无论他的删改是否优于原作，这种做法都极不足取。另外，他往往故意歪曲原作以申己意。例如，他为了贯彻他抹煞《水浒传》的叛逆性的主观意图，就在《水浒传》对宋江的描写上大作文章，无中生有或成心曲解，"处处深求《水浒传》的'皮里阳秋'，处处把施耐庵恭维宋江之处都解作痛骂宋江"（胡适：《水浒传考证》）。他这种曲评达到不择手段、穷极无聊、令人愤慨的地步。又如,他以"观物审名,论人辨志"之法,去审作品之名、人物之名,去辨作品之志、人物之志,说什么"施耐庵传宋江,而题其书曰《水浒》,恶之至,进之至,不与同中国也"(《第五才子书·序二》),又为小旋风柴进释名云:"旋风者,恶风,言其能旋恶物聚于一处故也"(《水浒传》第十回批语)。这种穿凿、歪曲的批评可恨可恶。胡适说过一句话:"文学家金圣叹究竟被《春秋》笔法家金圣叹误了"(《水浒传考证》),这是有某种道理的。金圣叹的文学批评,确实有违背文学批评应有之义和文学批评科学性的地方。此外,金圣叹对作品艺术手法、艺术技巧的穿凿附会、强作解释和以评点时文之法评点小说之处也不少。在这些方面,正如鲁迅所说:"经他一批,原作的诚实之处,往往化为笑谈,布局行文,也都被硬拖到八股的作法上。"(《谈金圣叹》)金圣叹的批评还有种恶劣作法,用今天的语言来说就是给人扣政治帽子、打政治棍子。例如,他针对李贽《忠义水浒传序》中"忠义归水浒"的说法,骂李贽乃"好乱之徒","必有怼其君父之心"(《第五才子书·序二》)。这在那个时代,是滔天罪名。这都说明,金圣叹的批评论本身固有违反客观创作规律和科学批评原理的严重缺陷。

五

金圣叹的批评在当时、在后世,都产生了很大影响。他的同辈,大戏剧作家和戏剧理论批评家李渔(一六一一至一六七九年),对他就很倾倒。李渔说:"施耐庵之《水浒》、王实甫之《西厢》,世人尽作戏文小说看,金圣叹特标其名曰'五才子书''六才子书'者,其意何居?盖愤天下之小视其道,不知为古今来绝大文章";又说:"自有《西厢》以迄于今,四百余载,推《西厢》为填词第一者,不知几千万人,而能历指其所以为第一之故者,独出一金圣叹";"圣叹之评《西厢》,可谓晰毛辨发,穷幽极微,无复有遗议于其间矣";"读金圣叹所评《西厢记》，能令千古才人心死。"(《闲情偶客》)李渔对金圣叹，只有两点保留。一是说，"圣叹所评，乃文人把玩之《西厢》，非优人搬弄之《西厢》也"(《闲情偶寄》)，这在今天看来倒还不足为病。二是说，"圣叹之评《西厢》，其长在密，其短在拘，拘即密之已甚者也。无一字一句，不逆溯其源，而求命意之所在，是则密矣。然亦知作者于此，有出于有心，有不必尽出于有心者乎"(《闲情偶寄》)，也就是委婉地指出金圣叹的批评有过于穿凿之病。李渔之论，大体是公允的。

李渔曾有鉴于《西厢记》之得金圣叹批评而慨叹："人患不为王实甫耳，焉知数百年后不复有金圣叹其人哉！"(《闲情偶寄》)是的，伟大的作家、作品是要呼唤和等待他的批评者的，而能与伟大的作家、作品契合的批评家，也许要隔世、隔代才出现。金圣叹死后百年，中国文学又产生了一部绝大奇书——《红楼梦》。《红楼梦》的第一批读者和批评家脂砚斋、畸笏们，心折于这部新的大奇书，评阅着这部新的大奇书，不能不追念金圣叹。《红楼梦》庚辰本第十二回有眉批云："此一节可入《西厢记》批评内'十大快'中。畸笏。"《红楼梦》有正本第十八回总批云；"惟不得与四大才子书之作者，同时讨论臧否，为可恨耳。"《红楼梦》甲辰本第二十回批语云："写尽宝黛无限心曲，假使圣叹见之，正不知批出多少妙处。"蒙府本、有正本第五十四回回末总批云："作者已逝，圣叹云亡，愚不自谅，辄拟数语。"他们自愧弗如。他们为《红楼梦》不得其批评者而叹惋。又过大半个世纪，清道光年间有个《红楼梦》的蒙文译者哈斯宝，在他的《新译红楼梦》里，试图效法金圣叹来批《红楼梦》，"寻索文义，演述章法"，直接引用、借用、套用金圣叹批评观念、提法、方法、笔调之处甚多，然而画虎不成，远远不能追步他所师法的人。终有清之世，以《红楼梦》这样的大奇书，竟得不到一个大手笔来批它，以致人们时时回顾当日批《水浒传》《西厢记》的金圣叹，这不能说是好事。但从评价金圣叹的角度，却也说明，金圣叹身后二百年，他的影响还牢笼着清代小说评坛。

我们还要提请读者注意一个事实：当金圣叹在中国十七世纪小说文学论坛上崛起之时，在西方，是并没有可以与之并驾的小说理论批评家出现的。十六十七世纪之交的塞万提斯（一五四七至一六一六年），是西方较早发表小说创作理论观点的作家之一，他在《堂吉诃德》序和正文中表明他的小说创作思想是继承亚里士多德的模仿说、想象说和贺拉斯的寓教于乐说的，那本来是从史诗和戏剧抽绎出来的一般艺术创作理论，塞万提斯并没有系统发挥为小说理论。而在中国，十五世纪就已有人发表专门的小说批评文字，如明代的蒋大器（庸愚子）作《三国志通俗演义序》（一四九四年），稍后张尚德作《三国志通俗演义引》（一五二二年），都已开始进行为小说争取文学地位、说明小说与史传文的联系与区别的理论批评活动了。比塞万提斯年齿稍长的李贽（一五二七至一六〇二年），则已贡献了颇为系统的小说理论批评。金圣叹出，更使中国古典小说理论批评获得全面的、深入的长足进展。回望西方，无人可比肩。当时（实际上也比金圣叹晚一辈）西方文坛上倒是有一个大批评家布瓦洛（一六三六至一七一一年），他的建树是史诗、戏剧理论而非小说批评，尽管其中有与一般叙事文学创作（包括小说创作）共通的内容，如人物塑造理论，也只是重复了贺拉斯的类型说，在这一点上，较之金圣叹那以性格塑造为中心的小说——叙事文学理论批评要幼稚疏简得多。西方产生在文学史上有突出地位和有独立意义的小说理论批评，是十八十九世纪的事，那是在金圣叹之后一二百年了。当然，到那时候他们是后来居上了。

我们研究文学批评家金圣叹，的确要眼光开阔一点，要从政治评价的范围，开阔到文学和学术评价的范围，还要从中国古典文学理论批评史的范围，开阔到世界古典文学理论批评史的范围。我们应当这样看金圣叹的历史贡献，我们必须这样来看金圣叹的历史地位。也许不仅对金圣叹的研究应如此，对中国古代作家艺术家与理论批评家的研究亦应如此。

据说《三国演义》《水浒传》是"坏书"

一、"文化批判"质疑

有两位老朋友知道笔者近年沉潜《三国志》等史籍,思考《三国演义》与中国文化心史问题,来电话聊天,问笔者读没读过刘再复近著《双典批判》。笔者孤陋寡闻,过了相当时日,才找来刘著开读,是北京三联书店 2010 年 7 月版的电子书。本为广闻见,不料疑窦随阅读而生。姑记之,就正于论者及同好。

《双典批判》批的、判的是两部中国古典长篇小说《三国演义》和《水浒传》。论者声言他作的不是文学批评,而是"文化批判"。谓:文学批评"重心是审美判断(美)";文化批判"重心是伦理判断(善)"。他说从文学批评角度,"应承认它们是非常杰出、非常精彩的文学作品",但从文化批判角度,双典的"文化意识""精神内涵""思想观念""价值取向""人性原则"等价值要素,却有"严重问题""精神毒素"极大,"质疑其价值取向的严重问题,便成了当代文化人的重要使命"。

这些言说令笔者生疑:①文学批评只管审美丑,不管审善恶。难道善恶不关美丑?②文学批评只管艺术形式,不管"精神内涵"。文化批判是可以和文学批评切割甚至悖逆的吗?③作为自然界的生物,譬如罂粟花、老虎,美毒、美恶有机一体。双典作为精神创造物,有"巨大的艺术性",有"严重的精神毒素",是二元组合体吗?二元的关系是一元(精神毒素)被另一元(艺术性)"蕴藏",一个(艺术性)挟带另一个(精神毒素)的关系吗?论者斥其毒而褒其艺,所说能自圆否？于学理圆融否？④双典"价值取向"既伪又恶且毒，其艺术魅力却使之穿越时空传播久远，这种单凭艺术性解析作品生命力和双典历世传流因由的论说，学术含量如何？⑤论者还倡言双典读者愚盲说，愚者为美毒不分，盲者为"按其习惯性思维代代相传""默默接受""在无意识中已完全接受经典中的价值取向和精神毒素"。呆、愚不可名状之余，可以名状的是论者对愚众阅读中饮鸩吞毒形景的"传神写照"：他们"在欣赏的快乐中已遗忘叩问与质疑"。这就是论者对一个"吸毒"群体、"瘾君子"国族应物象形之写。双典的传播史、接受史，就这样被论者"伪形"为双典流毒史、读者吸毒史。论者对双典及双典读者如此发难，于历史实践、现实实践是相符的吗？于接受美学学理是相符的吗？⑥自称肩负"重要使命"，对双典作"文化批判"，肃双典毒，祛双典魅，为灵魂迷失的双典读者启发愚蒙的这位"当代文化人"，对其个人著述自命自任自是自矜，那是他的事。至于双典是否从兹终结了读者时代，愚众是否就跌着撞着随论者踏倒双典那两扇"地狱之门"，抢着挤着随论者奔彼方"天堂"去也，那就让人们拭目以待吧。

"中国的地狱之门"是《双典批判》导言的大标题。犹似判官升堂，扫一眼案上摆放的《三国演义》《水浒传》，惊堂木一拍，先断喝一声。接着判词迭连而出："五百年来，危害中国世道人心最大最广泛的文学作品，就是这两部经典。""一部是暴力崇拜；一部是权术崇拜。两部都是造成心灵灾难的坏书。""这两部小说，正是中国人的地狱之门。""《水浒传》是中国的一扇地狱之门……《三国演义》是更深刻、更险恶的地狱之门。"断喝声声，端的是好呀么好家伙。

"地狱之门"是论者援引的西方艺文一典故。论者的阐释是："'水浒中人'与'三国中人'处于地狱般的生存状态之中，其价值观念如同地狱一般沉重与黑暗""可怕的是，不仅过去，而且现在仍然在影响和破坏中国的人心，并化作潜意识继续塑造着中国的民族性格。现在到处是'三国中人'和'水浒中人'"！

老实说，这些言说的现实所指令笔者反感，但现在笔者仅从学术理性略述几点质疑：①《水浒传》是否宣扬了暴力崇拜？②《三国演义》是否宣扬了权术崇拜？③双典读者都是暴、权崇拜的习染者、传播者、践行者吗？④双典真该担待"五百年来""危害中国世道人心"的罪名吗？中世、近世、现代、当代，世道祸福如何，人心危安怎样，史鉴昭彰，事实俱在，问责于一部《水浒传》、一部《三国演义》，这是什么话？这就是"文化批判"的史识、史观吗？⑤论者说事行文，喜好绝对化的全称判断，概念打滑即概念"自由行"是其思维惯性。他能从所谓的《水浒传》暴力崇拜、《三国演义》权术崇拜，自由滑到"中国的人心"，再自由滑到"中国的民族性格"，眼也不眨，笔下的虚连线就变成了实等号。就逻辑言，这"论辩的魂灵"地道吗？正当吗？磊落吗？就事实言，真实吗？客观吗？公正吗？⑥中国"现在到处是'三国中人''水浒中人'"，意谓中国普天之下莫非膜拜权术之辈，率土之滨皆为依恃暴力之徒。论者不分男女、不论老少，排头砍去靡有孑遗。这就是论者"文化批判"水平？⑦论者横扫面广、面全犹不满足，还要刨深兜底，这就是其所谓暴、权崇拜"已进入中国人的深层文化心理结构，成为中国国民性的一部分"。这就是要剜心，对中国人连砍带剜。论者刀笔劲厉如此，是"文化批判"吗？拿"文化批判"说事，够使吗？

二、"暴权崇拜"质疑

论者所举的《水浒传》"暴力崇拜"的事证，有一个特点：对统治者残民罪行，从轻发落或忽略不计；批判目标专注于造反者并放大其"滥杀"行为。论者刀笔恰与《水浒传》笔锋反向。《水浒传》写朝廷无道，官逼民反；写造反怒涛冲决城池，复仇愤火烧毁衙署。论者则声讨造反者"屠城""灭门"，以此挞伐造反有理。而贪官污吏是苦主，倒好像造反者则为"黑暗""反人性"。

外篇：据说《三国演义》《水浒传》是"坏书"

事实上，《水浒传》不但不崇尚而且反对滥杀无辜。第四十回梁山好汉们江州劫法场，李逵乱砍乱杀时，晁盖大叫："不干百姓事，休只管伤人！"在场的其他好汉，也只是"看着土兵便杀""杀倒土兵狱卒"。第四十一回写梁山好汉打无为军、杀仇人黄文炳，宋江号令"只恨黄文炳那贼一个，却与无为军百姓无干。他兄（引者按：指黄文炳之兄）既然仁德，亦不可害他""不可分毫侵害百姓"。第四十三回李逵杀了地方恶霸后，"性起来，把猎户排头儿一味价搠将去"，这时在场的梁山泊另一头领朱贵"喝道：'不干看的人事，休只管伤人！'李逵方住了手"。第六十一回，阮氏三雄唱山歌："虽然我是泼皮身，杀贼原来不杀人。"即便对李逵，小说也写了他有事母至孝，并不胡乱杀人的另一面：当听李鬼谎说他扮李逵剪径是为赡养老娘时，李逵停下要砍杀李鬼的斧子，"自肚里寻思道：'我特地归家来取娘，却倒杀了一个养娘的人，天地也不容我。罢罢，我饶了你这厮性命'"。这些足可显示，《水浒传》写暴力、造反，写杀人，却并非崇拜暴力崇尚杀人。

但论者铁定心把《水浒传》写暴力等同为、强调为崇拜暴力。《水浒传》第三十、三十一回，写武松诛除滥官污吏、地方恶霸张都监、张团练、蒋门神，此之前详细铺叙二张一蒋几番设局要害死武松，可论者只轻轻说了句"设圈套捉拿武松"，而把武松杀仇说成"一场血腥的屠杀"。极致夸张甚至改篡原文，把武松夜袭鸳鸯楼杀"张张蒋"，不得不先杀的楼下的马夫、丫鬟改称为"小马夫""小丫鬟"；把武松所杀宅中妇女改称为"张都监女儿、儿媳、养媳"，使之幼龄化、亲属化，以加大加重武松的残忍，并把张张蒋及家眷变为受害者，把武松变为加害者。

武松怀着为民除了害，为友灭了敌，为己报了仇的释然，离开张都监宅院时自言自语："我方才心满意足。"对此论者解读为"武松沉浸于杀人的快乐与兴奋"，并发挥说："武松杀人杀得痛快，施耐庵写杀人写得痛快，金圣叹观赏杀人更加痛快，《水浒传》的一代又一代读者也感到痛快""后代读者面对惨不忍睹的血腥,却一个个一睹为快,一睹再睹,看热闹,看好戏,看血的游戏。个个欣赏站立在血泊中的高大英雄,代代赞美站立在血泊中的英雄"。论者竟然向"一个个""一代代"读者质问:"这种英雄崇拜""是正常的,还是变态的?是属于人的,还是属于兽的?"论者还任性推衍道:"一种'嗜杀'的变态文化心理,已经成了民族的集体无意识。"

不得不说,论者实在太矫情,也太信口雌黄了。他把武松公仇私恨已报的释怀,偷换为"杀人的快乐与兴奋";把武松的杀仇偷换为"杀人",偷换为"血腥的屠杀",偷换为"杀人杀得痛快";把读者的读《水浒传》偷换为"看血的游戏",言下自然是指《水浒传》写的是"血的游戏";又把读者的"看热闹""看好戏",偷换为"嗜杀";又把"一个个"读者,偷换为"一代代"读者;又把他歪曲的读者文学阅读行为心理,偷换为社会行为心理;更把读者有限的文学阅读心理,偷换为无限的"民族集体无意识",而且是"变态的""嗜杀的""属兽的"民族集体无意识。在叙事行文捣鬼小伎俩后面挟带意识形态机心,这是正当的"学术"、正常的"学人"能做的吗?

同样的"文化批判"逻辑,他也用到批《三国演义》。《三国演义》本来有极其丰沛深厚的历史、文化、人文、审美内涵,论者弃之弗顾,只盯着汉末群雄逐鹿、三国纷争中的权谋演释做文章。他把《三国演义》界定为"一部心术、心计、权术、权谋、阴谋的大全"。并列五个词项,以壮批判声威,其实只是同义反复。他的批《三国演义》,就是以虚胖的权术体量,去遮蔽《三国演义》筋骨发达、血脉充盈的历史、人文生命机体。他无限膨化权谋概念,把权谋与权术、诡术、骗术、伪装术……画上全等号,又与黑心、黑暗、厚黑画上全等号。他说《三国演义》"全书所呈现的政治、军事、外交、人际等领域,全都凸显一个'诡'字,所有权术全是诡术"。说"《三国演义》诡到人性的最深处""到处是诡人诡士,诡舌诡言……在日常生活中则充满诡情、诡态、诡行"。对《水浒传》、对《三国演义》,论者"文化批判"的逻辑一仍其贯，你《水浒传》写暴力，你就是暴力崇拜；你写杀戮，你就是嗜杀；你读者喜欢《水浒传》，就是拜暴、嗜杀；你中国人一代代读《水浒传》，嗜暴好杀就是你的国民性。逻辑照推：你《三国演义》写权谋，你就是崇拜权术；你读者喜欢读《三国演义》，就是醉心权术，倾心机诈；你一代代读者喜欢读《三国演义》，说明"心机权术已成为华夏民族的一种集体性格"。这样的"批判"逻辑，除了歪曲事实之外，连形式逻辑的同一律都明目张胆抛弃一边。

鲁迅《南腔北调集》里有一篇杂文《捣鬼心传》，说有些人颇有些鬼鬼祟祟的脾气，能捣鬼。其捣鬼术的精义，是必须含蓄、浑沦；忌发挥，忌明白说出，不能使所捣的鬼太分明。《双典批判》批《水浒传》暴力崇拜、《三国演义》权术崇拜，在事实判读的浑沦化和伦理判断的浑沦化上，深得捣鬼正脉。浑沦就是囫囵，混淆事物、事理、概念质的规定性的界限，以便论者按主观需要颠倒是非。论者引用双典的事例，除了有意改篡、曲解原文原意外，就是用浑沦化障人眼目，只讲《水浒传》写暴力写杀人，不分谁施暴谁抗暴，不分正义杀人非义杀人，一概浑言暴力、杀人；只讲《三国演义》写权术，不分谋略、计策、智慧、机变与权术、阴谋、诡诈、伪骗之别，一概浑言权术。在伦理判断上，不分作恶与惩恶、加害者与造反者，浑言"暴力"把造反者诬为加害者加以否定；不分权谋的是非善恶，浑言"权术"加以排斥。浑沦化对人的效用是障眼，以是为非，以非为是；对己的作用是便于论者偷换概念，偷换论题。也许是为壮己声威，也许是为掩人眼目，《双典批判》常常征引鲁迅言论。论者不敢改篡鲁迅原文句，但他敢改篡鲁迅原文义，在浑沦化、似是而非中捣鬼，贴大牌挟带、推销自己的私货。例如，他说"鲁迅批判李逵那种'排头砍去'的以杀人为大快乐的造反"，这话后半句就是论者走私的私货。鲁迅在《流氓的变迁》《集外集序言》等文章中，的确表述过对李逵排头砍人的粗蛮个性的反感和憎恶，但根本没有指斥李逵以杀人为乐，更没有由

445

李逵个性的蛮劣而株连中国国民性。论者又说:"一种'嗜杀'的变态文化心理已经成了民族的集体无意识,鲁迅一再批评中国人喜欢看同胞们杀头,骨子里是血腥式的自私与冷漠。"这话一头一尾都是论者夹塞进来的私货。在《呐喊·自序》《文艺与政治的歧途》《铲共大观》等文章和小说《药》《阿Q正传》《示众》中,鲁迅表达的就是对国人愚弱、麻木的痛心疾首,表露的就是揭出病苦以引起疗救注意的用心,根本没有引申出什么"民族集体无意识"来,更没有也不可能像论者伪造的那样,给国人扣上"骨子里是血腥式的自私与冷漠"甚至"嗜杀的变态文化心理"的黑帽子。论者为了营销其《水浒传》《三国演义》使中国的人心陷入暴、权崇拜的核心理念,也把鲁迅强绑过来,说"第一个发现双典与中国国民性相通的是鲁迅。他在1935年就说:'中国确也还盛行着《三国演义》和《水浒传》,但这是为了社会还有三国气与水浒气的缘故'"。引文确是鲁迅的话,但论者由此说鲁迅"发现双典与中国国民性相通",则是其一厢情愿。笔者复验叶紫作《丰收》序,结合鲁迅作此文的时代背景和叶紫小说的内容,不难看出,鲁迅指的是二十世纪三十年代外敌入侵、军阀内乱、国危民艰的社会现实、社会情绪,与《三国演义》反映的社会离乱情势、《水浒传》反映的官逼民反情形,遥相照映;所谓"三国气""水浒气",就是现实社会病象与历史社会病象交叠的时代气象,与国民性毫不相干。论者曲解、挟持鲁迅以遂其私,其文心文格、其"文化批判"质地是高是下,无须更多置评。论者强拉鲁迅为他站台,借批《三国演义》、批《水浒传》,剑指中国国民性、中国社会现实。在过程中他刻意浑沦化了,但浑沦只是手段,他必须发挥批双典的延伸效应,这才是他真正目的。仅仅就双典批双典,其"文化批判"的终极目的岂不落空?可发挥了,人们明白其意图,蒙骗效果就有限了。论者注定摆脱不开两难境地,这不是他无能,是他无奈,毕竟他手持的就是双刃剑。

三、"侈大之言"质疑

除悠谬的话外,《双典批判》的表述风格,是爱把话讲到极端、极致、满当当,高、大、全。譬如,他假批双典平台唱更大的戏,对中国文化史作大批判:他敢讲"中国汤尧禹舜时代的上古原形文化,没有权术,只有真诚。到了春秋战国时期,《孙子兵法》《韩非子》《鬼谷子》《战国策》等兵家、法家、道家、纵横家等著作出现,中国文化才发生巨大的伪形"。请看这位论者的气魄,连古帝世条都不理顺,连古帝禅让之间、世袭之际以及部族战争中无量的杀伐血腥都不闻不见,就敢断言"上古原形文化,没有权术,只有真诚";他拾取洋人"伪形"说唾余,搭建其原形伪形文化组合论(论者早年撰有"性格组合论")的中国文化史观,高企云端,动辄指点此为"原形文化",彼为"伪形文化",说"原形文化是指一个民族的原质原汁文化,即其民族的本真本然文化;伪形文化则是指丧失本真本然的已经变形变性变质的文化"。且不说"民族的本真本然文化"是个绝对化、既玄又虚、拒绝发展观的概念,只说论者大嘴一张,出口气就喷黑春秋战国诸子百家大半,打入变形变性变质的"伪形中国文化"黑名单,这是口含天宪呢还是滑稽?

又如,论者欲为"五四"新文化运动易帜,说"如果'五四'运动不是把孔夫子作为主要打击对象,而是把《水浒传》和《三国演义》作为主要批判对象就好了"。妙哉,他就这样为自己发动"双典批判"背书。一个"学人"自矜自倡如斯,自娱自乐如斯,也实在是难见的文坛一景。

再如,论者对中国古典长篇小说的四大名著,重新评价,两部升天,两部入泥。说《红楼梦》《西游记》"属原形文化",给中国人启"天堂之门";《三国演义》《水浒传》"属于伪形文化",陷中国人于"地狱之门"。他毁谤《三国演义》《水浒传》,我们上面见识不少了,现在来介绍一点他对《红楼梦》《西游记》的绝赞。这一毁一赞,是对应颇工的。一方面，他诋毁"三国中人布满心机权术""争夺你死我活"；一方面，他绝赞"大观园中人不知何为心机""诗意栖居"，却有意屏蔽原典对贾府中人一个个乌眼鸡似的勾心斗角的描写，抹杀原典对金钏、晴雯含冤惨死的地狱光景的揭露。一方面，论者谤斥《水浒传》暴力崇拜；一方面绝赞《西游记》中"唐僧、孙悟空师徒搭配"是"童心和慈悲心融合为一"的"天才结构""伟大隐喻"，绝赞"紧箍咒这个圣物"，暗示"造反必须具有行为准则和道德边界"，却闭口不提慈悲佛祖的一手遮天，阴谋镇压孙悟空五百年，虽生犹死，唐僧念动慈悲菩萨偷偷配置的"圣物"紧箍咒，孙悟空一次次痛得死去活来。论者绝口不提这是"佛心""慈悲心"的"原形"还是"伪形"；这是中国"本真本然"的本土文化还是东渡的西方"救世主"文化。这般假话连篇、伪言累牍的绝诋与绝赞，你说它是"原形批判"呢还是"伪形批判"？

论者诋"三国中人"只有心机没有心灵，"水浒中人"只把女性当物，都是对人的物化；转过头来，他绝赞《红楼梦》使尤物成圣，使木石变人。这是他说的"贾宝玉本为石头，林黛玉本是绛珠仙草，《石头记》乃是石头草木（自然物）化为人并不断向心灵深处走进和不断向'空'提升的感悟过程"。读者诸君，论者莫不是把小说当巫书了吧？只要是正常人读《红楼梦》，没有不懂木石前盟是作者采取的神话式、寓言式虚写手法、小说家言，只有巫觋或魔术师才会向人宣称他在《石头记》中，觑见了现实版木石大变活人的戏码。论者还好意思就此煞有介事地向人训示"《红楼梦》是物的人化"！木石变人故事宣讲罢，他又编排"乱伦的婚外恋者"秦可卿"圣化"的故事。据论者说,《红楼梦》把秦氏"写成最可爱的人""不仅才貌双全，而且是一个未被发现的哲学家与管理家""简直是个天才"。说作者"献给"秦氏"最美的笔墨，描画出最美的形象""还把她送入天堂"。说《红楼梦》把秦氏放在"无善无恶，无是无非，但都很美"的"审美境界"中呈现，使秦氏上达"高于道德境界的天地境界和宇宙境界"。读者切莫以为论者脑子少根弦，读不懂《红楼梦》假作真时真亦假的叙事艺术，读不懂《红楼梦》写秦氏的用笔既实既虚、既真既假、既直既曲、既美既刺，读不懂秦氏的来历与归结不是什么天堂而是太虚幻境。不，论者脑子不是少根弦，而是多根别有所图的弦，使他抛开真正的《红楼梦》的人性笔墨——连"仙姝"林黛玉，也只写她的青春诗心、人间情怀，不隐讳她的"小性儿"，没有仙化她圣化她；至于对秦氏，《红楼梦》用的就是曲笔隐笔，曹雪芹根本不可能有把秦氏单挑出来造神造圣之念。把秦氏谀为天人、天地美人、宇宙美人，只是论者制式大话，是他"批判"思维之弦弹奏的梦幻曲，与《红楼梦》无干。

有意思的是，"双典批判"舞台上，满台唱彻批判调，独独为一个男角一个女角唱颂歌，男角是宋江，女角是秦可卿。论者大批特批《水浒传》写暴力造反，而大捧特捧宋江的妥协投降，说"宋江开辟的招安大思路""是破天荒的、了不起的大思路"，是"放弃一切暴力手段"的"和平哲学""妥协共存的哲学"，是"革命侠客精神"，是"新的历史精神""今天，这恰恰是解决社会矛盾的最符合人性的基本方式"。他干脆把宋江封为"圣贤"。《双典批判》为宋江专设一章，标题曰"《水浒传》中的地狱之光"。为了树宋江，惯于拉鲁迅作大旗的论者公开砍旗：鲁迅指宋江为"流氓""奴才"(《流氓的变迁》)，论者对着叫板，夸宋江是"侠客""圣贤"。论者吹捧宋江的词语如天花乱坠，却又清一色属于政治、政治性、政治路线、政治立场一类，这很特别,很有意味。他称宋江为"黑暗王国的光明个案"，无独有偶，他称秦可卿为立于"天地境界"的宇宙美女。论者特意使污点证人秦可卿超凡入圣，为他指认的《三国演义》《水浒传》女性物化作反证。此女就是论者"批判"思维的"人性证明"和"审美"符号，彼男则是论者"批判"思维的政治标杆。一男一女被纳入论者"批判"法眼，是论者"批判"之梦心仪的梦中人。

与《红楼梦》《西游记》一起被论者归入"原形文化"系统的有

一部古籍《山海经》，他绝赞《山海经》是"整个中华文化的形象性原形原典"。对论者的这一断言，人们也是要考核一下的。笔者重新研索《山海经》，查阅鲁迅《中国小说史略》《汉文学史纲要》的相关章节，参考多种古文化、古神话学者的著述，得知学界公认《山海经》是收录中国古代神话材料最多的一部古书。并且，第一，所录神话材料无系统、零星、断片；第二，此书经秦汉人增益。因此，论者所谓"整个中华文化原形原典"云云，纯属无根游谈。另外，论者指称的"山海经英雄"，也颇为狗血，头名英雄女娲，她补天、造人的传说，《山海经》均不涉及，只是在后世撰述的文明神话里才出现。论者给原始先民、原始思维余绪中遗存的精卫、夸父、刑天等人禽同体、半神半人的神话"人"物，加上许多极致社会化、文明化、精神化、道德化、圣贤化的绝赞，或"文青"式煽情，或唯美式讴歌，也许可炫惑某些年轻读者眼球，却只能博识者一粲。诚如鲁迅所言，后世人们"叙说"古神话的文章，"每不免有所粉饰，失其本来""设想较高，而初民之本色不可见"（《中国小说史略》）。《双典批判》对《山海经》的绝赞，不但"失其本来"，而且无中生有；不但"设想较高"，而且无限拔高；不但"有所粉饰"，而且改容换魂。论者把对文明时代的人杰高大上歌赞的咏叹调，用来给蒙昧时代的原始神祇唱赞诗，徒显既假大空又荒唐荒诞。不过笔者明白，论者如此拜神，实有弦外音，他是借吹嘘"山海经英雄""不知功利、不知计算、只知造福人类"，是具"赤子情怀"的"建设性英雄"，来反衬、批判《三国演义》《水浒传》中那些他所谓只知拜权崇暴的"破坏性英雄"。论者的"学术"机心人们是看得出的，论者为圆其"文化批判"梦，可以让学术背书。

汉人作《书经》的纬书，说"孔子求书，得黄帝玄孙帝魁之书……凡三千二百四十篇"，本来是胡编乱造欺世惑人，却煞有介事言之凿凿。鲁迅直截了当一语评之："汉人侈大之言，不可信"（《汉文学史纲要》）。看来不但汉代热衷做纬书的伪儒好侈大之言，当今时代的"文化精英"也有这般嗜好。对于现代好侈大之言者，醉心于高大上、假大空之言者，我们还可以奉上鲁迅的另一句话，"豪语的折扣其实也就是文学上的折扣，凡作者的自述，往往须打一个扣头"，有的"应该折成零"（《准风月谈·豪语的折扣》）。对《双典批判》中层出不穷的豪语，人们肯定要打折，甚至折到零以下。

把《水浒传》《三国演义》看作"坏书"，不算《双典批判》的发明。检点一下王利器辑《元明清三代禁毁小说戏曲史料》，前案甚多。《双典批判》向《三国演义》《水浒传》控罪的调门，与历代部分皇帝、文人并无二致，区别是：皇帝们以专制权力施禁，《双典批判》论者则发动"文化批判"以图掘根；皇帝们文士们"老土"了点，只会骂《水浒传》《三国演义》是"贼书""恶书"，论者却不但会说双典是"坏书"，还会洋气地、西化地说双典是"地狱之门"。

由他和他们禁去、批去吧，《三国演义》《水浒传》长留天地间。时人嗤点流传赋，不废江河千载流。

（刊于二〇一六年八月八日《天津日报》）